D1027161

SIMON &
SCHUSTER
LIBROS EN
ESPAÑOL

Jean M. Auel

Los Hijos de la Tierra®

EL VALLE DE LOS CABALLOS

Traducción al español de
Leonor Tejada Conde-Pelayo

Libros en Español
Publicado por Simon & Schuster
Nueva York Londres Toronto Sydney Singapur

SIMON & SCHUSTER
LIBROS EN ESPAÑOL
Rockefeller Center
1230 Avenue of the Americas
New York, NY 10020

Este libro es una obra de ficción. Los nombres, personajes, lugares, y sucesos son productos de la imaginación del autor o están usados de manera ficticia. Cualquier semejanza a eventos, lugares, o personas reales, vivas o muertas, es pura coincidencia.

Copyright © 1982 por Jean M. Auel
Copyright de la traducción al Español © 1991 por Maeva Ediciones

Todos los derechos están reservado, incluyendo el derecho de reproducción en todo o en parte en cualquier forma.

Primera Edición Simon & Schuster Libros en Español 2002

SIMON & SCHUSTER LIBROS EN ESPAÑOL
y su colofón son marcas registradas de Simon & Schuster, Inc.

Para la información con respecto a descuentos para la compra en grandes cantidades, por favor ponerse en contacto con Simon & Schuster Special Sales al 1-800-456-6798 ó business@simonandschuster.com

Hecho en los Estados Unidos de América

10 9 8 7 6 5 4 3 2 1

Datos de catalogación de la Biblioteca del Congreso: puede solicitarse información.

ISBN 0-7432-3603-3

Para KAREN
que leyó el primer esbozo del libro

y para ASHER
con amor

1. «Venus» de Lespugue. Marfil (restaurado). Alto: 14,7 cm. Hallada en Lespugue (Alto-Garona), Francia. *Musée de l'Homme, París.*
2. «Venus» de Willendorf. Piedra caliza con huellas de ocre rojo. Alto: 11 cm. Hallada en Willendorf, Wachau, Baja Austria. *Naturhistorisches Museum, Viena.*
3. «Venus» de Vestonice. Arcilla cocida (con hueso). Alto: 11,4 cm. Hallada en Dolni Vestonice, Mikulov, Moravia, Checoslovaquia. *Museo de Moravia, Brno.*

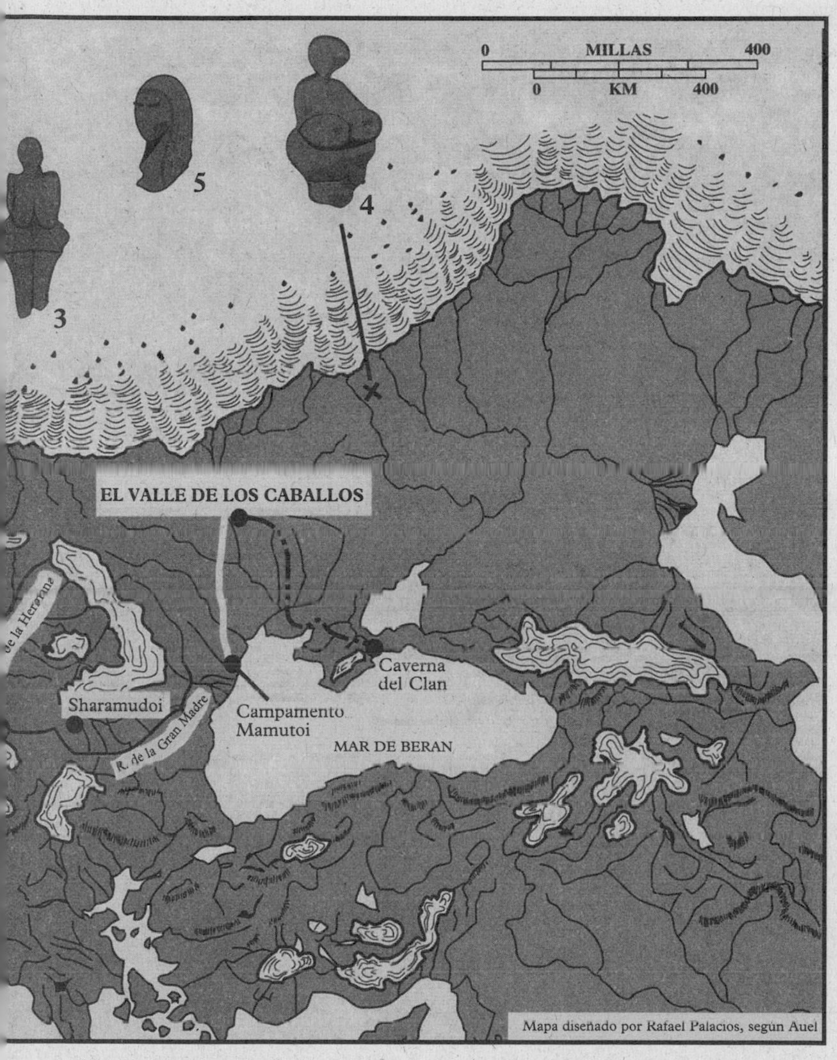

4. Figurilla femenina. Marfil. Alto: 5,8 cm. Hallada en Gagarino, Ucrania. *Instituto Etnográfico, San Petersburgo.*

5. Dama de Brassempouy. Marfil (fragmento). Alto: 3,2 cm. Hallada en la Grotte du Pape, Brassempouy (Landes), Francia. *Musée des Antiquités Nationales, Saint-Germain-en-Laye.*

EL VALLE DE LOS CABALLOS

1

Estaba muerta. No importaba que gélidas agujas de lluvia helada la despellejaran, dejándole el rostro en carne viva. La joven entrecerraba los ojos de cara al viento y apretaba su capucha de piel de lobo para protegerse mejor. Ráfagas violentas le azotaban las piernas al sacudir la piel de oso que las cubría.

Aquello que había delante, ¿serían árboles? Creyó recordar haber visto una hilera rala de vegetación boscosa en el horizonte, horas antes, y deseó haber prestado mayor atención o que su memoria fuera tan buena como la del resto del Clan. Seguía pensando en sí misma como Clan, aun cuando nunca lo había sido, y ahora estaba muerta.

Agachó la cabeza y se inclinó hacia el viento. La tormenta se le había venido encima súbitamente, precipitándose desde el norte, y Ayla estaba desesperada por la necesidad de encontrar un refugio. Pero estaba muy lejos de la caverna y no conocía aquel territorio. La luna había recorrido todo un ciclo de fases desde que se marchó, pero seguía sin tener la menor idea de adónde se dirigía.

Hacia el norte, la tierra firme más allá de la península: era lo único que conocía. La noche en que murió Iza, le dijo que se marchara, porque Broud hallaría la forma de lastimarla en cuanto se convirtiera en jefe. Iza no se había equivocado. Broud la había lastimado, mucho más de lo que ella hubiera podido imaginar.

«No tenía razón alguna para quitarme a Durc», pensaba Ayla. «Es mi hijo. Tampoco tenía ningún motivo para maldecirle. Fue él quien enojó a los espíritus. Fue él quien provocó el terremoto». Por lo menos, esta vez ya sabía lo que la esperaba. Pero todo sucedió tan aprisa que incluso el clan había tardado algo en aceptarlo, en apartarla de su vista. Pero nadie pudo impedir que Durc la viera, aun cuando estuviera muerta para el resto del clan.

Broud la había maldecido en un impulso provocado por la ira. Cuando Brun la maldijo por vez primera, había preparado a todos; había tenido razón, ellos sabían que debía hacerlo y él brindó a Ayla una oportunidad.

Alzó la cabeza afrontando otra borrasca helada y se percató de que oscurecía. Pronto sería de noche y sus pies estaban entumecidos. Una nevisca glacial estaba empapando las envolturas de cuero que protegían sus pies, a pesar del aislamiento de hierbas con que las había rellenado. Sintió algo de alivio al divisar un pino enano retorcido.

Los árboles escaseaban en la estepa; sólo crecían allí donde hubiera suficiente humedad para alimentarlos. Una doble hilera de pinos, abedules o sauces, esculpidos por el viento en formas atrofiadas, solía indicar una corriente de agua. Era una visión reconfortante en la temporada seca en un terreno con poca agua subterránea. Cuando las tormentas aullaban por las planicies abiertas desde el gran ventisquero del norte, los árboles brindaban protección, por reducido que fuera su número.

Unos cuantos pasos más condujeron a la joven hasta la orilla de un río, aunque sólo un angosto canal de agua corría entre las riberas aprisionadas por el hielo. Se volvió hacia el oeste para seguir aquella corriente río abajo, en busca de una vegetación más densa que le brindara un mejor refugio que la maleza cercana.

Avanzó trabajosamente con la capucha cubriéndole media cara, pero alzó la mirada al sentir que el viento se había interrumpido súbitamente. Al otro lado del río, un risco bajo protegía la ribera opuesta. La hierba no le sirvió de nada cuando cruzó el agua helada, que se filtró entre las envolturas de sus pies, pero Ayla agradeció sentirse al abrigo del viento. La orilla de tierra se había hundido en un punto, dejando un saliente con raíces enmarañadas y vegetación muerta y entrelazada; justo debajo había un lugar seco.

Desató las correas que sujetaban el cuévano a su espalda y se lo quitó de encima; sacó una pesada piel de bisonte y una fuerte rama lisa. Preparó una tienda baja, inclinada, que apuntaló con piedras y trozos de madera del río. La rama la mantenía abierta al frente.

Ayla aflojó con los dientes las correas de las cubiertas que, a modo de guantes, le envolvían las manos. Se trataba de trozos de cuero peludo, de forma circular, atados alrededor de las muñecas, con una raja abierta en las palmas para que pudiera sacar el dedo pulgar cuando quisiera agarrar algo. Las abarcas que calzaba estaban hechas de la misma forma pero sin hendidura; le costó trabajo soltar las ataduras de cuero, hinchadas, que le rodeaban los tobillos. Al quitárselas, tuvo buen cuidado de conservar la hierba mojada.

Tendió su capa de piel de oso sobre la tierra, dentro de la tienda, con la parte mojada hacia abajo; colocó encima la hierba y los protectores de manos y pies, y se metió con los pies por delante. Se arrebujó en la piel y tiró del cuévano para cerrar la entrada de la tienda. Después de frotarse los pies cuando su nido de pieles húmedas comenzó a caldearse, se hizo un ovillo y se quedó dormida.

El invierno estaba lanzando sus gélidos estertores, cedía lentamente el paso a la primavera, pero la estación juvenil coqueteaba caprichosa. Entre helados recordatorios de un frío álgido, insinuantes indicios templados prometían calor estival. Un cambio brusco hizo que la tormenta se calmara en el transcurso de la noche.

Ayla despertó a los reflejos de un sol deslumbrante que brillaba desde rastros de hielo y nieve a lo largo de las riberas, bajo un cielo azul profundo y radiante. Jirones desgarrados de nubes se movían majestuosamente muy lejos en dirección al sur. Ayla salió a gatas de su tienda y corrió descalza hasta la orilla del río, con su bolsa para agua. Sin hacer caso del intenso frío, llenó la vejiga cubierta de cuero, bebió un buen trago y volvió a meterse, también a gatas, bajo la piel de oso para entrar de nuevo en calor.

No se quedó allí mucho rato. Tenía demasiadas ganas de salir ahora que había pasado el peligro de la tormenta y que el sol la llamaba. Se envolvió los pies, secos ya por el calor de su cuerpo, en sus abarcas y ató la piel de oso sobre la capa de cuero forrada de pieles en que había dormido. Luego cogió un trozo de tasajo del cuévano, recogió la tienda y las manoplas y se puso en camino mientras masticaba la carne.

El curso del río era bastante recto, corría colina abajo y se podía seguir sin dificultad. Ayla canturreaba para sí una melodía. Vio trazos de verde en los matorrales de la orilla. Una florecilla que mostraba audazmente su diminuto rostro entre charcos de aguanieve, la hizo sonreír. Un trozo de hielo se desprendió, fue saltando junto a ella durante un corto trecho y después avanzó veloz, flotando en la rápida corriente.

Cuando Ayla dejó la caverna, ya había comenzado la primavera, pero el extremo sur de la península era más cálido y la estación empezaba más temprano. Además, la cadena montañosa constituía una barrera contra los rigurosos cierzos helados, y las brisas marítimas del mar interior calentaban y regaban la estrecha franja costera y las pendientes que daban al sur, favoreciéndolas con un clima templado.

Las estepas eran más frías. Ayla había bordeado el extremo oriental de la cordillera, pero, al avanzar hacia el norte por la pradera descampada, la estación avanzó al mismo paso que ella. No parecía que fuera nunca a hacer más calor que al principio de la primavera.

Los chillidos roncos de las golondrinas de mar llamaron su atención. Alzó la mirada y pudo ver algunas de las aves parecidas a las gaviotas, que giraban y planeaban sin esfuerzo con las alas extendidas. Pensó que el mar debía de quedar cerca; las aves estarían haciendo sus nidos ahora... eso significaba huevos. Aceleró el paso. También era posible que hubiera mejillones en las rocas, almejas y lapas, así como charcos dejados por la marea al retirarse, llenos de anémonas de mar.

El sol se aproximaba a su cenit cuando Ayla llegó a una bahía protegida, formada por la costa meridional del territorio continental y el flanco noroeste de la península. Por fin había llegado al ancho paso que unía la lengua de tierra con el continente.

Ayla se deshizo de su cuévano y trepó por una abrupta cornisa que dominaba todo el panorama circundante. El azote de las olas había desprendido trozos dentados de la roca maciza por el lado del mar. Una bandada de alcas y golondrinas de mar la increpó con iracundos gritos mientras recogía huevos. Cascó algunos y los sorbió, todavía tibios por el calor del nido. Antes de bajar metió unos cuantos más en uno de los repliegues de su capa.

Se descalzó y caminó por la arena, lavándose los pies con el agua de mar y limpiando de arena los mejillones que había arrancado de la roca a nivel del mar. Anémonas como flores recogieron sus falsos pétalos cuando la joven tendió la mano para sacarlas de las charcas poco profundas que la bajamar había dejado tras de sí. Pero su color y su forma le resultaban desconocidos. Completó, pues, su almuerzo con unas cuantas almejas desenterradas de la arena allí donde una ligera depresión revelaba su presencia. No encendió fuego; saboreó crudos los dones del mar.

Harta de huevos y alimentos marinos, la joven descansó al pie de la alta roca y volvió a escalarla para examinar mejor la costa y las tierras del interior. Abrazándose las rodillas, se sentó en la parte superior del monolito y lanzó una mirada al otro lado de la bahía. El viento que le acariciaba la cara trasportaba el hálito de la rica vida que el mar contenía.

La costa meridional del continente formaba un arco suave hacia el oeste. Más allá de una delgada hilera de árboles, podía ver un amplio territorio estepario que no difería mucho de la fría pradera peninsular; pero no había en él una sola señal de estar habitado por ser humano «Ahí está, pensó, el continente más allá de la península. Y ahora, ¿adónde voy, Iza? Tú dijiste que ahí estaban los Otros, pero yo no veo a nadie». Y frente al vasto territorio vacío, los pensamientos de Ayla retornaron a la espantosa noche de la muerte de Iza, tres años antes.

–Tú no eres del Clan, Ayla. Naciste de los Otros, debes estar con ellos. Tendrás que irte, niña, encontrar a los tuyos.

–¿Irme? ¿Adónde podría ir, Iza? No conozco a los Otros. No sabría siquiera dónde buscarlos.

–En el Norte, Ayla. Vete al Norte. Hay muchos al norte de aquí, en la tierra continental más allá de la península. No puedes seguir aquí. Broud encontrará la manera de lastimarte. Vete y encuéntralos, hija mia. Encuentra a tu propia gente, encuentra a tu propio compañero.

No se había ido entonces. No pudo. Luego no tuvo otro remedio. Ahora tenía que encontrar a los Otros, no quedaba nadie más. Nunca podría regresar; nunca volvería a ver a su hijo.

Las lágrimas corrían por el rostro de Ayla. No había llorado antes. Su vida estaba en juego cuando se fue, y la pena era un lujo que no podía permitirse, pero una vez pasada la barrera, no pudo retenerla.

–Durc... mi pequeño –sollozó, hundiendo el rostro entre las manos. ¿Por qué me lo arrebató Broud?

Lloró por su hijo y por el clan que había dejado atrás; lloró por Iza, la única madre que podía recordar; y lloró por su soledad y su temor ante el mundo desconocido que la esperaba. Pero no por Creb, que la había querido como si fuera su propia hija, todavía no; la pena era demasiado reciente; no estaba preparada para hacerle frente.

Cuando se le terminaron las lágrimas, Ayla se encontró mirando las olas que se estrellaban allá abajo. Vio las olas estallar en chorros de espuma y bañar después las rocas dentadas.

«Habría sido tan fácil», pensó.

«¡No!, y meneando la cabeza, se enderezó. Le dije que podía quitarme a mi hijo, que podía obligarme a marcharme, que podía maldecirme con la muerte, ¡pero que no podría hacer que me muriera!»

Sintió el sabor de la sal y una sonrisa sesgada cruzó su rostro. Sus lágrimas siempre habían desorientado a Iza y a Creb. Los ojos de la gente del Clan no echaban agua a menos que estuvieran enfermos, ni siquiera los de Durc. Había mucho de ella en el niño, podía emitir sonidos como los suyos, pero los grandes ojos oscuros de Durc eran del Clan.

Ayla bajó rápidamente. Al echarse el cuévano a la espalda, se preguntó si sus ojos eran realmente débiles o si a todos los Otros también les llorarían los ojos. Acto seguido, otro pensamiento le pasó por la mente: «encuentra a tu propia gente, encuentra a tu propio compañero».

La joven siguió su camino hacia el oeste a lo largo de la costa, cruzando numerosos ríos y arroyos que se abrían paso hacia el mar interior, hasta que llegó a un río bastante grande. Entonces se orientó hacia el norte, siguiendo al agua torrentosa tierra adentro y buscando un lugar por donde pudiera vadear. Atravesó la franja costera de pinos y alerces, una zona boscosa en la que ocasionalmente se erguía un gigante dominando a sus parientes enanos. Cuando llegó a las estepas continentales, matorrales de sauces, abedules y álamos temblones se unieron a las coníferas apretadas que bordeaban el río.

Siguió cada meandro, cada recodo del curso, y cada día que pasaba se sentía más inquieta. El río estaba llevándola de nuevo hacia el este, en una dirección generalmente noreste. Ella no quería ir hacia el este, pues algunos clanes cazaban en la parte oriental del continente. Había decidido orientarse hacia el oeste en su viaje al norte. No quería correr el riesgo de encontrarse con alguien del Clan...¡y menos con la maldición de muerte que pesaba sobre ella! Tendría que encontrar el modo de atravesar el río.

Cuando el río se ensanchó y se separó en dos canales, con un islote cubierto de grava en medio y unas orillas rocosas a las que se aferraba la maleza, decidió arriesgarse a cruzar. Unas cuantas peñas enormes en el canal, al otro lado del islote, le hicieron pensar que tal vez fuera poco profundo y pudiera vadearse. Nadaba bien, pero no deseaba que sus ropas y su cuévano se mojaran; tardarían demasiado en secarse y las noches seguían siendo frías.

Yendo y viniendo a lo largo de la ribera, observó el agua que corría rápidamente. Una vez hubo decidido cuál era el tramo que le parecía menos hondo, se quitó la ropa, la metió toda en el cuévano y, sosteniendo éste en alto, penetró en el agua. Las rocas estaban resbaladizas bajo sus pies y la corriente amenazaba hacerle perder el equilibrio. A medio camino del primer canal, el agua le llegaba a la cintura, pero consiguió alcanzar el islote sin sufrir ningún percance. El segundo canal era más ancho. No estaba segura de que fuera vadeable, pero estaba a mitad del camino y no quería darse por vencida.

Se encontraba ya más allá de la mitad de la corriente cuando el río se hizo más profundo, tanto que tuvo que caminar de puntillas, con el agua al cuello, sosteniendo el cuévano por encima de su cabeza. De repente el fondo se hundió. La cabeza de Ayla se sumergió e involuntariamente tragó agua. Casi instantáneamente empezó a agitar los pies en el agua, sin soltar el cuévano; lo afirmó con una mano, mientras con la otra trataba de aproximarse a la orilla opuesta. La corriente la levantó y la sostuvo, pero sólo una corta distancia. Sintió piedras bajo sus pies y poco después estaba trepando por el ribazo.

Dejando el río a sus espaldas, Ayla se puso nuevamente a recorrer la estepa. A medida que los días soleados se fueron haciendo más frecuentes que los lluviosos, la estación cálida le dio finalmente alcance y la dejó atrás en su camino hacia el norte. Las yemas dieron paso a las hojas en árboles y maleza y las coníferas enarbolaban sus agujas suaves, verde claro, en el extremo de ramas y ramitas. Arrancaba algunas para mascarlas mientras caminaba, paladeando el sabor a pino, algo picante.

Adoptó la rutina de viajar todo el día hasta encontrar, antes del atardecer, un arroyo o un riachuelo junto al que acampaba. Todavía era fácil encontrar agua. Las lluvias primaverales y la fusión de los hielos del norte hacían que los ríos se desbordaran y se inundaran los barrancos y marjales, que más tarde se convertirían en cárcavas secas o, en el mejor de los casos, en arroyos fangosos. La abundancia de agua era una fase efímera. La humedad sería rápidamente absorbida, pero no antes de que florecieran las estepas.

Casi de la noche a la mañana, flores herbáceas blancas, amarillas y púrpura –menos frecuentes eran el azul fuerte o el rojo brillante– cubrieron la tierra, fundiéndose en la distancia con el verde joven predominante de la hierba nueva. Ayla se deleitaba ante la belleza de la estación; la primavera había sido siempre su estación predilecta.

A medida que las planicies abiertas comenzaban a bullir de vida, Ayla hizo menos uso de la escasa provisión de alimentos conservados que llevaba y comenzó a vivir de la tierra. Esto no retrasaba mucho su marcha. Todas las mujeres del Clan aprendían a cortar hojas, flores, brotes y bayas mientras viajaban, casi sin detenerse. Ayla arrancó las hojas y las ramitas de una rama más gruesa, afiló un extremo con un cuchillo y la utilizó para arrancar bulbos y raíces con la misma prontitud. Recolectar era fácil: sólo tenía que alimentarse a sí misma.

Pero la joven contaba con una ventaja que las mujeres del Clan no solían tener: podía cazar. Sólo con la honda, claro está, pero incluso los hombres estaban de acuerdo –una vez se hicieron a la idea de que pudiera cazar– en que era la más hábil cazadora con honda de todo el Clan. Había aprendido sola y pagó cara aquella habilidad suya.

Como las hierbas recién salidas de la tierra tentaban a las ardillas terrestres, a los hamsters gigantes, a los jerbos grandes, a los conejos y a las liebres recién salidos de sus nidos invernales, Ayla comenzó a llevar nuevamente la honda metida en la correa que le sujetaba la capa de pieles. Llevaba también en el mismo sitio el palo de cavar, pero su bolsa de medicinas estaba, como siempre, colgada de la correa que, alrededor del talle, le sujetaba su prenda interior.

Abundaba el alimento; la leña y el fuego resultaban algo más difíciles de conseguir. Podía encender una fogata, porque en los matorrales y árboles bajos que conseguían sobrevivir a lo largo de algunos de los ríos de temporada, había con frecuencia leña seca. Siempre que tropezaba con ramas secas o boñigas, las recogía también. Pero no hacía fuego todas las noches. En ocasiones no disponía del material adecuado, o estaba demasiado verde o mojado, y otras veces se sentía cansada y no quería tomarse esa molestia.

En cualquier caso, no le gustaba dormir en descampado sin la seguridad que proporcionaba una hoguera. La inmensidad herbosa daba vida a muchísimos rumiantes grandes, pero sus filas se veían diezmadas por diferentes cazadores de cuatro patas. Generalmente una hoguera los mantenía a distancia. Era práctica común en el Clan que un varón de categoría transportara un carbón durante los viajes para encender la siguiente hoguera, pero a Ayla no se le había ocurrido llevar consigo materiales para hacer fuego. Una vez que cayó en la cuenta, se preguntó por qué no se le habría ocurrido antes.

No era fácil encender fuego, si la leña estaba demasiado verde o húmeda, con el palo de frotar y la plataforma de madera plana. Cuando encontró el esqueleto de un uro, pensó que sus problemas estaban solucionados.

La luna había recorrido otro ciclo de sus fases y la húmeda primavera estaba convirtiéndose en un cálido verano tempranero. Ayla seguía recorriendo la vasta llanura costera que se inclinaba suavemente hacia el mar interior. El limo arrastrado por las inundaciones de temporada formaba frecuentemente largos estuarios parcialmente cerrados por bancos de arena o bien bloqueados por completo y convertidos en lagunas y albuferas.

Ayla había acampado en un paraje seco junto a una charca a media mañana. El agua parecía estancada, no potable, pero su bolsa para agua estaba casi vacía. Metió la mano para probarla y escupió el líquido fétido; después se enjuagó la boca con un sorbo de su cantimplora.

«Me pregunto si los uros beberán este agua», pensó, al ver huesos blanqueados y una calavera con largos cuernos afilados. Se apartó del agua estancada con su espectro de muerte, pero los huesos no se borraban de su pensamiento. Seguía viendo la calavera blanca y los largos cuernos, curvos y huecos...

Se detuvo junto a un río casi a mediodía y decidió hacer fuego y asar un conejo que había cazado. Sentada bajo el cálido sol, haciendo girar el palo de hacer fuego entre las palmas sobre la plataforma de madera, suspiraba porque apareciera Grod con el carbón que llevaba en...

Dio un brinco, metió en el cuévano el palo y la base de madera, colocó encima el conejo y echó a correr volviendo sobre sus pasos. Cuando llegó a la charca, buscó la calavera. Grod solía llevar un carbón encendido, envuelto en musgo seco o en liquen, dentro del largo cuerno hueco de un uro. Por tanto, si ella seguía su ejemplo, podría transportar su propio fuego.

Mientras tiraba del cuerno sintió una punzada de remordimiento: las mujeres del Clan no transportaban fuego; estaba prohibido.

«Pero, ¿quién lo llevará por mí, si no?», pensó, tirando con fuerza hasta arrancar el cuerno. Se alejó rápidamente, como si creyera que esa acción prohibida había atraído sobre ella miradas observadoras llenas de reprobación.

Hubo un tiempo en que su supervivencia fue cuestión de ajustarse a un modo de vida ajeno a su naturaleza. Ahora dependía de su capacidad para superar los condicionamientos de su niñez y de que supiera pensar por sí misma. El asta de uro era un comienzo, así como buen presagio en cuanto a sus oportunidades.

Sin embargo, llevar fuego era bastante más complicado de lo que ella había supuesto. Por la mañana buscó musgo seco para envolver su carbón prendido. Pero el musgo, tan abundante en la región boscosa próxima a la caverna, no existía en las planicies abiertas y secas. Finalmente, decidió usar hierba. Con gran desaliento comprobó que la brasa se había apagado cuando se dispuso a acampar de nuevo. Sin embargo, sabía que podría lograrse, y a menudo había protegido hogueras para que se mantuvieran encendidas toda la noche. Poseía los conocimientos necesarios. A fuerza de pruebas y de muchas brasas apagadas, consiguió descubrir la manera de conservar algo de fuego de un campamento a otro. Y también llevaba colgada de su correa el asta de uro.

Ayla encontraba siempre el medio de atravesar los ríos que le salían al paso vadeándolos, pero cuando se halló frente al gran río, comprendió que tendría que emplear otro método. Había avanzado contracorriente varios días; pero ahora el curso volvía hacia el noroeste sin reducir su anchura.

Aun cuando ya se creía fuera del territorio que podía ser recorrido por los cazadores del Clan, no quería seguir hacia el este. Ir al este significaba regresar al Clan. No podía regresar; ni siquiera deseaba orientarse en aquella dirección. Y tampoco podía permanecer allí, acampando a cielo raso junto al río. Tendría que cruzar; no le quedaba otra salida.

Pensó que sería posible cruzarlo a nado –siempre había sido buena nadadora–, pero sin sostener por encima de su cabeza el cuévano que contenía todas sus posesiones; éste era el problema.

Estaba sentada al lado de un modesto fuego, al abrigo de un árbol caído cuyas ramas desnudas se bañaban en el río. El sol de la tarde brillaba sobre el fluir constante del río que discurría veloz. De cuando en cuando pasaban desperdicios flotando. Esto le recordó el río que corría junto a la caverna y la pesca del salmón y el esturión allí donde aquél desembocaba en el mar interior. Entonces, solía disfrutar nadando aun cuando eso preocupaba a Iza. Ayla no recordaba haber aprendido a nadar; parecía ser algo innato en ella.

«Me pregunto por qué a nadie más le gustaba nadar», se decía al rememorar aquellos días. «Creían que yo era rara porque me gustaba adentrarme en el mar... hasta el día en que Ona estuvo a punto de ahogarse».

Recordó que todos le habían estado agradecidos por salvar la vida de la niña. Incluso Brun la ayudó a salir del agua. Entonces había experimentado una cálida sensación de ser aceptada, de ser realmente una de ellos. Sus piernas largas y rectas, su cuerpo delgado, su excesiva estatura, su cabello rubio, sus ojos azules y su frente alta no importaron ya. Algunos del clan intentaron aprender a nadar después de aquello, pero no flotaban bien y les asustaban las aguas profundas.

«Me pregunto si Durc podría aprender. Nunca fue tan pesado como los otros bebés, y nunca será tan musculoso como la mayoría de los hombres. Creo que podría...

»¿Quién va a enseñarle si yo no estoy allí? Uba no sabe. Ella le cuidará; le quiere tanto como yo, pero no sabe nadar. Y Brun tampoco. Brun le enseñará a cazar, le protegerá. No permitirá que Broud le haga daño a mi hijo, lo prometió... aun cuando se suponía que ya no podía verme. Brun fue un buen jefe, no como Broud...

»¿Es posible que Broud haya hecho que Durc se iniciara dentro de mí?» Ayla se estremeció recordando cómo la había forzado Broud. «Iza decía que los hombres actuaban así con las mujeres que les gustaban, pero Broud sólo lo hacía porque sabía cuánto horror me causaba. Todos dicen que lo que inicia los bebés es el espíritu de un tótem. Pero ningún hombre tiene un tótem lo suficientemente fuerte para vencer a mi León Cavernario. Sólo quedé embarazada después de que Broud comenzara a forzarme, y todos se sorprendieron. Nadie pensó que yo llegaría a tener un bebé...

»Ojalá pueda verle cuando sea grande. Ya está alto para su edad, como yo. Será el hombre más alto del clan, estoy segura...

»¡No, no lo estoy! Nunca lo sabré. No volveré a ver a Durc.

»Deja de pensar en él, se ordenó a sí misma, secándose una lágrima». Se levantó y echó a andar hacia la orilla del río. «De nada sirve pensar en él. Y con eso no voy a cruzar el río».

Había estado tan sumida en sus pensamientos que no reparó en el tronco en forma de horquilla que flotaba cerca de la orilla. Miraba con cierta fijeza desinteresada cómo las ramas abiertas del árbol caído lo detenían entre sus ramas enmarañadas, y contemplaba sin verlo el tronco que oscilaba y luchaba por liberarse durante un rato. Pero tan pronto como se fijó en él, vio también las posibilidades que encerraba.

Vadeó las aguas poco profundas y tiró de él arrastrándolo hasta la playa. Era la parte superior del tronco de un árbol de buen tamaño, recientemente quebrado por una violenta inundación río arriba, y no estaba saturado de agua. Con un hacha de mano que llevaba en uno de los repliegues de su capa de cuero, recortó la más larga de las dos ramas bifurcadas hasta dejarla del mismo tamaño que la otra; después las limpió de las ramitas que estorbaban, dejando dos vástagos bastante largos.

Después de echar una mirada en derredor, se dirigió hacia un grupo de abedules cubiertos de clemátides trepadoras. Tirando de una liana leñosa joven consiguió desprender toda una planta larga y resistente. Regresó arrancando las hojas. Entonces extendió su tienda de cuero en el suelo y colocó encima el contenido de su cuévano. Ya era hora de hacer inventario y volver a guardarlo todo ordenadamente.

Puso sus polainas de cuero y sus manoplas de piel en el fondo del cuévano junto con el manto forrado de pieles, ya que ahora usaba el de verano; no los necesitaría antes del próximo invierno. Se detuvo un instante, preguntándose dónde se encontraría el invierno próximo, pero no deseaba pensar en ello. Interrumpió de nuevo su tarea al coger el manto de cuero fino y flexible que había usado para cargar a Durc sobre la cadera cuando le llevaba a cuestas.

No le hacía falta, no era necesario para su supervivencia. Sólo se lo había llevado porque era algo que había estado en contacto con el niño. Lo acercó a su mejilla, después lo dobló cuidadosamente y lo metió en el cuévano. Encima colocó las tiras de cuero suave que utilizaba durante su menstruación. A continuación, un par de protectores de los pies de repuesto. Ahora andaba descalza, pero seguía poniéndoselos cuando hacía frío o humedad, y estaban muy desgastados. Se alegraba de haberse traído un segundo par.

Después examinó sus alimentos. Había un paquete de corteza de abedul lleno de azúcar de arce, el último que le quedaba. Ayla lo abrió, partió un trozo y se lo comió, preguntándose si volvería a probar el azúcar de arce cuando se le acabara aquél.

Le quedaban varios panes de viaje, del tipo del que se llevaban los hombres cuando iban de cacería; se componían de grasa derretida, carne seca molida y frutos secos. Sólo de pensar en la rica grasa se le hizo la boca agua. La mayoría de los animalitos que cazaba con la honda eran magros. Sin los alimentos vegetales que recolectaba, se hubiera consumido poco a poco con una dieta que constaba sólo de proteínas. También las grasas o los carbohidratos eran necesarios en una forma u otra.

Puso los panes de viaje en el cuévano sin caer en la tentación de comer de ellos un solo bocado, reservándolos para casos de emergencia. Agregó algunas tiras de tasajo –duro como el cuero, pero nutritivo–, unas pocas manzanas secas, algunas avellanas, unos saquitos de grano recogido de las hierbas de la estepa cerca de la caverna, y tiró una raíz podrida. Encima de los alimentos colocó su tazón, su capucha de piel de lobo y los protectores de los pies desgastados.

Desató su bolsa de medicinas de la correa que le servía de cinturón y frotó con la mano la suave piel impermeable de nutria, sintiendo los duros huesos de rabo y patas. La correa que cerraba la bolsa estaba enjaretada alrededor del orificio, y la cabeza curiosamente aplastada, que seguía sujeta por la parte posterior del cuello, servía de tapa. Iza la había hecho para ella, transmitiendo el legado de madre a hija, cuando Ayla se convirtió en la curandera del Clan.

Recordó de pronto, al cabo de varios años, la primera bolsa de medicinas que le había hecho Iza, la que Creb había quemado la primera vez que la maldijeron. Brun tuvo que hacerlo. No estaba permitido que las mujeres tocaran las armas, y Ayla había estado empleando la honda durante varios años. Aun así, le había dado la oportunidad de regresar... si podía sobrevivir.

«Tal vez me dio una oportunidad mayor de lo que él creía», pensó. «Me pregunto si estaría viva ahora, de no haber aprendido cómo la maldición de muerte le hace desear a una estar muerta. Salvo por haber tenido que abandonar a Durc, creo que la primera vez fue más duro. Cuando Creb quemó todas mis cosas, hubiera querido morirme».

No había podido pensar en Creb, el dolor era demasiado reciente, la pena demasiado viva. Había amado al viejo mago tanto como a Iza. El había sido hermano de Iza y también de Brun. Privado de un ojo y de parte del brazo, Creb nunca había cazado, pero era el más grande de todos los hombres santos de los clanes. Mog-ur, respetado y temido... su rostro viejo, tuerto y cubierto de cicatrices era capaz de amedrentar al más valeroso cazador, pero Ayla había conocido su lado más tierno.

La había protegido, se había preocupado por ella, la había amado como hija de una compañera que nunca tuvo. Ayla había tenido tiempo para acostumbrarse a la idea de que Iza había muerto, tres años antes, y aunque le dolía la separación, sabía que Durc seguía con vida. No había llorado a Creb. De repente, gritó su nombre.

–¡Creb...! ¡Oh, Creb...! ¿Por qué entraste de nuevo en la caverna? ¿Por qué tuviste que morir?

Sollozó desconsoladamente en la bolsa impermeable de piel de nutria. Entonces, desde muy adentro, un gemido agudo estalló en su garganta. Se meció de atrás para adelante, incapaz de contener su angustia, su pena y su desesperación. Pero allí no había un clan amante para unirse a sus lamentos y compartir su duelo. Se lamentaba sola, se lamentaba por su soledad.

Cuando se agotaron sus gemidos, se sintió vacía, pero su tremendo desconsuelo se había aliviado. Al cabo de un rato se acercó al río y se lavó el rostro, ocupándose después de introducir su bolsa de medicinas en el cuévano. No necesitó comprobar el contenido, sabía perfectamente lo que había dentro.

Agarró el palo de cavar y de repente lo arrojó lejos de sí, a impulsos de una ira que había venido a sustituir al dolor y fortalecía su determinación. «¡Broud no conseguirá que me muera!»

Aspiró profundamente y se impuso a sí misma seguir llenando el cuévano. Metió en él los materiales para hacer fuego y el cuerno de uro, después cogió algunas herramientas de pedernal que llevaba entre los pliegues de su manto. De otro repliegue sacó un guijarro redondo, lo lanzó al aire y lo cogió al vuelo. Cualquier piedra que tuviera el tamaño exacto podía ser lanzada con la honda, pero la puntería mejoraba con proyectiles redondos y suaves. Guardó los pocos que tenía.

Entonces llevó la mano a su honda, una tira de piel de venado con una bolsa en el centro para colocar las piedras y con largos extremos retorcidos por el uso. Desde luego que se quedaba con ella. Desató una larga cinta de cuero, colocada alrededor de su manto de piel suave de venado de manera que se formaran pliegues para llevar cosas. Cayó el manto y Ayla se quedó desnuda, excepto por la bolsita de cuero que llevaba colgada de un cordel rodeándole el cuello y que contenía su amuleto. Se lo quitó pasándoselo por la cabeza y se sintió más desnuda sin el amuleto que sin el manto, porque los objetos pequeños y duros que encerraba la pequeña bolsa resultaban tranquilizadores.

Eso era todo: la suma total de sus posesiones, lo único que necesitaba para vivir... eso y los conocimientos, la habilidad, la experiencia, la inteligencia, la decisión y el valor.

Rápidamente enrolló su amuleto, sus herramientas y su honda en el manto y lo metió todo en el cuévano; después envolvió éste en la piel de oso y lo amarró con la correa más larga. Volvió a enrollarlo todo dentro de la tienda de piel de uro y lo ató al tronco con la liana en el punto en que las ramas formaban la horquilla.

Se quedó mirando al ancho río y al lejano ribazo y pensó en su tótem; a continuación cubrió el fuego con arena y empujó el tronco, con todas sus preciosas posesiones, hacia el agua del río, alejándolo del árbol de la orilla. Colocándose en la horquilla, Ayla agarró los extremos de las ramas y de un empujón puso a flote su balsa.

Todavía helada por el hielo derretido del glaciar, el agua gélida le envolvió el cuerpo desnudo. Jadeó, respirando con dificultad, pero al acostumbrarse al frígido elemento, una especie de entumecimiento se apoderó de ella. La poderosa corriente se adueñó del tronco; trató de terminar su tarea llevándoselo hasta el mar, y lo empujó entre grandes oleadas, pero las ramas separadas impidieron que se diera la vuelta. Pataleando con fuerza, Ayla luchaba por abrirse paso a través del caudaloso río y se desvió en ángulo hacia la orilla opuesta.

Sin embargo, el avance era de una lentitud desesperante. Cada vez que alzaba la vista, le parecía que el otro lado del río estaba más lejos de lo que esperaba. Avanzaba mucho más río abajo que al través. Cuando la corriente la llevó más allá del lugar que había escogido para desembarcar, ya estaba cansada y el frío hacía descender la temperatura de su cuerpo; tiritaba y le dolían los músculos. Parecía como si hubiera estado pataleando desde siempre con piedras colgadas de los pies, pero no cejó en su lucha.

Al fin, agotada, se rindió a la fuerza inexorable de la corriente. El río, aprovechándose, se llevó la balsa improvisada a favor de la corriente, con Ayla desesperadamente aferrada al tronco que ahora la arrastraba a ella.

Sin embargo, más adelante, el curso del río estaba cambiando, su dirección sur derivaba hacia el oeste al rodear un saliente del terreno. Ayla había cruzado más de las tres cuartas partes del camino a través del impetuoso torrente antes de rendirse al agotamiento, y cuando vio la ribera rocosa, en un esfuerzo decidido, recobró el control.

Obligó a sus piernas a que patalearan, esforzándose para llegar a tierra antes de que el río la llevara más allá de aquel punto. Cerrando los ojos, se concentró en mantener las piernas en movimiento. De repente, con un sobresalto, sintió que el tronco rascaba el fondo y se detenía.

Ayla no podía moverse. Medio sumergida, estaba tendida en el agua, cogida a las ramas quebradas. Una oleada de la turbulenta corriente alzó el tronco, liberándolo de las rocas afiladas y llenando de pánico a la joven. Hizo un esfuerzo para ponerse de rodillas y empujó hacia adelante el lastimoso tronco, anclándolo en la playa; después cayó de nuevo al agua.

Pero no pudo descansar mucho rato. Presa de violentos escalofríos dentro del agua helada, consiguió nadar hasta el saliente. Tiró de los nudos de la liana y consiguió aflojarlos; tirando de ellos, arrastró el envoltorio hasta la playa. Más difícil resultó desatar el cuero con sus dedos temblorosos.

El destino vino en su auxilio. La correa se rompió en un punto débil. Ayla agarró la larga tira de cuero, la apartó, hizo a un lado el cuévano y, metiéndose en la piel de oso, se cubrió con ella. Para cuando dejó de tiritar, se había quedado dormida.

Ayla se dirigió hacia el norte, ligeramente orientada hacia el oeste, después de su peligrosa travesía del río. Los días del verano se volvían más calurosos a medida que la joven exploraba la inmensa estepa en busca de alguna señal de existencia humana. Las floraciones herbáceas que habían alegrado la corta primavera se apagaron y la hierba alcanzó casi el alto de su cintura.

Agregó a su dieta alfalfa y trébol, y le encantó encontrar chufas ricas en almidón y algo dulces, cuyas raíces descubría siguiendo sus tallos rastreros. Las vainas de astrágalo se hinchaban con bolitas verdes y ovaladas; además, sus raíces también eran comestibles y a la joven no le costaba nada diferenciarlas de las venenosas. Cuando terminó la temporada de las yemas de lirios amarillos, las raíces seguían estando tiernas. Unas cuantas variedades de grosellas enanas, que maduraban temprano, habían comenzado a tomar color, y siempre podía comer algo fresco, pues abundaban las hojas nuevas de amaranto, mostaza u ortigas verdes.

A su honda no le faltaban blancos. Pikas esteparias, marmotas, jerbos grandes, liebres –con el pelaje de un gris oscuro y no blanco como en invierno– y, de cuando en cuando, algún hámster omnívoro, gigante, cazador de ratones, abundaban en las planicies. Pero la ortega del sauce, que vuela bajo, y la perdiz blanca siempre constituían un verdadero manjar. Ayla no podía comer perdiz blanca sin recordar que las gordas aves de patas emplumadas eran las predilectas de Creb.

Pero ésas eran sólo las criaturas más pequeñas que disfrutaban de la tranquilidad veraniega de la llanura. Ayla vio manadas de rengíferos, venados rojos y ciervos con enorme cornamenta; caballos esteparios robustos, asnos y onagros, tan parecidos entre sí; corpulentos bisontes o una familia de antílopes saiga se cruzaban eventualmente en su camino. En el rebaño de ganado salvaje, de un color entre negro y rojizo, con machos de casi dos metros de alzada, había becerros que mamaban de las enormes ubres de sus madres. A Ayla se le hizo la boca agua al pensar en el sabor del ternero lechal, pero su honda no era el arma adecuada para cazar uros. Divisó mamuts lanudos migratorios, vio un rebaño de bueyes almizcleros con las crías a sus espaldas y enfrentándose a una manada de lobos, y evitó con el mayor cuidado a una familia de rinocerontes enfurecidos. Recordó que era el tótem de Broud: «muy apropiado», se dijo.

Mientras proseguía su camino hacia el norte, la joven pudo observar cierto cambio en el terreno. Comenzaba a volverse más seco y más desolado. Había llegado al límite septentrional, mal definido, de las estepas continentales, húmedas y nevadas. Más allá, hasta donde se alzaban las murallas mismas del inmenso glaciar septentrional, se extendían las áridas estepas del loess, un entorno que existía sólo cuando los glaciares cubrían la Tierra, durante el Período Glaciar.

Los glaciares, capas macizas y congeladas que se extendían sobre el continente, cubrían el Hemisferio Norte. Casi la cuarta parte de la superficie de la Tierra estaba sumida bajo sus inconmensurables y aplastantes toneladas. El agua, encerrada en sus confines, hacía que el nivel de los océanos descendiese, haciendo que la franja costera se extendiese y que se modificara la forma de las tierras. Ninguna parte del globo estaba a salvo de su influencia; las lluvias inundaban las regiones ecuatoriales y los desiertos se encogían, pero cerca de las orillas del hielo su efecto era aún más notable.

El vasto campo de hielo congelaba el aire que lo dominaba, haciendo que la humedad de la atmósfera se condensara y cayese en forma de nieve. Pero más cerca del centro, la alta presión se estabilizaba y originaba un frío extremadamente seco, empujando la nieve hacia los extremos. Los enormes glaciares crecían por el borde; el hielo era casi uniforme en toda su enorme extensión, una cubierta de hielo de más de un kilómetro de espesor.

Como la mayor parte de la nieve caía sobre el hielo y alimentaba al glaciar, la tierra que estaba justo al sur era seca... y estaba helada. La constante alta presión sobre el centro provocaba una caída atmosférica del aire frío y seco hacia presiones más bajas; el viento, que soplaba del norte, nunca cesaba de barrer las estepas: sólo variaba de intensidad. A lo largo de su recorrido arrastraba rocas que habían sido pulverizadas como harina en el límite movedizo del glaciar triturador. Las partículas transportadas por el viento pasaban como por un tamiz hasta adquirir una textura poco más áspera que la arcilla, el loess; depositadas sobre cientos de kilómetros y con un espesor de muchos metros, se convertían en tierra negra.

En invierno, vientos aulladores azotaban la escasa nieve caída sobre la yerma tierra helada. Pero la Tierra seguía girando sobre su eje inclinado, y las estaciones seguían cambiando. Temperaturas anuales medias de sólo unos pocos grados menos provocan la formación de un glaciar; unos pocos días calurosos causan unos efectos insignificantes si no alteran la media.

En primavera, la escasa nieve que caía sobre la tierra se derretía y la costra del glaciar se calentaba y chorreaba hacia abajo en dirección a las estepas. El agua de fusión suavizaba lo suficiente el suelo, por encima de la escarcha, para que brotaran hierbas de raíces poco profundas. La hierba crecía rápidamente, sabedora desde el corazón de su semilla que su vida sería breve. A mediados del verano se había convertido en heno seco, en todo un continente de tierras herbosas, con bolsas dispersas de selva boreal y tundra en las proximidades de los océanos.

En las regiones cercanas a los límites del hielo, allí donde la capa de nieve era delgada, la hierba proporcionaba forraje todo el año a incontables millones de animales herbívoros y consumidores de semillas que se habían adaptado al frío glacial... y a depredadores capaces de adaptarse a cualquier clima apropiado a su presa. Un mamut podía pastar al pie de una muralla brillante de hielo, de un blanco azulado, que se alzaba mil metros o más sobre su cabeza.

Las corrientes de agua y los ríos de temporada, alimentados por la fusión de los hielos, abrían surcos en el profundo loess y a menudo se abrían paso entre la roca sedimentaria hasta la plataforma cristalina de granito que yacía bajo el continente. Profundos barrancos y cañones de ríos eran comunes en el paisaje abierto, pero los ríos proporcionaban humedad y los cañones, protección contra el viento. Incluso en las áridas estepas de loess existían valles verdes.

El tiempo era cada vez más cálido y, a medida que transcurrían los días, Ayla se cansó de viajar. Se cansó de la monotonía de las estepas, del sol implacable y del viento incesante. Su cutis se volvió áspero, agrietado, y se peló. Tenía los labios cubiertos de costras, los ojos doloridos, la garganta siempre llena de polvo. A veces pasaba a través de un valle fluvial, más verde y boscoso que las estepas, pero ninguno le inspiró el deseo de quedarse y en ninguno de ellos había el menor rastro de vida humana.

Aun cuando los cielos eran generalmente claros, su búsqueda infructuosa proyectaba sobre ella una sombra de preocupación y temor. La tierra siempre estaba gobernada por el invierno. El más caluroso día del verano nunca mantenía muy alejado el rudo frío glacial. Había que hacer acopio de alimentos y encontrar protección para sobrevivir a la prolongada estación invernal. Ayla había vagado desde el principio de la primavera y ya empezaba a preguntarse si estaría condenada a recorrer perpetuamente las estepas... o a morir, después de todo.

Acampó al finalizar otro día igual a los anteriores. Había matado un animalito, pero su brasa se había apagado y la leña escaseaba cada vez más. Comió unos cuantos bocados crudos para no tener que hacer fuego, pero no sentía apetito. Tiró la marmota a un lado, aunque parecía que también la caza empezaba a escasear... o tal vez ella no buscaba ya con tanta atención. Recolectar también se hacía difícil. La tierra estaba dura, seca y entretejida con plantas secas. Y allí nunca amainaba el viento.

Durmió mal, atormentada por pesadillas, y despertó sin haber conseguido descansar. No tenía nada que comer, hasta la marmota que había descartado había desaparecido. Bebió un poco de agua insípida, cogió su cuévano y se puso en marcha hacia el norte. Cerca del mediodía encontró, junto al lecho de un río, unas charcas a punto de secarse y cuya agua tenía un sabor ácido. A pesar de ello, llenó su odre. Arrancó algunas raíces de espadaña; aunque correosas y blancuzcas, las fue masticando mientras avanzaba cansadamente. No quería seguir adelante, pero no se le ocurría nada mejor. Desanimada y apática, no prestaba gran atención a su camino. No se dio cuenta de que una manada de leones estaba tomando el sol de la tarde hasta que uno de ellos lanzó un rugido de advertencia.

El temor se apoderó de ella, despertando su conciencia. Retrocedió y dio un rodeo para evitar el territorio de los leones. Había llegado suficientemente al norte. Era el espíritu del León Cavernario lo que la protegía, no la enorme bestia en su forma física. Que fuera su tótem no significaba que la mantuviera a salvo de un ataque. En realidad, así fue como Creb supo que su tótem era el León Cavernario. Ayla seguía llevando cuatro largas cicatrices paralelas en el muslo izquierdo, y tenía siempre la misma pesadilla: una zarpa gigantesca que se introducía en la cueva diminuta donde se había refugiado para ocultarse siendo una niña de cinco años. Recordó haber soñado con esa zarpa la noche anterior. Creb le había dicho que había sido sometida a prueba para ver si lo merecía, y que estaba señalada como muestra de que había sido elegida. Inconscientemente, tendió la mano y tocó las cicatrices de la pierna. «Me pregunto por qué me escogería el León Cavernario», pensó.

El sol deslumbraba mientras se hundía en el cielo por el oeste. Ayla había estado trepando por una cuesta larga, buscando un lugar donde acampar. «Otra vez una acampada sin agua», pensó, y se alegró de haber llenado su bolsa. Pero tendría que encontrar agua pronto. Estaba cansada, hambrienta y trastornada por haberse dejado llevar tan cerca de los leones cavernarios.

¿Sería una señal? ¿Sería tan sólo cuestión de tiempo? ¿Qué le hacía pensar que podría librarse fácilmente de una maldición de muerte?

El brillo del horizonte era tan intenso que no se dio cuenta de que estaba al borde de un precipicio. Se protegió los ojos con las manos, se detuvo y vio bajo sus pies un barranco. Un riachuelo de agua reluciente corría allá abajo, flanqueado a ambos lados por árboles y matorrales. Un desfiladero de farallones rocosos se abría sobre un valle fresco, verde y abrigado. A medio camino, hacia abajo, en medio de un campo, los últimos rayos alargados del sol caían sobre una pequeña manada de caballos que pastaban apaciblemente.

2

–Bueno, dime entonces: ¿por qué has decidido venir conmigo, Jondalar? –preguntó el joven de cabello moreno, mientras desataba una tienda formada por varios cueros enjaretados unos con otros–. Le dijiste a Marona que sólo irías a visitar a Dalanar y mostrarme el camino. Nada más que para hacer un corto Viaje antes de establecerte. Se suponía que irías a la Reunión de Verano con los Lanzadonii, y que estarías allí a tiempo para la Matrimonial. Se va a poner furiosa, y no es una mujer a quien yo desearía ver enojada conmigo. ¿Seguro que no vienes sólo para librarte de ella? –el tono de voz de Thonolan era ligero, pero la seriedad de su mirada delataba su inquietud.

–Hermano Pequeño, ¿qué te hace pensar que eres el único de esta familia que siente el deseo de viajar? ¿No pensarías que iba a dejarte librado a tus propios medios, verdad? ¿Para que luego regresaras a casa fanfarroneando sobre tu largo Viaje? Alguien tiene que ir contigo para asegurarse de que tus historias sean veraces y para sacarte de apuros –replicó el hombre alto y rubio, antes de agacharse para entrar en la tienda. En el interior había altura suficiente para estar cómodamente sentado o arrodillado, pero no de pie, y la anchura bastaba para extender los sacos de dormir y la impedimenta de ambos. La tienda estaba sostenida por tres postes en hilera partiendo del centro, y junto al más alto, el de en medio, había un orificio en el cuero con una solapa que se podía cerrar para que no entrara la lluvia, o abrir para dejar salir el humo si se encendía fuego dentro. Jondalar arrancó los tres postes y salió gateando con ellos por la abertura de la tienda.

–¡Para sacarme de apuros! –exclamó Thonolan–. ¡Si tendré que ponerme ojos en la nuca para cuidar tu retaguardia! ¡Espera a que Marona se entere de que no estás con Dalanar y los Lanzadonii, cuando lleguen a la Reunión! Podría decidir convertirse en donii y venir volando por encima de ese glaciar que acabamos de cruzar, sólo por alcanzarte, Jondalar –juntos, se pusieron a doblar la tienda–. Esa te tiene echado el ojo desde hace tiempo y, justo cuando creía tenerte cogido, decides que ha llegado el momento de emprender un Viaje. Me parece que lo que no quieres es meter la mano en esa cuerda y dejar que Zelandoni apriete el nudo. Creo que mi hermano mayor le tiene miedo al casorio –colocaron la tienda junto a las armaduras posteriores–. La mayoría de los hombres de tu edad tienen ya un pequeño o dos junto a su fuego –agregó Thonolan, esquivando un amago de puñetazo en broma de su hermano mayor; ahora la risa bailaba en sus ojos grises.

–¡La mayoría de los hombres de mi edad! ¡Si sólo tengo tres años más que tú! –replicó Jondalar fingiendo enojo. Entonces soltó una carcajada sonora y sincera cuya exuberancia sin inhibiciones resultaba más sorprendente por inesperada...

Los dos hermanos eran tan distintos como el día y la noche, pero el más bajo, el moreno, era quien tenía el corazón más ligero. La naturaleza amigable de Thonolan, su sonrisa contagiosa y su risa fácil hacían que fuera bienvenido dondequiera que fuese. Jondalar era más serio, a menudo arrugaba el entrecejo al concentrarse o sentir inquietud, y aunque sonreía fácilmente, sobre todo a su hermano, pocas veces reía fuerte. Cuando lo hacía, el abandono mismo de su carcajada resultaba una sorpresa.

–¿Y cómo sabes que Marona no tendrá ya un pequeño que acercar a mi fuego para cuando estemos de vuelta? –dijo Jondalar mientras se ponían a enrollar el cuero del suelo, que podía utilizarse también como un pequeño refugio con un solo poste.

–¿Y cómo sabes tú que no llegará a pensar que mi huidizo hermano no es el único hombre merecedor de sus conocidos encantos? Marona sabe realmente cómo agradar a un hombre... cuando quiere. Pero ese genio suyo... Eres el único hombre capaz de manejarla, Jondalar, aunque Doni sabe que son muchos los que la tomarían, con su genio y todo –estaban el uno frente al otro con el cuero entre ambos–. ¿Por qué no la has tomado por mujer? Todo el mundo lo ha estado esperando durante años.

La pregunta de Thonolan era en serio. Los vivos ojos azules de Jondalar revelaron turbación y el entrecejo se le arrugó.

–Tal vez sea precisamente porque todo el mundo lo espera –contestó–. Sinceramente no lo sé, Thonolan; también yo espero tomarla por compañera. ¿A quién, si no?

–¿Que a quién? Oh, simplemente a la que se te antoje, Jondalar. No hay en todas las cavernas una mujer soltera, y alguna que no lo es, que no se precipitaría a aprovechar la ocasión de atar el nudo con Jondalar de los Zenlandonii, hermano de Joharran, el líder de la Novena Caverna, por no mencionar que también es hermano de Thonolan, elegante y valeroso aventurero.

–Y hay algo que se te olvida: hijo de Marthona, ex jefa de la Novena Caverna de los Zelandonii, hermano de Folara, bella hija de Marthona, o que al menos lo será cuando crezca –agregó Jondalar, sonriendo–. Si vas a citar mis parentescos, no olvides a las que gozan de la bendición de Doni.

–¿Quién podría olvidarlas? –preguntó Thonolan, enrollando los sacos de dormir, hecho cada uno de ellos con dos pieles cortadas de manera que se ajustaran al cuerpo de cada hombre y enjaretadas a los lados y los pies con un cordel alrededor de la abertura–. ¿De qué estábamos hablando? Yo diría que incluso Joplaya se uniría a ti, Jondalar.

Ambos se pusieron a recoger las rígidas armaduras en forma de caja que se abrían hacia fuera en la parte superior. Estaban hechas de cuero rígido ligado a tablillas de madera sujetas con tiras de cuero para colocarlas a la espalda y que podían ajustarse por medio de una fila de botones de marfil. Los botones estaban fijos por una correa que pasaba por un único orificio central y se anudaba por delante a una segunda correa que pasaba por detrás por el mismo orificio y, de ahí, al siguiente.

–Sabes que no podemos vivir juntos. Joplaya es mi prima. Y no deberías tomarla en serio; es una bromista increíble. Nos hicimos buenos amigos cuando fui a vivir con Dalanar para aprender mi oficio. Nos enseñó a ambos a la vez. Ella es uno de los mejores talladores de pedernal que conozco. Pero no vayas a decirle que yo te lo conté. Sólo me faltaba eso. Siempre andábamos discutiendo sobre quién era el mejor.

Jondalar alzó una pesada bolsa que contenía los utensilios para la confección de herramientas y unos cuantos trozos de pedernal, en tanto recordaba a Dalanar y la Caverna que éste había fundado. Los Lanzadonii estaban multiplicándose. Desde que él se fue se habían unido a ellos más personas y las familias aumentaban. «Pronto habrá una Segunda Caverna de los Lanzadonii», pensó. Metió la bolsa en su saco, y a continuación los utensilios para cocinar, así como alimentos y demás equipo. Su saco de dormir y la tienda iban encima de todo, y dos de los postes, en un soporte al lado izquierdo del saco. Thonolan cargaba el cuero del piso y el tercer poste. En un soporte especial, a la derecha de sus sacos, ambos transportaban varias lanzas.

Thonolan empezó a llenar de nieve una bolsa de agua, hecha con el estómago de algún animal y forrada de pieles. Cuando hacía mucho frío, como en las tierras altas del glaciar del altiplano que acababan de cruzar, llevaban las bolsas de agua dentro de su parka, de manera que el calor del cuerpo pudiera derretir la nieve. En un glaciar no había combustible para encender fuego. Ya lo habían pasado, pero no se encontraban todavía en una cota suficientemente baja para hallar agua corriente.

–Te diré una cosa, Jondalar –dijo Thonolan, alzando la vista–, me alegro de que Joplaya no sea prima mía. Creo que renunciaría a mi Viaje para aparearme con esa mujer. No me habías dicho que fuera tan bella. No conozco a nadie igual, no hay hombre que le pueda quitar los ojos de encima. Agradezco haber nacido de Marthona después de que se apareara con Willomar y no cuando era aún la compañera de Dalanar. Por lo menos, así me queda una oportunidad.

–¡Ya lo creo que es bella! Hacía tres años que no la veía y pensaba que a estas alturas ya estaría casada. Me alegro de que Dalanar haya decidido llevar a los Lanzadonii a la Reunión de los Zelandonii este verano. Con una sola Caverna, no hay mucho donde escoger. Eso dará ocasión a Joplaya de conocer algunos hombres más.

–Sí, y de hacer algo de competencia a Marona. Casi lamento no poder presenciar el encuentro entre esas dos. Marona está acostumbrada a ser la belleza del grupo; va a odiar a Joplaya. Y con eso de que tú no vas a aparecer por ninguna parte, me da la impresión de que Marona no disfrutará mucho este año de la Reunión de Verano.

–Tienes razón, Thonolan. Se sentirá herida y furiosa, y no se lo puedo reprochar. Tiene genio, pero es una buena mujer. Lo único que necesita es un hombre que sea lo suficientemente bueno para ella. Y sabe cómo complacer a un hombre. Cuando estoy junto a ella me dan ganas de atar el nudo, pero cuando no está cerca... yo no sé, Thonolan –y Jondalar frunció el ceño mientras se ajustaba el cinturón de su parka después de haber guardado dentro la bolsa del agua.

–Dime una cosa –preguntó Thonolan, de nuevo en serio–. ¿Cómo te sentirías si decidiera casarse con otro durante tu ausencia? Es probable que lo haga, ¿sabes?

Jondalar terminó de atarse el cinturón con aire de reflexionar.

–Lo sentiría, mejor dicho: mi orgullo lo sentiría... no lo sé exactamente. Pero no se lo reprocharía. Creo que se merece alguien mejor que yo, alguien que no la deje para echar a correr a última hora y emprender un Viaje. Y si ella es feliz, me sentiré feliz por ella.

–Eso era lo que yo pensaba –comentó el hermano menor. Y luego, con sonrisa pícara, dijo–: Bueno, Hermano Mayor, si vamos a llevarle la delantera a esa donii que viene tras de ti, será mejor que nos pongamos en marcha.

Thonolan terminó de llenar su mochila, después levantó su parka de pieles y sacó un brazo para colgarse del hombro la bolsa llena de nieve.

Las parkas estaban cortadas según un patrón muy sencillo. La delantera y la espalda eran piezas más o menos rectangulares unidas por una jareta a los lados y en los hombros, con dos rectángulos más pequeños doblados y cosidos formando tubos y unidos para hacer las mangas. Las capuchas, cosidas también, tenían una orla de piel de lobo alrededor del rostro, para que el hielo que se formaba con la humedad del aliento no se quedara pegado. Las parkas estaban suntuosamente decoradas con cuentas de hueso, marfil, dientes de animales, además de con las puntas negras de colas de armiño. Se pasaban por la cabeza y colgaban, flojas como túnicas, más o menos hasta medio muslo, y se ceñían alrededor del talle con un cinturón.

Debajo de las parkas, los jóvenes vestían camisas de suave piel de ante, confeccionadas según un patrón similar, y calzones de piel, con una aletilla por delante y sujetos por una jareta alrededor de la cintura. Los mitones enteramente forrados de piel, iban atados a un largo cordón que pasaba por una presilla en la espalda de la parka, de manera que pudieran retirarse rápidamente sin caerse ni perderse. Sus abarcas tenían suelas gruesas que, como mocasines, rodeaban el pie y estaban unidas a un cuero más suave que se ajustaba al contorno de la pierna y se replegaba y ataba con correas. En el interior el forro era de fieltro suelto, hecho con lana de muflones, que se humedecía y machacaba hasta quedar aglomerada. Cuando el tiempo era demasiado lluvioso, se ponían encima de la abarca intestinos de animales, impermeables, preparados para que quedaran bien ajustados, pero como eran delgados, se desgastaban muy pronto, así que sólo se utilizaban cuando era necesario.

–Thonolan, ¿hasta dónde tienes pensado llegar realmente? No intentarás, como dijiste, llegar hasta el final del Río de la Gran Madre, ¿verdad? –preguntó Jondalar, cogiendo un hacha de pedernal sujeta a un mango corto y robusto, bien moldeado, y metiéndola por un anillo de su cinturón junto al cuchillo de pedernal con mango de hueso.

Thonolan, interrumpido en el momento de ajustarse una raqueta al pie, se enderezó.

–Jondalar, lo dije en serio –afirmó, esta vez sin el menor asomo de broma.

–Entonces, quizá ni siquiera podremos regresar para la Reunión de Verano del año próximo.

–¿Acaso ya te lo estás pensando mejor? Hermano, no tienes que venir conmigo. Lo digo de verdad. No me enojaré si te vuelves... de todos modos, fue una decisión que tomaste a última hora. Sabes tan bien como yo que tal vez no regresemos nunca al hogar. Pero si quieres marcharte, será mejor que lo hagas ahora, pues, de lo contrario, te sería imposible cruzar de nuevo este glaciar antes del próximo invierno.

–No; no fue decisión de última hora, Thonolan. Hacía mucho tiempo que pensaba en hacer un Viaje. Y ahora es la mejor oportunidad para realizarlo –dijo Jondalar en tono tajante y, pensó Thonolan, con un dejo de amargura inexplicable en la voz. Luego, como si estuviera tratando de sacudirse todo aquello, Jondalar adoptó un tono más ligero–. Nunca he hecho un Viaje largo, y si no lo hago ahora, no lo haré nunca. He tomado mi decisión, Hermano Pequeño, tendrás que aguantarme.

El cielo estaba claro y el sol, que se reflejaba en la nieve impoluta que se extendía ante ellos, cegaba. Aun cuando era ya primavera, a aquella altitud el paisaje no ofrecía las características propias de tal estación. Jondalar metió la mano en una bolsa que le colgaba del cinturón y sacó un par de gafas para la nieve: estaban hechas de madera; su forma permitía que cubrieran por completo los ojos excepto una estrecha hendidura horizontal, y se ataban detrás de la cabeza. Entonces, con un movimiento ágil para encajar el bucle de la correa en un saliente de la raqueta, entre el tobillo y los dedos del pie, se calzó sus raquetas y cogió su mochila.

Thonolan había hecho las raquetas. Su oficio era hacer lanzas, y llevaba consigo su enderezador de varas predilecto, instrumento hecho con una cuerna de venado desprovista de sus ramas secundarias y con un orificio en un extremo. Estaba minuciosamente labrado con animales y plantas primaverales, en parte para honrar a la Gran Madre Tierra y persuadirla de que permitiera que los espíritus de los animales fueran atraídos por las lanzas hechas con la herramienta, pero también porque a Thonolan le encantaba tallar. Era inevitable que perdieran lanzas mientras cazaban y habría que hacer otras nuevas por el camino. El enderezador se utilizaba particularmente en el extremo de la vara, donde no era posible cogerla con la mano, de manera que, al insertarla en el orificio, se obtenía un apalancamiento adicional. Thonolan sabía cómo aplicar presión a la madera, calentada con vapor o piedras calientes, para enderezar una vara o para doblarla en redondo y hacer una raqueta para la nieve. Eran aspectos distintos de una misma habilidad.

Jondalar se volvió para comprobar si su hermano estaba listo. Asintiendo con la cabeza, ambos echaron a andar y recorrieron pesadamente la cuesta en dirección a la línea boscosa que se extendía más abajo. A su derecha, a través de tierras bajas donde proliferaban los bosques, vieron los contrafuertes alpinos cubiertos de nieve y, a lo lejos, los helados picos de las sierras más septentrionales de la maciza cordillera. Hacia el sureste, un altísimo pico brillaba por encima de sus compañeros.

En comparación, las montañas que habían atravesado eran poco más que colinas: un macizo de montes erosionados, mucho más antiguos que los picos que se alzaban al sur, lo suficientemente alto y lo bastante próximo a la áspera cordillera con sus glaciares macizos –que no sólo coronaban sino cubrían con su manto las montañas hasta altitudes moderadas– para mantener durante todo el año una capa de nieve sobre su cima relativamente achatada. Algún día, cuando el glaciar continental retrocediera hacia su hogar en el polo, esas tierras altas se cubrirían de bosques. Ahora eran una meseta cubierta por un glaciar, una versión reducida de las inmensas capas de hielo que cubrían el globo por el norte.

Cuando los dos hermanos llegaron a la línea arbolada, se quitaron las gafas que, si bien les protegían la vista, también les quitaban visibilidad. Un poco más cuesta abajo encontraron una pequeña corriente de agua que había comenzado como fusión helada que se filtraba por las grietas de la roca, había discurrido bajo el suelo y surgía finalmente filtrada y libre de limo en un manantial resplandeciente; sus hilillos corrían entre orillas cubiertas de nieve como otros tantos desagües gélidos más.

–¿Qué te parece? –preguntó Thonolan, señalando con un ademán el riachuelo–. Está más o menos donde dijo Dalanar que lo encontraríamos.

–Si es el Donau, muy pronto lo sabremos. Tendremos la seguridad de estar siguiendo el curso del Río de la Gran Madre en cuanto lleguemos a tres ríos pequeños que se unen y fluyen hacia el este: eso fue lo que dijo. Yo creo que cualquiera de estas corrientes acabará por llevarnos finalmente a él.

–Bien, de momento sigamos por la izquierda. No será tan fácil cruzarlo después.

–Es cierto, pero los Losadunai viven en el margen derecho, y podríamos detenernos en una de sus Cavernas. Se considera que la ribera izquierda es la región de los cabezas chatas.

–Jondalar, no nos detengamos con los Losadunai –dijo Thonolan con sonrisa contenida–. Sabes que tratarán de que nos quedemos con ellos, y ya hemos permanecido demasiado tiempo con los Lanzadonii. De haber esperado un poco, no habríamos podido cruzar el glaciar; tendríamos que haberlo rodeado, y el norte es realmente territorio de los cabezas chatas. Quiero que avancemos, y no creo que haya muchos cabezas chatas tan al sur. Bueno, ¿y si los hubiera, qué? No tendrás miedo a unos cuantos cabezas chatas, ¿verdad? Ya sabes lo que dicen, que matar a un cabeza chata es igual que matar a un oso.

–No sé –dijo el hombre alto, arrugando el rostro con preocupación–. No estoy muy seguro de que me gustara vérmelas con un oso. He oído decir que los cabezas chatas son listos. Hay quienes dicen que son casi humanos.

–Listos, tal vez, pero no saben hablar. Sólo son animales.

–No son los cabezas chatas los que me preocupan, Thonolan. Los Losadunai conocen esta región. Pueden ponernos en el buen camino. No tendremos que permanecer mucho tiempo, sólo lo necesario para saber dónde nos encontramos. Nos pueden dar alguna orientación, alguna idea de lo que nos espera. Y podemos hablarles. Dalanar dijo que hay algunos que hablan zelandonii. Te diré una cosa: si estás de acuerdo en que nos detengamos ahora, aceptaré no visitar las siguientes Cavernas hasta el viaje de regreso.

–Está bien. Si es realmente lo que quieres.

Los dos hombres buscaron un punto donde cruzar el río cuyas riberas estaban todavía cubiertas de nieve y que era demasiado ancho para poder cruzarlo de un salto. Vieron un árbol que había caído atravesado, formando un puente natural, y hacia allí se dirigieron. Jondalar iba delante y, tratando de agarrarse con la mano, puso el pie en una de las raíces al descubierto. Thonolan echó una mirada en derredor, esperando su turno.

–¡Jondalar! ¡Cuidado! –gritó de repente.

Una piedra silbó junto a la cabeza del hombre alto. Mientras se tiraba al suelo al oír el aviso, tendió la mano para sacar una lanza. Thonolan ya tenía una en la mano y se agazapaba, mirando hacia el lugar de donde procedía la piedra. Notó movimiento detrás de las ramas enmarañadas de un arbusto sin hojas y arrojó el arma. Iba a coger otra lanza cuando seis personajes salieron de entre la maleza próxima. Estaban rodeados.

–¡Cabezas chatas! –gritó Thonolan, echándose hacia atrás, lanza en ristre.

–Espera, Thonolan –le gritó Jondalar–. Son más que nosotros.

–El grandote parece el jefe de la manada. Si le atino, quizá los demás echen a correr –y volvió a prepararse para lanzar.

–¡No! Pueden atacarnos antes de que tengamos tiempo de coger otra lanza. Por el momento creo que los estamos dominando... no se mueven. –Jondalar se puso de pie despacio, con el arma preparada–. No te muevas, Thonolan. Deja que hagan el próximo movimiento. Pero no pierdas de vista al grandote. Se da cuenta de que le estás apuntando con tu lanza.

Jondalar estudió al cabeza chata más alto y experimentó una sensación desconcertante: los grandes ojos oscuros que le miraban le estaban estudiando a él. Nunca había estado tan cerca de uno de ellos, y se sorprendió. Aquellos cabezas chatas no se ajustaban a las ideas preconcebidas que tenía. Los ojos del grandote estaban dominados por unos arcos ciliares sobresalientes acentuados por unas cejas hirsutas. Tenía la nariz grande, estrecha, más bien parecida a un pico, lo cual contribuía a que los ojos parecieran más hundidos aún. La barba, espesa y algo rizada, le ocultaba la cara. Al mirar a un joven que no tenía barba, pudo percatarse de que carecían de barbilla: sólo sobresalía su quijada. El cabello era moreno y revuelto, como la barba, y en todos se advertía una tendencia a tener el cuerpo muy cubierto de vello, sobre todo en la parte superior de la espalda.

Podía darse cuenta de que eran extraordinariamente velludos, pues sus mantos de pieles les cubrían en especial el torso, dejando brazos y hombros desnudos a pesar de la gélida temperatura. Pero sus vestiduras no le sorprendieron tanto como el hecho de que llevaran ropa. Nunca había visto un animal cubierto de ropa y ninguno llevaba armas. Sin embargo, cada uno de aquellos seres llevaba una larga lanza de madera –evidentemente para hundirla de golpe, no para lanzarla, aunque las puntas tenían un aspecto suficientemente ofensivo– y algunos sujetaban pesados garrotes de hueso, que en realidad eran patas delanteras de grandes rumiantes.

«La verdad es que sus quijadas no son exactamente de animal», pensó Jondalar. «Sólo que sobresalen más, y sus narices son tan sólo unas narices grandes. Es en su cabeza donde está la verdadera diferencia».

En vez de frentes altas, como la de Thonolan y la suya, tenían la frente baja e inclinada hacia atrás a partir de sus pesados arcos ciliares, adquiriendo su pleno desarrollo en la parte posterior. Parecía como si la parte superior, que se veía fácilmente, hubiera sido aplastada y empujada hacia atrás. Cuando Jondalar se irguió con sus más de ciento noventa centímetros de estatura, dominó al más alto de ellos desde más de treinta centímetros. Incluso el metro ochenta de Thonolan le hacía parecer gigantesco al lado del que, por lo visto, era el jefe, aunque no fuera más que por la estatura.

Tanto Jondalar como su hermano eran hombres bien constituidos, pero parecían flacos al lado de los fornidos cabezas chatas. Estos tenían el torso potente, con brazos y piernas gruesos, musculosos, y aunque sus miembros pareciesen algo curvados hacia fuera, caminaban tan erectos como cualquier hombre. Cuanto más los miraba, más humanos le parecían, aunque distintos de los demás hombres que hasta entonces había conocido.

Durante un buen rato nadie hizo el menor movimiento. Thonolan permanecía agazapado con la lanza lista para arrojarla; Jondalar estaba de pie, pero con la lanza firmemente cogida, de modo que podría secundar a su hermano en una fracción de segundo. Los seis cabezas chatas que les rodeaban estaban tan inmóviles como piedras, pero Jondalar no abrigaba la menor duda respecto a la rapidez con que podrían entrar en acción. Era un callejón sin salida, un empate, y el cerebro de Jondalar bullía mientras buscaba una manera de salir del paso.

De repente, el cabeza chata más alto emitió una especie de gruñido y movió el brazo. Thonolan estuvo a punto de lanzar su arma, pero captó justo a tiempo el ademán de Jondalar para que se contuviera. Sólo el cabeza chata más joven se había movido: regresó corriendo hacia la maleza de la que había salido; volvió al instante, con la lanza que había arrojado Thonolan, y con gran asombro de éste, se la entregó. Acto seguido, el joven fue hacia el río junto al puente que formaba el árbol y se agachó para sacar una piedra del agua. Luego se dirigió hacia el grandote con la piedra en la mano y pareció inclinarse ante él con expresión contrita. Un momento después los seis se habían desvanecido en el mismo matorral de donde habían surgido.

Thonolan dejó escapar un suspiro de alivio cuando se dio cuenta de que ya no estaban allí.

–¡No pensé que íbamos a salir bien de ésta! Pero desde luego estaba decidido a llevarme a uno por delante. ¿Qué es lo que habría pasado?

–No estoy seguro –respondió Jondalar– pero es posible que el joven iniciara algo que el grandote no deseaba llevar adelante, y no creo que se deba a que tuviera miedo. Había que tener valor para enfrentarse a tu lanza y hacer el movimiento que hizo.

–Quizá no se le ocurrió otra cosa mejor.

–Creo que sí. Te vio lanzar la primera vez. De lo contrario, ¿por qué habría dicho al joven que fuera a buscarla y te la devolviese?

–¿Crees de veras que se lo dijo? ¿Cómo? Si no saben hablar.

–No lo sé, pero de alguna forma el grandote ordenó al joven que te devolviera tu lanza y recogiera su piedra. Era una forma de que las cosas se quedaran así, sobre todo porque nadie había sido herido. Verás, no estoy tan seguro de que los cabezas chatas sean simples animales. Lo que hicieron fue muy inteligente. Y yo no sabía que vistieran pieles y llevaran armas, ni que caminaran como nosotros.

–Bueno, yo ahora sí sé por qué los llaman cabezas chatas. Y eran una pandilla de muy mala catadura. No quisiera vérmelas con alguno de ellos mano a mano.

–Ya sé... da la impresión de que podrían quebrarte un brazo como si fuese una rama seca. Siempre había imaginado que eran pequeños.

–Bajos tal vez, pero pequeños, no. Pequeños no, en absoluto. Hermano Mayor, tengo que admitirlo, tenías razón. Vamos a visitar a los Losadunai. Viven tan cerca que deben de saber algo más de los cabezas chatas. Además, el Río de la Gran Madre parece constituir una frontera, y diríase que los cabezas chatas no quieren que penetremos en su territorio.

Los dos hombres anduvieron varios días sin dejar de buscar los hitos que Dalanar les había señalado, siguiendo el río que en aquella parte no era muy diferente de los demás ríos, arroyos y riachuelos que fluían cuesta abajo. El que se considerara a éste precisamente como la fuente del Río de la Gran Madre era algo puramente convencional. Casi todos se unían para formar el comienzo del gran río que habría de correr colinas abajo y serpentear por las planicies a lo largo de unos 1.800 kilómetros, antes de verter su caudal en el mar interior, al sureste.

Las rocas cristalinas del macizo donde nacía el poderoso río eran de las más antiguas de la Tierra, y su amplia depresión estaba formada por caprichosas presiones que habían alzado y plegado las ásperas montañas que brillaban en su pródigo esplendor. Más de trescientos afluentes, muchos de ellos anchos ríos que arrastraban el agua de las sierras a lo largo de su curso, habrían de unirse a sus voluminosas oleadas. Y algún día su fama alcanzaría los confines del globo, y sus aguas lodosas y cargadas de sedimentos serían calificadas de azules.

Modificada por montañas y macizos, se apreciaba la influencia tanto del occidente oceánico como del oriente continental. La vida vegetal y la vida animal constituían una mezcla de las estepas del este y de la tundra-taiga occidental. En las altas pendientes había íbices, gamuzas y muflones; en las tierras boscosas era más común el venado. El tarpán, un caballo salvaje que llegaría a ser domesticado algún día, pastaba en las tierras bajas bien abrigadas y en las terrazas del río. Lobos, linces y leopardos de las nieves se deslizaban silenciosamente entre las sombras. Saliendo de su período de hibernación y algo adormilados, había osos pardos omnívoros; los enormes osos cavernarios vegetarianos llagarían más tarde. Y muchos mamíferos pequeños empezaban a sacar el hocico de refugios invernales.

Las pendientes estaban cubiertas sobre todo de pinos, aunque también se veían abetos rojos, abetos blancos y alerces. Los alisos predominaban más cerca del río, a menudo mezclados con sauces y álamos, y raras veces con robles y hayas jóvenes que apenas pasaban de ser algo más que arbustos.

La ribera izquierda subía progresivamente desde el río. Jondalar y Thonolan treparon por la cuesta hasta llegar a la cima de una alta colina. Al contemplar el paisaje desde allí arriba, los dos hombres divisaron una región salvaje, áspera y bella, suavizada por la capa blanca que llenaba las hondonadas y redondeaba los salientes. Pero la desilusión hacía que el camino se les antojara difícil.

No habían encontrado ninguno de los varios grupos de personas –se designaba a tales grupos como Cavernas, vivieran o no en una de ellas–, que se consideraban Losadunai. Jondalar comenzaba a creer que habían pasado sin verlos.

–¡Mira! –gritó Thonolan señalando con la mano. Siguiendo la dirección del brazo tendido de su hermano, Jondolar vio que un jirón de humo salía de un bosquecillo. Apretaron el paso en esa dirección y no tardaron en llegar junto a un grupo de personas que se apiñaban alrededor de una hoguera. Los hermanos se aproximaron con las manos en alto, mostrando las palmas: un saludo tácito de sinceridad y amistad.

–Soy Thonolan de los Zelandonii. Este es mi hermano Jondalar. Estamos realizando nuestro Viaje. ¿Hay aquí alguien que hable nuestro idioma?

Un hombre de edad madura dio un paso al frente y levantó las manos del mismo modo.

–Yo soy Laduni de los Losadunai. En el nombre de Duna, la Gran Madre Tierra, sed bienvenidos –cogió las dos manos de Thonolan entre las suyas y después saludó de igual modo a Jondalar–. Venid y sentaos junto al fuego. No tardaremos en comer. ¿Os uniréis a nosotros?

–Eres muy generoso –respondió ceremoniosamente Jondalar.

–Caminé hacia el oeste en mi Viaje, permanecí con una Caverna de Zelandonii. Hace bastantes años ya, pero los Zelandonii siempre son bienvenidos –les llevó hacia un tronco grande al lado de la hoguera, protegida del viento y el mal tiempo por un cobertizo–. Descansad aquí; dejad vuestra carga. Sin duda acabáis de llegar del glaciar.

–Hace pocos días –confesó Thonolan quitándose la parka.

–Es tarde ya para cruzar. Ahora el *foehn* llegará en cualquier momento.

–¿El foehn? –preguntó Thonolan.

–El viento de primavera. Cálido y seco, viene del suroeste. Sopla con tanta fuerza que arranca árboles, rompe ramas. Pero derrite muy rápidamente la nieve. En unos cuantos días todo esto puede haber desaparecido y empezarán a salir los brotes –explicó Laduni, trazando un gran arco con el brazo para indicar la nieve–. Si le coge a uno en el glaciar, puede resultar mortal. El hielo se derrite tan deprisa que se abren grietas. Los puentes y las cornisas de nieve ceden bajo los pies. Las corrientes, incluso los ríos, empiezan a fluir entre el hielo.

–Y siempre trae consigo la Desazón –agregó una joven, tomando el hilo de lo que contaba Laduni.

–¿Desazón? –se sorprendió Thonolan.

–Malos espíritus que vuelan con el viento. Vuelven irritables a todos. Personas que nunca pelean empiezan de repente a discutir. La gente feliz llora sin cesar. Los espíritus pueden provocar enfermedades, y si uno ya está enfermo, hacer que desee estar muerto. Ayuda algo saber lo que se avecina, pero, aun así, todo el mundo está de mal humor.

–¿Dónde aprendiste a hablar tan bien el zelandonii? –preguntó Thonolan, sonriendo con admiración a la atrayente joven.

Ella devolvió la mirada de Thonolan con la misma sinceridad, pero, en vez de responder, se volvió hacia Laduni.

–Thonolan de los Zelandonii, ella es Filonia de los Losadunai, hija de mi hogar –dijo Laduni, pues comprendió enseguida su muda solicitud de una presentación formal. Eso permitió que Thonolan se diera cuenta de que tenía buena opinión de sí misma y no conversaba con extraños antes de haber sido presentada, ni siquiera tratándose de guapos e interesantes extraños que iban de Viaje.

Thonolan tendió las manos en el gesto formal de saludo; su mirada apreciativa revelaba sus sentimientos. Ella vaciló un instante, como si lo pensara, pero después puso sus manos sobre las de él, y éste la atrajo más hacia sí. –Filonia de los Losadunai, Thonolan de los Zelandonii se siente honrado de que la Gran Madre Tierra le haya favorecido con el don de tu presencia –dijo con una sonrisa insinuante.

Filonia se ruborizó ligeramente ante la osada insinuación que él había hecho con su referencia al Don de la Madre, aun cuando las palabras hubieran sido tan formales como parecía serlo su gesto. La joven sintió cierta excitación al contacto con él y en sus ojos se traslucía una chispa de invitación.

–Ahora, dime –prosiguió Thonolan–: ¿donde aprendiste zelandonii?

–Mi primo y yo cruzamos el glaciar en nuestro Viaje y vivimos una temporada con una Caverna zelandonii. Ya nos había enseñado Laduni un poco... habla frecuentemente con nosotros en vuestro idioma, para no olvidarlo. Cada tantos años hace la travesía para comerciar. El quería que yo aprendiera más.

Thonolan seguía sujetándole las manos y sonriéndole.

–Las mujeres no suelen hacer Viajes prolongados y peligrosos. ¿Qué habría pasado si Doni te hubiera bendecido?

–La verdad es que no fue tan prolongado –contestó ella, complacida por la admiración evidente que había despertado en él–. Lo habría sabido a tiempo para regresar.

–Fue un Viaje tan largo como el que hacen muchos hombres –insistió Thonolan.

Jondalar, que observaba atento a los dos jóvenes, se volvió hacia Laduni.

–Ya está haciéndolo una vez más –dijo, sonriendo con picardía–. Mi hermano nunca deja de escoger a la mujer más atractiva que hay en los alrededores y consigue ganársela en un abrir y cerrar de ojos.

Laduni ahogó una risita.

–Filonia es casi una niña. Apenas si conoció sus Ritos de los Primeros Placeres el verano pasado, pero desde entonces ha tenido suficientes admiradores como para que su éxito se le haya subido a la cabeza. ¡Ah, ser joven otra vez e iniciarse de nuevo en el Don del Placer de la Gran Madre Tierra! No es que no siga disfrutándolo, pero estoy a gusto con mi compañera y no siento con frecuencia el ansia de buscar nuevas excitaciones –se volvió hacia el joven alto y rubio–. Sólo somos una partida de caza y no tenemos muchas mujeres que nos acompañen, pero no creo que tengas dificultad en encontrar alguna de nuestras bendecidas por Duna que esté dispuesta a compartir el Don. Si ninguna te conviene, tenemos una gran Caverna, y los visitantes siempre constituyen una oportunidad para realizar un festival en honor de la Madre.

–Mucho me temo que no os acompañemos hasta la Caverna. Acabamos de ponernos en marcha. Thonolan desea realizar un gran Viaje y está ansioso por seguir adelante. Quizá cuando regresemos, si nos das indicaciones para poder encontraros.

–Lamento que no vengáis a visitarnos... no hemos tenido muchos visitantes últimamente. ¿Hasta dónde pensáis llegar en este Viaje?

–Thonolan habla de seguir el Donau hasta el final. Pero todo el mundo habla de un largo Viaje cuando lo empieza. ¿Quién sabe?

–Pensé que los Zelandonii vivían cerca del Agua Grande; al menos así era cuando efectué mi Viaje. Llegué muy al oeste y después al sur. ¿Dices que es sólo el comienzo?

–Me explicaré mejor. Tienes razón, el Agua Grande está sólo a pocos días de nuestra Caverna, pero Dalanar de los Lanzadonii era compañero de mi madre cuando yo nací y también su Caverna es como mi hogar. Pasé tres años allí mientras él me enseñaba el oficio. Mi hermano y yo permanecimos con él. La única distancia que hemos recorrido desde el principio ha sido a través del glaciar y un par de días más hasta llegar aquí.

–¡Dalanar! ¡Por supuesto! Me parecías familiar. Debes de ser un hijo de su espíritu; te pareces muchísimo a él. Y también tallador de pedernal. Si eres tan parecido a él en el oficio como en el aspecto, tienes que ser muy bueno. Es el mejor que conozco. Iba a visitarle el año que viene para conseguir material de la mina de pedernal de los Lanzadonii; no hay piedra mejor.

La gente empezaba a acercarse al fuego con tazones de madera, y los deliciosos aromas que venían de aquella dirección hicieron a Jondalar tomar conciencia del hambre que tenía. Recogió su mochila para quitarla del camino y, de repente, se le ocurrió una idea.

–Laduni, traigo aquí un poco de pedernal lanzadonii. Iba a utilizarlo para reparar alguna herramienta rota durante el viaje, pero pesa mucho y no me vendría mal deshacerme de una o dos piedras. Me gustaría regalártelas si te gustan.

La mirada de Laduni se iluminó.

–Me alegraría aceptarlas pero querría darte algo a cambio. No tengo nada en contra de hacer un buen negocio, pero no me gustaría aprovecharme del hijo del hogar de Dalanar.

–Pero si ya te brindas a aliviar mi carga y me invitas a una comida caliente.

–Eso no basta para agradecer la buena piedra de los Lanzadonii. Me lo facilitas demasiado, Jondalar. Lastimas mi orgullo.

Una muchedumbre animada les rodeaba en aquellos momentos, y cuando Jondalar soltó la carcajada, le hicieron coro.

–Está bien, Laduni. No te lo voy a facilitar. Ahora mismo no me hace falta nada... estoy tratando de aligerar mi carga. Sólo te pido que me hagas algún favor más adelante. ¿De acuerdo?

–Ahora es él quien quiere aprovecharse de mí –dijo el hombre a los espectadores–. Por lo menos, di lo que es.

–¿Cómo podría decirlo? Pero conste que pienso cobrarme cuando regrese. ¿Entendido?

–¿Y cómo sabré si te lo puedo dar?

–No pediría nada que no pudieras darme.

–Tus condiciones son duras, Jondalar, pero si puedo, te daré lo que me pidas. Quedamos en eso.

Jondalar abrió su mochila, sacó lo que había encima de todo y luego cogió la bolsa de herramientas y le dio a Laduni dos nódulos de pedernal que ya estaban preparados.

–Dalanar los escogió y realizó el trabajo preliminar –explicó.

La expresión de Laduni daba a entender bien a las claras que no le parecía mal recibir dos trozos de pedernal seleccionados y preparados por Dalanar para el hijo de su hogar, pero rezongó en voz lo suficientemente alta como para que todos le oyeran:

–Probablemente esté dando mi vida a cambio de dos trozos de piedra.

Nadie hizo el menor comentario acerca de la probabilidad de que Jondalar regresara algún día para cobrarse.

–Jondalar, ¿te vas a quedar ahí de charla toda la vida? –dijo Thonolan–. Nos han invitado a compartir una comida y esa carne de venado huele que alimenta –sonreía ampliamente y Filonia estaba a su lado.

–Sí, ya está la comida –dijo Filonia–, y la caza ha sido tan buena que no hemos consumido mucha carne seca de la que traíamos. Ahora que has aligerado tu carga te quedará espacio para llevarte un poco, ¿no es cierto? –preguntó, mirando de soslayo a Laduni con pícara expresión.

–Será muy de agradecer. Laduni, todavía no me has presentado a la preciosa hija de tu hogar –dijo Jondalar.

–Es un día terrible cuando la hija del propio hogar socava los negocios que hace uno –murmuró el hombre, pero su sonrisa estaba llena de orgullo–. Jondalar de los Zenlandonii, Filonia de los Losadunai.

Ella se volvió para mirar al hermano mayor, y de repente se encontró perdida en unos ojos abrumadoramente vivos y azules que le sonreían. Se ruborizó con una mezcla de emociones al sentirse súbitamente atraída hacia el otro hermano, y agachó la cabeza para disimular su confusión.

–¡Jondalar! No creas que no veo ese brillo de tus ojos. Recuerda que yo la vi primero –bromeó Thonolan–. Vamos, Filonia, voy a apartarte de aquí. Déjame que te prevenga: mantente lejos de este hermano mío. Créeme, bien sé yo que no querrás tener nada que ver con él –se volvió hacia Laduni y, con enojo fingido, exclamó–: ¡Siempre lo hace! Una mirada le basta. ¡Ojalá hubiera nacido yo con las prendas de mi hermano!

–Tienes más prendas de las que le hacen falta a ningún hombre, hermanito –dijo Jondalar, y soltó su alegre, cálida y vigorosa carcajada.

Filonia se volvió hacia Thonolan y pareció aliviada al comprobar que le encontraba tan atractivo como cuando le vio al principio. El le rodeó los hombros con el brazo y la llevó hacia el lado opuesto del fuego, pero ella volvió la cabeza para mirar de nuevo al otro. Sonriendo más confiada, dijo:

–Siempre celebramos un festival en honor de Duna cuando vienen visitantes a la Caverna.

–No van a ir a la Caverna, Filonia –dijo Laduni. La joven pareció desilusionada por un instante; después se volvió hacia Thonolan y sonrió.

–¡Ah, ser de nuevo joven! –exclamó Laduni con una risa ahogada–. Pero las mujeres que más honran a Duna parecen tener más frecuentemente la bendición de los hijos. La Gran Madre Tierra sonríe a quienes aprecian sus dones.

Jondalar colocó su petate detrás del tronco y se dirigió al fuego. Un caldo de venado cocía en una olla constituida por un pellejo de cuero sostenido por un armazón de huesos atados entre sí. Colgaba directamente encima del fuego. El líquido hirviente, aunque suficientemente caliente para cocer el guisado, mantenía la temperatura de la olla al nivel necesario para que no se quemara. La temperatura de combustión del cuero era mucho más elevada que el caldo hirviendo.

Una mujer le tendió un tazón de madera lleno del sabroso caldo y se sentó junto a él sobre el tronco. El utilizó su cuchillo de pedernal para pinchar los trozos de carne y verduras –trozos de raíces secas que habían traído consigo– y bebió el líquido del tazón. Cuando hubo terminado, la mujer le llevó una taza más pequeña llena de té de hierbas; él se lo agradeció con una sonrisa. Ella contaba unos cuantos años más que Jondalar, los suficientes para haber cambiado la gracia de la juventud por la verdadera belleza que es fruto de la madurez. Le sonrió a su vez y volvió a sentarse a su lado.

–¿Hablas zelandonii? –preguntó Jondalar.

–Hablo poco, entiendo más –fue la respuesta.

–¿Tendré que pedirle a Laduni que nos presente o puedo preguntar cuál es tu nombre?

La mujer sonrió de nuevo con ese matiz de condescendencia que caracteriza a la mujer mayor.

–Sólo las muchachas jóvenes necesitan que alguien diga nombre. Yo, Lanalia. ¿Tú, Jondalar?

–Sí –respondió el joven. Podía sentir el calor de la pierna de ella y la excitación que experimentó se reflejó en su mirada. Ella le devolvió una mirada ardiente. El acercó su mano al muslo de ella, que se aproximó con un movimiento que le alentó y era promesa de experiencia. Asintió con la cabeza a la mirada invitadora aunque no hacía falta: los ojos de él correspondían a la invitación. Lanalia echó una mirada por encima del hombro; Jondalar siguió la dirección de aquella mirada y vio que Laduni se acercaba a ellos. La mujer se quedó tranquilamente sentada a su lado; esperarían a que fuera más tarde para cumplir la promesa

Laduni se acercó a ellos y poco después Thonolan acudió al lado de su hermano, junto al fuego, con Filonia. Muy pronto todo el mundo estuvo apiñado alrededor de los dos visitantes. Hubo chistes y bromas, traducidos para los que no comprendían. Finalmente Jondalar decidió abordar un tema más serio.

–Laduni, ¿conoces bien a la gente que hay río abajo?

–Solíamos recibir algún visitante eventual de los Sarmunai. Viven río abajo, en la orilla norte, pero ya hace años. Sucede en ocasiones. Los jóvenes siguen todos el mismo camino en sus Viajes. Después se convierte en algo conocido y menos excitante, de modo que toman otro rumbo. Después de aproximadamente una generación, sólo los viejos recuerdan, y se convierte en una aventura volver al primer camino. Todos los jóvenes creen que sus descubrimientos son nuevos. No importa que sus antepasados hayan hecho lo mismo.

–Es una novedad para ellos –dijo Jondalar, pero no continuó por el terreno filosófico. Quería información consistente antes que dejarse arrastrar a una discusión que podría ser agradable pero sin resultados prácticos inmediatos–. ¿Puedes decirme algo de sus costumbres? ¿Conoces algunas palabras de su lengua? ¿Saludos? ¿Qué deberemos evitar? ¿Qué podría resultar ofensivo?

–No sé mucho, y lo que sé no es reciente. Había un hombre que se fue hacia el este hace años, pero no ha regresado. Quién sabe, tal vez decidiera establecerse en otra parte –dijo Laduni–. Dicen que hacen sus dunai con barro, pero sólo son habladurías. No sé por qué va nadie a querer hacer imágenes de la Madre con barro. Al secarse, se desharían.

–Quizá porque está cerca de la tierra. Hay gente que prefiere la piedra por esa razón.

Al hablar, Jondalar metió involuntariamente la mano en la bolsa que llevaba colgada del cinturón y tocó la figurilla de piedra que representaba una mujer obesa. Sintió los enormes senos, el prominente vientre y sus muslos y nalgas inmensas. Los brazos y las piernas eran insignificantes, los atributos de la Madre eran lo que importaba, y los miembros de la figurilla de piedra sólo estaban apenas esbozados. La cabeza era una bola con un esbozo de cabellos que caían sobre un rostro sin facciones.

Nadie podía mirar la espantosa cara de Doni, la Gran Madre Tierra, la Antepasada Antigua, la Primera Madre, Creadora y Sustentadora de toda vida. La que bendecía a las mujeres con Su poder de crear y traer vida al mundo. Y ninguna de las pequeñas imágenes de Ella que portaban Su Espíritu, el donii, se atrevió jamás a esbozar Su rostro. Incluso cuando se revelaba en sueños, Su rostro solía ser borroso, pero los hombres la veían frecuentemente con un cuerpo joven y núbil. Algunas mujeres afirmaban que podían tomar la forma de Su espíritu y volar como el viento para llevar la suerte o infligir venganza, y Su venganza podía ser grande.

Si Ella se sentía enojada o deshonrada, era capaz de muchos hechos temibles, el mayor de los cuales consistía en retirar Su maravilloso Don del Placer que llegaba cuando una mujer decidía abrirse a un hombre. La Gran Madre y, se decía, algunas de Las Que La Servían, podían proporcionar a un hombre el poder de compartir Su Don con tantas mujeres y con toda la frecuencia que quisiera, pero también podían hacer que se secara y no le fuera posible proporcionar Placer a ninguna ni encontrarlo él.

Jondalar acarició distraídamente los enormes senos pétreos de la donii que llevaba en la bolsa, deseando tener suerte mientras pensaba en su Viaje. Era cierto que algunos nunca regresaban, pero eso formaba parte de la aventura. Entonces Thonolan hizo una pregunta a Laduni y la atención de Jondalar volvió a despertarse.

–¿Qué sabes de los cabezas chatas que hay por aquí? Tropezamos con una manada hace un par de días. Creí que nuestro Viaje había terminado–. De repente, todos se dispusieron a escuchar a Thonolan.

–¿Qué pasó? –preguntó Laduni, y había tensión en su voz. Thonolan relató el incidente con los cabezas chatas.

–¡Charoli! –exclamó Laduni, como escupiendo.

–¿Quién es Charoli? –preguntó Jondolar.

–Un joven de la Caverna Tomasi; el instigador de una pandilla de rufianes que se han empeñado en divertirse a costa de los cabezas chatas. Antes nunca habíamos tenido problemas con ellos. Ellos permanecían en su lado del río y nosotros en el nuestro. Si cruzábamos, se mantenían fuera de la vista a menos que nos quedáramos demasiado tiempo. Entonces, lo único que hacían era demostrar que nos estaban observando. Con eso bastaba. Se pone uno nervioso cuando una partida de cabezas chatas se le planta delante.

–¡No cabe la menor duda! –dijo Thonolan–. Pero, ¿qué quiere decir eso de «divertirse con los cabezas chatas»? A mí no se me ocurriría meterme en líos con ellos.

–Todo empezó como una broma. Charoli y sus camaradas se retaban a ver cuál de ellos se atrevía a correr y tocar a un cabeza chata. Pueden volverse bastante feroces si les fastidias. Un día los jóvenes se agruparon en torno de un cabeza chata que encontraron aislado... hostigándole para que los persiguiera. Por lo general, cualquier hombre puede ganarles a la carrera, pero tendrá que seguir corriendo: los cabezas chatas tienen las piernas cortas pero mucho aliento. No sé exactamente cómo empezó todo, pero al cabo de poco tiempo la pandilla de Charoli se dedicaba a propinarles palizas. Sospecho que uno de esos cabezas chatas a quienes fastidiaban atrapó a alguno de los muchachos y los demás intervinieron para defender a su amigo. Sea como fuere, lo tomaron por costumbre, pero incluso siendo varios contra un solo cabeza chata, no se iban sin unas cuantas magulladuras.

–Me lo creo –dijo Thonolan.

–Pero lo que hicieron después fue peor aún –agregó Filonia.

–¡Filonia! ¡Es repugnante! No quiero que hables de eso –dijo Laduni, realmente enfadado.

–¿Qué hicieron? –preguntó Jondalar–. Si vamos a cruzar por territorio de los cabezas chatas, será mejor que lo sepamos.

–Supongo que tienes razón, Jondalar. Lo que pasa es que me desagrada hablar de ello delante de Filonia.

–Soy una mujer adulta –afirmó ella, pero su voz no sonó muy convincente.

El hombre la miró, reflexionando, después pareció tomar una decisión:

–Los machos comenzaron a salir sólo por parejas o grupos, y eso fue demasiado para la pandilla de Charoli. De manera que empezaron a tratar de fastidiar a las hembras. Pero las hembras de los cabezas chatas no pelean. No es divertido meterse con ellas, sólo se asustan y echan a correr. De modo que la pandilla decidió utilizarlas para otro tipo de juego. No sé quién se atrevería primero... probablemente fue Charoli quien los incitó. Es la clase de cosas que es capaz de hacer.

–¿Los incitó a qué? –preguntó Jondalar.

–Empezaron a forzar a hembras de los cabezas chatas... –Laduni no pudo terminar. Se puso de pie más que iracundo. Estaba realmente rabioso–. ¡Es algo abominable! Deshonra a la Madre, abusa de Su Don. ¡Animales! ¡Pero qué animales!¡Peor que cabezas chatas!

–¿Quieres decir que buscaban el Placer con hembras de cabezas chatas? ¿Las forzaban? ¿A las hembras de los cabezas chatas? –se asombró Thonolan.

–¡Y se jactaban de ello! –dijo Filonia–. Yo no dejaría que se me acercara un hombre que hubiera tenido Placer con una cabeza chata.

–Filonia! ¡No debes comentar esas cosas! No quiero que un lenguaje tan sucio y repugnante salga de tu boca –dijo Laduni. Había agotado la fase de la ira: ahora sus ojos eran duros como la piedra.

–¡Sí, Laduni! –dijo la joven, avergonzada y agachando la cabeza.

–Me gustaría saber cómo se sienten ellos –comentó Jondalar–. Tal vez por eso el joven me atacó. Creo que debían de estar furiosos. He oído decir que podían ser humanos... y si lo fueran...

–¡He oído ese tipo de cosas! –dijo Laduni, tratando de dominarse–. ¡No lo creo!

–El jefe de la manada con la que nos tropezamos era listo, y caminan sobre sus piernas igual que nosotros.

–También los osos caminan a veces sobre sus patas traseras. ¡Los cabezas chatas son animales! ¡Animales inteligentes, pero animales! –Laduni luchaba por recobrar la calma, consciente de que el grupo entero se sentía incómodo–. Por lo general son inofensivos si no se les molesta –prosiguió–. No creo que sea por las hembras... dudo mucho que comprendan cómo deshonra eso a la Madre. Pero si les provocan y los golpean... Si a los animales se les enfurece, devuelven los golpes.

–Creo que la pandilla de Charoli nos ha causado problemas –dijo Thonolan–. Queríamos pasar al margen derecho para no tener que preocuparnos de atravesar el río cuando se convierte en el Río de la Gran Madre.

Laduni sonrió. Ahora que habían cambiado de tema, su ira se desvaneció tan súbitamente como había aparecido.

–El Río de la Gran Madre tiene afluentes que son grandes ríos, Thonolan. Si lo vas a seguir todo el camino hasta el final, tendrás que acostumbrarte a cruzar ríos. Permite que te haga una sugerencia. Sigue por esta orilla hasta el gran torbellino. Allí se separa en canales a medida que discurre sobre tierras llanas, y es más fácil cruzar brazos más pequeños que un río grande. Para entonces también hará más calor. Si deseáis visitar a los Sarmunai, tenéis que ir hacia el norte después de cruzar.

–¿A qué distancia estará ese torbellino? –preguntó Jondalar.

–Te haré un mapa –dijo Laduni, sacando su cuchillo de pedernal–. Lanalia, dame ese pedazo de corteza. Quizá alguicn más agregue otros hitos más adelante. Si contamos con las travesías de los ríos y la necesidad de cazar por el camino, calculo que para el verano se podría llegar al lugar en que el río se vuelve hacia el sur.

–El verano –reflexionó Jondalar–. Estoy tan harto de hielos y nieve que apenas tengo paciencia para esperar la llegada del verano. Algo de calor no me vendría mal –vio que la pierna de Lanalia estaba de nuevo junto a la suya y le puso la mano sobre el muslo.

3

Las primeras estrellas perforaban el cielo vespertino mientras Ayla se abría paso cuidadosamente por el empinado flanco rocoso del barranco. Tan pronto como se apartó de la orilla, el viento cesó y la joven se detuvo un instante para celebrar su ausencia. Pero las murallas también cortaban la luz menguante. Para cuando llegó abajo, los ásperos matorrales a lo largo del riachuelo eran sólo una silueta enmarañada sobre el reflejo movedizo de las miríadas de puntos que brillaban en lo alto.

Bebió un sorbo grande y refrescante de agua del río y después buscó su camino hacia la oscuridad más profunda del farallón. No se tomó la molestia de armar la tienda sino que tendió su piel y se enrolló en ella, sintiéndose más segura con una pared a la espalda que bajo su tienda en las llanuras abiertas. Antes de quedarse dormida vio cómo una luna jorobada mostraba su rostro casi redondo por encima del borde del barranco.

Sus propios gritos la hicieron despertarse bruscamente.

Se enderezó –un espanto horrible se había apoderado de ella, golpeándole las sienes y acelerando locamente su corazón– y se quedó mirando formas imprecisas dentro del vacío negro sobre negro que tenía delante. Pegó un brinco al ver un destello de luz cegadora y oír simultáneamente un tremendo crujido. Estremecida, observó cómo un alto pino, alcanzado por el rayo, se partía y lentamente, todavía unido a su otra mitad, caía en tierra. Era algo irreal aquel árbol en llamas que iluminaba su propia escena mortuoria y proyectaba sombras grotescas sobre la muralla que había detrás.

El fuego escupió y silbó mientras una lluvia recia lo apagaba. Ayla se apretó más aún contra la pared, sin percatarse de sus lágrimas calientes ni de las frías gotas que le bañaban la cara. El primer trueno lejano, que semejaba el rugido de un terremoto, había propiciado la reaparición de otro sueño surgido de las cenizas de una memoria oculta; una pesadilla que nunca podía recordar del todo al despertar y que siempre la dejaba con una sensación de mareo, de incomodidad y de una pena abrumadora. Otro rayo brillante, seguido por un fuerte rugido, llenó momentáneamente el vacío negro con una brillantez fantasmagórica, proporcionándole una breve visión de las escarpadas murallas y el tronco desgajado y quebrado como una ramita por el potente dedo de luz del cielo.

Temblorosa, tanto por el miedo como por el frío húmedo y penetrante, se aferró a su amuleto, ávida de encontrar cualquier cosa que le brindara protección. Era una reacción que sólo en parte había sido provocada por el rayo y el trueno. A Ayla no le agradaban mucho las tormentas, pero estaba acostumbrada a presenciarlas; solían ser más útiles que destructoras. Seguía experimentando el coletazo emocional de su pesadilla asociada al terremoto. Los terremotos eran un mal que nunca dejaba de provocar pérdidas devastadoras ni de introducir cambios en su vida, y no había nada que le inspirara tanto temor.

De pronto se dio cuenta de que estaba empapada y sacó su tienda de cuero del cuévano. Se la echó por encima de las pieles de dormir como una manta y hundió la cabeza debajo. Todavía tiritaba después de haber entrado en calor, pero a medida que transcurría la noche, la horrible tormenta fue pasando y Ayla pudo dormir.

Los pájaros llenaban el aire mañanero con gorjeos, trinos y estruendosos graznidos. Ayla empujó su manta y miró a su alrededor, encantada. Un mundo verde, todavía húmedo por la lluvia, relucía bajo el sol matutino. Estaba en una ancha playa pedregosa, justo donde un riachuelo formaba un recodo hacia el este en su curso serpenteante, generalmente orientado en dirección sur.

En la orilla opuesta, una hilera de pinos de un verde oscuro llegaba hasta lo alto de la muralla que se alzaba detrás, pero no más allá. Todo intento por crecer sobre la orilla del desfiladero se veía atajado por los vientos despiadados de las estepas que se extendían más arriba. Eso daba a los árboles más altos un peculiar aspecto romo, pues su crecimiento se veía obligado a una plenitud de ramas. Un enorme gigante de simetría casi perfecta, sólo quebrada por una copa que crecía en ángulo recto en relación con el tronco, se alzaba junto a otro que tenía un tocón alto, quemado y desgarrado, aferrado a su copa invertida. Los árboles crecían en una franja estrecha al otro lado del río, entre la orilla y la muralla, y algunos estaban tan cerca del río que se veían sus raíces.

En el lado en que se encontraba Ayla, río arriba de la playa de guijarros, unos sauces flexibles se arqueaban, llorando largas lágrimas de hojas de un verde pálido dentro del río. Los tallos aplastados de los álamos temblones hacían que las hojas oscilaran al soplo suave de la brisa. Abedules de blanca corteza crecían agrupados mientras que sus parientes, los alisos, sólo eran altos arbustos. Había lianas que trepaban y se enrollaban en los árboles, y matorrales de numerosas variedades se apiñaban cerca del río.

Ayla había recorrido las estepas secas y agostadas durante tanto tiempo que había olvidado cuán bello puede ser lo verde. El riachuelo destellaba una invitación; olvidando los temores provocados por la tormenta, dio un brinco y echó a correr por la playa. Lo primero que se le ocurrió fue beber; después, por puro impulso, desató la larga correa de su manto, se quitó el amuleto y se lanzó al agua. La orilla descendía rápidamente; la joven se zambulló primero y después nadó hasta la orilla opuesta.

El agua estaba fresca, y limpiarse la tierra y la mugre de las estepas fue un auténtico placer. Nadó río arriba y sintió cómo cobraba fuerza la corriente y se hacía más fría el agua a medida que se estrechaban las murallas y apresaban el río. Se puso boca arriba y, mecida por el ímpetu del agua, dejó que la corriente la llevara río abajo. Levantó la mirada hacia el azul profundo que llenaba el espacio entre los altos farallones, y entonces divisó un orificio oscuro en la muralla, al otro lado de la playa, río arriba. «¿Será una caverna?», se preguntó con algo de excitación. «¿Resultará difícil llegar a ella?»

La joven vadeó de regreso a la playa y se sentó en las piedras calientes para dejar que el sol la secara. Le llamaron la atención los gestos rápidos y animados de unos pajarillos que brincaban en el suelo cerca del matorral, picoteando gusanos que la lluvia nocturna había sacado de la tierra, y saltaban de rama en rama alimentándose en arbustos cargados de bayas.

«Qué grandes son esas frambuesas», pensó. Al acercarse fue recibida por un revolotear de alas que se calmó pronto. Ayla se metió puñados de las frambuesas dulces y jugosas en la boca. Una vez saciada, se lavó las manos y se puso el amuleto, pero arrugó la nariz a la vista de su manto, mugriento, lleno de manchas y de sudor. No tenía otro. Al volver a la caverna destruida por el terremoto, justo antes de marchar en busca de ropa, alimentos y refugio, sólo la había preocupado la supervivencia, no la idea de tener un manto de repuesto para el verano.

Ahora pensaba de nuevo en la supervivencia. Sus pensamientos desesperanzados en las estepas áridas y monótonas se habían disipado en aquel valle verde y fresco. Las frambuesas le habían estimulado el apetito en lugar de calmárselo. Deseaba comer algo más sustancioso, por lo que se dirigió al lugar donde había dormido para coger la honda. Extendió la tienda húmeda y las pieles mojadas sobre las piedras caldeadas por el sol, y se puso el manto sucio antes de dedicarse a buscar guijarros redondos y suaves.

Tras un cuidadoso examen comprobó que la playa tenía algo más que piedras. También estaba sembrada de madera flotante de un gris apagado, así como de huesos blancos y descoloridos, muchos de ellos amontonados en una enorme pila contra un saliente. Violentas crecidas primaverales habían arrancado árboles y arrastrado animales sorprendidos, los habían empujado por el estrecho espacio entre rocas río arriba, empujándolos después contra un callejón sin salida de la muralla próxima mientras que el agua arremolinada salvaba el recodo. Ayla vio en el montón cornamentas gigantescas, largas astas de bisonte y varios colmillos de marfil, curvos y enormes; ni siquiera el gran mamut se había librado de la fuerza de la inundación. Grandes peñas se mezclaban también con los desechos, pero los ojos de la mujer se entornaron al ver varias piedras de un gris calizo y de grosor mediano.

«¡Eso es pedernal!», se dijo después de mirar más de cerca. «Estoy segura de que lo es. Necesito una piedra-martillo para romper un trozo, pero estoy segura de no equivocarme». Muy excitada, Ayla recorrió la playa con la mirada en busca de alguna piedra suave y ovalada que pudiera abarcar cómodamente con la mano. Cuando encontró una, golpeó el exterior gredoso del nódulo. Un trozo de la corteza blancuzca saltó, dejando al descubierto el brillo apagado de la piedra gris oscuro que contenía.

«¡Es pedernal! ¡Estaba segura!» Por su mente cruzaron mil ideas acerca de las herramientas que podría confeccionar. «Incluso podré hacer algunas de repuesto. Así no tendré que preocuparme tanto si se me rompe algo». Rebuscó entre otras varias de las piedras pesadas, arrebatadas desde los lejanos depósitos calcáreos, río arriba, y transportadas por la poderosa corriente hasta ir a parar al pie de la muralla rocosa. El descubrimiento la alentó a seguir buscando.

La muralla, que durante las crecidas constituía una barrera para el torrente, avanzaba hacia el interior del recodo del río. Encerrado entre sus márgenes normales, el nivel del agua era lo suficientemente bajo para permitir un fácil acceso dando un rodeo. Ayla se detuvo y vio cómo se extendía ante ella el valle que había divisado desde arriba.

Alrededor del recodo, el río se ensanchaba y cubría de espuma las rocas que asomaban entre las aguas menos profundas. Fluía hacia el este al pie de la escarpada muralla opuesta del desfiladero. A lo largo de sus orillas, árboles y arbustos, protegidos del viento cortante, alcanzaban alturas majestuosas. A su izquierda, más allá de la barrera de piedra, la muralla del desfiladero se desviaba y su pendiente se reducía gradualmente, uniéndose a la estepa hacia el norte y el este. Más adelante, el amplio valle era un campo exuberante de heno maduro que ondeaba como un oleaje a impulsos de las ráfagas de viento que bajaban por la cuesta norte; a mitad de camino pastaba una pequeña manada de caballos.

Al respirar la belleza y tranquilidad de la escena, Ayla apenas podía creer en la existencia de un lugar como aquél en medio de la pradera seca y barrida por el viento. El valle era un oasis excéntrico oculto en una grieta de la árida planicie; un pequeño mundo de abundancia; era como si la naturaleza, sometida a la economía utilitaria de la estepa, derrochara su generosidad de forma desmedida cuando se le brindaba la oportunidad de hacerlo.

La joven estudió los caballos en lontananza; estaba intrigada. Eran animales robustos, compactos, con patas más bien cortas, cuellos gruesos y cabezas pesadas, con unos hocicos salientes que le recordaron las narices grandes y prominentes de algunos hombres del Clan. Tenían el pelaje tupido y áspero, las crines tiesas y cortas. Aunque algunos eran más bien grises, la mayoría tenían matices amarillentos que iban desde el beige neutro de la tierra hasta el color del heno maduro. Algo apartado había un garañón del color del heno, y Ayla se fijó en varios potrillos que tenían el mismo color. El semental alzó la cabeza, sacudió sus cortas crines y relinchó.

–Estás orgulloso de tu clan, ¿verdad? –le dijo Ayla con un ademán, sonriendo.

Echó a andar por el campo cerca de los arbustos que orlaban la orilla del río. Observó la vegetación sin fijarse en lo que veía, aunque consciente tanto de sus cualidades medicinales como de sus valores nutritivos. Había formado parte de su adiestramiento como curandera aprender a recolectar plantas por sus mágicos poderes curativos, y eran muy pocas las que no podía identificar inmediatamente. Esta vez andaba en busca de comida.

Observó las hojas y el tallo de flores umbeladas secas que señalaban la existencia de zanahorias silvestres a unos cuantos centímetros bajo la superficie, pero pasó por su lado como si no las hubiera visto. La impresión era engañosa; recordaría el lugar con la misma precisión que si lo hubiera señalado, pero la vegetación permanecía siempre quieta. Su mirada aguda había captado el rastro de una liebre, y por el momento estaba dedicada a conseguir carne.

Con el paso furtivo y silencioso del cazador experimentado, siguió excrementos recientes, una hierba aplastada, una leve huella en la tierra y, por fin, distinguió la forma del animal que se ocultaba entre un camuflaje natural. Sacó la honda de la correa que llevaba sujeta en el cinturón y echó mano de dos piedras escondidas en un repliegue de su manto. Cuando la liebre brincó, Ayla estaba preparada. Con la gracia inconsciente proporcionada por años de práctica, lanzó una piedra y un instante después la otra, y oyó un *tuak tuak* satisfactorio. Ambos proyectiles habían dado en el blanco.

Ayla cobró la pieza y pensó en los tiempos en que había aprendido sola aquella técnica de las dos piedras. Su exceso de confianza al tratar de dar muerte a un lince le había demostrado hasta qué punto era vulnerable. Tuvo que practicar largo tiempo para perfeccionar el modo de colocar una segunda piedra en posición durante el retroceso de la honda tras el lanzamiento de la primera para poder disparar dos piedras en rápida sucesión.

Mientras volvía sobre sus pasos, cortó una rama de árbol, afiló un extremo y lo aprovechó para extraer de la tierra las zanahorias silvestres; las metió en un repliegue de su manto y limpió dos ramas bifurcadas antes de regresar a la playa. Dejó en el suelo liebre y raíces, para sacar a continuación del cuévano el palo y la plataforma para prender fuego; después se puso a recoger restos de madera seca que había debajo de trozos más grandes, en el montón de huesos, y ramitas más grandes caídas al pie de los árboles. Valiéndose del mismo instrumento que había empleado para afilar el palo de cavar, con una muesca en forma de V en el filo, sacó virutas de un palo seco. Después peló la corteza peluda de los tallos de artemisa, así como el vellón seco de las vainas de chamico.

Encontró un lugar cómodo donde sentarse y se dedicó a escoger la leña según el tamaño y ordenó a su alrededor las diferentes clases de combustible. Examinó la plataforma, un trozo de liana de clemátide seca, abrió una pequeña muesca a lo largo de un borde con una pala de pedernal y ajustó el extremo leñoso de un tallo de anea seca, de la estación pasada, en el orificio, para comprobar el tamaño. Dispuso el vellón de chamico en un nido de corteza correosa debajo de la muesca de la plataforma del fuego y lo amontonó con el pie; colocó luego el extremo del tallo de espadaña en la muesca y aspiró hondo: encender fuego exigía concentración.

Sujetó la parte superior de la vara entre las palmas de las manos juntas y comenzó a hacerla girar adelante y atrás, presionando hacia abajo. Mientras la hacía girar, la presión constante le iba bajando las manos hasta casi tocar la plataforma. Si la hubiera ayudado otra persona, ése habría sido el momento en que ésta empezara desde arriba. Pero como estaba sola, tenía que llegar hasta abajo y volver arriba rápidamente sin interrumpir el ritmo de los giros ni reducir la presión más de un segundo, pues, de lo contrario, el calor producido por la fricción se disiparía y no se acumularía lo suficiente para que la madera prendiera. Era un trabajo esforzado que no permitía descanso.

Ayla se abandonó al ritmo del movimiento, sin importarle el sudor que le corría por la frente y le caía en los ojos. Con el movimiento continuo, el orificio fue agrandándose y se acumuló el serrín de la madera blanda. Ayla olió a humo y vio cómo se ennegrecía el orificio antes de ver el humo mismo; eso la alentó a perseverar aunque le dolían los brazos. Por fin, una pequeña brasa se encendió sobre la plataforma y cayó en el nido de fibras secas que había debajo. La siguiente etapa resultaba más crítica todavía, pues, si se apagaba la brasa, habría que volver a empezar desde el principio.

Se inclinó hasta tener el rostro tan cerca de la brasa que podía sentir el calor, y se puso a soplarla. La vio cómo se tornaba más brillante a cada soplo y cómo se apagaba siempre que aspiraba otra bocanada de aire. Mantuvo virutas pequeñísimas junto al trozo de madera encendida y vio cómo se iluminaban y ennegrecían sin llamear. Al poco rato apareció una llamita. Ayla sopló más fuerte, echó más virutas y, cuando ya ardía un montoncito, agregó unas cuantas astillas secas.

Sólo descansó cuando los grandes leños ardían y comprobó que el fuego se mantenía estable. Recogió unos cuantos leños más y los amontonó allí cerca; entonces, con otra herramienta un poco más grande, también mellada, raspó la corteza de la rama verde que había cortado para extraer las zanahorias silvestres. Plantó las ramas bifurcadas a ambos lados del fuego, de manera que la rama afilada se apoyara cómodamente en ellas, y se dedicó a desollar la liebre.

Para cuando el fuego se convirtió en carbones encendidos, la liebre estaba metida en la broqueta y lista para asar. Ayla se puso a recoger las entrañas y envolverlas en la piel para desecharlas como había hecho durante el viaje, pero lo pensó mejor.

«Podría utilizar la piel», pensó. «Sólo tardaría poco más o menos un día...»

Enjuagó las zanahorias silvestres en el río –quitándose de paso la sangre de las manos– y las envolvió en hojas de llantén. Las hojas, grandes y fibrosas, eran comestibles, pero a la joven no se le escapaba que tenían otra utilidad como vendas fuertes y curativas para cortes o magulladuras. Colocó las zanahorias envueltas en hojas junto a los carbones.

Se sentó para descansar un momento, y entonces decidió sujetar la piel con estacas. Mientras se asaba su comida raspó los vasos sanguíneos, los folículos pilosos y las membranas del interior de la piel con la rasqueta rota, y pensó en hacerse una nueva.

Tarareaba un canturreo discordante mientras trabajaba y dejaba que vagaran sus pensamientos. «Quizá debería quedarme aquí unos días, terminar con esta piel. De todos modos, tengo que hacer unas cuantas herramientas. Podría tratar de ir hasta ese hueco del farallón río arriba. Esta liebre comienza a oler bien. Una caverna me mantendría a salvo de la lluvia... siempre que fuera habitable».

Se puso de pie, dio vueltas al asador y volvió a ocuparse del pellejo. «No puedo quedarme mucho tiempo; tengo que encontrar gente antes del invierno». Dejó de rascar la piel, centrando súbitamente su atención en el torbellino interior que siempre estaba a punto de aflorar en su mente. «¿Dónde están? Iza dijo que había muchos Otros en el continente. ¿Por qué no puedo encontrarlos? Iza, ¿qué voy a hacer?» Sin que pudiera remediarlo, las lágrimas se le saltaron. «Oh, Iza, te echo tanto de menos. Y a Creb. Y también a Uba. Y a Durc, mi nene... mi nene. Te deseé tanto, Durc, y fue tan difícil. Y no eres deforme, sólo un poco diferente. Lo mismo que yo.

»No, no lo mismo que yo. Tú eres Clan, nada más que vas a ser un poco más alto, y tu cabeza tiene un aspecto diferente. Algún día serás un gran cazador; y manejarás bien la honda. Y correrás más aprisa que ninguno. Ganarás todas las carreras en la Reunión del Clan. Quizá no venzas en lucha, tal vez no llegues a ser tan fuerte, pero serás fuerte.

»Pero, ¿con quién jugarás a los sonidos? ¿Quién hará ruiditos gozosos contigo?

»Tengo que poner fin a esto», se reprendió, secándose las lágrimas con el dorso de la mano. «Debería alegrarme de que tengas gente que te quiere, Durc. Y cuando seas mayor, vendrá Ura y será tu compañera. Oda prometió adiestarla para que sea una buena esposa. Tampoco Ura es deforme. Sólo es diferente, lo mismo que tú. Me pregunto si llegaré a encontrar compañero para mí algún día».

Ayla saltó para comprobar cómo iba su comida, moviéndose tan sólo para apartar sus pensamientos del derrotero que seguían. La carne estaba menos hecha de lo que a ella le gustaba, pero decidió que así estaría bien. Las zanahorias silvestres, pequeñas y de un amarillo pálido, estaban tiernas y tenían un sabor dulce ligeramente fuerte. Echaba de menos la sal que siempre había tenido a mano junto al mar interior, pero el hambre suplió al condimento. Dejó que el resto de la liebre se cociera un poco más mientras terminaba de raspar la piel; una vez saciada, ya se sentía mejor.

Estaba ya alto el sol cuando decidió investigar el hueco del farallón. Se desnudó y nadó para cruzar el río, trepando entre las raíces de los árboles para salir del agua profunda. La alta muralla vertical era difícil de escalar y no estaba segura de que valiera la pena tomarse tanta molestia aunque hallase una caverna. De todos modos, se sintió desilusionada al llegar a un angosto saliente frente al agujero negro y descubrir que éste era poco más que una depresión de la roca. Excrementos de hiena le hicieron suponer que habría un medio más fácil para acceder allí desde la estepa; aun así el espacio era reducido.

Se volvió para regresar, pero se alejó un poco más. Río abajo y a un nivel ligeramente más inferior, en la otra muralla, podía ver la parte superior de la barrera rocosa que sobresalía cerca del recodo del río. Era una ancha plataforma, y en la parte posterior parecía haber otro orificio en la cara del farallón, una cavidad mucho más profunda. Desde su posición ventajosa divisó un camino empinado pero practicable. Le palpitaba el corazón de pura excitación. Si fuera una caverna, cualesquiera que fuesen sus dimensiones, tendría un lugar seco para pasar la noche. Más o menos a mitad del camino descendente, se tiró al río, tal era su ansia de explorar.

«Anoche, al bajar, debí pasar al lado», pensaba mientras iniciaba el ascenso. «Pero estaba demasiado oscuro para verla». Entonces recordó que en una caverna desconocida hay que penetrar siempre tomando precauciones, y volvió en busca de su honda y algunas piedras.

Aun cuando la víspera había efectuado el descenso con gran cuidado, comprobó que, a la luz del día, no necesitaba agarrarse con las manos. A través de milenios, el río había cortado más agudamente la otra orilla; en cambio, la muralla de este lado no resultaba tan escarpada. Al aproximarse a la plataforma, Ayla tenía preparada la honda y avanzó cautelosamente.

Todos sus sentidos estaban alerta. Escuchaba para oír sonidos de respiración o movimientos; miraba para ver si había señales inequívocas de ocupación reciente; olfateaba el aire para descubrir los olores distintivos de animales carnívoros, excrementos frescos o carne cazada, abriendo la boca para que sus papilas gustativas ayudaran a captar algún indicio; y permitía que la intuición la orientara mientras se acercaba silenciosamente a la entrada. Pegándose a la pared, se introdujo por el orificio oscuro y miró.

No vio nada.

La abertura, que daba al suroeste, era pequeña. La parte superior quedaba más alta que su cabeza, pero, estirando el brazo, podía tocar el techo de la caverna. El suelo se inclinaba en la entrada, pero se nivelaba después. Fragmentos de loess, impulsados por el viento, y desechos llevados por animales que habían utilizado la cueva en otros tiempos, habían llegado a formar una capa de tierra. El piso, que originalmente había sido rocoso y desigual, tenía ahora una superficie de tierra seca y dura.

Mientras miraba desde la entrada, Ayla no pudo detectar señal alguna de que se hubiera usado recientemente la caverna. Se deslizó en su interior sin hacer ruido, dándose cuenta de lo fresca que estaba comparada con la calurosa y soleada plataforma saliente, y esperó a que sus ojos se acostumbraran a la oscuridad interior. Había más luz en la caverna de lo que ella había pensado y, al avanzar hacia dentro, vio que la luz del sol penetraba por un orificio encima de la entrada; entonces comprendió. También notó que aquel orificio tenía un valor más práctico aún: permitiría que saliera el humo y no ocupara la parte superior de la caverna, lo cual representaba una ventaja evidente.

Una vez que se ajustó su visión, descubrió que allí podría estar a sus anchas. También la luz que entraba representaba una ventaja. La caverna no era grande, pero tampoco pequeña. Las paredes se separaban a partir de la entrada, ensanchándose hasta llegar a un muro posterior bastante recto. La forma general era más o menos triangular, con el vértice en la entrada y la pared este más larga que la oeste. La parte más oscura era el rincón este del fondo; en consecuencia, era lo primero que habría que investigar.

Ayla se deslizó con lentitud a lo largo de la pared este, en busca de grietas o corredores que pudieran conducir a salas interiores donde tal vez acechase algún peligro. Cerca del rincón oscuro, rocas caídas de las paredes cubrían el suelo formando un montón. Ayla subió por las piedras, encontró una repisa y, más atrás, el vacío.

Pensó en hacerse una antorcha, pero cambió de idea. No había oído, olido ni sentido la menor señal de vida; lo único que había descubierto era un pasaje estrecho. Con la honda y unas piedras en la mano, lamentó no haberse puesto el manto para tener donde transportar sus armas mientras se encaramaba a la repisa.

La abertura oscura era baja; tuvo que inclinarse para entrar. Pero era sólo un hueco que terminaba con la pendiente del techo que se inclinaba hasta tocar el suelo. En el fondo había un montón de huesos. Ayla cogió uno y bajó; luego avanzó pegada a la pared trasera, deslizándose a continuación a lo largo del muro oeste hasta volver a la entrada. Era una caverna ciega y, a excepción del pequeño hueco, no tenía cámaras ni túneles que condujeran a lugares desconocidos. Daba la impresión de ser cómoda y segura.

Ayla se cubrió los ojos al salir a la luz del sol. Se dirigió al extremo más alejado de la terraza de la caverna y echó una mirada a su alrededor. Se encontraba de pie sobre la pared saliente. Debajo de ella, a la derecha, estaban el montón de madera flotante y huesos y la playa pedregosa. A la izquierda, el valle se extendía hasta perderse de vista. En lontananza, el río hacía otro recodo en dirección sur, rodeando la base del escarpado farallón opuesto, mientras la muralla izquierda se había fundido poco a poco con la estepa.

Examinó el hueso que tenía en la mano. Era el largo hueso de la pata de un gigantesco venado, viejo y seco, con huellas de dientes claramente marcados donde había sido partido para extraer la médula. La forma de los dientes, la manera en que estaba roído el hueso, parecían familiares, pero no; estaba segura de que lo había hecho un felino. Conocía a los carnívoros mejor que nadie del Clan. Se había desarrollado como cazadora matándolos, pero sólo en las variedades más pequeñas y de tamaño mediano. Aquellas marcas las había hecho un gato, un gato muy grande. Se volvió rápidamente y miró de nuevo la caverna.

«¡Un león cavernario! Este lugar tiene que haber sido tiempo atrás guarida de leones cavernarios. El hueco sería el sitio perfecto para que una leona pariera sus cachorros», pensó. «Quizá no debería pasar aquí la noche. Tal vez no sea seguro». Miró nuevamente el hueso. «Pero es muy viejo, y sin duda hace años que esta caverna no ha sido ocupada. Además, con una hoguera cerca de la entrada los animales se apartarán.

»Es una bonita caverna. No hay muchas que lo sean tanto. Es espaciosa y tiene un buen piso de tierra. No creo que el interior se moje, las crecidas de primavera no llegan tan arriba. Incluso tiene un orificio para el humo. Creo que iré a buscar mis pieles y mi cuévano, algo de madera y el fuego». Ayla bajó corriendo a la playa. A su regreso extendió el cuero de la tienda y su piel sobre la plataforma de piedra caliente, y metió en la caverna su cuévano; después subió varias cargas de leña. «Tal vez podría traer algunas piedras para el hogar», pensó, y volvió a bajar. Pero de repente se detuvo. «¿Para qué quiero piedras para el hogar? Sólo voy a quedarme unos cuantos días. Tengo que seguir buscando gente. Tengo que encontrarla antes del invierno...

»¿Y si no la encuentro?» La idea la había rondado durante algún tiempo, pero hasta aquel momento se resistió a planteársela tan claramente; las consecuencias serían demasiado espantosas. «¿Qué haré si llega el invierno y sigo sin encontrar a nadie? No tendré alimentos de reserva, ni un lugar seco y caliente donde refugiarme, al abrigo del viento y de la nieve. Ninguna caverna adonde...»

Miró nuevamente la caverna, después el bello valle abrigado y la manada de caballos allá abajo, en el campo, y sus ojos volvieron a posarse en la caverna.

«Es perfecta para mí», se dijo. «Pasará mucho tiempo antes de que encuentre otra tan buena. Y también está el valle. Podría recolectar, cazar y almacenar alimentos. Hay agua y leña más que suficiente para el invierno, para muchos inviernos. Incluso hay pedernal. Y sin viento. Todo lo que necesito está aquí... menos la gente.

»No sé si podré aguantar aquí sola todo el invierno. Pero la estación está ya muy avanzada. Pronto tendré que comenzar a almacenar provisiones. Si no he encontrado a nadie hasta ahora, ¿cómo sé que daré con los que busco? ¿Y cómo sé que me dejarán quedarme si encuentro a los Otros? No los conozco. Algunos de ellos son tan malos como Broud. Recuerdo lo que le sucedió a la pobre Oda. Dijo que los hombres que la forzaron, como Broud me forzó a mí, eran hombres de los Otros. Que se parecían a mí. ¿Y si todos fueran así?» Ayla volvió a mirar la caverna y después el valle. Recorrió el perímetro de la plataforma, dio una patada a una piedra, se quedó mirando los caballos y tomó una decisión.

–Caballos –dijo–, voy a quedarme en vuestro valle algún tiempo. La próxima primavera podré empezar a buscar de nuevo a los Otros. Por el momento, si no me preparo para el invierno, ya no estaré con vida la próxima primavera –el discurso de Ayla a los caballos se redujo a unos pocos sonidos guturales. Sólo utilizaba el sonido para los nombres o para apoyar el lenguaje rico, complejo y perfectamente comprensible que manejaba con graciosos movimientos fluidos de sus manos. Era el único lenguaje que recordaba.

Una vez tomada su decisión, Ayla se sintió aliviada. Le asustaba la idea de abandonar aquel precioso valle y de enfrentarse a más días agotadores de marcha por las estepas barridas por el viento; le asustaba la idea de seguir caminando. Corrió hasta la playa pedregosa y se inclinó para recoger su manto y su amuleto. Cuando tendía la mano hacia la bolsita de cuero, observó el destello de un trocito de hielo.

«¿Como puede haber hielo en medio del verano?», se preguntó mientras lo cogía. No estaba frío; tenía bordes bien cortados y planos, lisos. Le dio vueltas, examinándolo por todos lados y viendo cómo sus facetas brillaban al sol. Entonces lo volvió justo en el ángulo preciso para que el prisma separara la luz del sol en todo el espectro de los colores, y se quedó sin aliento al ver el arco iris que se proyectaba en el suelo. Ayla no había visto nunca un claro cristal de cuarzo.

El cristal, lo mismo que el pedernal y muchas de las demás rocas de la playa, era errático... procedía de otro sitio. La piedra reluciente había sido arrancada de su lugar de origen por la fuerza aún mayor del elemento al que se parecía –el hielo–, y transportada por su forma derretida hasta la morrena aluvial del río glacial.

De repente, Ayla sintió que un escalofrío, más frío que el mismo hielo, le recorría el espinazo, y se sentó, demasiado temblorosa para permanecer en pie mientras pensaba en lo que significaba la piedra. Recordó algo que le había dicho Creb hacía mucho, cuando era pequeña...

Era invierno y el viejo Dorv solía narrar historias. Ella había soñado con la leyenda que Dorv acababa de contar y le hizo unas preguntas a Creb. Eso condujo a que éste le explicara lo que significaba el tótem.

–El tótem necesita un lugar donde vivir. Probablemente abandonaría a la persona que vagara sin hogar largo tiempo. Tú no querrías que te abandonara tu tótem, ¿verdad?

–Pero mi tótem no me abandonó –dijo Ayla apretando su amuleto–, a pesar de que estaba sola y no tenía hogar.

–Eso fue porque te estaba poniendo a prueba. Encontró un hogar para ti, ¿no es así? El León Cavernario es un tótem muy fuerte, Ayla. Te escogió y es posible que decidiera protegerte siempre, puesto que te eligió... pero todos los tótems son más felices si tienen hogar. Si le prestas atención, el tuyo te ayudará. El te dirá lo que es mejor.

–¿Y cómo voy a saberlo, Creb? –preguntó Ayla–. Nunca he visto el espíritu de un León Cavernario. ¿Cómo sabes cuándo un tótem te está diciendo algo?

–No puedes ver el espíritu de tu tótem porque es parte de ti, está en tu interior. Sin embargo, te lo dirá. Sólo que tienes que aprender a comprender. Si has de tomar una decisión, él te ayudará. Te dará una señal si escoges lo que debes.

–¿Qué clase de señal?

–Es difícil de saber. Por lo general será especial o insólito. Puede ser una piedra que no habías visto nunca anteriormente, o una raíz de forma especial que tenga significado para ti. Debes aprender a comprender con el corazón y la mente, no con los ojos y oídos; entonces, sabrás. Pero cuando llegue el momento y encuentres una señal que tu tótem haya dejado para ti, ponla en tu amuleto. Te traerá suerte.

«León Cavernario, ¿sigues protegiéndome? ¿Es esto una señal? ¿He tomado la decisión correcta? ¿Estás diciéndome que debo permanecer en este valle?»

Ayla sostenía el cristal centelleante entre sus manos y cerró los ojos tratando de meditar como lo hacía siempre Creb; esforzándose por escuchar con el corazón y la mente; ansiosa por cerciorarse de que su gran tótem no la había abandonado. Pensó en la manera en que se había visto obligada a marcharse y en los largos y fatigosos días de marcha, en busca de su gente, dirigiéndose al norte como Iza le había dicho. Al norte hasta que...

«¡Los leones cavernarios! Mi tótem los mandó para que me dijeran que torciera hacia el oeste, para que me condujeran a este valle. Quería que yo lo encontrara. Está cansado de viajar y desea que éste sea también su hogar. Una caverna que antaño fue hogar de leones. Es un lugar en que se siente a gusto.¡Sigue conmigo! ¡No me ha abandonado!»

Esta convicción alivió en ella ciertas tensiones que había ignorado hasta entonces. Sonrió al parpadear para deshacerse de las lágrimas, y se puso a desatar los nudos de la cuerda que mantenía cerrada la bolsita. Sacó el contenido de ésta y cogió los objetos, uno por uno.

El primero era un pedazo de ocre rojo. Todos los del Clan llevaban consigo un trozo de la piedra roja sagrada; era lo más importante en el amuleto de cada uno, entregado el día en que el Mog-ur revelaba su tótem. Por lo general se identificaban los tótems cuando los niños contaban pocos meses, pero Ayla tenía cinco años al enterarse del suyo. Creb lo anunció poco después de que Iza la encontrara, cuando la aceptaron en el Clan. Ayla frotó las cuatro cicatrices de su pierna mientras contemplaba otro objeto: el molde fósil de un gasterópodo.

Parecía la concha de una criatura marina, pero era de piedra: la primera señal que le había dado su tótem para aprobar su decisión de cazar con la honda. Sólo depredadores, no animales comestibles cuya carne se habría echado a perder porque ella no podía llevárselos a la caverna. Pero los depredadores eran más astutos y peligrosos, y aprender de ellos había perfeccionado al máximo su habilidad. El siguiente objeto que cogió Ayla era su talismán de caza, un óvalo pequeño, pintado de ocre, de marfil de mamut, que el propio Brun le había entregado en la espantosa y fascinadora ceremonia que hizo de ella la Mujer Que Caza. Tocó la diminuta cicatriz de su garganta donde Creb la había pinchado para que brotara su sangre y ofrecerla en sacrificio a los Antiguos.

El siguiente fragmento tenía un significado muy especial para ella, tanto que estuvo a punto de echarse nuevamente a llorar. Sostuvo muy apretados en su mano cerrada los tres pequeños y brillantes nódulos de pirita de hierro soldados. Se los había dado su tótem para indicarle que su hijo viviría. El último era un fragmento de bióxido de manganeso negro. El Mog-ur se lo dio, cuando fue declarada curandera, junto con un trozo del espíritu de cada miembro del clan. De repente se le ocurrió una idea que la intranquilizó: «¿Significa esto que cuando Broud me maldijo, maldijo a todos los demás? Cuando Iza murió, Creb recuperó los espíritus para que no se los llevara consigo al mundo de los espíritus. Nadie me los quitó a mí».

Una sensación angustiosa se apoderó de ella. Desde la Reunión del Clan, en la que Creb se había enterado de modo inexplicable de que ella era diferente, había experimentado en ocasiones aquella extraña desorientación, como si él la hubiera cambiado. Sintió un escalofrío, un estremecimiento, se le puso la carne de gallina y sufrió un conato de náusea provocado por el profundo temor de lo que su muerte podría significar para todo el Clan.

Trató de dominar esa sensación. Recogiendo la bolsita de cuero, volvió a llenarla con su colección agregando el cristal de cuarzo. Ató de nuevo el amuleto y examinó el cordel para ver si estaba gastado. Notó una ligera diferencia de peso al colocárselo de nuevo.

Sentada sola en la playa pedregosa, Ayla se preguntó lo que habría sucedido antes de que la encontraran. No podía recordar nada de su vida anterior, ¡pero su aspecto era tan distinto! Demasiado alta, demasiado pálida, su rostro no se parecía en nada a los del resto del Clan. Había visto su reflejo en la charca inmóvil; era fea. Broud se lo había dicho innumerables veces, pero todo el mundo lo pensaba. Era una mujer grande y fea; ningún hombre la deseaba.

«Tampoco yo deseaba a ninguno de ellos», pensó. «Iza decía que yo necesitaba un hombre de los míos, pero, ¿me desearía un hombre de los Otros más que un hombre del Clan? A nadie le atrae una mujer grande y fea. Quizá sea lo mejor que me quede aquí. ¿Cómo sé yo que voy a tener un compañero aunque encuentre a los Otros?»

4

Jondalar se mantenía agazapado mientras observaba la manada a través de una cortina de hierbas altas, de un verde dorado, dobladas por el peso de las espigas aún verdes. El olor a caballo era fuerte, no por el viento seco que transportaba sus emanaciones sino por el excremento fresco con que se había untado el cuerpo y las axilas para disimular su propio olor, en caso de que cambiara el viento.

El cálido sol brillaba sobre su espalda sudorosa y bronceada, y unas gotas de transpiración resbalaban por sus mejillas y oscurecían el cabello descolorido por el sol que se le pegaba a la frente. Un largo mechón se había escapado de la banda de cuero que llevaba atada en la nuca; el viento lo agitaba fastidiosamente sobre su rostro. Las moscas zumbaban a su alrededor, aterrizando de cuando en cuando para picarle, y un calambre se iniciaba en su muslo izquierdo a causa de la prolongada postura inmóvil.

Eran irritaciones insignificantes que apenas notaba. Tenía la atención fija en un semental que bufaba y corveteaba, misteriosamente consciente del peligro inminente que amenazaba a su harén. Las yeguas seguían pastando, pero en sus movimientos aparentemente casuales, las madres se habían colocado entre sus potros y el hombre.

Thonolan, a unos cuantos pasos de distancia, estaba también al acecho, con una lanza sobre el hombro derecho y otra en la mano izquierda. Echó una mirada a su hermano. Jondalar alzó la cabeza y parpadeó, clavados los ojos en una yegua parda. Thonolan, tras un leve gesto de asentimiento, hizo oscilar imperceptiblemente la lanza para equilibrarla mejor y se preparó para saltar.

Poniéndose de acuerdo sin mediar palabra, los dos hermanos saltaron al mismo tiempo y echaron a correr hacia la manada. El semental se encabritó, lanzó un relincho de advertencia y volvió a encabritarse. Thonolan lanzó su arma contra la yegua mientras

Jondalar corría hacia el garañón, gritando y alborotando, con el propósito de espantarlo. El ardid tuvo éxito. El semental no estaba acostumbrado a depredadores ruidosos; los cazadores cuadrúpedos atacaban furtiva y silenciosamente. Relinchó, echó a correr hacia el hombre y, de repente, lo esquivó, lanzándose tras su manada en fuga.

Los hombres corrieron en pos de ellos. El semental, al ver que la yegua gris se rezagaba, le mordisqueó los flancos para espolearla. Los hombres gritaban y agitaban los brazos, pero esta vez el semental les hizo frente, corriendo entre la yegua y los hombres, manteniendo a éstos a distancia a la vez que intentaba incitar a la yegua a que corriera. Ella dio unos cuantos pasos vacilantes más y se detuvo, cabizbaja. La lanza de Thonolan sobresalía de uno de sus costados, hilillos de sangre brillante chorreaban por su pelaje y se sumían entre pelos enmarañados formando gruesas gotas.

Jondalar se acercó, apuntó y arrojó su lanza. La yegua tuvo un sobresalto, tropezó y cayó, con la segunda asta temblando en su grueso cuello debajo de las tiesas crines. El semental se le acercó, la tocó con el hocico, se encabritó y con un grito desafiante, galopó tras su manada para proteger a los ejemplares vivos.

–Voy a buscar las cosas –dijo Thonolan, mientras ambos se acercaban a todo correr al animal caído–. Será más fácil traer agua hasta aquí que llevarnos un caballo al río.

–No tenemos que secarlo todo. Nos llevaremos al río lo que nos haga falta, así no tendremos que traer agua.

–¿Por qué no? –dijo Thonolan encogiéndose de hombros–. Voy por un hacha para romper los huesos –y se fue hacia el río.

Jondalar sacó de la funda su cuchillo con mango de hueso y practicó un profundo corte en el cuello del animal. Sacó las lanzas y vio cómo la sangre se acumulaba en un charco alrededor de la cabeza de la yegua.

–Cuando vuelvas a la Gran Madre Tierra –dijo al caballo muerto– dale las gracias –metió la mano en su bolsa y acarició la figurilla de piedra que representaba a la Madre, en un gesto inconsciente. «Zelandoni tiene razón», pensó. «Si los hijos de la Tierra llegan a olvidar quién les da el sustento, podemos despertar algún día para descubrir que no tenemos hogar». Entonces aferró el cuchillo y se preparó a coger su parte de las provisiones de Doni.

–He visto una hiena al regresar –dijo Thonolan cuando estuvo de vuelta–. Parece que se va a alimentar alguien más, no sólo nosotros.

–A la Madre no le gusta el despilfarro –dijo Jondalar, bañado en sangre hasta los codos–. Todo retorna a Ella de un modo u otro. Anda, ayúdame.

–Ya sabes que es peligroso –dijo Jondalar, echando otro leño a la pequeña hoguera. Unas cuantas chispas flotaron hacia arriba con el humo y desaparecieron en el aire nocturno–. ¿Qué haremos cuando llegue el invierno?

–Falta mucho para eso; seguro que antes nos encontraremos con alguna gente –contestó Thonolan.

–Si volvemos ahora sobre nuestros pasos, es indudable que sí. Podríamos llegar por lo menos hasta los Losadunai antes de lo más crudo del invierno –se volvió a mirar a su hermano–. Ni siquiera sabemos cómo son los inviernos de este lado de las montañas. Es más descampado, hay menos protección y menos árboles para encender fuego. Tal vez deberíamos haber intentado dar con los Sarmunai. Podrían habernos dado alguna idea de lo que nos espera, de la gente que vive por ahí.

–Puedes volver cuando quieras, Jondalar. Para empezar, yo iba a hacer este Viaje solo..., no es que tu compañía no me guste...

–No sé... tal vez debiera –respondió éste volviéndose hacia el fuego–. No me había dado cuenta de lo largo que es el río. Míralo –hizo un gesto hacia el agua rielante que reflejaba el claro de luna–. Es la Gran Madre de todos los ríos, igualmente impredecible. Cuando partimos, corría hacia el este. Ahora va hacia el sur y se divide en tantos canales que a veces me pregunto si será siempre el mismo río. Supongo que no imaginé que fueras a seguirlo hasta el final, cualquiera que fuese su longitud, Thonolan. Además, suponiendo que encontrásemos a otras personas, ¿cómo sabes que serían amistosas?

–Precisamente, de eso se trata en un Viaje. Descubrir lugares nuevos, gente nueva. Hay que arriesgarse. Mira, Hermano Mayor, regresa si quieres. Lo digo en serio.

Jondalar miraba el fuego, golpeando rítmicamente con un palito la palma de su mano. De repente se puso en pie de un salto y lanzó el palito al fuego, provocando otro surtidor de chispas. Dio unos pasos y miró las cuerdas de fibras retorcidas, fijas entre estaquillas clavadas en tierra, sobre las que se secaban finas tiras de carne.

–¿Hay algo a lo que tenga yo que regresar? Al fin y al cabo, ¿qué es lo que me espera?

–El siguiente recodo del río, la siguiente salida del sol, la próxima mujer con quien te acuestes –dijo Thonolan.

–¿Y eso es todo? ¿No deseas algo más de la vida?

–¿Hay algo más? Naces, vives lo mejor que puedes mientras estás aquí, y algún día vuelves a la Madre. Después de eso, ¿quién sabe?

–Debería haber algo más, alguna razón para vivir.

–Si llegas a descubrirla, avísame –dijo Thonolan, con un bostezo–. Por el momento, lo que estoy esperando es la próxima salida del sol, pero uno de los dos debería quedarse despierto a menos que encendamos más fogatas para alejar el peligro de que los ladrones de cuatro patas nos dejen sin carne.

–Vete a dormir, Thonolan, yo vigilaré; de todos modos, no tengo sueño.

–Jondalar, te preocupas demasiado. Despiértame cuando estés cansado.

Ya había despuntado el día cuando Thonolan salió a gatas de la tienda, se frotó los ojos y se desperezó.

–¿Has estado despierto toda la noche? Te dije que me despertaras.

–Estaba reflexionando y no tenía ganas de acostarme. Hay un poco de infusión de artemisa si te apetece, está caliente.

–Gracias –dijo Thonolan sacando líquido humeante con una taza de madera. Se acuclilló frente al fuego, con la taza entre las manos. El aire mañanero era todavía fresco, la hierba estaba cubierta de rocío y él sólo llevaba puesto un taparrabos. Vio pajarillos que, en medio de ruidosos trinos, revoloteaban y se abalanzaban hacia los escasos arbustos y árboles próximos al río. Una bandada de grullas, que anidaba en una isla de sauces en mitad de un canal, estaba desayunándose con pescado–. Bueno, ¿lo lograste? –preguntó por fin.

–¿El qué?

–Encontrar el significado de la vida. ¿No era eso lo que te tenía preocupado cuando fui a acostarme? Aunque no entiendo por qué tenías que mantenerte despierto la noche entera sólo por eso. Ahora bien, si hubiera una mujer por ahí... ¿Tienes alguna de las bendecidas por Doni oculta entre los sauces...?

–¿Crees que te lo diría, si así fuera? –dijo Jondalar con una sonrisa pícara. Después, su sonrisa se suavizó–. No tienes que hacer chistes malos para seguirme la corriente, hermanito. Iré contigo todo el camino hasta el final del río, si así lo quieres. Sólo que, entonces, ¿qué piensas hacer?

–Todo depende de lo que encontremos allí. Anoche pensé que lo mejor sería acostarme. No eres buena compañía para nadie cuando te asalta una de esas rachas. Me alegro de que hayas decidido seguir adelante. Ya estoy más o menos acostumbrado a ti y a tus arrebatos de mal humor.

–Ya te lo dije: alguien tiene que sacarte de apuros.

–¿A mí? En este preciso momento me vendría bien algún problema. Siempre sería mejor que estarme sentado todo el día esperando que se seque esa carne.

–Sólo serán unos cuantos días, si el tiempo aguanta. Pero ya no sé si debo decirte lo que acabo de ver –y los ojos de Jondalar chispearon.

–Vamos, hermano, ya sabes que de todos modos vas a...

–Thonolan: en ese río hay un esturión muy grande... Pero no hay razón para tratar de pescarlo: no querrás esperar a que también el pescado se seque.

–¿Cómo es de grande? –preguntó Thonolan poniéndose de pie y mirando con ansiedad en dirección al río.

–Tan grande que no estoy seguro de que pudiéramos manejarlo entre los dos.

–No hay ningún esturión tan enorme.

–El que yo he visto, sí.

–Enséñamelo.

–Oyeme: ¿quién crees que soy? ¿La Gran Madre? ¿Acaso crees que puedo conseguir que salga un pez y haga cabriolas delante de ti? –y como Thonolan parecía apenado, Jondalar agregó–: Pero te lo enseñaré tan pronto como lo vuelva a ver.

Los dos hombres caminaron hasta la orilla del río, quedándose de pie junto a un árbol caído que se extendía en parte sobre el río. Como si quisiera provocarlos, una forma grande y oscura avanzó silenciosamente y se detuvo bajo el árbol cerca del lecho del río, ondulando ligeramente en la corriente.

–¡Debe de ser el abuelo de todos los peces! –susurró Thonolan.

–Pero, ¿crees que será posible sacarlo?

–Podemos intentarlo.

–Bastaría para alimentar toda una Caverna y más. ¿Qué haríamos con él?

–¿No fuiste tú quien decía que la Madre no permite que nada se desperdicie? Hienas y lobos podrán tener su parte. Vamos por las lanzas –dijo Thonolan, deseoso de entrar en acción.

–Las lanzas no servirán, necesitamos arpones.

Para cuando terminemos de hacer los arpones, el esturión ya se habrá ido.

–Si no los hacemos, jamás podremos sacarlo a tierra. Se zafará de una lanza... necesitamos algo que sirva de garfio. No se tarda demasiado en hacer uno. Mira ese árbol que está ahí. Si cortamos el ramaje por debajo de la horquilla más fuerte... no tendremos que preocuparnos por reforzarla, sólo la usaremos una vez –y Jondalar acentuaba su descripción con movimientos de las manos–. Cortamos la rama y la afilamos: así obtendremos un garfio.

–Pero, ¿de qué servirá si el pez se ha ido antes de que lo hayamos hecho? –interrumpió Thonolan.

–Lo he visto dos veces... parece que es un lugar donde le agrada descansar. Lo más probable es que regrese.

–Pero quién sabe cuánto tardará.

–¿Tienes algo mejor que hacer por el momento?

–Está bien, tú ganas –contestó Thonolan con una sonrisa torcida–. Vamos a hacer garfios.

Se dieron media vuelta para regresar, pero se detuvieron en seco, sorprendidos. Varios hombres les habían rodeado y su actitud era claramente hostil.

–¿De dónde han salido? –preguntó Thonolan en un susurro ronco.

–Habrán visto nuestro fuego. Quién sabe cuánto tiempo llevan aquí. Me he pasado la noche vigilando por si había merodeadores. Pueden haberse quedado esperando hasta que incurriéramos en un descuido, por ejemplo dejándonos ahí las lanzas.

–No parecen muy sociables; ninguno de ellos ha hecho la menor señal de bienvenida. Y ahora, ¿qué hacemos?

–Dedícales tu sonrisa más amplia y amistosa, hermanito, y encárgate de hacer el gesto.

Thonolan trató de mostrar seguridad en sí mismo y sus labios dibujaron lo que esperaba fuera una sonrisa llena de confianza. Extendió ambas manos y echó a andar hacia ellos.

–Soy Thonolan de los Zelan...

Su avance fue interrumpido por una lanza que osciló a sus pies clavada en la tierra.

–¿Alguna buena sugerencia más, Jondalar?

–Creo que ahora les toca a ellos.

Uno de los hombres dijo algo en un lenguaje desconocido, y otros dos corrieron hacia los hermanos. Con las puntas de las lanzas los empujaron hacia delante.

–No tienes que ponerte así, amigo –rezongó, al sentir una fuerte punzada–. Iba precisamente en esa dirección cuando me interrumpiste.

Los llevaron de regreso a su campamento y de un empujón los dejaron frente al fuego. El que había hablado anteriormente gritó otra orden. Varios hombres entraron a gatas en la tienda y sacaron todo lo que había dentro. Quitaron las lanzas de las mochilas y el contenido de éstas fue derramado por el suelo.

–¿Qué se creen que están haciendo? –gritó Thonolan, enderezándose. Le recordaron por la fuerza que debía sentarse, notó que un hilo de sangre le corría por el brazo.

–Calma, Thonolan –le recomendó Jondalar–. Parecen furiosos. No creo que estén de humor para soportar objeciones.

–¿Es éste el modo de tratar a los Visitantes? ¿No conocen los derechos de paso de quienes realizan un Viaje?

–Tú lo dijiste, Thonolan.

–¿Qué dije?

–Que corres tus riesgos; que eso forma parte de los Viajes.

–Gracias –dijo Thonolan, tocándose el corte que le ardía en el brazo y mirando sus dedos cubiertos de sangre–. Eso era precisamente lo que deseaba oír.

El que parecía ser el jefe escupió unas cuantas palabras más y los dos hermanos fueron puestos en pie. Thonolan, con su taparrabos, sólo fue honrado con una mirada, pero Jondalar fue registrado y le quitaron su cuchillo de pedernal con mango de hueso. Un hombre echó mano de la bolsa que le colgaba de la cintura y Jondalar quiso sujetarla. Al momento sintió un fuerte dolor en la nuca y se desplomó.

Quedó sin conocimiento sólo unos instantes, pero cuando se le aclararon las ideas, se encontró tendido en el suelo y mirando a los ojos de Thonolan que mostraban gran preocupación; tenía las manos atadas con correas a la espalda.

–Tú lo dijiste, Jondolar.

–¿El qué?

–Que no están de humor para soportar objeciones.

–Gracias –contestó Jondalar haciendo una mueca, dándose cuenta de que tenía un fuerte dolor de cabeza–, eso es precisamente lo que deseaba oír.

–¿Qué crees que harán con nosotros?

–Seguimos con vida. Si fueran a matarnos ya lo habrían hecho, ¿no?

–Quizá nos reserven para algo especial.

Los dos hombres estaban tendidos en el suelo, mientras oían voces y observaban a los extraños que iban y venían por su campamento. Olieron a comida, y sus estómagos gruñeron. A medida que el sol subía, el calor intenso convirtió la sed en un problema peor aún. A medida que transcurría la tarde, Jondalar se quedó dormido, pues empezaba a acusar la noche que había pasado en vela. Se despertó sobresaltado al oír gritos y alboroto. Alguien acababa de llegar.

Los pusieron de pie, y ambos se quedaron boquiabiertos de asombro al ver que un hombre fornido se dirigía hacia ellos a grandes zancadas llevando a la espalda a una anciana canosa y enteca. El hombre se puso a gatas y entre varios ayudaron a la mujer a bajar de su cabalgadura humana, con una deferencia evidente.

–Sea quien fuere, parece ser muy importante –dijo Jondalar. Un golpe en las costillas le hizo callar.

La mujer avanzó hacia ellos apoyándose en un bastón nudoso con un florón labrado. Jondalar la miraba, seguro de no haber visto en su vida nada tan viejo. La anciana tenía la estatura de un niño, encogida por la edad, y el color sonrosado de su cuero cabelludo podía verse entre sus canas ralas. Tenía tan arrugado el rostro que apenas si parecía humano, pero sus ojos estaban curiosamente fuera de lugar. Jondalar había esperado ver unos ojos mortecinos, pitarrosos y seniles en una persona tan entrada en años. Pero los de ella brillaban de inteligencia y chispeaban de autoridad. Jondalar se sintió embargado de respeto hacia la diminuta mujer y algo temeroso en cuanto al destino que les esperaba, a Thonolan y a él. Aquella mujer no habría ido hasta allí de no tratarse de algo importante.

La anciana habló con voz quebrada por la edad y, sin embargo, sorprendentemente fuerte. El jefe señaló a Jondalar, y ella le hizo una pregunta.

–Lo siento, pero no comprendo –dijo el joven.

La anciana volvió a hablar, se golpeó el pecho con una mano tan nudosa como su báculo y pronunció una palabra: «Haduma». Luego le señaló a él con un dedo huesudo.

–Yo soy Jondalar de los Zelandonii –dijo, con la esperanza de haber entendido lo que ella quería decir.

La anciana inclinó la cabeza como si hubiera oído algún ruido.

–¿Ze-lan-don-ii?

Jondalar asintió, pasándose la lengua por los labios secos y agrietados, en un movimiento nervioso. Ella se quedó mirándole con expresión reflexiva y dijo algo al jefe. La respuesta de él fue brusca, y acto seguido, la anciana hizo chasquear su voz dando una orden; después volvió la espalda y se acercó al fuego. Uno de los hombres que había estado vigilándoles sacó un cuchillo. Jondalar miró a su hermano y vio en su rostro una expresión que reflejaba sus propias emociones. Hizo acopio de fuerzas, envió una plegaria silenciosa a la Gran Madre Tierra y cerró los ojos.

Los abrió con una sensación de alivio al darse cuenta de que las correas de sus muñecas habían caído. Se acercaba un hombre con una vejiga llena de agua. Jondalar bebió un trago y se la pasó a Thonolan, cuyas manos también habían sido liberadas. Abrió la boca para decir algo a modo de agradecimiento, pero recordando el golpe en sus costillas, lo pensó mejor y calló.

Los escoltaron hasta el fuego unos guardianes que no se despegaban de ellos, armados con lanzas amenazadoras. El hombre robusto que había llevado a cuestas a la anciana acercó un tronco, lo cubrió con un manto de pieles y se quedó parado al lado del improvisado asiento, con la mano sobre el mango de su cuchillo. Ella se acomodó en el tronco y Jondalar y Thonolan fueron empujados para que se sentaran frente a ella. Ambos tuvieron buen cuidado de no hacer el menor movimiento que pudiera considerarse como un peligro para la anciana; no les cabía la menor duda respecto a la suerte que les esperaba si alguno de aquellos hombres llegaba a imaginar que los extraños podían ponerla en peligro.

La anciana siguió mirando a Jondalar como lo había hecho anteriormente, sin decir palabra. El sostuvo su mirada, pero, a medida que se prolongaba el silencio, empezó a sentirse incómodo y desconcertado. De repente, la anciana metió la mano bajo su manto y, con ojos que despedían ira, atropellándole la boca un tropel de palabras mordaces que no dejaban el menor lugar a dudas respecto a su sentido general, aunque no se entendía su significado, blandió un objeto frente a él. El asombro hizo que los ojos de Jondalar se desorbitaron: era la estatuilla tallada de la Madre, su donii, lo que la anciana tenía en la mano.

Con el rabillo del ojo vio que el guardián que estaba a su lado vacilaba; había en la donii algo que no le agradaba.

La mujer terminó su parlamento y, alzando dramáticamente el brazo, lanzó la estatuilla al suelo. Jondalar saltó instintivamente y la rescató. Su indignación ante la profanación de aquel objeto sagrado se reflejaba en su rostro; sin hacer caso del pinchazo de una lanza, la recogió y la metió entre sus manos protectoras.

Una palabra aguda de la anciana hizo que la lanza se apartara. El joven se sorprendió al ver en su rostro una sonrisa y una chispa divertida en sus ojos, pero no estaba muy seguro de si la sonrisa era de buen humor o de malicia.

La anciana se levantó del tronco y se acercó. No era mucho más alta de pie que él sentado, y mirándole cara a cara, al mismo nivel, escudriñó el interior de aquellos asombrosos y vívidos ojos azules. Luego retrocedió, le volvió la cabeza a un lado y otro, tocó el músculo de su brazo y midió con la mirada el ancho de sus hombros. Le hizo señas de que se pusiera en pie; como él no entendiera, el guardián le empujó para que obedeciese. La anciana echó hacia atrás la cabeza para contemplarle en toda su estatura de casi dos metros, luego le dio la vuelta, hincándole los dedos en los duros músculos de las piernas. Jondalar tenía la impresión de que le estaban examinando como alguna mercancía en venta, y se ruborizó al comprender que estaba preguntándose si daría la talla.

Después, la anciana examinó a Thonolan, le hizo señas de que se levantara, pero volvió pronto su atención a Jondalar. El rubor que le había subido al rostro adquirió un tono púrpura cuando se dio cuenta de lo que le estaba indicando: quería ver su virilidad.

El meneó la cabeza y dedicó una mirada sombría a la amplia sonrisa de Thonolan. Al decir la anciana una palabra, uno de los hombres agarró a Jondalar por detrás mientras otro, obviamente molesto, trataba de aflojarle el taparrabos.

–No creo que tenga humor para tolerar objeciones –dijo Thonolan, sonriendo afectadamente.

Jondalar se sacudió con enojo al hombre que le sujetaba y quedó expuesto a las miradas de la anciana, al mismo tiempo que miraba ceñudamente a su hermano, que se sujetaba las costillas, resoplando en un vano intento por aguantarse la risa. La anciana le miró, inclinó la cabeza a un lado y con un dedo nudoso, le tocó.

El color púrpura que cubría el rostro de Jondalar se volvió morado cuando, por alguna razón inexplicable, sintió que el miembro se le hinchaba. La mujer cloqueó, y hubo algunas risas disimuladas, además de un discreto murmullo, entre los hombres que estaban cerca, que delataban su asombro ante lo que acaban de presenciar. Jondalar cubrió a toda prisa su agresivo miembro, sintiéndose idiota y furioso.

–Hermano Mayor, de veras que tienes gran necesidad de una mujer para haberte excitado con esa vieja bruja –susurró Thonolan, recobrando el aliento y secándose una lágrima; y al instante volvió a reír a mandíbula batiente.

–Sólo espero que te toque a ti después –dijo Jondalar, deseando que se le ocurriera alguna observación chispeante para hacerle callar.

La anciana hizo señas al jefe de los hombres que los habían apresado y le habló. Se produjo un intercambio acelerado. Jondalar oyó que la anciana decía «Zelandonii» y vio que el joven señalaba la carne que estaba secándose en las cuerdas. El intercambio terminó abruptamente con una orden imperiosa de la anciana. El hombre echó una mirada a Jondalar y después hizo señas a un joven de cabello ensortijado. Tras de unas cuantas palabras, el joven echó a correr a toda velocidad.

Los dos hermanos fueron conducidos de nuevo a su tienda y les fueron devueltas sus mochilas, pero no sus cuchillos ni sus lanzas. Un hombre estaba siempre a corta distancia de ellos, obviamente para no perderlos de vista. Les llevaron comida y, al caer la noche, se metieron en su tienda. Thonolan estaba de excelente humor, pero Jondalar no tenía la menor gana de conversar con un hermano que soltaba la carcajada tan pronto como le miraba.

Cuando despertaron, en el campamento había cierta atmósfera de expectación. A media mañana llegó una numerosa comitiva en medio de gritos y saludos. Se levantaron tiendas; hombres, mujeres y niños se instalaron, y el campo espartano de los dos hermanos comenzó a adquirir el aspecto de una Reunión de Verano. Jondalar y Thonolan observaban con interés cómo ensamblaba aquella gente una gran estructura circular, con paredes verticales cubiertas de cuero y un techo de bálago en forma de cúpula. Las diferentes partes que lo constituían fueron montadas previamente, y lo colocaron con una rapidez sorprendente. Concluido el trabajo, metieron allí dentro paquetes y canastas cubiertas.

Se produjo una pausa en las actividades mientras preparaban la comida. Por la tarde, una multitud comenzó a reunirse en torno de la gran estructura circular. Trajeron el tronco de la anciana y lo colocaron justo a la entrada, con el manto de pieles encima. Tan pronto como apareció la vieja, la multitud se calmó y formó un círculo a su alrededor, dejando libre el espacio del centro. Jondalar y Thonolan la observaban mientras hablaba con un hombre y les señalaba a ellos.

–Quizá quiera que muestres de nuevo el gran deseo que te inspira –le embromó Thonolan mientras el hombre les hacía señas de acercarse.

–¡Primero tendrán que matarme!
–¿Quieres decir que no te consumes por acostarte con esa beldad? –preguntó Thonolan fingiendo inocencia, con los ojos muy abiertos–. Pues ayer saltaba a la vista –empezó a reír de nuevo; Jondalar se volvió y echó a andar hacia el grupo.

Fueron conducidos al centro, y la anciana indicó que se sentaran enfrente de ella.

–¿Zel-an-do-nii? –preguntó la anciana a Jondalar.

–Sí –afirmó él asintiendo con la cabeza–. Yo soy Jondalar de los Zelandonii.

Ella golpeó el brazo de un viejo que estaba a su lado.

–Yo... Tamen –dijo éste, y después pronunció algunas palabras que Jondalar no entendió– ...Hadumai. Mucho tiempo... Tamen –otra palabra desconocida– ...oeste ...Zelandonii.

Jondalar se esforzó y de repente se dio cuenta de que había comprendido algunas de las palabras del viejo.

–Tu nombre es Tamen, algo sobre Hadumai. Mucho tiempo ... hace mucho tiempo tú... oeste..., ¿hiciste un Viaje?, ¿dónde los Zelandonii? ¿Sabes hablar zelandonii? –preguntó, muy agitado.

–Viajé, sí –dijo el hombre–. No hablo... hace mucho

La anciana agarró el brazo del hombre y le habló; éste se volvió nuevamente hacia los dos hermanos.

–Haduma –dijo, señalándola– ...Madre... –Tamen vaciló, y luego señaló a todos con movimiento circular del brazo, y haciendo que se alinearan junto a él–. Haduma... madre... madre... madre... –repitió, señalándola primero a ella, después a sí mismo y a cada uno de los demás.

Jondalar estudió a las personas, tratando de entender las explicaciones. Tamen era viejo, pero no tanto como Haduma. El hombre que estaba junto a él era maduro; a su lado había una mujer más joven que llevaba de la mano a un niño. De repente, Jondalar estableció la conexión.

–¿Me estás diciendo que Haduma es madre cinco veces? –y alzó la mano con los cinco dedos abiertos–. ¿La madre de cinco generaciones? –preguntó, asombrado.

–Sí, sí, la madre de la madre –contestó Tamen asintiendo vigorosamente con la cabeza– ...cinco generaciones –repitió, señalando de nuevo a cada una de las personas.

–¡Gran Madre! ¿Sabes lo vieja que debe ser? –dijo Jondalar a su hermano.

–Gran Madre, sí –contestó Tamen–. Haduma... madre –y se dio golpecitos en el estómago.

–¿Hijos?

–Hijos –asintió Tamen–. Haduma madre hijos... –y se puso a trazar líneas en la tierra.

–Uno, dos, tres... –y Jondalar decía la palabra del número a cada línea– ...¡dieciséis! ¿Haduma dio a luz dieciséis hijos?

Tamen asintió, señalando de nuevo las marcas en el suelo.

–Muchos hijos... muchas...¿niña? –y meneó la cabeza, dubitativo.

–¿Hijas? –sugirió Jondalar.

El rostro de Tamen se iluminó.

–Muchas hijas... –reflexionó un instante–. Viven... todos viven. Todos... muchos hijos –alzó una mano y un dedo–. Seis Cavernas... Hadumai.

–No me extraña que estuvieran dispuestos a matarnos si la mirábamos con malos ojos –dijo Thonolan–. Es la madre de todos ellos, ¡una Gran Madre viviente!

Jondalar estaba igualmente impresionado, aunque no tanto como intrigado.

–Me siento muy honrado al conocer a Haduma, pero no comprendo. ¿Por qué nos retenéis? ¿Y por qué ha venido hasta aquí?

El hombre señaló la carne que se secaba en las cuerdas, y después al joven que los había hecho prisioneros.

–Jeren... caza. Jeren hace... –y Tamen trazó un círculo en la tierra formando una V amplia separada por un breve espacio en la punta–. Hombre Zelandonii hace... hace correr... –lo pensó un buen rato y acabó diciendo, con una sonrisa–: Hace correr caballo.

–¡Entonces eso es! –exclamó Thonolan–. Habían preparado una emboscada y estaban esperando a que la manada se acercara. Y nosotros la espantamos.

–Ahora comprendo por qué estaba furioso –dijo Jondalar a Tamen–. Pero ignorábamos que eran vuestros territorios de caza. Por supuesto, nos quedaremos para cazar, y os compensaremos. Pero así no se trata a los visitantes. ¿No sabéis que hay derechos de paso para los que van de Viaje? –dijo, dando rienda suelta a su indignación.

El viejo no entendía todas las palabras aunque captaba más o menos su sentido.

–No muchos visitantes. No... oeste... hace mucho. Costumbres... olvidar.

–Bueno, pues debes recordárselas. Tú fuiste de viaje y algún día tal vez él quiera ir también –Jondolar seguía fastidiado por el modo en que les habían tratado, pero no quería discutir demasiado el asunto. No estaba todavía muy seguro de lo que estaba ocurriendo y tampoco deseaba ofenderles–. ¿Por qué vino Haduma? ¿Cómo podéis permitir que haga un viaje tan largo, a su edad?

–No... permitir Haduma –contestó Tamen sonriendo–. Haduma dice. Jeren... encuentra dumai. Mala... ¿mala suerte? –Jondalar asintió para indicar que la palabra era correcta, pero no comprendía lo que Tamen trataba de expresar– Jeren da... hombre... corredor. Dice Haduma hace partir mala suerte. Haduma viene.

–¿Dumai? ¿Dumai? ¿Te refieres a mi donii? –dijo Jondalar, sacando de su bolsa la estatuilla de piedra. La gente que estaba alrededor abrió la boca y retrocedió al ver lo que tenía en la mano. Un murmullo iracundo surgió de la multitud, pero Haduma les dijo algo y todos se calmaron.

–¡Pero esta donii es buena suerte! –protestó Jondalar.

–Buena suerte... mujer, sí. Hombre... –y Tamen buscó una palabra en su memoria– ...sacrilegio.

Jondalar volvió a sentarse, asombrado.

–Pero si es buena suerte para una mujer, ¿por qué la tiró al suelo? –hizo un gesto violento como si se propusiera imitarlo, lo que provocó exclamaciones inquietas. Haduma habló al viejo.

–Haduma... hace mucho tiempo... vive... gran suerte. Gran... magia. Haduma dice Zelandonii...costumbres. Dice Zelondonii hombre no Hadumai... Haduma dice Zelandonii hombre malo.

Jondalar meneó la cabeza. Thonolan tomó la palabra.

–Creo que dice que te estaba poniendo a prueba, Jondalar. Ella sabía que las costumbres no eran las mismas, y quería saber cómo reaccionarías si ella deshonraba...

–Deshonra, sí –interrumpió Tamen, al oír la palabra–. Haduma... sabe no todo hombre... hombre bueno. Quiere saber Zelandonii hombre deshonra Madre.

–Oye, ésta es una donii muy especial –dijo Jondalar, algo indignado–. Es muy antigua. Mi madre me la dio... pasa de una generación a otra.

–Sí, sí –asentía Tamen vigorosamente–. Haduma sabe. Sabia... mucho sabia. Largo tiempo vive. Gran magia, hace mala suerte ir. Haduma sabe Zelandonii hombre, buen hombre. Quiere hombre Zelandonii. Quiere... honrar Madre.

Jondalar vio asomar la risa en el rostro de Thonolan y se sintió a disgusto.

–Haduma quiere –dijo Tamen, señalando los ojos de Jondalar– ojos azules. Honrar Madre. Zelandonii... espíritu hace hijo, ojos azules.

–¡Has vuelto a hacerlo, Hermano Mayor! –estalló Thonolan, riendo con deleite malicioso–. Con esos ojazos azules que tienes. ¡Está enamorada! –y todo el cuerpo se le sacudía mientras trataba de contener la risa por miedo a que se ofendieran, pero incapaz de aguantarse–. ¡Oh, Madre! No resisto las ganas de volver a casa y contarles, Jondalar, ¡el hombre a quien toda mujer desea! ¿Todavía tienes ganas de regresar? Por esto renunciaría al final del río –no pudo seguir hablando. Estaba doblado sobre sí mismo, golpeando el suelo, sujetándose las costillas y tratando de no soltar la carcajada.

Jondalar tragó saliva varias veces.

–Ah... yo... ejem..., ¿cree Haduma que la Gran Madre... ah... todavía puede... bendecirla con un hijo?

Tamen, perplejo, miró primero a Jondalar y después las contorsiones de Thonolan. Y de repente una amplia sonrisa apareció en su rostro. Habló a la anciana y el campamento entero se echó a reír a carcajadas, con el cloqueo de la anciana dominando el barullo. Thonolan, con un suspiro de alivio, pudo por fin reír a sus anchas mientras las lágrimas le corrían por la cara.

A Jondalar no le parecía nada divertida la situación.

El viejo sacudía la cabeza, tratando de hablar.

–No, no, hombre Zelandonii –y haciendo señas a alguien, gritó–: ¡Noria!... ¡Noria!

Una joven se adelantó y sonrió tímidamente a Jondalar. Era poco más que una muchacha, pero mostraba el resplandor gracioso de la feminidad nueva. Finalmente, las risas se fueron apagando.

–Haduma magia grande –dijo Tamen–. Haduma bendice. Noria cinco... generaciones –alzó cinco dedos–. Noria hace hijo, hace... seis generaciones –alzó otro dedo–. Haduma quiere hombre Zelandonii... honre Madre... –Tamen sonrió al recordar la expresión–: Primeros Ritos.

Las arrugas de preocupación que surcaban la frente de Jondalar se borraron y el comienzo de una sonrisa levantó las comisuras de sus labios.

–Haduma bendice. Hace espíritu ir a Noria. Noria hace niño, ojos Zelandonii.

Jondalar estalló en carcajadas, tanto de alivio como de placer. Miró a su hermano. Thonolan había dejado de reír.

–¿Quieres regresar a casa para contarles a todos la vieja bruja con quien me acosté? –preguntó. Y, volviéndose hacía Tamen, dijo–: Hazme el favor de decirle a Haduma que será un placer honrar a la Madre y compartir con Noria sus Primeros Ritos.

Sonrió cálidamente a la joven; ella le sonrió también, al principio con inseguridad, pero bañada en el carisma inconsciente de aquellos vívidos ojos azules, su sonrisa se ensanchó.

Tamen habló a Haduma. Ella asintió, después hizo señas a Jondalar y Thonolan de que se pusieran de pie y volvió a examinar cuidadosamente al alto joven rubio. El calor de la sonrisa todavía anidaba en sus labios, y cuando le miró a los ojos, cloqueó dulcemente y se metió en la vasta tienda circular. Los demás todavía seguían riendo y comentando el malentendido mientras se dispersaban.

Los dos hermanos se quedaron hablando con Tamen; incluso la limitada habilidad de éste para comunicarse había mejorado.

–¿Cuándo visitaste a los Zelandonii? –preguntó Thonolan– ¿Recuerdas qué Caverna era?

–Mucho tiempo –contestó–. Tamen hombre joven, como el hombre Zelandonii.

–Tamen, éste es mi hermano Thonolan, y yo soy Jondalar, Jondalar de los Zelandonii.

–Tú... bienvenido, Jondalar, Thonolan –el viejo sonrió–. Yo, Tamen, tres generaciones Hadumai. No hablo zelandonii mucho tiempo. Olvido. No hablo bueno. Tú hablas Tamen...

–¿Recuerdas? –sugirió Jondalar. El hombre asintió–. ¿Tercera generación? Yo creí que eras hijo de Haduma –agregó Jondalar.

–No –meneó Tamen la cabeza negativamente–. Quiero hacer hombre Zelandonii conocer Haduma, madre.

–Me llamo Jondalar, Tamen.

–Jondalar –repitió–. Tamen no hijo Haduma. Haduma hace hija –y alzó un dedo con una mirada interrogante.

–¿Una hija? –preguntó Jondalar, pero Tamen negó.

–¿Primera hija?

–Sí. Haduma hace primera hija. Hija hace primer hijo –se señaló con el dedo–. Tamen... Tamen... ¿compañera? –Jondalar asintió– . Tamen compañero madre de madre de Noria.

–Creo que comprendo. Tú eres el primer hijo de la primera hija de Haduma, y tu compañera es la abuela de Noria.

–Abuela, sí. Noria hace... gran honor Tamen... seis generación.

–También yo me siento honrado al haber sido escogido para sus Primeros Ritos.

–Noria hace... bebé, ojos Zelandonii. Hace Haduma... feliz –y Tamen sonrió al recordar la palabra–. Haduma dice hombre Zelandonii alto hace... grande... espíritu fuerte, hace Hadumai fuerte.

–Tamen –dijo Jondalar con la frente ensombrecida–, tal vez Noria no tenga un hijo de mi espíritu, ¿sabes?

–Haduma gran magia –explicó Tamen sonriendo–. Haduma bendice, Noria hace. Gran magia. Mujer no hijo, Haduma... –y señaló con el dedo hacia la ingle de Jondalar.

–¿Toca? –Jondalar repitió la palabra sintiendo que le ardían las orejas.

–Haduma toca, mujer hace bebé. Mujer no... leche. Haduma toca, mujer hace bebé. Haduma hace Jondalar... gran honor. Mucho hombre quiere Haduma tocar. Hace por mucho tiempo hombre. Hace hombre... ¿placer? –todos sonrieron–. Placer mujer, todo tiempo. Mucha mujer, mucho tiempo. Haduma gran magia –se detuvo y su rostro perdió la sonrisa–. No hacer Haduma... enfadada. Haduma mala magia, enfado.

–¡Y yo me reí! –dijo Thonolan–. ¿Crees que podría convencerla de que me toque? Tú y tus grandes ojos azules, Jondalar...

–Hermano Menor, el único toque mágico que has necesitado ha sido la mirada de cualquier bella mujer.

–Eso. Y tampoco he visto que te hiciera falta ayuda a ti. Mira quién está compartiendo los Primeros Ritos. No tu pobre hermanito con sus apagados ojos grises.

–Pobre hermanito. Un campamento lleno de mujeres y va a pasar la noche a solas. Primero te mueres –rieron, y Tamen, que se dio cuenta de por dónde iban las bromas, unió sus risas a las de ellos.

–Tamen, tal vez convenga que me hables de vuestras costumbres para los Primeros Ritos –dijo Jondalar, más en serio.

–Antes de pasar a ese asunto –dijo Thonolan–, ¿no podríamos recuperar nuestros cuchillos y lanzas? Tengo una idea. Mientras mi hermano se ocupa en seducir a esa joven beldad con sus grandes ojos azules, creo que tengo un medio para que a vuestro cazador furioso se le pase el disgusto.

–¿Cómo? –preguntó Jondalar.

–Con una abuela, por supuesto.

Tamen pareció confundido, pero se encogió de hombros pensando que tenía problemas con el lenguaje.

Jondalar no vio mucho a Thonolan esa noche y al día siguiente; estuvo demasiado ocupado con los ritos de purificación. El lenguaje era una barrera que impedía el entendimiento, a pesar de la ayuda de Tamen, y cuando se encontraba solo con las mujeres mayores que le miraban ceñudas, la cosa empeoraba. Sólo en presencia de Haduma se sentía más a gusto, y estaba seguro de que ella arregló algunos desatinos imperdonables.

Haduma no gobernaba a la gente pero era evidente que nadie le negaría nada. La trataban con benevolencia reverente y algo de temor. Sin duda era cosa de magia que hubiera vivido tantos años y conservado todas sus facultades mentales. Tenía el don de adivinar cuándo Jondalar se metía en alguna dificultad. En una ocasión, él estaba seguro de haber violado inadvertidamente algún tabú, y la anciana se presentó con los ojos lanzando destellos de ira para golpear con su bastón las espaldas de varias mujeres en retirada. No toleraría la menor oposición al joven: su sexta generación tendría los ojos azules de Jondalar.

Ni siquiera por la noche, cuando finalmente le llevaron a la amplia estructura circular, estaba seguro de que hubiera llegado la hora hasta que se encontró en el interior. Al cruzar la entrada, se detuvo y miró a su alrededor. Dos lámparas de piedra, con sus depósitos en forma de tazón llenos de grasa en la que ardían mechas de musgo seco, iluminaban un lado. El piso estaba cubierto de pieles y sobre las paredes colgaban tejidos de tela de corteza formando intrincados diseños. Detrás de una plataforma cubierta de pieles, colgaba la piel blanca de un caballo albino decorada con las cabezas rojas de grandes pájaros carpinteros moteados. Y sentada en el borde mismo de la plataforma se encontraba Noria, muy nerviosa, mirándose las manos colocadas sobre el regazo.

Al otro lado había una pequeña sección dividida por cueros cubiertos de signos esotéricos y un biombo de correas... uno de los cueros cortado en tiritas finas. Había alguien detrás del biombo. Vio que una mano se movía apartando algunas tiritas y por un breve instante contempló el viejo arrugado rostro de Haduma. Dio un suspiro de alivio. Por lo menos había una guardiana para atestiguar que la transformación de una muchacha en mujer fuera completa y para asegurarse de que el hombre no fuese demasiado rudo. Como extranjero, había experimentado cierta preocupación por si pudiera haber un corro de guardianas censoras. Con Haduma no se preocupaba; no sabía si debería saludarla, pero decidió esto último al ver que se cerraba el biombo.

Al verle, Noria se puso en pie. El avanzó, sonriente, hacia ella. Noria era más bien baja y su cabello castaño, muy suave, que se desparramaba alrededor de su rostro. Estaba descalza; vestía una falda de fibra tejida, sujeta en la cintura y colgando hasta más abajo de las rodillas en nesgas de colores. Su camisa, de suave piel de venado bordada con canutillo de colores, estaba cerrada con cordones hasta arriba. Esta prenda se ceñía lo bastante al cuerpo para revelar que su feminidad estaba bien definida, aunque no había perdido aún su redondez juvenil.

A medida que Jondalar se acercaba, la joven mostró cierto temor en la mirada aun cuando trataba de sonreír. Pero al ver que él no hacía movimientos bruscos sino que se limitó a sentarse al borde de la plataforma y sonrió, pareció tranquilizarse un poco y se sentó a su lado, lo suficientemente lejos para que sus rodillas no se rozaran.

«Serviría de algo si pudiera hablar su lenguaje», pensó Jondalar. «Está muy asustada. No tiene nada de extraño, no me conoce de nada. Es conmovedora, tan llena de miedo». Se sentía protector y experimentó algunas punzadas de excitación. Vio que había un tazón de madera labrada y algunas tazas en una mesa próxima y extendió la mano, pero Noria vio sus intenciones y saltó para llenar las tazas.

Al recibir una taza de líquido ambarino, Jondalar le rozó la mano y Noria se sobresaltó. La retiró un poco y después la dejó. El apretó suavemente su mano y luego tomó la taza y bebió. El líquido tenía el sabor dulce y fuerte de algo que estuviera en fermentación. No era desagradable, pero como desconocía su potencia, decidió no beber a la ligera.

–Gracias, Noria –dijo depositando la taza encima de la mesa.

–¿Jondalar? –preguntó la joven, alzando la mirada. A la luz de la lámpara de piedra se veía que tenía los ojos claros, pero no estaba seguro de si eran grises o azules.

–Sí; Jondalar de los Zelandonii.

–Jondalar... hombre Zelandonii.

–Noria, mujer Hadumai.

–¿Mu-jer?

–Mujer –dijo, tocando un seno joven y firme. Ella dio un brinco hacia atrás.

Jondalar desató el cordón que le cerraba la túnica y se la quitó, mostrando un pecho cubierto de rizos claros. Sonrió torcidamente y se tocó el pecho.

–No mujer –y meneó la cabeza–, hombre.

Noria hizo un amago de sonrisa.

–Noria mujer –dijo Jondalar, tendiendo lentamente la mano de nuevo hacia su seno. Esta vez dejó que la tocara sin retirarse, y su sonrisa era más tranquila.

–Noria mujer –dijo, y con un destello de picardía en la mirada, señaló la ingle de él, pero sin tocar–. Jondalar hombre –y de repente pareció asustarse, como si hubiera ido demasiado lejos y se puso de pie para llenar de nuevo las tazas. Vertió nerviosamente el líquido, derramó un poco y pareció apenada. La mano le temblaba al tenderle la taza.

El le sujetó la mano, cogió la taza y sorbió un poco, y a continuación le ofreció a ella de beber. Ella asintió, pero Jondalar le llevó la taza a la boca de tal modo que ella tuvo que rodear las manos de él para inclinarla y poder beber. Cuando él dejó la taza, volvió a buscar las manos femeninas y las abrió para besarle las palmas con dulzura. Los ojos de ella se abrieron, sorprendidos, pero no se retiró. Jondolar subió sus manos por los brazos de ella, luego se acercó, agachándose, y la besó en el cuello. Ella estaba tensa, con deseo y a la vez con temor, a la espera de lo que él hiciera después.

Jondalar se acercó, volvió a besarle el cuello y su mano se deslizó para cubrirle un seno. Aunque todavía estaba asustada, empezaba a sentir que su cuerpo respondía al contacto. Jondalar le echó la cabeza hacia atrás, besándole el cuello, pasándole su lengua por la garganta, y con la mano comenzó a desatar el cordón del cuello. Entonces movió sus labios hasta la oreja de la joven y a lo largo de la mandíbula hasta encontrar su boca. Abrió la suya y le metió la lengua entre los labios; cuando éstos se abrieron, ejerció una suave presión para abrirlos más.

Entonces se echó hacia atrás sujetándola por los hombros y sonrió. Tenía los ojos cerrados, la boca abierta, y respiraba más aprisa. La besó de nuevo, cubriéndole un seno con la mano y sacando el cordón de un ojete. Ella se puso un poco rígida. Jondalar se detuvo para mirarla, sonrió y sacó deliberadamente el cordón por otro ojete. Ella estaba inmóvil y rígida, mirándole a la cara mientras él sacaba el cordón de un tercer ojete, y de otro más, hasta que la camisa de ante quedó colgando y abierta por delante.

Se inclinó sobre ella al empujar la camisa hacia atrás para desnudarle los hombros y descubrir los jóvenes pechos erguidos, con sus aréolas hinchadas, y sintió que su virilidad palpitaba. Le besó los hombros con la boca abierta y la lengua en movimiento, mientras ella se estremecía, y le acarició los brazos, quitándole la camisa. Le pasó las manos a lo largo de la columna vertebral y la lengua por el cuello y el pecho; al rodear la aréola sintió que se contraía el pezón y lo succionó con suavidad. Ella jadeó pero no se retiró. Jondalar le succionó el otro seno, le corrió la lengua hacia arriba hasta alcanzarle la boca, y mientras la besaba la echó hacia atrás.

Abriendo los ojos, Noria le miró desde el lecho de pieles; tenía los ojos dilatados y luminosos. Los de él eran tan profundamente azules y apremientes que no podía apartar la mirada de ellos.

–Jondalar hombre, Noria mujer –murmuró.

–Jondalar hombre, Noria mujer –dijo él con voz ronca; enseguida se levantó y se quitó la túnica por la cabeza, mientras su virilidad luchaba por liberarse. Se inclinó sobre ella, volvió a besarla y notó que ella abría su boca para tocar la lengua de él con la suya. Acarició su seno y le pasó la lengua por el cuello y el hombro. Encontró nuevamente el pezón, succionando más fuerte al oír que ella gemía y notó que su propia respiración se aceleraba.

«Hacía demasiado tiempo que no estaba con una mujer», pensó, y deseó poseerla al instante. «Despacio, no la asustes», se reprendió. «Es su primera vez. Tienes toda la noche, Jondalar. Espera hasta que te des cuenta de que está dispuesta».

Acarició la piel desnuda debajo de sus pechos hinchados hasta la cintura, y buscó la larga correa que sujetaba la falda. Tirando del cordón, tendió la mano y la dejó sobre el estómago de la joven; ella se puso tensa y después se calmó. Jondalar siguió bajando la mano, y al encontrar la parte interior del muslo, apartó el vello púbico suave como plumón. Noria estiró las piernas mientras él avanzaba su mano por entre sus muslos.

Retiró la mano, se sentó y después le bajó la falda por las caderas y la dejó en el suelo. Se puso de pie y contempló entonces sus curvas suaves, redondas, todavía incompletas. Ella le sonrió con expresión confiada y anhelante. Jondalar desató la correa de sus pantalones y se los bajó; la joven dio un respingo al ver el miembro hinchado y erecto, y una sombra de temor volvió a sus ojos.

Noria había escuchado con fascinación las historias que otras mujeres contaban de sus Ritos de los Primeros Placeres. Algunas mujeres no consideraban que fueran nada placenteros. Decían que el Don del Placer era dado a los hombres, que a las mujeres se les había dado la habilidad de proporcionar placer a los hombres, para que los hombres estuvieran ligados a ellas, de modo que salieran de cacería y llevaran alimentos y pieles para hacer ropa cuando la mujer estaba embarazada o amamantando. Habían advertido a Noria que le dolería cuando sus Primeros Ritos. Jondalar era tan grande, estaba tan hinchado, ¿cómo podría penetrar en ella?

Él conocía esa mirada de miedo; era un momento crítico, tendría que acostumbrarse nuevamente a él. Disfrutaba despertando a una mujer, por vez primera, a los placeres del Don de la Madre, pero era preciso mostrar delicadeza y suavidad. «Algún día, pensó, desearía poder dar a una mujer placer por vez primera y no tener que preocuparme por hacerle daño». Sabía que eso no era posible; para una mujer, los Ritos de los Primeros Placeres siempre resultaban un poco dolorosos.

Se sentó junto a ella y esperó, dándole tiempo. Las miradas de Noria eran atraídas por aquel miembro palpitante. Jondalar la cogió de la mano, haciendo que lo tocara, y sintió un loco impulso. Era como si su virilidad tuviera en momentos como éstos una vida independiente. Noria sintió la suavidad de la piel, el calor, la firme plenitud, y como el miembro se movía ansiosamente en su mano, experimentó una especie de escalofrío, una sensación aguda, estimulante, dentro de sí y notó humedad entre sus piernas. Trató de sonreír, pero el temor seguía agazapado en sus ojos.

Jondalar se tendió junto a ella y la besó con dulzura. Ella abrió los ojos y miró a los suyos; vio su preocupación y su avidez así como cierta fuerza sin nombre, irresistible. Se sentía atraída, abrumada, perdida en las insondables profundidades azules de sus ojos, y experimentó de nuevo la sensación profunda y placentera. Le deseaba; temía el dolor, pero deseaba a Jondolar. Tendió la mano, cerró los ojos, abrió la boca y se estrechó más contra él.

El hombre la besó, le dejó que explorara su boca y lentamente fue siguiendo su camino hacia el cuello y la garganta; entre besos, sin dejar de utilizar la lengua en tanto le acariciaba suavemente el estómago y los muslos, la provocó un poco, acercándose al sensible pezón, pero retrocedió hasta que ella le atrajo de nuevo. En aquel instante movió su mano hacia la hendidura cálida entre los muslos de la joven y encontró el nódulo pequeñito y palpitante; Noria dejó escapar un grito.

Succionándole el pezón y mordiéndoselo con suavidad, fue moviendo los dedos; la joven gimió y meneó las caderas, Jondalar fue más abajo, sintió que ella ahogaba la respiración cuando halló el ombligo y que tensaba los músculos mientras él seguía más abajo y retrocedía de la plataforma hasta quedar de rodillas en el suelo. Entonces le apartó las piernas y probó por vez primera su sal penetrante. La respiración de Noria estalló en un grito tembloroso; se puso a gemir con cada exhalación, echando la cabeza hacia atrás y adelante, avanzando las caderas para salir a su encuentro.

Con las manos la abrió del todo, lamió sus repliegues calientes, encontró el nódulo con la lengua y se puso a trabajarlo. Mientras ella gritaba, meneando las caderas, la excitación del joven aumentaba, pero luchó por contenerse. Cuando oyó que Noria respiraba entre jadeos, rápidamente se irguió, todavía arrodillado para poder controlar su penetración, y guió la cabeza de su órgano hinchado hacia el orificio intacto. Rechinó los dientes para dominarse mientras se introducía en la fuente cálida, húmeda y cerrada.

Mientras Noria le rodeaba la cintura con las piernas, notó el obstáculo dentro de ella. Con el dedo, encontró nuevamente el nódulo y se movió adelante y atrás sólo un poco, hasta que los jadeos de ella se mezclaron con gritos, y sintió que se alzaban sus caderas. Entonces retrocedió un poco, empujó con fuerza y percibió que había roto la barrera mientras ella gritaba de dolor y placer, al mismo tiempo que oía su propio grito tenso al aliviar su necesidad exacerbada con espasmos estremecidos.

Entró y salió unas cuantas veces, penetrando todo lo lejos que se atrevió a hacerlo, sintiendo que su última esencia se había agotado, y cayó sobre ella. Se quedó tendido un momento con la cabeza sobre el pecho de ella, respirando fuerte, y luego se enderezó. La joven estaba inerte, con la cabeza de lado y los ojos cerrados. Se apartó un poco y vio manchas de sangre sobre la piel blanca que había debajo de Noria. Volvió a subir las piernas a la plataforma y se tumbó a su lado, hundiéndose en las pieles.

Cuando empezó a respirar más pausadamente, sintió unas manos en su cabeza. Abrió los ojos y vio el rostro viejo y los ojos brillantes de Haduma. Noria se movió a su lado; Haduma sonrió en señal de aprobación asintiendo con la cabeza, y comenzó un canto monótono. Noria abrió los ojos, complacida al ver a la anciana y más complacida aún al ver que movía las manos apartándolas de la cabeza de Jondalar y se las imponía a ella en el estómago. Haduma hizo movimientos por encima de ellos, canturreando, después sacó a tirones la piel manchada de sangre: había una magia especial para una mujer en su sangre de los Primeros Ritos.

Entonces la anciana volvió a mirar a Jondalar, sonrió y, con un dedo huesudo, tocó el miembro fláccido. El sintió un momento de excitación nueva, vio que trataba de fortalecerse otra vez y que recaía. Haduma rió para sí y salió renqueando de la tienda, dejándolos solos.

Jondalar descansó al lado de Noria. Al cabo de un rato, ella se sentó y le miró desde arriba con ojos brillantes y lánguidos.

–Jondalar hombre, Noria mujer –dijo, como si sintiera realmente que era una mujer ahora, y se inclinó para besarle. El se extrañó al sentir una nueva excitación tan pronto y se preguntó si el toque de Haduma tendría algo que ver. No siguió interrogándose mientras se tomaba el tiempo necesario para enseñar a la joven cómo complacerle y dándole más placer a ella.

El gigantesco esturión estaba ya tendido en la orilla cuando Jondalar se levantó. Thonolan había metido la cabeza en la tienda poco antes, mostrándole un par de garfios, pero Jondalar le había hecho señas de que se fuera y rodeó a Noria con sus brazos antes de volver a quedarse dormido. Cuando despertó, más tarde, Noria se había ido. Se puso los pantalones y echó a andar hacia el río. Vio cómo Thonolan, Jeren y unos cuantos más reían en una camaradería recién descubierta, y casi lamentó no haber ido de pesca con ellos.

–Bueno, mirad quién ha decidido levantarse –dijo Thonolan al verle–. Ojos azules es el único que se queda tumbado mientras todos los demás luchan por sacar a este viejo Haduma del agua.

Jeren captó la frase.

–¡Haduma! ¡Haduma! –gritó, riendo y señalando al pescado. Se puso a dar saltos alrededor, parándose después frente a la cabeza que parecía de tiburón. Los palpos que brotaban de su quijada inferior atestiguaban sus hábitos de alimentarse en los fondos y su carácter inofensivo, pero sus dimensiones habían convertido su captura en todo un reto: medía casi cinco metros de largo.

Con una risa pícara, el joven cazador empezó a menear la pelvis adelante y atrás en una mímica erótica, ante el hocico del grande y viejo pescado, gritando: «¡Haduma! ¡Haduma!», como si le pidieran que lo tocara. Todos los demás soltaron ruidosas carcajadas y no tardaron en danzar a su vez alrededor del pescado, con movimientos de pelvis y gritando: «¡Haduma!» y, muy animados, empezaron a empujarse unos a otros para ocupar el lugar frente a la cabeza. Un hombre fue arrojado al río; volvió vadeando, agarró al que tenía más cerca y le arrastró; pronto estuvieron todos empujándose unos a otros y cayendo al río, Thonolan justo en medio.

Regresó a la orilla, empapado, vio a su hermano y le agarró.

–No creas que te vas a quedar seco –le dijo, mientras Jondolar se resistía–. Ven acá, Jeren, vamos a darle una zambullida a ojos azules.

Jeren oyó su nombre, vio la pelea y acudió a todo correr. Los demás le siguieron. A tirones y empujones arrastraron a Jondalar hasta la orilla del río y todos acabaron en el agua, muertos de risa. Salieron, chorreando, riendo aún, hasta que uno de ellos vio a la anciana de pie junto al esturión.

–Haduma, ¿eh? –dijo, observándoles con expresión severa. Todos se miraron unos a otros con aire contrito. Entonces la anciana cloqueó con deleite, se plantó ante la cabeza del esturión y meneó sus viejas caderas atrás y adelante. Todos rieron y corrieron hacia ella, poniéndose a gatas para ofrecerle sus espaldas.

Jondalar sonrió al ver el juego que sin duda estaban acostumbrados a practicar con ella desde mucho tiempo atrás. La tribu no sólo reverenciaba a su vieja antepasada sino que la amaba, y ella parecía disfrutar con la diversión de todos. Haduma miró a su alrededor y, al ver a Jondolar, le señaló. Los hombres le indicaron que se acercara y él se dio cuenta del cuidado con que la ayudaban a subir a sus espaldas. Se enderezó con mucho cuidado; no pesaba casi nada, pero le sorprendió la firmeza con que se aferró a él. La frágil anciana tenía aún cierta fortaleza.

Echó a andar, pero como los demás corrían delante, ella le golpeó el hombro, apremiándole. Corrieron arriba y abajo por la playa hasta que se quedaron sin aliento, y entonces Jondalar se agachó para dejarla apearse. Haduma se levantó, cogió su báculo y, con gran dignidad, se encaminó hacia las tiendas.

–¿No es una anciana increíble? –preguntó Jondalar a Thonolan, lleno de admiración–. Dieciséis hijos, cinco generaciones, y todavía está fuerte. No pongo en duda que vivirá para ver a su sexta generación.

Ella vive ver seis generación, entonces ella muere.

–Jondalar se volvió al oír la voz. No había visto que Tamen se acercaba.

–¿Qué quiere decir, entonces ella muere?

–Haduma dice: Noria hace hijo ojos azules, espíritu Zelandonii, entonces Haduma muere. Ella dice largo tiempo aquí, tiempo de ir. Ve bebé y entonces muere. Nombre del bebé Jondal, seis generación Hadumai. Haduma feliz Zelandonii hombre. Dice buen hombre. Placer mujer Primeros Ritos no fácil. Hombre Zelandonii, buen hombre.

Jondalar se sintió presa de emociones complejas.

–Si es su deseo irse, se irá, pero eso me entristece –dijo.

–Sí, todos Hadumai mucho entristecen –dijo Tamen.

–¿Puedo volver a ver a Noria tan pronto, después de los Primeros Ritos, Tamen? ¿Sólo un momento? No conozco vuestras costumbres.

–Costumbres, no. Haduma dice sí. ¿Te irás pronto?

–Si Jeren dice que el esturión compensa la obligación contraída por haber espantado a los caballos, creo que deberíamos irnos. ¿Cómo lo sabías?

–Haduma dice.

Por la noche el campamento celebró un festín con el esturión como plato fuerte. Muchas manos habían colaborado por la tarde en cortar tiras para secarlo. Jondalar vislumbró a Noria una vez de lejos, mientras varias mujeres la escoltaban a algún lugar río arriba. La llevaron a verle poco antes del anochecer. Caminaron juntos hacia el río, con dos mujeres que los seguían discretamente. Ya era suficiente violación de las costumbres que le viera justo después de los Primeros Ritos; a solas habría sido demasiado.

Se quedaron junto a un árbol sin decir nada. Noria con la cabeza baja. El le apartó un mechón de cabellos y la levantó la barbilla para obligarla a mirarle: tenía los ojos llenos de lágrimas. Jondalar la secó una gota brillante del rabillo del ojo con el nudillo, llevándosela a los labios.

–¡Oh, Jondalar! –lloró Noria, abrazándole.

El la sostuvo, la besó primero con suavidad y después con más pasión.

–Noria –dijo–. Noria mujer, bella mujer.

–Jondalar hace Noria mujer. Hace... Noria... hace... –ahogó un sollozo, deseando saber las palabras para expresar sus sentimientos.

–Ya sé, Noria, ya sé –dijo, estrechándola en sus brazos. Entonces retrocedió, sujetándola por los hombros, le sonrió y le acarició el estómago. La joven sonrió también a través de sus lágrimas.

–Noria hace Zelandonii... –le tocó el párpado–. Noria hace Jondal... Haduma...

–Sí –asintió–. Tamen me dijo. Jondal, sexta generación Hadumai –metió la mano en su bolsa–. Tengo algo para ti, Noria –sacó la donii de piedra y se la puso en la mano. Habría querido poder decirle lo especial que era la estatuilla para él, explicarle que su madre se la había dado, que era muy antigua, que había pasado de una generación a otra–. Esta donii es mi Haduma –dijo emocionado–. La Haduma de Jondalar. Ahora, es la Haduma de Noria.

–¿Haduma de Jondalar? –dijo, maravillada, mirando la forma femenina esculpida–. ¿La Haduma de Jondalar, Noria?

El asintió y la joven se echó a llorar, cogiéndola con ambas manos y llevándosela a los labios.

–La Haduma de Jondalar –dijo, con los hombros sacudidos por los sollozos. De repente le rodeó con sus brazos y le besó; luego echó a correr hacia las tiendas, llorando tan copiosamente que apenas veía por dónde andaba.

Todo el campamento estuvo presente en la despedida. Haduma, de pie junto a Noria cuando Jondalar se detuvo frente a ellas, sonreía manifestando su aprobación con movimientos de la cabeza, pero el rostro de la joven estaba bañado en lágrimas. Lo mismo que había hecho antes, Jondalar tendió la mano, tomó una con el dedo y se la llevó a la boca, y Noria sonrió pero sin dejar de llorar; al volverse para emprender la marcha, el joven vio que el corredor que Jeren había enviado miraba a Noria con expresión enamorada.

Ahora era una mujer, bendecida por Haduma, segura de traer un hijo afortunado al hogar de un hombre. Se había corrido la voz de que había gozado con los Primeros Ritos, y todo el mundo sabía que esas mujeres son las mejores compañeras. Noria era sumamente emparejable y totalmente deseable.

–Dime, ¿crees realmente que Noria haya quedado encinta de un hijo de tu espíritu? –preguntó Thonolan cuando el campamento quedó atrás.

–No lo sabré nunca, pero Haduma es una anciana sabia. Sabe más de lo que nadie sea capaz de imaginar. Creo que tiene «gran magia». Si hay alguien capaz de lograr que eso suceda, es ella.

Caminaron un buen rato en silencio a lo largo del río y, de repente, Thonolan habló.

–Hermano Mayor, hay algo que quisiera preguntarte.

–Adelante; pregunta.

–¿Qué magia tienes? Quiero decir que todos hablan de ser elegidos para los Primeros Ritos, pero la verdad es que eso espanta a muchos hombres. Sé de un par de ellos que no aceptaron y, para ser sincero, yo siempre me siento algo torpe. Pero nunca me he negado. Y tú, en cambio... A ti te escogen siempre y nunca te he visto fallar. Todas se enamoran de ti. ¿Cómo lo haces? Te he observado mientras cortejabas en los festivales; no veo que tengas nada especial.

–Yo qué sé, Thonolan –repuso Jondalar, algo confuso–. Sólo trato de tener cuidado.

–¿Y quién no? Es algo más que eso. ¿Cómo dijo Tamen? ¡Ah, sí! «Placer mujer primeros ritos no fácil». Entonces, ¿cómo complaces a una mujer? Yo me siento muy bien cuando consigo no hacerle mucho daño. Y no es que la tengas de pequeño volumen para facilitar las cosas. Anda, dale algunos consejos a tu hermanito. No me pesaría tener a mi alrededor un grupo de jóvenes beldades.

–Sí; te pesaría –dijo Jondalar deteniéndose y mirándole–. Creo que es una de las razones por las que dejé que me comprometieran con Marona, para tener una excusa –arrugó la frente–. Los Primeros Ritos son algo especial para la mujer. También lo son para mí. Pero muchas jóvenes siguen siendo niñas en muchos aspectos. No han aprendido la diferencia entre correr tras los muchachos y ofrecerse a un hombre. ¿Cómo decirle a una joven con quien acabas de pasar una noche muy especial, que preferirías yacer con una mujer más experimentada, si ésta consigue acosarte a solas en un rincón? ¡Gran Doni, Thonolan!, no las quiero lastimar, pero no me enamoro de todas las mujeres con quienes paso una noche.

–Tú no te enamoras; eso es todo, Jondalar.

Jondalar echó a andar aprisa.
–¿Qué quieres decir con eso? He amado a muchas mujeres.
–Amarlas, sí. Pero no es lo mismo.
–¿Tú qué sabes? ¿Te has enamorado alguna vez?
–Unas cuantas veces. Tal vez no haya durado, pero sé reconocer la diferencia. Mira, Hermano, no quiero ser indiscreto ni entremetido, pero me preocupas, especialmente cuando te pones de mal humor. Y no hace falta que corras. Me callaré, si lo prefieres.
Jondalar alargó el paso.
–Bueno, tal vez tengas razón –convino–. Quizá nunca me haya enamorado. Puede que no esté en mí el enamorarme.
–¿Qué necesitas? ¿Qué es lo que no tienen las mujeres que conoces?
–Si lo supiera, no creas que... –empezó a decir con enojo, aunque de pronto se interrumpió–. Yo qué sé, Thonolan. Supongo que pretendo tenerlo todo. Quiero una mujer como si se tratara de sus Primeros Ritos... creo que entonces me enamoraré de esa mujer, de cada una de ellas, al menos durante esa noche. Pero quiero una mujer, no una muchacha. La quiero sincera, anhelante y complaciente sin fingimientos, pero no me atrae estar obligado a ser tan cuidadoso con ella. Quiero que tenga espíritu, que sepa lo que realmente piensa. La quiero joven y vieja, inocente y sabia, todo ello a la vez.
–Eso es querer demasiado, Hermano.
–Bueno, tú preguntaste–. Ambos caminaron en silencio un buen trecho.
–¿Qué edad dirías tú que tiene Zelandoni? –preguntó Thonolan–. ¿Tal vez un poco más joven que Madre?
–¿Por qué? –preguntó Jondalar, poniéndose rígido.
–Dicen que fue realmente bella de joven, hace unos cuantos años. Algunos de los ancianos dicen que nadie puede compararse ni de lejos con ella. Me resulta difícil decirlo, pero cuentan que es joven para ser la Primera entre Quienes Sirven a la Madre. Dime algo, Hermano Mayor, ¿es cierto lo que cuentan de ti y de Zelandoni?
Jondalar se detuvo y volvió lentamente el rostro hacia su hermano.
–Habla, ¿qué cuentan de mí y de Zelandoni? –preguntó con los dientes apretados.
–Lo siento. He ido demasiado lejos. Olvida lo que te he preguntado.

5

Ayla salió de la caverna a la repisa de piedra que había delante, frotándose los ojos y estirándose. El sol estaba todavía muy bajo al este y ella se protegió los ojos mientras buscaba los caballos con la mirada. Mirar a los caballos al despertarse por la mañana se había convertido ya en un hábito, aunque sólo llevaba allí unos pocos días. Eso contribuía a hacer su existencia solitaria un poco más soportable, porque pensaba que estaba compartiendo el valle con otras criaturas vivientes.

Empezaba a darse cuenta del giro de sus movimientos, adónde iban a beber por la mañana, los árboles de sombra que preferían por la tarde y ya los distinguía a unos de otros. Estaba el potro del año cuyo pelaje gris era tan claro que parecía casi blanco, excepto donde se oscurecía a lo largo de la franja característica del lomo y el extremo de las patas y las tiesas crines gris oscuro. Y estaba la yegua parda con su potrillo color heno, cuyo pelaje era igual al del caballo padre. Y el orgulloso jefe cuyo lugar sería ocupado algún día por alguno de los añojos a los que apenas toleraba o quizá por uno de la siguiente camada o de la otra. El semental amarillo pálido, con la franja salvaje marrón oscuro, del mismo color que la parte inferior de las patas, estaba en la flor de la edad; su estampa así lo demostraba.

–Buenos días, clan de los caballos –expresó Ayla por medio de señas haciendo el gesto que se empleaba comúnmente para saludar, con un leve matiz que lo convertía en saludo matutino–. Me he quedado dormida hasta muy tarde esta mañana. Ya habéis tomado vuestro baño matinal... creo que voy a imitaros.

Corrió con ligereza hacia el río, ya familiarizada con la abrupta senda para no dar un paso en falso. Lo primero que hizo fue beber; después se quitó el manto para nadar un rato. Era el mismo manto, pero lo había lavado y raspado para suavizar el cuero. Su afición natural por el aseo y el orden había sido fomentada por

Iza, cuya amplia farmacopea de hierbas medicinales imponía el orden para evitar hacer mal uso de las mismas, lo que comprendía el peligro del polvo, la suciedad y las infecciones. Una cosa era tolerar cierta suciedad cuando se va de viaje y no se puede evitar; pero no cuando había un arroyo rutilante tan cerca.

Se pasó las manos por la espesa cabellera rubia que le caía en ondas mucho más abajo de los hombros. «Voy a lavarme el pelo», decidió. Había encontrado saponaria tras el recodo y fue a arrancar unas cuantas raíces. Mientras regresaba dejando correr su mirada por encima del río, observó la enorme roca que salía del agua poco profunda: tenía depresiones como platos. Cogió una piedra redonda y llegó vadeando a la roca. Enjuagó las raíces, vertió agua en una depresión y golpeó la raíz de saponaria para obtener la rica y espumosa saponina. Cuando hubo conseguido la espuma, se humedeció el cabello, lo cubrió con ella y lavó el resto de su cuerpo antes de zambullirse en el río para enjuagarse.

Una gran parte de la muralla saliente se había desmoronado en alguna época pasada. Ayla trepó por la parte que estaba bajo el agua y se encaramó a la superficie que emergía, hasta un lugar calentado por el sol. Un canal donde el agua le llegaba a la cintura del lado de la orilla convertía la roca en una isla, sombreada en parte por un sauce cuyas ramas pendían sobre el agua mientras las raíces descubiertas se aferraban al borde del agua como dedos huesudos. Rompió una ramita de un arbusto cuyas raíces habían encontrado asimiento en una grieta, la peló con los dientes y la usó como peine para desenredar sus cabellos mientras se secaban al sol.

Contemplaba el agua con expresión soñadora, tarareando para sí, cuando un ligero movimiento atrajo su atención. Súbitamente atenta, descubrió a través del agua la forma plateada de una enorme trucha que reposaba entre las raíces. «No he comido pescado desde que dejé la caverna», pensó, y al mismo tiempo recordó que tampoco había desayunado.

Deslizándose en silencio por el agua por el lado más alejado de la roca, nadó río abajo un trecho y después vadeó hacia el agua poco profunda. Metió la mano en el agua, dejó colgar los dedos, y lentamente, con una paciencia infinita, volvió río arriba. Al acercarse al árbol, vio que la trucha tenía la cabeza contra la corriente, ondulando ligeramente para mantenerse en el mismo sitio bajo la raíz.

Los ojos de Ayla brillaban de excitación; sin embargo, extremó la cautela, pisando cuidadosamente con un pie tras otro al aproximarse al pez. Adelantó la mano hasta que la tuvo justo debajo de la trucha, con el propósito de buscar a tientas las agallas. De repente asió al pez y, con un movimiento firme, lo sacó del agua, lanzándolo a la orilla. La trucha se contorsionó y luchó un momento hasta quedar inmóvil.

Contenta de sí misma, Ayla sonrió. Le había costado mucho aprender a sacar un pez del agua desde que era niña, y todavía se sentía igual de orgullosa que cuando lo consiguió por vez primera. Vigilaría el lugar, consciente de que sería utilizado por una sucesión de inquilinos. Este era lo suficientemente grande para servir de algo más que de desayuno, pensó mientras recogía su presa... disfrutando por anticipado el sabor de la trucha fresca asada sobre piedras calientes.

Mientras se cocinaba su desayuno, Ayla se ocupó en confeccionar una canasta con yuca que había recogido el día anterior. Era una canasta sencilla, funcional, pero con ligeras variantes en el tejido. Ayla creaba un cambio de textura por simple gusto, aplicándole un diseño sutil. Trabajaba rápidamente, pero con tanta habilidad que la canasta sería impermeable. Agregando piedras muy calientes, podría usarse como olla para cocer, mas no era esto lo que se proponía mientras le daba forma: preparaba un contenedor para almacenar, ya que pensaba en todo lo que tendría que hacer para abastecerse con vistas a la estación fría que se avecinaba.

«Las grosellas que recogí ayer estarán secas en unos cuantos días», calculó, mirando las bayas redondas y rojas extendidas sobre esteras de hierba en el pórtico. «Para entonces habrá muchas más maduras; también abundarán los arándanos, pero no le voy a sacar gran cosa a ese manzanito retorcido. El cerezo está lleno pero las cerezas están casi demasiado maduras. Si quiero recoger unas pocas, tendrá que ser hoy mismo. Las semillas de girasol estarán buenas, con tal de que los pájaros no acaben primero con ellas. Creo que cerca del manzano había avellanos, pero son mucho más pequeños que los de la caverna pequeña; estoy segura. Me parece que esos pinos son de los que tienen piñas grandes repletas de piñones; ya veré después. ¡Ojalá esté pronto ese pescado!

»Tengo que poner a secar verduras; y liquen; y setas y raíces. No tendré que secar todas las raíces, algunas se conservarán bastante bien en el fondo de la caverna. ¿Me harán falta más semillas de quenopodio? Son tan pequeñas que nunca parece que haya suficientes. Pero el grano merece la pena, y en la pradera hay algunas espigas que están maduras. Hoy recogeré cerezas y grano, pero necesitaré más canastos para guardar cosas. Quizá pueda hacer algunos recipientes con corteza de abedul. Ojalá tuviera unos cuantos pellejos para hacer cajas grandes.

»Siempre parecía que sobraban pieles para hacer pellejos cuando vivía con el Clan. Ahora me conformaría con tener más pieles de abrigo para el invierno. Los conejos y los hamsters no son lo suficientemente grandes para hacer un manto, están flacos. Si pudiera cazar un mamut me sobraría grasa incluso para las lámparas. Y no hay nada tan bueno y nutritivo como la carne de mamut. ¿Ya estará hecha la trucha?». Retiró una hoja húmeda y pinchó el pescado con un palito. «Le falta un poco».

«Sería bueno tener algo de sal, pero no hay mar por aquí. La fárfara tiene sabor salado y otras hierbas pueden contribuir a dar ese sabor. Iza conseguía que cualquier cosa estuviera sabrosa. Tal vez pueda ir a la estepa y ver si encuentro perdiz blanca, para prepararla como le gustaba a Creb».

Sintió que se le hacía un nudo en la garganta al pensar en Iza y Creb, y meneó la cabeza como si tratara de poner fin a tales pensamientos o, por lo menos, a las lágrimas que estaban a punto de saltársele.

«Necesito un soporte para colocar hierbas, plantas para infusiones y medicinas. Podría caer enferma. Puedo tronchar algunos árboles para hacer los postes, pero me harán falta correas nuevas para atarlos. Así, cuando se sequen y se encojan, aguantarán. Con toda la madera seca y la del río, tal vez no necesite cortar árboles para hacer leña, y hay estiércol de caballo; arde bien cuando está seco. Hoy comenzaré a llevar leña a la caverna, y pronto tendré que hacer algunas herramientas. He tenido suerte al hallar pedernal. Ese pescado tiene que estar ya hecho.»

Ayla comió la trucha cogiéndola directamente de la base de piedras calientes donde se había cocido, y pensó en buscar entre el montón de huesos y madera del río algunos trozos planos... los omoplatos o los huesos de la pelvis eran cómodos para servir de vajilla. Vació su pequeña bolsa de agua en su tazón de cocer y pensó que sería conveniente disponer del estómago impermeable de algún animal grande para hacer una bolsa de agua con mayor capacidad, la cual guardaría en la caverna. Agregó piedras calientes del fuego para calentar el agua de su tazón de cocinar y le echó pétalos de rosa secos de su bolsa de medicinas; los usaba como remedio contra catarros benignos, pero también servían para hacer una agradable bebida caliente.

La dura tarea de recoger, tratar y almacenar la abundancia del valle no era una perspectiva desagradable; por el contrario, estaba deseosa de emprenderla; así se mantendría ocupada y no pensaría tanto en su soledad. Tenía que desecar sólo lo necesario para ella, pero la verdad es que tampoco había otras manos que la ayudaran a realizar el trabajo más aprisa, y estaba preocupada por si le quedaría tiempo suficiente para conseguir un avituallamiento satisfactorio. También había otras cosas que la inquietaban.

Bebiendo su tisana a sorbitos mientras terminaba el canasto, Ayla pasaba revista mentalmente a las exigencias que debería satisfacer para sobrevivir al prolongado y frío invierno.

«Necesito otra piel para mi cama este invierno», pensaba. «Y además carne, por supuesto. ¿Y grasa? Será preciso tener un poco para el invierno. Podría hacer recipientes de corteza de abedul mucho más aprisa que los canastos, si tuviera algunos cascos, huesos y desechos de pieles para hervir y hacer cola. ¿Y dónde voy a encontrar una bolsa grande para el agua y cuero para hacer correas y unir los postes de un tendedero para secar? Podría utilizar tendones, tal vez intestinos para almacenar la grasa y...»

Los dedos que tan rápidamente estaban trabajando se detuvieron; Ayla se quedó mirando al vacío como si hubiera tenido una revelación.

«¡Podría conseguir todo eso de un animal grande! Sólo tengo que matar uno. Pero, ¿cómo?»

Terminó el cestillo, lo introdujo en su canasto de recolectar y se ató éste a la espalda. Metió sus herramientas en los pliegues de su manto, cogió su palo de cavar y su honda y se dirigió al prado. Encontró el cerezo silvestre, recogió todas las cerezas que pudo alcanzar y trepó al árbol para coger más. Y también comió una buena cantidad; estaban agridulces.

Al bajarse del árbol decidió arrancar corteza de cerezo, buena contra el catarro. Con el hacha de mano arrancó una sección de la dura corteza exterior y entonces raspó con el cuchillo la capa interior de cambium. Recordó cuando era niña: había ido a buscar corteza de cerezo silvestre para Iza y así tropezó con los hombres que practicaban con sus armas en el campo. Sabía que estaba mal espiar, pero temía que la vieran alejarse y además se sintió intrigada cuando el viejo Zoug comenzó a enseñar al niño a utilizar la honda.

Sabía que las mujeres no debían tocar armas, pero cuando los hombres se alejaron y dejaron tiradas las hondas, no pudo resistirse. También ella quería intentarlo.

«¿Seguiría hoy con vida de no haberme apropiado de una de aquellas hondas? ¿Me habría odiado tanto Broud si yo no hubiera aprendido a usarla? Quizá no me hubiera expulsado de no haberme odiado tanto. Pero si no me hubiera odiado, no habría gozado forzándome y tal vez no existiría Durc.

»¡Quizá! ¡Quizá! ¡Tal vez!», pensó con enojo. «¿Qué sentido tiene estar pensando en lo que podría haber sido? Ahora estoy aquí, y esa honda no me ayudará a cazar un animal grande. ¡Para eso necesitaría una lanza!»

Prosiguió su camino, entre un bosquecillo de álamos temblones, para ir a beber y lavarse el jugo de las cerezas que le cubría las manos. Había algo en los altos y erectos árboles jóvenes que la hizo detenerse. Agarró el tronco de uno de ellos; entonces entendió. «¡Esto servirá», se dijo. «Con esto podré hacerme una lanza».

Sintió un momento de desaliento. «Brun se enfadaría», pensó. «Cuando me permitió cazar me dijo que nunca debería hacerlo más que con una honda. El...

»¿Qué me haría? ¿Qué más podría hacerme ninguno de ellos, aunque lo supieran? Estoy muerta. Ya estoy muerta. Aquí no hay nadie más que yo».

Entonces, lo mismo que si se tensa demasiado una cuerda acaba rompiéndose, algo dentro de ella se quebró; cayó de rodillas.

«¡Oh, cuánto me gustaría que hubiese aquí alguien conmigo! Alguien. Quien fuera. Hasta me alegraría ver a Broud. No volvería a tocar una honda si me permitía regresar, si me dejaba ver de nuevo a Durc». Arrodillada al pie de un pequeño álamo, Ayla se cubrió el rostro con las manos, entre sollozos; se ahogaba.

Sus sollozos caían en oídos indiferentes. Las criaturas pequeñas de la pradera y el bosque se limitaban a evitar a la extraña que vivía entre ellos y emitía sonidos incomprensibles. No había nadie más que pudiera oírla. Mientras realizaba su viaje había abrigado la esperanza de encontrar a gente, gente como ella. Ahora había decidido detenerse, tenía que hacer a un lado la esperanza, aceptar su soledad y aprender a vivir con ella. La angustiosa preocupacion por sobrevivir sola en un lugar desconocido y a lo largo de un invierno cuyo rigor ignoraba, suponía una tensión adicional. Llorar la aliviaba.

Cuando se puso de pie estaba temblando pero, aun así, cogió su hacha de mano y se puso a golpear con furia la base del joven álamo, y después atacó otro tronco. «He visto cómo hacían lanzas los hombres», se dijo, mientras arrancaba las ramas. «No parecía tan difícil». Arrastró los postes hasta el campo y los dejó mientras recogía espigas de trigo mocho y centeno el resto de la tarde; entonces los llevó a rastras hasta la caverna.

Pasó las horas del atardecer arrancando corteza y alisando las lanzas; sólo hizo una pausa para cocer algo de grano, que comería con el pescado que le sobró, y para poner las cerezas a secar. Al cerrar la noche, Ayla estaba preparada para la siguiente fase. Se llevó las lanzas a la caverna y, recordando cómo lo habían hecho los hombres, midió una longitud poco mayor que su estatura, e hizo una marca. A continuación colocó la sección señalada en el fuego, dándole vueltas a la lanza para quemarla toda alrededor. Con un raspador de muesca raspó la parte carbonizada y siguió quemando y raspando hasta que la pieza superior se quebró. La reiterada aplicación de esta técnica la convirtió en una punta aguda, endurecida al fuego. Entonces se dedicó a la segunda lanza.

Era bastante tarde cuando terminó su tarea. Estaba cansada y contenta de estarlo: así se dormiría más fácilmente. Las noches eran lo peor. Ayla cubrió el fuego, fue hasta la abertura, contempló el cielo tachonado de estrellas y trató de encontrar algún pretexto para no acostarse enseguida. Había cavado una trinchera poco profunda, la había llenado de hierba seca y cubierto con pieles; se dirigió a la cama así preparada a paso lento. Se sentó en el borde y fijó la mirada en el tenue resplandor del fuego, escuchando el silencio.

No había agitación de gente preparándose para dormir ni ruidos de acoplamiento en hogares vecinos, ni gruñidos ni ronquidos: ninguno de los pequeños ruidos que hace la gente, ni tan siquiera un hálito de vida... aparte del suyo. Extendió la mano hacia la piel que había usado para llevar a su hijo sobre la cadera, hizo una bola con ella y la apretó contra su pecho, meciéndola y canturreando muy bajito mientras le corría el llanto por la cara. Por fin se acostó del todo, se acurrucó sobre el manto y lloró hasta quedarse dormida.

Cuando salió a la mañana siguiente para hacer sus necesidades, tenía sangre en la pierna. Revolvió su escaso montón de pertenencias en busca de su cinturón especial y de las tiras absorbentes. Estaban tiesas y brillantes a pesar de que las había lavado; debería haberlas enterrado la última vez que las usó. Entonces vio la piel de conejo. «Ojalá tuviera algo de lana de muflón para poder guardar esa piel de conejo para el invierno, aunque espero conseguir más conejos», pensó.

Cortó la reducida piel en tiras antes de ir a darse el baño matutino. «Debería haber recordado que iba a llegar, podría haber tomado precauciones. Ahora no podré hacer nada más que...»

Y de repente soltó la carcajada. «La maldición femenina no tiene la menor importancia aquí. No hay hombres a quienes no deba mirar ni a quienes deba prepararles la comida. Sólo tengo que preocuparme por mí misma.

»De todos modos, debería habérmelo esperado, pero los días han pasado tan aprisa. No creí que fuera ya el momento. ¿Cuánto tiempo llevo en este valle?» Trató de recordar, pero los días parecían fundirse unos con otros. Arrugó el entrecejo. «Lo lógico sería saber cuántos días llevo aquí... puede estar más adelantada la estación de lo que yo creía». Sintió un momento de pánico, pero se reconvino a sí misma: «No es tan grave. La nieve no comenzará a caer antes de que maduren las frutas y se sequen las hojas, pero tengo que saberlo. Sería conveniente llevar nota de los días».

Recordó cuando Creb, hacía mucho tiempo ya, le había mostrado cómo hacer una muesca en un palo para marcar el paso del tiempo. Se había mostrado sorprendido al ver que ella lo captaba tan rápidamente; sólo se lo había explicado para detener el flujo incontenible de sus preguntas. No debería haberle enseñado a una niña conocimientos sacrosantos reservados al hombre santo y sus acólitos, y le había recomendado que no se lo dijera a nadie. Recordaba también cómo se enojó el Mog-ur al ver que ella hacía un palo para marcar los días entre dos lunas llenas.

–Creb, si me estás observando desde el mundo de los espíritus, no te enfades –dijo expresándose por medio del lenguaje silencioso de las señas–. Sin duda sabes por qué necesito hacerlo.

Encontró un palo largo y liso y marcó una muesca en él con su cuchillo de pedernal. Entonces reflexionó y añadió dos más. Metió tres dedos en las muescas y los alzó. «Creo que han sido más días, pero no estoy segura de cuántos. Volveré a marcar esta noche y todas las demás». Estudió de nuevo el palo. «Pondré otra encima de ésta para señalar el día en que empecé a sangrar».

La luna pasó por la mitad de sus fases una vez terminadas las lanzas, pero Ayla seguía sin saber cómo se las arreglaría para cazar el animal grande que le hacía falta. Estaba a la entrada de su caverna mirando la muralla que tenía enfrente y el cielo nocturno. Los últimos días del verano eran muy calurosos y la joven disfrutaba de la fresca brisa vespertina. Acababa de terminar un nuevo atuendo veraniego. Su manto entero era demasiado pesado para soportarlo, y aunque andaba desnuda cerca de la caverna, necesitaba los repliegues y bolsas de un manto para llevar cosas dentro en cuanto se alejaba. Después de convertirse en mujer, solía llevar siempre una banda de cuero suave alrededor del pecho cuando iba de cacería; era más cómodo para correr y brincar. Y en el valle no tenía que soportar las miradas subrepticias de la gente que la consideraba extraña por el hecho de llevar aquello puesto.

No tenía una piel grande que poder cortar, pero acabó ingeniándoselas para ceñirse pieles de conejo como un manto de verano que la dejara desnuda de la cintura para arriba y utilizó otras pieles como banda pectoral. Se le había ocurrido hacer una excursión hasta la estepa aquella mañana, con sus nuevas lanzas, y albergaba esperanzas de encontrar animales que pudiera cazar.

La inclinación del lado norte del valle permitía un fácil acceso a la estepa al este del río; la muralla rocosa dificultaba el paso hacia las llanuras del oeste. Vio varias manadas de venados, caballos, incluso una más reducida de antílopes saiga, pero volvió a casa con tan sólo una brazada de perdices blancas y un gran jerbo. Le resultaba imposible acercarse lo suficiente para dar con su lanza en el blanco.

A medida que pasaban los días, cazar un animal grande se había convertido en una preocupación constante. A menudo había observado a los hombres del clan mientras hablaban de cacerías –casi era el único tema de conversación–, pero siempre cazaban en grupo. Su técnica predilecta, similar a la de una manada de lobos, consistía en apartar a un animal de su rebaño y acosarlo por turnos, hasta dejarlo tan agotado que pudieran aproximarse lo suficiente para clavar la lanza mortal. Pero Ayla estaba sola.

En ocasiones les había oído hablar de la manera en que los felinos permanecían al acecho antes de saltar o se abalanzaban furiosamente para derribar a la presa con garras y colmillos. Pero Ayla no tenía garras ni colmillos, ni tan siquiera la velocidad de un felino. A decir verdad, tampoco se sentía cómoda al manejar sus lanzas; eran gruesas y bastante largas. No obstante, tendría que encontrar la manera de acostumbrarse.

Fue la noche de la luna nueva cuando finalmente tuvo una idea que le pareció práctica. Había pensado con frecuencia en la Reunión del Clan, cuando la luna daba la espalda a la Tierra y bañaba el espacio lejano con el reflejo de su luz. El Festival del Oso Cavernario siempre se celebraba cuando había luna nueva.

Le vino a la memoria la representación de cacerías que habían realizado los diferentes clanes. Broud había dirigido la excitante danza de la caza para su clan y la vívida recreación de la persecución de un mamut hacia un cañón sin salida había sido el momento culminante de la jornada. Pero la forma en que el clan anfitrión había mimetizado el arbitrio de cavar una trampa en el camino que seguía un rinoceronte lanudo para ir a beber, y rodearlo después hasta hacerle caer en ella, les situó en un segundo puesto muy honroso en aquella competición. Los rinocerontes lanudos tenían fama de ser impredecibles y peligrosos.

A la mañana siguiente Ayla echó una mirada para comprobar que los caballos seguían allí, pero no los saludó. Podía identificar individualmente a cada uno de los miembros de la manada. Eran su compañía, casi amigos, pero no le quedaba otro remedio si quería sobrevivir.

Se pasó la mayor parte de los siguientes días observando la manada, estudiando sus movimientos: dónde bebían normalmente, dónde les gustaba pacer, dónde pasaban la noche. Mientras observaba, un plan comenzaba a formarse en su mente. Estudiaba los detalles, trataba de pensar en todas las probabilidades, y por fin puso manos a la obra.

Tardó todo un día en derribar árboles pequeños, limpiarlos y arrastrarlos a medio camino a través del campo, amontonándolos cerca de un claro entre los árboles que bordeaban el río. Recogió cortezas resinosas y ramas de pino y abeto, cavó alrededor de viejos tocones podridos en busca de nudos duros que prendían rápidamente al echarlos al fuego, y arrancó manojos de hierba seca. Por la noche, ató con hierba los nudos y trozos resinosos a las ramas para formar antorchas que prenderían rápidamente y arderían produciendo mucho humo.

La mañana del día en que había pensado iniciar su empresa sacó su tienda de cuero y el cuerno de bisonte. Luego revolvió entre el montón que había al pie de la muralla en busca de un hueso plano y fuerte; lo encontró y lo pulió hasta que quedó afilado. Entonces, con la esperanza de que le harían falta, sacó todas las cuerdas y correas que pudo hallar, arrancó lianas de los árboles y lo amontonó todo en la playa pedregosa. Arrastró cargas de madera del río y también de leña seca hasta la playa, con el fin de tener lo suficiente para hacer fuego.

Al anochecer, todo estaba preparado; Ayla iba de un lado a otro de la playa, hasta la muralla saliente, vigilando los movimientos de la manada. Le preocupó ver cómo unas cuantas nubes se acumulaban en el horizonte y deseó que no avanzaran y tapasen el claro de luna con que contaba. Puso a cocer un poco de grano y recogió unas cuantas bayas, pero no pudo comer mucho. Siguió ejercitándose con las lanzas y dejándolas de cuando en cuando.

A última hora, rebuscó entre el montón de madera y huesos hasta encontrar un largo húmero de la pata delantera de un venado, con su nudosa extremidad. Lo golpeó contra un trozo grande de marfil de mamut y resintió el contragolpe en su brazo. El largo hueso estaba intacto; era un buen garrote sólido.

La luna salió antes de que se pusiera el sol. En aquellos momentos Ayla hubiera querido saber algo más acerca de ceremonias de caza, pero las mujeres siempre habían sido excluidas de ellas. Las mujeres traían mala suerte.

«Nunca le he traído mala suerte a nadie más que a mí misma, pensó, pero antes no se me ocurrió nunca tratar de cazar un animal grande. Ojalá supiera de algo que me diera buena suerte». Tocó su amuleto y pensó en su tótem. Era su León Cavernario, al fin y al cabo, el que la dejó cazar. «Eso es lo que dijo Creb. ¿Qué otra razón podría haber para que una mujer se volviera más habilidosa con el arma que había escogido que todos los hombres del Clan?» Su tótem era demasiado fuerte para que una mujer... Brun había pensado que eso le daba características masculinas. Ayla esperaba que su tótem volviera a traerle suerte.

El crepúsculo estaba fundiéndose con la oscuridad cuando Ayla se dirigió hacia el recodo del río y vio que los caballos se recogían para dormir. Cogió el hueso plano y el cuero de la tienda y corrió entre las altas hierbas hasta llegar al claro de los árboles por donde solían ir a beber los caballos por la mañana. El follaje verde parecía gris bajo la luz menguante y los árboles más alejados eran siluetas negras recortándose contra un cielo rojizo. A la espera de que la luna arrojara luz suficiente para ver con claridad, Ayla tendió la tienda en el suelo y se puso a cavar.

La superficie estaba apelmazada y dura, pero una vez rota, era más fácil cavar con la azada de hueso afilado. Cuando tuvo un montón de tierra sobre el cuero, lo arrastró hasta el bosque para tirarla. A medida que iba creciendo el hoyo, Ayla ponía el cuero en el fondo de la zanja y lo subía cargado de tierra. Palpaba más que veía lo que estaba haciendo; era un trabajo pesado. Nunca había abierto una zanja ella sola; las grandes zanjas para cocinar, forradas de piedras y empleadas para asar lomos enteros, siempre habían constituido una tarea de la comunidad, realizada por todas las mujeres; pero esta zanja tendría que ser más profunda y más larga.

El hoyo tenía ya la altura de su cintura cuando notó agua entre sus pies; entonces comprendió que no debería haber cavado tan cerca del río. El fondo se llenó rápidamente y Ayla estaba hundida en el barro hasta los tobillos cuando, por fin, renunció a continuar y salió del hoyo, arruinando un borde al alzar el cuero.

«Ojalá sea lo suficientemente profundo, pensó; tendrá que servir; cuanto más cave, más agua entrará». Echó una mirada a la luna, asombrada al ver lo tarde que era. Tendría que trabajar aprisa para terminar y no podría tomarse el breve descanso que había pensado.

Corrió hacia el lugar en que los árboles y los matorrales se amontonaban y, al tropezar con una raíz que no se veía, cayó pesadamente. «No es el momento de descuidarse», pensó, frotándose la espinilla. Le ardían las rodillas y las palmas de las manos; estaba segura de que lo que le corría por la pierna era sangre, pero no la distinguía.

Se dio cuenta de golpe de lo vulnerable que era y sintió pánico.

«¿Y si me rompo una pierna? No hay nadie que pueda ayudarme... si algo me ocurre. ¿Qué estoy haciendo aquí fuera en plena noche? Y encima sin ninguna hoguera... ¿Y si me atacara un animal?» Recordó con toda claridad el lince que se lanzó aquella vez contra ella y tendió la mano hacia la honda porque le pareció ver unos ojos que relucían en la noche.

Comprobó que su arma estaba asegurada en la correa de la cintura; eso la tranquilizó.

«De todos modos, estoy muerta, o se supone que lo estoy. Si algo ha de suceder, sucederá. Ahora no tiene por qué preocuparme eso. Si no me doy prisa, llegará la mañana y no estaré preparada».

Encontró su montón de maleza y empezó a arrastrar los árboles pequeños hacia la zanja. Había comprendido que no podría rodear a los caballos ella sola y el valle carecía de cañones cerrados; dejándose llevar por la intuición, se le ocurrió algo: era el toque genial para el cual su cerebro –el cerebro que la diferenciaba del Clan mucho más que su aspecto físico– estaba especialmente predispuesto. Si no había cañones en el valle, pensó, tal vez ella podría construir uno.

No importaba que esta idea se hubiera puesto en práctica antes: para ella era totalmente nueva. No le pareció que fuera un gran invento; tan sólo se trataba de una simple adaptación a la manera en que cazaban los hombres del Clan; una adaptación que podría, tal vez, permitir a la mujer matar un animal que ningún hombre del Clan habría soñado cazar por sí solo. Era un gran invento inspirado por su necesidad.

Ayla observaba el cielo con ansiedad a medida que entretejía ramas, formando una barrera en ángulo desde ambos lados de la zanja. Llenaba los huecos y la hacía más alta con maleza, mientras las estrellas centelleaban antes de desaparecer en el cielo oriental. Las primeras avecillas habían comenzado sus gorjeos matinales y el cielo empezaba a palidecer cuando Ayla retrocedió y contempló su obra.

La zanja era más o menos rectangular, algo más larga que ancha y estaba embarrada en los ángulos por donde había sacado las últimas cargas de lodo. Montones aislados de tierra, caída del cuero, estaban regados por la hierba pisoteada en el área triangular definida por las dos paredes de maleza que venían a confluir en el hoyo lodoso. A través de una brecha en la que la zanja separaba las dos vallas, se podía ver el río que reflejaba el brillante cielo oriental. Al otro lado del agua rielante se cernía la abrupta y oscura pared meridional del valle; sólo se distinguían sus contornos cerca de la cima.

Ayla dio una vuelta para comprobar la posición de los caballos. El lado opuesto del valle tenía una inclinación más suave, mientras que se hacía más abrupto hacia el oeste a medida que ascendía para formar la muralla saliente frente a su caverna, para terminar nivelándose en colinas herbosas y ondulantes muy al este, valle abajo. Allí todavía reinaba la oscuridad, pero la joven podía ver ya que los caballos empezaban a ponerse en movimiento.

Cogió el cuero de la tienda y el hueso plano y echó a correr hacia la playa. El fuego estaba casi apagado; echó más leña y, por medio de un palo, consiguió hacerse con una brasa que metió en el cuerno de uro, cogió las antorchas, las lanzas y el garrote y regresó corriendo a la zanja. Puso una lanza en el suelo a cada lado del hoyo, el garrote al lado de una de ellas, y a continuación dio un gran rodeo para situarse detrás de los caballos antes de que éstos se pusieran en marcha.

Y entonces aguardó.

La espera fue más pesada que la larga noche de trabajo. Ayla estaba tensa, nerviosa, preguntándose si su plan saldría bien. Comprobó que su brasa seguía prendida, y esperó; examinó las antorchas, y esperó. Pensó en infinidad de cosas en las que nunca antes había pensado y en lo que debería haber hecho o hecho de forma distinta, y esperó. Se preguntó cuándo iniciarían los caballos su caprichoso movimiento hacia el río, pensó en hostigarlos, pero renunció a hacerlo, y esperó.

Los caballos empezaron a arremolinarse. Ayla pensó que estaban más nerviosos que de costumbre, pero nunca había estado tan cerca de ellos y, por tanto, no podía estar segura. Por fin, la yegua guía echó a andar hacia el río y los demás la siguieron, deteniéndose para pacer mientras avanzaban. Decididamente, se pusieron nerviosos al acercarse al río y oler a Ayla y la tierra revuelta. Cuando la yegua guía pareció querer dar media vuelta, Ayla decidió que había llegado el momento.

Prendió una antorcha con la brasa, luego otra con la primera. Tan pronto como estuvieron ardiendo, echó a correr detrás de la manada, dejando atrás el asta de uro. Corrió, gritando y lanzando aullidos mientras enarbolaba las antorchas, pero estaba demasiado lejos de la manada. El olor a humo despertó su instintivo temor a los incendios de la pradera; los caballos galoparon y la dejaron rápidamente atrás; se dirigían hacia el lugar donde solían beber, pero, al intuir peligro, algunos se desviaron hacia el este. Ayla se desvió en la misma dirección, corriendo lo más aprisa que podía y confiando alejarlos de allí. Mientras se acercaba, vio que otros miembros de la manada se apartaban para evitar la trampa y se precipitó entre ellos con gritos estentóreos. Se apartaron de ella; con las orejas aplastadas y los ollares ensanchados, la dejaron atrás pasándole por ambos lados, chillando de miedo y confusión. Ayla empezaba a sentir pánico también, espantada ante la idea de que todos desaparecieran.

Estaba cerca del extremo este de la barrera de maleza cuando vio que la yegua parda corría hacia ella. Le gritó, sostuvo las antorchas con los brazos abiertos y se lanzó hacia lo que parecía iba a ser una colisión inevitable. En el último segundo la yegua se hizo a un lado, el lado equivocado para ella. Encontró su huida cerrada y se fue al galope hacia el interior de la valla tratando de encontrar una salida. Ayla corría tras ella, sin aliento, sintiendo que le iban a estallar los pulmones.

La yegua vio la brecha, divisó el río y allá se abalanzó. Cuando descubrió la zanja abierta, era demasiado tarde. Juntó las patas para brincar por encima, pero sus cascos resbalaron sobre el borde lodoso: cayó en la zanja con una pata rota.

Ayla corrió, jadeante; recogió la lanza y se quedó mirando a la yegua que tenía los ojos desorbitados de pavor y chillaba, meneando la cabeza y pisoteando el barro. Ayla cogió la lanza con ambas manos, afianzó las piernas y asestó un golpe con la punta hacia el interior del foso. Entonces se dio cuenta de que había hundido la lanza en un flanco y herido al caballo, aunque no mortalmente. Se volvió en busca de la otra lanza y estuvo a punto de caer en el hoyo.

Ayla cogió la otra lanza y esta vez apuntó con más cuidado. La yegua relinchaba de dolor y confusión, y cuando la punta de la otra lanza penetró en su cuello, se lanzó hacia adelante en un último y valeroso esfuerzo. Después cayó hacia atrás con un gemido que más parecía un soliozo, con dos heridas y una pata rota. Un fuerte golpe con el garrote puso fin a su agonía.

Ayla fue dándose cuenta poco a poco de lo que acababa de pasar: todavía estaba demasiado aturdida para comprender su hazaña. En el borde de la zanja, pesadamente apoyada en el garrote que todavía tenía sujeto y tratando de recobrar el resuello, contemplaba a la yegua caída en el fondo del hoyo. Con su pelaje grisáceo y enmarañado cubierto de sangre y tierra, el animal había quedado inmóvil.

Entonces, lentamente, comprendió. Un impulso diferente de cuantos había experimentado anteriormente brotó de sus adentros, se hinchó en su garganta y salió por su boca en un alarido primitivo de victoria. ¡Lo había logrado!

En ese momento, en un valle solitario en medio de un vasto continente, en alguna parte cerca de los límites indefinidos entre las desoladas estepas septentrionales del loess y las estepas continentales más húmedas del sur, una joven estaba de pie, con un garrote de hueso en la mano... y se sentía poderosa. Podía sobrevivir. Sobreviviría.

Pero su exaltación duró poco. Al mirar al caballo que yacía en la zanja, se le ocurrió de pronto que no podría sacar al animal entero del hoyo; tendría que descuartizarlo allí mismo, en medio del barro, y luego transportar los trozos a la playa rápidamente, con el pellejo entero en un estado razonablemente bueno, antes de que demasiados depredadores percibieran el olor de la sangre. Tendría que cortar la carne en tiras delgadas, guardar las otras partes que necesitaba, mantener encendidas las hogueras y montar guardia mientras la carne se secaba.

¡Estaba agotada por la horrible noche de trabajo y la enervante cacería! Pero ella no era uno de los hombres del Clan, que, una vez concluida la parte excitante, podían dejar la tarea de despedazar y disponer la carne a las mujeres. El trabajo de Ayla acababa de empezar. Dio un profundo suspiro y saltó al hoyo para rajar el cuello de la yegua.

Volvió a la carrera a la playa en busca de la tienda de cuero y de las herramientas de pedernal; al regresar vio que la manada seguía avanzando por el extremo más apartado del valle. Se olvidó de los caballos mientras se esforzaba, en el escaso espacio de que disponía, cubierto de sangre y lodo, por cortar trozos de carne tratando de no lastimar la piel del animal más de lo que estaba.

Aves carroñeras estaban ya arrancando trozos de carne de los huesos que había arrojado la joven. Cuando tuvo en la tienda toda la carne que era capaz de acarrear, la arrastró hasta la playa, agregó combustible al fuego y amontonó su carga lo más cerca que pudo de la hoguera. Regresó a todo correr arrastrando el cuero vacío, pero ya tenía la honda en la mano y arrojaba piedras a medida que avanzaba y antes de alcanzar la zanja. Oyó el chillido de un zorro y vio que éste se alejaba cojeando. Había podido matar uno de no haberse quedado sin piedras; recogió más piedras del lecho del río y bebió un poco antes de reanudar su tarea.

La piedra fue segura y mortal para el lobo que había desafiado el calor del fuego y trataba de llevarse un buen trozo de carne cuando Ayla regresaba con su segunda carga. Llevó su carne hasta el fuego y regresó para recoger al glotón, esperando tener tiempo para desollarlo: la piel de lobo era particularmente útil para el invierno. Echó más leña al fuego y revisó el montón de madera del río.

No tuvo tanta suerte con la hiena al regresar a la zanja: el animal se las arregló para llevarse una pata. No había visto reunidos tantos carnívoros desde su llegada al valle: zorros, hienas y lobos. Todos habían probado el sabor de su caza. Los lobos y sus parientes más feroces, los perros salvajes, iban y venían justo fuera del alcance de su honda. Los halcones y los milanos eran más osados: se limitaban a batir sus alas y retrocedían ligeramente cuando Ayla se acercaba. En cualquier momento esperaba vérselas con un lince, un leopardo o incluso algún león cavernario.

Para cuando consiguió sacar el cuero inmundo de la zanja, el sol había pasado del cenit y comenzaba su carrera descendente, pero ella no cejó hasta sacar su última carga y depositarla en la playa; entonces sucumbió a su fatiga y se dejó caer en el suelo. No había pegado ojo en toda la noche; no había probado bocado en todo el día; no quería hacer un solo movimiento más. Pero las criaturas más diminutas que atacaban para conseguir su parte del botín la obligaron a levantarse; el zumbido de las moscas le hizo tomar conciencia de lo sucia que estaba. Con esfuerzo se puso en pie y se metió en el río sin quitarse siquiera la ropa, agradecida al agua que la cubría.

El río era refrescante. Después se fue hasta su cueva, puso sus prendas de verano a secar y lamentó haberse olvidado de sacar la honda del cinto antes de meterse en el agua. Tenía miedo de que se pusiera tiesa al secarse; no tenía tiempo para trabajarla de modo que siguiera estando suave y flexible. Se puso el manto de invierno y sacó de la cueva su piel de dormir. Antes de regresar a la playa, echó una mirada desde el mirador de su saliente rocoso; percibió resoplidos y movimientos cerca de la zanja, pero los caballos habían desaparecido del valle.

De repente recordó sus lanzas. Seguían en el suelo, donde las había abandonado después de desprenderlas de la yegua. Pesó y sopesó si iría a buscarlas, casi se convenció a sí misma de no hacerlo, pero acabó por admitir que era mejor conservar dos lanzas en perfectas condiciones antes que tomarse el trabajo de hacer otras nuevas. Recogió su honda húmeda y dejó caer la piel en la playa, para dedicarse a recoger una bolsa de piedras.

Al acercarse a la trampa de la zanja vio la carnicería como si fuera la primera vez; la valla de maleza había cedido en algunos puntos; la zanja era una herida en carne viva en plena tierra y la hierba estaba pisoteada. Sangre, trozos de carne y huesos estaban esparcidos en derredor; unas raposillas peleaban por una pata delantera despellejada, y una hiena fijaba una mirada torva en la joven; una parvada de milanos se elevó al verla acercarse, pero un glotón se mantuvo firme donde estaba, al lado de la zanja. Los únicos que no habían hecho acto de presencia eran los felinos.

«Será mejor que me apresure», pensó al arrojar una piedra para alejar al glotón. «Tengo que mantener los fuegos encendidos alrededor de mi carne». La hiena soltó una carcajada aulladora al retroceder para mantenerse fuera de alcance. Ayla odiaba a las hienas.

–¡Fuera de aquí, cosa horrible! –cada vez que veía una recordaba a la hiena que se llevó al hijo de Oga; no se había parado a pensar en las consecuencias, la había matado. No podía permitir que el bebé muriera de aquella manera.

Al inclinarse para recoger sus lanzas, un movimiento percibido a través de la barrera de maleza le llamó la atención: varias hienas acosaban a un potrillo de patas largas y flacas, color de heno.

«Lo siento por ti», pensó Ayla. «No quería matar a tu madre, pero la casualidad estuvo en su contra». No sentía remordimientos; había cazadores y había presas, y a veces los cazadores se convertían en presa. Ella misma podía verse cazada, a pesar de sus armas y su fuego; cazar era un modo de vida.

Pero sabía que el caballito estaba condenado sin su madre y sintió pena por un animalito indefenso. Desde el primer conejito que le había llevado a Iza para que lo curara, siguió presentándose en la caverna con infinidad de pequeños animales heridos, con gran desazón de Brun; éste había dispuesto que no se le permitiría llevar carnívoros.

Observó cómo las hienas rodeaban al potrillo que trataba tímidamente de mantenerse alejado, con los ojos desorbitados llenos de espanto. «Sin nadie para cuidarte, quizá sea mejor que termines así», razonó Ayla. Pero cuando una hiena se abalanzó hacia el potro y le hirió en un flanco, ya no vaciló: atravesó la maleza lanzando piedras. Una hiena cayó, las demás huyeron. Ayla no intentaba matar hienas, no le interesaba su pelaje moteado y áspero; sólo quería que dejaran en paz al caballito. Este también echó a correr, pero no fue muy lejos; tenía miedo de Ayla, pero temía aún más a las hienas.

La joven se acercó lentamente al animal, con la mano tendida y hablándole suavemente en la misma forma que había calmado en otras ocasiones a animales asustados. Tenía un modo especial de tratar a los animales, una sensibilidad que se extendía a todas las criaturas vivientes y que se había desarrollado al mismo tiempo que sus habilidades curativas. Iza lo había fomentado considerándolo como una prolongación de su propia compasión, que le había hecho recoger a una niña de aspecto extraño porque estaba lastimada y hambrienta.

La pequeña potranca estiró el cuello para olisquear los dedos tendidos de Ayla; la joven se acercó más, después acarició, frotó y rascó a la yegüita. Cuando ésta observó algo familiar en los dedos de Ayla, empezó a chuparlos ruidosamente, y en Ayla despertó de nuevo una nostalgia dolorosa.

«Pobrecita, pensó, tan hambrienta y sin madre para darte leche. No tengo leche para ti; ni siquiera tuve suficiente para Durc». Sintió que las lágrimas estaban a punto de saltársele y meneó la cabeza. «De todos modos, creció sano y fuerte. Tal vez se me ocurra algo para alimentarte. También tú tendrás que ser destetada muy pequeña. Ven». Y con los dedos atrajo a la yegüita hasta la playa.

Justo cuando se aproximaban, vio un lince a punto de escapar con un trozo de la carne que con tanta dificultad había logrado reunir; por fin, un felino había hecho acto de presencia. Cogió dos piedras y su honda mientras la tímida potranca retrocedía; en cuanto el lince alzó la cabeza, le arrojó las dos piedras con fuerza.

«Puedes matar un lince con una honda», había afirmado Zoug mucho tiempo atrás. «No lo intentes con otro de mayor tamaño, pero puedes matar un lince».

No era la primera vez que Ayla demostraba cuánta razón tenía. Recuperó su pedazo de carne y arrastró también al gato de orejas peludas. Entonces echó una mirada al montón de carne, al cuero de caballo cubierto de lodo, al glotón y al lince muertos. De repente soltó la carcajada. «Necesitaba carne. Necesitaba pieles. Ahora lo único que necesito es tener muchas más manos», pensó.

La pequeña potranca había retrocedido ante el estrépito de la carcajada y el olor de la leña quemada. Ayla cogió una correa, se acercó de nuevo al caballito con gran cuidado y se la colocó alrededor del cuello antes de llevárselo hasta la playa. «¿Y cómo voy a alimentarte?», pensó, mientras la potranca trataba de volver a chuparle dos dedos. «Y no es que me falte trabajo ahora».

Trató de darle algo de hierba, pero la yegüita no parecía saber qué hacer con ella. Entonces se fijó en su tazón de cocinar con el grano cocido y frío en el fondo. Recordó que los bebés pueden comer los mismos alimentos que sus madres, pero tienen que ser más suaves. Agregó agua al tazón, aplastó el grano hasta lograr un fino puré y se lo llevó a la potranca, que se limitó a resoplar y retrocedió cuando la mujer se lo acercó al hocico; pero le lamió la cara y pareció agradarle el sabor; tenía hambre y volvió a buscar los dedos de Ayla.

La joven reflexionó un momento; entonces, mientras la potranca seguía lamiendo, metió la mano en el tazón; el animalito chupó algo de las gachas y retiró la cabeza, pero al cabo de unos cuantos intentos más, pareció comprender. Cuando terminó de comer, Ayla subió a la cueva, bajó más grano y lo puso a cocer para después.

«Creo que tendré que recoger más grano del que pensaba. Pero tal vez disponga de tiempo suficiente... si consigo secar todo esto». Se detuvo un instante y pensó en lo raro que le parecería al Clan que después de matar un caballo para comer, se pusiera a buscar alimentos para su cría. «Aquí puedo ser todo lo rara que quiera», se dijo, mientras cortaba un trozo de carne y lo ponía a cocer. Después se fijó en la tarea que aún le quedaba por hacer.

Todavía estaba cortando tiras delgadas de carne cuando se elevó la luna llena y las estrellas volvieron a centellear. Un cerco de fuego rodeaba la playa, y Ayla se sintió agradecida por el alto montón de madera del río que tenía cerca. Dentro del círculo había tendido unas hileras de carne para que se secaran. Una piel parda de lince estaba enrollada junto a otro rollo más pequeño de áspera piel oscura de glotón, en espera ambas de que las raspara y curtiera. La piel gris recién lavada de la yegua estaba tendida sobre unas piedras, secándose junto al estómago del animal, limpio y lleno de agua para mantenerlo suave. También había tiras de tendones secándose para hacer fibras; intestinos lavados; un montón de cascos y huesos, otros trozos de grasa que derretiría y vertiría en los intestinos para su conservación. Incluso había conseguido recoger algo de grasa del lince y del glotón –para las lámparas y para impermeabilizar–, pero desechando la carne; no le gustaba el sabor de los carnívoros.

Ayla miró los dos últimos trozos de carne, lavados en el río para quitarles el lodo, pero lo pensó mejor: podía esperar. No recordaba haberse sentido nunca tan cansada. Comprobó que sus hogueras ardían bien, amontonó más leña en cada una de ellas y acto seguido extendió su piel de oso y se enroscó en ella.

La potranca no estaba ya atada al arbusto; después de haber recibido alimento por segunda vez, no parecía desear alejarse. Ayla estaba casi dormida cuando la pequeña potranca la olisqueó y se tumbó a su lado. En aquel momento no se le ocurrió a Ayla que las reacciones de la yegüita la despertarían si algún depredador se acercaba demasiado a los fuegos mortecinos, aunque así era. Medio dormida, la joven rodeó con el brazo al cálido animalito, notó cómo le latía el corazón, oyó su respiración y se apretó más contra su cuerpo.

6

Jondalar se frotó el rastrojo que le cubría el mentón y buscó a tientas su mochila, que había dejado apoyada en un pino retorcido. Sacó un paquetito de cuero suave, desató los cordones y abrió el doblez antes de examinar cuidadosamente una delgada hoja de pedernal. Tenía una leve curvatura a lo largo –todas las hojas de pedernal estaban algo combadas, era una característica de la piedra– aunque el filo era agudo por igual. La hoja era una de las varias herramientas más elaboradas que había guardado aparte.

Una ráfaga de viento agitó las ramas secas del viejo pino cubierto de líquenes, abrió la solapa de la tienda, se coló dentro tensando los cables de retén y sacudiendo los postes, y volvió a cerrarla. Jondalar miró su hoja, pero sacudió la cabeza y la guardó de nuevo.

–¿Llegó la hora de dejarte crecer la barba? –preguntó Thonolan.

Jondalar no se había percatado de la presencia de su hermano.

–Hay algo que decir en favor de la barba –comentó–. En verano puede ser un fastidio: te pica cuando sudas, por eso es más cómodo afeitarla. Por el contrario, te ayuda a mantener el rostro caliente en invierno, y el invierno está al llegar.

Thonolan se sopló las manos, frotándoselas, y enseguida se acuclilló frente al fuego que ardía delante de la tienda y las mantuvo sobre las llamas.

–Echo de menos el color –confesó.

–¿El color?

–El rojo. No hay rojo. Un arbusto aquí, otro allá, pero todo lo demás se ha puesto amarillo y después marrón. Las hierbas, las hojas –señaló con la cabeza hacia los prados abiertos que tenían delante, y luego la alzó para mirar a Jondalar, de pie junto al árbol–, hasta los pinos están deslucidos. Hay hielo en los charcos y las orillas de los ríos, y todavía sigo esperando que llegue el otoño.

–No esperes demasiado –advirtió Jondalar agachándose frente a su hermano, al otro lado del fuego–. Esta mañana temprano he visto un rinoceronte. Iba hacia el norte.

–Ya me parecía a mí que olía a nieve.

–Todavía no debe de haber mucha, porque, en caso contrario, los rinocerontes y los mamuts no seguirían por aquí. Les gusta el frío, pero no la nieve. Siempre parecen saber cuándo se aproxima una gran nevada y se van hacia el glaciar lo más aprisa que pueden. La gente dice: «Nunca sigas adelante cuando los mamuts se dirigen al norte». También puede aplicarse a los rinocerontes, pero ésos no llevaban prisa.

–He visto partidas enteras de caza volver sobre sus pasos sin arrojar una sola lanza, sólo porque los lanudos iban hacia el norte. Me gustaría saber cuánto nevará por aquí.

–El verano fue seco. Si el invierno lo es también, es posible que rinocerontes y mamuts se queden toda la temporada. Pero ahora estamos más al sur, y por lo general, eso representa más nieve. Si hay gente en esas montañas del este, deberían saberlo. Quizá nos hubiera convenido quedarnos con los de la balsa que nos ayudaron a cruzar el río. Nos hace falta un lugar para pasar el invierno, y pronto.

–No me vendría mal ahora mismo una bonita caverna amistosa llena de bellas mujeres –dijo Thonolan con una sonrisa pícara.

–Me conformo con una bonita caverna.

–Hermano Mayor, no tienes más ganas que yo de pasarte el invierno sin mujeres.

–Bueno –replicó el mayor sonriendo–, la verdad es que el invierno sería mucho más frío sin una mujer, bella o no bella.

Thonolan miró a su hermano con expresión intrigada.

–A menudo me lo he preguntado –dijo, finalmente.

–¿El qué?

–A veces hay una auténtica beldad y la mitad de los hombres zumban a su alrededor, pero te mira a ti. Yo sé que no tienes un pelo de tonto, desde luego... y sin embargo, pasas a su lado y te vas a buscar alguna ratoncita que está sola en un rincón. ¿Por qué?

–Yo qué sé. A veces la «ratoncita» sólo cree que no es bella porque tiene un lunar en la mejilla o piensa que su nariz es demasiado larga. Cuando hablas con ella, suele tener mucho más de lo que tiene aquella a la que todos buscan. En ocasiones las mujeres que no son perfectas resultan más interesantes; han hecho más o han aprendido algo.

–Es posible que tengas razón. Algunas de esas tímidas parecen florecer tan pronto como les dices algo.

Jondalar se encogió de hombros y se enderezó.

–No encontraremos mujeres ni caverna si seguimos así. Vamos a levantar el campamento.

–¡Eso es! –asintió en el acto Thonolan, y se puso de espaldas al fuego... quedándose paralizado–. ¡Jondalar! –susurró en un jadeo, esforzándose después por mostrarse indiferente–. No te des por enterado pero si miras por encima de la tienda, verás a tu amigo de esta mañana o por lo menos uno de su misma especie.

Jondalar miró por encima de la tienda. Justo en el extremo opuesto, oscilando de un lado a otro mientras cargaba su enorme tonelaje ora sobre una pata, ora sobre otra, se encontraba un voluminoso rinoceronte lanudo de dos cuernos. Con la cabeza vuelta de costado examinaba a Thonolan. De frente era casi ciego; sus ojillos estaban colocados muy atrás, y, en cualquier caso, era corto de vista. Un oído muy agudo y un olfato de gran sensibilidad compensaban de sobra su deficiente visión.

Evidentemente era una criatura del frío. Tenía dos pelajes: un forro de piel peluda y suave como plumón y una capa de pelo desgreñado de un marrón rojizo; y debajo de su áspero cuero había una capa de casi un centímetro de grasa. Llevaba baja la cabeza, colgándole desde los hombros, y el cuerno largo de la frente se inclinaba hacia delante formando un ángulo que apenas evitaba el suelo mientras oscilaba; lo usaba para desplazar la nieve de los pastizales... si no estaba demasiado alta. Y sus patas, cortas y gruesas, se hundían con facilidad en la nieve profunda. Visitaba los prados herbosos del sur sólo durante una corta temporada: para alimentarse en sus más abundantes pastos y almacenar más grasa en las postrimerías del otoño y principios del invierno, pero antes de que nevara fuerte. No podía soportar el calor, con aquellas capas de piel, lo mismo que tampoco podría sobrevivir en la nieve profunda. Su hogar eran la tundra y la estepa, de un frío feroz y seco.

El largo cuerno frontal, afiladísimo, podía emplearse en una tarea mucho más peligrosa que apartar nieve, y entre el rinoceronte y Thonolan sólo había una corta distancia.

–¡No te muevas! –siseó Jondalar. Se agachó para entrar en la tienda y cogió la mochila a la que estaban sujetas las lanzas.

–Esas lanzas ligeras no servirán de mucho –dijo Thonolan, a pesar de que estaba de espaldas a la tienda. El comentario detuvo un instante la mano de Jondalar, sorprendido por la perspicacia de Thonolan–. Tendrías que atinarle en un punto vulnerable, por ejemplo el ojo, pero es un blanco demasiado pequeño. Te haría falta una lanza pesada para rinocerontes –prosiguió Thonolan, y su hermano comprendió que adivinaba sus pensamientos.

–No hables tanto, vas a atraer su atención –le previno Jondalar–. Tal vez yo no tenga lanza, pero tú no tienes ningún arma. Voy a pasar por detrás de la tienda y trataré de abatirlo.

–¡Espera, Jondalar! Le vas a poner furioso con esa lanza; ni siquiera le harás daño. ¿Recuerdas, cuando éramos niños, cómo solíamos provocarles? Alguien corría, conseguía que el rinoceronte le persiguiera y entonces le esquivaba mientras otro atraía su atención. Le hacíamos correr hasta que estaba demasiado cansado para moverse. Tú, prepárate para despertar su atención... yo correré para que se lance a la carga.

–¡No! ¡Thonolan! –gritó Jondalar, pero ya era demasiado tarde: Thonolan había echado a correr a toda velocidad.

Nunca era posible adivinar el impredecible comportamiento de la bestia. En vez de correr tras el hombre, el rinoceronte se dirigió rápidamente a la tienda que el viento agitaba. La embistió, abrió un agujero, hizo saltar las correas y se enredó en ellas. Cuando logró liberarse, decidió que no le gustaban los hombres ni su campamento y se marchó, alejándose inofensivamente al trote. Mirando por encima de su hombro, Thonolan se dio cuenta de que el animal se había marchado y regresó a grandes zancadas donde estaba Jondalar.

–¡Ha sido una estupidez! –gritó éste clavando su lanza en la tierra con tanta fuerza que el asta se quebró justo bajo la punta de hueso–. ¿Estabas tratando de que te matara? ¡Gran Doni, Thonolan! Dos personas no pueden provocar a un rinoceronte. Es menester rodearlo. ¿Y si te hubiera perseguido? En el nombre del reino subterráneo de la Gran Madre, ¿qué habría podido hacer yo si te hubiera herido?

Sorpresa primero, y enojo después, cruzaron por el rostro de Thonolan. Sin embargo, una sonrisa traviesa acabó dibujándose en sus labios.

–Veo que te has preocupado en serio por mí. Grita todo lo que quieras, a mí no me engañas. Tal vez no debería haberlo intentado, pero no iba a permitir que tú hicieras ninguna tontería como la de perseguir a un rinoceronte con esa lanza ligera. En el nombre del reino subterráneo de la Gran Madre, ¿qué habría podido hacer yo si te hubiera herido? –su sonrisa se ensanchó con el deleite de un muchachito que ha conseguido salir con bien de alguna diablura–. Además, ni siquiera me persiguió.

Jondalar miró sin reaccionar la sonrisa en el rostro de su hermano. Su estallido había sido más de alivio que de enojo, pero tardó unos instantes en comprender que Thonolan estaba sano y salvo.

–Has tenido suerte. Supongo que ambos la hemos tenido –dijo finalmente, exhalando un profundo suspiro–. Pero será mejor que confeccionemos un par de lanzas, aunque de momento nos contentemos con afilar las puntas.

–No he visto tejos por acá, pero podemos buscar fresnos o alisos mientras caminamos –observó Thonolan, comenzando a recoger la tienda–. Servirán.

–Cualquier cosa servirá, incluso la madera de sauce. Tenemos que hacerlas antes de ponernos en camino.

–Jondalar, vámonos de aquí. Hemos de llegar a esos montes, ¿o no?

–No me gusta viajar sin lanzas en vista de que hay rinocerontes por aquí.

–Podemos detenernos temprano. De todos modos, necesitamos reparar la tienda. Si nos vamos, podemos buscar un buen palo, encontrar un lugar mejor para acampar. Ese rinoceronte podría regresar.

–Y también podría seguirnos –Thonolan tenía siempre prisa por ponerse en camino y se impacientaba con los retrasos; Jondalar lo sabía muy bien–. Quizá deberíamos alcanzar esas montañas cuanto antes. Está bien, Thonolan, pero nos detendremos temprano, ¿entendido?

–Entendido, Hermano Mayor.

Los dos hermanos avanzaban a lo largo de la orilla del río con paso regular, cubriendo mucho camino; ambos estaban acostumbrados a caminar juntos, así como a los prolongados silencios que se establecían entre ellos. Se habían hecho más íntimos, hablaban con sinceridad, comprobaban mutuamente sus debilidades y su fortaleza. Cada uno se encargaba de determinadas tareas por la fuerza de la costumbre, y cada uno contaba con el otro cuando algún peligro les amenazaba. Eran jóvenes, fuertes y saludables, y confiaban con toda naturalidad en que podrían enfrentarse a cualquier situación adversa.

Estaban tan compenetrados con su entorno que su percepción estaba a nivel subconsciente. Cualquier trastorno que representara una amenaza haría que se pusieran instantáneamente en guardia. Pero sólo tenían una vaga conciencia del calor del lejano sol, contrarrestado por un viento que susurraba entre las ramas deshojadas; de las nubes con fondo negro que abrazaban los blancos farallones de los contrafuertes montañosos hacia los que se dirigían; del río profundo y rápido.

Las sierras montañosas del inmenso continente imponían su configuración al Río de la Gran Madre, que nacía en las tierras altas al norte de la montaña cubierta por un glaciar y fluía hacia el este. Más allá de la primera cadena montañosa había una llanura nivelada –en una era anterior había sido la cuenca de un mar interior– y más al este, una segunda sierra formaba un gran arco. Allí donde el promontorio alpino más lejano del primer macizo se encontraba con las estribaciones del extremo noroccidental del segundo, el río irrumpía a través de una barrera rocosa y giraba bruscamente hacia el sur.

Después de descender desde las tierras altas kársticas, serpenteaba entre estepas herbosas, formaba recodos, se dividía en canales separados y volvía a reunirse abriéndose camino hacia el sur. El río perezoso, indolente, que discurría a lo largo de tierras planas, daba la impresión de inmutabilidad. Sólo era ilusión. Para cuando el Río de la Gran Madre llegaba a las tierras altas en el extremo sur de la planicie que lo lanzaba otra vez hacia el este y reunía de nuevo sus canales, había recibido en su caudal las aguas de la vertiente norte y este del primer macizo de montañas cubierto de hielo.

El caudaloso Río de la Gran Madre pasaba por encima de una depresión al describir una amplia curva en su camino hacia el este, en el extremo sur de la segunda cadena de cumbres. Los dos hombres habían seguido su margen izquierda, atravesando de cuando en cuando canales y ríos que corrían veloces para reunirse con el gran río en su camino. Al otro lado del río, hacia el sur, la tierra se elevaba a brincos dentados y abruptos; por el lado por donde ellos avanzaban, una serie de colinas ondulantes subían más gradualmente desde la orilla del río.

–No creo que lleguemos al final del Donau antes del invierno –observó Jondalar–. Empiezo a preguntarme si terminará en alguna parte.

–Claro que termina, y me parece que pronto llegaremos. Mira lo ancho que es –y Thonolan trazó con el brazo un amplio arco hacia la derecha–. ¿Quién hubiera pensado que se ensancharía tanto? Ya tenemos que estar cerca del final.

–Pero todavía no hemos alcanzado el Río de la Hermana, o por lo menos eso creo yo. Tamen dijo que es tan ancho como el de la Gran Madre.

–Debe de ser uno de esos bulos que aumentan cada vez que alguien los repite. No creerás que pueda haber otro río como éste, que corra en dirección sur por esta llanura.

–Bueno, Tamen no dijo haberlo visto con sus propios ojos, pero tenía razón en cuanto a que la Gran Madre vuelve hacia el este, y también acerca de la gente que nos cruzó el río en balsa. Podría tener razón en lo de la Hermana. Ojalá hubiéramos conocido el lenguaje de la Caverna de las balsas; es posible que supieran algo de un afluente de la Gran Madre, tan ancho como ella.

–Tú sabes lo fácil que es exagerar cuando se habla de grandes maravillas que están lejos. Yo creo que la «Hermana» de Tamen es otro canal de la Madre, más al este.

–Ojalá tengas razón, Hermano Menor. Porque si hay una Hermana, tendremos que cruzarla antes de llegar a esas montañas. Y no sé en qué otro sitio podríamos encontrar acomodo para pasar el invierno.

–Yo lo creeré cuando lo vea.

Un movimiento, que aparentemente no encajaba en el discurrir natural de las cosas y que llegó al nivel de la conciencia, atrajo la atención de Jondalar. Por el sonido, identificó a la nube negra que aparecía a lo lejos y avanzaba sin ningún miramiento para con el viento dominante, y se detuvo para observar la formación en V compuesta de gansos que lanzaban ensordecedores graznidos. Descendieron en picado como una masa compacta, ensombreciendo el cielo con su número, y se desparramaron cada cual por su lado al aproximarse al suelo con las patas pendientes y las alas agitadas, frenando hasta quedar inmovilizados. El río viraba bruscamente rodeando la abrupta elevación más adelante.

–Hermano Mayor –dijo Thonolan sonriendo excitado–, esos gansos no se habrían posado de no haber algún pantano por ahí. Tal vez se trate de un lago o de un mar, y apostaría que la Madre va a parar a él. ¡Creo que hemos alcanzado el final del río!

–Si trepamos a esa colina lo veremos mejor –el tono de Jondalar era intencionadamente neutro, pero Thonolan tuvo la impresión de que su hermano no lo creía así.

Treparon rápidamente y estaban casi sin aliento al llegar a la cima. Lo que divisaron desde allí les hizo contener la respiración. Se encontraban a suficiente altura para ver a una distancia considerable. Más allá del recodo, la Madre se ensanchaba agitándose; y al aproximarse a una amplia superficie sus aguas hacían remolinos y espuma. El caudal más abundante estaba turbio a causa del barro arrancado al fondo, lleno de desechos, ramas rotas, animales muertos, árboles enteros que oscilaban y giraban, atrapados entre corrientes contrapuestas.

No habían llegado al final de la Madre: acababan de ver a la Hermana.

La Hermana había nacido en lo más alto de los montes que tenían enfrente entre arroyuelos y corrientes de agua que se convirtieron en ríos que saltaban rápidos, se desparramaban por encima de cataratas y caían raudos por la vertiente occidental del segundo macizo montañoso. Sin lagos ni depósitos que controlaran el flujo, las aguas tumultuosas iban cobrando fuerza e impulso hasta que confluían en la llanura. Lo único que podía dominar a la turbulenta Hermana era la propia Madre.

El afluente, de un tamaño casi igual, se fundía en la corriente del río principal, luchando contra la influencia dominante de la rápida corriente; retrocedía y volvía a surgir, con una especie de rabieta de contracorrientes y resacas, remolinos que aspiraban los desechos flotantes; en un girar peligroso, los lanzaba otra vez al fondo y los sacaban a flote de nuevo un poco más abajo. La confluencia congestionada se extendía formando un lago peligroso, demasiado ancho para poder cruzarlo.

Las crecidas otoñales habían culminado y un pantano de lodo se extendía sobre las márgenes donde las aguas habían retrocedido recientemente dejando una ciénaga de devastación: árboles arrancados con las raíces al aire, troncos impregnados de agua y ramas rotas, cadáveres de animales y peces moribundos varados en charcas que se estaban secando. Las aves acuáticas estaban dándose un banquete con los despojos fáciles de conseguir: la orilla próxima hervía de botín. Allí cerca, una hiena estaba empapuzándose con un ciervo, impávida a pesar del pesado aleteo de las cigüeñas negras.

–¡Gran Madre! –exclamó Thonolan en voz baja.

–Tiene que ser la Hermana –ahora Jondalar estaba demasiado pasmado para preguntarle a su hermano si ya se lo creía.

–¿Cómo vamos a atravesarlo?

–No tengo la menor idea. Tendremos que volver sobre nuestros pasos, río arriba.

–¿Hasta dónde? ¡Si es tan ancho como la Madre!

Jondalar se limitó a menear la cabeza. Tenía la frente arrugada por la preocupación que le dominaba.

–Deberíamos haber seguido el consejo de Tamen. Puede empezar a nevar en cualquier momento; no tendremos que retroceder mucho. No quiero que nos sorprenda en descampado ninguna tormenta fuerte.

Una ráfaga súbita de viento arrebató la capucha de Thonolan y la lanzó lejos, dejándole la cabeza al descubierto. Se la puso de nuevo, esta vez más pegada a la cara, y se estremeció. Por vez primera desde que habían iniciado el Viaje empezaba a albergar serias dudas de que pudieran sobrevivir al prolongado invierno que les esperaba.

–Y ahora, ¿qué haremos, Jondalar?

–Ante todo buscar un lugar para acampar –el hermano más alto echó un vistazo a la zona desde su posición ventajosa–. Por ejemplo allí, justo río arriba, cerca de esa alta orilla con un bosquecillo de alisos. Hay un arroyo que desemboca en la Hermana... el agua tiene que ser buena.

–Si atamos las dos mochilas a un tronco y nos atamos una cuerda a la cintura, podríamos cruzar a nado sin separarnos.

–Ya sé que eres atrevido, Hermano Menor, pero es una locura. No estoy seguro de poder cruzar a nado, menos aún si tenemos que tirar de un tronco con todas nuestras pertenencias. El agua está fría; sólo la corriente impide que se congele... había hielo en la orilla por la mañana. ¿Y si nos enredamos en las ramas de algún árbol? Nos veríamos arrastrados río abajo y tal vez arrastrados al fondo.

–¿Recuerdas la Caverna que vive cerca del Agua Grande? Ellos ahuecan el centro de árboles grandes y los utilizan para cruzar ríos. Quizá pudiéramos...

–A ver si encuentras por aquí un árbol de buen tamaño –dijo Jondalar, apuntando con el brazo hacia la pradera herbosa que sólo contaba con árboles flacos o retorcidos.

–Bueno... alguien me habló de otra Caverna que hace canoas con corteza de abedul... pero parece demasiado frágil.

–Ya las he visto, pero no sé cómo las hacen ni la clase de cola que utilizan para que no les entre agua. Y los abedules de su región son mucho más grandes que los que he visto por aquí.

Thonolan echó una mirada a su alrededor, tratando de idear alguna otra cosa que su hermano no pudiera rechazar con su lógica implacable. Observó la hilera de esbeltos alisos que se alzaban en una loma, al sur, y sonrió animado.

–¿Qué te parece una balsa? Lo único que debemos hacer es amarrar unos cuantos troncos; hay alisos de sobra en esa colina.

–¿Y habrá alguno que sea lo bastante largo y fuerte para hacer un palo que permita alcanzar el fondo del río para dirigirla? Las balsas son difíciles de controlar, incluso en ríos pequeños y poco profundos.

La sonrisa confiada de Thonolan se borró y Jondalar tuvo que reprimir la que pugnaba por dibujarse en sus labios. Su hermano era incapaz de disimular sus sentimientos. Jondalar dudaba mucho de que lo hubiera intentado siquiera. Pero lo que hacía de él un ser tan simpático era precisamente esa naturaleza impulsiva y candorosa.

–Sin embargo, la idea no es tan mala –repuso Jondalar, lo que hizo que la sonrisa volviera al rostro de Thonolan–. Una vez que hayamos avanzado río arriba y no haya peligro de que nos arrastre el agua turbulenta y siempre que encontremos un punto en donde el río sea menos profundo y más angosto y no tan rápido, y donde crezcan árboles. Espero que el tiempo se mantenga tal como está.

Al hablar del tiempo, ya estaba Thonolan tan serio como su hermano.

–Entonces pongámonos en camino. La tienda está remendada.

–Primero miraré esos alisos. Todavía necesitamos un par de lanzas robustas. Deberíamos haberlas hecho la noche pasada.

–¿Aún te preocupa ese rinoceronte? A estas horas lo hemos dejado muy atrás. Tenemos que ponernos en marcha para buscar un lugar donde acampar.

–Por lo menos cortaré una rama.

–Entonces corta otra para mí. Empezaré a recoger.

Jondalar recogió su hacha y examinó el filo, y tras un gesto de aprobación, echó a andar colina arriba hacia la hilera de alisos. Después de examinar cuidadosamente los árboles, escogió uno alto y recto. Apenas lo hubo derribado y despojado de sus ramas, buscó otro para Thonolan, cuando, de pronto, oyó el ruido de una conmoción: resoplidos, gruñidos. Oyó también gritar a su hermano y después el sonido más aterrador que había oído en toda su vida: un alarido de dolor exhalado por su hermano. El silencio, al interrumpirse súbitamente el alarido, fue peor aún.

–¡Thonolan! ¡Thonolan!

Jondalar echó a correr colina abajo, sujetando todavía el palo de aliso y presa de un terror pánico. El corazón le latía en la garganta cuando vio un rinoceronte lanudo, tan alto como él, empujando la forma inerte de un hombre por el suelo. El animal parecía no saber qué hacer con su víctima, una vez la había derribado. Desde las profundidades de su temor y su ira, Jondalar dejó de pensar: reaccionó.

Blandiendo el palo de aliso como un garrote, el hermano mayor se abalanzó contra la bestia, olvidando su propia seguridad. Le asestó un fuerte golpe en el hocico, justo debajo del gran cuerno curvo, y después otro. El rinoceronte retrocedió, sin saber qué hacer frente a un hombre enloquecido que cargaba contra él y le lastimaba. Jondalar se preparaba para golpear de nuevo, llevó hacia atrás el largo palo para tomar impulso... pero el animal se dio la vuelta. El fuerte garrotazo en el lomo no le hizo mucho daño, pero le obligó a correr, con el hombre alto tras él.

Cuando un garrotazo asestado con el largo palo silbó en el aire mientras el animal tomaba la delantera, Jondalar se detuvo y vio cómo se alejaba; recobró el aliento, dejó caer el palo y corrió hacia Thonolan. Su hermano estaba tendido boca abajo, allí donde el rinoceronte le había dejado.

–¿Thonolan? *¡Thonolan!* –Jondalar le puso boca arriba. Había un desgarrón en el pantalón de cuero de Thonolan cerca de la ingle y una mancha de sangre que se ensanchaba–. ¡Thonolan! ¡Oh, Doni! –pegó el oído al pecho de su hermano, tratando de percibir un latido, y se espantó creyendo que sólo imaginaba oírlo cuando lo oyó en realidad–. ¡Oh, Doni, está vivo! Pero, ¿qué voy a hacer? –resoplando por el esfuerzo realizado, Jondalar tomó en brazos al joven inconsciente y se quedó un momento sin saber qué hacer, meciéndole contra su pecho–. ¡Doni, oh, Gran Madre Tierra! No te lo lleves aún. Deja que viva. Oh, por favor... –su voz se quebró y un enorme sollozo dilató su pecho–. Madre... por favor... que viva...

Jondalar inclinó la cabeza y sollozó contra el hombro inerte de su hermano un momento; después se lo llevó a la tienda. Le acostó con mucha suavidad sobre su rollo de dormir y con su cuchillo de mango de hueso le cortó la ropa. La única herida visible era un desgarrón desigual en la parte superior del muslo izquierdo, pero tenía el pecho de un rojo encendido; el lado izquierdo se le estaba hinchando y ennegreciéndose. Un examen a fondo, palpándole con todo cuidado, indicó a Jondalar que había varias costillas rotas; también era probable que el joven tuviera heridas internas.

La sangre salía a borbotones del muslo desgarrado de Thonolan y formaba un charco en su cama. Jondalar buscó en su mochila algo para poder detenerla. Cogió su túnica de verano, sin mangas, hizo una bola con ella y trató de quitar la sangre de la piel de la cama, pero sólo consiguió embarrarla. Entonces puso la suave gamuza sobre la herida.

–¡Doni, Doni! No sé qué hacer. Yo no soy zelandoni –Jondalar se sentó sobre los talones y se pasó la mano por el cabello, manchándose de sangre la cara–. Corteza de sauce. Haré una infusión de corteza de sauce.

Salió por un poco de agua. No hacía falta ser zelandoni para conocer las propiedades calmantes de la corteza de sauce; todos hacían una infusión de corteza de sauce contra el dolor de cabeza o cualquier otro dolor. No sabía si se empleaba para heridas graves, pero no se le ocurría ninguna otra cosa. Caminó agitado alrededor del fuego, mirando hacia el interior de la tienda a cada vuelta, a la espera de que hirviera el agua. Amontonó más leña sobre las llamas y quemó un borde del marco de madera que sostenía el pellejo lleno de agua.

«¿Por qué tarda tanto? Ahora resulta que no tengo la corteza de sauce. Lo mejor será que vaya a buscarla en lo que tarda el agua en hervir». Metió la cabeza por la abertura de la tienda y miró largo rato a su hermano; luego corrió hasta la orilla del río. Después de arrancar la corteza de un árbol deshojado cuyas largas y delgadas ramas se bañaban en el agua, se apresuró a regresar al campamento.

Primero miró para ver si Thonolan se había movido y comprobó que su túnica de verano estaba empapada en sangre. Luego se dio cuenta de que el contenido de la olla hervía a borbotones y se salía: amenazaba apagar el fuego. Al principio no supo qué hacer –si ocuparse de la tisana o de su hermano–, y su mirada iba de la tienda al fuego y del fuego a la tienda. Finalmente tomó una taza, sacó un poco de agua, se quemó la mano y dejó caer la corteza de sauce en la olla. Echó más palos al fuego esperando que prendieran. Buscó en la mochila de Thonolan, la volcó desalentado y cogió la túnica de verano para sustituir a la suya.

Al entrar de nuevo en la tienda, oyó gemir a Thonolan. Era el primer sonido que éste emitía. Salió rápidamente para traer una taza de tisana, vio que apenas quedaba líquido y se preguntó si estaría demasiado fuerte. Volvió a meterse en la tienda con una taza del líquido hirviendo, buscó con la mirada, frenético, donde poder dejarla, y vio que no sólo su túnica de verano estaba manchada de sangre: había un charco en la cama de Thonolan.

«¡Está perdiendo demasiada sangre! ¡Oh, Madre! Necesita un zelandoni. ¿Qué voy a hacer?» Empezaba a sentirse dominado por el pánico que le inspiraba el estado de su hermano. Se sentía del todo impotente. «Necesito ir en busca de ayuda. ¿Adónde? ¿Dónde puedo encontrar un zelandoni? Ni siquiera puedo cruzar la Hermana, y no puedo dejarle solo. Si un lobo o una hiena huele la sangre, vendrá por él.

»¡Gran Madre! Su túnica está empapada en sangre. Algún animal la olfateará». Jondalar cogió la prenda y la arrojó fuera de la tienda.«No, eso es todavía peor», pensó.

Salió, la recogió y buscó frenéticamente con la vista dónde podría llevarla, lejos del campamento, lejos de su hermano.

Se encontraba conmocionado, dominado por la pena, y en el fondo de su corazón reconocía que no había esperanza. Su hermano necesitaba una ayuda que él no podía proporcionarle y que ni siquiera podía ir a buscar. Aun cuando supiera hacia dónde ir, no podía marcharse. Era absurdo pensar que una túnica ensangrentada fuera a atraer más a los carnívoros que el propio Thonolan con su herida abierta. Pero no quería enfrentarse a la verdad. Dio la espalda al sentido común y se abandonó al pánico.

Miró la hilera de alisos y, en un impulso irracional, corrió colina arriba y colgó la túnica de cuero en un rama alta de un árbol; luego regresó a toda velocidad. Se metió en la tienda y se quedó mirando a Thonolan, como si con la fuerza de su voluntad pudiera lograr que su hermano estuviera nuevamente sano, entero y sonriente.

Casi como si Thonolan percibiera esa voluntad, gimió, movió la cabeza y abrió los ojos. Jondalar se arrodilló más cerca y vio en sus ojos el dolor que sentía, a pesar de la débil sonrisa que le dedicaba.

–Tenías razón, Hermano Mayor. Casi siempre la tienes. No dejamos atrás al rinoceronte.

–No quiero tener razón, Thonolan. ¿Cómo te sientes?

–¿Quieres una respuesta sincera? Me duele. ¿Es muy grave? –preguntó, tratando de sentarse. La sonrisa desvaída se convirtió en una mueca de dolor.

–No trates de moverte. Toma, te he preparado una tisana de hojas de sauce –y Jondalar sostuvo la cabeza de su hermano y le llevó la taza a los labios. Thonolan tomó unos cuantos sorbos y se tendió nuevamente, aliviado. Una expresión de temor se unió al dolor que delataban sus ojos.

–Dime la verdad, Jondalar. ¿Es muy grave la herida?

El hombre alto cerró los ojos y respiró hondo.

–No tiene buen aspecto.

–Eso me parece. Pero, ¿hasta qué punto? –los ojos de Thonolan se fijaron en las manos de su hermano y se abrieron al máximo, alarmados–.¡Tienes las manos cubiertas de sangre! ¿Es mía? Será mejor que me lo digas.

–Realmente no lo sé. Estás herido en la ingle y has perdido mucha sangre. El rinoceronte ha debido lanzarte al aire o pisotearte. Creo que tienes un par de costillas rotas; no sé qué más. No soy zelandoni...

–Pero necesito uno, y la única oportunidad de encontrar ayuda está al otro lado del río que no podemos cruzar.

–Esa es, más o menos, la situación.

–Ayúdame a levantarme, Jondalar. Quiero ver si me puedo mover.

Jondalar iba a protestar, pero accedió de mala gana y al instante lo lamentó: en el momento en que Thonolan quiso sentarse, gritó de dolor y volvió a perder el conocimiento.

–¡Thonolan! –gritó Jondalar. La hemorragia había disminuido pero el esfuerzo hizo que aumentara otra vez. Jondalar dobló la túnica veraniega de su hermano, la aplicó sobre la herida y salió de la tienda. El fuego estaba casi apagado; agregó combustible con el mayor esmero, puso más agua a calentar y cortó más leña.

Regresó para volver a ver a su hermano. La túnica de Thonolan estaba tinta en sangre; la apartó para examinar la herida y no pudo evitar una mueca al recordar cómo había corrido colina arriba para deshacerse de la otra. Su pánico inicial se había desvanecido y ahora le parecía una tontería. Ya no sangraba. Encontró otra prenda interior para el frío, la puso sobre la herida y cubrió a Thonolan; entonces recogió la segunda túnica ensangrentada y se encaminó al río. La arrojó al agua y se agachó para lavarse las manos con la impresión de que su pánico le había inspirado acciones ridículas.

Ignoraba que el pánico es una característica del afán de supervivencia, en circunstancias extremas. Cuando todo lo demás fracasa y se han agotado todos los medios racionales para hallar una solución, el pánico impone su dominio. Y a veces una acción irracional se convierte en una solución que la mente racional jamás hubiera imaginado.

Regresó, echó unas cuantas ramitas más al fuego y buscó el palo de aliso, aunque ya no parecía tener sentido hacer una lanza. No obstante, se sentía tan inútil que necesitaba hacer algo. Encontró el palo, entonces se sentó delante de la tienda y con golpes rotundos se puso a alisar un extremo.

El día siguiente fue una pesadilla para Jondalar. El lado izquierdo del cuerpo de Thonolan era sensible al menor roce, y estaba muy magullado. Jondalar apenas había dormido. Había sido una noche difícil para Thonolan, y cada vez que gemía, su hermano se levantaba. Pero lo único que podía ofrecerle era la tisana de corteza de sauce, no representaba una gran ayuda. Por la mañana coció algo de comida, hizo caldo, pero ninguno de los dos comió mucho. Al llegar el atardecer, la herida estaba ardiendo y el joven tenía calentura.

Thonolan despertó de un sueño intranquilo y abrió los ojos frente a los ojos azules de su hermano. El sol acababa de traspasar el límite de la tierra, y aunque todavía había luz en el exterior, en la tienda casi no se veía. La oscuridad no impidió que Jondalar descubriera que su hermano tenía los ojos vidriosos, no en balde había estado gimiendo y murmurando entre sueños.

Jondalar trató de sonreír valerosamente.

–¿Qué tal te encuentras?

A Thonolan el dolor le impedía sonreír, y la mirada preocupada de Jondalar no era precisamente tranquilizadora.

–No me siento con ganas de cazar rinocerontes –respondió.

Permanecieron un rato en silencio, sin saber qué decir. Thonolan cerró los ojos y dio un hondo suspiro; estaba cansado de luchar contra el dolor; le dolía el pecho cada vez que respiraba, y el profundo dolor de la ingle izquierda parecía haberse extendido a todo su cuerpo. De haber pensado que quedaba alguna esperanza, habría resistido, pero cuanto más tiempo pasaran allí, menos oportunidades tendría Jondalar de cruzar el río antes de que se echara encima una tormenta. Sólo porque él fuera a morir no había razón para que también su hermano pereciera. Abrió de nuevo los ojos.

–Jondalar, ambos sabemos que sin ayuda no hay esperanza para mí, pero tampoco hay razón para que tú...

–¿Qué quieres decir con que no hay esperanza? Eres joven y fuerte. Te pondrás bien.

–No hay tiempo suficiente. No tenemos la menor oportunidad, aquí, a campo raso. Jondalar, ponte en marcha, encuentra un lugar donde quedarte, tú...

–¡Estás delirando!

–No, yo...

–No hablarías así si estuvieras en tus cabales. Tú, preocúpate por recuperar tus fuerzas... deja que yo me preocupe de todo lo demás. Los dos vamos a salir bien de esto. Tengo un plan.

–¿Qué plan?

–Te lo contaré cuando haya perfilado todos los detalles. ¿Quieres algo de comer? Casi no has comido.

Thonolan sabía que su hermano no se iría mientras él estuviera con vida. Estaba cansado; quería abandonar la lucha, que llegara el final y que Jondalar tuviera una oportunidad.

–No tengo hambre –dijo, y vio en los ojos de su hermano que se sentía herido–; aunque podría beber un poco de agua. Jondalar vertió el resto del agua y sostuvo la cabeza de Thonolan mientras éste bebía. Sacudió la bolsa.

–Está vacía, voy a buscar más.

Quería un pretexto para salir de la tienda. Thonolan estaba a punto de abandonarse. Jondalar había mentido al decir que tenía un plan. Había perdido la esperanza... no era extraño que su hermano considerase que la situación era desesperada. «Tengo que hallar la manera de cruzar el río y encontrar ayuda».

Subió una pequeña pendiente que le permitía divisar mejor el río, por encima de los árboles, y observó cómo una rama rota había quedado trabada en una roca saliente. Se sentía tan atrapado e indefenso como aquella rama desnuda y, dejándose llevar por un impulso, fue hasta la orilla y la liberó de la roca que la cerraba el paso. Vio cómo la corriente se la llevaba río abajo y se preguntó hasta dónde llegaría antes de resultar atrapada por otra cosa. Vio otro sauce y arrancó más corteza interior con el cuchillo. Thonolan podría tener otra mala noche; lo más seguro era que la tisana no le sirviera de mucho.

Finalmente se apartó de la Hermana y regresó al arroyo que tributaba su diminuto caudal al del río turbulento. Llenó la bolsa de agua y reanudó su camino de vuelta al campamento. No sabía a ciencia cierta qué fue lo que le incitó a mirar río arriba –tal vez oyera algo por encima del sonido del torrente impetuoso–, pero cuando lo hizo, se quedó boquiabierto sin dar crédito a lo que veía.

Algo se aproximaba desde la parte alta del río y se dirigía en línea recta hacia la orilla donde él estaba parado. Un enorme pájaro acuático, con un cuello largo y curvo que sostenía una cabeza encrestada y grandes ojos que no parpadeaban, se acercaba a él. Advirtió movimiento a espaldas de la criatura al acercarse, cabezas de otras criaturas. Una de las criaturas pequeñas hizo señas con la mano.

–¡Ho-la! –grito una voz. Nunca había oído Jondalar un sonido tan maravilloso.

7

Ayla se pasó el dorso de la mano por la sudorosa frente y sonrió a la potranca amarilla que le propinaba empujones con el hocico, tratando de metérselo bajo la mano. La potranca no soportaba que Ayla se apartara de su vista y la seguía por todas partes; a la joven eso no la molestaba, deseaba su compañía.

–Yegüita, ¿cuánto grano tendré que recoger para ti? –preguntó Ayla por señas. La potranca, pequeña y de color del heno maduro, observaba atentamente los movimientos de la joven; aquello le recordaba a Ayla su niñez, cuando aprendía el lenguaje de señas del Clan–. ¿Estás tratando de aprender a hablar? Bueno, a comprender por lo menos. Te sería difícil hablar con las manos, pero tengo la impresión de que te esfuerzas por entenderme de algún modo.

El habla de Ayla incorporaba unos pocos sonidos; el lenguaje ordinario del Clan no era totalmente silencioso, sólo lo era el antiguo lenguaje oficial. Las orejas de la potranca se enderezaban tan pronto como oía alguna palabra en voz alta.

–Estás escuchándome, ¿verdad? –Ayla meneó la cabeza–. Sigo llamándote yegüita, potrilla... eso no está bien. Creo que necesitas un nombre. ¿Eso es lo que estás tratando de oír, el sonido de tu nombre? Me pregunto cómo te llamaría tu madre; claro que, aunque lo supiera, no creo que consiguiera pronunciarlo.

La potranca seguía observándola con atención, pues se daba cuenta de que Ayla se ocupaba de ella al mover así las manos. Al callar Ayla, relinchó suavemente.

–¿Estás contestándome? ¡Wiiinnney! –Ayla había intentado remedar el sonido y consiguió algo parecido. La yegüita respondió al sonido casi familiar moviendo la cabeza de arriba abajo y lanzando otro relincho como respuesta.

–¿Así es como te llamas? –Ayla sonreía. La potranca volvió a sacudir la cabeza, dio un par de brincos, se alejó y después regresó. La joven rió–. Entonces, todos los caballos pequeños deben de tener el mismo nombre o tal vez yo no distinga la diferencia –Ayla volvió a relinchar y la yegua volvió a emitir un *hin*, y ambas jugaron así un rato. Eso le hacía recordar a Ayla el juego de sonidos que practicaba con su hijo, sólo que Durc podía repetir cualquier sonido que ella hiciera. Creb le había dicho que se expresaba por medio de numerosos sonidos cuando la encontraron, y ella sabía que era capaz de producir algunos que los demás no podían reproducir. Se había sentido complacida al comprobar que también su hijo podía hacerlos.

Ayla volvió a su trabajo de cosechar el alto trigo mocho; también crecía trigo escandia en el valle, y una especie de centeno parecida a la que crecía cerca de la caverna del clan. Estaba pensando en ponerle nombre a la yegua.

«Nunca le he puesto nombre a nadie hasta ahora, y sonrió al pensarlo. ¡Desde luego, cualquiera diría que soy una extravagante por ponerle nombre a un caballo! En realidad, nada más extravagante que cohabitar con él». Observó al animalito que corría y retozaba alegremente. «Me gusta mucho que viva conmigo», pensó Ayla, sintiendo un nudo en la garganta. «No me siento tan sola con ella junto a mí. No sé qué haría si me quedara sin ella. Voy a ponerle nombre».

El sol había iniciado su carrera descendente cuando Ayla se detuvo y miró al cielo. Era un cielo grande, vasto, vacío. Ni una sola nube medía su profundidad ni detenía la mirada hacia el infinito. Sólo la lejana incandescencia hacia el poniente, cuya circunferencia vacilante se percibía por refracción, interrumpía la extensión inmensa de un azul uniforme. Calculando la luz del día que le quedaba según el espacio entre la luminosidad y la cima del acantilado, decidió poner fin a la jornada.

La yegua, viendo que la atención de la joven se había apartado del trabajo, relinchó y se acercó a ella.

–¿Quieres que regresemos a la cueva? Primero vamos a beber un poco de agua.

Y poniendo su brazo sobre el cuello de la potranca, echó a andar con ella hacia el río.

El follaje cercano al agua que se deslizaba al pie de la abrupta muralla meridional era un calidoscopio de color a cámara lenta, reflejando el ritmo de las estaciones; el verde profundo de pinos y abetos se fundía con oros cálidos, amarillos pálidos, marrones fuertes y rojos ardientes. El valle abrigado era un pequeño muestrario que se destacaba sobre el telón de fondo de las estepas, de un beige apagado, y el sol calentaba más entre sus murallas que lo protegían del viento. A pesar de los colores del otoño, parecía un día de verano, una ilusión engañosa.

«Creo que recogeré más hierba. Ya empiezas a comerte la cama cuando te la cambio por hierba fresca». Mientras caminaba al lado del caballito, Ayla proseguía su monólogo; de repente dejó de mover las manos y entonces sus pensamientos siguieron solos el hilo de la reflexión. «Iza recogía siempre hierba en otoño para las camas de invierno. ¡Olía tan bien al cambiarlas, especialmente cuando había caído mucha nieve y el viento soplaba fuera! Me encantaba quedarme dormida oyendo el viento y aspirando el olor a heno fresco del verano».

Al ver la dirección que habían tomado, la yegüita se adelantó trotando. Ayla sonrió con indulgencia.

–Debes de tener tanta sed como yo, yegüita, Whinney –dijo, en voz alta, en respuesta a la llamada del animal–. Suena como un nombre de caballo, pero hay que imponértelo en la debida forma. ¡Whinney! ¡Whinney! –gritó–. La yegua enderezó las orejas, se volvió a mirar a la joven y se dirigió trotando hacia ella.

Ayla le frotó la cabeza y la rascó. Estaba cambiando su áspero pelaje y cubriéndose de pelos más largos, de invierno, y siempre le gustaba que la rascaran.

–Creo que te gusta el nombre, y te sienta bien, caballito. Celebremos una ceremonia de imposición de nombre. Pero no puedo cogerte en mis brazos y no está Creb aquí para marcarte. Supongo que yo tendré que ser el mog-ur y hacerlo todo –sonrió–. A quién se le ocurre, una mujer mog-ur.

Ayla regresó al río pero se desvió hacia arriba al comprobar que se encontraba cerca del punto en que había abierto la zanja con la trampa. Había rellenado el hoyo, pero la yegüita estaba rondándolo, resoplando, bufando y piafando, como si algún olor o recuerdo la trastornara. La manada no había vuelto desde el día en que echó a correr por el valle, hasta el otro extremo, alejándose de su fuego y sus ruidos.

Condujo a la yegua más cerca de la cueva para que bebiera. El río turbio, lleno de sedimentos otoñales, se había retirado de su altura máxima dejando un lodo rico y oscuro en la orilla. Los pies de Ayla chapoteaban, cubriéndose de una capa rojiza que le recordaba la pasta de ocre rojo que el Mog-ur empleaba para fines ceremoniales, como, por ejemplo, poner nombre. Metió el dedo en el lodo y se marcó la pierna, después sonrió y recogió un puñado.

«Iba a ponerme a buscar ocre rojo, pensó, pero esto servirá».

Cerrando los ojos, Ayla trató de recordar lo que había hecho Creb al ponerle nombre a su hijo. Podía ver su viejo rostro devastado con un colgajo de piel cubriéndole el orificio donde debería haber estado el ojo, su fuerte nariz, sus arcos ciliares salientes y su frente baja y huidiza. La barba se le había vuelto escasa y desgreñada, y la línea del cabello había retrocedido, pero lo recordaba tal como aparecía aquel día; no era joven, pero estaba en la cima de su poderío. Había querido a aquel viejo rostro escabroso, magnífico.

De repente todas sus emociones la asaltaron en tropel: el temor de perder a su hijo y su gozo inconmensurable al ver una taza de pasta de ocre rojo. Tragó varias veces saliva, pero el nudo que tenía en la garganta no quería ceder y se secó una lágrima sin saber que había dejado una mancha en su lugar. La yegüita se recostaba sobre ella, buscando afecto con el hocico, casi como si sintiera la misma necesidad que Ayla experimentaba. La mujer se arrodilló y abrazó al animal, dejando reposar su frente en el robusto cuello de la potranca.

«Se supone que ésta va a ser la ceremonia de tu nombre», se dijo recobrando el control. El lodo se había escurrido entre sus dedos. Cogió otro puñado y después alzó la otra mano hacia el cielo, como había hecho siempre Creb con sus gestos abreviados de una sola mano, pidiendo a los espíritus que le asistieran. Entonces vaciló, pues no estaba segura de si debería invocar a los espíritus del Clan para ponerle nombre a un caballo... tal vez no lo aprobaran. Metió los dedos en el barro que tenía en la otra mano y trazó una línea sobre la frente de la potranca desde arriba hasta la nariz, lo mismo que Creb había trazado una línea con la pasta de ocre rojo desde el punto en que se unían los arcos superciliares de Durc hasta la punta de su naricilla.

–Whinney –dijo Ayla en voz alta, y terminó empleando el lenguaje oficial–. El nombre de esta niña... de este caballo hembra, es Whinney.

La yegua sacudió la cabeza arriba y abajo, tratando de deshacerse del lodo húmedo, y eso le dio risa a Ayla.

–Pronto se secará y se caerá solo, Whinney.

Se lavó las manos, se echó a la espalda el canasto de grano seco y se dirigió a paso lento a la cueva. La ceremonia del nombre le había recordado demasiado su existencia solitaria. Whinney era una criatura viviente y cálida, mitigaba algo su soledad, pero cuando Ayla llegó a la playa pedregosa, las lágrimas se deslizaban por sus mejillas involuntaria, inadvertidamente.

Acarició y guió a la yegua por el abrupto sendero que conducía a la cueva, lo cual, en cierto modo, la distrajo de su pena.

–Anda, vamos, Whinney, tú puedes hacerlo. Ya sé que no eres un íbice ni un antílope saiga, pero sólo es cuestión de acostumbrarse.

Llegaron a lo alto de la muralla que conformaba el área de la fachada de su cueva, y entraron. Ayla volvió a atizar el fuego mortecino y se puso a cocer algunos cereales. La yegua comía ahora hierba y grano y no tenía que ingerir alimentos especiales, pero Ayla le hacía purés porque a Whinney le gustaban.

Se llevó afuera unos cuantos conejos que había cazado durante el día, para desollarlos mientras aún hubiera luz, y enrolló las pieles para cuando pudiese curtirlas. Había acumulado gran provisión de pieles de animales: conejos, marmotas, liebres, todo lo que cazaba. No estaba segura de para qué las utilizaría pero las curtía todas y las guardaba cuidadosamente. Durante el invierno tal vez se le ocurriría darles algún uso; y si el frío era muy intenso, las amontonaría a su alrededor.

No dejaba de pensar en el invierno, a medida que se acortaban los días y bajaba la temperatura. No sabía lo prolongado ni lo riguroso que podría ser, y eso la preocupaba. Un ataque súbito de ansiedad la impulsó a comprobar sus reservas, aunque sabía exactamente lo que tenía. Examinó canastos y recipientes de corteza llenos de carne seca, de frutas y verduras, semillas, nueces y cereales. En el rincón oscuro más alejado de la entrada, inspeccionó montones de raíces y de frutas, enteras y en buen estado, para asegurarse de que no había aparecido ninguna señal de que se estaban pudriendo.

A lo largo de la pared posterior había pilas de leña, estiércol seco de caballo traído del campo y montañas de hierba seca. Otras canastas de grano, para Whinney, estaban apiladas en el rincón opuesto.

Ayla regresó junto al fuego para vigilar cómo se cocía el grano en una canasta trenzada herméticamente y para dar la vuelta a los conejos; pasó junto a su lecho y sus efectos personales a lo largo de la pared, para examinar hierbas, raíces y cortezas colgadas de un tendedero. Había hundido los palos verticales en la tierra apelmazada de la cueva, no muy lejos del hogar, para que los condimentos, las hierbas y las medicinas aprovecharan el calor al secarse, pero sin estar demasiado cerca del fuego.

No tenía que atender a un clan y no necesitaba todas las medicinas, pero había conservado la farmacopea de Iza bien abastecida después de que la vieja curandera cayera enferma, y estaba acostumbrada a recoger plantas medicinales al mismo tiempo que plantas alimenticias. Al otro lado del tendedero de las hierbas había un surtido de materiales diversos: trozos de madera, palitos y ramas, hierbas y cortezas, cueros, huesos, varias piedras y guijarros, incluso un canasto de arena de la playa.

No le gustaba pasar mucho tiempo meditando en el largo invierno que la esperaba, solitaria e inactiva. Pero le constaba que no habría ceremonias con banquetes, ni relatos que escuchar, ni la llegada de nuevos bebés, ni chismes o conversaciones, ni discusiones sobre tradiciones medicinales con Iza y Uba, y que tampoco podría entretenerse en observar a los hombres que discutían tácticas de caza. Por tanto, estaba decidida a pasar el tiempo haciendo cosas –cuanto más difíciles y más tiempo duraran, mejor– para mantenerse lo más atareada posible.

Revisó algunos de los trozos de madera más sólidos, que variaban de tamaño, de pequeños a grandes, para poder confeccionar tazas y tazones de distintos tamaños. Ahuecando el interior y dándole forma con un hacha de mano empleada como azuela y un cuchillo, frotando para suavizarlo con una piedra redonda y arena, podría pasarse días enteros ocupada; se proponía hacer varios. Algunas de las pieles más pequeñas serían convertidas en guantes, polainas, protectores para los pies; otras, sin pelo, serían tan bien trabajadas que quedarían suaves y flexibles como el cutis de un bebé, pero conservando su absorbencia.

Su colección de yuca, hojas y tallos de espadaña, cañas, varitas de sauce, raíces de árboles, pasaría a convertirse en canastos tejidos muy apretadamente o más aireados, con diseños intrincados, para cocinar, comer, hacer de recipientes para almacenar, cedazos o bandejas para servir, esteras para sentarse, o secar alimentos. Haría cuerdas, de grosores escalonados entre cordel y soga, con plantas fibrosas y cortezas, y también utilizaría con el mismo fin los tendones y la larga cola de la yegua. Fabricaría lámparas de piedra, con huecos poco profundos, que llenaría de grasa y llevarían una mecha de musgo seco que pudiera arder sin humo. Había conservado aparte la grasa de animales carnívoros, para aprovecharla en las lámparas. No es que fuera a privarse de comerla llegado el caso, pero su paladar la rechazaba.

Tenía iliones y omoplatos planos que serían convertidos en platos y fuentes; otros huesos se convertirían en cucharones o paletas; emplearía la pelusa de diversas plantas para encender fuego o rellenar, así como plumas y pelos; también se veían varios nódulos de pedernal e instrumentos para darles forma. Había pasado más de un largo día de invierno confeccionando objetos y utensilios similares, necesarios para su existencia; contaba asimismo con un buen surtido de materiales para hacer objetos que no estaba acostumbrada a elaborar, aun cuando había observado a los hombres mientras los fabricaban: armas para cazar.

Quería hacer lanzas, mazas fáciles de manejar con la mano, nuevas hondas. Pensaba que incluso podría intentar hacer boleadoras, aunque para llegar a dominar su manejo hacía falta practicar tanto como para tirar con honda. Brun era el experto con las boleadoras; confeccionar el arma requería extraordinaria pericia. Había que trabajar tres piedras, para hacerlas redondas, y luego atarlas con cuerdas y unirlas con el largo y el equilibrio convenientes.

«¿Le enseñará a Durc?», se preguntó Ayla.

La luz del día estaba desapareciendo, y el fuego casi se había apagado. El grano había absorbido toda el agua y estaba blando. Se sirvió un tazón lleno, agregó más agua y preparó el resto para Whinney. Lo vertió en un canasto impermeable y lo llevó al sitio donde dormía la yegua, contra la pared del lado opuesto a la entrada de la cueva.

Los primeros días pasados abajo, en la playa, Ayla había dormido con la yegua, pero decidió que ésta debería tener su propio lugar en la cueva. Aunque utilizaba estiércol seco para su fuego, no le resultaba muy agradable encontrar excrementos frescos en sus pieles de dormir, y, por lo visto, tampoco a la potranca le hacía gracia. Llegaría el día en que la yegua fuese demasiado grande para dormir con ella, y la cama no era lo bastante grande para ambas, aunque a menudo se tendía y la abrazaba en el rincón que le había preparado.

–Debería ser suficiente –indicó Ayla a la yegua. Se estaba acostumbrando a hablarle, y la yegua comenzaba a responder a ciertas señales–. Espero haber recolectado lo suficiente para ti. Ojalá supiera cuánto duran aquí los inviernos –se sentía algo irritada y un poco deprimida. De no haber sido de noche, habría salido de la cueva para dar un rápido paseo; o mejor aún, una carrera larga.

Cuando la yegua comenzó a mordisquear en su canasta, Ayla le llevó una brazada de heno fresco.

–Aquí tienes, Whinney, mastica esto. Se supone que no debes comerte el plato –Ayla tenía ganas de prestarle una atención especial a su pequeña compañera, rascándola y acariciándola. Cuando se detuvo, la potranca le puso el hocico en la mano y se volvió para presentarle el flanco–. De seguro que sientes comezón –le dijo Ayla, sonriendo, y se puso a rascar de nuevo–. Espera, tengo una idea –regresó al lugar donde estaban ordenados todos sus diversos materiales y encontró un haz de cardos secos. Cuando la flor de la planta se secaba, quedaba convertida en un cepillo espinoso y alargado en forma de huevo. Arrancó una del tallo y la empleó para rascar suavemente su flanco. Poco a poco acabó por cepillar y almohazar todo el pelaje enmarañado de la yegua, ante la evidente complacencia de ésta.

Entonces rodeó el cuello de Whinney con sus brazos y se tendió en el heno fresco, junto al joven y tibio animal.

Ayla despertó sobresaltada. Se quedó muy quieta, con los ojos muy abiertos, llena de sobrecogedores presagios. Algo andaba mal. Sintió una ráfaga fría y contuvo la respiración. ¿Qué era aquel rumor de olfateo? Estaba segura de haberlo oído dominando el ruido de la respiración y el latido del corazón de la yegua. ¿Procedería del fondo de la cueva? Todo estaba tan oscuro que no veía nada.

Tan oscuro... ¡eso era! No se percibía el resplandor rojizo del fuego mortecino en el hogar. Y su orientación en la cueva no era la correcta. La pared estaba en el lado indebido, y la ráfaga... ¡Otra vez! El olisqueo y la tos. «¿Qué estoy haciendo en la cama de Whinney? Me habré quedado dormida sin cubrir el fuego.

Ahora está apagado. Es la primera vez que me quedo sin fuego desde que llegué al valle».

Ayla se estremeció y, de repente, sintió que se le erizaba el vello de la nuca. No tenía palabras, gestos ni conceptos para definir el presentimiento que se apoderaba de ella, pero lo sentía. Los músculos de su espalda se tensaron; algo iba a suceder; algo que guardaba relación con el fuego. Lo sabía con tanta certeza como sabía que estaba respirando. Había experimentado sensaciones parecidas a veces, desde la noche en que siguió a Creb y los mog-ures hasta la pequeña cámara en el fondo de la caverna del clan anfitrión de la Reunión. Creb no la había descubierto porque la pudiera ver, sino porque la podía sentir. Y ella lo había acusado dentro de su cerebro de alguna manera extraña. Entonces había visto cosas que no podía explicarse. Después, a veces, supo cosas. Supo cuándo la estaba mirando Broud, aunque estuviera de espaldas a él. Supo el odio malévolo que abrigaba en su corazón contra ella. Y supo, antes del terremoto, que habría muerte y destrucción en la caverna del clan.

Pero nunca anteriormente había sentido algo con tanta fuerza. Una profunda sensación de angustia, de temor, no por el fuego –de eso sí se dio cuenta–, ni por sí misma. Por alguien a quien amaba.

Se puso en pie silenciosamente y se dirigió a tientas hacia el hogar, esperando encontrar alguna brasa que pudiera atizar. Estaba frío. De repente experimentó el deseo urgente de hacer una necesidad, halló la pared y la siguió hasta la entrada. Una helada racha de viento le apartó el cabello de la cara y removió los carbones del hogar apagado, levantando una nube de cenizas; la joven se estremeció.

Al salir, un fuerte viento la atacó. Inclinándose hacia adelante, se agarró a la muralla mientras llegaba al extremo del saliente rocoso por el lado opuesto al sendero, donde arrojaba su basura.

Ninguna estrella adornaba el cielo, pero la capa de nubes difuminaba la luz de la luna en un resplandor uniforme, de manera que la oscuridad exterior era más clara que la del interior de la cueva. Aunque fueron sus oídos, no sus ojos, los que la advirtieron: oyó resoplar y respirar antes de distinguir el movimiento deslizante. Tendió la mano hacia la honda, pero no la llevaba; había bajado la guardia mientras permanecía cerca de su cueva, porque contaba con el fuego para mantener alejados a los intrusos. Pero el fuego estaba apagado y una potrilla era presa fácil para la mayoría de los depredadores.

De pronto oyó una carcajada horrible procedente de la entrada de la cueva. Whinney relinchó y su *hin* encerraba un matiz de pánico. La potranca se encontraba en la cámara de piedras y su única salida estaba bloqueada por hierbas.

«¡Hienas!», pensó Ayla. Había algo en el loco cloqueo de su risa, en su pelaje zarrapastroso y moteado, en la manera en que se inclinaba su lomo desde las patas delanteras bien desarrolladas y el ancho torso hasta las patas traseras cortas, que les daba un aspecto agazapado, un aire hipócrita que contribuía a provocar su irritación. Y nunca lograría olvidar el grito de Oga al ver, impotente, cómo arrastraban a su hijo. Esta vez iban tras Whinney.

No tenía su honda, pero eso no la detuvo. No era la primera vez que actuaba sin pensar en su propia seguridad cuando alguien más se veía amenazado. Corrió hacia la cueva blandiendo el puño y gritando:

–¡Fuera de aquí! ¡Largo! –eran sonidos verbales, incluso en el lenguaje del Clan.

Los animales se escurrieron fuera. En parte se debió a la seguridad que ella demostraba, y en parte también a que el fuego, a pesar de estar apagado, todavía despedía olor. Pero había otro elemento. El olor de Ayla no era conocido de las bestias, pero se estaban familiarizando con él, y la última vez estuvo acompañado por piedras lanzadas con fuerza.

Ayla palpó dentro de la cueva en busca de la honda, furiosa consigo misma por no poder recordar dónde la había puesto.

«No volverá a suceder, decidió. La voy a poner en un sitio especial».

Entonces recogió las piedras que le servían para cocer... sabía dónde estaban. Cuando una hiena atrevida se aventuró lo suficiente para que su silueta se recortara contra la claridad de la entrada, pudo comprobar que con honda o sin ella, Ayla tenía buena puntería y que las piedras hacían daño. Después de varios intentos más, las hienas decidieron que, al fin y al cabo, la yegua no era una presa tan fácil.

Ayla buscó más piedras a tientas y encontró una de las varas que había estado empleando para marcar el transcurso de los días. Se pasó el resto de la noche junto a Whinney, dispuesta a defender a la potranca aunque fuera con un palo, si era necesario.

Pero mantenerse despierta resultó más difícil. Dormitó un rato justo antes del alba, pero el primer resplandor de la luz mañanera la encontró en el saliente, honda en mano. No había hienas a la vista. Entró para buscar sus abarcas y un manto de piel. La temperatura había bajado sensiblemente. El viento había cambiado durante la noche: soplando desde el noreste, se encauzaba por el desfiladero hasta que, al verse frenado por la muralla saliente y el recodo del río, soplaba dentro de la cueva en ráfagas desiguales.

Corrió cuesta abajo con la bolsa de agua y rompió una delgada película transparente que se había formado a la orilla del río; el aire olía claramente a nieve. Al romper la fina capa de hielo para sacar agua, se preguntó cómo podía hacer tanto frío si la víspera había hecho tanto calor. Se había confiado demasiado en su rutina. Bastó un cambio repentino de temperatura para recordarle que no podía permitirse ese lujo.

«Iza se habría enojado mucho conmigo si me hubiera ido a acostar dejando el fuego descubierto. Ahora tendré que encender uno nuevo. No creí que el viento fuera a soplar dentro de mi cueva: siempre llega del norte. Eso puede haber contribuido a apagar el fuego. Debería haberlo dejado cubierto, pero la madera flotante arde tan aprisa cuando está seca... no mantiene bien un fuego. Quizá debería cortar unos cuantos árboles verdes; tardan más en prender, pero arden más despacio. Podría también cortar palos para hacer una mampara contra el viento, y traer más leña. Cuando empiece a nevar será más difícil conseguirla. Voy por mi hacha de mano para cortar los árboles antes de encender el fuego. No quiero que el viento me lo apague antes de tener hecho un cortavientos».

Recogió unos cuantos trozos de madera de río al regresar a la cueva. Whinney estaba en el saliente y relinchó para saludarla, empujándola para que la hiciera caricias. Ayla sonrió, pero entró rápidamente en la cueva, seguida de cerca por la yegua, que intentaba meter el hocico bajo la mano de la joven.

«Está bien, Whinney», pensó Ayla, después de dejar en el suelo agua y leña. Acarició a la yegua y la rascó un momento, después metió algo de grano en su canasta. Comió un resto de conejo del día anterior y con gusto habría bebido un líquido caliente, pero tuvo que conformarse con agua. Hacía frío en la cueva. Se sopló la manos y poco después las metió debajo de las axilas para calentarlas; al poco rato cogió una canasta de herramientas que tenía al lado de la cama.

Había confeccionado algunas nuevas poco después de llegar, y tenía la intención de hacer otras más adelante, pero siempre surgía algo que parecía más importante. Cogió su hacha de mano y la sacó fuera para verla mejor a la luz. Cuando se manejaba debidamente, un hacha de mano podía afilarse sola; por lo general se desprendían diminutas lajas del filo con el uso, por lo que cada vez estaba más afilada. Pero si se la manejaba mal, se podía desprender una laja grande o incluso hacerse añicos la frágil piedra.

Ayla no se fijó en el ruido de los cascos de Whinney que se acercaba a ella por detrás: estaba demasiado acostumbrada a aquel sonido. La potrilla trató de meter el hocico en la mano de Ayla.

–¡Oh, Whinney! –exclamó, mientras la quebradiza hacha de pedernal caía sobre la dura roca del saliente y se partía en pedazos–. Era mi única hacha de mano. La necesito para cortar leña.

«No sé lo que me está pasando, pensó. Mi fuego se apaga justo cuando comienza el frío. Vienen hienas como si no esperasen que hubiera fuego, todas dispuestas a atacarte. Y ahora se me rompe la única hacha de mano que tenía». Empezaba a preocuparse, una racha de mala suerte no era sin duda un buen presagio. «Y ahora, antes que nada, tendré que hacer otra hacha de mano».

Recogió las piezas rotas –podrían ser aprovechadas para convertirlas en otra cosa– y las dejó junto al hogar apagado. De un hueco de detrás de su cama sacó un bulto envuelto en la piel de una enorme marmota y sujeto con una cuerda, y se lo llevó a la playa pedregosa.

Whinney la siguió, pero cuando se dio cuenta de que con sus empujones y frotamientos de nariz no conseguía que la joven la acariciara sino que, por el contrario, ésta la rechazaba, la dejó con sus piedras y se fue a pasear por el valle.

Ayla desató reverentemente el bulto, con sumo cuidado, en una actitud asimilada desde pequeña al observar a Droog, el maestro tallador de herramientas del clan. Dentro había toda clase de objetos; el primero que cogió fue una piedra ovalada. La primera vez que trabajó el pedernal se buscó una piedra-martillo que encajara bien en su mano y tuviese la resistencia debida para golpear pedernal. Todas las herramientas de piedra eran esenciales, pero ninguna tenía tanta importancia como la piedra-martillo. Era el primer instrumento que entraba en contacto con el pedernal.

La suya sólo tenía unas cuantas mellas, a diferencia de la piedra-martillo de Droog, casi destrozada por el uso constante. Aun así, no había forma de convencerle para que la desechara; cualquiera podía hacer una herramienta de pedernal, más o menos basta, pero las verdaderamente buenas eran fabricadas por expertos talladores de herramientas que cuidaban sus utensilios y sabían cómo tener contento al espíritu de una piedra-martillo. Ayla se preocupaba por el espíritu de su piedra-martillo por vez primera. Era mucho más importante ahora, cuando ella tenía que ser su propio maestro tallador de herramientas. Sabía que era necesario efectuar rituales para evitar la mala suerte si se rompía una piedra-martillo, para aplacar al espíritu de la piedra y convencerlo de que se alojara en una nueva, pero ella ignoraba cuáles eran.

Puso la piedra-martillo a un lado y examinó un fuerte trozo de hueso de la pata de un rumiante, en busca de señales de astillado desde la última vez que lo usó. Después del martillo de hueso, examinó un retocador: el canino de un enorme felino, que había arrancado de una quijada descubierta en el montón de desechos al pie de la muralla, y a continuación examinó las demás piezas de hueso y de piedra.

Había aprendido a tallar el pedernal a fuerza de observar a Droog, y también con la práctica; a él no le importaba enseñarle a trabajar la piedra. Ella prestaba atención y sabía que él aprobaba sus esfuerzos, pero no la consideraba su discípula: no valía la pena tomar en cuenta a una hembra porque el número de herramientas que estaban autorizadas a fabricar era limitado. No podían elaborar herramientas que se utilizaran para cazar ni para hacer armas. Ayla había descubierto que las herramientas que usaban las mujeres no eran tan diferentes: al fin y al cabo, un cuchillo era un cuchillo, y una lasca con muescas podía utilizarse para sacar punta a un palo de cavar o una lanza.

Miró sus utensilios, cogió un nódulo de pedernal y después lo dejó. Para tallar en serio el pedernal le hacía falta un yunque, algo para colocar la piedra encima mientras la trabajaba. Droog no necesitaba yunque para hacer un hacha, pero Ayla había descubierto que tenía un mejor control cuando podía apoyar el pesado pedernal, aunque podía improvisar herramientas más o menos perfectas hasta sin yunque. Quería una superficie firme y plana que no fuera demasiado dura, pues el pedernal podía hacerse añicos por efecto de fuertes golpes. Lo que Droog usaba era el hueso de la pata de un mamut y decidió buscar en el montón de huesos por si encontraba alguno.

Trepó por el montón de huesos, piedras y maderas. Había colmillos; tendría que haber también huesos de pata. Encontró una rama larga y la utilizó como palanca para mover trozos pesados, pero se quebró cuando intentaba levantar un tronco. Entonces encontró un colmillo pequeño de marfil, de algún mamut joven, que resultó mucho más fuerte. Finalmente, cerca de la orilla del montón que estaba más próxima a la muralla interior, descubrió lo que buscaba y se las arregló para sacarlo de entre la masa de desechos.

Mientras arrastraba el hueso de la pata hacia donde estaba trabajando, atrajo su mirada el brillo de una piedra de un gris amarillento que relucía bajo la luz del sol y lanzaba destellos por todas sus facetas. Le pareció conocida, pero sólo cuando se detuvo para recoger un trozo de pirita de hierro supo el porqué.

«Mi amuleto, pensó, tocando la bolsita de piel que llevaba colgada del cuello. Mi León Cavernario me dio una piedra como ésta para decirme que mi hijo viviría.» De repente se percató de que, desperdigadas por toda la playa, había piedras gris-amarillentas como aquélla brillando al sol; al reconocerlas, se percató de que estaban allí aunque anteriormente no se había fijado en ellas. También se dio cuenta de que las nubes se estaban disipando. «Era la única cuando encontré la mía. Aquí no tienen nada de especial, las hay por todas partes.»

Dejó caer la piedra y siguió arrastrando el hueso de la pata de mamut playa abajo; allí se sentó y la colocó entre sus piernas. Se cubrió el regazo con la piel de marmota y cogió de nuevo el pedernal. Le dio vueltas y vueltas, mientras reflexionaba acerca de cuál sería el punto más idóneo para asestar el primer golpe, pero no podía calmarse y concentrarse: algo la preocupaba. Pensó que su desazón la provocaban las piedras duras, desiguales y frías en que estaba sentada. Corrió hasta la cueva en busca de una estera y bajó también su perforador y su plataforma para hacer fuego, así como un poco de yesca.

«¡Qué contenta me voy a poner en cuanto prenda el fuego! Ha transcurrido ya media mañana y sigue haciendo frío».

Se instaló en la estera, con los instrumentos para hacer herramientas al alcance de la mano, tiró del hueso de pata hasta tenerlo en posición y colocó el cuero sobre sus rodillas. Entonces agarró la piedra de un gris gredoso y la puso sobre el yunque. Asió la piedra-martillo, la sopesó varias veces hasta sujetarla convenientemente y volvió a dejarla.

«¿Qué es lo que me pasa? ¿Por qué estoy tan inquieta? Droog siempre pedía ayuda a su tótem antes de empezar; tal vez sea eso lo que necesito.»

Aferró el amuleto con la mano, cerró los ojos y respiró profundamente varias veces para calmarse. No hizo ninguna petición específica... sólo intentó llegar al espíritu del León Cavernario con la mente y con el corazón. El espíritu que la protegía era parte de ella, estaba dentro de su ser, así se lo había explicado el viejo mago... y así lo creía ella.

Tratar de llegar al espíritu de la enorme bestia que la había escogido tuvo un efecto tranquilizante. Sintió cómo se relajaba y, al abrir los ojos, flexionó los dedos y cogió de nuevo la piedra-martillo.

Una vez que los primeros golpes quebraron la corteza gredosa, Ayla se detuvo para examinar con mirada crítica el pedernal. Tenía buen color, un brillo gris oscuro, aunque el grano no era de lo más fino. Pero no había rebabas; más o menos lo adecuado para un hacha de mano. Muchos de los gruesos trozos que caían, mientras comenzaba a darle forma al pedernal, podrían ser aprovechados. Tenían una protuberancia, un bulbo de percusión, en el extremo del punto donde había golpeado la piedra-martillo, pero estaban muy afilados. Muchos tenían ondulaciones semicirculares que dejaban en el núcleo una profunda cicatriz, pero estas hojas se podían destinar para usos tales como cortar, trocear carne con la piel y el cuero o como hoz para cortar hierba.

Cuando Ayla logró la forma general que deseaba, cogió el martillo de hueso. El hueso era más blando, más elástico, y no dañaría el filo delgado y agudo, aunque algo irregular, como lo haría la piedra. Apuntando cuidadosamente, asestó un golpe muy cerca del filo desigual. A cada golpe se desprendieron lascas más largas y delgadas, con un bulbo de percusión más aplastado y filos menos desiguales. En mucho menos tiempo del empleado en prepararse, la herramienta estaba terminada.

Tenía unos quince centímetros de largo y su silueta presentaba forma de pera, con un extremo agudo, pero plano; su corte transversal era duro y desde la punta arrancaban unos filos cortantes a lo largo de sus caras inclinadas. Su base redonda estaba formada para encajar en la mano. Podía usarse como hacha para cortar madera, como azuela o tal vez para confeccionar un tazón. Con ella se podría romper un trozo de marfil de mamut para reducir su tamaño, así como los huesos de cualquier animal al descuartizarlo. Era una herramienta fuerte para golpear y apropiada para infinidad de usos.

Ayla se sentía mejor, menos contrariada, dispuesta a practicar la técnica más avanzada y difícil. Cogió otro nódulo gredoso de pedernal y su piedra-martillo, y golpeó la cubierta exterior; la piedra tenía un defecto: la superficie gredosa se extendía por el interior gris oscuro hasta el centro del nódulo; esto la hacía inutilizable. La concentración de Ayla se dispersó totalmente. Volvió a irritarse; dejó su piedra-martillo sobre los guijarros de la playa.

«Otra vez la mala suerte, otro mal presagio». No quería creerlo, no quería renunciar. Miró de nuevo el pedernal, se preguntó si podría sacarle algunos trozos aprovechables y volvió a coger el martillo. Rompió un pedazo, pero había que retocarlo, de modo que dejó el martillo y tendió la mano hacia un retocador de piedra. Pero casi no se fijó en los demás útiles: tenía la mirada clavada en el pedernal cuando cogió una piedra de la playa... y se produjo un suceso que habría de cambiar su vida.

No todos los inventos surgen de la necesidad; a veces una afortunada casualidad desempeña un papel decisivo. Lo que importa es saber apreciar lo que se ha conseguido. Allí estaban todos los elementos, pero sólo la casualidad los había colocado de la manera adecuada. Y la suerte fue el ingrediente principal. Nadie, y menos la joven que estaba sentada en una playa pedregosa de un valle solitario, habría soñado con realizar a propósito semejante experimento.

Cuando la mano de Ayla se tendió hacia el retocador de piedra, tropezó, en cambio, con un trozo de pirita de hierro aproximadamente del mismo tamaño. Cuando golpeó el pedernal de la piedra imperfecta que había partido, la yesca seca de su cueva estaba a corta distancia; la chispa producida por las dos piedras voló hacia la bola de fibra peluda. Más importante aún: Ayla estaba mirando precisamente en aquella dirección cuando voló la chispa, aterrizó en la yesca, ardió un instante y produjo una plumita de humo antes de apagarse.

Ahí residió la afortunada casualidad. Ayla aportó el reconocimiento y los demás elementos necesarios: comprendía el proceso de hacer fuego, necesitaba fuego y no tenía miedo de intentar hacer algo nuevo. Incluso así, tardó un rato en reconocer y apreciar lo que acababa de observar. Lo primero que la intrigó fue el humo; tuvo que pensarlo antes de establecer la relación entre la plumita de humo y la chispa, pero entonces la chispa la intrigó más aún. ¿De dónde había salido? Entonces fue cuando se fijó en la piedra que tenía en la mano.

¡No era la piedra apropiada! No era su retocador, era una de esas piedras brillantes que había desperdigadas por toda la playa. Pero no dejaba de ser piedra, y la piedra no arde. Y, sin embargo, algo había producido una chispa que había sacado humo de la yesca. La yesca había echado humo, ¿o no?

Recogió la bola de fibra peluda, todavía convencida de que había imaginado el humo, pero el agujerito negro le dejó hollín en el dedo. Volvió a recoger la pirita de hierro y la miró detenidamente. ¿Cómo había salido la chispa de la piedra? ¿Qué había hecho ella, Ayla? El nódulo de pedernal: había golpeado el pedernal. Se sentía un tanto ridícula cuando volvió a golpear una piedra contra la otra; no sucedió nada.

«¿Qué me había creído?», pensó. Entonces volvió a golpearlas una contra otra con más fuerza, rápidamente, y vio volar una chispa. De repente se abrió paso una idea que había estado formándose con timidez en su mente; una idea extraña, excitante, y también algo alarmante.

Dejó cuidadosamente las dos piedras en el cuero que le cubría el regazo, sobre el hueso de pata de mamut, y juntó los materiales necesarios para encender un fuego. Cuando estuvo lista, recogió las piedras, las mantuvo cerca de la yesca y las golpeó una contra otra. Saltó una chispa que se apagó sobre las piedras frías. Cambió el ángulo, repitió la operación, pero con menos fuerza. Golpeó más fuerte y vio que una chispa caía en medio de la yesca: chamuscó unas cuantas hebras y se apagó, pero la plumita de humo era alentadora. La próxima vez que golpeó las piedras sopló una ráfaga de viento y la yesca se encendió un segundo antes de que se apagara la chispa.

«¡Pues naturalmente! Tengo que soplar». Cambió de postura para poder soplar sobre la llamita incipiente y produjo otra chispa con las piedras: fue una chispa fuerte, brillante, que duró bastante y cayó donde debía; Ayla estaba lo suficientemente cerca para sentir el calor mientras soplaba para convertir la yesca ardiente en llamarada; le echó trocitos de leña, virutas y astillas, y casi sin darse cuenta, encendió una hoguera.

Era ridículamente fácil. No podía creer lo fácil que era. Tuvo que volver a demostrárselo a sí misma. Recogió más yesca, más viruta y más astillas; en un santiamén ardió una segunda hoguera, seguida de una tercera y una cuarta. Sentía una excitación compuesta, en parte, de miedo, asombro y júbilo por el descubrimiento, y de una fuerte dosis de convencimiento de hallarse ante un prodigio, al tiempo que se apartaba y miraba cuatro fuegos separados, surgidos, cada uno de ellos, del pedernal.

Whinney trotó hacia ella, atraída por el olor a humo. El fuego, otrora tan temido, olía ahora a seguridad.

–¡Whinney! –llamó Ayla, corriendo hacia la yegua. Tenía que contárselo a alguien, compartir su descubrimiento, aun cuando sólo fuera con un caballo–. ¡Mira! –señaló–. Mira esos fuegos. Están hechos con piedras, Whinney. ¡Piedras! –el sol se abrió paso entre las nubes y de repente la playa entera pareció rutilar.

«Estaba equivocada cuando pensé que esas piedras no tenían nada de particular. Debería haberlo comprendido; mi tótem me dio una. Míralas. Ahora que lo sé, puedo ver el fuego que vive dentro de ellas». Se quedó pensativa unos segundos. «Pero, ¿por qué yo? ¿Por qué me ha sido revelado a mí? Mi León Cavernario me dio una para decirme que Durc viviría. ¿Qué me estará diciendo ahora?»

Recordó el extraño presentimiento que había tenido cuando el fuego se apagó y, de pie entre cuatro hogueras ardiendo, se estremeció, experimentándolo de nuevo. Y de repente sintió un alivio abrumador, a pesar de que ni siquiera se había percatado antes de lo preocupada que estaba.

8

–¡Hola! ¡Hola! –Jondalar agitaba los brazos mientras gritaba y corría hacia la orilla del río.

Experimentaba una sensación abrumadora de alivio. Casi había renunciado, pero el sonido de otra voz humana le inundó de una nueva oleada de esperanza. No se le ocurrió siquiera que tal vez fuesen hostiles, nada podía ser peor que el desamparo total en que se había sentido. Y no parecían hostiles.

El hombre que le había llamado sostenía un cabo de maroma, sujeto en un extremo al extraño y enorme pájaro acuático. Jondalar pudo ver que no era una criatura viviente sino una especie de barcaza. El hombre le lanzó la cuerda; Jondalar dejó que cayera y se metió en el agua para recuperarla. Un par de personas más, tirando de otra soga, salieron y vadearon entre el agua que se arremolinaba rodeando sus muslos. Uno de los hombres, sonriendo al ver la expresión de Jondalar –en la que se mezclaban la esperanza, el alivio y la perplejidad por no saber qué hacer con la cuerda que había agarrado–, le quitó la guindaleza de entre las manos; atrajo la lancha más cerca y después ató la soga a un árbol y fue a ver la otra, que estaba amarrada a una rama que sobresalía de un árbol muy grande, medio sumergido en el río.

Otro de los ocupantes de la embarcación saltó por la borda y se colgó de la rama para comprobar su estabilidad. Dijo algunas palabras en un idioma desconocido, y entonces colocaron una tabla, a modo de escalera, a través de la rama. Después subió de nuevo a bordo para ayudar a una mujer a que acompañara a una tercera persona por la pasarela y la rama hasta la orilla, aunque daba la impresión de que la ayuda era más tolerada que necesaria.

La persona en cuestión, objeto sin duda del mayor respeto, tenía un porte sereno, casi regio, pero había en ella algo equívoco, una ambigüedad que Jondalar no acertaba a definir. El viento levantaba mechones de largos cabellos blancos atados en la nuca, apartados de un rostro afeitado –o lampiño– arrugado por los años, pero con un cutis suave y luminoso. Había fuerza en la línea de la mandíbula, en el mentón prominente. ¿O sería carácter?

Jondalar se percató de que estaba de pie en el agua fría cuando le hicieron señas de que se aproximara, pero el enigma no se resolvió al mirar más de cerca; tuvo la sensación de que estaba pasando por alto algo que tenía importancia. Entonces se detuvo y contempló un rostro en el que había una sonrisa compasiva, interrogante; ojos penetrantes de un matiz indefinido entre gris y avellana. Lleno de asombro, Jondalar se fijó de pronto en las circunstancias que rodeaban a la persona misteriosa que esperaba pacientemente frente a él, y trató de encontrar algún indicio sobre el sexo al que pertenecía.

La estatura no servía: alto para ser mujer, bajo para ser hombre. La ropa amplia y sin forma disimulaba los detalles físicos; incluso el andar dejó perplejo a Jondalar. Cuanto más miraba sin hallar respuesta, mayor era el alivio que sentía. Sabía que había personas así: habían nacido en el cuerpo de un sexo, pero con las tendencias del otro. No eran una cosa ni otra, o eran ambas, y por lo general entraban a formar parte de Quienes Servían a la Madre. Con poderes derivados a la vez de elementos femeninos y masculinos y concentrados en ellos, tenían fama de ser extraordinariamente hábiles para curar.

Jondalar estaba lejos de su hogar y no conocía las costumbres de aquella gente, pero no puso en duda que la persona que estaba de pie frente a él poseía tales poderes. Tal vez fuera Uno que Servía a la Madre, tal vez no; no importaba. Thonolan necesitaba que le curaran y había llegado alguien que sabía cómo hacerlo.

Pero, ¿cómo se habían enterado de que hacía falta atender a un herido? ¿Cómo supieron llegar hasta allí?

Jondalar echó otro tronco al fuego y vio cómo un surtidor de chispas despedía humo en la noche. Se cubrió más la espalda desnuda con su saco de dormir y se apoyó en una peña para contemplar las chispas inmortales que tachonaban el firmamento. Una forma flotó en su campo visual, tapando parte del cielo estrellado. Tardó un instante en adaptar su visión para que pasara de las profundidades infinitas a la cabeza de una joven que le tendía una taza de té humeante.

Se sentó en el acto, dejando al descubierto un buen trozo de muslo desnudo antes de tirar de su saco de dormir y subírselo, al mismo tiempo que echaba una mirada de soslayo al pantalón y las abarcas que estaban colgados cerca del fuego, secándose. Ella sonrió, y aquella sonrisa transformó a la joven de aire algo solemne, tímida y de suaves facciones, en una beldad de ojos brillantes. Nunca había presenciado un cambio tan asombroso, y la sonrisa con que la respondió revelaba su admiración. Pero ella había escondido la cara para reprimir una carcajada traviesa, pues no quería avergonzar al forastero. Cuando volvió a mirarle, sólo quedaba un centelleo en su mirada.

–Tienes una preciosa sonrisa –dijo al coger la taza.

Ella meneó la cabeza y respondió con palabras que sin duda significaban que no comprendía lo que le había dicho.

–Ya sé que no puedes entender lo que digo, pero sigo deseando expresarte lo agradecido que estoy por tu presencia aquí.

Ella le observó detenidamente y el joven tuvo la impresión de que deseaba tanto como él poder establecer una comunicación. Siguió hablando, temeroso de que se alejara si dejaba de hacerlo.

–Es maravilloso poder hablarte, el mero hecho de saber que estás aquí –bebió a pequeños sorbos–. Sabe bien. ¿Qué es? –preguntó, sosteniendo la taza–. Me parece reconocer manzanilla.

La muchacha asintió y se sentó junto al fuego, respondiendo a las palabras de él con otras que comprendía tan poco como ella las suyas. Pero su voz era agradable y parecía darse cuenta de que él deseaba su compañía.

–Quisiera darte las gracias. No sé lo que habría hecho si no hubiérais llegado –frunció el ceño al recordar la preocupación y la tensión que a la sazón le embargaban y ella sonrió con simpatía–. Me gustaría que me explicases cómo supísteis que estábamos aquí y cómo vuestro zelandoni o quienquiera que sea, supo venir.

Ella le respondió señalando la tienda que habían levantado allí cerca y que brillaba merced a la luz que había dentro. Él meneó la cabeza, frustrado; parecía que ella casi le entendía, pero él no podía comprenderla.

–Supongo que no importa –dijo Jondalar–, pero ojalá vuestro sanador me dejara estar con Thonolan. Incluso sin palabras, resultó evidente que mi hermano no obtendría ayuda mientras yo estuviera presente. No dudo de la capacidad del curandero, pero hubiera querido quedarme con él. Eso es todo.

La miraba con una expresión tan seria que ella le puso la mano en el brazo para tranquilizarle; Jondalar trató de sonreír, pero lo hizo con tristeza. La solapa de la tienda atrajo su atención al abrirse y salir una mujer de edad.

–¡Jetamio! –gritó ésta y añadió otras palabras. La joven se puso de pie rápidamente, pero Jondalar le sujetó la mano para retenerla.

–¿Jetamio? –preguntó, señalándola. Ella asintió–. Jondalar –dijo entonces, dándose golpes en el pecho.

–Jondalar –repitió la joven lentamente. Luego volvió la mirada hacia la tienda, se golpeó a sí misma, después a él, y señaló hacia la tienda.

–Thonolan –aclaró Jondalar–. Mi hermano se llama Thonolan.

–Thonolan –repitió ella, apartándose para volver a toda prisa a la tienda. Cojeaba ligeramente, según observó el joven, aun cuando eso no parecía afectarla.

Su pantalón seguía húmedo, pero, de todos modos, se lo puso y echó a correr hacia el arbolado, sin tomarse la molestia de atarlo ni de calzarse las abarcas. Había estado aguantando su necesidad desde que despertó, pero su ropa de repuesto estaba en la mochila, que había quedado en la tienda grande cuando el curandero se puso a prestar sus cuidados a Thonolan. La sonrisa de Jetamio la noche anterior le hizo pensarlo dos veces antes de echar a correr hacia los árboles con sólo su corta camisa interior. Y tampoco quería arriesgarse a quebrantar ningún tabú o costumbre de aquellas personas que le estaban ayudando... menos aún con dos mujeres en el campamento.

Primero había intentado levantarse y caminar envuelto en su saco de dormir, pero había esperado tanto antes de que se le ocurriera ponerse el pantalón, mojado o no, que estaba a punto de olvidar su confusión y echar a correr. De todos modos, la risa de Jetamio le siguió.

–Tamio, no te rías de él. No está bien –dijo la mujer mayor, pero la severidad de su regañina fracasó, pues ella misma tuvo que reprimir la risa.

–Oh, Rosh, no quería burlarme de él, pero no he podido remediarlo. ¿Le has visto caminar con su saco de dormir? –empezó de nuevo a reír, aunque luchaba por dominarse–. ¿Por qué no se habrá levantado antes?

–Tal vez las costumbres de su gente sean distintas, Jetamio. Deben de haber hecho un largo viaje. Nunca he visto ropa como la que llevan, y su lenguaje es totalmente distinto. La mayoría de los viajeros tienen palabras que se parecen. Creo que yo no podría pronunciar algunas de las palabras que el hombre rubio dice.

–Puede que tengas razón. Debe de tener cierto reparo a mostrar su piel. Si le hubieras visto ruborizarse anoche, sólo porque le vi un poco de muslo. Sin embargo, en mi vida he conocido a nadie que se alegrara tanto al vernos.

–¿No iras a reprochárselo?

–¿Qué tal está el otro? –dijo la joven, que había recuperado la seriedad–. ¿Ha dicho algo el Shamud, Roshario?

–Creo que la hinchazón está bajando y también la calentura. Por lo menos duerme más tranquilo. El Shamud cree que fue embestido por un rinoceronte. No sé cómo ha podido sobrevivir. No habría vivido mucho más si el hombre alto no hubiera pensado en la señal para pedir ayuda. Aun así, ha sido una suerte que los encontráramos. Seguro que Mudo les ha sonreído. La Madre ha favorecido siempre a los hombres jóvenes y guapos.

–No lo suficiente para impedir... que Thonolan fuera atacado y resultase herido... ¿Crees que volverá a andar, Rosh? –Roshario sonrió tiernamente a la joven.

–Si tiene la mitad de la determinación que tú, caminará, Tamio.

–Creo –dijo la joven con las mejillas muy encendidas– que voy a ver si el Shamud necesita algo –y echó a correr hacia la tienda, esforzándose mucho por no cojear.

–¿Por qué no le traes su mochila al alto? –le gritó Roshario–. Así no tendrá que llevar el calzón mojado.

–No sé cuál es la suya.

–Llévale las dos, así habrá más espacio dentro. Y pregúntale al Shamud cuándo podremos mover... ¿cómo se llama?... Thonolan.

Jetamio asintió.

–Si vamos a quedarnos algún tiempo aquí, Dolando tendrá que preparar una cacería; no traíamos mucha comida. No creo que los Ramudoi puedan pescar, tal como está el río, aunque creo que estarían igualmente a gusto si no tuvieran que poner nunca el pie en tierra. A mí me gusta sentir la tierra sólida bajo mis pies.

–¡Oh, Rosh!, dirías todo lo contrario si te hubieras casado con un hombre de los Ramudoi y no con Dolando.

La mujer mayor la miró con ojos penetrantes. –¿Te ha estado haciendo proposiciones alguno de los remeros? Puedo no ser tu verdadera madre, Jetamio, pero todos saben que eres como una hija mía. Si un hombre no tiene siquiera la cortesía de preguntar, no es la clase de hombre que necesitas. No puedes confiar en esos hombres del río...

–No te preocupes, Rosh. No he decidido escapar con un hombre del río... todavía no –manifestó Jetamio con una sonrisa traviesa.

–Tamio, hay muchísimos buenos hombres de los Shamudoi que vendrán a vivir con nosotros... ¿De qué te ríes?

Jetamio se había tapado la boca con ambas manos, tratando de tragarse la risa que se obstinaba en salir entre ronquidos y carcajadas. Rosharío se volvió hacia donde miraba la joven, y, a su vez, se tapó la boca con una mano para no soltar también la carcajada.

–Será mejor que vaya por esas mochilas –consiguió decir finalmente Jetamio–. Nuestro amigo alto necesita ropa seca –y volvió a reír sin poder contenerse–. Parece un bebé con pantalones largos –y echó a correr para meterse en la tienda, pero Jondalar oyó su carcajada de nuevo una vez que estuvo dentro.

–¿Hilaridad, querida mía? –preguntó el curandero alzando una ceja, con mirada enigmática.

–Lo siento. No quería entrar aquí riéndome. Sólo que...

–Tal vez estoy en el otro mundo o tal vez seas una donii que ha venido para llevarme allí. Ninguna mujer en la Tierra puede ser tan bella. Pero no entiendo ni palabra de lo que estás diciendo.

Jetamio y el Shamud se volvieron simultáneamente hacia el hombre herido que acababa de hablar y miraba a Jetamio con débil sonrisa. La sonrisa de ella abandonó su rostro cuando se arrodilló junto a él.

–¡Le he molestado! ¿Cómo he podido ser tan irreflexiva?

–No dejes de sonreír, mi bella donii –dijo Thonolan, cogiéndole la mano.

–Sí, querida, le has perturbado. Pero que eso no te perturbe a ti. Supongo que estará mucho más «perturbado» cuando termines con él.

Jetamio meneó la cabeza y lanzó una mirada intrigada al Shamud.

–He venido para preguntar si necesitabas algo o si podía ayudar en algo.

–Acabas de hacerlo.

La joven pareció más perpleja aún. A veces dudaba de entender lo que decía el curandero.

Los ojos penetrantes reflejaron una mirada más amable, con un toque de ironía.

–He hecho todo lo que podía –dijo–. El tendrá que hacer lo demás. Por tanto, cualquier cosa que le dé más ganas de vivir ayudará en esta fase. Y tú lo has logrado justo con esa preciosa sonrisa... querida mía.

Jetamio se ruborizó y agachó la cabeza, y entonces se dio cuenta de que Thonolan seguía asiéndole la mano. Alzó la mirada y encontró sus ojos grises que reían. La sonrisa con que le correspondió fue radiante.

El curandero carraspeó, y Jetamio cortó el contacto, íntimamente halagada al darse cuenta de que había estado mirando tanto rato al forastero.

–Puedes hacer algo. Puesto que está despierto y lúcido, intentaremos que tome un poco de alimento. Si hay caldo, creo que lo bebería de tu mano.

–¡Oh, por supuesto! Voy a buscarlo –dijo la joven, saliendo de prisa para disimular su confusión.

Vio que Roshario intentaba hablar con Jondalar, que estaba de pie, incómodo, y trataba de mostrarse amable. Y regresó corriendo para completar el resto de su misión.

–Tengo que llevarme sus mochilas y Roshario quiere saber cuándo se podrá mover a Thonolan –dijo Jetamio.

–¿Cómo dices que se llama?

–Thonolan. Eso es lo que me ha dicho el mayor.

–Dile a Roshario que faltan uno o dos días. Todavía no está lo suficientemente bien para realizar una travesía con el río tan agitado.

–¿Cómo sabes mi nombre, bella donii, y cómo te puedo preguntar el tuyo? –dijo Thonolan. Jetamio se volvió para sonreírle antes de salir presurosa con las dos mochilas. El se tendió otra vez con una sonrisa de complacencia, pero dio un respingo al observar, por vez primera, al curandero de cabello canoso. El rostro enigmático tenía una sonrisa felina, sabia, entendida, incluso algo depredadora.

–¿No es espléndido el amor joven? –comentó el Shamud. El significado de las palabras se perdió para Thonolan, pero no la ironía; eso le hizo fijarse mejor.

La voz del curandero no era profunda ni aguda; Thonolan buscó algún indicio en sus ropas o en su comportamiento que le indicara si era una contralto femenina o un tenor masculino. No supo a qué atenerse, y aunque no hubiera sabido decir por qué, se tranquilizó, seguro de que se encontraba en las mejores manos.

El alivio de Jondalar fue tan evidente al ver que Jetamio salía de la tienda con las mochilas, que la joven sintió vergüenza por no habérselas traído antes. Comprendía su problema, pero era tan gracioso... Le dio las gracias enfáticamente con palabras desconocidas, pero que, de todos modos, trasmitían su agradecimiento, y a continuación echó a andar hacia los arbustos. Se sintió tan a gusto con ropa seca que hasta perdonó las carcajadas de Jetamio.

«Supongo que mi aspecto era ridículo, pensó, pero ese dichoso pantalón estaba mojado y frío. Bueno, esas carcajadas constituyen un bajo precio por su ayuda. No sé lo que habría hecho... me pregunto cómo lo supieron. Tal vez el curandero tenga otros poderes... eso lo explicaría. Ahora mismo, me conformo con los poderes curativos». Se interrumpió. «Por lo menos, creo que ese zelandoni tiene poderes curativos. No he visto a Thonolan. No sé si está mejor o no. Creo que es hora ya de que me entere. Al fin y al cabo, es mi hermano. No pueden mantenerme alejado si quiero verle».

Jondalar regresó al campamento, dejó su mochila junto al fuego, estiró deliberadamente su ropa mojada para que siguiera secándose y se dirigió a la tienda.

Casi tropezó con el curandero que salía justo cuando él se agachaba para entrar. El Shamud le miró de arriba abajo y antes de que Jondalar pudiera intentar decir nada, le sonrió acogedor, se apartó y le hizo una señal con un gesto exageradamente gracioso, en prueba de aquiescencia.

Jondalar echó una mirada al curandero para juzgarle: no había el menor indicio de que estuviera cediendo autoridad en los ojos penetrantes que le calibraban a él también, aunque cualquier otra señal reveladora de intención fuese tan oscura como el color ambiguo. La sonrisa, que a primera vista parecía aduladora, era más bien irónica si uno se fijaba bien. Jondalar tuvo la sensación de que aquel curandero, como muchos de su clase, podría ser un amigo poderoso o un formidable enemigo.

Asintió, como reservándose la opinión, sonrió brevemente con gratitud y entró. Le sorprendió ver que Jetamio había llegado antes que él. Estaba sosteniéndole la cabeza a Thonolan, acercando una taza de hueso a los labios de éste.

–Debí adivinarlo –dijo, y su sonrisa era de auténtico júbilo al ver que su hermano estaba despierto y, por lo visto, muy mejorado–. Lo has vuelto a hacer.

Los dos miraron a Jondalar.

–¿Qué he vuelto a hacer, Hermano Mayor?

–Abres los ojos, parpadeas tres veces y ya te las has arreglado para conseguir que la mujer más guapa de los alrededores te cuide.

La sonrisa de Thonolan era la visión más agradable que pudiera imaginar su hermano.

–Tienes razón en cuanto a lo de más guapa –Thonolan miró a Jetamio con entusiasmo–. Pero, ¿qué estás haciendo en el mundo de los espíritus? Y ahora que lo pienso, recuerda que es mi propia donii personal. Puedes quedarte con tus ojazos azules.

–No te preocupes por mí, Hermano Menor. Cada vez que me mira no puede aguantar la risa.

–Puede reírse de mí todo lo que quiera –dijo Thonolan, sonriendo a la joven. Ella le devolvió la sonrisa–. ¿Puedes imaginar, despertar de entre los muertos frente a esa sonrisa? –su inclinación empezaba a parecer adoración, al mirarla a los ojos.

Jondalar miró a su hermano y a Jetamio.

«¿Qué está pasando aquí? Thonolan acaba de despertar, no pueden haber intercambiado una sola palabra, pero juraría que está enamorado». Y volvió a mirar a la joven, esta vez más objetivamente.

Tenía el cabello de un color indefinido, un matiz de moreno claro, y era más delgada y menuda que las mujeres que atraían generalmente a Thonolan. Casi podía confundirse con una niña. Tenía el rostro en forma de corazón, con rasgos regulares, y era una joven bastante común; guapa, sí, pero desde luego nada excepcional... mientras no sonriera.

Entonces, mediante alguna alquimia misteriosa, alguna distribución inexplicable de luz y sombras, alguna modificación sutil de las proporciones, se volvía bella, absolutamente bella. La transformación era tan completa que también Jondalar la había considerado bella. Sólo tenía que sonreír una vez para crear esa impresión, y sin embargo, le parecía que no era mujer que sonriera frecuentemente. Recordó que le había parecido tímida y solemne al principio, aun cuando ahora parecía difícil de creer. Estaba radiante, de una vivacidad vibrante, y Thonolan la miraba con una sonrisa idiota, de enamorado.

«Bueno, Thonolan ya ha estado enamorado en otras ocasiones, pensó Jondalar. Sólo espero que no le resulte demasiado penoso cuando nos marchemos».

Uno de los cordones que mantenían cerrada la solapa de la parte superior de su tienda estaba desatado; Jondalar lo miraba sin verlo. Estaba bien despierto, dentro de su saco de dormir, preguntándose qué le habría sacado de la profundidad de su sueño tan rápidamente. No se movía, pero escuchaba, olía, tratando de reconocer algo insólito que pudiera haberle advertido de algún peligro inminente. Al cabo de unos instantes, se deslizó fuera de su saco y miró cuidadosamente por la abertura de su tienda, pero no pudo ver nada extraño.

Unas cuantas personas estaban reunidas alrededor de la hoguera del campamento. Se acercó, sintiéndose aún inquieto y nervioso. Algo le molestaba, pero no sabía qué. ¿Thonolan? No; entre la habilidad del Shamud y el cuidado atento de Jetamio, su hermano estaba mejorando. No, no era Thonolan quien le intranquilizaba, no exactamente.

–¡Hola! –dijo a Jetamio cuando ésta alzó la mirada y le sonrió.

Ya no le parecía tan chistoso. Su interés por Thonolan había comenzado a convertirse en amistad, aun cuando la comunicación se limitaba a los gestos básicos y las pocas palabras que él había aprendido.

Le tendió una taza de líquido caliente. El dio las gracias con las palabras aprendidas para expresar el concepto de agradecimiento, deseando hallar la manera de compensarles la ayuda que le habían dado. Tomó un sorbo, arrugó el entrecejo y tomó otro: era un té de hierbas, nada desagradable pero sorprendente. Por lo general, por la mañana bebían un caldo de carne. Su nariz le indicó que la caja de madera junto al fuego contenía raíces y grano fermentándose al calor, pero nada de carne. Bastó una rápida mirada para explicarse el cambio en el menú matutino: no había carne, nadie había ido a cazar.

Bebió de un trago, dejó la taza y echó a correr hacia su tienda. Mientras estuvo esperando, había terminado de hacer las fuertes lanzas del tronco de aliso, e incluso les había puesto puntas de pedernal. Recogió las dos fuertes astas que estaban apoyadas contra la parte posterior de la tienda, metió la mano para sacar su mochila, cogió varias de las lanzas más ligeras y regresó junto al fuego. No sabía muchas palabras, pero no era necesario hablar mucho para comunicar el deseo de ir de caza, y antes de que el sol avanzara mucho, un grupo entusiasmado se había reunido para acompañarle.

Jetamio estaba indecisa. Quería permanecer junto al forastero herido cuyos ojos sonrientes la hacían sentirse dichosa cada vez que él la miraba, pero también deseaba ir de caza. Nunca se perdía una cacería si no tenía otra cosa más importante que hacer, al menos desde que estuvo en condiciones de cazar. Roshario la animó a que fuera.

–El estará bien. El Shamud podrá ocuparse de él sin tu ayuda hasta que vuelvas; y también yo estoy aquí.

Los cazadores habían partido ya cuando Jetamio gritó que la esperaran y corrió atándose la capucha. Jondalar se había preguntado si la joven cazaría. Las jóvenes Zelandonii solían hacerlo. Para la mujer, era cuestión de gusto y de los hábitos de la Caverna. Una vez empezaban a tener hijos, solían permanecer más cerca de casa, excepto durante una batida; porque entonces, toda persona fuerte y sana era necesaria para azuzar a una manada y hacerla caer en las trampas o perseguirla por los riscos.

A Jondalar le agradaban las mujeres que cazaban; lo mismo ocurría con todos los hombres de su Caverna, aun cuando sabía que ese sentimiento no era general. Se decía que las mujeres que habían cazado solían calibrar las dificultades y resultaban mejores compañeras. Su madre había sido admirada sobre todo por sus hazañas en el rastreo, y a menudo se había unido a una partida de caza incluso después de tener hijos.

Esperaron a que Jetamio los alcanzara, y luego reanudaron la marcha a buen paso. Jondalar tuvo la impresión de que la temperatura estaba bajando, pero iban tan aprisa que no estuvo seguro hasta que se detuvieron junto a un arroyuelo serpenteante que se abría paso a través de la pradera, en busca del camino hacia la Madre. Al llenar su bolsa de agua vio que el hielo se espesaba junto a la orilla. Se echó hacia atrás la capucha, pues la piel que le rodeaba el rostro limitaba su campo de visión... pero no tardó en volver a encasquetársela; decididamente, el aire cortaba la cara.

Alguien vio huellas río arriba, y todos se reunieron alrededor mientras Jondalar las examinaba. Era evidente que una familia de rinocerontes se había detenido allí hacía poco para beber. Jondalar trazó el plan de ataque en la arena húmeda de la ribera con un palito, lo que le permitió observar que los cristales de hielo estaban endureciendo el suelo. Dolando hizo una pregunta con otro palito, y Jondalar afinó el dibujo. Llegaron a un entendimiento y todos se mostraron ansiosos por reanudar la marcha.

Se pusieron a trotar siguiendo las huellas. El paso rápido les hizo entrar en calor, y se quitaron las capuchas. El cabello largo y rubio de Jondalar crepitaba y se pegaba a la piel de su capucha. Tardaron más de lo que él pensaba en alcanzarlos, pero cuando divisaron más adelante a los rinocerontes lanudos, de un color entre moreno y rojizo, comprendió la causa: los animales corrían más que de costumbre... y se dirigían directamente al norte.

Jondalar miró al cielo con desasosiego; era como un cuenco invertido, de un azul profundo, suspendido sobre ellos, con sólo unas pocas nubes dispersas en lontananza. No parecía que se estuviera preparando una tormenta, pero él estaba dispuesto a dar media vuelta, cargar con Thonolan y echar a correr. Ninguno de los demás parecía tener ganas de regresar, ahora que habían avistado la manada. Se preguntó si en sus tradiciones entraría la previsión de las nevadas mediante el movimiento de los rinocerontes hacia el norte, pero dudaba que así fuera. Había sido idea suya salir de caza, y no le había costado mucho contagiarla ahora que quería regresar junto a Thonolan y llevarle a lugar seguro. Pero, ¿cómo explicar que se preparaba una tormenta de nieve cuando apenas había nubes en el cielo y no sabía hablar el idioma? Meneó la cabeza; tendrían que matar antes un rinoceronte.

Al acercarse, Jondalar se lanzó hacia delante, tratando de rebasar al último rezagado: un joven rinoceronte que todavía no era adulto y al que le costaba bastante seguir a los demás. El hombre alto se plantó delante de él poniéndose a gritar y agitar los brazos, tratando de atraer la atención del animal para que cambiara de rumbo o dejase de correr. Pero el animal, siguiendo hacia el norte con la misma determinación tenaz de los otros, ignoró al hombre. Al parecer, iba a costarles distraer a alguno de ellos, y empezó a preocuparse: la tormenta se acercaba más aprisa de lo que él había previsto.

Con el rabillo del ojo observó que Jetamio le había dado alcance, y eso le sorprendió. Ahora cojeaba más, pero se movía velozmente. Jondalar aprobó inconscientemente con una inclinación de cabeza. Los de la partida de caza avanzaban, tratando de rodear a un animal y de provocar la desbandada de los demás. Pero los rinocerontes no eran animales gregarios, sociables ni fáciles de conducir o espantar. Los rinocerontes lanudos eran criaturas independientes, pendencieras, que pocas veces se juntaban en grupos mayores que una familia, y peligrosamente caprichosas. Los cazadores inteligentes se mostraban muy cautelosos con respecto a ellos.

Por acuerdo tácito, los cazadores se concentraron en el joven rezagado, pero los gritos del grupo que se acercaba rápidamente no sirvieron para espolearle ni detener su carrera. Finalmente Jetamio consiguió atraer su atención quitándose la capucha y agitándola en su dirección. El animal se quedó frenado, volvió la cabeza hacia el movimiento y pareció decididamente indeciso.

Eso dio a los cazadores la oportunidad de alcanzarle. Se desplegaron alrededor de la bestia: los que tenían las lanzas más pesadas, más cerca, los de lanzas ligeras, detrás formando un círculo, dispuestos a correr en defensa de los que iban más pesadamente armados en caso de necesidad. El rinoceronte se detuvo; no parecía darse cuenta de que el resto de su grupo se alejaba rápidamente. De pronto empezó a correr de nuevo, pero algo más despacio, girando hacia la capucha que ondeaba al viento. Jondalar se acercó más a Jetamio y observó que Dolando hacía lo mismo.

Entonces un joven, al que Jondalar reconoció como uno de los que se quedaron en la barca, agitó su capucha y corrió delante de todos frente al animal. El sorprendido rinoceronte abandonó su carrera loca en dirección a la joven y echó a correr hacia el hombre. El blanco en movimiento, más grande, era más fácil de seguir, incluso con una visión limitada; la presencia de tantos cazadores engañó a su agudo olfato. Justo cuando se estaba acercando, otra silueta que corría se interpuso entre él y el joven. El rinoceronte lanudo interrumpió nuevamente su carrera, tratando de decidir cuál de los dos blancos en movimiento habría de perseguir.

Cambió de dirección y se lanzó a la carga tras el segundo, que estaba tan tentadoramente cerca. Pero entonces otro cazador se interpuso, agitando una amplia capa de piel, y cuando el animal se acercó, otro más pasó muy cerca, tan cerca que dio un tirón a la pelambre rojiza de la cara. El rinoceronte empezaba a sentirse algo más que confuso: estaba enojándose, y su enojo era asesino. Roncó, piafó y al ver otra de las siluetas desconcertantes que corrían, se abalanzó hacia ella a toda velocidad.

El joven de la gente del río tenía serias dificultades para mantener la delantera, y cuando cambió el rumbo, el rinoceronte hizo lo propio. Sin embargo, el animal estaba cansándose. Había estado persiguiendo uno tras otro a los fastidiosos corredores, de acá para allá, sin poder alcanzar a ninguno. Cuando otro cazador más, agitando su capucha, se lanzó frente a la bestia lanuda, ésta se detuvo, agachó la cabeza hasta que su gran cuerno frontal tocó la tierra, y se concentró en la figura que, cojeando un poco, se movía justo fuera de su alcance.

Jondalar echó a correr hacia ellos, lanza en ristre. Era preciso matar antes de que el rinoceronte recobrara el aliento. Dolando, acercándose desde otro punto, tenía la misma intención, y otros más estaban acercándose. Jetamio agitó su capucha, acercándose con prudencia, tratando de mantener el interés del animal. Jondalar esperaba que estuviera tan agotado como parecía. La atención de todos estaba fija en Jetamio y el rinoceronte. Jondalar nunca supo el motivo que le hizo desviar la mirada hacia el norte... tal vez un movimiento periférico.

–¡Cuidado! –gritó, lanzándose a la carrera–. ¡Al norte, un rinoceronte!

Pero su acción fue considerada como inexplicable por lo demás: no entendían sus gritos. Tampoco vieron a la hembra encolerizada que arremetía contra ellos a la carga.

–¡Jetamio! ¡Jetamio! ¡Norte! –volvió a chillar, agitando el brazo y apuntando con la lanza.

Ella miró hacia el norte, hacia donde él señalaba, y gritó una advertencia al joven contra el que cargaba la hembra. Los demás corrieron entonces en su auxilio, olvidándose por un instante del pequeño. Quizá estuviera ya descansado o tal vez el olor de la hembra que corría hacia ellos le hubiese revivido, pero de repente el joven macho acometió a la persona que agitaba una capucha tan provocativamente próxima.

Jetamio tuvo suerte al encontrarse tan cerca: el animal no tuvo tiempo para tomar impulso y su ronquido, al iniciar la carrera, hizo que la joven, así como Jondalar, lo mirasen. Ella retrocedió, esquivando el cuerno del rinoceronte, y corrió detrás de él.

El rinoceronte perdió velocidad, buscando el blanco que se había esfumado, y no enfocó al hombre alto que cubría la distancia a largos trancos. Y entonces fue ya demasiado tarde. Su ojillo perdió la capacidad de enfocar; Jondalar hundió la pesada lanza en la abertura vulnerable y la atravesó hasta la sesera. Segundos después, toda su visión desapareció cuando la joven metió su lanza en el otro ojo. El animal pareció sorprendido, trastabilló, cayó de rodillas y cuando la vida dejó de sostenerlo, se desplomó.

Se produjo un alboroto. Los dos cazadores alzaron la vista y echaron a correr en direcciones opuestas: la hembra adulta de rinoceronte arremetía contra ellos, pero frenó junto al pequeño, dio unos pasos más antes de pararse del todo: con el cuerno empujó al rinoceronte tendido en el suelo con una lanza en cada ojo, incitándolo a que se levantara. Entonces volvió la cabeza de un lado a otro, cambiando el peso de una pata a otra como si tratara de hacerse a la idea.

Algunos cazadores intentaron atraer su atención, agitaron frente a ella capuchas y capas, pero no los vio o prefirió ignorarlos. Volvió a tocar al joven rinoceronte y, acto seguido, en respuesta a algún instinto más arraigado, reanudó su marcha hacia el norte.

–Te lo aseguro, Thonolan, estuvo en un tris. Pero esa hembra estaba decidida a dirigirse al norte... no quería quedarse por nada del mundo.

–¿Crees que se avecina la nieve? –preguntó Thonolan, echando una mirada a su cataplasma y después a su atribulado hermano. Jondalar asintió con un movimiento de la cabeza.

–Pero no sé cómo decirle a Dolando que lo mejor que podemos hacer es marcharnos antes de que nos sorprenda la nevada, cuando apenas hay una nube en el cielo... aunque supiera expresarme en su lengua.

–Llevo días oliendo nieve en el camino. Debe de estar preparándose una gorda.

Jondalar estaba seguro de que la temperatura seguía bajando, y lo confirmó a la mañana siguiente cuando tuvo que quebrar una fina película de hielo en una taza de té que se había quedado al lado del fuego. Trató nuevamente de comunicar su preocupación, al parecer sin éxito, y se dedicó a observar el cielo con inquietud, en espera de señales más claras de un cambio de temperatura. Se hubiera sentido aliviado al ver nubes redondas arremolinándose sobre las montañas y llenando el tazón azul del cielo, a pesar de la amenaza inminente que representarían.

A la primera señal de que levantaban el campo, desarmó su tienda y preparó su mochila y la de Thonolan. Dolando sonrió aprobando su diligencia, y señaló hacia el río, pero la sonrisa del hombre era nerviosa y su mirada encerraba una honda preocupación. La aprensión de Jondalar aumentó al ver el río convertido en torbellinos y la lancha de madera, vapuleada, subiendo y bajando, tirando de las cuerdas.

La expresión de los hombres que recogieron sus bultos y los amontonaron cerca de los restos cortados y helados del rinoceronte era más impasible, pero tampoco en eso encontró Jondalar nada que le infundiera ánimos. Además, a pesar de las ganas que tenía de alejarse, no se sentía nada tranquilo en cuanto al medio de transporte. Se preguntaba cómo pensarían llevar a Thonolan a la barca, y regresó para ver si podía ser útil.

De momento, Jondalar observó cómo levantaban el campamento con rapidez y habilidad, sabedor de que en algunas ocasiones la mejor ayuda consiste en no estorbar. Había empezado a fijarse en ciertos detalles de la indumentaria que diferenciaban a los que habían establecido sus tiendas en tierra firme, los que se autodenominaban Shamudoi, de los Ramudoi, los hombres que permanecían en la barca. Sin embargo, no parecían pertenecer a tribus muy diferentes.

Había gran facilidad de comunicación y abundaban las bromas, sin ninguna de las complicadas muestras de cortesía que suelen indicar tensiones subterráneas cuando se encuentran dos pueblos distintos. Parecían hablar el mismo idioma, compartían todas sus comidas y trabajaban bien en común. Observó, sin embargo, que en tierra, parecía ser Dolando quien estaba al mando, mientras que los hombres de la barca miraban a otro hombre en busca de órdenes.

El curandero salió de la tienda, seguido por dos hombres que transportaban a Thonolan en unas ingeniosas angarillas. Dos postes, cortados en el grupo de alisos que había en la loma, estaban sujetos por numerosas cuerdas procedentes de la lancha, que los rodeaban y que, juntas, formaban una especie de camilla a la que el hombre herido estaba sólidamente atado. Jondalar corrió hacia ellos y vio que Roshario había comenzado a desmontar la tienda alta y redonda. Las miradas inquietas que lanzaba la mujer hacia el cielo y el río convencieron a Jondalar de que ella no veía con gran ilusión el viaje que les esperaba.

–Esas nubes parecen estar llenas de nieve –dijo Thonolan al ver que su hermano aparecía y echaba a andar junto a la camilla–. No se puede ver el pico de los montes; ya debe de estar nevando por el norte. Te diré una cosa: en una postura como ésta adquieres una visión distinta del mundo.

Jondalar miró las nubes que se arremolinaban encima de los montes, ocultando los picos helados, retumbando unas contra otras mientras se empujaban en su premura por cubrir el espacio azul claro que había sobre ellas. El ceño de Jondalar parecía casi tan amenazador como el cielo a causa de la preocupación que sentía, pero se esforzaba por disimular sus temores.

–¿Es el pretexto que tienes para seguir acostado? –dijo, intentando sonreír.

Cuando llegaron al tronco que sobresalía sobre el río, Jondalar retrocedió y observó a los dos hombres del río que se equilibraban, junto con su carga, a lo largo del árbol caído y vacilante, y manejaban las angarillas por la pasarela más precaria aún; comprendió entonces por qué Thonolan había sido atado sólidamente a la camilla. Les siguió, tratando de conservar el equilibrio y miró a los hombres con mayor respeto aún.

Unos cuantos copos blancos comenzaban a filtrarse de un cielo gris y encapotado, cuando Roshario y el Shamud entregaron apretados envoltorios de postes y cueros –la tienda grande– a un par de Ramudoi, para que los llevaran a bordo, y subieron después al tronco. El río, reflejando el humor del cielo, se revolvía y arremolinaba violentamente... y la humedad que aumentaba en las alturas se dejaba sentir río abajo.

El tronco oscilaba en dirección distinta a la de la barca, por lo que Jondalar se inclinó sobre la borda y tendió la mano a la mujer. Roshario le dedicó una mirada de agradecimiento; mientras la cogía casi la levantó en vilo. El Shamud no mostró reparo en aceptar también su ayuda, y la mirada de agradecimiento del Shamud fue tan sincera como la de Roshario.

Quedaba un hombre en la orilla. Soltó una de las amarras y corrió por el tronco, desde donde saltó a bordo. La pasarela fue retirada con rapidez. La pesada embarcación, que trataba de alejarse y ganar la corriente, estaba sujeta tan sólo por una amarra y largos palos en manos de los remeros. La amarra se soltó con una sacudida violenta y la embarcación dio un brinco al quedar en libertad. Jondalar se sujetaba con fuerza a la borda mientras la barca oscilaba y brincaba entre la corriente principal de la Hermana.

La tormenta de nieve arreciaba y los copos se arremolinaban impidiendo toda visibilidad. Objetos y desechos flotantes pasaban junto a ellos a distintas velocidades; troncos empapados de agua, arbustos y maleza, carroñas hinchadas y, de cuando en cuando, un pequeño témpano... Jondalar temía que en cualquier momento se produjera una colisión. Veía alejarse la orilla y seguía con la mirada fija en el grupo de alisos: algo, sujeto a uno de los árboles, era sacudido por el viento; una ráfaga lo arrancó y se lo llevó hacia el río. Al verlo caer, Jondalar comprendió de repente que el cuero tieso y manchado de sangre era su túnica de verano. ¿Habría estado ondeando todo el tiempo en el árbol? Flotó un instante antes de quedar completamente empapada y hundirse.

Habían desatado a Thonolan de las angarillas y le habían sentado de espaldas a la borda; estaba pálido, asustado y parecía sufrir, pero sonrió valerosamente a Jetamio, que estaba junto a él. Jondalar se instaló al lado de ambos, arrugando el entrecejo al recordar su temor, su pánico. Entonces recordó también su alegría incrédula al ver que se acercaba la embarcación y volvió a preguntarse cómo habrían sabido que estaban allí. Una idea asaltó entonces su mente: ¿podría haber sido la túnica manchada de sangre y agitada por el viento lo que les indicó dónde buscar? Pero, para empezar, ¿cómo supieron que tenían que buscarles? ¿Y el Shamud?

La embarcación brincaba sobre las aguas agitadas; al observar detenidamente cómo estaba construida, Jondalar quedó intrigado por su robustez. Parecía que el fondo estaba hecho de una sola pieza: un tronco de árbol entero ahuecado, más ancho en la sección central. La barcaza había sido ensanchada por medio de tablas dispuestas en hileras, solapadas y sujetas unas a otras, más altas en los costados y unidas en la proa. Tenía refuerzos espaciados en los costados y unas tablas situadas entre ellos servían de bancas a los remeros. Los tres iban de frente en la misma banca.

La mirada de Jondalar seguía examinando la estructura de la embarcación y se fijó en un tronco que había sido apuntado contra la proa; luego siguió su inspección y le palpitó más fuerte el corazón: descubrió que, cerca de la proa, atrapada en las ramas del tronco, en el fondo de la barca, se veía una túnica de cuero, de verano, manchada de sangre.

9

–Whinney, no seas tan voraz –la reconvino Ayla, viendo cómo la yegua del color del heno lamía las últimas gotas de agua del fondo de un tazón de madera–. Si te lo bebes todo, tendré que derretir más hielo –la potrilla resopló, meneó la cabeza y volvió a meter el hocico en el tazón. Ayla rió–. Si es tanta tu sed, saldré por más hielo. ¿Me acompañas?

El pensamiento constante de Ayla dedicado a la yegua se había convertido en hábito. A veces sólo se trataba de imágenes mentales y a menudo del expresivo lenguaje de gestos, posturas o expresiones faciales con que más familiarizada estaba, pero como el animalito tendía a responder mejor al sonido de su voz, Ayla se sentía incitada a vocalizar más. A diferencia del Clan, a ella, desde siempre, le había resultado fácil articular una gran diversidad de sonidos e inflexiones tonales; sólo su hijo había sido capaz de igualar esa facilidad. Se había convertido en un juego para ambos imitar mutuamente las sílabas sin sentido, pero algunas de ellas habían comenzado a adquirir significado. En sus conversaciones con la yegua, la tendencia se extendió a vocalizaciones más complejas. Ayla imitaba el sonido de los animales, inventaba palabras nuevas combinando sonidos que conocía, incluso incorporaba algunas de las sílabas sin sentido que habían sido un juego entre su hijo y ella. Sin nadie que le lanzara miradas de reproche cuando hacía sonidos innecesarios, su vocabulario oral se amplió, pero era un lenguaje que sólo ella entendía... y en cierto sentido, también su yegua.

Ayla se puso unas polainas de piel, se cubrió con un manto de piel de caballo peludo y se colocó una capucha de piel de glotón antes de atarse las manoplas. Pasó un dedo por la raja de la palma para fijar la honda en la correa que le servía de cinturón y sujetar su canasto. Entonces cogió un picahielo –el hueso largo de una pata delantera de caballo, partido para sacarle la médula y afilado después a fuerza de golpearlo y pulirlo con una piedra– y salió.

–Anda, vamos, Whinney –dijo, apartando la pesada piel de bisonte que había sido su tienda, ahora sujeta a postes hundidos en el piso de tierra de la cueva como rompevientos en la entrada. La yegua trotó tras ella al bajar el sendero abrupto.

El viento que venía del recodo la recibió violentamente mientras andaba por el río congelado. Encontró un sitio que parecía fácil de romper en la corriente paralizada por los hielos, y se puso a partir aristas y bloques.

–Es mucho más fácil recoger nieve que romper hielo para conseguir agua, Whinney –dijo, metiendo el hielo en su canasto. Se detuvo para recoger algo de leña del montón que había al pie de la muralla, pensando lo agradecida que se sentía por la abundancia de leña, tanto para derretir hielo como para calentarse–. Los inviernos son secos aquí, y también más fríos. Echo de menos la nieve, Whinney. La poca que cae por aquí no parece nieve, tan sólo es fría.

Amontonó la leña junto al hogar y echó el hielo en un tazón que colocó junto al fuego para que el calor comenzara a derretirlo, antes de meterlo en su olla de cuero que necesitaba algo de líquido para que no se quemase cuando la colocara sobre el fuego. Entonces echó una mirada a su cómoda cueva, donde había varios proyectos en distintas etapas de ejecución, tratando de elegir en cuál trabajaría ese día. No obstante, estaba inquieta. Nada la atraía, hasta que observó varias lanzas nuevas que había terminado poco antes.

«Tal vez debería salir de caza, pensó. No he ido a la estepa desde hace tiempo. Pero no puedo llevármelas». Arrugó el entrecejo. «No me servirían de nada; no podría acercarme lo suficiente para utilizarlas. Me llevaré solamente la honda y daré un paseo».

Llenó uno de los pliegues de su manto con piedras redondas que había llevado a la cueva y que formaban un montón por si a las hienas se les ocurría regresar. Echó más leña al fuego y salió al aire libre.

Whinney trató de seguirla cuando Ayla empezó a trepar por la abrupta pendiente que conducía a la estepa situada a mayor altitud, y se puso a relinchar con inquietud.

–No te preocupes, Whinney. No voy a tardar. No te pasará nada.

Cuando llegó arriba, el viento le arrebató la capucha y trató de llevársela. Ayla la sujetó, la ató más fuerte, se alejó de la orilla y se detuvo para echar una mirada. El paisaje seco y chamuscado del verano había sido una explosión de vida, comparado con la vacuidad helada y marchita de la estepa invernal. El aullido del viento entonaba un canto fúnebre, un alular agudo y penetrante, que se hinchaba hasta convertirse en un grito gemebundo y luego disminuía en un gruñido hueco y profundo. Azotaba la tierra parda dejándola desnuda, formando remolinos con la nieve granulosa que sacaba de las depresiones blancas y, envolviéndola en el lamento del viento, lanzaba los copos helados nuevamente por los aires.

La nieve así transportada parecía arena áspera que le quemaba el rostro, se lo dejaba en carne viva con su frío total. Ayla se encasquetó más la capucha, agachó la cabeza y caminó entre el rudo viento del noreste sobre una hierba seca, quebradiza, aplastada contra la tierra. La nariz le hormigueaba, y le dolía la garganta al quedársele seca a causa del aire gélido. Una ráfaga inesperada la pilló por sorpresa; se quedó sin resuello, abrió la boca para respirar, tosiendo y jadeando, y escupió flema, viendo cómo se congelaba antes de llegar a la tierra dura como la roca, y cómo rebotaba.

«¿Qué estoy haciendo aquí arriba?, se dijo. No sabía que pudiera hacer tanto frío. Me voy a casa».

Se dio la vuelta y quedó inmóvil, olvidándose por un instante del frío intenso. Al otro lado del barranco, una pequeña manada de mamuts lanudos caminaba despacio; enormes jorobas en movimiento, con una piel de un marrón rojizo oscuro, con largos colmillos curvos. Aquella tierra ruda y aparentemente estéril era su hogar; la áspera hierba que el frío había vuelto quebradiza era el alimento que les daba vida. Pero al adaptarse a semejante entorno, habían renunciado a la capacidad de vivir en cualquier otro. Los días de aquellos animales estaban contados; sólo durarían lo que durase el glaciar.

Ayla los observó fascinada, hasta que las formas indistintas desaparecieron entre remolinos de nieve, y después echó a correr; sólo se sintió tranquila cuando pasó por encima del borde, lejos del viento. Recordaba haber experimentado una sensación semejante cuando descubrió su refugio. «¿Qué habría sido de mí si no hubiera hallado este valle?» Abrazó a la potranca que estaba esperándola delante de la cueva y fue hasta el borde del saliente para mirar el valle. La nieve era un poco más espesa allí, especialmente donde había sido arremolinada en montones, pero igual de seca, igual de fría.

De todos modos, el valle brindaba protección contra el viento, y una cueva también. Sin ésta y sin fuego, no habría podido sobrevivir, ella no era una criatura lanuda. Mientras estaba de pie en el borde del risco, el viento llevó a sus oídos el aullido de un lobo y el gañido de un perro salvaje. Abajo, una zorra ártica recorría el hielo del río congelado; su pelaje blanco casi la hizo pasar desapercibida cuando se detuvo de pronto y se puso rígida. Ayla vio que había movimiento, en el valle, y reconoció la forma de un león cavernario; su pelaje leonado, descolorido hasta resultar casi blanco, era grueso y abundante. Los depredadores de cuatro patas se adaptaban al entorno de su presa. Ayla y sus semejantes adaptaban el entorno a su conveniencia.

Ayla se sobresaltó al oír una carcajada estridente cerca y alzó la vista: una hiena estaba en un plano más elevado que el suyo, en el borde del desfiladero. Se estremeció y fue a echar mano de la honda, pero el animal se apartó y, con su característica forma de andar deslizante, siguió por la orilla y se dirigió finalmente hacia las planicies abiertas. Whinney se acercó a la joven, frotó suavemente el hocico contra ella y la empujó un poco; Ayla apretó contra su cuerpo el manto pardo de piel de caballo, rodeó el cuello de Whinney con el brazo y regresó a la cueva.

Ayla estaba tendida en su lecho de pieles, mirando una formación de rocas familiar justo encima de su cabeza, preguntándose por qué se habría despertado tan de repente. Volvió el rostro para ver lo que hacía Whinney; también los ojos de ésta estaban abiertos pero no mostraba temor. Sin embargo, Ayla estaba segura de que algo había cambiado.

Se arrebujó de nuevo entre sus pieles, sin el menor deseo de abandonar su calor, y miró hacia el hogar que había formado, a la luz del orificio que había encima de la entrada de la cueva. Tenía labores empezadas por todas partes, pero había un rimero de utensilios y herramientas terminados a lo largo del muro, del otro lado del tendedero. Como tenía hambre, su mirada se dirigió al tendedero; había vertido la grasa de la yegua, una vez derretida, en los intestinos limpios, retorciéndolos a intervalos, y las tripas colgadas junto a diversas hierbas secas y aromáticas que pendían de sus raíces.

Eso le hizo pensar en el desayuno. Carne seca convertida en caldo, un poco de grasa para mejorarlo, condimentos, tal vez algo de grano y grosellas secas. Como estaba demasiado despabilada para seguir acostada, apartó sus mantas. Se puso rápidamente el manto y las abarcas, quitó de la cama la piel de lince, todavía caliente por el contacto con su cuerpo, y corrió afuera para orinar desde lo alto del extremo del saliente. Apartó el rompevientos de la entrada y se quedó sin resuello.

Los contornos angulares y afilados del saliente de roca habían sido suavizados durante la noche por una espesa sábana de nieve que relucía con un brillo uniforme reflejando un cielo azul y transparente del que colgaban montones de pelusa. Tardó unos instantes en reconocer otro cambio aún más asombroso: el aire estaba quieto, no había viento.

El valle, cobijado en la región en que la estepa continental más húmeda dejaba el paso a la estepa del loess seco, participaba de ambos climas, y el sur era el que dominaba por el momento. La pesada nieve recordaba las condiciones invernales que imperaban generalmente alrededor de la Caverna del Clan, y para Ayla era algo así como volver al hogar.

–¡Whinney! –gritó–. ¡Ven aquí! ¡Ha nevado! ¡De veras que ha nevado!

De repente recordó la razón que la había impulsado a salir de la cueva y dejó huellas vírgenes en la explanada de un blanco impoluto al correr hacia el extremo más alejado. Al volver, vio cómo la yegua daba un paso cauteloso tras otro en la materia incorpórea, agachaba la cabeza para oler y resoplaba después sobre la extraña superficie fría. Miró a Ayla y relinchó.

–Anda, Whinney, ven. No te hará ningún daño.

La yegua nunca había conocido la nieve profunda en una abundancia tan grande y tranquila; estaba acostumbrada a verla impulsada por el viento o amontonada. Los cascos se le hundieron al dar otro pasito y volvió a relinchar mirando a la joven, como si quisiera que la tranquilizase. Ayla condujo fuera a la potrilla para que se sintiera más cómoda; entonces rió al ver sus juegos cuando la curiosidad natural del animal y su carácter travieso se apoderaron de ella. No tardó Ayla en comprobar que no estaba vestida para pasar mucho rato fuera de la cueva, hacía frío.

–Voy a hacerme una infusión caliente y algo de comer. Pero tengo poca agua, tendré que buscar hielo... –y rió–. No necesito partir hielo del río. ¡Me bastará con llenar de nieve un tazón! ¿Qué te parecería comer unas gachas calientes esta mañana, Whinney?

Una vez que terminaron de comer, Ayla se abrigó bien y volvió a salir. Sin viento, la temperatura era casi benigna, pero lo que más la encantó fue lo familiar que le resultaba la nieve común y corriente en el suelo. Llenó tazones y canastos, los llevó a la cueva y los dejó cerca del hogar para que se derritiera su contenido. Era muchísimo más fácil que picar el hielo del río, de manera que decidió aprovechar la ocasión para lavar. Estaba acostumbrada a lavarse con nieve derretida en invierno, con regularidad, pero le había costado bastante picar hielo en cantidad suficiente para beber y cocinar. Lavar era un lujo del que podía prescindir.

Alimentó el fuego con leña del montón que había en la parte de atrás de la cueva, después quitó la nieve que cubría la leña adicional amontonada fuera, y repuso sus reservas en el interior.

«Ojalá pudiera almacenar el agua como la leña, pensó, mirando los recipientes llenos de nieve que se derretía. No sé cuánto durará esto cuando el viento vuelva a soplar». Salió de nuevo por otra carga de leña, llevando consigo un tazón para quitar la nieve. Al recoger un tazón de nieve y volcarlo sobre el suelo, comprobó que la nieve conservaba su forma al retirar el tazón. «Me pregunto... ¿Por qué no puedo amontonarla de esa manera, como si fuese un montón de leña?»

La idea despertó su entusiasmo, y muy pronto la mayor parte de la nieve que no había sido pisoteada en el saliente quedó amontonada contra la pared junto a la entrada de la cueva. Entonces se dedicó al sendero que conducía al río. Whinney aprovechó la pista abierta para bajar al campo. Los ojos de Ayla brillaban y sus mejillas estaban sonrosadas cuando se detuvo y sonrió, satisfecha, frente al montón de nieve que tenía al lado de la cueva. Descubrió una pequeña sección en el extremo del saliente que aún no había limpiado, y se dirigió hacia allí con decisión. Miró hacia el valle y rió al ver a Whinney, que, con pasos prudentes, se abría camino a través de los montones de nieve que habían surgido.

Al mirar de nuevo el montón de nieve, se detuvo y una sonrisa divertida levantó una de las comisuras de sus labios al ocurrírsele una travesura: el enorme montón de nieve estaba compuesto de muchos bultos con forma de tazón invertido, y desde donde ella lo veía le sugerían los contornos de una cara. Recogió un poco más de nieve, la puso de golpe donde consideró oportuno y retrocedió para comprobar el efecto.

«Si la nariz fuera un poco más grande, se parecería a Brun», pensó, y recogió más nieve. Hizo una bola con ella, la colocó con cuidado, raspó un hueco, aplastó un bulto y retrocedió para observar de nuevo su creación.

Sus ojos lanzaron un destello de traviesa complacencia.

«Te saludo, Brun», dijo en el lenguaje de signos; luego se sintió algo apenada. El verdadero Brun no aprobaría que se dirigiera a un montón de nieve dándole su nombre. Las palabras-nombre eran demasiado importantes para ponérselas a cualquier cosa indiscriminadamente. «Bueno, pero se parece a él». Y la idea le hizo gracia. «Pero quizá debería mostrarme más cortés. No es propio que una mujer salude al jefe como si fuera su hermano. Debería pedirle permiso», pensó, y prolongando su juego, se sentó frente al montón de nieve y bajó la mirada al suelo, en la posición correcta para solicitar audiencia a un hombre.

Sonriendo para sí por su actuación, Ayla se quedó sentada, en silencio y con la cabeza agachada, como si realmente esperara que le tocaran el hombro, indicándole que tenía permiso para hablar. El silencio se prolongó y el saliente rocoso era duro y frío. Ayla pensó lo ridículo que resultaba estar allí sentada. La réplica de Brun hecha en nieve no le tocaría el hombro, como tampoco lo había hecho Brun la última vez que se sentó a sus pies. Había sido maldita, aun cuando injustamente, y había pretendido rogar al viejo jefe que protegiera a su hijo de las iras de Broud. Pero

Brun se había apartado de ella; era demasiado tarde... ya estaba muerta. De repente, el humor juguetón se evaporó; se levantó y contempló la escultura de nieve que había hecho.

–¡Tú no eres Brun! –gritó con enojo, golpeando la parte a la que había dado una forma tan esmerada. La ira se apoderó de ella–. ¡No eres Brun! ¡No eres Brun! –y se puso a golpear el montón de nieve con manos y pies, destruyendo cualquier parecido con la forma de un rostro–. Nunca más volveré a ver a Brun. Nunca veré a Durc. ¡Nunca más volveré a ver a nadie! ¡Estoy sola! –un gemido angustioso escapó de sus labios, seguido de un sollozo desesperado–: ¡Oh!, ¿por qué estoy tan sola?

Cayó de rodillas, se tendió en la nieve y sintió cómo se enfriaban en su rostro unas lágrimas antes ardientes. Abrazó la humedad helada contra su pecho, se envolvió en nieve y agradeció su contacto entumecedor. Cuando comenzó a temblar, cerró los ojos y trató de ignorar el frío que empezaba a llegarle hasta la médula.

Entonces sintió algo tibio y húmedo en su cara, y oyó el suave relincho de un caballo. También trató de ignorar a Whinney; pero la potrilla volvió a tocarla con el hocico. Ayla abrió los ojos para ver los ojos grandes y oscuros del caballito estepario. Tendió los brazos, rodeó con ellos el cuello de la potrilla y hundió el rostro en su pelaje lanudo. Al notar que la soltaban, la yegua relinchó suavemente.

–Quieres que me levante, ¿verdad Whinney? –la yegua agitó la cabeza arriba y abajo, como si comprendiera, y Ayla quiso creer que era así. Su instinto de supervivencia había sido siempre fuerte; haría falta algo más que soledad para hacerla renunciar. Crecer en el clan de Brun, aunque allí la amaron, había sido en cierto modo estar siempre sola. Siempre había sido diferente. Su amor hacia los demás había sido la fuerza dominante. La necesitaban: Iza cuando estuvo enferma, Creb al envejecer, su hijito, que había dado razón y propósito a su vida–. Tienes razón, es mejor que me levante. No puedo dejarte sola, Whinney, y aquí fuera me estoy quedando mojada y fría. Me pondré algo seco. Y después te haré unas gachas calientes. Eso te gusta, ¿verdad?

Ayla observaba los dos zorros árticos que gruñían y se lanzaban mordiscos, peleando por la zorra; percibía el fuerte olor que exhalaban los machos en celo incluso desde lo alto de su saliente. «Son más bonitos en invierno; en verano tienen un color pardo apagado. Si quiero pieles blancas tendré que conseguirlas ahora», pensó, pero sin moverse para coger la honda. Un macho había salido victorioso y reclamaba su premio. La zorra anunció su acción con un alarido estridente cuando aquél la montó.

«Sólo gritan así cuando se acoplan de esa manera. Me pregunto si le agradará o no. A mí nunca me gustó, incluso cuando ya no me dolía. Pero a las otras mujeres, sí. ¿Por qué era yo tan distinta? ¿Sólo porque no me gustaba Broud? ¿Sería ésa la diferencia? ¿Esa zorra simpatizará con ese macho? ¿Le gustará lo que le está haciendo? No trata de escapar».

No era la primera vez que Ayla se había privado de cazar con el fin de observar zorros y otros carnívoros. A menudo había pasado días enteros examinando la presa que su tótem le permitía cazar, para tomar nota de cuáles eran sus costumbres y su hábitat, y acabó por descubrir que eran criaturas interesantes. Los hombres del Clan aprendían a cazar practicando con los herbívoros, que les proveían de alimentos, y si bien podían seguirles la pista y cazarlos cuando necesitaban pieles que les proporcionaran calor, nunca fueron los carnívoros su presa predilecta. No desarrollaron con ellos el nexo especial que Ayla sí tenía.

Seguían fascinándola, a pesar de que los conocía bien, pero el zorro que entraba y salía rápidamente y la zorra que aullaba, le hicieron interrogarse sobre ciertos extremos que nada tenían que ver con la caza. Todos los años, hacia el fin del invierno, se ayuntaban. En primavera, cuando el pelaje de la zorra se volviera oscuro, tendría una camada. «Me pregunto si se quedará ahí, bajo los huesos y la madera de río o si abrirá una guarida en alguna otra parte. Ojalá se quede. Los amamantará, les dará después comida medio masticada por ella; después les traerá presas muertas, ratones, topos y aves. A veces, un conejo. Cuando sus crías sean más grandes, les llevará animales todavía vivos, y les enseñará a cazar. Para el próximo otoño ya serán casi adultos, y el invierno siguiente las zorras aullarán así cuando los machos las monten.

»¿Por qué lo harán? ¿Por qué se unirán de ese modo? Creo que él está haciéndole crías. Si lo único que ella tiene que hacer consiste en tragarse un espíritu, como siempre me dijo Creb, ¿por qué se acoplan así? Nadie creía que yo pudiera tener un hijo; dijeron que el espíritu de mi tótem era demasiado fuerte; pero lo tuve. Si Durc fue iniciado cuando Broud me hizo eso a mí, poco importó que mi tótem fuera fuerte.

»Pero la gente no es como los zorros. No tienen hijos únicamente en primavera, las mujeres pueden tenerlos en cualquier momento. Y hombres y mujeres no se acoplan solamente en invierno, lo hacen todo el tiempo. Pero tampoco tiene una mujer un hijo cada vez. Quizá tuviera razón Creb; tal vez el espíritu del tótem de un hombre tenga que penetrar en una mujer... pero no se lo traga. Creo que lo introduce en ella cuando se juntan, con su órgano. Unas veces, el tótem de ella lo combate, y otras se inicia una nueva vida.

»Creo que no quiero una piel de zorro blanca. Si mato alguno, los demás se irán, y quiero ver cuántas crías va a tener. Conseguiré ese armiño que vi río abajo antes de que se ponga oscuro. Tiene el pelaje blanco y más suave, y me gusta la puntita de su cola.

»Pero ese bichito es tan pequeño que su piel apenas alcanza para una manopla, y también tendrá crías en primavera. El próximo invierno es probable que haya más armiños. Quizá no vaya hoy de caza. Creo que será mejor que termine ese tazón.»

No se le ocurrió a Ayla preguntarse el motivo por el que pensaba en las criaturas que podrían encontrarse en su valle el siguiente invierno, puesto que había decidido marcharse en primavera. Estaba acostumbrándose a su soledad excepto de noche, cuando agregaba una muesca más en una vara lisa y la colocaba en el montón de varas que seguía creciendo.

Con el dorso de la mano, Ayla trató de apartar de su cara un mechón aceitoso de cabello tieso. Estaba partiendo una raíz secundaria de árbol para hacer un gran canasto de malla y no podía soltarla. Había estado experimentando con nuevas técnicas de tejido, empleando diversos materiales y diversas combinaciones para confeccionar mallas y estructuras diferentes. El proceso de tejer, anudar, sujetar, y de hilar, retorcer y hacer cordel había acaparado su interés hasta el punto de excluir casi todo lo demás. Aunque en ocasiones el producto final resultara inútil, y a veces absurdo, había logrado ciertas innovaciones llamativas, lo cual la incitó a seguir probando. En resumen, se ponía a retorcer o trenzar todo lo que le caía en las manos.

Había estado trabajando desde por la mañana muy temprano en un proceso de tejido particularmente intrincado, y sólo cuando entró Whinney, empujando con la nariz el cuero rompevientos, se percató Ayla de que ya era de noche.

–¿Cómo se ha hecho tan tarde, Whinney? Ni siquiera tienes agua en tu tazón –dijo, poniéndose de pie y estirándose, entumecida tras haber pasado tantas horas sentada sin variar de postura–. Tengo que conseguir algo de comer para las dos, y había pensado cambiar el heno de mi cama.

La joven se afanó yendo de un lado para otro, buscando heno fresco para la potrilla y más para la zanja poco profunda que le servía de cama. Tiró por el borde del saliente la hierba seca y aplastada. Partió el recubrimiento de hielo para conseguir la nieve que había en el montón junto a la entrada de la cueva, contenta de tenerla tan cerca. Vio que ya no quedaba mucha y se preguntó cuánto duraría aún, antes de tener que bajar de nuevo al río. Discutió consigo misma si llevaría suficiente para lavarse, y entonces, pensando que tal vez no se le presentara de nuevo la oportunidad antes de la primavera, cogió la que necesitaba para lavarse también el cabello.

El hielo se derretía en tazones junto al fuego mientras ella se preparaba y cocía la comida. Mientras trabajaba, su mente seguía ocupándose de los procesos de trabajar con fibras que tanto le absorbían. Después de comer y lavarse, se estaba desenredando el cabello húmedo con una ramita y los dedos cuando vio el cardo seco que utilizaba para peinar y desenmarañar cortezas secas al objeto de retorcer las fibras; peinar a Whinney con regularidad le había inspirado la idea de emplear el cardo con las fibras, y la consecuencia natural era que lo utilizase también en su propia cabellera.

Los resultados la entusiasmaron. Su espesa cabellera dorada estaba suave y lisa. No había prestado una atención especial a su cabello anteriormente, aparte de lavarlo de cuando en cuando, y por lo general lo llevaba apartado de la cara, detrás de las orejas, con una especie de raya en medio. Iza le había dicho con frecuencia que era lo mejor que tenía, recordó mientras lo cepillaba hacia delante para verlo a la luz de la lumbre. El color era bastante bonito, pensó, pero más atractiva aún era la textura, los largos mechones suaves. Casi sin darse cuenta empezó a trabajar una sección formando una larga trenza.

Ató el extremo con un trozo de tendón y pasó a otra sección. Se le ocurrió imaginar la extrañeza que sentiría cualquiera que la viese haciendo cuerdas con su propio cabello, pero eso no le impidió continuar su tarea, y al poco tiempo tenía toda la cabeza cubierta de numerosas trenzas largas. Sacudió la cabeza de un lado a otro y sonrió ante la novedad que representaban. Le gustaban las trenzas, pero no podía ponérselas detrás de las orejas para apartarlas de su rostro. Después de hacer varias pruebas, descubrió la manera de retorcerlas y atarlas en lo alto de la cabeza, pero le gustaba agitarlas y dejó que colgaran a los lados y por la espalda.

Desde el principio, lo que la atrajo fue la novedad, pero fue la comodidad lo que la persuadió de la conveniencia de trenzar el cabello: así se mantendría en su lugar, y ella no tendría que estar siempre apartando los mechones sueltos. ¿Qué le importaba que hubiera quien la considerase rara? Podía hacer cuerdas con sus cabellos si se le antojaba... no tenía que dar gusto a nadie más que a sí misma.

Acabó con la nieve de su saliente poco después, pero no era ya necesario romper el hielo para obtener agua; se había acumulado nieve suficiente en montones y hoyos. Sin embargo, la primera vez que fue a buscarla, comprobó que la nieve al pie de su cueva tenía polvo de hollín y ceniza procedentes de su fuego. Caminó el río helado arriba para hallar un lugar más limpio de donde sacar hielo, pero, al penetrar en el estrecho desfiladero, la curiosidad la impulsó a seguir avanzando.

Nunca había nadado río arriba tan lejos como sin duda podía hacerlo. La corriente era fuerte y no lo consideró necesario; pero caminar no requería más esfuerzo que el de cuidar de en dónde ponía los pies. A lo largo del desfiladero, donde las temperaturas a la baja atrapaban surtidores o presionaban hasta formar crestas, las fantasías de hielo habían creado una tierra mágica de ensueño. Sonrió de placer al contemplar las formaciones maravillosas, pero no estaba preparada para lo que vería más adelante.

Llevaba un rato caminando y empezaba a pensar en volver. Hacía frío en el fondo del desfiladero oscuro, y el hielo participaba en el origen de ese frío. Ayla decidió que sólo llegaría hasta el siguiente recodo del río; pero una vez allí, se detuvo maravillada por el paisaje que tenía ante sus ojos: más allá del recodo, las paredes se reunían para formar una muralla de piedra que subía hasta la estepa y caía como una cascada de hielo donde se había congelado en brillantes estalactitas el agua que solía caer libremente. Duro como la piedra pero frío y blanco, parecía un trastocamiento espectacular, como una caverna vuelta al revés.

La maciza escultura de hielo quitaba el resuello por su grandeza. Toda la fuerza del agua sujeta en el puño del invierno parecía dispuesta a desplomarse sobre ella. Producía un efecto vertiginoso; sin embargo, la joven estaba como paralizada, arrebatada por su magnificencia. Tembló frente a aquel poderío inmovilizado; antes de emprender el regreso, le pareció ver una gota de agua brillando en la punta de un alto carámbano, y se estremeció, más helada aún.

Ayla despertó al sentir el embate de unas ráfagas frías y alzó la cabeza para mirar la pared opuesta a la entrada de la cueva y el rompevientos que azotaba el poste. Después de repararlo, permaneció un rato de cara al viento.

–Hace más calor, Whinney, estoy segura de que el viento no es ya tan frío.

La yegua agitó las orejas y la miró expectante. Pero sólo se trataba de una conversación. No había señales ni sonidos que exigieran respuesta por parte de la yegua, ni señal alguna de que se acercara o se apartase, ni indicios de que hubiera alimentos, caricias ni otras formas de afecto. Ayla no había adiestrado conscientemente a la yegua; consideraba a Whinney como su compañera y amiga. Pero el inteligente animal había comenzado a percibir que ciertas señales y sonidos estaban asociados a algunas determinadas actividades, y había aprendido a responder adecuadamente a muchos de ellos.

También Ayla empezaba a comprender el lenguaje de Whinney. La yegua no necesitaba emplear palabras para expresarse; la mujer estaba acostumbrada a distinguir finos matices de significado en imperceptibles signos de la expresión o el gesto. Los sonidos habían representado siempre una forma secundaria de comunicación en el Clan. Durante el prolongado invierno que había impuesto una asociación muy íntima, la mujer y el equino habían establecido un cálido nexo de afecto y logrado un alto nivel de comunicación y comprensión. Por lo general, Ayla sabía cuándo Whinney se sentía feliz, contenta, nerviosa o molesta, y respondía a las señales de la yegua siempre que ésta necesitaba ser atendida: alimento, agua, afecto. De todos modos, fue la mujer quien adoptó el papel dominante de manera intuitiva; había comenzado a trasmitir señales y directrices a la yegua con un propósito concreto y el animal respondía.

Ayla estaba de pie justo a la entrada de la cueva, examinando su trabajo de reparaciones y el estado del cuero del rompevientos. Había tenido que hacer nuevos orificios a lo largo del borde superior, debajo de los que se habían rasgado, y pasar por ellos una nueva correa para colocar nuevamente la pieza de cuero en el travesaño superior. De repente sintió algo húmedo en la nuca.

–Whinney, no... –se dio media vuelta, pero la yegua no se había movido; otra gota la salpicó. Miró a su alrededor y alzó la vista hacia un largo carámbano colgado del orificio para el humo. La humedad de sus guisos y de la respiración, elevada por el calor de la lumbre, al encontrarse con el aire frío que penetraba por el agujero, formaba hielo. Pero el viento seco absorbía justo la humedad suficiente para impedir que ese hielo aumentara demasiado. Durante la mayor parte del invierno, sólo unos flecos de hielo habían decorado la parte superior del agujero. A Ayla la sorprendió ver el carámbano largo y sucio, lleno de hollín y ceniza.

Una gota de agua se desprendió de la punta y le cayó en la frente antes de que hubiera tenido tiempo de rehacerse de su sorpresa para apartarse; se secó la frente y entonces lanzó un grito triunfal.

–¡Whinney! ¡Whinney! ¡Ya llega la primavera! El hielo empieza a fundirse –corrió hacia la yegua y rodeó con sus brazos el cuello peludo, calmando la súbita intranquilidad que ésta manifestaba–. ¡Oh, Whinney!, pronto empezarán a tener yemas los árboles, las primeras plantas comenzarán a brotar. ¡No hay nada tan bueno como los primeros vegetales de la primavera! Espera a probar la hierba de primavera. ¡Te encantará!

Ayla dejó la cueva y se precipitó al amplio saliente como si esperara contemplar un mundo verde en vez de blanco. El viento frío la hizo regresar a toda prisa, y su excitación ante las primeras gotas de agua de fusión se convirtió en desaliento al presenciar la peor tormenta de nieve de la temporada, la cual se desató días después por el desfiladero del río. Pero a pesar de la capa de hielo glacial, la primavera siguió inexorablemente pisándole los talones al invierno, y el hálito tibio del sol derritió la costra helada que aprisionaba la tierra. Las gotas de agua habían anunciado realmente la transición del hielo al agua en el valle... y más de lo que Ayla hubiera imaginado.

Las primeras gotas tibias de fusión fueron seguidas muy pronto por lluvias primaverales que ayudaron a suavizar y barrer la nieve y el hielo acumulados, trayendo la humedad de la estación a la seca estepa. Sin embargo, hubo algo más que una acumulación local. El manantial del río del valle consistía en agua de fusión del glaciar mismo, la cual, en primavera, recibía afluentes a lo largo de su recorrido, incluidos muchos que no existían cuando Ayla llegó al valle.

Súbitas crecidas de lechos anteriormente secos cogían por sorpresa a animales desprevenidos y los transportaban brutalmente río abajo. En aquella turbulencia alocada, cadáveres enteros eran desgarrados, golpeados, aplastados y convertidos en osamentas limpias. En ocasiones, los ríos existentes eran ignorados por la corriente. El agua de fusión abría nuevos canales, arrancaba de raíz arbustos y árboles que habían luchado por crecer durante años en un entorno hostil, y los arrasaba. Piedras y rocas, incluso enormes bloques, que el agua volvía brillantes, eran arrastrados, empujados entre los desechos a toda velocidad.

Las angostas paredes del desfiladero, río arriba de la cueva de Ayla, encerraban el agua violenta que caía desde la alta cascada. La resistencia fortalecía la corriente y, según iba aumentando el volumen, subía el nivel del río. Las zorras habían abandonado su guarida bajo el montón de desechos del año anterior, mucho antes de que la playa pedregosa al pie de la cueva quedara anegada.

Ayla no soportaba quedarse dentro de la cueva. Desde el saliente observaba los remolinos y torbellinos espumosos del río, que crecía día a día. Abalanzándose desde el angosto desfiladero –Ayla podía ver cómo se precipitaba el agua al verse libre– golpeaba contra el muro saliente y depositaba parte de los desechos que transportaba al pie de éste. Fue entonces cuando Ayla comprendió cómo se había alojado allí aquel montón de huesos, madera de flotación y bloques erráticos que tan útiles le habían resultado, y se dio cuenta de la suerte que había tenido al encontrar una cueva tan arriba.

Podía notar cómo se estremecía el saliente cuando un bloque rocoso grande o un árbol chocaba contra su base. Eso la asustaba, pero ya había llegado a considerar la vida de manera fatalista: si había de morir, moriría; de todos modos, había sido maldita y se suponía que ya estaba muerta. Sin duda existían fuerzas más poderosas que ella misma para controlar su destino, y si la muralla había de ceder mientras ella se encontraba arriba, nada podía hacer para impedirlo. La violencia desenfrenada de la naturaleza la tenía fascinada.

Todos los días presentaban un aspecto nuevo. Uno de los altos árboles que crecían junto a la muralla opuesta cedió al empuje de la riada. Cayó contra el saliente, pero no tardó en ser barrido por el crecido río. Ayla vio cómo desaparecía en el recodo, arrastrado por la corriente, que se extendía por la pradera más baja, en forma de un largo y estrecho lago, e inundaba la vegetación que otrora había bordeado la ribera de aguas tranquilas. Ramas de árboles y maleza enmarañada que se aferraban a la tierra por debajo del río turbulento, retuvieron y trataron de sujetar al gigante derribado, pero el árbol fue arrancado de sus garras o ellas fueron arrancadas de la tierra.

Ayla tuvo constancia del día en que el invierno perdió su dominio sobre las cascadas de hielo: un fragor cuyo eco retumbó a lo largo del cañón anunció la aparición de témpanos de hielo flotando en el río, oscilando y vacilando a capricho de la corriente. Se precipitaron todos juntos contra la muralla, después la rodearon y perdieron su forma y su definición al ser arrastrados.

La familiar playa había cambiado de aspecto cuando las aguas retrocedieron por fin lo suficiente para que Ayla pudiera bajar por el abrupto sendero hasta la orilla del río. El montón enfangado de desechos que se acumulaba al pie de la muralla había adquirido dimensiones nuevas, y entre los huesos y la madera de río se veían cadáveres y árboles. La forma del pequeño terreno pedregoso había cambiado y habían desaparecido árboles familiares; pero no todos. Las raíces se hundían en las profundidades de un terreno esencialmente seco, sobre todo la vegetación que crecía lejos de la orilla; árboles y arbustos estaban acostumbrados a la inundación anual, y la mayoría de los que habían sobrevivido a varias estaciones estaban firmemente arraigados. Cuando comenzaron a aparecer las primeras yemas verdes de las matas de frambuesas, Ayla empezó a pensar en el próximo año. No tenía ningún sentido recoger bayas que no madurarían antes del verano. Ella no estaría ya en el valle, por supuesto que no, si había de reanudar la búsqueda de los Otros. Los primeros estremecimientos de la primavera le habían impuesto la necesidad de tomar una decisión: cuándo abandonar el valle. Era más difícil de lo que parecía.

Estaba sentada en el extremo más alejado del saliente, en un lugar de su predilección. En el lado que daba al prado había un sitio llano donde podía sentarse, y justo a la distancia precisa enfrente, otro punto donde apoyar los pies. No podía ver el agua procedente del recodo ni la playa pedregosa, pero divisaba perfectamente todo el valle, y si volvía la cabeza podía ver el desfiladero río arriba. Había estado observando a Whinney en el prado y la había visto emprender el camino de regreso. La yegua se había ocultado a su vista mientras rodeaba la punta saliente de la muralla, pero Ayla podía oír que subía por el sendero y esperaba que apareciera de un momento a otro.

La mujer sonrió al ver la ancha cabeza de caballo estepario con sus orejas oscuras y sus crines tiesas. Mientras se acercaba, Ayla se dio cuenta de que el pelaje amarillo y despeinado de la yegua amarilla estaba desapareciendo para ser sustituido por la raya salvaje, de un pardo oscuro, que se extendía por su lomo hasta terminar en una larga cola de crines también oscuras. Había un leve indicio de rayas del mismo color en las patas delanteras, más arriba de la articulación inferior. La yegua miró a la mujer y relinchó suavemente para ver si quería algo de ella; entró en la cueva. Aunque no había terminado de engordar, la yegua de un año había alcanzado ya su tamaño de adulta.

Ayla volvió al paisaje y los pensamientos que habían estado anidando en su mente días enteros, quitándole el sueño por las noches. «No puedo marcharme ahora... primero tengo que cazar un poco y tal vez esperar que maduren algunas frutas. ¿Y qué voy a hacer con Whinney?» Ahí estaba el meollo del problema. No quería seguir viviendo sola, pero no sabía nada de la gente a la que el Clan llamaba «los Otros», salvo que era una de ellos. «¿Y si me encuentro con gente que no me deje tenerla? Jamás me habría permitido Brun tener un caballo adulto, especialmente tan joven y afectuoso. ¿Y si quieren matarla? Ni siquiera se le ocurriría huir, se quedaría quieta y les dejaría hacer. Y si les dijera que no, ¿me prestarían atención? Broud la mataría sin importarle lo que dijera yo. ¿Y si los hombres de los Otros son como Broud?, ¿o peores? Al fin y al cabo, mataron al hijo de Oga, aunque no lo hicieran a propósito.

»Tengo que encontrar a alguien un día u otro, pero puedo pasar aquí un poco más de tiempo. Por lo menos hasta que cace algo y pueda recoger algunas raíces. Eso es lo que haré. Me quedaré hasta que las raíces estén a punto para arrancarlas.

Se sintió mejor una vez tomada la decisión de aplazar la partida y sintió ganas de hacer algo. Se levantó y fue hasta el otro lado del saliente. El olor de la carne en putrefacción subía desde el nuevo montón al pie de la muralla; advirtió movimiento más abajo y observó una hiena que partía con poderosas mandíbulas la pata delantera de lo que probablemente era un venado. Ningún otro animal, depredador o aficionado a la carroña, tenía semejante fuerza concentrada en mandíbulas y cuartos delanteros, lo que proporcionaba a la hiena una estructura desproporcionada, completamente desgarbada.

La primera vez que vio una de espaldas, con sus cuartos traseros bajos y sus patas ligeramente zambas, rebuscando en el montón, se tuvo que dominar; pero al ver que sacaba un trozo de osamenta a medio pudrir, la dejó tranquila, agradeciendo por una vez el servicio que prestaban. Las había estudiado y había observado también otros animales carnívoros. A diferencia de lobos o felinos, no necesitaban fuertes patas traseras para lanzarse al ataque. Cuando cazaban, buscaban las vísceras, el bajo vientre, blando, y las glándulas mamarias. Pero su dieta habitual era la carroña... en cualquier estado.

La corrupción las deleitaba. Ayla las había visto hurgar en montones de basura humana, desenterrando cadáveres que no estaban bien sepultados; incluso comían excrementos, y olían tan mal como su dieta. Su mordedura, si no era inmediatamente mortal, solía causar la muerte por infección, y cazaban crías.

Ayla hizo una mueca y se estremeció de asco. Las odiaba y tenía que dominar el impulso de perseguir con la honda a las que estaban abajo. Era una actitud irracional, pero no podía remediar la repulsión que le inspiraban los animales moteados. Para ella no tenían una sola característica aceptable. Otros buscadores de carroña no la molestaban tanto, aunque con frecuencia olían igual de mal.

Desde la posición ventajosa que le proporcionaba el saliente, vio un glotón que perseguía abiertamente a una liebre. El glotón parecía un osezno de rabo largo, pero ella sabía que se asemejaban más a las comadrejas, y que sus glándulas de almizcle eran tan atosigantes como las de las mofetas. Los glotones eran comedores de carroña con malos instintos, capaces de asolar cavernas o parajes abiertos sin la menor necesidad. Pero eran animales inteligentes, belicosos, depredadores absolutamente ajenos al miedo, que atacaban lo que fuera, hasta un reno gigantesco, aunque también podían conformarse con ratones, pájaros, ranas, pescado o bayas. Merecían respeto, y su pelaje tenía una calidad única –no dejaba que se congelara el aliento– que lo hacía valioso.

Observó una pareja de milanos rojos que salía volando de su nido, muy alto en un árbol que se alzaba al otro lado del río, y se elevaba rápidamente en el cielo; las aves extendieron sus amplias alas rojizas y colas partidas y se dejaron caer en dirección a la playa pedregosa. También los milanos se alimentaban de carroña, pero, al igual que otras rapaces, cazaban igualmente pequeños mamíferos y reptiles. La joven no estaba tan familiarizada con las aves de presa, pero sabía que las hembras solían ser más grandes que los machos, y que daba gusto mirarlas.

Ayla podía tolerar a los buitres, a pesar de su horrorosa cabeza calva y de su olor tan desagradable como su aspecto. Su pico en forma de gancho era afilado y fuerte, apropiado para desgarrar y desmembrar animales muertos, pero en sus movimientos había majestuosidad. Ver a uno de ellos deslizándose y cerniéndose sin esfuerzo, cabalgando las corrientes del aire con las alas muy abiertas y, de repente, al vislumbrar alimento, dejarse caer a tierra y correr hacia el cadáver con el cuello tendido y las alas semirrecogidas, resultaba un espectáculo fantástico.

Los animales de presa que había allá abajo se estaban dando un auténtico banquete; también había cuervos que participaban en el festín, y Ayla estaba encantada. Con el olor de los cadáveres en putrefacción tan cerca de su cueva, podía tolerar hasta a las odiadas hienas. Cuanto antes limpiaran todo aquello, más contenta estaría. De repente se sintió abrumada por el hedor inaguantable; necesitaba una bocanada de aire no contaminado por emanaciones pestilentes.

–¡Whinney! –llamó. La yegua sacó la cabeza de la cueva al oír su nombre–. Voy a dar un paseo. ¿Quieres venir conmigo? –la yegua percibió la señal de acercamiento y caminó hacia la joven, agitando la cabeza.

Bajaron por el angosto sendero, dieron un rodeo para mantenerse alejadas de la playa pedregosa y sus ruidosos habitantes, y se pegaron a la muralla rocosa. La yegua pareció relajarse a medida que seguían el borde de maleza que delineaba la orilla del río, nuevamente encerrado en sus riberas normales. El olor de la muerte ponía nerviosa a la yegua, y su temor irracional hacia las hienas provenía de una experiencia lejana. Ambas disfrutaban de la libertad que les brindaba el día primaveral lleno de sol, después de un prolongado invierno que las había tenido encerradas, aunque en el aire aún se percibía cierta humedad fría. También olía más fresco en la pradera abierta, y las aves de presa no eran las únicas que se banqueteaban, aunque, al parecer, otras actividades resultaban más importantes.

Ayla fue deteniendo la marcha para observar a una pareja de grandes picamaderos moteados, el macho con corona carmesí, la hembra, blanca, entregados a exhibiciones aéreas como tamborilear en un tocón muerto y volar persiguiéndose alrededor de los árboles. Ayla conocía a esos pájaros carpinteros: vaciaban el corazón de un árbol viejo y forraban el nido con viruta. Pero una vez que los huevos morenos y moteados, habitualmente seis, eran incubados y adiestrados los polluelos cubiertos de plumas, los dos miembros de la pareja se separarían y tomarían cada cual su propio camino para buscar insectos en los troncos de árboles de su territorio y llenar los bosques con su fuerte carcajada.

Las alondras no eran así. Sólo se aislaban por parejas en época de reproducción; eran aves sociables que vivían en bandadas y los machos se portaban entonces como agresivos gallos de pelea con sus viejos amigos. Ayla oyó su glorioso canto cuando una pareja se elevó en línea recta; lo cantaban a un volumen tal que aún podía oírlo cuando, alzando la vista, sólo los divisaba como dos puntos en el cielo. De repente se dejaron caer como un par de piedras, y volvieron a elevarse cantando de nuevo.

Ayla llegó al lugar donde había abierto una zanja para cazar una yegua parda; al menos creía que había sido allí, porque no quedaba la menor huella. La inundación primaveral había arrasado la maleza cortada para ocultar la depresión. Un poco más lejos se detuvo para beber y sonrió al ver un aguzanieves que corría a lo largo de la orilla; parecía una alondra pero era más delgado, con la pechuga amarilla, y mantenía su cuerpo horizontal para evitar que se le mojara la cola, por lo que la meneaba de arriba abajo.

Una cascada de notas líquidas atrajo su atención hacia otro par de aves que no se preocupaban por el agua. Los mirlos acuáticos estaban saludándose, exhibiendo su cortejo, pero Ayla se maravillaba siempre al verlos caminar bajo el agua sin que se les mojara el plumaje. Cuando regresó a campo abierto, Whinney estaba paciendo los retoños verdes. Sonrió otra vez al ver una pareja de reyezuelos marrones que la regañaban gritándole *chic-chic* porque pasó demasiado cerca de su matorral. En cuanto se alejó, cambiaron a un canto alto, claro, fluido, que entonaron primero uno y después el otro en réplicas alternas.

Ayla se detuvo y se sentó en un tronco, escuchando los dulces trinos de varias aves distintas, y entonces se sorprendió al oír que, en un solo silbido, el zorzal imitó el coro completo en un surtido de melodías. Aspiró, pasmada ante el virtuosismo de la avecilla, y el ruido que ella misma hizo la sorprendió. Un pinzón verde la siguió con su nota característica, una especie de aspiración, y repitió otra vez el silbido imitador.

Ayla estaba encantada. Le parecía haberse convertido en parte del coro alado y volvió a intentarlo. Juntó los labios y aspiró, pero sólo consiguió emitir un silbido muy tenue; su siguiente intento logró un mayor volumen, pero se le llenaron tanto de aire los pulmones que tuvo que expelerlo, produciendo un silbido fuerte; esto se parecía mucho más a lo que hacían las aves. El siguiente esfuerzo sólo dejó pasar aire entre sus labios, y no tuvo mejor suerte en algunas tentativas más. Volvió a silbar para dentro y tuvo más éxito en el silbido, pero le faltó volumen.

Siguió intentándolo, silbando para dentro y para fuera, y de cuando en cuando producía un sonido agudo. Se centró tanto en sus ensayos, que no se dio cuenta de que Whinney erguía las orejas cuando el silbido era más agudo. La yegua no sabía cómo responder, pero era curiosa y dio varios pasos para acercarse a la joven.

Ayla vio que la yegua se aproximaba enderezando las orejas con expresión intrigada.

–Whinney, ¿te sorprende que yo pueda producir sonidos? También a mí. No sabía que podía cantar como un pajarillo. Bueno, tal vez no exactamente, pero si sigo practicando creo que podría hacerlo de modo muy parecido. Déjame ver si puedo lograrlo de nuevo.

Aspiró, juntó los labios y, concentrándose, dejó escapar un silbido prolongado y fuerte. Whinney meneó la cabeza, relinchó y se acercó corveteando. Ayla se puso de pie y abrazó el cuello de la yegua, dándose cuenta súbitamente de lo que ésta había crecido.

–Estás muy alta, Whinney. Los caballos crecéis tan rápidamente que casi eres una yegua adulta. ¿A qué velocidad puedes correr ahora? –Ayla le dio un azote en el anca–. Vamos, Whinney, corre conmigo –señaló, echando a correr por el campo lo más rápidamente que podía.

La yegua la dejó atrás en unas cuantas zancadas y siguió corriendo, estirándose mientras iba a galope. Ayla la seguía, corriendo porque le gustaba correr. Siguió hasta que no pudo más y se detuvo sin aliento. Vio cómo galopaba la yegua por el largo valle, girando y regresando al trote. «Ojalá pudiera correr como tú, pensó, así podríamos ir las dos adonde quisiéramos. Me pregunto si no me iría mejor siendo un caballo en vez de un ser humano. Entonces no estaría sola.

»No estoy sola: Whinney es una buena compañía, aunque no es humana. Es lo único que tengo y yo soy lo único que ella tiene. Pero, ¿no sería maravilloso que pudiera correr como ella?»

La yegua estaba cubierta de espuma cuando volvió, y Ayla rió de buena gana al verla revolcarse en el prado con las patas al aire y hacer ruiditos de gusto. Cuando volvió a ponerse de pie, se sacudió y se puso a pacer de nuevo. Ayla siguió observándola, pensando en lo excitante que sería correr como un caballo; después volvió a sus prácticas con el canto de las aves. Cuando logró emitir un silbido agudo y penetrante, Whinney alzó la cabeza, la miró y se le acercó al trote; Ayla abrazó a la yegua, contenta de verla aparecer cuando silbaba; pero no podía apartar de su mente la idea de correr con la yegua.

Entonces se le ocurrió una idea.

Aquella idea no habría cruzado por su mente de no haber vivido todo el invierno con el animal, pensando en ella como amiga y compañera, y desde luego no la habría llevado a la práctica si hubiera seguido viviendo con el Clan. Pero Ayla se había acostumbrado a dejarse llevar cada vez más por sus impulsos. «¿La molestaría?», se preguntaba Ayla. «¿Me dejaría?» Llevó a la yegua hacia el tronco y se subió a éste, después puso los brazos alrededor del cuello de la yegua y alzó una pierna. «Corre conmigo, Whinney. Corre y llévame contigo», pensó, y al momento se encontró encima del animal.

La yegua no estaba acostumbrada a llevar carga sobre su lomo: aplastó las orejas hacia atrás y se puso a corvetear, nerviosa. Pero aunque no estaba acostumbrada al peso, sí lo estaba a la mujer y, además, los brazos de Ayla alrededor de su cuello ejercían una influencia tranquilizadora. Whinney estuvo a punto de encabritarse para deshacerse del peso, pero, en cambio, echó a correr para lograrlo. Lanzada al galope, recorrió el campo con Ayla aferrada a su lomo.

Sin embargo, la yegua había corrido ya mucho, y la vida que llevó en la cueva había sido más sedentaria de lo normal. Aunque había comido el heno joven del valle, no había tenido manada cuyo paso se viera forzada a seguir, ni depredadores de los que debiera cuidarse. Y todavía era joven. No tardó mucho en perder velocidad; se detuvo finalmente con la cabeza colgando y los flancos subiendo y bajando con esfuerzo. La mujer se dejó deslizar por el flanco de la yegua.

–¡Whinney, ha sido maravilloso! –exclamó, con los ojos brillantes de excitación. Alzó con ambas manos el hocico caído y lo oprimió contra su mejilla a continuación; metió la cabeza de la yegua bajo su axila en un gesto afectuoso que no había repetido desde que era pequeña. Era un abrazo especial, reservado para ocasiones excepcionales.

La cabalgada le produjo una excitación que apenas podía dominar. La sola idea de montar en un caballo al galope llenaba a Ayla de una sensación maravillosa. Nunca había soñado que fuera posible; nadie lo había soñado. Ella era la primera.

10

Ayla no podía mantenerse lejos del lomo de la yegua. Cabalgar mientras la yegua iba a galope tendido era un gozo indecible. La hacía palpitar más que cualquier otra sensación experimentada hasta entonces. Y parecía que también Whinney disfrutaba; se había acostumbrado muy pronto a llevar a la joven a cuestas. El valle no tardó en volverse demasiado pequeño para encerrar a la mujer y a su corcel galopante. A menudo corrían a través de la estepa, al este del río, que era de fácil acceso.

Ayla sabía que pronto tendría que recolectar y cazar, elaborar y almacenar los alimentos silvestres que la naturaleza le brindaba para que se preparara con vistas al siguiente ciclo de las estaciones. Pero a principios de la primavera, cuando la tierra todavía estaba despertando del prolongado invierno, sus dádivas eran escasas. Unas pocas verduras frescas prestaban diversidad a la dieta seca del invierno, a pesar de que raíces, yemas y tallos no estaban aún en sazón. Ayla aprovechaba su ocio forzoso para cabalgar con tanta frecuencia como podía, casi siempre desde la mañana a la noche.

Al principio sólo cabalgaba, sentada pasivamente, yendo adonde iba la yegua. No pensaba en dirigir a la potranca; las señales que había aprendido Whinney eran visuales –Ayla no trataba de comunicarse sólo mediante palabras–, y, por tanto, no podía verlas cuando la mujer estaba sentada sobre su lomo. Pero para la mujer, el lenguaje corporal siempre había formado parte del habla al igual que los gestos específicos, y cabalgar permitía un contacto íntimo.

Después de un período inicial de molestias naturales, Ayla comenzó a observar el juego muscular de la yegua, y después de su ajuste inicial, Whinney pudo sentir tanto la tensión como la relajación de la joven. Ambas habían desarrollado ya la capacidad de sentir mutuamente sus necesidades y sentimientos, así como el deseo de responder a éstos. Cuando Ayla deseaba seguir una dirección determinada, sin darse cuenta se inclinaba hacia el lugar a donde pretendía ir, y sus músculos comunicaban a la yegua el cambio de tensión. El animal comenzó a reaccionar a la tensión y la relajación de la mujer que llevaba a lomos cambiando de dirección o de velocidad. La respuesta de la potranca a los movimientos apenas perceptibles, hacía que Ayla se tensara o moviese de la misma manera cuando deseaba que Whinney volviera a responder de ese modo.

Fue un período de entrenamiento mutuo, y cada una de ellas aprendió de la otra, con lo que sus relaciones se fueron haciendo más profundas. Pero sin percatarse de ello, Ayla estaba tomando el mando. Las señales entre la mujer y la yegua eran tan sutiles, y la transición de aceptación pasiva a dirección activa fue tan natural, que al principio Ayla no se dio cuenta, como no fuera a nivel subconsciente. La cabalgada casi continua se convirtió en un curso de entrenamiento concentrado e intensivo. A medida que la relación se hizo más íntima, las reacciones de Whinney llegaron a afinarse de tal manera, que Ayla sólo tenía que pensar hacia dónde deseaba dirigirse y a qué velocidad, para que el animal respondiera como si fuese una extensión del cuerpo de la mujer. La joven no se daba cuenta de que había transmitido señales a través de nervios y músculos a la piel, altamente sensible, de su montura.

Ayla no había pensado en entrenar a Whinney. Fue el resultado del amor y la atención que prodigaba al animal, así como de las diferencias innatas entre caballo y ser humano. Whinney era inteligente y curiosa, podía aprender y tenía mucha memoria, pero su cerebro no estaba tan evolucionado y la organización de éste era diferente. Los caballos eran animales sociales, normalmente reunidos en manadas, y necesitaban la intimidad y el calor de sus congéneres. El sentido del tacto era particularmente importante y estaba muy desarrollado en cuento a establecer una relación estrecha; pero los instintos de la joven yegua la impulsaban a seguir indicaciones, a ir donde la llevaban. Cuando eran presa del pánico, incluso los jefes de la manada solían correr con los demás.

Las acciones de la mujer tenían una finalidad, estaban dirigidas por un cerebro en el cual la previsión y el análisis actuaban recíproca y constantemente con el conocimiento y la experiencia. Su situación vulnerable mantenía agudos sus instintos de supervivencia, y la obligaba a tener siempre conciencia de todo lo que la rodeaba, cosa que, en conjunto, había precipitado y acelerado el proceso de adiestramiento. Al ver una liebre o una marmota gigantesca, aun cuando sólo cabalgara por gusto, Ayla mostraba tendencia a echar mano de la honda y perseguirla. Whinney interpretó muy pronto su deseo, y su primer paso en esa dirección la llevó finalmente a que la joven controlara, estrecha aunque inconscientemente, a la yegua. Sólo cuando Ayla mató una marmota gigantesca se percató plenamente del hecho.

Todavía no estaba muy avanzada la primavera. Habían espantado inadvertidamente al animal, pero tan pronto como Ayla lo vio correr, se inclinó hacia él... echando mano de la honda mientras Whinney lo seguía. Al acercarse, el cambio de posición de Ayla que se produjo a la par que la idea de desmontar, hizo que la yegua se detuviera a tiempo para que bajara y lanzase una piedra.

«Me vendrá muy bien tener carne fresca esta noche», pensaba, mientras regresaba hacia la yegua que la esperaba. «Debería cazar más, pero ha sido tan divertido montar a Whinney...

»¡Estaba montando a Whinney! Echó a correr tras la marmota. ¡Y se detuvo cuando yo necesitaba que lo hiciera!» Los pensamientos de Ayla volvieron rápidamente al primer día en que montó a caballo y abrazó el cuello de la yegua. Entretanto, Whinney había bajado la cabeza para mordisquear una mata de hierba nueva y tierna. –¡Whinney! –gritó la joven. La yegua alzó la cabeza y enderezó las orejas en actitud expectante.

La joven quedó asombrada. No sabía cómo explicárselo. La simple idea de montar a caballo había sido irresistible y disparatada, pero que el caballo fuera adonde ella quería ir era más difícil de comprender que el proceso por el que ambas habían tenido que pasar. La yegua se acercó.

–¡Oh, Whinney! –repitió, con la voz quebrada por un sollozo, aunque no sabía por qué, mientras abrazaba el cuello peludo, que Whinney, con un resoplido, arqueó para poder reposar la cabeza sobre el hombro de la joven.

Al tratar de montar nuevamente a caballo, Ayla se sintió torpe, la marmota parecía ser un estorbo. Fue hasta un tronco, aunque hacía ya tiempo que no lo usaba; pensándolo bien, se dio cuenta de que había dado un salto y alzado la pierna montando con facilidad. Después de cierta confusión inicial, Whinney tomó el camino de la cueva. Cuando trató Ayla de dirigir conscientemente a la potranca, sus señales inconscientes perdieron algo de decisión, y lo mismo sucedió con la respuesta de Whinney. No comprendió cómo se las había arreglado para dirigir a la yegua.

Ayla aprendió a confiar otra vez en sus reflejos al descubrir que Whinney respondía mejor si se relajaba, si bien, al hacerlo, desarrolló algunas señales llenas de sentido. A medida que avanzaba la temporada, comenzó a cazar más. Al principio desmontaba para usar la honda, pero no tardó mucho en intentar hacerlo montada. Errar el tiro significaba tener que ejercitarse a fondo; lo consideró como un reto más. Al principio aprendió a usar el arma practicando ella a solas. Entonces era un juego y no podía pedirle a nadie que la entrenara, puesto que se suponía que no debía cazar. Y desde que un lince la encontrara desarmada al errar un tiro, ideó una técnica para disparar rápidamente dos piedras sucesivas, practicando infatigable hasta perfeccionarse.

Hacía mucho que no necesitaba ejercitarse con la honda, y volvió a convertirse en un juego, aunque no menos serio porque resultase divertido. Sin embargo, su maestría era tal que no tardó mucho en tener tanta puntería a caballo como a pie. Pero incluso corriendo a caballo y acercándose a una liebre de pies alados, la joven seguía sin captar, sin imaginar siquiera toda la serie de ventajas que tenía a su disposición.

Al principio, Ayla llevaba su botín a casa como lo había hecho siempre: en un cuévano a la espalda. Un paso fácil de dar fue la colocación de la presa delante de ella, atravesada sobre el lomo de Whinney. Idear un canasto especialmente adaptado para que lo llevara la yegua era lógicamente lo que vendría después. Tardó un poco más en ingeniárselas para colocar un canasto a cada lado de la yegua, sujetos con una larga correa que la rodeara. Sin embargo, al agregar el segundo canasto, empezó a darse cuenta de algunas de las ventajas que representaba dominar la fuerza de su amiga de cuatro patas. Por vez primera pudo llevar a la cueva una carga mucho más pesada que la que ella sola habría sido capaz de transportar.

Una vez que comprendió lo que podría lograr con ayuda de la yegua, sus métodos cambiaron. En realidad, lo que cambió fue su propia forma de vivir. Permaneció fuera más tarde, llegó mucho más lejos, y regresó con más verduras, materiales y vegetales o animales pequeños al mismo tiempo. Después pasaba los días siguientes elaborando el producto de sus incursiones.

En cuanto vio fresas silvestres que empezaban a madurar, registró una vasta zona para recoger todas las que pudiera. Las maduras escaseaban al principio de la temporada y estaban alejadas unas de otras. Tenía buen ojo para recordar las señales que le impedían extraviarse, pero, a veces, antes de llegar al valle se había hecho demasiado oscuro para divisarlas. Cuando comprendió que ya estaba cerca de la cueva, confió en el instinto de Whinney para guiarlas a ambas, y en excursiones ulteriores dejó a menudo que la yegua encontrara el camino de regreso.

Pero, después de aquella experiencia, se llevó siempre una piel para dormir, por si acaso. Una noche decidió dormir en la estepa, al aire libre, porque se había hecho tarde y pensó que le gustaría pasar de nuevo una noche bajo las estrellas. Encendió una hoguera, aunque, apretada contra Whinney para recibir su calor, apenas si lo necesitaba; era más bien una forma de protegerse contra la vida nocturna y salvaje. A todas las criaturas de la estepa las ahuyentaba el olor a humo. Había veces en que terribles incendios de hierba duraban días enteros, arrasando –o asando– todo lo que encontraban por delante.

Después de aquella primera vez, fue más fácil pasar una o dos noches lejos de la cueva, y Ayla comenzó a explorar más detenidamente la región situada al este del valle.

No quería confesárselo, pero estaba buscando a los Otros, con la esperanza y también con el temor de encontrarlos. En cierto sentido, era una manera de aplazar la decisión de abandonar el valle. Sabía que pronto tendría que hacer preparativos para marchar, si había de reanudar la búsqueda, pero el valle se había convertido en su hogar. No quería irse, y todavía estaba preocupada por Whinney. No sabía lo que le podrían hacer unos Otros desconocidos. Si había gente que viviera lejos de su cueva, pero a una distancia accesible a caballo, tal vez podría observarla antes de revelar su presencia y enterarse de algo al respecto.

Los Otros eran su gente, pero no podía recordar nada de la vida anterior a la que había llevado con el Clan. Sabía que la habían encontrado inconsciente a orillas de un río, medio muerta de hambre y ardiendo de fiebre a causa de los arañazos infectados de un león cavernario. Estaba casi muerta cuando Iza la recogió y la llevó con ellos en su búsqueda de una nueva caverna. Pero en cuanto intentaba recordar algo de su vida anterior, un temor horrible se apoderaba de ella con la incómoda sensación de que la tierra se agitaba bajo sus pies.

El terremoto que había lanzado por comarcas desiertas a una niña de cinco años, sola, abandonada al destino –y a la compasión de personas tan distintas– había sido demasiado fuerte para una mente tan joven. Había perdido hasta el recuerdo del terremoto y de las personas entre las que había nacido. Para ella eran lo mismo que para el resto del Clan: los Otros.

Al igual que la indecisa primavera oscilaba entre chubascos helados y un cálido sol, y vuelta a empezar, el ánimo de Ayla pasaba de un extremo a otro. Los días no eran malos. En su época de crecimiento, había pasado muchos días vagando por el campo cerca de la caverna, en busca de hierbas para Iza o, más adelante, cazando, y ya estaba acostumbrada a la soledad. De manera que, por la mañana y por la tarde, cuando estaba ocupada y llena de actividad, sólo quería quedarse en el valle abrigado con Whinney. Pero por la noche, en su pequeña caverna, con un caballo y un fuego por única compañía, echaba de menos la presencia de algún ser humano que mitigara su soledad. Era más difícil estar sola en la primavera cálida que durante el frío invierno. Sus pensamientos volvían al Clan y a la gente a la que amaba, y le dolían los brazos por la necesidad de mecer a su hijo. Todas las noches tomaba la decisión de prepararse para partir al día siguiente, y todas las mañanas posponía la marcha y montaba a Whinney para recorrer las llanuras del este.

Su cuidadoso y vasto examen le permitió conocer, no sólo el territorio, sino también la vida que bullía en la vasta pradera. Manadas de rumiantes habían comenzado su migración, y eso le hizo pensar en cazar de nuevo un animal grande. A medida que la idea se afianzaba en su mente, desplazó en cierto modo su preocupación por la existencia solitaria que llevaba.

Vio caballos, pero ninguno regresó a su valle. No importaba. No entraba en sus propósitos cazar caballos. Tendría que ser algún otro animal. Si bien no sabía cómo podría usarlas, comenzó a llevarse las lanzas cuando salía a caballo. Los largos palos resultaron incómodos hasta que ideó la manera de sujetarlos, uno en cada canasto, a ambos lados de la yegua.

Fue al observar una manada de hembras de reno cuando en su cabeza empezó a cobrar forma una idea. Siendo niña, y cuando aprendía subrepticiamente a cazar, a menudo encontraba un pretexto para trabajar cerca de los hombres cuando discutían de caza... su tema predilecto de conversación.

Por aquel entonces, lo que más le interesaba era todo lo referente a la caza con honda –su arma–, pero, de todos modos, la intrigaba todo lo que decían sobre la cacería en general. A primera vista, había pensado que la manada de renos de poca cornamenta eran machos; después se fijó en las crías y recordó que, entre todas las variedades de reno, sólo las hembras llevaban cornamenta. Al recordarlo, le volvió a la memoria toda una serie de recuerdos asociados... incluido el sabor de la carne de reno.

Y lo más importante: recordó que los hombres decían que cuando los renos emigran al norte en primavera, siguen un mismo camino, como si se tratara de una senda que sólo ellos podían ver, y que emigran en grupos separados. Primero inician la marcha las hembras y los pequeños, seguidos por una manada de machos jóvenes. Más adelantada la estación les toca el turno a los machos viejos, formados en grupos reducidos.

Ayla cabalgaba a paso lento detrás de una manada de renos con cornamenta acompañados de sus crías. La horda veraniega de moscas y mosquitos, que gustaban de anidar en el pelaje de los renos, sobre todo en torno de los ojos y en las orejas, incitando a los renos a buscar climas más fríos donde no abundaran tanto los insectos, estaba haciendo su aparición. Ayla espantó distraídamente los pocos que zumbaban alrededor de su cabeza. Cuando se puso en camino, una niebla matutina cubría aún las hondonadas y depresiones bajas; el sol naciente convertía en vapor las quebradas profundas, lo que proporcionaba una humedad inusitada a la estepa. Los renos estaban acostumbrados a la presencia de otros ungulados, por lo que no hicieron caso de Whinney ni de su pasajera humana, mientras no se aproximaran demasiado.

Observándolos, Ayla pensaba en la caza. Si los machos jóvenes seguían a las hembras, no tardarían en pasar por aquel camino. «Quizá podría cazar un reno joven; puesto que sé el camino que van a seguir. Pero eso no me servirá de nada si no puedo acercarme lo suficiente para hacer uso de mis lanzas. Tal vez podría abrir otra zanja. No: se desviarían y la evitarían, y no hay suficiente maleza para hacer una valla que no pudieran saltar. Tal vez si consiguiera hacerlos correr, caería alguno.

»Y si cae, ¿cómo voy a sacarlo? No quiero volver a descuartizar un animal en el fondo de un hoyo lodoso. Además, también tendría que secar aquí la carne, a menos que lo pudiera llevar a la cueva».

La mujer y la yegua siguieron a la manada el día entero, deteniéndose de cuando en cuando para comer y descansar, hasta que las nubes se colorearon de rosa en un cielo cuyo azul iba oscureciéndose. Ayla había llegado más al norte que nunca; la zona le era desconocida. A lo lejos había visto una línea de vegetación y, a la luz que se iba apagando a medida que el cielo enrojecía, vio que el color se reflejaba más allá de unos densos matorrales. Los renos se colocaron en fila para atravesar angostos pasos y llegar al agua de un río grande y se situaron a lo largo de la orilla poco profunda para beber antes de cruzar.

Un crepúsculo gris apagó el verde frescor de la tierra mientras ardía el cielo, como si el color robado por la noche fuera devuelto en matices más brillantes. Ayla se preguntó si sería el mismo río que habían atravesado ya varias veces. En lugar de cruzar arroyos, riachuelos y corrientes, que iban a parar a un curso de agua más caudaloso, a menudo serpenteaba entre pastizales y giraba sobre sí mismo en recodos, dividiéndose en canales. Si su suposición era cierta, desde el otro lado del río podría llegar a su valle sin tener que atravesar más ríos anchos.

Los renos, mordisqueando líquenes, parecían preparados para pasar la noche al otro lado del río. Ayla decidió seguir su ejemplo. El camino de regreso sería largo y tendría que cruzar el río en algún punto. No quería correr el riesgo de mojarse y pasar frío cuando ya estaba cayendo la noche. Se deslizó por el lomo de la yegua, retiró los canastos y dejó que Whinney correteara mientras ella preparaba el campamento. Pronto ardieron maderas del río y ramas secas de la maleza, gracias a la pirita y el pedernal. Después de una cena compuesta de chufas feculentas, envueltas en hojas y asadas, acompañadas de un surtido de verduras como relleno de una marmota cocida, montó su tienda baja. Ayla silbó para llamar a la yegua, pues deseaba tenerla cerca, y se metió en sus pieles para dormir con la cabeza fuera de la entrada de la tienda.

Las nubes se habían asentado en el horizonte; allá arriba, las estrellas eran tantas y estaban tan juntas que parecía como si una luz de indescriptible brillantez pugnara por abrirse paso a través de la barrera negra y agrietada del cielo nocturno. Creb decía que eran fuegos en el cielo, hogares del mundo de los espíritus, y también los hogares de los espíritus totémicos. Los ojos de la joven recorrieron el firmamento hasta encontrar el dibujo que buscaba: «Ahí está el hogar de Ursus, y más arriba mi tótem, el León Cavernario. Es curioso cómo pueden circular por el cielo, sin que cambie la forma. Me pregunto si irán de cacería y regresarán después a sus cavernas».

«Necesito cazar un reno. Y será mejor que lo piense rápidamente; los machos llegarán pronto. Eso significa que cruzarán por aquí». Whinney sintió la presencia de un depredador de cuatro patas, resopló y se acercó más al fuego y a la mujer.

–¿Hay algo ahí fuera, Whinney? –preguntó la joven empleando palabras y gestos, palabras diferentes de las que usaba el Clan. Podía emitir un relincho suave que no se distinguía de los que lanzaba Whinney. Podía gañir como una zorra, aullar como un lobo, y estaba aprendiendo rápidamente a cantar como cualquier pájaro. Muchos de esos sonidos se habían integrado en su lenguaje privado. Apenas recordaba ya el mandato del Clan en contra de los sonidos innecesarios. La capacidad normal y fácil de su especie para vocalizar se estaba afirmando en ella.

La yegua se metió entre Ayla y el fuego, pues ambos le inspiraban seguridad.

–Apártate, Whinney, me tapas el fuego.

Ayla se levantó y agregó otro palo al fuego, rodeó con el brazo el cuello del animal, al darse cuenta de que estaba nervioso. «Creo que pasaré la noche en vela ocupándome del fuego, pensó. Lo que esté ahí se interesará mucho más por esos renos que por ti, amiga mía, mientras te mantengas cerca del fuego. Pero podría ser buena idea mantener una gran hoguera durante un buen rato».

En cuclillas, miró las llamas y vio cómo las chispas se fundían con la oscuridad cada vez que agregaba otro tronco. Del otro lado del río le llegaron ruidos inequívocos de que un reno o dos habían caído probablemente en las garras de algún felino. Sus pensamientos giraron de nuevo en torno a cazar un reno para sí. En cierto momento empujó al caballo para ir por leña y, de pronto, se le ocurrió una idea. Más tarde, cuando Whinney estuvo más tranquila, Ayla se acomodó de nuevo en sus pieles de dormir dándole vueltas en la cabeza mientras la idea se perfeccionaba y desdoblaba en otras posibilidades. Cuando se quedó dormida, las principales líneas del plan estaban ya trazadas, aplicando un concepto tan increíble que no pudo por menos de sonreír ante la audacia que representaba.

Por la mañana, cuando cruzó el río, la manada de renos, con uno o dos ejemplares menos, había partido ya, pero Ayla había dejado de seguirla. Hizo que Whinney galopara de regreso hacia el valle; si quería estar preparada adecuadamente, tendría que ocuparse de infinidad de cosas.

–Así, Whinney, ya ves que no pesa tanto –alentó Ayla a la yegua, que arrastraba pacientemente una combinación de tiras de cuero y cuerdas sujetas alrededor del pecho, de las que colgaba un pesado tronco. Al principio, Ayla había puesto las correas que sostenían el peso alrededor de la frente de Whinney, a la manera de la correa que se ponía ella misma cuando tenía que transportar una pesada carga. Pronto se percató de que la yegua necesitaba mover libremente la cabeza y que tiraba mejor con el pecho y los hombros. De todos modos, la joven yegua esteparia no estaba acostumbrada a arrastrar peso, y el arnés le limitaba los movimientos. Pero Ayla estaba decidida; era la única manera en que podría funcionar su plan.

La idea había surgido mientras alimentaba el fuego para alejar a los depredadores. Había empujado a Whinney para recoger leña, pensando con afecto en la yegua adulta que, con toda su fortaleza, acudía a ella en busca de protección. Un pensamiento fugaz: «ojalá tuviera yo tanta fuerza como ella», se convirtió de repente en una solución posible para el problema que había estado tratando de resolver. Tal vez la yegua pudiera sacar un venado de una zanja.

Entonces pensó en el tratamiento de la carne, y el nuevo concepto se fue afirmando. Si descuartizaba al animal en la estepa, el olor a sangre atraería carnívoros, inevitables y desconocidos. Tal vez no fuera un león cavernario el animal que atacó de noche a los renos, pero desde luego, fue algún felino. Tigres, panteras y leopardos podrían tener sólo la mitad del tamaño de los leones cavernarios, mas, de todos modos, la honda no constituía una defensa contra ellos. Podría matar un lince, pero los gatos grandes eran otra cosa, especialmente en campo abierto. Sin embargo, cerca de su cueva, con la espalda protegida contra la pared, podría rechazarlos. Una piedra disparada con fuerza no sería fatal, pero acusarían el golpe. Si Whinney era capaz de arrastrar un reno fuera de la zanja, ¿por qué no a lo largo de todo el camino hasta la cueva?

Pero antes que nada tendría que convertir a Whinney en caballo de tiro. Ayla creía que bastaría con idear una manera de atar el reno con cuerdas y correas al caballo. No se le ocurrió que la yegua pudiera rebelarse. Aprender a montar había sido un proceso tan inconsciente, que no imaginó que sería preciso entrenarla para arrastrar cargas. Mas en cuanto le ajustó el arnés, lo comprobó. Después de varias tentativas, que la obligaron a hacer una revisión total del concepto y algunos ajustes, la yegua comenzó a captar la idea, y Ayla decidió que podría funcionar.

Mientras la joven veía a la yegua tirar del tronco, pensó en el Clan y meneó la cabeza. «Dirían que soy rara sólo porque vivo con una yegua. Conque si ahora supieran lo que me propongo... no sé lo que comentarían los hombres. Pero ellos eran muchos y había mujeres para secar la carne y cargarla a la espalda. Ninguno de ellos tuvo nunca que intentarlo solo».

Abrazó espontáneamente a la yegua apretando su frente contra el cuello del animal.

–¡Eres una ayuda tan grande! Nunca hubiera creído que podrías ayudarme tanto. No sé qué haría sin ti, Whinney. ¿Y si los Otros son como Broud? No puedo permitir que nadie te lastime. Ojalá supiera qué hacer.

Se le llenaron los ojos de lágrimas mientras estaba abrazada a la yegua; se las secó y retiró el arnés. «Al menos de momento sé perfectamente lo que voy a hacer: no perder de vista a esa manada de machos jóvenes».

Los renos jóvenes no llevaban muchos días de retraso respecto de las hembras. Viajaban a paso lento. Una vez que Ayla los vio, no le costó mucho trabajo observar sus movimientos y confirmar que iban siguiendo la misma pista; recogió su equipo y galopó adelantándose a ellos. Estableció su campamento junto al río, más abajo del lugar por donde cruzaron las hembras. Entonces, llevándose el palo de cavar para ahuecar el terreno, el hueso afilado a modo de azada y pala y el cuero de la tienda para transportar la tierra, se dirigió al punto elegido por las hembras para pasar al otro lado del río.

Dos veredas principales y dos sendas secundarias atravesaban la maleza. Escogió una de las veredas para su trampa, lo bastante cerca del río para que los renos la tomaran de uno en uno, aunque lo suficientemente lejos para poder cavar un hoyo profundo sin que éste se llenara de agua. Cuando terminó de cavar, el sol del atardecer estaba acercándose al final de la tierra. Silbó para llamar a la yegua y cabalgó de regreso para comprobar hasta dónde había avanzado la manada, calculando que llegarían al río en algún momento del siguiente día.

Cuando volvió al río, la luz estaba disminuyendo, pero el enorme hoyo abierto se veía claramente. Ninguno de aquellos renos iba a caer en semejante agujero; lo descubrirían y darían un rodeo, pensó Ayla, desalentada. «Bueno, de todos modos, es demasiado tarde para remediarlo. Quizá se me ocurra algo por la mañana».

Pero la mañana no le levantó el ánimo ni le inspiró ideas brillantes. Por la noche el cielo estaba encapotado. Al despertar Ayla a causa de una salpicadura de agua en la cara, se encontró con un feo amanecer de luz difusa. No había montado el cuero como tienda de campaña la noche anterior, puesto que el cielo estaba claro al acostarse, y el cuero, húmedo y embarrado, lo dejó extendido allí cerca para que se secara, pero ahora estaba más empapado. La gota de agua en su cara sólo fue la primera entre otras muchas. Se envolvió en las pieles que usaba para dormir y después de rebuscar en los canastos, descubrió que había olvidado llevarse la capucha de piel de glotón; en vista de ello, se tapó la cabeza con un pico de las pieles y se arrebujó sobre los negros y húmedos residuos de su fuego.

Un destello brillante cruzó las planicies del este: un relámpago que iluminó la tierra hasta el horizonte. Al cabo de un rato, un retumbar lejano lanzó una advertencia. Como si hubiera sido una señal, las nubes que se cernían sobre ella desencadenaron un nuevo diluvio. Ayla cogió la tienda mojada y se cubrió con ella.

Poco a poco la luz del día enfocó mejor el paisaje, sacando sombras de las grietas. Una palidez gris empañó el verdor de las estepas en primavera, como si los nimbos chorreantes hubieran desteñido. Incluso el cielo tenía un matiz indescriptible que no era azul ni gris ni blanco.

El agua comenzó a hacer charcos a medida que se saturaba la delgada capa de suelo permeable por encima del nivel del permafrost subterráneo. Sin embargo, cerca de la superficie la tierra helada que había debajo del mantillo era tan sólida como la muralla helada al norte. Cuando la subida de la temperatura derritiera el suelo a mayor profundidad, el nivel helado bajaría, pero el permafrost era impenetrable; no había drenaje. En determinadas condiciones, el suelo saturado se convertía en ciénagas de arenas movedizas tan traicioneras que, en ocasiones, se habían tragado hasta un mamut adulto. Y si esto sucedía cerca del límite de un glaciar, que avanzaba de manera impredecible, una congelación que se produjera de repente haría que el mamut se conservase intacto durante milenios enteros.

El cielo plomizo dejaba caer grandes salpicaduras en el charco negro que antes había sido una hoguera. Ayla las veía hacer erupción como cráteres, extenderse en anillos, y suspiraba por encontrarse en su cueva seca del valle. Un frío que la calaba hasta los huesos atravesaba sus abarcas de cuero a pesar de la grasa con que las había untado y la hierba de que estaban rellenas. El deprimente tremedal había enfriado su entusiasmo por la caza.

Pasó a una loma de terreno más alto cuando los charcos se desbordaron formando riachuelos de agua lodosa camino del río arrastrando ramitas, hierbas y hojas secas de la estación pasada. «¿Por qué no regreso?», pensó, llevándose consigo los canastos al cambiar de sitio. Levantó un poco las tapas para inspeccionar el interior: la lluvia corría por el trenzado y el contenido permanecía seco. «De nada sirve. Debería cargarlos en Whinney y marcharme. Nunca conseguiré un reno. Ninguno de ellos se va a meter de un brinco en esa zanja, sólo porque yo lo desee. Quizá pueda conseguir más adelante uno de los viejos rezagados. Pero su carne es dura y tienen la piel llena de cicatrices».

Ayla lanzó un suspiro y se envolvió más apretadamente en sus pieles y el cuero de la tienda. «He estado haciendo planes y trabajando tanto que no puedo permitir que un poco de lluvia me detenga. Quizá no consiga un reno; no sería la primera vez que un cazador regresa con las manos vacías. Pero algo sí es seguro: no conseguiré uno si no lo intento».

Escaló una formación rocosa cuando las aguas amenazaron con deshacer su montecillo y entornó los ojos para tratar de vislumbrar a través de la lluvia si ésta amainaba. No había refugio en la gran pradera descubierta, ni árboles grandes ni farallones inclinados. Como la yegua empapada que tenía a su lado, Ayla estaba en medio del aguacero, esperando pacientemente que dejara de llover. Confiaba en que también los renos estuvieran esperando; no estaba preparada para recibirlos. Su decisión volvió a flaquear a media mañana, pero para entonces ya no le apetecía marcharse.

Con el humor por lo general caprichoso de la primavera, el cielo cubierto de nubes se despejó hacia mediodía, y un viento vivificante alejó la lluvia. Por la tarde no quedaba huella de nubes y los colores frescos y brillantes de la temporada relucían, recién lavados, bajo la gloriosa plenitud del sol. La tierra echaba humo en su entusiasmo por devolverle la humedad a la atmósfera. El viento seco que había hecho desaparecer las nubes, la aspiraba con avaricia, como si tuviera conciencia de que debería entregarle su parte al glaciar.

Ayla sintió que volvía su determinación, aunque no su confianza. Se desprendió de su piel de bisonte empapada y la colgó de un alto matorral, esperando que esta vez se secara un poco. Tenía los pies húmedos pero no fríos, de modo que no les hizo caso –todo estaba húmedo– y se fue al cruce de los renos. Incapaz de descubrir su zanja, se desanimó. Al mirar más de cerca consiguió ver un charco desbordante de lodo y lleno de hojas, palos y desechos allí donde había cavado su zanja.

Apretando las mandíbulas, fue en busca de un canasto para agua con el fin de achicar el hoyo. Al regreso, tuvo que buscar cuidadosamente para ver la zanja desde lejos. Entonces, de pronto, sonrió: «Si yo tengo que buscarla, cubierta de hojas y ramitas como está, quizá un reno que vaya corriendo tampoco la vea. Pero no puedo dejar el agua dentro... a lo mejor habría otra manera...

»Las varas de sauce serían lo bastante largas para pasar de un lado a otro. ¿Por qué no hacer una cubierta para la zanja con varitas de sauce y taparla con hojarasca? No sería lo suficientemente sólida para sostener un reno, pero sí ramas y hojas». De repente soltó una carcajada; la yegua respondió con un relincho y se acercó a ella.

–¡Oh, Whinney!, a fin de cuentas es posible que esa lluvia no haya sido tan mala.

Ayla vació la zanja, sin importarle que la tarea fuera pesada y sucia. No era demasiado profunda, pero cuando trató de seguir cavando, advirtió que el nivel del agua estaba más alto: se volvía a llenar de agua. Cuando miró la corriente arremolinada y lodosa comprobó que el río estaba más crecido. Y aunque lo ignoraba, la lluvia tibia había aflojado un poco la tierra subterránea helada que constituía la base del subsuelo, de una dureza de roca.

Disimular el hoyo no era tan fácil como ella había creído. Tuvo que volver río abajo para recoger una buena brazada de varas largas del sauce retorcido, y completarlas con juncos. La amplia estera se hundió en el centro cuando la colocó sobre la zanja y tuvo que fijarla por los lados. Una vez recubierta de hojas y ramitas, le pareció demasiado visible; no estaba muy satisfecha, pero tenía la esperanza de que sirviera.

Cubierta de lodo, volvió río abajo, miró el agua con nostalgia y silbó para llamar a Whinney. Los renos no estaban tan cerca como ella pensaba; si la planicie hubiera estado seca, se habrían apresurado en llegar al río, pero con tantos charcos de agua y riachuelos fugaces, avanzaban más despacio. Ayla estaba segura de que la manada de machos jóvenes no llegaría al cruce del río antes de la mañana.

Regresó al campamento y, con gran satisfacción, se quitó manto y abarcas antes de meterse en el río. Estaba frío, pero se había acostumbrado al agua fría; tenía los pies blancos y arrugados por haberlos tenido metidos en cuero húmedo; hasta las plantas endurecidas se le habían ablandado. Agradeció el calor del sol sobre la roca, que, además, le serviría de base seca para encender fuego.

Por lo general, las ramas bajas y muertas de los pinos se mantienen secas a pesar de que llueva mucho, y, si bien reducidos al tamaño de arbustos, los pinos situados en las inmediaciones del río no eran una excepción. Ayla llevaba consigo yesca seca; gracias a su pirita y su pedernal, pronto comenzó a arder una pequeña fogata. La alimentó con ramitas y leña hasta que se secó la madera, más lenta en arder, formando pirámide sobre las tímidas llamitas. Podía iniciar y mantener un fuego prendido incluso bajo la lluvia... mientras no fuese un aguacero. Era cuestión de encender uno pequeño y mantenerlo hasta que prendiera en trozos de madera lo bastante grandes para ir secándose mientras ardían.

Suspiró, satisfecha con su primer sorbo de infusión caliente, después de haber comido unas tortas de viaje. Las tortas eran alimenticias, llenaban y se podían comer sin dejar de avanzar..., pero el líquido caliente proporcionaba una mayor satisfacción. Aun cuando estaba todavía húmeda, había situado la tienda cerca de la fogata, en donde terminaría de secarse mientras ella dormía. Echó una mirada a las nubes que cubrían las estrellas hacia el oeste, y abrigó la esperanza de que no volvería a llover. Entonces, acariciando con afecto a Whinney, se metió entre sus pieles y las apretó contra su cuerpo.

Imperaba la oscuridad. Ayla estaba tendida, totalmente inmóvil, atenta al menor ruido. Whinney se movió y resopló suavemente. Ayla se enderezó para mirar a su alrededor; se distinguía un leve resplandor hacia levante. Entonces oyó algo que le erizó el pelo de la nuca; comprendió qué era lo que la había despertado; no lo había oído con frecuencia, pero reconoció el rugido procedente del otro lado del río: era de un león cavernario. La yegua relinchó, nerviosa, y Ayla se levantó.

–Todo está bien, Whinney. Ese león está lejos –echó más leña al fuego–. Tuvo que ser un león cavernario lo que oí la última vez que estuvimos aquí. Sin duda viven al otro lado el río. Y también cazarán un reno. Me alegra pensar que será de día cuando atravesemos su territorio, y espero que estén hartos de reno antes de que pasemos. Voy a hacer una infusión... y luego será el momento de prepararse.

El resplandor del cielo por levante estaba volviéndose rosáceo cuando la joven terminó de guardarlo todo en los canastos que sujetó con una correa alrededor del cuerpo de Whinney. Metió una lanza en el lazo que tenía cada canasto, y las sujetó firmemente, después montó, sentándose delante de los canastos, entre las dos astas afiladas que se alzaban verticalmente.

Cabalgó hacia la manada, trazando un amplio círculo para situarse a retaguardia de los renos que avanzaban. Apremió a su yegua hasta avistar a los machos jóvenes, y los siguió sin prisa. Whinney adoptó fácilmente la marcha migratoria. Mientras observaba a la manada desde su posición envidiable a lomos de la yegua, al acercarse al río vio que el reno que iba a la cabeza reducía el paso y olfateaba desde lejos el amasijo de lodo y hojarasca que se había formado en el sendero que conducía al río. Hasta la propia Ayla pudo notar entonces el nerviosismo que se transmitió a los renos.

El primero había alcanzado la orilla cerrada por matorrales al dirigirse hacia el agua por el sendero alterno, cuando Ayla decidió que había llegado la hora de actuar. Respiró profundamente y se inclinó sobre su montura para insinuar un aumento de velocidad, y de repente lanzó un grito agudo, ululante, mientras la yegua emprendía el galope en dirección a la manada.

Los renos de la retaguardia brincaron hacia delante, por encima de los que precedían y empujando a éstos de costado. Mientras la yegua galopaba hacia ellos con una mujer que aullaba como jinete, todos los renos se precipitaron hacia delante, espantados. Aun así, todos parecían evitar el sendero de la zanja. Ayla se desanimó al ver que los animales daban un rodeo, brincaban por encima o se las arreglaban de algún modo para evitar el hoyo.

De forma inesperada sorprendió cierta alteración en la manada que corría desatentada, y creyó ver que caían un par de astas mientras otros brincaban y huían de lado alrededor de la zanja. Ayla sacó las lanzas de sus lazos y bajó del caballo, echando a correr tan pronto como sintió la tierra bajo sus pies. Un reno con ojos enloquecidos estaba atrapado en el lodo rezumante del fondo de la zanja; el animal pugnaba en vano por salir de un salto. Esta vez la joven tuvo buena puntería: hundió la pesada lanza en el cuello del reno y le rompió una arteria. El magnífico ejemplar se desplomó en el fondo: había dejado de luchar.

Todo terminó. Se acabó. Rápidamente y con mayor facilidad de lo que ella había pensado. Estaba respirando con fuerza, pero no había perdido el resuello por agotamiento. Haberlo pensado tanto, preocupándose, gastando demasiada energía nerviosa planeando... y ahora, una ejecución tan fácil que aún no se reponía. Seguía muy tensa y no había manera de que desfogara el exceso de energía ni nadie con quien compartir el éxito.

–¡Whinney! ¡Lo logramos! ¡Lo logramos! –sus gritos y gesticulaciones sobresaltaron al joven animal. Ayla brincó sobre su lomo y ambas se lanzaron a una galopada desaforada por la planicie.

Con las trenzas al aire, los ojos brillantes de excitación, una sonrisa de lunática en el rostro, era la estampa de una mujer salvaje. Y más aterradora aún porque montaba un animal salvaje cuyos ojos espantados y orejas replegadas revelaban un frenesí de índole algo distinta.

Describieron un amplio círculo y, de regreso, Ayla detuvo al caballo, se bajó y terminó el circuito corriendo con sus propias piernas. Esta vez, al mirar la zanja lodosa y el reno muerto, jadeaba fuertemente y con razón.

Una vez que recobró el resuello, sacó la lanza del cuello del reno y silbó para llamar a la yegua. Whinney estaba nerviosa; Ayla trató de tranquilizarla, alentándola y demostrándole afecto antes de ponerle el arnés. Llevó la yegua hasta la zanja; sin brida ni arreos para controlarla, Ayla tuvo que acariciar y convencer al animal nervioso. Cuando, finalmente, se calmó Whinney, la mujer ató las cuerdas que colgaban del arnés a las astas del reno.

–Ahora, tira, Whinney –dijo Ayla–, lo mismo que hiciste con el tronco –la yegua avanzó, sintió la resistencia y retrocedió. Entonces, respondiendo a más incitaciones, volvió a avanzar, apoyándose en el arnés cuando se tensaron las cuerdas. Lentamente, con la ayuda que Ayla pudo prestarle, Whinney sacó el reno de la zanja.

Ayla estaba encantada. Por lo menos, eso significaba que no tendría que preparar la carne en el fondo de un hoyo lodoso. No estaba muy segura de lo que Whinney aceptaría hacer; esperaba que arrastrara el reno con toda su fuerza hasta llegar al valle, pero sólo podría avanzar paso a paso. Ayla llevó a la yegua hasta la orilla del río, desprendiendo de las astas del reno la maleza que se enredaba en ellas. Entonces volvió a recoger los canastos, metió uno dentro del otro y se los sujetó a la espalda. Era una carga incómoda, con las dos lanzas verticales, pero, con ayuda de una roca, consiguió montar a caballo. Llevaba los pies descalzos, pero se recogió el manto para que no se le mojara e incitó a Whinney a meterse en el río.

Normalmente era una parte del río poco profunda, perfectamente vadeable y ancha, razón por la que los renos la habían escogido para cruzar; pero la lluvia había elevado el nivel de las aguas. Whinney consiguió no perder pie en la rápida corriente, y una vez que el reno estuvo en el agua, empezó a flotar. Arrastrar al animal por el agua representaba una ventaja en la que Ayla no había pensado: hizo desaparecer la sangre y el lodo, y cuando abordaron la otra orilla, el reno estaba limpio.

Whinney vaciló al sentir el peso de nuevo, pero Ayla ya había puesto pie en tierra y ayudó a tirar del reno una corta distancia playa arriba. Entonces desató las cuerdas. El reno ya estaba un poco más cerca del valle, pero antes de seguir adelante, Ayla tenía que llevar a cabo algunas tareas. Partió el cuello del reno con su afilado cuchillo de pedernal y a continuación abrió una raja recta desde el ano, vientre arriba, hasta el pecho y la garganta. Sostenía el cuchillo con el dedo índice sobre el borde y el filo hacia arriba, insertado justo debajo de la piel. Si el primer corte se realizaba limpiamente, sin cortar la carne, resultaría mucho más fácil desollar al animal.

El siguiente corte fue más profundo, para retirar las entrañas. Limpió lo aprovechable –estómago, intestino, vejiga– introduciéndolos en la cavidad intestinal junto con las partes comestibles.

Enrollada dentro de uno de los canastos había una estera de hierba, muy amplia. La extendió sobre el suelo y, ni corta ni perezosa, a empujones y tirones, con algún que otro resoplido, consiguió colocar el reno encima. Dobló la estera sobre el cadáver y la sujetó con cuerdas, atándolas después al arnés de Whinney. Recogió de nuevo los canastos, metió una lanza en cada uno, y acto seguido los colocó en el sitio acostumbrado. Entonces, bastante complacida consigo misma, montó a caballo.

Por tres veces tuvo que echar pie a tierra para despejar el camino ya que algunos obstáculos, como matas de hierba, piedras y maleza, impedían el avance. No le quedó entonces otro remedio que conformarse con caminar junto a la yegua, animándola con palabras cariñosas cuando el reno enrollado tropezaba con algo, volviendo sobre sus pasos para liberarlo. Sólo al detenerse para calzarse las abarcas descubrió que la seguía una manada de hienas. Las primeras piedras de su honda sólo sirvieron para indicar a los odiosos animales carroñeros la distancia de su alcance, ya que a partir de ese momento se mantuvieron más alejadas.

«Apestosos y feos bichos», pensó, arrugando la nariz y estremeciéndose de asco. Sabía que también cazaban, lo sabía demasiado bien. Ayla había matado una hiena con su honda... revelando así su secreto. El clan supo que cazaba y tuvo que ser castigada por ello. Brun se vio obligado a cumplir la ley del Clan.

También a Whinney la preocupaban las hienas. Era algo más poderoso que su instintivo temor a los depredadores; nunca olvidó la manada de hienas que la atacó después de que Ayla diera muerte a su madre. Y Whinney estaba ya suficientemente nerviosa. Conseguir llevar el reno hasta la cueva iba a resultar un problema mayor de lo que Ayla había previsto. Esperaba llegar antes de que anocheciera.

Se detuvo a descansar en un punto en que el río giraba sobre sí mismo. Todas aquellas paradas para reanudar enseguida la marcha eran agotadoras. Llenó de agua su bolsa y un gran canasto impermeable y llevó éste a Whinney, que seguía amarrada al polvoriento envoltorio del reno. Sacó una torta y se sentó para comérsela; tenía la mirada fija en el suelo, sin verlo, tratando de idear un sistema mejor de llevar su presa hasta el valle; tardó un poco antes de que se diera cuenta conscientemente de la tierra revuelta, pero cuando lo hizo, despertó su curiosidad. La tierra estaba revuelta, pisoteada, la hierba había sido aplastada y las huellas eran recientes. Una gran conmoción se había producido allí hacía poco. Se puso en pie para examinar más de cerca las huellas y pudo reconstruir la historia paso a paso.

A juzgar por las huellas existentes en el lodo seco, junto al río, era fácil deducir que aquél era desde hacía mucho tiempo el territorio donde se habían establecido leones cavernarios. Pensó que probablemente habría algún valle cerca y una cómoda caverna donde una leona había parido un par de cachorros saludables aquel mismo año. Debía de tratarse de su lugar predilecto de descanso. Los cachorros habrían peleado por un trozo de carne sangrante, a modo de juego, mordisqueando pedacitos arrancados con sus dientes de leche, mientras los machos saciados permanecían tendidos al sol de la mañana y las elegantes hembras observaban con indulgencia las travesuras de los cachorros.

Los enormes depredadores eran dueños y señores de su dominio. Nada tenían que temer, ni había razón para que previeran un ataque de sus futuras presas. Los renos, en circunstancias normales, nunca se habrían acercado tanto a sus depredadores naturales, pero la mujer que cabalgaba dando gritos ululantes los había sumido en el pánico. El río rápido no había detenido la estampida: habían cruzado y, sin darse cuenta, se encontraron en medio de una familia de leones. Unos y otros quedaron sorprendidos. Los renos en fuga, comprendiendo demasiado tarde que habían salido de un peligro para caer en otro mucho peor, se dispersaron en todas direcciones.

Ayla siguió las huellas y llegó al desenlace de la historia: un cachorro que se retrasó en ponerse a salvo de los cascos veloces, había sido pisoteado por la manada asustada.

La mujer se agachó junto al cachorro de león cavernario y, con experta mano de curandera, buscó señales de vida. El cachorro estaba caliente, probablemente tenía las costillas rotas. Aunque moribundo, aún respiraba. Por las señales que revelaba la tierra, Ayla comprendió que la leona había encontrado a su cachorro, incitándole en vano a levantarse. Luego, de acuerdo con el comportamiento de todos los animales –excepto el que caminaba sobre dos pies– que deben dejar que los débiles mueran para que los demás sobrevivan, dedicó toda su atención a su otro cachorro y se alejó.

Sólo el animal llamado humano depende, para sobrevivir, de algo más que de la fuerza y buen estado físico. Débil, si se la comparaba con sus competidores carnívoros, la humanidad dependía de la compasión y la cooperación para su supervivencia.

«Pobrecito, pensó Ayla. Tu madre no pudo ayudarte, ¿verdad?» No era la primera vez que se le enternecía el corazón ante una criatura lastimada e indefensa. Por un instante pensó en llevarse el cachorro a la cueva, pero rechazó la idea inmediatamente. Brun y Creb le habían permitido llevar animalitos a la caverna del clan para que los cuidara, mientras aprendía las artes curativas, aunque la primera vez su conducta causó una verdadera conmoción. Pero Brun no habría autorizado un lobezno. El cachorro de león era ya tan grande como un lobo; algún día alcanzaría el tamaño de Whinney.

Se enderezó y se quedó mirando al cachorro moribundo. Movió la cabeza, con aire entristecido, y se dirigió en busca de Whinney, con la esperanza de que la carga que arrastraba no se atascara demasiado pronto. Al echar a andar, Ayla vio que las hienas se preparaban para seguirlas. Cogió una piedra y vio que la manada se había distraído. Era la reacción lógica, acorde con las funciones que la madre naturaleza les asignara: habían encontrado al cachorro de león. Pero cuando se trataba de hienas, Ayla dejaba de mostrarse razonable.

–¡Largo de ahí, apestosos animales! ¡Dejad en paz a ese cachorro!

Ayla volvió sobre sus pasos, lanzando piedras. Un aullido le hizo saber que una de ellas había dado en el blanco. Las hienas retrocedieron de nuevo, fuera de su alcance, mientras la mujer avanzaba hacia ellas, presa de una ira justiciera.

«¡Ahí va eso! Así se mantendrán alejadas», pensó, erguida, con las piernas abiertas, protegiendo al cachorro entre sus pies. Y de repente una sonrisa torcida llena de incredulidad cruzó por su rostro. «¿Qué estoy haciendo? ¿Por qué las alejo de un cachorro de león, que de todos modos está condenado a morir? Si dejo que las hienas se queden con él, no me volverán a molestar.

»No me lo puedo llevar. Ni siquiera podría llevarlo a cuestas. Por lo menos, no todo el camino. Ya tengo bastante con llevarme el reno. Es ridículo hasta pensarlo.

»¿Lo es? ¿Y si Iza me hubiera dejado a mí? Creb decía que era el espíritu de Ursus el que me había puesto en su camino, o quizá el espíritu del León Cavernario, porque nadie más se habría detenido a recogerme. Iza no podía soportar ver a alguien enfermo o herido sin tratar de prestarle ayuda. Eso hacía de ella una curandera tan buena.

»Soy una curandera. Ella me adiestró. Tal vez ese cachorro ha sido puesto en mi camino para que yo lo recoja. La primera vez que llevé aquel conejito a la caverna porque estaba herido, Iza dijo que eso demostraba que mi destino era ser curandera. Bueno, pues aquí hay un cachorro herido. No puedo abandonárselo a esas horribles hienas.

»¿Pero cómo voy a llevar este animalito hasta la cueva? Si no tengo cuidado, una costilla rota puede perforar un pulmón. Tendré que vendarlo antes de moverlo. Ese cuero ancho que solía emplear para que Whinney tirara podría servir. Todavía me queda algo».

Ayla silbó para llamar a la yegua. Era sorprendente que la carga que arrastraba no se trabara con nada, pero Whinney estaba molesta. No le gustaba encontrarse en territorio de leones cavernarios; también su especie era presa natural para ellos. Había estado nerviosa desde que comenzó la cacería, y lo de detenerse a cada momento para desenredar la pesada carga que entorpecía sus movimientos, no había contribuido a calmarla.

Pero como Ayla se estaba concentrando en el cachorro de león, no prestaba atención a las necesidades de la yegua. Después de haber vendado las costillas del joven carnívoro, la única manera que se le ocurría para trasladarlo a la cueva era a lomos de Whinney.

Aquello era más de lo que podía aguantar la potranca. Cuando la joven cogió al pequeño felino y trató de ponérselo encima, la yegua se encabritó; despavorida, brincó y corveteó tratando de liberarse de las cargas y artefactos que tenía atados al cuerpo, y de repente se volvió y echó a correr por la estepa. El reno, envuelto en su estera de hierbas, brincaba y oscilaba detrás de la yegua hasta que quedó trabado en una roca. El frenazo incrementó el pánico de Whinney, que se abandonó a un nuevo frenesí de brincos y corcovos.

De repente las correas de cuero se partieron y, con la sacudida, los canastos, desequilibrados por las largas y pesadas lanzas, cayeron hacia atrás. Con la boca abierta por el asombro, Ayla vio cómo la yegua sobreexcitada corría furiosamente y en línea recta. El contenido de los canastos cayó por tierra, pero no las lanzas tan bien aseguradas: sujetas todavía a los canastos cuya correa rodeaba el cuerpo de la yegua, las dos largas astas se arrastraban detrás de ella, con las puntas hacia abajo, sin obstaculizar su huida.

Ayla percibió al instante las posibilidades: se había estado devanando los sesos para idear alguna forma de llevar al animal muerto y al cachorro de león hasta la cueva. Esperar a que Whinney se calmara llevó un poco más de tiempo. Ayla, preocupada por si la yegua llegaba a hacerse daño, silbaba y llamaba; quería correr tras ella, pero tenía miedo de dejar al reno o al cachorro abandonados a los atentos cuidados de las hienas. No obstante, los silbidos produjeron su efecto; era un sonido que Whinney asociaba al afecto, la seguridad y la respuesta. Trazando un amplio círculo, emprendió el camino de regreso hacia la joven.

Cuando la agotada yegua cubierta de sudor se acercó por fin, Ayla sólo pudo abrazarla, profundamente aliviada. Desató el arnés y la cincha y la examinó cuidadosamente para asegurarse de que no había sufrido daño. Whinney se recostaba en la joven, lanzando suaves relinchos de angustia, con las patas delanteras separadas, jadeando y temblando.

–Tú, descansa, Whinney –dijo Ayla, cuando la yegua pareció haberse calmado, dejando de temblar–. De todos modos, tengo que arreglar esto.

No se le ocurrió a la mujer enojarse porque la yegua se hubiera encabritado, echado a correr y desparramado las cosas que llevaba encima. No pensaba que el animal le perteneciera, tampoco que estuviese a sus órdenes. Whinney era una amiga, una compañera. Si la yegua se había espantado, tenía buenas razones para ello. Le había pedido demasiado. Ayla juzgaba que debería aprender cuáles eran las limitaciones de la yegua, no enseñarle un mejor comportamiento. Para Ayla, Whinney ayudaba porque quería y ella cuidaba de la yegua por amor.

La joven recogió lo que pudo encontrar del contenido de los canastos y volvió a componer el sistema de arnés-cincha-canastos, dejando las dos lanzas tal como habían caído, con las puntas para abajo. Sujetó la estera de hierbas, rodeada de correas, con objeto de que no se saliera el reno del envoltorio, a las dos astas de lanza, creando así una plataforma entre ambas... detrás de la yegua pero sin contacto con el suelo. Con el reno bien sujeto, ató cuidadosamente al cachorro de león, que estaba inconsciente. Una vez calmada, Whinney pareció aceptar de mejor grado las cinchas y el arnés, y se quedó quieta mientras Ayla llevaba a cabo sus arreglos.

Cuando los canastos estuvieron en su sitio, Ayla volvió a examinar al cachorro y montó a lomos de Whinney. Mientras se dirigían al valle, se sentía maravillada ante la eficacia de su nuevo medio de transporte. Con sólo los extremos de las lanzas arrastrándose por tierra, sin un peso muerto que se enganchaba, cada dos por tres, en cualquier obstáculo, la yegua podía tirar de la carga con una facilidad mucho mayor, pero Ayla no respiraría tranquila hasta que llegaran al valle y a su cueva.

Se detuvo para dar de beber a Whinney y dejar que descansara, y volvió a atender al cachorro de león cavernario. Este todavía respiraba pero no estaba segura de que pudiera sobrevivir. «¿Por qué fue puesto en mi camino?», se preguntaba. Tan pronto como vio al cachorro recordó su tótem ¿querría el espíritu del León Cavernario que ella lo cuidara?

Entonces se le ocurrió otro pensamiento. Si no hubiera decidido llevar consigo al cachorro nunca habría pensado en hacer unas angarillas. ¿Sería el medio escogido por su tótem para iluminar su mente? ¿Sería una dádiva? Sea lo que fuere, Ayla estaba segura de que el cachorro había sido puesto en su camino por alguna razón, y haría todo lo que estuviera en su poder por salvarle la vida.

11

–Oye, Jondalar: no estás obligado a quedarte aquí porque yo lo haga.

–¿Qué te hace pensar que me quedo sólo por ti? –respondió el hermano mayor con más irritación de lo que le habría gustado dejar traslucir. Le fastidiaba mostrarse tan molesto por esa cuestión, pero las palabras de Thonolan estaban más cerca de la verdad de lo que él estaba dispuesto a admitir.

Se percató de que había estado esperándole. No quería convencerse de que su hermano se quedaría y se emparejaría con Jetamio. Y, sin embargo, le sorprendió su decisión súbita de permanecer también con los Sharamudoi. No quería regresar solo; sería un viaje muy largo sin la compañía de Thonolan, y había algo más profundo aún. Ya había provocado una respuesta inmediata anteriormente, cuando se decidió a realizar el Viaje con su hermano.

–No deberías haber venido conmigo.

Por un instante se preguntó Jondalar si su hermano sería capaz de leer el pensamiento.

–Tenía la sensación de que nunca regresaría a casa –continuó Thonolan–. No es que creyera en la posibilidad de encontrar a la única mujer a quien podría amar, pero tenía la impresión de que seguiría la marcha hasta encontrar una razón para detenerme. Los Sharamudoi son buena gente... supongo que la mayoría lo es cuando llegas a conocerla. En cualquier caso, no me importa establecerme y convertirme en uno de ellos. Jondalar, tú eres un Zelandonii; nunca te parecerá que estás en casa en ningún otro lugar. Regresa, hermano. Haz feliz a una de esas mujeres que han andado tras de ti. Establécete y crea una familia numerosa, y cuéntales a tus hijos todo lo de tu largo Viaje, háblales del hermano que se quedó. ¿Quién sabe? Tal vez uno de los tuyos, o uno de los míos, decida realizar un largo viaje algún día, para encontrarse con personas de su familia.

–¿Por qué soy yo más Zelandonii que tú? ¿Qué te hace pensar que no podría sentirme aquí tan feliz como tú?
–Para empezar, no estás enamorado. Aunque lo estuvieras, estarías haciendo planes para llevártela de regreso, no para quedarte aquí con ella.
–¿Y por qué no llevarnos a Jetamio con nosotros? Es capaz, decidida y sabe cuidarse. Sería una buena mujer Zelandonii. Incluso caza con los mejores... le iría bien.
–No quiero perder un año en el viaje de retorno. He encontrado a la mujer con la que deseo vivir. Quiero establecerme, darle la oportunidad de fundar una familia.
–¿Qué le pasó a mi hermano, aquel que deseaba viajar hasta el final, hasta donde termina el Río de la Gran Madre?
–Algún día llegaré. No hay prisa. Ya sabes que no está muy lejos. Quizá vaya con Dolando, la próxima vez que tenga que ir para negociar y traer sal. Podría llevarme a Jetamio. Creo que le gustaría; pero nunca sería feliz lejos de su hogar por mucho tiempo. Para ella es lo más importante. No conoció a su madre, estuvo a punto de morir por la parálisis. Su gente es importante para ella. Lo comprendo, Jondalar. Tengo un hermano que se parece mucho a ella en eso.
–¿Por qué estás tan seguro? –y Jondalar bajó la mirada, evitando cruzarla con la de su hermano–. ¿Por qué crees que no estoy enamorado? Serenio es una bella mujer, y Darvo –el hombre alto y rubio sonrió, y las líneas de preocupación que surcaban su frente se borraron– necesita que haya un hombre cerca. Sabes, algún día puede terminar siendo un buen tallador de pedernal.
–Hermano Mayor, te conozco desde hace tiempo. Vivir con una mujer no significa, para ti, que la ames. Ya sé que estás encariñado con el niño, pero no es motivo suficiente para permanecer aquí y comprometerte con su madre. No es mala razón para unirse, pero no es lo bastante buena para asentarse. Vuelve a casa y busca una mujer mayor que tenga hijos, si es eso lo que quieres... entonces podrás estar seguro de tener un hogar lleno de jóvenes que se hagan talladores de pedernal. Pero regresa.
Antes de que pudiera responder Jondalar, un muchacho, que apenas andaría por los diez años de edad, corrió hasta ellos sin aliento. Era alto para su edad, esbelto, con rasgos demasiado delicados y finos para un varón, y rostro delgado. Su cabello castaño oscuro era lacio, y en sus ojos de color avellana brillaba una viva inteligencia.
–¡Jondalar! –jadeó–. Os he estado buscando por todas partes. Dolando ya está preparado, esperando junto al río.
–Dile que vamos enseguida, Darvo –dijo el hombre alto y rubio en el idioma de los Sharamudoi. El niño echó a correr, adelantándose a ellos. Los dos hombres se volvían para seguirle

cuando Jondalar se detuvo–. Los buenos deseos son oportunos, Hermano Menor –y su sonrisa revelaba claramente su sinceridad–, no puedo decir que no esperaba que lo hicieras oficial. Y no sigas empeñándote en deshacerte de mí; no todos los días encuentra un hermano a la mujer de sus sueños. No me perdería la ceremonia de tu unión ni por el amor de una donii.

La sonrisa de Thonolan le iluminó el rostro.

–Sabes, Jondalar, eso pensé la primera vez que la vi: un bello espíritu joven de la Madre que había venido para convertir en placer mi viaje al otro mundo. Y me habría ido con ella sin luchar... lo haría ahora mismo.

Mientras Jondalar echaba a andar detrás de Thonolan, su ceño se contrajo; le preocupaba pensar que su hermano pudiera seguir a cualquier mujer hasta la muerte.

El sendero bajaba zigzagueante en pronunciado declive formando tramos horizontales que facilitaban el descenso a través de un bosque densamente poblado. El camino que seguían se ensanchó al aproximarse a una muralla de piedra que les condujo hasta la orilla de un abrupto farallón. Se había practicado laboriosamente un sendero a lo largo del farallón, lo suficientemente ancho para dar paso de frente a dos personas, pero algo incómodo. Jondalar iba detrás de su hermano mientras rodeaban la muralla. Continuaba experimentando una sensación dolorosa en las ingles al mirar por el borde del sendero el ancho y profundo Río de la Gran Madre, allá abajo, aunque habían pasado todo el invierno con los Shamudoi de la caverna de Dolando. Y, sin embargo, recorrer aquel sendero peligroso era mejor que el otro acceso.

No todos los cavernarios vivían en cavernas; era frecuente que se levantaran refugios construidos en terrenos abiertos. No obstante, los refugios naturales que brindaba la roca eran buscados y apreciados, especialmente durante los fríos de un riguroso invierno. Una caverna o un saliente de roca podía ser la razón de que se escogiera un lugar de asentamiento que, de otra manera, habría sido desdeñado. Dificultades aparentemente insuperables eran vencidas de un modo u otro, con tal de aprovechar las ventajas de aquellos refugios permanentes. Jondalar había vivido en cavernas abiertas en farallones, pero ninguna de ellas parecida a esta Caverna de Shamudoi.

En una era anterior, la corteza terrestre, compuesta de rocas sedimentarias –caliza, arenisca y esquistos–, se había plegado alzándose en picos cubiertos de hielo. Pero una roca cristalina más dura, arrojada por erupciones volcánicas provocadas por aquellas mismas convulsiones, estaba entremezclada con las rocas más blandas. Toda la planicie que los dos hermanos recorrieron durante el verano anterior, la cual había sido otrora la cuenca de un amplio mar interior, estaba rodeada de montañas. Durante largos eones el desagüe del mar fue erosionando su camino a través de una sierra que, en otros tiempos, se unía a la gran cordillera del norte con una extensión de ésta hacia el Sur, y desecó la cuenca.

Pero la montaña se mostraba rebelde a ceder allí donde la materia era más blanda, y sólo permitió una angosta brecha reforzada por rocas resistentes. El Río de la Gran Madre, llevando consigo al de la Hermana y todos los canales y afluentes para formar un caudaloso conjunto, penetraba por esa misma brecha. A lo largo de una distancia que alcanzaba tal vez un centenar de millas, una serie de cuatro enormes desfiladeros constituía la entrada de su curso inferior y, por último, de su destino final. A lo largo del camino, había lugares donde se extendía hasta un kilómetro de ancho; en otros puntos, menos de trescientos metros separaban murallas de piedra desnuda y escarpada.

En el prolongado esfuerzo que representa cortar a través de cien kilómetros de cadena montañosa, las aguas del mar que retrocedían se convirtieron en corrientes, cascadas, lagos y pozas, muchas de las cuales dejarían su huella. A gran altura, en la muralla izquierda, casi donde comenzaba el primer paso angosto, había una amplia plataforma: un bajío ancho y profundo, con el suelo sorprendentemente plano. Había sido en tiempos muy remotos una pequeña bahía, una pequeña caleta del lago, excavada por el desgaste constante del agua y el tiempo. Hacía mucho que había desaparecido el lago, dejando la terraza recortada en forma de U muy arriba, por encima de la línea de aguas existente; tan arriba que ni siquiera las crecidas primaverales, que podían alterar espectacularmente el nivel del río, se acercaban al saliente.

Un vasto campo cubierto de hierba se extendía hasta el borde vertical del farallón, aunque el mantillo no era profundo, lo que podía comprobarse viendo los hoyos practicados para hacer fuego y cocinar que estaban abiertos en la piedra dura. Más o menos a medio camino, detrás, comenzaron a aparecer arbustos y matorrales, abrazando las ásperas murallas y trepando por ellas. Los árboles alcanzaban un tamaño respetable cerca de la muralla posterior, y los matorrales se espesaban y cubrían la pendiente abrupta de la vertiente posterior. Cerca de la parte de atrás, sobre una muralla lateral, estaba lo mejor de la alta terraza: un saliente de arenisca formando techo, con la parte inferior cóncava. Debajo del saliente habían sido construidos varios refugios de madera que dividían la superficie en unidades habitacionales, y un espacio más o menos circular con un piso para el fuego principal y otros más pequeños, que constituía a la vez una entrada y un lugar de reuniones.

El ángulo opuesto brindaba otra ventaja inestimable: una cascada larga y delgada, que caía de un alto reborde, jugueteaba entre rocas un buen tramo y finalmente vertía en un saliente de arenisca más pequeño sobre una poza viva. Corría a lo largo de la muralla más alejada hasta el extremo de la terraza donde Dolando y varios hombres se encontraban esperando a Jondalar y Thonolan. Dolando les llamó en cuanto aparecieron bordeando la muralla y entonces comenzó a bajar por el saliente. Jondalar trotaba detrás de su hermano y llegó a la muralla apartada justo cuando Thonolan iniciaba el descenso por un sendero inseguro a lo largo del arroyuelo que saltaba por una serie de repisas hasta llegar al río. La pista no habría sido practicable de no existir escalones tallados con dificultad en la roca, y una fuerte baranda de cuerda. De todos modos, el agua que caía sin cesar y la pulverización constante la hacían muy resbaladiza, incluso en verano. En invierno se formaba una masa intransitable de trozos de hielo.

En primavera, aunque la inundaban desbordamientos y estaba sembrada de trozos de hielo pegado, los Sharamudoi –tanto los Shamudoi, cazadores de venados, como los Ramudoi, habitantes del río, que constituían la otra mitad de su pueblo– trepaban y descendían como los ágiles antílopes que habitaban aquellos terrenos abruptos. Mientras Jondalar veía bajar a su hermano como si hubiera pasado allí toda su vida, pensó que Thonolan había acertado en una cosa: si él, Jondalar, hubiera de pasarse allí toda la vida, nunca se habituaría a semejante forma de ganar el elevado saliente. Echó una ojeada a las aguas turbulentas del enorme río, respiró hondo, apretó los dientes y pasó por encima del reborde.

Más de una vez se sintió agradecido por la cuerda, al sentir que su pie resbalaba sobre hielo invisible, y exhaló un profundo suspiro al llegar al río. Un embarcadero flotante hecho con troncos amarrados, que oscilaba al movimiento de la rápida corriente, ofrecía por contraste una estabilidad muy estimable. Sobre una plataforma elevada que cubría más de la mitad del embarcadero, había una serie de estructuras de madera parecidas a las que se encontraban bajo el saliente de la terraza superior.

Jondalar intercambió saludos con varios de los habitantes de las casas flotantes mientras recorría las vigas atadas y se dirigía al extremo del muelle donde Thonolan estaba metiéndose en una de las lanchas amarradas allí. Tan pronto como abordó, se alejaron de un solo golpe y se pusieron a remar río arriba con palas de largos mangos. La conversación quedó reducida al mínimo. La corriente profunda y fuerte era impulsada por la fusión primaveral; mientras los hombres del río remaban, Dolando y los suyos no perdían de vista el agua, al acecho de desechos flotantes. Jondalar se acomodó y se puso a meditar acerca de la relación singular existente entre los Sharamudoi.

La gente que él conocía se especializaba de distintas maneras, y con frecuencia se había preguntado qué les habría conducido a cada cual por un camino determinado. En algunos casos, todos los hombres solían desempeñar una función exclusivamente y las mujeres, otra, de tal modo que cada función llegaba a estar tan asociada con un sexo en particular que ninguna mujer haría lo que consideraba trabajo de hombres, y no había hombre que accediera a ejecutar una tarea femenina. En otros casos, las tareas y obligaciones tendían a recaer más bien de acuerdo con la edad: los jóvenes realizaban las tareas más penosas, y los mayores, las más sedentarias. En algunos grupos, las mujeres se encargaban de los niños en todos los aspectos; en otros, gran parte de la responsabilidad de atender y enseñar a los niños pequeños correspondía a los ancianos de ambos sexos.

Con los Sharamudoi, la especialización había seguido tendencias distintas, y se habían formado dos grupos diferentes aunque relacionados entre sí. Los Shamudoi cazaban gamos y otros animales en los altos riscos y peñascos de montañas y farallones, mientras que los Ramudoi eran expertos en cazar –porque el procedimiento tenía más de cacería que de pesca– al enorme esturión del río, que alcanzaba hasta nueve metros de largo. También pescaban percas, lucios y grandes carpas. La división del trabajo podría haber sido causa de división en dos tribus distintas, pero la necesidad mutua que tenían unos de otros los había mantenido unidos.

Los Shamudoi habían perfeccionado un procedimiento para obtener una gamuza suave y aterciopelada de las pieles de gamo. Era algo tan único que tribus alejadas de la misma región negociaban para conseguirlas. Era un secreto muy bien guardado, pero Jondalar se había enterado de que los aceites producidos por ciertos pescados entraban en el proceso. Eso daba a los Shamudoi una buena razón para mantener sus estrechos vínculos con los Ramudoi. Por otra parte, las lanchas se hacían de roble, con algo de haya y de pino para los accesorios, y las largas tablas laterales se fijaban mediante mimbre y tejo. La gente del río necesitaba de los conocimientos que de los bosques tenían los habitantes de la montaña, para hacerse con la madera conveniente.

Dentro de la tribu Sharamudoi, cada familia Shamudoi tenía su contrapartida en una familia Ramudoi que estaba emparentada con ella de una forma que tenía que ver o no con lazos de sangre. Jondalar no había logrado reconocerlos a todos, pero después de que su hermano quedara oficialmente unido a Jetamio, él se encontraría de pronto con un puñado de «primos» en ambos grupos, emparentados con él a través de la compañera de Thonolan, aun cuando ella no tenía parientes vivos. Ciertas obligaciones mutuas deberían cumplirse, aunque para él eso no representaría mucho más que emplear títulos de respeto al dirigirse a los conocidos entre su nueva parentela.

Como varón soltero, seguiría en libertad de marcharse si quería, a pesar de que todos preferirían que se quedara. Pero los lazos que unían a ambos grupos eran tan fuertes, que si las habitaciones llegaran a congestionarse y una familia o dos de los Shamudoi decidiera marcharse e iniciar una nueva Caverna, su correspondiente familia de Ramudoi no tendría más remedio que mudarse con ella.

Había ritos especiales para intercambiar vínculos si la familia correspondiente no quería marcharse y otra familia, en cambio, sí. Sin embargo, los Shamudoi, en principio, podrían insistir, y los Ramudoi se verían obligados a seguirlos porque en cuestiones relacionadas con la tierra, los Shamudoi eran los que tenían derecho a decidir. No obstante, los Ramudoi no carecían de influencia: podían negarse a transportar a sus parientes Shamudoi o a ayudarles a buscar un lugar conveniente, dado que las decisiones relacionadas con el agua les correspondían a ellos. En la práctica, cualquier decisión de importancia tan grande como una mudanza solía tomarse de forma solidaria.

Se habían desarrollado lazos suplementarios, tanto prácticos como rituales, para fortalecer la relación, y muchos de ellos se centraban en las lanchas. Aun cuando las decisiones respecto a las embarcaciones en el agua eran prerrogativa de los Ramudoi, las embarcaciones mismas pertenecían también a los Shamudoi, quienes, por consiguiente, se beneficiaban del producto de su uso, en proporción con las ventajas cedidas a cambio. Aquí también, el principio que se había arbitrado para resolver disputas era mucho más complicado que la práctica. Compartir mutuamente, con un entendimiento tácito y el respcto de los derechos ajenos, sus territorios y su pericia, era algo que contribuía a que las disputas fueran poco frecuentes.

La construcción de las embarcaciones requería un esfuerzo conjunto, por la sencilla razón, eminentemente práctica, de que exigía a la vez productos de la tierra y conocimiento de las aguas, y eso daba a los Shamudoi un derecho adquirido sobre las embarcaciones utilizadas por los Ramudoi. Los ritos fortalecían el vínculo, dado que ninguna mujer de una u otra parte podía unirse a un hombre que no disfrutara de tal derecho. Thonolan tendría que ayudar a construir o reconstruir una embarcación, antes de poder unirse oficialmente a la mujer a la que amaba.

También Jondalar ansiaba tomar parte en la construcción. La insólita embarcación le tenía intrigado; se preguntaba cómo estaría hecha y cómo se las componían para impulsarla y navegar con ella. Habría preferido disponer de alguna justificación distinta, no de la decisión de su hermano en cuanto a quedarse allí y unirse a una Shamudoi, para descubrirlo. En cualquier caso, aquella gente le había interesado desde el principio. La facilidad con que viajaban por el gran río y cazaban el enorme esturión superaba las habilidades de todos los pueblos de que había oído hablar.

Conocían el río en sus diferentes cambios de humor. A él le había costado captar el volumen de su caudal mientras no vio todas sus aguas juntas, y todavía no estaba lleno. Pero desde la embarcación no se podía apreciar su inmensidad. En invierno, cuando la pista de la cascada se estaba congelando y no podía utilizarse, antes de que los Ramudoi subieran a vivir con sus parientes Shamudoi, el comercio entre los dos grupos se realizaba mediante cuerdas y grandes plataformas trenzadas, colgadas por encima del reborde de la terraza Shamudoi y que bajaban hasta el muelle de los Ramudoi.

Las cascadas no se habían congelado aún cuando llegaron Thonolan y Jondalar, mas el primero no se encontraba en condiciones de efectuar el peligroso ascenso; a los dos los izaron en un canasto.

Al ver el río desde aquella perspectiva por vez primera, Jondalar empezó a comprender la extensión total del Río de la Gran Madre. Palideció, su corazón comenzó a palpitar por efecto del impacto que le produjo aquella comprobación, mientras veía el agua a sus pies y las montañas redondas del otro lado del río. Estaba espantado y dominado a la vez por un profundo respeto hacia la Madre, cuyas primeras aguas habían formado el río en su maravilloso acto de creación.

Más adelante se enteró de que había una subida más larga y fácil, aunque menos espectacular, para llegar a las moradas de los Shamudoi. Formaba parte de una vereda que se extendía de oeste a este por los desfiladeros montañosos y que bajaba a la vasta llanura fluvial en el extremo oriental de la entrada. La parte occidental de la vereda, en las tierras altas y los contrafuertes que conducían al arranque de la serie de desfiladeros, era más abrupta, pero en algunos puntos llegaba a la orilla del agua. Hacia allí se dirigían.

La embarcación estaba separándose ya del centro del río hacia un grupo de gente que hacía señales llenas de excitación, a lo largo de una playa de arena gris, cuando, al oír una exclamación, el hermano mayor volvió la cabeza.

–¡Mira, Jondalar! –Thonolan señalaba río arriba.

Dirigiéndose hacia ellos, envuelto en un resplandor ominoso y siguiendo el centro de la corriente, apareció un iceberg enorme, desigual y brillante, cuyos reflejos cristalinos daban al monolito un halo inconsútil, pero en su profundidad verde azulada conservaba un corazón que no se derretía. Con habilidad nacida de la práctica, los hombres que remaban cambiaron el rumbo y la velocidad de la lancha para evitar el choque; después, dejando los remos en posición horizontal, se detuvieron para contemplar una muralla de frío brillante deslizarse junto a ellos con mortal indiferencia.

–Nunca le des la espalda a la Madre –oyó decir Jondalar al hombre sentado delante de él.

–Markeno, yo diría que fue la Hermana la que trajo a éste... –comentó su vecino.

–¿Cómo... hielo grande... llegó, Carlono? –le preguntó Jondalar.

–Témpano –dijo Carlono, enseñándole primero la palabra–. Puede haber venido de un glaciar en movimiento, desde uno de esos montes –prosiguió, avanzando la barbilla hacia los picos blancos, por encima de su hombro, puesto que estaba remando de nuevo–. O puede haber venido de mucho más lejos, probablemente por el Río de la Hermana. Es más profundo, no tiene tantos canales... especialmente en esta época del año. Ese témpano es mucho más grande de lo que parece. La mayor parte está bajo el agua.

–Es difícil creer... témpano... tan grande, llega tan lejos –dijo Jondalar.

–Nos llega hielo cada primavera. No siempre tan grande. Pero no durará mucho más... el hielo está blanco. Un buen golpe y se quebrará y, además, hay una roca en medio de la corriente, justo debajo de la superficie del agua. No creo que ese témpano consiga pasar por la entrada –agregó Carlono.

–Si nos asestara un buen golpe, seríamos nosotros quienes nos quebraríamos –dijo Markeno–. Por eso nunca le des la espalda a la Madre.

–Markeno tiene razón –convino Carlono–. Nunca confíes en ella. Este río puede hallar varias maneras desagradables de recordarte que debes prestarle atención.

–Yo conozco algunas mujeres así. ¿Tú no, Jondalar?

Jondalar recordó súbitamente a Marona. La sonrisa de complicidad de su hermano le hizo comprender que Thonolan pensaba en ella. Hacía algún tiempo que no pensaba en la mujer que había esperado unirse con él durante la Reunión Matrimonial de Verano. Con un poco de nostalgia se preguntó si volvería a verla. Era mujer hermosa. «Pero también Serenio lo es, pensó; tal vez deberías pedirla. En algunos aspectos es mejor que Marona.» Serenio era mayor que él, pero se había sentido atraído muchas veces por mujeres mayores. ¿Por qué no unirse al mismo tiempo que Thonolan, y quedarse?

«¿Cuánto tiempo llevamos fuera? Más de un año... dejamos la Caverna de Dalanar la primavera pasada. Y Thonolan nunca regresará. Todos están emocionados con lo de él y Jetamio... quizá deberías esperar, Jondalar, se dijo. No querrás estropearles el día... y Serenio podría pensar que fue sólo una idea de última hora... Más adelante...»

–¿Por qué habéis tardado tanto? –gritó alguien desde la ribera–. Hemos estado esperando, y eso que llegamos por el camino más largo, por la vereda. Tuvimos que encontrar a estos dos. Creo que se querían esconder –repuso Markeno, riendo.

–¡Ay, Thonolan, ya es demasiado tarde para esconderte! Esta te ha echado el anzuelo –dijo uno desde la ribera, vadeando detrás de Jetamio para agarrar la lancha y ayudar a vararla. Hizo la mímica de lanzar un arpón y de tirar hacia atrás para engancharlo.

Jetamio se ruborizó y después sonrió.

–Bueno, Barono, admite que ha sido una buena presa.

–Tú, buena pescadora –replicó Jondalar–. Anteriormente siempre escapó.

Todos rieron. Aunque no dominaba su lengua, se sentían complacidos al ver que tomaba parte en las bromas. Y comprendía mejor de lo que hablaba.

–¿Qué haría falta para atrapar uno grande como tú, Jondalar? –preguntó Barono.

–¡La carnada apropiada! –repuso Thonolan, sonriendo a Jetamio.

La lancha fue arrastrada por la angosta playa de arena pedregosa, y después de que sus ocupantes bajaran a tierra, fue levantada y transportada por una pendiente hasta una vasta área, un calvero en medio de un poblado robledal. Era evidente que el lugar se utilizaba desde hacia años. Vigas, trozos y restos de madera cubrían el suelo: el hogar, situado delante de un cobertizo muy grande que había a un costado, no padecía escasez de combustible; sin embargo, había allí maderas abandonadas desde hacía tanto tiempo que se estaban pudriendo. La actividad estaba repartida en diversas áreas, y cada una de éstas comprendía una embarcación en alguna fase de su construcción.

La embarcación que les había traído fue dejada en tierra, y los recién llegados corrieron hacia el atrayente calor del fuego. Otros abandonaron sus tareas para reunirse con ellos. Una infusión aromática de hierbas humeaba en una artesa, construida en un tronco. Pronto se vació a medida que se sumergían en ella tazas y más tazas. Piedras redondas para calentar, procedentes de la orilla del río, estaban amontonadas en las inmediaciones, y un bulto de hojas empapadas, cuya naturaleza no podía adivinarse, se encontraba en medio de un arroyuelo lodoso detrás del tronco.

La artesa ya estaba casi vacía. Antes de volver a llenarla, dos personas hicieron rodar el gran tronco para vaciar los restos de la infusión anterior, mientras ponían los cantos rodados sobre el fuego. El líquido estaba siempre en la artesa, a disposición de quien quisiera tomar una taza, y las piedras de cocer estaban en el fuego para calentar una taza cuando ésta se enfriase. Después de algunos más chistes y bromas dedicados a la pareja a punto de unirse, todos dejaron sus tazas de madera o de fibras fuertemente tejidas y retornaron a sus diversas tareas. A Thonolan se lo llevaron para iniciarle en la construcción de barcas, mediante un trabajo duro pero que no exigía mucha pericia: derribar un árbol.

Jondalar había mantenido una conversación con Carlono acerca del tema predilecto del jefe de los Ramudoi: las embarcaciones.

–¿Cuál es la madera que mejor sirve para hacer buenas barcas? –le había preguntado.

Carlono, disfrutando del interés de aquel joven, sin duda inteligente, se lanzó a una animada explicación.

–La de roble verde es la mejor; dura, pero flexible; fuerte, pero no demasiado pesada. Pierde flexibilidad si se seca, pero se puede cortar en invierno y almacenar los troncos en una poza o una charca durante un año, incluso dos. Más tiempo no, porque se empaparía de agua y resultaría dura para trabajarla, y es difícil que la barca mantenga el equilibrio adecuado en el agua. Pero más importante aún es escoger el árbol apropiado –y Carlono se dirigía al bosque mientras hablaba.

–¿Uno grande? –preguntó Jondalar.

–No se trata sólo del tamaño. Para la base y las tablas hacen falta árboles altos, de troncos rectos –y Carlono condujo al alto Zelandonii hasta un bosquecillo de árboles que crecían muy juntos–. En los bosques muy poblados, los árboles crecen para ir en busca del sol...

–¡Jondalar! –el hermano mayor alzó la vista, sorprendido por el tono de voz de Thonolan. Estaba de pie, junto con otros varios, rodeando un roble enorme en medio de otros árboles esbeltos cuyas ramas partían desde muy alto, tronco arriba–. ¡Cuánto me alegra verte! A tu hermano pequeño no le vendría mal tu ayuda. Ya sabes que no puedo establecerme antes de que se haya construido un barco nuevo y éste –señaló expresivamente con la cabeza el árbol alto– debe ser derribado para las «tracas»... que, dicho sea de paso, no sé lo que son. ¡Mira el tamaño de este mamut! No sabía yo que hubiera árboles tan altos... tardaremos toda la vida en derribarlo. Hermano Mayor, seré un anciano antes de llegar al día de mi unión.

Jondalar sonrió moviendo la cabeza.

–Las «tracas» son los tablones que forman los costados de los barcos más grandes. Si vas a ser un Sharamudoi, tendrás que enterarte bien.

–Voy a ser un Shamudoi. Dejaré las embarcaciones a los Ramudoi. La caza de gamos es algo que yo entiendo. He cazado muflones y cabras monteses en altiplanos antes de ahora. ¿Ayudarás? Necesitamos todos los músculos que estén disponibles.

–Si no ayudo, la pobre Jetamio tendrá que esperar a que seas un anciano, de modo que tendré que colaborar. Además, será interesante ver cómo se hace –dijo Jondalar, y se volvió entonces hacia Carlono, agregando en sharamudoi–: Ayuda Thonolan cortar árbol. ¿Hablamos más después?

Carlono sonrió aquiescente y retrocedió para ver cómo saltaban las primeras astillas de corteza. Pero no se quedó mucho rato; derribar al gigante del bosque llevaría la mayor parte del día, y antes de caer, reuniría a todos a su alrededor.

Comenzando muy arriba y trabajando hacia abajo en ángulo agudo, para encontrarse con otros cortes horizontales, fueron desprendiéndose astillas pequeñas. Las hachas de piedra no se clavaban a mucha profundidad. El filo necesitaba cierto grosor para tener fuerza, y no podía penetrar demasiado en la madera. Mientras avanzaban hacia el corazón del enorme roble, éste aparecía más mordisqueado que cortado, pero cada astilla que caía permitía penetrar más dentro hacia el corazón del viejo gigante de los bosques.

El día tocaba a su fin cuando Thonolan recibió un hacha. En presencia de sus compañeros de trabajo, reunidos allí cerca, dio unos cuantos golpes finales y se apartó de un brinco al oír un crujido y ver oscilar el grueso tronco. Tambaleándose lentamente al principio, el roble adquirió mayor velocidad en su caída. Arrancando ramas de los gigantes vecinos y llevándose consigo otros más pequeños, el árbol viejo y enorme, entre crujidos y chasquidos, como si quisiera dejar constancia de su resistencia, tronó sobre la tierra; rebotó, tembló y, finalmente, quedó inmóvil. El silencio se apoderó del bosque; como en manifestación de un profundo respeto, hasta los pajarillos callaron. El majestuoso y viejo roble había sido derribado, separado de sus raíces vivientes, y su tocón era una cicatriz viva en las sombras de la tierra enmudecida del bosque. Entonces, con una dignidad tranquila, Dolando se arrodilló junto al tocón mutilado y abrió un hoyito con la mano antes de dejar caer una semilla.

–Que la Bendita Mudo acepte nuestra ofrenda y dé vida a otro árbol –dijo, y a continuación cubrió la semilla y vertió encima una taza de agua.

El sol se ponía en un horizonte brumoso y convertía las nubes en celajes dorados cuando todos se pusieron en marcha por la larga vereda en dirección al elevado saliente. Antes de llegar a la antiquísima ensenada, los colores pasaron por toda la gama de los oros y los bronces, y, después, de los rojos a un malva fuerte. Cuando la comitiva llegó a la plataforma saliente, Jondalar tuvo que detenerse ante la belleza extraordinaria del panorama que se extendía ante sus ojos. Dio unos pasos hacia el borde, demasiado interesado por una vez para fijarse en el precipicio que tenía a sus pies. El Río de la Gran Madre, tranquilo y lleno, devolvía la imagen del cielo vibrante y de las sombras oscuras de los elevados montes que se alzaban del otro lado, y su tersa superficie se revelaba llena de vida por el movimiento de su profunda corriente.

–Es muy bello, ¿verdad?

Jondalar se volvió al oír la voz y sonrió a una mujer que se había acercado a él.

–Sí, muy bello, Serenio.

–Gran fiesta esta noche para celebrar. Por Jetamio y Thonolan. Están esperando. Debes venir.

Se volvió para alejarse, pero Jondalar la cogió de la mano y la retuvo allí, observando los últimos resplandores del poniente que se reflejaban en las pupilas de la mujer.

Había en ella una dulzura rendida, una aceptación eterna que nada tenía que ver con la edad... apenas tenía unos cuantos años más que él. Y tampoco era renunciamiento. Más bien era que no reclamaba nada, no esperaba nada. La muerte de su primer compañero, de un segundo amor antes del momento de unirse, y el aborto de un segundo hijo que habría bendecido la unión, había templado su carácter por medio del dolor. Al aprender a vivir con el suyo, había desarrollado la capacidad de absorber el dolor ajeno. Cualquiera que fuese su pena o su frustración, todos se volvían hacia ella y experimentaban alivio, porque no imponía obligación ni agradecimiento a cambio de su comprensión.

Debido al efecto calmante que ejercía sobre seres amados que sufrían o pacientes asustados, a menudo ayudaba al Shamud y había aprendido algunas habilidades médicas gracias a su asociación. Fue así como Jondalar la conoció, cuando estaba ayudando al curandero a cuidar a Thonolan para devolverle la salud. Cuando su hermano pudo levantarse y se repuso lo suficiente para llegar hasta el hogar de Dolando y Roshario, y más especialmente de Jetamio, Jondalar había pasado a vivir con Serenio y su hijo Darvo. No lo había pedido; ella no esperaba que lo hiciera.

Los ojos de Serenio parecían reflexionar siempre, pensó, mientras se inclinaba para darle un beso ligero de saludo antes de acercarse a la brillante fogata. Nunca podía llegar a lo más recóndito de sus pensamientos, cosa que, por mucho que le doliera reconocerlo, le agradecía. Era como si ella le conociera mejor de lo que se conocía él mismo; como si supiera su incapacidad de entregarse por completo, de enamorarse lo mismo que Thonolan. Incluso parecía saber que la manera que él tenía de compensar su falta de profundidad emocional consistía en hacerle el amor con una habilidad tan consumada, que la dejaba sin aliento. Lo aceptaba, aceptaba sus arrebatos de mal humor sin hacerle sentirse culpable.

No era exactamente reservada –sonreía y hablaba con naturalidad y soltura–, sólo que guardaba la compostura y no era totalmente accesible. La única vez que pudo captar un destello de algo más fue cuando la sorprendió mirando a su hijo.

–¿Por qué tardabais tanto? –inquirió el muchacho, con evidente alivio al verlos llegar–. Ibamos a comer, pero todos os estaban esperando.

Darvo había visto juntos a Jondalar y a su madre en el borde alejado, pero no había querido interrumpirlos. Al principio se había disgustado por tener que compartir la atención de su madre en el hogar. Pero descubrió que, en vez de tener que compartir el tiempo de su madre, ahora había alguien más que le prestaba atención a él. Jondalar le hablaba, le contaba sus aventuras durante el viaje, hablaba de cacerías y comentaba las costumbres de su pueblo, y él escuchaba con un interés que no era fingido. Más excitante aún: Jondalar había comenzado a enseñarle algunas técnicas de la fabricación de herramientas, que el muchacho había captado con una facilidad que sorprendió a Jondalar y a él mismo.

El niño se había alegrado sobremanera cuando el hermano de Jondalar decidió unirse a Jetamio, y esperaba con fervor que Jondalar decidiera asimismo quedarse y se uniera a su madre. Había tenido buen cuidado de mantenerse aparte cuando estaban juntos, tratando a su manera de no obstaculizar sus relaciones. No se daba cuenta de que, en todo caso, las fomentaba. A decir verdad, la idea había estado rondando todo el día por la mente de Jondalar. Se dio cuenta de que estaba justipreciando a Serenio. Tenía ésta el cabello más claro que el de su hijo, más castaño que negro. No era delgada, pero su elevada estatura daba esa impresión. Era una de las pocas mujeres que conocía que le llegaban a la barbilla, y a él le parecía que aquélla era una talla apropiada. Existía un gran parecido entre madre e hijo, incluso en el color avellana de los ojos, aunque los del niño carecían de la impasibidad de los de la madre. Y en ella, los finos rasgos eran bellos.

«Podría ser feliz con ella, pensó. ¿Por qué no se lo pido?» Y en aquel instante la deseaba realmente, deseaba vivir con ella.

–¿Serenio?

La mujer alzó la vista y quedó prendida del magnetismo de sus ojos increíblemente azules. Su necesidad, su deseo se centraban en ella. La fuerza de su carisma –inconsciente y, por tanto, mucho más poderoso– la cogió desprevenida y derribó las defensas que había levantado tan cuidadosamente para no tener que sufrir. Estaba abierta, vulnerable, atraída casi a pesar suyo.

–Jondalar... –su aceptación estaba implícita en el tono de su voz.

–Yo... pienso mucho hoy –Jondalar luchaba con el lenguaje, pero le estaba costando hallar el modo de expresar sus pensamientos–. Thonolan, mi hermano... Viajamos lejos juntos. Ahora él ama Jetamio, quiere quedarse. Si tú... yo quiero... –no alcanzó a terminar la frase.

–Venid los dos. Todos tienen hambre y la comida está... –Thonolan se interrumpió al ver que ambos estaban muy juntos, perdidos en las profundidades de sus respectivas miradas–. ¡Ay! ... lo siento; creo que he interrumpido algo.

Los dos se apartaron; el momento había pasado.

–No importa, Thonolan. No queremos dejar esperando a nadie. Podremos hablar después –dijo Jondalar.

Cuando miró a Serenio, ésta pareció sorprendida y confusa, como si no supiera lo que le había sucedido y luchara por recobrar la compostura que le servía de escudo.

Llegaron al área que estaba protegida por el saliente de piedra arenisca y sintieron el calor de la enorme hoguera central. Cuando aparecieron, todos se situaron alrededor de Thonolan y Jetamio, que ocupaban un espacio central vacío, detrás del fuego. La Fiesta de Compromiso indicaba el inicio festivo de un período ritual que culminaría con la celebración matrimonial. Durante el intervalo, la comunicación y el contacto entre los dos jóvenes se verían severamente limitados.

El ambiente cálido creado por la gente, impregnado del sentimiento de comunidad, rodeaba a la pareja. Unieron sus manos y, viendo sólo perfección en los ojos del otro, quisieron anunciar su dicha al mundo y afirmar su compromiso mutuo. El Shamud dio un paso adelante. Jetamio y Thonolan se arrodillaron para que el curandero y guía espiritual colocara una corona de espino con frescos capullos sobre sus cabezas. Después de dar tres vueltas, sin soltarse las manos, en torno de la hoguera y de la gente allí reunida, regresaron a su sitio, cerrando un círculo que abarcaba con su amor la Caverna de los Sharamudoi.

El Shamud se volvió hacia ellos y con los brazos en alto, pronunció:

–El círculo comienza y termina en un mismo punto. La vida es como un círculo que comienza y termina con la Gran Madre; la Primera Madre que, en su soledad, creó toda la vida –la voz vibrante se oía fácilmente en la silenciosa reunión y por encima de las llamas crepitantes–. Mudo la Bendita es nuestro comienzo y nuestro fin. De Ella venimos; a Ella retornamos. Ella vela por nosotros en todos los aspectos. Somos sus hijos, toda vida proviene de Ella. Da libremente de Su abundancia. De Su cuerpo obtenemos sustento: alimento, agua y abrigo. De Su espíritu vienen dádivas de sabiduría y calor: habilidades y talentos, fuego y amistad. Pero las dádivas más grandes vienen de Su amor, que lo abarca todo.

»La Gran Madre Tierra se deleita en la felicidad de Sus hijos. Disfruta con nuestros goces y, por tanto, nos ha brindado la maravillosa Dádiva del Placer. La honramos, le demostramos respeto cuando compartimos Su Dádiva. Pero para las Bendecidas entre nosotros ha reservado Su Dádiva más grande, al dotarlas con Su maravilloso poder de crear Vida», el Shamud miró a la joven.

«Jetamio, eres una de las Bendecidas. Si honras a Mudo en todos los aspectos, puedes verte recompensada con la Dádiva de Vida por la Madre, y dar a luz. Sin embargo, el espíritu de Vida que llevas en ti sólo proviene de la Gran Madre.

»Thonolan, al adquirir el compromiso de hacerte cargo de otra persona, eres como Ella, que se hace cargo de todos nosotros. Al honrarla así, Ella podrá concederte el poder, creador también, de manera que un hijo traído al mundo por la mujer de quien estás encargado u otra de las Bendecidas por Mudo, puede ser de tu espíritu». El Shamud miró al grupo.

«Cada uno de nosotros, cuando se ocupa de su prójimo, honra a la Madre y es bendecido por Su fecundidad.»

Thonolan y Jetamio se sonrieron mutuamente y, cuando el Shamud retrocedió, se sentaron en esteras tejidas. Era la señal para que comenzara el festín. Para empezar sirvieron a la joven pareja una bebida ligeramente alcohólica hecha de flores de amargón y miel, en fermentación desde la última luna nueva. Luego, la misma bebida fue distribuida a todos los demás.

Unos aromas tentadores que flotaban en el aire contribuyeron a que todos se percataran de cuánto habían trabajado aquel día. Incluso los que habían permanecido en la elevada terraza no habían estado ociosos, lo cual resultó obvio en cuanto apareció el primer plato aromático. Pescado blanco en tablilla, atrapado en trampas aquella misma mañana y asado cerca del fuego al aire libre, fue ofrecido a Jetamio y Thonolan por Markeno y Tholie: sus iguales en la familia Ramudoi. Fuerte acedera leñosa, cocida y aplastada hasta convertirla en pulpa, era la salsa que acompañaba el plato.

El sabor, nuevo para Jondalar, le gustó en el acto y le pareció un complemento excelente para el pescado. Pasaron de mano en mano canastos de alimentos pequeños para acompañar también al plato. Cuando Tholie se sentó, le preguntó qué eran.

–Nueces de haya, recogidas el otoño pasado –contestó, y explicó con todo detalle la manera en que se les quitaba la corteza exterior gruesa con finas hojas de pedernal; después se tostaban cuidadosamente zarandeándolas junto con carbones calientes en canastos planos en forma de fuentes, los cuales eran agitados constantemente para evitar que se quemaran, y finalmente se envolvían en sal marina.

–Tholie trajo la sal –dijo Jetamio–. Fue parte de su regalo de boda.

–Tholie, ¿viven muchos Mamutoi cerca del mar? –preguntó Jondalar.

–No, nuestro campamento era uno de los más próximos al Mar de Beran. La mayoría de los Mamutoi viven más al norte. Los Mamutoi son cazadores de mamuts –explicó orgullosa–. Todos los años nos íbamos al norte para las cacerías.

–¿Cómo te casaste con una mujer Mamutoi? –preguntó el rubio Zelandonii a Markeno.

–La rapté –respondió éste, haciendo un guiño a la joven.

–Es cierto –dijo Tholie, sonriendo–. Por supuesto, todo estaba arreglado.

–Nos conocimos una vez que fui en una expedición comercial al este. Viajamos todo el camino hasta el delta del Río de la Madre. Fue mi primer viaje. A mí no me importaba que fuera Sharamudoi o Mamutoi: no habría regresado sin ella.

Markeno y Tholie relataron las dificultades que había ocasionado su deseo de emparejarse. Fueron necesarias prolongadas negociaciones para superar todos los impedimentos, y luego él tuvo que «raptarla» para poder saltarse ciertas costumbres. Ella estaba más que dispuesta; sin su consentimiento, no habría podido realizarse la unión. Por otro lado, existían precedentes; aun cuando no fuese práctica habitual, uniones como la suya se habían celebrado ya anteriormente.

Las poblaciones de humanos eran escasas y estaban tan distantes unas de otras, que pocas veces invadían sus respectivos territorios, por lo que el contacto poco frecuente con extraños resultaba una novedad. Aunque un poco cautelosa al principio, la gente no solía mostrarse hostil, y no era raro ser bien recibido. La mayoría de los pueblos cazadores estaban acostumbrados a recorrer grandes distancias, siguiendo a menudo rebaños migratorios con una regularidad de temporada, y muchos tenían tradiciones muy antiguas de Viajes individuales.

Era más frecuente que las fricciones surgieran de la familiaridad. Las hostilidades tendían a surgir intramuros –en el seno de la comunidad– cuando se producían. Los códigos de comportamiento mantenían dentro de los límites a los temperamentos violentos, y casi siempre volvían las aguas a su cauce gracias a costumbres ritualizadas... si bien tales costumbres no estaban petrificadas. Los Sharamudoi y los Mamutoi estaban en buenas relaciones comerciales, y existían similitudes en costumbres y lengua. Para los primeros, la Gran Madre Tierra era Mudo, para los segundos, era Mut, pero seguía siendo la Primera Madre, Antepasada Original y Deidad.

Los Mamutoi eran un pueblo con un elevado concepto de sí mismos, lo que no les impedía comportarse de forma abierta y amistosa. Como grupo, no temían a nadie... al fin y al cabo eran cazadores de mamuts. Eran confiados, impetuosos, algo ingenuos, y estaban convencidos de que todos los demás los veían como se veían ellos a sí mismos. A pesar de que las discusiones se le habían antojado interminables a Markeno, no habían constituido un problema insuperable contra la unión.

La propia Tholie era un buen ejemplo de su gente: abierta, amistosa y segura de que todos la querían. En realidad, pocos eran los que podían resistirse a su sincera extroversión. Nadie se ofendía siquiera cuando hacía las preguntas más personales, pues resultaba obvio que no había intención maliciosa en ellas. Sucedía que ella se interesaba por todo y no veía razón alguna para dominar su curiosidad.

Una joven se acercó con una niña en brazos.

–Tholie, Shamio se ha despertado. Creo que tiene hambre.

La madre hizo un gesto de agradecimiento con la cabeza y dio el pecho al bebé, sin apenas interrumpir la conversación ni la comida. Fueron ofrecidos más alimentos: hayucos encurtidos que habían macerado en salmuera y nacejas frescas. El pequeño tubérculo se parecía a las zanahorias silvestres, era una chufa dulce que ya conocía Jondalar; el primer bocado sabía a nuez, pero el segundo gustillo a rábano era una sorpresa. Su sabor fuerte era muy apreciado en la Caverna, pero él no estaba seguro de que le gustara. Dolando y Roshario llevaron a la joven pareja un rico guisado de gamo y vino de arándano, de un rojo oscuro.

–El pescado me pareció delicioso –dijo Jondalar a su hermano–, pero este guisado está soberbio.

–Dice Jetamio que es tradicional. Está sazonado con las hojas desecadas del mirto de la ciénaga. Se emplea la corteza para curtir las pieles de gamo: eso les da su color amarillo. Crece en pantanos, especialmente allí donde la Hermana se une con la Madre. Fue una suerte que estuvieran recogiéndola el otoño pasado, pues, de lo contrario, no nos habrían encontrado.

El ceño de Jondalar se frunció al recordar aquellos días.

–Tienes razón; fue una suerte. Me gustaría saber cómo podría recompensar por ello a esta gente –y su frente volvió a ensombrecerse de nuevo cuando recordó que su hermano estaba convirtiéndose en uno de ellos.

–Este vino es el regalo de boda de Jetamio –dijo Serenio.

Jondalar tendió la mano hacia su copa, bebió un sorbo y asintió:

–Es bueno. Es mucho bueno.

–Muy bueno –le corrigió Tholie–. Es muy bueno –a ella no le daba vergüenza corregirle; ella misma tenía aún algunos problemas para expresarse, y suponía que él preferiría hablar bien.

–Muy bueno –repitió Jondalar sonriendo a la joven bajita y robusta, con la criatura pegada a su amplio pecho. Le gustaban su honradez sincera y su naturaleza extrovertida que superaba con tanta facilidad la timidez y la reserva de los demás. Se volvió hacia su hermano–. Tiene razón, Thonolan. Este vino es muy bueno. Incluso madre estaría de acuerdo, y nadie hace mejor vino que Marthona. Creo que ella aprobaría a Jetamio –y de repente Jondalar deseó no haberlo dicho. Thonolan no llevaría nunca a su mujer para presentársela a su madre; lo más probable era que nunca volviera a ver a Marthona.

–Jondalar, deberías hablar sharamudoi. Aquí nadie más puede entenderte cuando hablas en zelandonii, y aprenderás mucho más aprisa si te obligas a hablarlo todo el tiempo –dijo Tholie, inclinándose algo preocupada. Consideraba que la experiencia hablaba por su boca.

Jondalar se sintió un poco molesto, pero no podía enojarse. Tholie era sincera, y él había sido descortés al hablar en un lenguaje que nadie más que él y su hermano conocían. Se ruborizó, pero sonrió.

Tholie observó que Jondalar estaba apenado; aunque no tenía pelos en la lengua, no era una mujer insensible.

–¿Por qué no aprendemos nuestros lenguajes recíprocamente? Podemos olvidar el propio si no tenemos con quien hablarlo de cuando en cuando. El zelandonii tiene un sonido tan musical, me gustaría aprenderlo –sonrió a Jondalar y Thonolan–. Pasaremos un rato todos los días aprendiendo –declaró, como si pensara que todos los demás tenían que estar de acuerdo.

–Tholie, tal vez quieras aprender zelandonii, pero quizá ellos no deseen aprender mamutoi –dijo Markeno–. ¿No se te había ocurrido?

Ahora le tocó a ella ruborizarse.

–No; no se me había ocurrido –contestó entre desconcertada y apenada.

–Bueno, yo sí quiero aprender mamutoi y zelandonii. Creo que es una buena idea –dijo Jetamio con firmeza.

–También a mí me parece una buena idea, Tholie –afirmó Jondalar.

–¡Vaya mezcla la que estamos organizando aquí! La mitad Ramudoi es en parte Mamutoi y la mitad Shamudoi va a ser en parte Zelandonii –dijo Markeno, sonriendo con gran ternura a su compañera. El afecto entre ambos saltaba a la vista. «Forman una buena pareja», pensó Jondalar, pero no pudo por menos de sonreír. Markeno era tan alto como él, aunque no tan musculoso, y cuando estaban juntos, el fuerte contraste destacaba las características físicas de cada uno: Tholie parecía más bajita y redonda, Markeno más alto y más delgado.

–¿Puede sumarse alguien más? –preguntó Serenio–. Me parece interesante estudiar zelandonii, y creo que a Darvo el mamutoi le resultaría útil si quiere hacer viajes de negocios algún día.

–¿Por qué no? –preguntó Thonolan riendo–. Cuando se hace un Viaje, ya sea al este o al oeste, ayuda mucho saber la lengua

–miró a su hermano–. Pero aunque no la sepas, eso no te impide comprender a una bella mujer, ¿verdad, Jondalar? Especialmente cuando se tienen grandes ojos azules –añadió, sonriendo, en zelandonii.

Jondalar sonrió ante la puya de su hermano.

–Debes hablar sharamudoi, Thonolan –dijo, guiñando un ojo a Tholie. Sacó una verdura de su tazón de madera con su cuchillo para comer; todavía no le parecía natural emplear la mano izquierda para hacerlo, aunque ésa era la costumbre de los Sharamudoi–. ¿Cómo se llama esto? –le preguntó–. En zelandonii se llama «hongo».

Tholie le dijo la palabra utilizada en su lengua y en sharamudoi para designar el hongo de sombrero peludo. Entonces, Jondalar pinchó un alto tallo y lo alzó, con expresión interrogante.

–Es el tallo de la bardana joven –dijo Jetamio, pero enseguida se dio cuenta de que la palabra no significaría gran cosa para él. Se levantó y fue hasta el montón de basura junto a la zona de cocinar; regresó con algunas hojas marchitas, pero que todavía podían reconocerse–. Bardana –explicó enseñándole las partes de hojas anchas, con pelusa, de un verde grisáceo, que habían sido arrancadas de los tallos. El asintió para demostrar que había comprendido. Entonces Jetamio mostró una hoja verde, larga y ancha, de olor inconfundible.

–¡Eso es! Ya sabía yo que era un sabor conocido –dijo Jondalar a su hermano–. Yo no sabía que el ajo tuviera esas hojas –y volviendo a Jetamio dijo–: ¿Cómo se llama?

–Escaluña –dijo. Tholie no tenía nombre mamutoi para aquello, pero sí para el trozo de hoja seca que sacó Jetamio después.

–Algas marinas –dijo–. Traje éstas conmigo. Crecen en el mar y espesan el caldo –trató de explicar, pero no estaba segura de que la entendieran. El ingrediente se había añadido a la receta tradicional debido a su íntima relación con la nueva pareja, y porque proporcionaba un sabor y una consistencia agradables–. Ya no quedan muchas. Era parte de mi regalo de bodas –Tholie recostó al bebé sobre su hombro dándole golpecitos en la espalda–. ¿Ya has hecho tu regalo al Arbol de la Bendición, Tamio?

Jetamio agachó la cabeza, sonriendo con modestia. Era una pregunta que no solía hacerse tan abiertamente, pero tampoco totalmente indiscreta.

–Espero que la Madre bendiga mi unión con un bebé tan saludable y feliz como el tuyo, Tholie. ¿Ya terminó Shamio de mamar?

–Le gusta seguir chupando para sentirse a gusto. Si la dejara, se quedaría colgada de mí el día entero. ¿Quieres cogerla un poco? Tengo que irme un momento.

Cuando regresó Tholie, el tema de la conversación había cambiado. Habían quitado de en medio la comida, se había servido más vino, y alguien estaba practicando ritmos en un tambor de una sola piel, improvisando la letra de una canción. Cuando Tholie cogió de nuevo a su hijita en brazos, Thonolan y Jetamio se pusieron en pie y buscaron la manera de escabullirse; de repente se encontraron rodeados de varias personas que les sonreían.

Era costumbre que los novios que estaban para aparearse abandonaran temprano el banquete para pasar a solas un rato, antes de su separación prematrimonial. Pero como eran los invitados de honor, no podían marcharse sin incurrir en descortesía, mientras alguien les estuviera dirigiendo la palabra. Tendrían que escurrirse cuando nadie les viera; como es natural, todo el mundo estaba al tanto. Se convirtió en un juego, y ambos quisieron desempeñar su papel: hicieron fintas para huir mientras todos fingían mirar hacia otro lado, y se excusaban cortésmente cuando los descubrían. Al cabo de muchas bromas y chistes, los dejarían escapar.

–No tendrás prisa por marcharte, ¿verdad? –preguntaron a Thonolan.

–Se está haciendo tarde –soslayaba Thonolan, sonriendo.

–Todavía es temprano. Toma otro poco, Tamio.

–No me cabría ni un solo bocado.

–Entonces un poco de vino. Thonolan, no puedes rechazar un vaso del maravilloso vino de arándanos de Tamio, ¿verdad?

–Bueno... poquito.

–¿Otro poquito para ti, Tamio?

Ella se acercó más a Thonolan y echó una mirada conspiradora por encima de su hombro.

–Sólo un poquito, pero alguien tendrá que ir a buscar nuestras tazas; están allí.

–Naturalmente. Esperad aquí, ¿eh?

Una persona se destacó, mientras los demás hacían como que miraban hacia donde iba. Thonolan y Jetamio se lanzaron a la carrera más allá de la fogata.

–Thonolan, Jetamio. Creí que tomaríais una copa de vino con nosotros.

–¡Oh, claro que sí! Pero tenemos que salir un momento. Ya sabéis lo que pasa cuando se come tanto –explicó Jetamio.

Jondalar, de pie junto a Serenio, sentía un fuerte impulso por proseguir la conversación interrumpida. Estaban disfrutando con las bromas. Se inclinó más cerca para hablar en privado, para pedirle que se fueran también en cuanto se cansaran todos y dejaran ir a la joven pareja. Si había de comprometerse con ella, tendría que ser ahora, antes de que la renuncia que empezaba a afirmarse en su interior le hiciera aplazarlo.

Los ánimos estaban muy alegres; los arándanos azules habían sido especialmente dulces el otoño pasado, y el vino estaba más fuerte que de costumbre. La gente circulaba, embromando a

Thonolan y Jetamio, riendo. Algunos estaban iniciando un cantar de preguntas y respuestas. Alguien quiso que se recalentara el guisado; alguien más puso agua para hacer una infusión, después de vaciar lo último que quedaba en la taza de alguien. Los niños, que no estaban lo suficientemente cansados para irse a dormir, corrían y se perseguían unos a otros. La confusión indicaba un cambio de actividades.

Entonces un niño que gritaba corrió y tropezó con un hombre que no se mantenía demasiado firme sobre sus pies. El hombre cayó sobre una mujer que llevaba una taza de infusión caliente, justo cuando un alboroto de gritos colectivos acompañaba la escapada de la pareja.

Nadie oyó el primer chillido, pero los gritos altos e insistentes de un bebé que sufría pusieron fin a todo.

–¡Mi hija! ¡Mi nenita! ¡Se ha abrasado! –lloraba Tholie.

–¡Gran Doni! –jadeó Jondalar mientras corría junto con Serenio hacia la madre sollozante y su nena que daba alaridos. Todos querían ayudar, todos al mismo tiempo. La confusión resultó peor que antes.

–Que dejen pasar al Shamud. Apartáos –la presencia de Serenio representaba una influencia tranquilizadora. El Shamud retiró rápidamente la ropa del bebé.

–Serenio, agua fría y pronto. ¡No! ¡Espera! Darvo, vete por agua, Serenio... la corteza de tilo, ¿sabes dónde está?

–Sí –contestó la mujer, alejándose a toda prisa.

–Roshario, ¿hay agua caliente? Si no la hay, ponla a calentar. Necesitamos una infusión de corteza de tilo, y una infusión más ligera como sedante. Las dos están escaldadas.

Darvo regresó corriendo con un recipiente lleno de agua de la fuente, que se derramaba por encima.

–Bien, hijo. Lo has hecho rápidamente –dijo el Shamud con una sonrisa de aprobación, y echó agua fría sobre las quemaduras encarnadas, que ya comenzaban a formar ampollas–. Necesitamos un vendaje, algo que calme, mientras se prepara la infusión –el curandero vio una hoja de bardana en el suelo y recordó la comida–. ¿Qué es esto, Jetamio?

–Bardana; había en el guisado.

–¿Quedan algunas hojas?

–Sólo empleamos el tallo. Hay muchas ahí.

–Tráelas.

Jetamio corrió al montón de desperdicios y regresó con dos puñados de las hojas arrancadas. El Shamud las metió en el agua y luego se las puso encima de las quemaduras a la madre y la hija. Los gritos desesperados de la niña se redujeron a sollozos con hipo, con algún espasmo eventual, y el efecto calmante de las hojas comenzó a dejarse sentir.

–Ayuda –dijo Tholie. No supo que se había quemado hasta que el Shamud lo dijo. Se encontraba sentada, charlando mientras amamantaba a la pequeña para que ésta estuviera callada y contenta. Cuando el líquido hirviendo se derramó sobre ellas, sólo se había percatado del dolor de la pequeña–. ¿Se curará Shamio?

–Las quemaduras harán ampolla, pero no creo que dejen cicatrices.

–¡Oh, Tholie, qué mal me siento! –dijo Jetamio–. Es espantoso. Pobrecita Shamio... y también tú.

Tholie estaba tratando de que la niña mamara otra vez, pero la asociación con el dolor la hacía negarse. Por fin, la satisfacción que recordaba se sobrepuso al temor, y los gritos de Shamio se callaron en cuanto tomó el pecho, lo cual calmó a Tholie.

–¿Por qué estáis todavía aquí, Thonolan y tú? –preguntó–. Es la última noche que vais a estar juntos.

–No puedo irme si Shamio y tú estáis lastimadas. Quiero ayudar.

La criatura volvía a agitarse; la bardana ayudaba, pero la quemadura seguía doliendo.

–Serenio, ¿está ya la infusión? –preguntó el curandero, cambiando las hojas por otras frescas empapadas en agua fría.

–La corteza de tilo se ha remojado lo suficiente, pero tardará en enfriarse. Tal vez si saco sólo un poco...

–¡Frío!, ¡frío! –gritó Thonolan, y echó a correr de repente alejándose de la protección del saliente.

–¿Adónde ha ido? –preguntó Jetamio a Jondalar.

El hombre alto se encogió de hombros meneando la cabeza. La respuesta resultó evidente cuando Thonolan regresó corriendo, sin aliento, pero con fragmentos de carámbanos en la mano: los había arrancado de la escarpada escalerilla que conducía hacia el río.

–¿Servirá esto? –preguntó, tendiéndoselos al curandero.

El Shamud miró a Jondalar.

–El joven es brillante –había un dejo de ironía en la declaración, como si no se esperara esa genialidad.

Las mismas cualidades de la corteza de tilo que mitigan el dolor, la hacían eficaz como sedante. Tholie y la nena estaban dormidas. Finalmente, Thonolan y Jetamio se habían dejado convencer de que podían irse un rato a solas, pero toda la diversión de la alegre Festividad del Compromiso se había disipado. Nadie quería decirlo, pero el accidente había arrojado una sombra de infortunio sobre su unión.

Jondalar, Serenio, Markeno y el Shamud estaban sentados cerca de la gran fogata, aprovechando el último calor de las brasas mortecinas y tomando sorbitos de vino mientras hablaban en voz baja. Todos los demás se habían ido a dormir, y Serenio estaba animando a Markeno para que también él fuera a acostarse.

–Ya no puedes hacer nada más. Markeno, no hay razón para que te pases la noche en vela. Yo me quedaré con ellas; tú, vete a dormir.

–Tienes razón, Markeno –dijo el Shamud–. Estarán bien; también tú deberías descansar, Serenio.

La mujer se puso en pie, tanto para animar a Markeno como por ella misma. Los demás la imitaron. Serenio dejó su taza, tocó ligeramente con su mejilla la de Jondalar, y se dirigió a las estructuras con Markeno.

–Si algo pasa, te despertaré –le dijo al marchar.

Cuando se retiraron, Jondalar sacó dos tazas del jugo de arándano fermentado que quedaba y tendió una a la silueta enigmática que esperaba en la oscuridad silenciosa. El Shamud la tomó, comprendiendo que los dos tenían más cosas que decirse. El joven empujó los últimos carbones que había cerca del borde del círculo ennegrecido, echó un poco de leña y consiguió que brillara un fuego pequeño. Se quedaron sentados durante un rato bebiendo vino en silencio, acurrucados cerca del calor oscilante.

Cuando Jondalar alzó la mirada, los ojos, cuyo color indefinido era simplemente oscuro a la luz del fuego, estaban examinándole. Sintió que eran potentes e inteligentes, pero él observaba con igual intensidad. Las llamas crepitantes y sibilantes proyectaban sombras movedizas sobre el viejo rostro, emborronando los rasgos, pero ni siquiera a la luz del día había podido Jondalar definir otras características específicas que no fueran vejez. Hasta eso era un misterio.

Había fuerza en el rostro arrugado, lo que le prestaba juventud a pesar de la blancura llamativa de la larga mata de pelo. Y aun cuando la silueta bajo el ropaje flojo parecía menuda y frágil, el paso era firme. Las manos eran la única señal inequívoca de ancianidad, pero, a pesar de sus nudos artríticos en las articulaciones y de la piel surcada por venas azules, seca como pergamino, ningún temblor convulsivo sacudía la taza que se llevaba a la boca.

El movimiento interrumpió el contacto visual. Jondalar se preguntó si lo habría hecho deliberadamente el Shamud para aliviar una tensión creciente. Bebió un sorbo.

–El Shamud buen curandero, tiene habilidad –dijo.

–Es una dádiva de Mudo.

Jondalar se esforzó por percibir algún matiz en el timbre o el tono que permitiera situar al curandero andrógino en una u otra dirección, sólo por satisfacer una curiosidad que le torturaba. No había establecido aún si el Shamud era hembra o varón, pero tenía la impresión de que, a pesar de la neutralidad del género, el curandero no había llevado vida de soltero. Las bromas de carácter satírico iban frecuentemente acompañadas de miradas de connivencia. Quería preguntar, pero no sabía cómo expresar su pregunta con tacto.

–La vida del Shamud no fácil, debe dar mucho trabajo... –dijo Jondalar con tiento–. ¿Quiso casarse el curandero?

Por un breve instante sus ojos inescrutables se abrieron mucho, y entonces el Shamud soltó una carcajada sardónica. Jondalar sintió que le subía calor a la cara.

–¿Con quién querrías casarme a mí, Jondalar? Ahora bien, si hubieras llegado aquí en mis años jóvenes, podría haber experimentado la tentación. ¡Ah!, ¿pero habrías sucumbido tú a mis encantos? Si hubiera colgado del Arbol que Bendice una hilera de cuentas, ¿podría haberte atraído a mi lecho? –expresó el Shamud con una leve y recatada inclinación de la cabeza. Por un instante, Jondalar estuvo convencido de que quien hablaba era una mujer joven–. ¿O debería haber mostrado mayor circunspección? Tus apetitos están bien desarrollados. ¿Podría haber despertado yo tu curiosidad respecto a un placer nuevo?

Jondalar se ruborizó, seguro de estar equivocado, sintiéndose, sin embargo, curiosamente atraído por la mirada de lascivia sensual y la gracia sinuosa, felina, que proyectó el Shamud con un movimiento de su cuerpo. Por supuesto, el curandero era un hombre, pero con aficiones de mujer en cuanto a sus placeres. Muchos curanderos participaban a la vez del principio femenino y del masculino; eso les proporcionaba mayores poderes. Y de nuevo oyó la carcajada sardónica.

–La vida de un curandero es difícil, pero es peor aún para su compañera. Una compañera debería ser la primera consideración del hombre. Por ejemplo, resultaría muy difícil dejar a una mujer como Serenio en mitad de la noche para ir a cuidar algún enfermo, y además, se imponen largos períodos de continencia...

El Shamud se inclinaba hacia delante, hablando de hombre a hombre, con una chispa en la mirada al pensar en una mujer tan bella como Serenio. Jondalar meneó la cabeza, intrigado. Entonces, con un movimiento de hombros, la masculinidad adquirió un carácter distinto que lo excluía a él.

–... y no estoy seguro de que me gustaría dejarla sola, habiendo muchos hombres rapaces alrededor.

El Shamud era una mujer, pero no una mujer que pudiera sentirse nunca atraída por él, ni él por ella, como no fuera en calidad de amigos. Era cierto que el poder de curar provenía del principio de ambos sexos, pero el suyo era el de una mujer con aficiones de hombre.

El Shamud rió de nuevo, y la voz no ofrecía matiz alguno en cuanto al sexo. Con una mirada serena de persona a persona, que pedía comprensión humana, el viejo curandero prosiguió:

–Dime, Jondalar, ¿cuál de los dos soy? ¿Con cuál te unirías? Algunos intentan hallar una relación, de una manera u otra, pero nunca dura mucho tiempo. Las dádivas no son una bendición completa. El curandero carece de identidad excepto en el más amplio sentido. El nombre personal le es retirado, el Shamud renuncia a su esencia para asumir la esencia de todos. Hay ventajas, pero el emparejamiento no suele contarse entre ellas.

»Cuando se es joven, haber nacido predestinado no es forzosamente deseable. No resulta fácil ser diferente. Tal vez no se quiera perder la propia identidad. Pero no importa... el destino es tuyo. No existe ningún otro lugar para quien lleva en sí, en un solo cuerpo, la esencia de hombre y mujer».

A la luz menguante del fuego, el Shamud parecía tan antiguo como la Tierra misma, mirando los carbones sin verlos, como si contemplara otra época, y otro lugar. Jondalar se levantó para echar más leña y cuidó el fuego hasta que lo hizo resplandecer de nuevo. Cuando las llamas se afirmaron, el curandero se enderezó y la mirada irónica retornó a sus ojos.

–Eso fue hace mucho tiempo, y ha habido... compensaciones. Desde luego no ha sido la menor de todas descubrir el talento que se tiene y aumentar los conocimientos. Cuando la Madre le llama a uno a Su servicio, no todo es sacrificio.

–Con los Zelandonii, no todos los que sirven a la Madre saben cuando jóvenes, no todos como Shamud. Una vez pensé servir a Doni. No todos son llamados –dijo Jondalar, y el Shamud se sorprendió al ver cómo se le apretaban los labios y se le arrugaba el ceño, revelando así una amargura que seguía viva. Había heridas enterradas muy profundamente en el alto joven que parecía tan favorecido.

–Es cierto, no todos los que lo desean son llamados, y no todos los llamados tienen el mismo talento... o similares inclinaciones. Si uno no está seguro, hay medios para descubrirlo, para poner a prueba su fe y su voluntad propias. Antes de ser iniciado, hay que pasar cierto tiempo a solas. Puede ser ilustrativo, pero se pueden aprender muchas cosas más sobre uno mismo de las que uno quisiera saber. A menudo aconsejo a quienes consideran la posibilidad de entrar al servicio de la Madre, que vivan solos una temporada. Si no pueden sufrir la soledad, jamás podrán soportar las pruebas más rigurosas.

–¿Qué clase de pruebas? –como el Shamud nunca se había mostrado tan sincero con él, Jondalar estaba fascinado.

–Períodos de abstinencia y continencia durante los cuales hay que prescindir de todos los placeres; períodos de silencio sin poder hablar con nadie;.períodos de ayuno; temporadas en que hay que permanecer sin dormir el mayor tiempo posible. Aprendemos a aplicar esos métodos para buscar respuestas, revelaciones de la Madre, especialmente para los que están en la fase de adiestramiento. Al cabo de algún tiempo se aprende a inducir el estado conveniente a voluntad, pero es beneficioso seguir provocándolo de cuando en cuando.

Hubo un prolongado silencio. El Shamud se las había arreglado para facilitar la conversación acerca de la cuestión real, las respuestas que Jondalar deseaba. Sólo había que preguntar.

–Sabes lo que es necesario. ¿Dirá el Shamud lo que significa... todo esto? –y Jondalar tendió el brazo en un ademán que lo abarcaba todo.

–Sí. Sé lo que quieres. Te preocupa tu hermano después de lo sucedido esta noche, y, en un sentido más amplio, también lo de él y Jetamio... y tú –Jondalar asintió con la cabeza–. No hay nada seguro... eso ya lo sabes –Jondalar asintió nuevamente. El Shamud le miró, estudiándole para saber cuánto podría revelar. Entonces el viejo rostro se volvió hacia el fuego y una mirada vacía quedó fija en sus ojos. El joven sintió un distanciamiento, como si un gran espacio los hubiera separado aunque ninguno de los dos se había movido–. Es fuerte el amor que le tienes a tu hermano –había un eco fantasmagórico, hueco, en la voz, una resonancia de otro mundo–. Te preocupa que sea demasiado fuerte, y temes llevar la vida de él y no la tuya. Estás equivocado. El te conduce adonde debes ir, pero adonde no irías solo. Tú sigues tu propio destino, no el suyo; sólo caminas con él por un tiempo.

»Vuestras fuerzas son de índole diferente. Tú tienes un gran poder cuando tu necesidad es grande. Sentí que me necesitabas para tu hermano aun antes de que halláramos su camisa ensangrentada en el tronco que me fue enviado».

Yo no mandé tronco. Fue casualidad, suerte.

–No fue casualidad que yo percibiera tu necesidad. Otros también la han sentido. No se te puede negar nada. Ni siquiera la Madre te lo negaría. Es tu dádiva. Pero sé prudente con las dádivas de la Madre. Te deja en deuda con ella. Con una dádiva tan fuerte como la tuya indica que tiene algún propósito para ti. Nada se da sin imponer la obligación de recibir algo a cambio. Incluso su Dádiva del Placer no es generosidad; hay un propósito en ello, lo sepamos o no...

»Recuerda esto: tú sigues el propósito de la Madre. No necesitas ser llamado, naciste para este destino. Pero serás sometido a prueba. Causarás dolor y eso te hará sufrir...» Los ojos del joven se abrieron mucho, revelando su asombro.

–...Serás lastimado. Buscarás la plenitud y hallarás frustración; buscarás la certidumbre y sólo hallarás indecisión. Pero hay compensaciones. Estás favorecido en mente y cuerpo, tienes habilidades especiales, talentos exclusivos, y tienes el don de una sensibilidad fuera de lo normal. Tus desazones serán el resultado de tu capacidad. Recibiste demasiado. Deberás aprender de tus pruebas.

»Recuerda también esto: servir a la Madre no es sólo sacrificio. Hallarás lo que buscas. Es tu destino».

–Pero, ¿y Thonolan?

–Siento una ruptura; tu destino sigue otro camino. El debe seguir el suyo. Es uno de los predilectos de Mudo.

Jondalar frunció el ceño. Los Zelandonii tenían un dicho semejante, que no significaba forzosamente buena suerte. La Gran Madre Tierra tenía fama de ser celosa de sus predilectos y los llamaba pronto para que volvieran junto a Ella. Esperó; pero el Shamud no dijo nada más. Jondalar no había comprendido muy bien el sentido de «necesidad», «poder» y «propósito de la Madre»... Los que Servían a la Madre solían hablar en términos oscuros, pero no le gustó la impresión que aquellas palabras le habían producido.

Cuando el fuego se apagó, Jondalar se puso de pie para alejarse. Se dirigió a los refugios situados en la parte posterior del saliente, pero el Shamud no había terminado.

–¡No! ¡La madre y el hijo, no!... –clamó en la oscuridad la voz suplicante.

Jondalar, cogido por sorpresa, sintió un escalofrío en la espalda. Se preguntó si Tholie y su pequeña estarían más quemadas de lo que creía, y también por qué estaría temblando si no tenía frío.

12

–¡Jondalar! –gritó Markeno. El hombre alto y rubio esperó a que el otro hombre de elevada estatura le diera alcance–. Busca la forma de retrasar la subida esta noche –dijo Markeno en voz baja–. Ya ha tenido Thonolan suficientes restricciones y rituales desde el Compromiso. Es hora de que se divierta un poco –quitó el tapón de una bolsa de agua y se la tendió a Jondalar para que oliera el vino de arándano, sonriendo astutamente.

El Zelandonii asintió y le devolvió la sonrisa. Había diferencias entre su pueblo y los Sharamudoi, pero algunas costumbres, por lo visto, estaban muy difundidas. Se preguntó si los jóvenes no proyectarían un «ritual» por su cuenta. Los dos echaron a andar marcando el mismo paso mientras seguían vereda abajo.

–¿Cómo están Tholie y Shamio?

–A Tholie le preocupa que Shamio vaya a tener una cicatriz en la cara, pero ambas mejoran. Serenio dice que no cree que la quemadura deje marca, pero ni siquiera el Shamud lo puede afirmar con seguridad.

La expresión preocupada de Jondalar hacía juego con la de Markeno hasta que llegaron a una curva de la vereda y tropezaron con Carlono, que se encontraba estudiando un árbol y que sonrió ampliamente al verlos. Su parecido con Markeno se acentuaba al sonreír. No era tan alto como el hijo de su hogar, pero la constitución enjuta era la misma. Volvió a mirar el árbol y después movió la cabeza.

–No; no sirve.

–¿No sirve? –preguntó Jondalar.

–Para soportes –dijo Carlono–. No veo la barca en este árbol. Ninguna de las ramas se adaptaría a la curva interior, ni siquiera después de trabajarlas.

–¿Cómo sabes? Barca no terminada –dijo Jondalar.

–El sabe –repuso Markeno–. Carlono siempre encuentra ramas con el encaje correcto. Puedes quedarte hablando de árboles si quieres. Yo bajo hasta el calvero.

Jondalar le vio alejarse a zancadas y después preguntó a Carlono:

–¿Cómo ves en árbol que encaja barca?

–Tienes que desarrollar un sentido... eso necesita práctica. No buscarás árboles altos y rectos esta vez. Quieres árboles con curvas y nudos en las ramas. Entonces piensas en la madera en que reposarán sobre el fondo y se curvarán a los lados. Buscas árboles que crecen solos allí donde hay espacio para crecer como quieran. Como los hombres: algunos se desarrollan mejor acompañados, se esfuerzan por superar a los demás. Otros necesitan desarrollarse a su manera, aunque sea en solitario. Cada cual tiene su valor.

Carlono se apartó de la vereda principal para seguir un sendero menos transitado. Jondalar le siguió.

–A veces encontramos dos que crecen juntos –prosiguió el jefe Ramudoi–, como ésos –y señaló un par de árboles enroscados el uno al otro. Decimos que son un par de amantes. A veces, si cortas uno, el otro muere también –dijo Carlono, y el ceño de Jondalar se frunció.

Llegaron a un claro y Carlono condujo al hombre alto por una pendiente soleada hacia un gigante macizo, un viejo roble retorcido y nudoso. Mientras se aproximaban, a Jondalar le pareció ver unas curiosas frutas en el árbol. Cuando estuvo más cerca, se sorprendió al ver que estaba decorado con un surtido insólito de objetos. Había canastillos diminutos y delicados con diseños de plumas secas teñidas, bolsitas de cuero bordadas con cuentas de concha de molusco y cuerdas retorcidas y anudadas formando dibujos. Un largo collar había sido colgado alrededor del viejo tronco tantos años atrás, que estaba incrustado en la corteza. Examinándolo de cerca, vio que estaba compuesto de cuentas de concha cuidadosamente formadas con orificios que atravesaban el centro de cada una, alternando con vértebras separadas de raspa de pescado que tenían un orificio central natural. Vio barquitas finamente esculpidas colgando de las ramas, caninos oscilando de correas de cuero, plumas de ave, colas de ardillas. Nunca había visto nada semejante.

Carlono rió bajito ante su reacción y sus ojos pasmados.

–Es el Arbol que Bendice o de las Bendiciones. Me imagino que Jetamio le habrá traído un obsequio. Generalmente lo hacen las mujeres cuando desean que Mudo las bendiga con un hijo. Las mujeres creen que el árbol es suyo, pero más de un hombre le ha traído ofrendas. Piden suerte en la primera cacería, favor para una nueva barca, felicidad con una nueva compañera. No se pide con frecuencia, sólo tratándose de algo especial.

–¡Es tan enorme!

–Sí. Es el árbol de la Madre, pero no te he traído aquí por eso. ¿Ves lo curvas e inclinadas que están sus ramas? Este sería demasiado grande, aunque no fuera el Arbol de las Bendiciones, pero para soportes buscarás árboles como éste. Entonces, estudias las ramas para descubrir cuáles encajarán en el fondo de tu barca.

Siguieron un camino diferente para bajar al calvero donde se construían las embarcaciones y se acercaron a Markeno y Thonolan, que estaban trabajando en un tronco que tenía dimensiones muy grandes a lo largo y a lo ancho. Estaban abriéndole un canal con hachuelas. En esta fase, el tronco parecía más la artesa rústica que se usaba para hacer las infusiones que una de las graciosas embarcaciones, pero la forma ya había sido esbozada en bruto. Más tarde se labrarían la popa y la proa, pero primero había que terminar el interior.

–A Jondalar le está interesando mucho la construcción de embarcaciones –dijo Carlono.

–Tal vez tengamos que encontrarle una mujer del río para que se pueda convertir en Ramudoi. Sería justo, puesto que su hermano va a ser Shamudoi –bromeó Markeno–. Sé de un par de ellas que le han estado echando miradas muy prolongadas. Una de ellas podría dejarse persuadir.

–No creo que lleguen muy lejos, con Serenio por aquí –dijo Carlono guiñándole un ojo a Jondalar–. Pero algunos de los mejores constructores de barcos son Shamudoi. No es el barco en tierra, es el barco sobre el agua lo que hace al hombre del río.

–Si tantas ganas tienes de aprender la construcción de barcos, ¿por qué no coges un hacha y ayudas? –preguntó Thonolan–. Me parece que a mi hermano mayor le gusta más hablar que trabajar –tenía las manos negras y una mejilla embadurnada del mismo color–. Te puedo prestar la mía –agregó, arrojándole la herramienta a Jondalar, que la cogió al vuelo en un movimiento reflejo. El hacha, una hoja robusta montada en ángulo recto sobre un mango, le dejó una huella negra en la mano.

Thonolan bajó de un brinco y se aproximó a una fogata cercana, reducida a unas brasas de las cuales surgían lenguas de fuego anaranjada de cuando en cuando. Cogió un trozo de tabla rota cuya parte superior tenía orificios quemados, y con una rama barrió carbones ardiendo hacia fuera y los recogió con la tabla; después los llevó donde estaba el tronco, y en medio de un surtidor de humo y chispas, los dispersó por el canal que estaban abriendo. Markeno agregó más carbón al fuego y volvió junto al tronco con un recipiente lleno de agua: querían que los carbones quemaran el tronco y lo ahuecaran, no que lo incendiaran.

Thonolan agitó los carbones con un palo y luego agregó un chorrito de agua en un punto estratégico. Un silbido de vapor y un fuerte olor a madera quemada evidenciaron la batalla elemental entre el agua y el fuego. Pero, finalmente, el agua ganó la partida. Thonolan recogió los restos de carbón mojado, volvió a subirse al canal del tronco y comenzó a raspar la madera chamuscada, ahondando y ensanchando el canal.

–Déjame hacerlo un rato –pidió Jondalar, después de haber observado el proceso.

–Me estaba preguntando si te ibas a quedar mirando todo el día –dijo Thonolan con una sonrisa. Los dos hermanos tenían tendencia a volver a su lengua natal cuando hablaban entre sí. La facilidad y familiaridad que representaba eran reconfortantes. Los dos estaban perfeccionando su uso del nuevo lenguaje, pero Thonolan lo hablaba mejor.

Jondalar se detuvo para examinar la cabeza de piedra del hacha. Después de los primeros hachazos, trató de hacerlo siguiendo otro ángulo, volvió a mirar los bordes cortantes y dio con el movimiento adecuado. Los tres jóvenes trabajaron juntos, hablando poco, hasta que se detuvieron a descansar.

–Yo no veía antes usar fuego para abrir canal –dijo Jondalar mientras se dirigía al cobertizo–. Siempre ahondar con hachuela.

–Se puede usar solamente el hacha, pero el fuego acelera el trabajo. El roble es madera dura –observó Markeno–. A veces empleamos pino de más arriba. Es más blando, más fácil de ahuecar. Pero el fuego ayuda siempre.

–¿Lleva largo tiempo para barca? –quiso saber Jondalar.

–Depende de lo duro que trabajes y de cuántos trabajen contigo. Esta barca no tardará mucho. Es la reclamación de Thonolan, y ya sabes que debe terminarse antes de que pueda establecerse con Jetamio –Markeno sonrió–. Nunca he visto trabajar a nadie tan esforzadamente, y además con eso anima a otros. Pero una vez que has comenzado, es buena idea no dejarlo hasta terminarlo. Eso evita que se seque. Vamos a partir tablas esta tarde, para las tracas. ¿Quieres ayudar?

–Más le vale –dijo Thonolan.

El enorme roble que Jondalar había contribuido a derribar, una vez despojado de sus ramas, había sido transportado al otro lado del calvero. Para moverlo tuvieron que colaborar casi todos los adultos, y casi otros tantos se habían reunido para partirlo. Jondalar no había necesitado que su hermano le «animara». No se lo habría perdido por nada del mundo.

Para empezar, colocaron numerosas cuñas de asta en línea recta en el sentido de la fibra a lo largo de todo el tronco. Introducían las cuñas a martillazos con pesados mazos de piedra manejados a mano. Las cuñas abrían una grieta en el tronco macizo, pero, al principio, éste se abría con dificultad. Las astillas intermedias se iban cortando a medida que los gruesos topes de las piezas de asta triangulares eran aporreadas y penetraban más adentro en el corazón de la madera hasta que, con un fuerte chasquido, el tronco cayó limpiamente partido en dos. Jondalar meneó la cabeza, maravillado, y eso que tan sólo era el comienzo. Colocaron las cuñas de nuevo más abajo del centro de cada mitad, y el proceso se repitió hasta que se partieron en dos. Al terminar el día, el enorme tronco había quedado reducido a un montón de tablas partidas radialmente, cada una de ellas estrechándose hacia el centro, de modo que un filo era más delgado que el otro. Algunas tablas eran más cortas debido a algún nudo, pero tendrían su utilidad. Había muchas más tablas de las que se necesitaban para hacer los costados de las embarcaciones. Se emplearían para construir un cobertizo para la pareja, bajo el saliente de arenisca en la terraza alta, el cual se comunicaría con la morada de Roshario y Dolando y sería bastante amplio para que Markeno, Tholie y Shamio pudieran pasar allí el período más frío del invierno. Madera del mismo árbol, utilizada para barca y habitación, suponía agregar la fuerza del roble a la unión.

Al ponerse el sol, Jondalar vio que algunos de los hombres más jóvenes se internaban en el bosque, y Markeno dejó que Thonolan le persuadiera para seguir trabajando en el fondo de la barca que estaban construyendo, hasta que no quedó casi nadie. Por fin fue el propio Thonolan quien tuvo que reconocer que estaba ya demasiado oscuro.

–Hay muchísima luz –dijo una voz detrás de él–. ¡Tú no sabes lo que es oscuridad!

Antes de que Thonolan pudiera volverse para ver quién había hablado, le vendaron los ojos y le agarraron de los brazos.

–¿Qué está pasando? –gritó, mientras luchaba en vano por liberarse.

La única respuesta fue una risa contenida. Lo alzaron en vilo y se lo llevaron hasta cierta distancia; cuando le depositaron en el suelo, notó que le estaban desnudando.

–¡Dejadme! ¿Qué estáis haciendo? ¡Hace mucho frío!

–No tendrás frío mucho rato –dijo Markeno cuando le quitaron la venda de los ojos. Thonolan vio a media docena de jóvenes sonrientes, todos desnudos. El lugar le era desconocido, especialmente porque la oscuridad era muy grande, pero sabía que estaban cerca del agua.

A su alrededor el bosque era una masa negra y densa, aunque se aclaraba en un lado para descubrir la silueta de algunos árboles aislados sobre un cielo lavanda oscuro. Más allá se abría un camino por el que se filtraba un reflejo plateado que lanzaba destellos sinuosos desde las ondas suavemente aceitosas del Río de la Gran Madre. Cerca brillaba una luz a través de los intersticios de una pequeña y baja estructura de madera. Los jóvenes se subieron al techo y se metieron en la choza por un agujero, trepando por un tronco inclinado, con escalones tallados.

Había un fuego encendido en el interior de la choza, en una base central, con varias piedras encima para que se calentaran. Las paredes formaban un banco con el piso, cubierto de tablas suavizadas con piedra arenisca. Tan pronto como todos estuvieron dentro, se cubrió el orificio de entrada; el humo saldría por los intersticios. El carbón brillaba rojo bajo las piedras calientes, y pronto reconoció Jondalar que Markeno estaba en lo cierto: ya no hacía frío. Alguien echó agua sobre las piedras y subió una oleada de vapor, lo que contribuyó a que se viera todavía menos en la penumbra.

–¿Lo tienes tú, Markeno? –preguntó alguien a su lado.

–Aquí mismo, Chalono –y le tendió la bolsa para agua llena de vino.

–Bueno, pues vamos a darle. Tienes suerte, Thonolan. Unirte con una mujer que hace un vino de arándanos tan bueno como éste –hubo un coro de aprobación y de carcajadas. Chalono pasó el pellejo de vino, y mostrando un cuadrado de cuero fruncido a guisa de bolsa, dijo con sonrisa taimada–: He encontrado algo más.

–Me preguntabas por qué no estarías aquí en todo el día –observó uno de los hombres–. ¿Estás seguro de que son de los buenos?

–No te preocupes, Rondo, sé de hongos. Por lo menos conozco estos hongos –declaró Chalono.

–Naturalmente: los recoges a la menor oportunidad –sonaron más carcajadas tras la puya.

–Quizá desee convertirse en Shamud, Tarluno –agregó Rondo en tono de burla.

–Estos no son los hongos del Shamud, ¿verdad? –preguntó Markeno–. Esos de sombrero rojo y motitas blancas pueden ser mortales si no se preparan bien.

–No, éstos son bonitos hongos inofensivos que sólo hacen que te sientas bien. No me gusta bromear con los del Shamud. No quiero tener una mujer dentro... –dijo Chalono, y después, con una risita boba–: prefiero estar dentro de una mujer.

–¿Quién tiene el vino? –preguntó Tarluno.

–Yo se lo he pasado a Jondalar.

–Quítaselo. ¡Con lo grandote que es podría bebérselo todo!

–Se lo he dado a Chalono –dijo Jondalar.

–Yo no he visto esos hongos... ¿te vas a quedar con el vino y también con los hongos? –protestó Rondo.

–No me apremies. He estado tratando de abrir esta bolsa. Ya está. Thonolan, eres el huésped de honor. Tú escoges primero.

–Markeno, ¿es cierto que los Mamutoi hacen una bebida con una planta y que sabe mejor que el vino o los hongos? –preguntó Tarluno.

–Yo no diría que es mejor, aunque lo probé una vez.

–¿Qué tal otro poco de vapor? –dijo Rondo, vertiendo una taza de agua sobre las piedras ardientes, suponiendo que todos asentirían.

–Alguna gente, al oeste, mete algo en vapor –dijo Jondalar.

–Y una Caverna sopla humo de plantas. Te dejan probar, pero no te dicen qué es –agregó Thonolan.

–Estos dos deben de haberlo probado casi todo... en todos sus viajes –dijo Chalono–. Eso me gustaría a mí: probar de todo lo que haya.

–He oído decir que los cabezas chatas beben algo... –afirmó Tarluno.

–Son animales... beben cualquier cosa que encuentren –dijo Chalono.

–¿No era eso lo que dijiste hace un momento que desearías hacer? –le replicó Rondo burlonamente; una carcajada colectiva aplaudió la chanza.

Chalono se dio cuenta de que los comentarios de Rondo solían provocar carcajadas... a veces a sus expensas. Para no ser menos, comenzó un cuento que otras veces había tenido éxito:

–Ya sabes lo que se dice de ese viejo que estaba tan ciego que atrapó a una hembra cabeza chata y creyó que era una mujer...

–Sí, y se le cayó el pito. Es asqueroso, Chalono –dijo Rondo–. ¿Y qué hombre iba a confundir una hembra cabeza chata con una mujer?

–Algunos no se equivocan, lo hacen a propósito –dijo Thonolan–. Hombres de la Caverna del Oeste obtienen Placeres con hembras cabeza chata, provocan disgustos en las Cavernas.

–¡Estás bromeando!

–No es broma. Toda una manada de cabezas chatas nos rodeó –confirmó Jondalar–. Enojados. Después oímos hombres toman mujeres cabeza chata, causan problemas.

–¿Y cómo escapásteis?

–Nos dejan –dijo Thonolan–. Jefe de la manada, él listo. Los cabezas chatas más listos de lo que la gente piensa.

–Oí contar de un hombre que consiguió una hembra cabeza chata por una apuesta –dijo Chalono.

–¿Quién? ¿Tú? –preguntó despectivamente Rondo–. Has dicho que deseabas probarlo todo.

Chalono intentó defenderse, pero las carcajadas ahogaron su voz. Cuando se apagaron, volvió a intentarlo: –No quería decir eso. Estaba hablando de hongos y vino y cosas así, cuando dije que deseaba probarlo todo –empezaba a sentir los efectos de la bebida y la lengua se le estaba poniendo pesada–. Pero muchos mozos hablan de hembras cabeza chata antes de saber lo que son las mujeres. Oí de uno que tomó una hembra cabeza chata por una apuesta, o por lo menos eso contaba.

–Los muchachos dicen cualquier cosa –comentó Markeno.

–¿Y de qué crees que hablan las muchachas? –preguntó Tarluno.

–No quiero seguir escuchando esas cosas –dijo Rondo.

–Tú abriste la boca más de la cuenta cuando éramos más jóvenes, Rondo –dijo Chalono, comenzando a enfadarse.

–Bueno, he crecido. Ojalá tú también. Estoy harto de tus repugnantes observaciones.

Chalono se sintió ofendido, y algo borracho. Si le iban a tachar de repugnante, les iba a dar algo repugnante de veras.

–¿En serio, Rondo? Pues verás, oí hablar de una mujer que tuvo su Placer con un cabeza chata, y la Madre le dio un bebé de espíritus mezclados...

–¡Ooooh! –exclamó Rondo, torciendo el labio y estremeciéndose de asco–. Chalono, eso no es tema de bromas. ¿Quién le invitó a esta fiesta? Sacadlo de aquí. Me siento como si me hubieran arrojado basura a la cara. No me importa bromear un poco, pero ha ido demasiado lejos.

–Rondo tiene razón –dijo Tarluno–. ¿Por qué no te marchas, Chalono?

–No –dijo Jondalar–. Calmaos, está oscuro. No marcharse. Cierto, bebés de espíritus mezclados no es cosa de broma, pero, ¿cómo sabéis eso?

–¡Abominaciones medio humanas medio animales! –rezongó Rondo–. No quiero hablar de ellos. Aquí hace demasiado calor. Voy a salir antes de que me den náuseas.

–Se supone que ésta es la fiesta de Thonolan para relajarse –dijo Markeno–. ¿Por qué no salimos todos a darnos un baño y nadar un poco? Regresaremos después y volveremos a empezar. Queda todavía mucho del vino de Jetamio. No lo había dicho antes, pero traje dos bolsas llenas.

–No creo que las piedras estén lo bastante calientes, Carlono –dijo Markeno. En su voz había cierta tensión contenida.

–No es bueno dejar que el agua permanezca demasiado tiempo en la barca. No queremos que se hinche la madera, sólo que se ablande lo necesario para que ceda. Thonolan, ¿están los puntales a mano, para que los tengamos cerca cuando hagan falta?

–Aquí –replicó, indicando los postes de troncos de aliso, cortados a lo largo, tendidos en el suelo junto al enorme tronco abierto en canal y lleno de agua.

–Será mejor comenzar, Markeno, y ojalá que las piedras estén muy calientes.

Jondalar seguía pasmado ante la transformación, a pesar de que la había visto producirse paso a paso. El tronco de roble había dejado de serlo: el interior había sido vaciado y suavizado, y el exterior tenía las líneas esbeltas de una larga canoa. El grosor del casco no superaba el calibre de un nudillo humano, excepto por la roda y la popa, muy sólidas. Había observado mientras Carlono cepillaba un verdadero pellejo de madera, cuyo grosor no era más grande que el de un palito, con una hachuela de piedra en forma de cincel, para dar a la embarcación sus dimensiones definitivas. Después de probar si él podía hacerlo, Jondalar quedó más asombrado aún por la habilidad y destreza del hombre. La barca se estrechaba hacia adelante formando una proa aguda. Tenía la quilla bastante aplastada, una popa menos pronunciada y era larguísima en proporción con su anchura.

Los cuatro llevaron rápidamente los cantos que habían estado calentándose en la fogata hasta la barca llena de agua, logrando que el agua hirviera y echara vapor. El proceso era el mismo de calentar piedras para hacer hervir la infusión en el cobertizo contiguo, dentro de la artesa, pero en mayor escala. Y el propósito era distinto: el calor y el vapor no debían cocer nada sino dar nueva forma al recipiente.

Markeno y Carlono, uno frente a otro en el centro de la embarcación, sometían a prueba la flexibilidad del casco, tirando cuidadosamente para ensancharla pero sin quebrar la madera. El duro trabajo de vaciar y dar forma a la barca habría sido inútil si se agrietaba en aquella delicada fase. Era un momento de tensión. Mientras la parte media era ensanchada, Thonolan y Jondalar estaban preparados con el puntal más largo, y cuando el ensanchamiento fue suficiente, encajaron el tirante por el través, pero la expansión había alterado las líneas en otro aspecto importante. Al ensancharse en el centro, las secciones de proa y popa se elevaron, dando a la embarcación una graciosa curvatura hacia arriba en los extremos. Los resultados de la expansión no eran solamente una manga más ancha para una mayor capacidad y una mejor estabilidad, sino una proa y una popa más altas que partirían el agua para arrostrar con mayor facilidad las olas o las aguas turbulentas.

–Ahora es la barca de un hombre perezoso –comentó Carlono mientras pasaban a otra zona del calvero.

¡Hombre perezoso! –exclamó Thonolan, recordando su esforzado trabajo.

Carlono sonrió, pues esperaba esa exclamación.

–Hay un cuento muy largo sobre un hombre perezoso con una mujer regañona, que dejó su barca a la intemperie todo el invierno. Cuando volvió a buscarla, estaba llena de agua, y la nieve y el hielo la habían ensanchado. Todos creyeron que estaba echada a perder, pero era la única barca que tenía. Cuando se secó, la botó al agua y descubrió que era mucho más fácil de manejar. Después de aquello, según la historia, todos hicieron las embarcaciones de esa manera.

–Es una anécdota divertida cuando la cuentan bien –dijo Markeno.

–Y puede encerrar algo de verdad –agregó Carlono–. Si estuviéramos haciendo una barquichuela, habríamos terminado ya, a falta de los últimos toques –comentó mientras se acercaban a un grupo de gente ocupada en perforar agujeros con taladros de piedra a lo largo de los bordes de tablones. Era una tarea fastidiosa y difícil, pero muchas manos aceleraban el trabajo, y la compañía aliviaba el aburrimiento.

–Y yo estaría a punto de emparejarme –dijo Thonolan, viendo que Jetamio formaba parte del grupo.

–Sonríen, lo cual significa que la madera ha estirado cumplidamente –dijo la joven dirigiéndose a Carlono, aunque sus ojos se volvieron rápidamente hacia Thonolan.

–Estaremos más seguros cuando se seque –dijo Carlono, por miedo a tentar al destino–. ¿Qué tal van las tracas?

–Están terminadas. Ahora trabajamos en los tablones para la casa –respondió una mujer mayor. Se parecía a Carlono, a su manera, tanto como Markeno, especialmente cuando sonreía–. Una pareja joven necesita algo más que una barca. Hay algo más en la vida, querido hermano.

–Tu hermano está tan deseoso de tenerlos emparejados como tú, Carolio –dijo Barono, sonriendo mientras los dos jóvenes se lanzaban miradas amorosas, aunque no decían palabras–. Pero, ¿qué es una buena casa sin una barca?

Carolio le echó una mirada ofendida. Era un aforismo tradicional entre los Ramudoi, supuestamente espiritual, que se había vuelto molesto a fuerza de repetirlo.

–¡¡Ah!! –exclamó Barono–, ha vuelto a romperse.

–Está muy torpe hoy –dijo Carolio–. Es el tercer taladro que rompe. Creo que está tratando de librarse de los fastidiosos agujeros.

–No seas tan dura con tu compañero –dijo Carlono–. A cualquiera se le rompe un taladro, no se puede evitar.

–En algo tiene razón: abrir agujeros es un fastidio. No hay nada que dé más ganas de bostezar –dijo Barono con una mueca de disgusto, ante el gruñido general.

–Se cree muy chistoso. ¿Puede haber algo peor que un compañero que se cree chistoso? –Carolio pedía la comprensión de todos los presentes. Todos sonrieron: bien sabían que las reprimendas sólo disimulaban un profundo afecto.

–Si tienen otro taladro, yo abrir hoyos –ofreció Jondalar.

–¿Qué le pasa a este joven? ¿Anda mal de la cabeza? Nadie quiere abrir hoyos –dijo Barono, pero se puso enseguida de pie.

–Jondalar está muy interesado en la construcción de barcos –explicó Carlono–. Ha hecho un poco de todo.

–¡Todavía podemos convertirlo en Ramudoi! –dijo Barono. Siempre me pareció que era un joven inteligente. Pero no estoy tan seguro en cuanto al otro –agregó, sonriendo a Thonolan, que no había prestado atención a nadie más que a Jetamio–. Creo que aunque le cayera un árbol encima, ni se enteraría. ¿No se le puede poner a hacer algo que valga la pena?

–Podría recoger leña para la caja de vapor o cortar juncos para coser las tablas –dijo Carlono–. Tan pronto como esté seco el vaciado y tengamos perforados los orificios alrededor del casco, estaremos listos para combar las tablas y hacer que se ajusten. ¿Cuánto crees que falta para terminarla, Barono? Tenemos que informar al Shamud, y así se podrá fijar el día del emparejamiento. Dolando tendrá que enviar mensajeros a las otras Cavernas.

–¿Qué más falta por hacer? –preguntó Barono, mientras echaban a andar hacia una zona en la que robustos postes estaban hundidos en el suelo.

–Rebajar los postes de proa y popa, y... ¿vienes, Thonolan? –dijo Markeno.

–¿Qué...? ¡Oh!... sí, voy.

Cuando se alejaban, Jondalar recogió un taladro de hueso metido en un mango de asta y observó cómo Carolio utilizaba otro.

–¿Por qué hoyos? –preguntó, después de haber hecho unos cuantos.

La hermana gemela de Carlono estaba tan preocupada por los barcos como su hermano –a pesar de sus bromas– y era tan experta en cuanto a ajustes y encajes como él en lo concerniente a la tarea de vaciar y dar forma. Empezó a explicar, después se puso de pie y condujo a Jondalar a otra área donde había una barca parcialmente desmantelada.

A diferencia de la balsa, que depende para flotar de la ligereza de sus materiales estructurales, el principio de la embarcación de los Sharamudoi consistía en encerrar una bolsa de aire dentro de una cáscara de madera. Era una importante innovación, que permitía una mayor maniobrabilidad y proporcionaba la posibilidad de transportar cargas mucho más pesadas. Las tablas que se empleaban para ampliar el vaciado básico y construir una embarcación mucho mayor, estaban combadas de manera que se ajustaran al casco curvo. Esto se lograba también mediante calor y vapor; se cosían literalmente, por lo general con mimbres, por los agujeros previamente perforados, y se aseguraban con clavijas a los sólidos postes de proa y popa. Más adelante se agregarían soportes colocados a intervalos a lo largo de ambos costados para servir de refuerzo y permitir que se fijaran asientos.

Cuando el trabajo estaba bien hecho, el resultado era una cáscara impermeable que podría resistir el desgaste de su utilización durante varios años. Pero finalmente el uso y el deterioro de sus ataduras de mimbre exigían que los barcos fueran desmantelados y se volvieran a hacer. Entonces también se sustituían las tablas deterioradas, con lo cual se prolongaba considerablemente la vida útil de las embarcaciones.

–Mira... ahí donde se quitaron las tracas –dijo Carolio, señalando a Jondalar la barca desmantelada– hay orificios a lo largo del borde superior del vaciado –le mostró una tabla con una curva que se ajustaba al casco–. Era la primera traca. Los orificios a lo largo del borde más largo se ajustan a la base. ¿Ves? Estaba solapada de esta manera y cosida a la parte superior del casco. Entonces, la tabla superior estaba cosida a ésta.

Dieron vuelta a la embarcación, por el lado que aún no se había desmantelado. Carolio mostró las fibras deshilachadas y rotas en algunos de los agujeros.

–Esta barca necesitaba muchas reparaciones, pero puedes ver cómo se solapan las tracas. Para barcas pequeñas, de una o dos personas, no necesitas costados, sólo el casco. Son más difíciles de manejar en aguas turbulentas, eso sí. Pueden descontrolarse antes de que estés en condiciones de hacer nada.

–Algún día me gustaría aprender –dijo Jondalar, y al ver la traca combada, preguntó–: ¿Cómo se comban las tablas?

–Con vapor y tensión, como la base que se ensanchó. Esos postes de allí, donde están tu hermano y Carlono, son para que las cuerdas de retén mantengan las tracas en su sitio mientras se están cosiendo. No se tarda mucho cuando todos trabajamos juntos, una vez perforados los agujeros. Hacer éstos es un problema más importante. Afilamos los taladros de hueso pero se rompen con demasiada facilidad.

Al anochecer, cuando todos regresaban en grupo hacia la terraza elevada, Thonolan observó que su hermano aparecía insólitamente callado.

–¿En qué piensas, Jondalar?

–En la construcción de barcas. Es muchísimo más complicado de lo que yo imaginaba. Nunca había oído hablar antes de barcas como éstas, ni visto hombres tan hábiles sobre el agua como estos Ramudoi. Creo que los niños están más cómodos en sus barquitos que caminando. Y son tan hábiles con sus herramientas... –Thonolan vio que a su hermano se le iluminaban los ojos–. Las he estado examinando. Creo que si pudiera desprender una lasca grande del filo de esa hachuela que estaba usando Carlono, quedaría una cara interior cóncava y suave, con lo que resultaría mucho más fácil de usar. Y estoy seguro de que podría hacer un buril con pedernal, y así los agujeros se perforarían más rápidamente.

–¿Así que era eso? Estaba haciéndome a la idea de que te interesaba realmente la construcción de embarcaciones, Hermano Mayor. Debería haberlo adivinado. No son las barcas sino las herramientas empleadas para hacerlas. Jondalar, en el fondo de tu corazón siempre serás un fabricante de herramientas.

Jondalar sonrió, comprendiendo que Thonolan tenía razón. El proceso de la construcción de barcos era interesante, pero lo que se había apoderado de su imaginación eran las herramientas. Había buenos talladores de pedernal en el grupo, pero ninguno se había especializado. Ninguno era capaz de ver cómo unas pocas modificaciones podrían proporcionar una mayor eficacia a las herramientas. Siempre se había deleitado haciendo herramientas adecuadas para cada tarea, y su mente técnicamente creativa estaba ya imaginando posibilidades para mejorar las que utilizaban los Sharamudoi. Y tal vez por ese medio podría comenzar a recompensar a ese pueblo, al que tanto debía, gracias a sus conocimientos y habilidades.

–¡Madre! ¡Jondalar! ¡Acaba de llegar más gente! Hay tantas tiendas ya que no sé dónde van a encontrar espacio –gritó Darvo corriendo al refugio. Salió otra vez a todo correr; sólo había ido para llevar la noticia. No podía quedarse quieto: en el exterior las actividades eran demasiado excitantes.

–Han venido más visitantes que cuando se unieron Markeno y Tholie, y a mí me pareció entonces que aquella reunión era numerosa –dijo Serenio–. Pero, a decir verdad, la mayoría sabía de los Mamutoi aun cuando no conocieran a ninguno. Nadie ha oído hablar de los Zelandonii.

–¿No creen que tenemos dos ojos y dos brazos y dos piernas, como ellos? –preguntó Jondalar.

Estaba algo abrumado ante el número de asistentes. Una Reunión de Verano de los Zelandonii solía congregar a más, pero éstos eran todos forasteros, excepto los residentes en la Caverna de Dolando y el Muelle de Carlono. Se había corrido la voz tan aprisa, que incluso habían acudido otros que no eran Sharamudoi. Algunos parientes Mamutoi de Tholie, y otros más, lo suficientemente curiosos para acompañarlos, fueron de los primeros en llegar. También vino gente de río arriba... de ambos ríos, el de la Madre y el de la Hermana.

Y muchas de las costumbres de la Ceremonia del Casamiento serían desconocidas para él. Todas las Cavernas viajaban a un lugar de reunión previamente establecido para un Matrimonial Zelandonii y se unían oficialmente varias parejas al mismo tiempo. Jondalar no estaba acostumbrado a que tantas personas visitaran la caverna de una pareja para atestiguar su unión. Como único pariente de sangre de Thonolan, tendría un lugar destacado en las ceremonias, y se sentía nervioso.

–Jondalar, ¿sabes que casi todos se sorprenderían de ver que no siempre estás tan seguro de ti mismo como pareces? No te preocupes, lo harás todo bien –dijo Serenio, acercándose a su cuerpo y rodeándole el cuello con los brazos. Siempre lo haces bien.

Había hecho lo correcto. Sentirla cerca representaba una distracción placentera –ella le apartaba de sí mismo sin exigencias– y sus palabras eran tranquilizadoras. La acercó más aún, oprimió la boca tibia con la suya y se quedó así, permitiéndose el respiro de un momento de gozo sensual antes de que la aprensión se apoderara nuevamente de él.

–¿Tú crees que tengo buen aspecto? Esta ropa de viaje, no para situación especial –preguntó, súbitamente consciente de que vestía prendas Zelandonii.

–Aquí nadie lo sabe. Son originales, exclusivas. Yo creo que son perfectamente apropiadas para la ocasión. Sería demasiado vulgar si te pusieras algo acostumbrado, Jondalar. La gente va a mirarte a ti tanto como a Thonolan. Para eso han venido. Si te pueden ver a distancia tal vez no sientan la necesidad de acercarse, y tú te encuentras a gusto con esa ropa. Además, te sienta bien.

La soltó y miró por un resquicio la multitud que había fuera, contento de no tener que hacerle frente, todavía. Fue hacia la parte de atrás hasta donde el techo inclinado no le permitía avanzar más, a causa de su elevada estatura, regresó a la parte delantera y volvió a mirar.

–Jondalar, voy a prepararte una infusión. Es una mezcla especial que me enseñó el Shamud. Te calmará los nervios.

–¿Parezco nervioso?

–No; pero tienes derecho a estarlo. Sólo es cuestión de un instante.

Vertió agua en una olla rectangular y agregó piedras muy calientes. El cogió un taburete de madera –demasiado bajo– y se sentó. Sus pensamientos no estaban allí y miraba sin verlos unos dibujos de forma geométrica que adornaban la olla; una serie de líneas inclinadas, paralelas, por encima de otra hilera inclinada en dirección opuesta, lo cual producía un efecto de espina de pescado.

Los laterales de las ollas cortadas estaban hechos de una sola tabla en la que se habían marcado surcos o tajos, pero sin atravesar la pieza. Empleando vapor para poder doblar la madera, las tablas se combaban fuertemente en los surcos para formar ángulos, y los extremos de la tabla formaban el cuarto ángulo sujeto con clavijas. Se daba también un tajo cerca de la orilla inferior, allí se encajaba una pieza del fondo. Las cajas u ollas eran impermeables, especialmente después de haberse hinchado con los líquidos. Cubiertas con tapas independientes, se utilizaban para muchos fines, desde cocinar hasta almacenar.

La caja le recordó a su hermano y le hizo desear estar junto a él antes de su unión definitiva. Jondalar había comprendido muy pronto la forma en que los Sharamudoi combaban y daban forma a la madera. Su especialidad en la fabricación de lanzas se basaba en los mismos principios de calor y vapor para enderezar un asta o para combarla y hacer un esquí para la nieve. Pensar en eso hizo que Jondalar rememora el comienzo de su Viaje y, con un sentimiento de nostalgia, se preguntó si volvería a ver su hogar algún día. Desde que había vuelto a ponerse su ropa había estado luchando contra crisis de nostalgia que conseguían hacer presa en él cuando menos se lo esperaba, por medio de algún recuerdo vívido o conmovedor. Esta vez fue la caja de cocinar de Serenio la que lo había provocado.

Se puso rápidamente en pie. Al hacerlo derribó el taburete y, como se precipitara a recogerlo, evitó por un pelo a Serenio, que llegaba con una taza de infusión caliente para él. Este leve incidente le recordó el desafortunado accidente durante el Banquete de Compromiso. Tanto Tholie como Shamio parecían estar bien y sus quemaduras estaban casi curadas, pero experimentó una sensación de inquietud al recordar la conversación que sostuvo después con el Shamud.

–Jondalar, bébete esto; estoy segura de que te ayudará a relajarte un poco.

Se había olvidado de la taza que tenía en la mano; sonrió, tomó un sorbo: la bebida tenía un sabor agradable... le pareció reconocer manzanilla entre los ingredientes; su calor resultaba calmante. Al cabo de un rato sintió que su tensión se aliviaba.

Tienes razón, Serenio. Siento mejor. No sé qué está mal.

–No todos los días toma compañera un hermano. Se comprende que estés un poco nervioso.

Volvió a cogerla en sus brazos y la besó con una pasión que le hizo desear no tener que salir tan pronto.

–Te veré esta noche, Serenio –le susurró al oído.

–Jondalar, esta noche habrá un festival para honrar a la Madre –le recordó Serenio–. No creo que ninguno de los dos deba comprometerse, habiendo tantos visitantes. ¿Por qué no dejar que la noche transcurra como quiera? Podemos estar juntos en cualquier momento.

–Se me olvidó –dijo, asintiendo, pero se dio cuenta de que le habían rechazado. Era curioso; nunca anteriormente se había sentido así. En realidad, siempre había sido él quien se aseguraba de quedar en libertad durante un festival. ¿Por qué había de sentirse lastimado si Serenio se lo había facilitado? El impulso del momento le hizo tomar la decisión de pasar la noche con ella... Festival de la Madre o no.

–¡Jondalar! –Darvo llegaba otra vez corriendo–. Me mandan a buscarte. Quieren que vayas –estaba ahogándose de excitación por haberse visto encargado de una misión tan importante y resoplaba de impaciencia–. Date prisa, Jondalar, quieren que vayas.

–Tranquilo, Darvo –dijo el hombre, sonriendo al muchacho–. Ya voy. No perder Matrimonial de hermano.

Darvo sonrió con timidez, comprendiendo que no comenzarían sin la presencia de Jondalar, pero eso no mitigó su impaciencia. Echó nuevamente a correr. Jondalar respiró hondo y le siguió.

Hubo un crescendo en el murmullo de voces cuando apareció; se alegró al ver a las dos mujeres que le estaban esperando. Roshario y Tholie le condujeron al montículo donde esperaban los demás. De pie en la parte superior del montículo, dominando a la multitud con hombros y cabeza, se encontraba un personaje de blanca cabellera, con el rostro parcialmente cubierto por un antifaz hecho de madera que representaba las facciones estilizadas de un ave.

Mientras se acercaba, Thonolan le dedicó una sonrisa nerviosa. Jondalar trató de trasmitirle su comprensión al sonreírle a su vez. Si él había estado tenso, podía imaginar cómo debería sentirse Thonolan y lamentaba que las costumbres Sharamudoi les hubieran impedido estar juntos. Vio lo bien que encajaba allí su hermano y experimentó una punzada aguda, intensa, de pena. No podía haber habido dos personas que se sintieran más próximas que los dos hermanos mientras realizaron su Viaje, pero ya habían tomado caminos diferentes, y Jondalar lamentaba la separación. Por un instante se sintió abrumado por un dolor inesperado.

Cerró los ojos y apretó los puños para dominarse. Oyó voces de la multitud y creyó reconocer algunas palabras: «alto» y «ropas». Al abrir los ojos se le hizo evidente que una de las razones por las que Thonolan encajaba tan bien allí era porque sus ropas eran totalmente Shamudoi.

No era extraño que se hicieran comentarios sobre sus prendas de vestir, y por un momento lamentó haber decidido ponerse un atuendo tan extranjero. Pero en verdad Thonolan ya era uno de ellos, había sido adoptado para facilitar el emparejamiento. Jondalar seguía siendo Zelandonii.

El hombre alto se unió al grupo de la nueva familia de su hermano. Aunque oficialmente no era Sharamudoi, también eran su parentela. Ellos, además de los parientes de Jetamio, fueron quienes aportaron alimentos y regalos que serían repartidos entre los invitados. Y como había seguido llegando gente, habían aumentado los regalos. El gran número de visitantes correspondía a la alta posición y consideración de la joven pareja y, precisamente por ello, sería vergonzoso que se fueran insatisfechos.

Un silencio repentino les hizo volver a todos la cabeza en dirección a un grupo que avanzaba hacia ellos.

–¿La has visto? –preguntó Thonolan impaciente poniéndose de puntillas.

–No; pero ya viene, ya lo sabes –dijo Jondalar.

Al llegar donde se encontraba Thonolan y su parentela, la falange protectora abrió una brecha para revelar su tesoro oculto. Se le secó la garganta a Thonolan al contemplar la belleza cubierta de flores que le lanzó la sonrisa más radiante que había visto en su vida. Su felicidad era tan transparente que también Jondalar sonrió, divertido y contento. Así como la abeja es atraída por la flor, Thonolan fue atraído hacia la mujer a la que amaba, llevando su séquito al centro de su grupo, hasta que los parientes de Jetamio rodearon a Thonolan y los suyos.

Los dos grupos se fusionaron y después se formaron en parejas, mientras el Shamud comenzaba a tocar con el caramillo una serie de silbidos que se repetían. El ritmo estaba marcado por otra persona que llevaba puesto un antifaz de pájaro y que tocaba un tambor grande, de un solo aro. Otro Shamud, supuso Jondalar. La mujer era una extraña para él; aun así, su aspecto le resultaba familiar, tal vez sólo por la similitud que comparten Todos los que Sirven a la Madre; el caso fue que le hizo recordar el hogar.

Mientras los miembros de las dos ramas de parientes se formaban y volvían a formarse en diseños que parecían complicados pero que, en realidad, eran variaciones sobre una simple serie de pasos, el Shamud de cabellera blanca tocaba el caramillo. Se trataba de un palo largo, vaciado con un carbón ardiente, que tenía una boquilla de silbato, orificios practicados a lo largo y una cabeza de ave con el pico abierto labrada en el extremo. Y algunos de los sonidos que surgían del instrumento imitaban exactamente los gorjeos de los pájaros.

Los dos grupos terminaron haciéndose frente en dos hileras con las manos unidas y levantadas para formar un gran arco. Mientras la pareja pasaba por debajo, los que estaban detrás los siguieron hasta que un séquito de parejas conducidas por el Shamud se encontró caminando en dirección al extremo de la terraza rodeando la muralla. Jetamio y Thonolan iban juntos detrás del flautista, seguidos por Markeno y Tholie, después Jondalar y Roshario como los parientes más próximos de la joven pareja. El resto del grupo de parientes iba detrás, y toda la multitud de miembros de la Caverna e invitados cerraba la retaguardia. El Shamud visitante que tocaba el tambor se unió a la gente de su Caverna.

El Shamud de cabellera blanca les condujo por el sendero abajo hacia el calvero donde se construían los barcos, pero se desvió hacia un camino lateral y les llevó hasta el Arbol de las Bendiciones. Mientras los asistentes les daban alcance y se repartían alrededor del enorme y viejo roble, el Shamud habló bajo a la pareja... dándoles instrucciones y consejos para asegurar una relación dichosa y de esa manera incitar las bendiciones de la Madre. Sólo los parientes cercanos y unos pocos más que estaban cerca se enteraron de esta parte de la ceremonia. Los demás charlaron entre ellos hasta que se dieron cuenta de que el Shamud estaba esperando pacientemente. Los miembros del grupo se hicieron señas mutuamente para callarse, pero su silencio no tardaría en ser roto por otros sonidos. En la quietud intensa, el graznido estridente de un grajo resonó como un clamor exigente y el tableteo de unos picamaderos de grandes manchas resonó en el bosque. Después, un canto más dulce llenó el aire al alzar el vuelo una alondra del bosque.

Como si se estuviera esperando esa señal, el personaje con antifaz de ave hizo señas a los dos jóvenes de que se acercaran. El Shamud sacó un trozo de cuerda y con medio nudo formó un lazo. Mirándose y sin ojos para nadie más, Jetamio y Thonolan unieron sus manos y las introdujeron en el lazo.

–Jetamio a Thonolan, Thonolan a Jetamio: os uno el uno a la otra –dijo el Shamud, y tiró de la cuerda, tensándola, uniendo sus muñecas en un nudo estrecho–. Así como ato este nudo, estáis unidos, comprometidos el uno al otro, y a través de vosotros a los vínculos de parentesco y Caverna. Con vuestra unión completáis el cuadro iniciado por Markeno y Tholie –estos dos se acercaron al oír sus nombres, y los cuatro unieron sus manos–. Así como los Shamudoi comparten las dádivas de la tierra y los Ramudoi comparten las dádivas del agua, así juntos ahora sois Sharamudoi para ayudaros por siempre el uno al otro.

Tholie y Markeno volvieron a su sitio, y mientras el Shamud iniciaba una música aguda en el caramillo, Thonolan y Jetamio comenzaron lentamente a dar la vuelta al viejo roble. A la segunda vuelta, los espectadores les gritaron sus buenos deseos arrojándoles plumón de aves, pétalos de flores y agujas de pino.

A la tercera vuelta al Arbol de las Bendiciones, los espectadores se unieron a ellos, riendo y gritando. Alguien comenzó un canto tradicional y surgieron más caramillos para acompañar a los cantantes. Otros golpeaban tambores y tubos huecos. Entonces, una de las Mamutoi que habían ido de visita, sacó el omoplato de un mamut. Lo golpeó con un mazo y todos se detuvieron un instante: el tono vibrante y lleno de resonancias sorprendió a la mayoría, pero como la mujer seguía tocando, se sorprendieron aún más, porque podía cambiar el tono y el timbre golpeando el hueso en diferentes puntos, y seguía la melodía del cantante y del caramillo. Al terminar el tercer circuito, el Shamud estaba nuevamente frente a todos y condujo al grupo hacia el calvero junto al río.

Jondalar había faltado a los últimos toques que se dieron a la barca. Aunque había colaborado en casi todas las fases de su construcción, el producto terminado le dejó sin aliento. Parecía mucho más grande de lo que recordaba, y eso que desde el principio no había sido pequeño, pero ahora sus casi quince metros de longitud estaban equilibrados con altas bandas de tablas suavemente combadas y un alto poste saliente en la popa. Pero fue la sección delantera la que le arrancó exclamaciones de admiración. La sección de proa curva se había prolongado graciosamente en un ave acuática de largo cuello esculpida en madera y ensamblada con clavijas.

La figura de proa estaba pintada con tonos de ocre rojo oscuro y de ocre pardo amarillo, negros de manganeso y tierras blancas de piedra caliza calcinada. Los ojos estaban pintados muy abajo en el casco, para ver por debajo del agua y evitar los peligros subacuáticos, y diseños geométricos cubrían proa y popa. Los asientos para los remeros ocupaban el interior, y estaban listos los remos de mango largo y anchas palas. Un toldo de piel de gamo amarilla coronaba la sección mediana como protección contra la lluvia o la nieve y la embarcación entera estaba adornada con flores y plumas.

Era una gloria. Causaba pasmo. Jondalar experimentó una sensación de orgullo y un nudo en la garganta al pensar que había tomado parte en su creación.

Todos los casamientos exigían que una barca, nueva o reconstruida, formara parte de la ceremonia, pero no todos disfrutaban de una tan grande y espléndida. Fue una casualidad que la Caverna decidiera que era necesaria otra embarcación grande casi al mismo tiempo que los jóvenes manifestaban sus intenciones. Sin embargo, ahora parecía especialmente apropiada, sobre todo porque habían llegado tantos visitantes. Tanto la Caverna Sharamudoi como la pareja habían visto aumentar su prestigio gracias a aquel logro.

Los recién casados subieron a la nave, algo torpemente, porque sus muñecas todavía estaban atadas, para sentarse bajo el toldo. Muchos de sus parientes próximos los siguieron y algunos empuñaron los remos. La embarcación había estado instalada entre troncos para evitar que se volcara; esos troncos llegaban hasta la orilla del agua. Miembros de la Caverna y visitantes se agruparon para botar la embarcación y, entre jadeos y risas, la nueva barca entró en el río.

La mantuvieron cerca de la orilla hasta que fue declarada apta, sin problemas de estabilidad ni vías de agua, y entonces se fueron río abajo para el viaje inaugural hasta el muelle Ramudoi. Varias barcas de diferentes tamaños se lanzaron al agua y rodearon al gran pájaro acuático como si fueran patitos.

Los que no regresaban por el río se apresuraron a seguir de nuevo el sendero, esperando llegar a la elevada ensenada antes que la joven pareja. En el muelle, varias personas treparon por el escarpado sendero y se prepararon para lanzar abajo el enorme canasto plano en que Thonolan y Jondalar habían sido subidos por vez primera hasta la terraza. Esta vez lo serían Thonolan y Jetamio, que quedaron izados con las manos atadas. Habían aceptado unirse el uno al otro y, al menos ese día, no se separarían.

Se sirvieron enormes cantidades de comida, acompañadas con enormes tragos de vino de amargón de luna nueva, y se repartieron regalos a todos los visitantes, que fueron correspondidos de forma similar: era cuestión de prestigio. Al llegar la noche, el nuevo alojamiento que había sido construido para la joven pareja comenzó a presenciar la llegada de visitantes, cuando los invitados se deslizaban dentro y dejaban «algo» para los recién casados, deseándoles lo mejor. Los regalos eran aparentemente anónimos, para no quitar méritos a la riqueza nupcial desplegada por la Caverna anfitriona. Pero en realidad el valor de los objetos recibidos sería calculado de acuerdo con el atribuido a los presentes repartidos, llevándose además una especie de registro mental, porque los regalos no eran anónimos.

En efecto, la forma, el diseño y los rasgos pintados o labrados denunciaban al donante tan claramente como si se hubieran presentado los regalos individualmente; no al artesano individual, que tenía relativamente poca importancia, sino a la familia, al grupo o a la Caverna. Mediante sistemas de valores conocidos y mutuamente comprendidos, los obsequios entregados y recibidos tendrían una repercusión importante con respecto a los privilegios, el honor y la posición de cada uno de los diversos grupos. Aun cuando no era violenta, la competencia en materia de prestigio resultaba feroz.

–Desde luego, le están prestando muchísima atención, Thonolan –observó Jetamio, viendo un puñado de mujeres que rodeaban al hombre alto y rubio recostado en un árbol cerca del saliente.

–Siempre es así. Sus grandes ojos azules hacen que las mujeres vayan a él como... las polillas al fuego –dijo Thonolan, ayudando a Jetamio a levantar una caja de roble llena de vino de arándano y llevarla a los invitados–. ¿No te has fijado? ¿No sientes ninguna atracción?

–Tú me sonreíste primero –contestó, y la amplia sonrisa del joven provocó su bella respuesta–. Pero creo que lo entiendo. Es algo más que los ojos. Destaca entre todos, especialmente con ese atuendo; le sienta bien. Pero es más que eso. Creo que las mujeres sienten que es... que busca. Busca a alguien. Y es tan... tan sensible... alto, y tiene tan buena figura... Realmente, es muy guapo. Y hay algo en sus ojos. ¿Te has fijado que se vuelven de color violeta junto al fuego?

–Creí que no sentías atracción... –dijo Thonolan con voz desalentada, hasta que ella le hizo un guiño travieso.

–¿Le tienes envidia? –preguntó cariñosamente.

–No –contestó Thonolan después de un silencio–. No, nunca. No sé por qué, hay muchos hombres envidiosos. Mírale, creen que lo tiene todo. Como tú dices, bien hecho, guapo; mira todas esas bellas mujeres en torno suyo. Y más. Bueno con las manos, el mejor tallador de pedernal que he visto. Buena cabeza, pero no hablador. La gente le quiere; hombres, mujeres, todos. Debería ser feliz, pero no. Necesita encontrar a alguien como tú, Tamio.

No, como yo, no. Pero alguien. Quiero a tu hermano, Thonolan. Espero que encuentre lo que busca. Quizá una de esas mujeres.

–No lo creo. Lo he visto antes. Es posible que disfrute de una o más; pero no encuentra lo que quiere vertieron algo de vino en bolsas para agua, dejaron el resto para los músicos y a continuación se dirigieron hacia Jondalar.

–¿Y qué hay de Serenio? Parece interesado en ella, y sé que ella siente por él más de lo que quiere admitir.

–Está interesado por ella, por Darvo también. Pero... quizá no haya nadie para él. Quizá busca un ensueño, una donii –y Thonolan sonrió con afecto–. La primera vez que me sonreíste, creí que eras una donii.

Nosotros decimos que el espíritu de la Madre se vuelve ave. Ella despierta el sol con sus llamadas, trae consigo la primavera desde el sur. En otoño, algunas quedan aquí para recordárnosla. Las aves de presa, las cigüeñas, cada una de las aves constituye algún aspecto de Mudo –una ringlera de chiquillos pasaron corriendo delante de ellos, retrasando su avance–. A los niños pequeños no les gustan las aves, sobre todo cuando son niños malos. Creen que la Madre les está observando y que lo sabe todo. Algunas madres les cuentan eso a sus hijos. He oído historias de hombres adultos que llegaron a confesar alguna mala acción impulsados por la visión de ciertas aves. Además, hay otros que dicen que Ella te guía hacia tu casa si estás perdido.

–Nosotros decimos que el espíritu de Madre se vuelve donii, vuela con el viento. Tal vez Ella parezca pájaro. Nunca pensé en eso antes –dijo él, apretándole la mano. Entonces, mirándola y experimentando una oleada de amor, susurró con voz trémula por la emoción–: Nunca creí que te encontraría –trató de rodearla con el brazo, pero se encontró con que tenían las muñecas atadas–. Me alegro de que hayamos atado el nudo, pero, ¿cuándo lo cortamos? Quiero abrazarte, Tamio.

–Tal vez esperan que lleguemos a descubrir que estamos atados demasiado estrechamente –dijo ella, riendo–. Pronto podremos retirarnos de la celebración. Vamos a llevarle un poco de vino a tu hermano antes de que se acabe.

–Quizá no quiera. Aparentemente bebe mucho, pero en realidad, no. No le gusta perder el control, hacer tonterías –cuando surgieron de entre las sombras del saliente, los presentes se percataron de que estaban allí.

–¡Ah! ¿Estáis ahí? Yo quiero desearte mucha felicidad, Jetamio –dijo una joven, una Ramudoi de otra Caverna, joven y vivaracha–. Qué suerte tienes; nunca nos llegan visitantes guapos que vengan a invernar con nosotras –lanzó al hombre alto lo que ella creía una sonrisa seductora, pero él estaba mirando a otra de las jóvenes con aquellos ojos asombrosos.

–Es cierto, tengo suerte –dijo Jetamio, sonriendo rendidamente a su compañero.

La joven miró a Thonolan y lanzó un profundo suspiro.

–Los dos son tan guapos. ¡No creo que yo hubiera sabido escoger!

–Y no habrías escogido, Cherunio –dijo la otra joven–. Si quieres emparejarte tendrás que fijarte en uno solo.

Hubo una carcajada general, pero la joven estaba encantada de la atención de que era objeto.

–Lo que pasa es que no he encontrado al hombre con quien deseara asentarme –dos hoyuelos aparecieron en sus mejillas al sonreír a Jondalar.

Cherunio era la mujer más bajita del grupo. Jondalar no la había visto nunca anteriormente; entonces la vio. Aunque bajita, era toda una mujer, y tenía una cualidad de entusiasmo vivaz que la hacía muy atractiva. Era casi el polo opuesto a Serenio. Sus ojos expresaban el interés que sentía, y Cherunio casi se estremeció de gozo por haber conseguido atraer su atención. De repente volvió la cabeza, atraída por unos sonidos.

–Oigo el ritmo... van a bailar por parejas –dijo–. Ven, Jondalar.

–No conozco pasos –repuso él.

–Yo te enseñaré; no son difíciles –insistió Cherunio, remolcándolo ansiosamente hacia la música. El cedió a la invitación.

–Esperad, también nosotros vamos –dijo Jetamio.

La otra joven no se alegró mucho de que Cherunio hubiera captado tan rápidamente la atención de Jondalar, y éste oyó que Radonio decía: «No son difíciles... todavía», y que los demás reían a carcajadas. Pero mientras los cuatro se acercaban al lugar del baile, no se enteró del murmullo misterioso que siguió.

–Aquí queda el último pellejo de vino, Jondalar –dijo Thonolan–. Jetamio dice que se supone que nosotros abrimos el baile, pero no tenemos que quedarnos. Vamos a escabullirnos tan pronto como sea posible.

–¿No quieres llevártelo? ¿Para celebrarlo en privado?

Thonolan sonrió con picardía a su compañera.

–Bueno, en realidad no es el último, tenemos uno escondido. Pero no creo que nos haga falta. Estar a solas con Jetamio será suficiente celebración.

–¡Qué bonita entonación tiene su lenguaje! ¿No te parece, Jetamio? –dijo Cherunio–. ¿Puedes comprender lo que dicen?

–Un poquito, pero voy a aprender más. Y también Mamutoi. Fue idea de Tholie que todos aprendamos el lenguaje de los demás.

–Tholie dice que mejor manera aprender Sharamudoi es hablar todo el tiempo. Tiene razón. Lo siento, Cherunio. No co-[illegible] hablar Zelandonii.

–¡Oh, a mí no me importa! –dijo Cherunio, aunque sí le importaba. No le agradaba que la dejaran fuera de la conversación. Pero la excusa la calmó sobradamente, y formar parte del selecto grupo con los recién casados y el alto y guapo Zelandonii, tenía sus ventajas. Se daba perfecta cuenta de las miradas de envidia que le lanzaban algunas jóvenes.

Cerca de la parte posterior del campo, fuera del saliente, ardía una fogata. Se detuvieron en las sombras y se pasaron el pellejo de vino, y entonces, mientras se estaba formando un grupo, las dos jóvenes mostraron a los hombres los movimientos básicos del baile. Flautas, tambores y matracas iniciaron una melodía animada, que fue captada por la que tocaba el hueso de mamut, y los matices tonales que parecían los de un xilófono se unieron al conjunto con su sonido peculiar.

Una vez iniciado el baile, Jondalar observó que los pasos básicos podían complicarse en variaciones limitadas únicamente por la imaginación del bailarín, y en ocasiones una persona o una pareja desplegaba un entusiasmo tan excepcional que todos los demás dejaban de bailar para darles ánimos a gritos y marcar el compás con los pies. Un grupo se reunió alrededor de los que bailaban, cantando y oscilando, y sin un cambio aparente, la música viró a un ritmo distinto. Y así siguió. La música y el baile nunca se detenían, porque había gente que acudía a tomar parte –músicos, bailarines, cantantes– y se retiraba a voluntad, creando una variación interminable de tono, compás, ritmo y melodía; y aquello continuaría mientras hubiera alguien con ganas de continuar.

Cherunio era una pareja llena de vida, y Jondalar, bebiendo más vino que de costumbre, se había dejado influenciar por el humor de la fiesta. Alguien comenzó una canción de respuestas diciendo la primera línea conocida. Pronto descubrió que era un cantar en el cual las palabras para ajustarse a la ocasión eran inventadas por cualquiera, con el fin de provocar risas, a menudo con insinuaciones sobre Dádivas y Placeres. Pronto se convirtió en una competición entre los que trataban de ser chistosos y los que se esforzaban por no reír. Algunos participantes hacían muecas para conseguir la respuesta esperada. Entonces llegó al centro del círculo un hombre, que oscilaba siguiendo el ritmo de la música.

–Ahí está Jondalar, tan grande y alto, que podría escoger entre todas. Cherunio es dulce pero chiquita. Se va a romper la espalda, o quizá se caiga.

Las palabras del hombre consiguieron el resultado esperado: carcajadas.

–¿Cómo te las vas a arreglar, Jondalar? –gritó alguno–. Tendrás que partirte el lomo sólo para darle un beso.

Jondalar sonrió con picardía a la joven.

–No partir lomo –dijo; entonces levantó en vilo a Cherunio y la besó mientras todos golpeaban el piso con los pies y reían con aprobación. Literalmente arrebatada, la joven le rodeó el cuello con sus brazos y le besó con pasión. El había observado que varias parejas abandonaban el grupo para dirigirse a las tiendas o a esteras apartadas, y había estado calculando algo similar para sí mismo. El entusiasmo notable de la joven al besarle le hizo suponer que ella no se opondría.

No pudieron alejarse inmediatamente –sólo provocarían más carcajadas–, pero sí iniciar la retirada. Algunas personas vinieron a incorporarse al grupo de cantantes y espectadores y el ritmo estaba cambiando. Sería un buen momento para esfumarse entre las sombras. Mientras dirigía a Cherunio hacia el exterior del círculo, Radonio se presentó súbitamente.

–Lo has tenido para ti sola toda la noche, Cherunio. ¿No crees que ya es hora de compartirlo? Al fin y al cabo, es un festival para honrar a la Madre y se supone que compartimos Su Dádiva.

Radonio se deslizó entre los dos y besó a Jondalar. Entonces, otra mujer le abrazó, y a continuación otras más. Estaba rodeado de jóvenes; al principio aceptó y devolvió besos y caricias. Pero cuando varios pares de manos se pusieron a manosearle muy íntimamente, no estaba ya tan seguro de que eso le agradara. Se suponía que los Placeres eran cosa de elegir. Oyó una lucha sorda, y de repente se encontró esquivando manos que trataban de desatarle los pantalones. Aquello ya era demasiado.

Se las sacudió sin el menor asomo de delicadeza; cuando, por fin, las muchachas comprendieron que no permitiría que ninguna le tocara, se retiraron un poco, sonriendo afectadamente. De pronto Jondalar se dio cuenta de que faltaba alguien.

–¿Dónde Cherunio está? –preguntó.

Las mujeres se miraron unas a otras riendo a carcajadas.

–¿Dónde Cherunio está? –preguntó con fuerza, y cuando vio que sólo obtenía risas por respuesta, dio un paso rápido adelante y agarró a Radonio por un brazo. La hacía daño, pero ella no quiso admitirlo.

–Pensamos que debía compartirte –dijo Radonio, con sonrisa forzada–. Todas quieren al alto y guapo Zelandonii.

–Zelandonii no quiere a todas. ¿Dónde Cherunio está?

Radonio volvió la cabeza y se negó a contestar.

–¿Quieres alto Zelandonii, dices? –estaba enojado y su voz lo confirmaba–. Vas a tener al Zelandonii grandote –y la obligó a arrodillarse.

–¡Me estás haciendo daño! ¿Por qué no me ayudan las demás?

Pero las otras jóvenes no parecían dispuestas ahora a aproximarse demasiado. Sujetándola por los hombros, Jondalar empujó a Radonio haciéndola caer junto al fuego. La música se había interrumpido y la gente se estaba acercando sin saber si debería intervenir o no. La joven luchaba por levantarse y él la mantenía inmóvil con su propio cuerpo.

–Querías Zelandonii grandote y lo tienes. Ahora, ¿dónde Cherunio?

–Aquí estoy, Jondalar. Me estaban sujetando ahí atrás, tapándome la boca. Dijeron que sólo era una broma.

–Mala broma –dijo él enderezándose y ayudando a Radonio a ponerse en pie. La joven tenía lágrimas en los ojos y se frotaba el brazo.

–Me has hecho daño –dijo, llorosa.

Súbitamente Jondalar se percató de que habían tratado de gastarle una broma y que él no había sabido seguirla. No le habían lastimado a él y tampoco a Cherunio. No debería haber lastimado a Radonio. Su enojo se evaporó, sustituido por arrepentimiento.

–Yo... no tenía intención de hacerte daño... yo...

–No la has hecho daño, Jondalar. No tanto –dijo uno de los hombres que habían presenciado la escena–. Y se lo tenía merecido. Siempre organiza líos y provoca molestias.

–Eso quisieras tú, que provocara líos contigo –se enojó una de las jóvenes acudiendo en defensa de Radonio, ahora que habían vuelto las cosas a la normalidad.

–Tal vez creas que a un hombre le gusta que todas se le echen encima, pero no es cierto.

–Mientes –dijo Radonio–. ¿Acaso piensas que no os oímos hacer bromas cuando creéis estar solos? Os he oído hablar de que queríais mujeres, todas a un tiempo. Hasta os he oído decir que deseabais mujeres antes de los Primeros Ritos, cuando sabéis que no se las puede tocar, aunque la Madre las haya preparado ya.

El joven se ruborizó y Radonio aprovechó su ventaja.

–¡Algunos hablan incluso de tomar mujeres cabeza chata!

De repente, destacándose de las sombras, al borde de la fogata, apareció una mujer. Imponía aunque en realidad no tanto por su estatura como por su enorme obesidad; el repliegue asiático de sus ojos revelaba su origen extranjero, al igual que el tatuaje de su rostro, si bien vestía una túnica shamudoi de cuero.

–¡Radonio! –exclamó–. No hay por qué hablar de cosas sucias en un festival en honor de la Madre. –Entonces Jondalar la reconoció.

–Lo siento, Shamud –dijo Radonio agachando la cabeza. Tenía el rostro colorado de vergüenza y estaba realmente apesadumbrada.

Jondalar se dio cuenta en aquel instante de que era muy joven; todas eran poco más que adolescentes. El se había portado de un modo abominable.

–Querida –dijo dulcemente la mujer a Radonio–. Al hombre le agrada que le inviten, no que le avasallen.

Jondalar miró más detenidamente a la mujer; él pensaba más o menos igual.

–Pero no íbamos a hacerle daño. Pensábamos que le agradaría... al cabo de un rato.

–Y puede que sí, si os hubiérais mostrado más sutiles. A nadie le gusta que le obliguen. A ti no te gustó cuando creíste que podría forzarte, ¿verdad?

–¡Me hizo daño!

–¿De veras? ¿O más bien te obligó a hacer algo en contra de tu voluntad? ¿Y qué me dices de Cherunio? ¿Ninguna pensó que podríais estar haciéndole daño? No se puede obligar a nadie a disfrutar Placeres. Eso no es hacer honor a la Madre; es abusar de Su Dádiva.

–Shamud, es tu apuesta...

–He interrumpido el juego. Vamos, Radonio, ven. Es el Festival. Mudo quiere que Sus hijos sean felices. Ha sido un incidente sin importancia... no debe echar a perder tu diversión, querida. El baile se reanuda; anda, ve a bailar.

Mientras la mujer regresaba a su juego, Jondalar tomó las manos de Radonio.

–Yo... lo siento. No pretendía... no quiero lastimarte. Por favor, estoy avergonzado. ¿Perdonas?

El primer impulso de Radonio –apartarse y marcharse enojada– cambió al levantar la vista hacia el rostro serio y los profundos ojos color violeta.

–Ha sido una broma tonta... infantil –dijo, y casi abrumada por lo imponente de su presencia, se tambaleó hacia él, quien la sostuvo y se inclinó para darle un beso largo, experto.

–Gracias, Radonio –murmuró, y se volvió para alejarse.

–¡Jondalar! –le gritó Cherunio–. ¿Adónde vas?

Se dio cuenta, con cierto remordimiento, de que se había olvidado de ella. Regresó hacia la joven bajita, guapa y vivaracha –no había duda de que era atractiva–, la levantó y la besó con ardor y... pesadumbre.

–Cherunio, hice una promesa. Nada de esto sucede si no falto a promesa tan fácilmente, pero tú haces fácil olvidar. Espero... alguna otra vez. Por favor, no te enfades –dijo Jondalar, y se alejó con rapidez hacia los refugios situados bajo el saliente de arenisca.

–¿Por qué has tenido que intervenir y echarlo todo a perder, Radonio? –preguntó Cherunio mientras seguía a Jondalar con la mirada.

La aleta de cuero que cerraba la morada que compartía con Serenio estaba echada, pero no había tablas cruzadas que impidieran el paso. Jondalar dio un suspiro de alivio: por lo menos, no estaba allí dentro con otro. Cuando apartó la aleta, el interior estaba sumido en la oscuridad. Tal vez no estuviera, tal vez se hubiera ido con otro. Pensándolo bien, no la había visto en toda la noche, después de la ceremonia. Y ella era la que no quería compromisos; él sólo se había prometido a sí mismo que pasaría la noche con ella. Quizá Serenio tuviera otros planes, y también cabía la posibilidad de que le hubiese visto con Cherunio.

Llegó a tientas hasta el fondo del alojamiento, donde una plataforma estaba cubierta con pieles y una almohadilla rellena de plumas. El lecho de Darvo junto a la pared lateral estaba vacío. Era de esperar. Los visitantes no eran frecuentes, especialmente de su edad; probablemente habría conocido a algunos muchachos y pasaría la noche con ellos, tratando de pasarla en vela.

Al acercarse más le pareció oír una respiración. Pasó la mano por la plataforma y tocó un brazo. Una sonrisa de gozo le iluminó el rostro.

Volvió a salir, cogió un carbón ardiendo del fuego central y se lo llevó presuroso sobre un trozo de madera. Prendió la mecha de musgo de una lamparita de piedra, colocó dos tablas cruzadas en la parte exterior de la entrada: señal de que no deberían interrumpirles. Tomó la lámpara y se acercó silenciosamente a la cama, contemplando a la mujer dormida. ¿Debería despertarla? Decidió que sí, pero despacio y con dulzura.

Esa idea hizo vibrar sus ijares. Se desnudó antes de deslizarse junto a la mujer, disfrutando del calor que se desprendía de ella. Serenio murmuró algo y se volvió hacia la pared. Jondalar la acarició con toques prolongados por el cuerpo, sintiendo el calor del sueño y respirando el olor a hembra. Exploró todos los contornos del brazo hasta las yemas de los dedos, sus agudos omoplatos y el ondulante espinazo que conducía a la parte sensible al final de la espalda, donde se hinchaban sus nalgas; después, muslos y corvas, pantorrillas y tobillos. Serenio apartó los pies cuando el hombre le tocó las plantas. Tendiendo el brazo para aprisionar un seno con la mano, Jondalar sintió que el pezón se endurecía contra su palma. Experimentó el ansia de chuparlo pero se contuvo; cubrió con su cuerpo la espalda de la mujer y se puso a besarle hombros y cuello.

Le gustaba tocarle el cuerpo, explorarlo y volver a descubrirlo. No sólo el de ella, desde luego. Amaba los cuerpos de todas las mujeres, por sí mismos y por las sensaciones que despertaban en el suyo. Su virilidad estaba ya palpitando y empujando, ansiosa pero todavía controlable. Siempre era mejor si no cedía demasiado pronto.

–¿Jondalar? –preguntó una voz soñolienta.

–Sí –contestó éste.

Serenio se puso boca arriba y abrió los ojos.

–¿Amanece ya?

–No –se alzó sobre un codo y la miró mientras le acariciaba un seno, y se inclinó para chupar el pezón que había deseado tener en la boca poco antes. Le acarició el estómago y luego buscó con la mano el calor entre sus muslos, dejándola reposar en el vello de su pubis. Ella tenía el vello púbico más suave y sedoso que cualquier mujer de cuantas había conocido antes

–Te deseo, Serenio. Quiero honrar a la Madre contigo esta noche.

–Tendrás que darme tiempo para despertar –contestó la mujer, mientras una sonrisa jugueteaba en las comisuras de sus labios–. ¿Queda algo de infusión fría? Quiero enjuagarme la boca... el vino siempre deja un sabor terrible.

–Voy mirar –dijo el, levantándose.

Serenio sonrió lánguidamente cuando le vio regresar con una taza. A veces le agradaba mirarle sin más... era tan maravillosamente varonil: los músculos ondeaban a través de su espalda cuando se movía, su potente pecho de rizos rubios, su estómago duro y sus piernas, esbeltas a la par que musculosas. Su rostro era casi demasiado perfecto: mandíbula fuerte y cuadrada, nariz recta, boca sensual... sabía lo sensual que esa boca podía ser. Tenía las facciones tan bien modeladas y proporcionadas que podría ser considerado *bello* de no ser tan masculino... o si bello fuera un adjetivo que se aplicara habitualmente a los hombres. Sus manos eran fuertes y sensibles, y sus ojos... sus expresivos, imperiosos, imposibles ojos azules capaces de hacer palpitar el corazón de una mujer con una sola mirada, que podían hacerle desear que esa virilidad dura, orgullosa y magnífica se irguiera, aun antes de haberla visto.

La primera vez que le vio así la asustó un poco, antes de que ella comprendiera lo bien que la utilizaba. Nunca se la impuso, sólo le daba lo que ella podía recibir. En todo caso, era ella quien se esforzaba, deseándolo todo, deseando poder absorberlo todo. Estaba contenta de que la hubiera despertado. Se irguió cuando él le entregó la taza, pero antes de tomar un sorbo se inclinó y encerró en su boca la cabeza palpitante; cerrando los ojos, Jondalar dejó que el placer se apoderara de él.

Serenio se sentó y tomó un sorbo; después se levantó.

–Tengo que salir –dijo–. ¿Hay todavía gente despierta ahí fuera? No quiero tener que vestirme.

–Gente bailando aún, tal vez. Quizá debes usar caja.

Mientras regresaba a la cama, Jondalar la observó. ¡Oh Madre! Era una hermosa mujer, de facciones y cabellos tan suaves. Tenía las piernas largas y graciosas, las nalgas pequeñas pero bien formadas. Sus senos eran pequeños, duros, bien formados, con pezones altos y salientes... todavía era el pecho de una joven. Unas leves estrías sobre el estómago eran la única señal de maternidad, y las pocas arrugas en las comisuras de los ojos, el único indicio de la edad que tenía.

–Creí que regresarías tarde..., es el Festival –dijo Serenio.

–¿Por qué tú aquí? Dijiste «no compromiso».

–No encontré a nadie que me interesara, y estaba cansada.

–Tú interesante..., yo no cansado –dijo Jondalar, sonriente. La cogió entre sus brazos y besó la boca cálida, con la lengua apremiante, y la apretó fuerte. Ella sintió algo duro y palpitante contra su vientre y una oleada de calor la recorrió.

El había tenido la intención de prolongarlo, de controlarse hasta que ella estuviera más que dispuesta, pero se encontró apresándole la boca con fruición, chupando y tirando de su cuello, sus pezones, mientras ella sujetaba la cabeza de él contra su pecho. La mano del hombre buscó el montecillo velloso y lo encontró húmedo y caliente. Un leve grito escapó de los labios de la mujer al sentir que él tocaba el diminuto órgano duro entre sus repliegues calientes. Se irguió y se apretó contra él mientras le acariciaba el lugar que bien sabía le produciría placer.

Esta vez supo lo que ella deseaba. Cambiaron de posición: él rodó sobre un costado, ella de espaldas. Alzando una pierna sobre la cadera de él, metió la otra entre sus muslos y mientras él acariciaba y friccionaba el centro del placer de ella, ella tendió la mano para dirigir la virilidad de él hacia su profunda hendidura. Cuando él penetró, Serenio gritó con pasión y experimentó la excitación exquisita de las dos sensaciones a la vez.

Jondalar sintió que el calor de la mujer le envolvía al avanzar dentro de ella mientras ella se apretaba para tratar de recibirlo entero. El se retiró y volvió a embestir hasta que no pudo ir más allá. Ella se empinó hacia la mano de él, y él frotó más fuerte mientras volvía a penetrar en ella. Estaba totalmente lleno, absolutamente dispuesto, y ella gritaba a medida que sus tensiones crecían. Ella tomó impulso hacia él, los ijares de Jondalar se tensaron. La penetró una y otra vez, hasta que enormes oleadas los reunieron mientras ambos alcanzaban una cima insoportable y los inundó de un alivio glorioso. Unos cuantos golpes más provocaron un estremecimiento y una satisfacción total. Se quedaron quietos, respirando fuerte, con las piernas todavía enlazadas. Ella se tendió sobre él. Sólo ahora, antes de que se quedara fláccido pero sin estar ya plenamente hinchado, podía tomar todo su miembro dentro de ella. El parecía siempre darle a ella más de lo que ella le daba a él. Jondalar ya no quería moverse, podía quedarse dormido pero tampoco quería dormir. Por fin extrajo su miembro agotado y se quedó muy pegado a Serenio; ella estaba tendida, quieta, pero él sabía que no dormía.

Jondalar dejó que su mente vagara y de repente se encontró pensando en Cherunio, Radonio y las demás jovencitas. ¿Qué tal habría sido con todas ellas a un tiempo? Sentir todos esos cuerpos de hembras cálidos y núbiles a su alrededor, con sus muslos calientes y sus traseritos redondos y sus fuentes húmedas. Tener el seno de una en la boca y cada mano explorando otros dos cuerpos de mujer. Estaba experimentando una excitación nueva. ¿Por qué las había rechazado? A veces se portaba de una manera estúpida. Miró a la mujer que tenía junto a sí y se preguntó cuánto tardaría en tenerla nuevamente dispuesta, y le respiró al oído; ella sonrió. Le besó el cuello y después la boca; esta vez sería más lento, con todo el tiempo por delante. «Es una mujer bella, maravillosa...; ¿por qué no puedo enamorarme?»

13

Al llegar al valle, Ayla se encontró con un problema. Había pensado trocear y secar la carne en la playa quedándose a dormir al aire libre, como lo había hecho otras veces. Pero para atender debidamente al cachorro de león cavernario herido tenía que estar en su pequeña caverna. El cachorro era tan grande como una zorra y mucho más robusto, pero podía cargar con él. Un ciervo adulto era muy distinto. Las puntas de las dos lanzas que se arrastraban detrás de Whinney y que eran los postes de apoyo de la angarilla, estaban demasiado separadas para pasar por el estrecho sendero, cuesta arriba, hasta la cueva. No sabía cómo conseguiría subir hasta allí al ciervo que tanto le había costado cobrar, y no se atrevía a dejarlo en la playa sin protección, con las hienas pisándole los talones.

Estaba preocupada y con razón. Justo en el breve espacio de tiempo que tardó en llevar a la cueva al cachorro aprovecharon para dar vueltas y gruñir en torno del bulto enrollado en la estera de hierbas, todavía en la angarilla, a pesar de los movimientos nerviosos de Whinney para evitarlas. La honda de Ayla entró en movimiento antes de llegar a medio camino, y una piedra fuertemente lanzada resultó mortal. Agarró a la hiena por la pata trasera y la dejó en el prado, aunque odiaba tocar al animal. Olía a la carroña que había comido últimamente, y Ayla se lavó las manos en el río antes de volver a ocuparse de la yegua.

Whinney estaba temblando, sudaba y agitaba la cola en un febril estado de agitación nerviosa. Tener tan cerca el olor a león cavernario había sido casi más de lo que podía soportar. Peor aún fue el olor a hiena durante todo el camino. Había tratado de dar vueltas cuando los animales intentaron lanzarse contra la presa de Ayla, pero un larguero de la angarilla se había quedado atrapado en una grieta de la roca; Whinney estaba a punto de sucumbir al pánico.

–Ha sido un día duro para ti, ¿verdad, Whinney? –dijo Ayla por señas, y entonces rodeó el cuello de la yegua con sus brazos y la mantuvo así un rato, como habría hecho con un niño asustado. Whinney se recostó contra ella temblando, respirando fuerte por los ollares, pero finalmente la proximidad de la mujer acabó por calmarla. La yegua siempre había sido tratada amorosamente y con paciencia; a cambio, daba confianza y esfuerzo casi siempre de buen grado.

Ayla comenzó a desmantelar la angarilla, sin saber aún cómo se las compondría para subir al ciervo hasta la caverna, pero cuando aflojó una de las lanzas, ésta se acercó a la otra de tal forma que las dos puntas quedaron muy próximas una de otra: el problema se había resuelto solo. Volvió a sujetar la lanza para que aguantara y ayudó a Whinney camino arriba. La carga era inestable, pero la distancia por recorrer sería corta.

El esfuerzo era mayor para Whinney; el reno y el caballo pesaban más o menos lo mismo, y el camino era empinado. La tarea hizo que Ayla apreciara mejor la fuerza de la yegua y percibiera la ventaja que representaba para ella habérsela solicitado. Cuando llegaron al pórtico de roca, Ayla retiró toda la carga y abrazó a la yegua con gratitud. Entró en la caverna, esperando que Whinney la siguiera, y volvió sobre sus pasos al oír el relincho suave y angustiado de la yegua.

–¿Qué pasa? –preguntó por señas.

El cachorro de león cavernario se encontraba exactamente en el mismo lugar en que ella lo había dejado. «¡El cachorro!», pensó. «Whinney huele al cachorro», y salió de nuevo.

–Todo está bien, Whinney. Ese pequeño no puede hacerte daño –acarició el suave hocico de Whinney poniéndole un brazo alrededor del robusto cuello, la exhortó dulcemente a que entrara. La confianza en la mujer se sobrepuso una vez más al temor; Ayla condujo a la yegua hasta el cachorro de león. Whinney olfateó nerviosa, retrocedió relinchando y volvió a bajar el hocico para oler al cachorro inmóvil. El olor del depredador estaba presente, pero el leoncito no amenazaba. Whinney resopló y tocó con el hocico al cachorro, y entonces pareció hacerse a la idea de aceptar la nueva presencia en la caverna. Se dirigió a su rincón y se puso a comer.

Ayla concentró entonces su atención en el cachorro herido. Era una criatura cubierta de pelusa con leves manchas oscuras sobre un fondo beige más claro. Parecía muy joven, pero Ayla no podía estar segura del todo. Los leones cavernarios eran depredadores de la estepa; ella sólo había estudiado animales carnívoros que vivían en las regiones boscosas cerca de la caverna del Clan. Nunca había cazado hasta entonces en las planicies abiertas.

Trató de recordar todo lo que los cazadores del Clan habían dicho acerca de los leones cavernarios. Este parecía de un matiz más claro que los que había visto con anterioridad, y recordó que los hombres habían advertido frecuentemente a las mujeres que los leones cavernarios eran difíciles de distinguir. Se asimilaban tan bien al color de la hierba seca y la tierra polvorienta, que se podía tropezar con uno inadvertidamente. Una familia entera, dormida a la sombra de arbustos o entre piedras y vegetación en las inmediaciones de sus guaridas, perecía un grupo de rocas, incluso desde muy cerca.

Cuando lo pensó, reconoció que las estepas de aquella zona parecían en general de un matiz más claro de beige, y los leones que vivían en las proximidades se fundían seguramente con el entorno. No se había detenido a pensar en ello anteriormente, pero parecía lógico que tuvieran un pelaje más claro que los del sur. Tal vez debería dedicar algún tiempo al estudio de los leones cavernarios.

Con manos expertas, la joven curandera palpó el cuerpo del cachorro para descubrir la gravedad de sus lesiones. Tenía una costilla rota, pero era posible que no hubiera dañado ningún órgano vital. Espasmos y contracciones, así como unos sonidos muy similares a maullidos, indicaban dónde le dolía; tal vez tuviera lesiones internas. El peor problema era una herida abierta en la cabeza, causada sin duda por las pezuñas de los renos.

La hoguera se había consumido hacía mucho, pero eso había dejado de ser un problema. Contaba con su reserva de pedernales y podía encender un fuego rápidamente cuando disponía de buena yesca. Puso agua a hervir, después envolvió con una faja de cuero, suave pero firmemente, las costillas del animal. Mientras pelaba la cáscara negra de las raíces de consuelda que había recogido al hacer el camino de regreso, empezó a manar un mucílago pegajoso. Echó flores de caléndula en el agua hirviendo, y cuando el líquido adquirió un tono dorado, sumergió en él una piel suave y absorbente para lavar la herida que tenía el cachorro en la cabeza.

Al retirar la sangre seca, la hemorragia se reprodujo y Ayla pudo comprobar que el cráneo estaba partido pero no aplastado. Picó la raiz blanca de consuelda y aplicó la sustancia pegajosa directamente sobre la herida –detuvo la hemorragia y ayudaría a sanar el hueso– y la envolvió entonces con una piel más suave. No sabía qué uso tendrían las pieles de los distintos animales que había matado, pero ni en sus sueños más desbocados podría haber imaginado el que dio a algunas de ellas.

«¿No se sorprendería Brun de verme?», pensó, sonriendo. «No permitió nunca animales cazadores, ni siquiera me dejó llevar a la caverna aquel lobezno. Y ahora aquí estoy nada menos que con un cachorro de león. Me parece que voy a aprender muchas cosas acerca de los leones cavernarios, y rápidamente... si éste vive».

Puso más agua a cocer para una infusión de hojas de consuelda y manzanilla, aunque no sabía cómo podría lograr administrar la medicina interna al leoncito. De momento dejó al cachorro y salió para desollar el reno. Cuando las primeras tajadas, finas y en forma de lengua, estuvieron dispuestas para colgar, se sintió súbitamente desconcertada. Allí no había una capa de tierra en la que pudiera hundir los palos que solía usar para tender cuerdas, aquello era roca viva. Ni siquiera había pensado en eso cuando se preocupó tanto por llevar el cuerpo del reno hasta la caverna. ¿Por qué sería que las pequeñeces eran siempre lo que parecía paralizarla? No se podía estar seguro de nada.

En su frustración, no se le ocurrió ninguna solución. Estaba cansada y sobreexcitada, y el haber llevado un cachorro de león a casa la tenía preocupada. Sin duda habría sido mejor dejarlo donde estaba; ¿qué iba a hacer con él? Tiró el palo y se puso de pie. Avanzando hasta el extremo exterior del pórtico natural, echó una mirada al valle mientras el viento le azotaba el rostro. ¿En qué había estado pensando? ¿Cargar con un cachorro de león que necesitaría cuidados, cuando lo que debería hacer era prepararse para marchar y proseguir su búsqueda de los Otros? Tal vez debería llevárselo a la estepa ahora y dejarle seguir el destino de todas las criaturas débiles en la naturaleza. El hecho de vivir sola y aislada, ¿le habría privado de la capacidad de pensar con sensatez? De todos modos, no sabía cómo debería atenderle. ¿Cómo alimentarle? Y si se recuperaba, ¿qué iba a suceder? Ya no podría devolverlo a la estepa; su madre no lo aceptaría, y moriría. Si estaba dispuesta a quedarse con el cachorro, tendría que permanecer en el valle. Para seguir su búsqueda, no le quedaría más remedio que devolverle a la estepa.

Regresó a la cueva y se quedó mirando al cachorro; todavía no se había movido. Le tocó el pecho; tenía calor y respiraba, y su pelaje esponjoso le recordó el de Whinney cuando era pequeña. Era bonito y con un aspecto tan gracioso con su cabeza vendada, que Ayla se echó a reír. Pero no pudo por menos de pensar que aquel precioso animalito iba a convertirse en un león muy grande. Se puso en pie y volvió a mirarle. No importaba. No le era posible llevarlo a la estepa y dejar que muriera.

Salió de nuevo y echó una mirada a la carne. Si permanecía en el valle tendría que empezar a pensar en almacenar comida de nuevo. Y sobre todo ahora, que tendría una boca más que alimentar. Recogió el palo, preocupada por idear algún medio para mantenerlo vertical. Vio un montón de piedras caídas junto a la pared posterior, cerca del extremo más apartado, y trató de clavar allí el palo; éste, en efecto, se sostenía de pie, pero no podría soportar el peso de las hileras de carne. Aquello, sin embargo, le dio una idea. Entró en la cueva, cogió un canasto y echó a correr cuesta abajo hasta la playa.

Después de unos cuantos intentos, descubrió que una pirámide de cantos de la playa podría sostener un palo largo. Hizo varios viajes para recoger guijarros y cortó trozos de madera adecuados antes de lograr tender varias hileras de cuerda a través del saliente, al objeto de secar la carne; luego volvió a la tarea de cortarla. Hizo una fogata cerca del lugar en que estaba trabajando y ensartó una rabadilla para asarla y consumir parte de ella en la cena, pensando otra vez en cómo iba a alimentar al cachorro y administrarle la medicina. Lo que le hacía falta eran alimentos para leones de corta edad.

Las crías podían comer lo mismo que los adultos, recordó, sólo que en forma más suave, más fácil de mascar y tragar. Quizá un caldo de carne, picando ésta muy fina. Lo había hecho para Durc, ¿por qué no para el cachorro? Y a todo esto, ¿por qué no hacer el caldo con la infusión que había preparado para la medicina?

Puso inmediatamente manos a la obra, cortando los trocitos de carne de reno que picó a continuación. Se los llevó adentro para meterlos en la olla de madera, y decidió entonces agregar un poco de la raíz de consuelda que había sobrado. El cachorro no se había movido, pero parecía descansar mejor.

Poco después creyó oír que se movía y se acercó para ver cómo se encontraba. Estaba despierto, maullando suavemente, incapaz de rodar y ponerse en pie, pero cuando Ayla se acercó al gatito, éste bufó enseñando los dientes y trató de retroceder. Ayla sonrió y se dejó caer a su lado.

«Estás asustado, pobrecito», pensó. «No te lo reprocho. Despertar en una guarida desconocida, con dolores, y ver alguien que no se parece en nada a tu madre ni tus hermanos...», extendió una mano: «toma, no voy a hacerte daño. ¡Ay! ¡Tus dientecillos son agudos! Adelante, pequeñito, prueba mi mano, hazte a mi olor; eso facilitará que te acostumbres a mí. Ahora yo tendré que ser tu madre. Aunque supiera dónde está tu guarida, tu madre no sabría cómo cuidarte... en el caso de que te aceptara. No entiendo gran cosa de leones cavernarios, pero tampoco sabía mucho de caballos. Un bebé es un bebé. ¿Tienes hambre? No puedo darte leche. Espero que te guste el caldo con carne desmenuzada. Y con la medicina, te sentirás mejor».

Se levantó para ver cómo estaba la olla. La sorprendió bastante la consistencia densa del caldo frío, y cuando lo revolvió con un hueso de costilla, encontró que la carne se había vuelto compacta en el fondo de la olla. Finalmente, la sacó con un pincho agudo convertido en una masa congelada de carne con un líquido espeso y viscoso que colgaba en hilos. De repente comprendió y soltó la carcajada. El cachorro se asustó tanto que casi tuvo fuerzas suficientes para levantarse.

«Por eso es tan buena la raíz de consuelda para curar heridas. Si sujeta la carne desgarrada tan bien como ha pegado esta carne de reno, ¡tiene que servir para curar!»

–Bebé, ¿crees que podrás tomar algo de esto? –indicó por señas al leoncito cavernario. Vertió algo del líquido pegajoso en un plato de corteza de abedul; el cachorro se había salido de la estera de hierbas y luchaba por ponerse en pie. Ayla le colocó el plato bajo el hocico; el cachorro le bufó y retrocedió.

Ayla oyó el ruido de cascos procedente del sendero y un instante más tarde entraba Whinney. Vio al cachorro, muy despierto ahora y en movimiento, y se acercó a investigar; inclinó la cabeza para olfatear a la criatura peludita. El leoncito cavernario, que cuando fuera adulto inspiraría pánico a cualquier ejemplar de la misma especie de Whinney, sintió pavor ante el enorme animal desconocido que le miraba desde las alturas. Escupió, enseñó los dientes y retrocedió hasta encontrarse casi en el regazo de Ayla. Sintió el calor de su pierna, recordó un olor menos desconocido y se acurrucó allí. Había demasiadas cosas extrañas en aquel lugar.

Ayla le subió a su regazo y le acunó, arrullándole con sonidos tranquilizadores, como habría hecho con cualquier bebé. Como lo había hecho con el suyo.

–Todo está bien. Ya te acostumbrarás a nosotras –Whinney sacudió la cabeza y relinchó. El león cavernario que estaba en brazos de Ayla no parecía amenazador, aunque su instinto le dijera que debería serlo. Ella había cambiado antes de costumbres en favor de aquella mujer, aviniéndose a vivir con ella. Tal vez aquel león cavernario, en particular, no resultase difícil de tolerar.

El animalito respondió a las caricias y los mimos de Ayla buscando con el hocico un lugar donde mamar. «¿Tienes hambre, verdad?» Ayla tendió la mano hacia el plato de caldo espeso y se lo puso al cachorro bajo el hocico; él lo olfateó pero no supo qué hacer. Ayla metió dos dedos en la masa y se los introdujo en la boca; entonces, como cualquier bebé, se puso a chupar.

Y allí se quedó, sentada en su pequeña caverna, sosteniendo al cachorro de león cavernario, meciéndolo mientras él le chupaba los dos dedos, tan abrumada por el recuerdo de su hijo que ni siquiera se percató de que las lágrimas que le bañaban el rostro goteaban sobre el pelaje tupido.

En aquellos primeros días se estableció un vínculo –días y noches, cuando se llevaba al cachorro de león a la cama para mimarle mientras él le chupaba los dedos– entre la joven y el cachorro de león cavernario; un vínculo que jamás se habría establecido entre el cachorro y su madre natural. Los caminos de la naturaleza son implacables, especialmente para las crías del más poderoso de todos los depredadores. Aunque la leona amamantaba a sus crías durante las primeras semanas –e incluso les permitiera mamar, en ocasiones, hasta seis meses–, tan pronto como abrían los ojos los cachorros de león comenzaban a comer carne. Pero la jerarquía de la alimentación en una familia de leones no daba cabida a los sentimentalismos.

La leona era la cazadora y, a diferencia de otros miembros de la familia felina, cazaba en grupo. Tres o cuatro leonas juntas representaban un equipo de caza formidable; eran capaces de derribar un saludable reno gigantesco o un uro de temprana edad. El único inmune al ataque era el mamut adulto, aunque jóvenes y viejos eran vulnerables. Pero la leona no cazaba para sus crías, cazaba para el macho; el jefe siempre conseguía la parte del león. En cuanto aparecía, las leonas se apartaban y sólo después de que estuviera ahíto podían coger su ración las hembras. Los leones adolescentes venían después, y sólo entonces, si quedaba algo, podían los cachorros gozar de la oportunidad de pelear por los restos.

Si un cachorrillo, desesperado por el hambre, trataba de saltar para llevarse un bocado antes de tiempo, lo más probable era que recibiera un zarpazo mortal. La madre solía llevarse sus crías lejos de una presa muerta, aunque estuvieran famélicas, para evitar ese peligro. Las tres cuartas partes de la camada nunca llegaban a la madurez. Y la mayoría de los que se convertían en adultos eran expulsados por la familia para convertirse en nómadas... y los nómadas eran mal recibidos en todas partes, especialmente si eran machos. Las hembras tenían un cierto privilegio; se les podía permitir que permanecieran cerca de una familia en la que escasearan las cazadoras.

La única manera de que un macho pudiera ser aceptado consistía en luchar por conseguirlo, a menudo a muerte. Si el cabeza de familia era viejo o estaba herido, un miembro más joven, o más probablemente un vagabundo, podía expulsarle y tomar el mando. El macho era mantenido para defender el territorio de la familia –señalado por sus glándulas odoríferas o por la orina de la hembra principal– y para asegurar la continuación de la familia como grupo reproductor.

En ocasiones, un macho y una hembra vagabundos se unían para formar el núcleo de una nueva familia, pero tenían que defender su territorio a fuerza de zarpazos entre territorios colindantes. Era una existencia precaria.

Pero Ayla no era una leona madre: era humana. Los padres humanos no sólo protegían a sus crías sino que las alimentaban. Bebé, como siguió llamándole, fue tratado como nunca lo había sido un león cavernario: no tuvo que pelear con hermanos por las sobras ni evitar los rudos golpes de sus mayores. Ayla le alimentaba; cazaba para él. Pero, si bien le daba su parte, no cedía la suya. Le dejaba chuparle los dedos cuando el cachorro sentía la necesidad de hacerlo, y solía llevárselo a la cama.

Por naturaleza él estaba acostumbrado a hacer sus necesidades fuera, y salía de la caverna, excepto cuando al principio no podía moverse. Pero aun entonces, cuando se ensuciaba, hacía una mueca de asco tal que Ayla no podía por menos de sonreír. No eran éstas las únicas ocasiones en que la hacía sonreír. Las payasadas de Bebé provocaban a veces sus carcajadas. Al cachorro le gustaba acecharla, y le gustaba todavía más si ella fingía no darse cuenta y se hacía la sorprendida cuando él se dejaba caer sobre su espalda, aunque a veces era ella quien lo sorprendía a él, volviéndose de repente y recibiéndole en sus brazos.

Siempre se había consentido a los niños del Clan; el castigo era pocas veces algo más que ignorar un comportamiento que pretendía llamar la atención. A medida que iban creciendo y se percataban más de la posición concedida a los hermanos mayores y los adultos, los niños empezaban a resistirse a los mimos, por demasiado infantiles, y a emular los modales de los mayores. Cuando esta actitud provocaba la aprobación inevitable, era lógico perseverar en ella.

Ayla mimaba de la misma manera al león cavernario, especialmente al principio, pero a medida que fue creciendo, hubo veces en que sus juegos le hicieron daño sin querer. Si arañaba alocadamente o la derribaba con un ataque fingido, la respuesta usual de Ayla consistía en dejar de jugar, acompañada generalmente del gesto del Clan para decir: «¡Ya!» Bebé era sensible a los cambios de humor de la joven. Si ésta se negaba a jugar, a tirar de un palo o de un trozo viejo de cuero, a menudo trataba de congraciarse con ella mediante un comportamiento que la hacía sonreír o bien intentaba chuparle los dedos.

Comenzó a responder a las señales de «¡Ya!» con las mismas acciones. Ayla, con su sensibilidad habitual en lo concerniente a acciones y posturas, observó la conducta del cachorro y empezó a utilizar la señal para detenerle tan pronto como quería que dejara de hacer lo que estaba haciendo. No era tanto cuestión de adiestrarle como de una respuesta mutua, pero el animal aprendía rápidamente. Se detenía a medio camino o trataba de interrumpir un brinco en el aire, cuando ella hacía la señal. Por lo general necesitaba ser tranquilizado chupándole los dedos siempre que Ayla le hacía la señal de detenerse con una fuerza imperiosa, como si comprendiera que había hecho algo que la desagradaba.

Por otra parte, ella comprendía sus impulsos y no le constreñía físicamente. Era tan libre de ir y venir como ella misma o la yegua. Nunca se le ocurrió a Ayla encerrar ni atar a sus compañeros animales. Eran su familia, su clan, criaturas vivientes que compartían su caverna y su vida. En su mundo solitario, eran sus únicos amigos.

Pronto olvidó lo raro que le parecería al Clan verla vivir con animales; no obstante, lo que la tenía maravillada era el tipo de relación existente entre la yegua y el león. Eran enemigos naturales, presa y depredador. Si ella hubiera recordado tal circunstancia al encontrar al cachorro herido, tal vez no lo habría llevado a la caverna que compartía con una yegua. Nunca hubiera creído que pudiesen vivir juntos, menos aún que se entendieran tan bien.

Al principio Whinney se había limitado a tolerar al cachorro, pero una vez que éste se puso en pie y se movió de un lado para otro, resultaba difícil ignorarle. Cuando vio que Ayla tiraba de un extremo de un trozo de cuero mientras Bebé sujetaba el otro extremo entre sus dientes, agitando la cabeza y con aire amenazador, la curiosidad natural de la yegua se impuso. Tuvo que acercarse y ver lo que estaba pasando, y desde entonces participó. Después de olfatear el cuero, a veces lo cogía con los dientes haciendo un juego a tres. Cuando Ayla lo soltaba, era un juego entre yegua y león. Con el tiempo, Bebé adquirió el hábito de arrastrar un trozo de cuero –bajo su cuerpo y entre sus patas delanteras, como habría de arrastrar una presa algún día– atravesándose en el camino de la yegua, tratando de provocarla para que agarrara un extremo y jugara con él. Whinney solía darle gusto. Como no tenía hermanos con quienes practicar juegos de león, Bebé se las arreglaba con las criaturas que tenía a mano.

Otro juego –que no divertía tanto a Whinney, pero al que por lo visto Bebé no podía resistirse– era una especie de atrapa-la-cola, sobre todo la cola de Whinney. Bebé la acechaba; agazapado, la veía moverse de un lado a otro tan provocativamente que avanzaba silenciosa y furtivamente, temblando de excitación. Entonces, con un estremecimiento de gozo anticipado, brincaba y acababa con un delicioso bocado de crines. A veces, Ayla estaba segura de que Whinney jugaba también, perfectamente consciente de que su cola era objeto de un deseo tan intenso pero fingiendo no darse cuenta. La yegua siempre fue juguetona; pero no había tenido con quien jugar anteriormente. Ayla no era propensa a inventar juegos; nunca había aprendido.

Al cabo de un rato, cuando ya había jugado bastante, Whinney se volvía contra el atacante y mordisqueaba la rabadilla de Bebé. Aunque también ella era indulgente, nunca cedía su posición dominante. Bebé podía ser un león cavernario, pero sólo era un cachorro. Y si Ayla era su madre, Whinney se convirtió en su niñera. Mientras los juegos entre ambos se fueron desarrollando con el tiempo, el cambio de la simple tolerancia a un cuidado activo fue el resultado de una característica en particular: a Bebé le gustaban los excrementos.

Ahora bien, los excrementos de animales carnívoros no le interesaban; a Bebé sólo le gustaban los de herbívoros y rumiantes, y cuando salían a la estepa, se revolcaba en los que encontraba. Como sucedía con la mayor parte de sus juegos, esto formaba parte de su preparación para sus cacerías futuras. El excremento de un animal puede disimular el olor a león, pero no por ello reía menos Ayla cuando le veía descubrir un nuevo montón de excrementos. El de mamut era particularmente agradable para él; Bebé atrapaba las gruesas bolas, las rompía y después se tendía encima.

Sin embargo, no había excrementos tan maravillosos como los de Whinney. La primera vez que encontró el montón de estiércol seco que utilizaba Ayla para complementar la leña, no acababa de saciarse. Lo llevaba de un lado a otro, se revolcaba encima, jugaba, se sumergía en él. Cuando Whinney entró en la caverna, percibió su propio olor en él. Desde aquel instante dejó de sentirse nerviosa cerca del cachorro y le consideró como un hijo adoptivo. Lo guiaba, lo cuidaba, y si él respondía a veces de una forma extraña, eso no influía en los cuidados que le prodigaba.

Aquel verano, Ayla fue más feliz que nunca desde que se alejó del Clan. Whinney había sido una compañía y algo más que una amiga; Ayla no sabía qué habría hecho sin ella durante el prolongado invierno solitario. Sin embargo, la aparición de Bebé en su vida le proporcionó una nueva dimensión: la hacía reír. Entre el caballo protector y el cachorro juguetón, siempre estaba ocurriendo algo divertido.

Un caluroso día de mediados del verano, Ayla se encontraba en el prado vigilando al cachorro y a la yegua que practicaban un juego nuevo. Corrían uno tras otro en un amplio círculo. Al principio el leoncito se detenía justo lo necesario para que Whinney le alcanzara, después brincaba hacia delante mientras ella frenaba hasta que él cerraba el círculo y la alcanzaba por detrás. Entonces ella saltaba hacia delante y él corría relativamente despacio hasta que ella volvía a lo mismo. Ayla consideraba que era lo más divertido que había visto en su vida; reía, reía y reía hasta que cayó de espaldas contra un árbol sujetándose el estómago.

Cuando fueron apagándose sus carcajadas, por alguna razón, cobró conciencia de sí misma. ¿Qué ruido era aquel que hacía cuando algo la divertía? ¿Por qué lo hacía? Surgía con toda facilidad cuando no había allí nadie para recordarle que no era conveniente. ¿Por qué no lo era? No podía recordar haber visto nunca a nadie del Clan riendo o sonriendo, excepto a su hijo. No obstante, entendían el humorismo, celebraban los chascarrillos y una expresión complacida solía asomar a sus ojos. La gente del Clan hacía una mueca parecida a la sonrisa de ella, recordó; pero transmitía un temor nervioso o una amenaza, no la dicha que ella sentía.

Por tanto, si la risa la hacía sentirse tan bien y brotaba tan fácilmente, ¿cómo podía ser algo malo? ¿Reirían las otras personas iguales a ella? Los Otros. Sus cálidos sentimientos de gozo se esfumaron; no le gustaba pensar en los Otros. Eso le hacía comprender que había dejado de buscarlos y la llenaba de emociones complejas. Iza le había dicho que los buscara, y vivir sola podría ser peligroso. Si enfermara o sufriese un accidente, ¿quién la ayudaría?

Pero, ¡era tan feliz en el valle con su familia animal! Ni Whinney ni Bebé la miraban con reprobación cuando se olvidaba y echaba a correr. Nunca le decían que no sonriera, que no llorase, ni lo que podía cazar ni cuándo ni con qué armas. Podía hacer lo que quisiera, y eso la hacía sentirse libre. No consideraba que el tiempo que pasaba atendiendo a sus necesidades materiales –como el alimento, el calor y el abrigo– limitase su libertad, puesto que representaba la mayoría de sus esfuerzos. Justo lo contrario: la inspiraba confianza en sí misma saber que se podía cuidar sola.

Con el paso del tiempo, y especialmente desde la llegada de Bebé, la pena que sentía por la gente a quien amaba se había calmado. El vacío, la necesidad de contacto humano, era una pena tan constante que ya parecía algo normal. Cualquier alivio significaba gozo y los dos animales contribuían mucho a llenar aquel vacío. Le gustaba pensar en su organización, en algo así como Iza y Creb y ella cuando era pequeña, salvo que Whinney y ella se ocupaban de Bebé. Y cuando el cachorro de león, con las garras escondidas, la abrazaba con las patas delanteras mientras ella le mimaba por la noche, casi podía imaginar que era Durc.

No tenía ganas de salir en busca de Otros desconocidos, cuyas costumbres y restricciones ignoraba; Otros que pudieran privarla de su risa. «No lo harán», se decía. «No volveré a vivir con nadie que no me permita reír».

Los animales se habían cansado de jugar. Whinney estaba paciendo y Bebé descansaba cerca de ella, con la lengua fuera, jadeando. Ayla silbó, lo cual atrajo a Whinney, con el león caminando pesadamente tras ella.

–Tengo que ir a cazar, Whinney –indicó por señas–. Este león come mucho y se está poniendo muy grande.

Una vez que el leoncito cavernario se restableció de sus heridas, siempre andaba detrás de Ayla o de Whinney. Los cachorros nunca se quedaban solos, lo mismo que tampoco se dejaba solos a los bebés del Clan, de manera que aquella conducta parecía perfectamente normal. No obstante, planteaba un problema. ¿Cómo podría cazar con un cachorro de león pegado a sus talones? Sin embargo, al despertarse el instinto protector de Whinney, el problema se resolvió solo. Era costumbre que una madre leona formara un subgrupo con sus cachorros y una hembra joven, cuando eran pequeños. La hembra joven se ocupaba de los cachorros mientras la leona iba de caza, y Bebé aceptó que Whinney desempeñara ese papel. Ayla sabía que ninguna hiena o cualquier otro animal similar se atrevería a desafiar las coces de la yegua irritada en defensa de su pupilo, pero eso significaba que tendría que volver a cazar a pie. Sin embargo, recorrer la estepa cerca de la caverna, en busca de animales pequeños adecuados para su honda de dos piedras, le brindó una oportunidad inesperada.

Ayla había evitado siempre acercarse a la familia de leones cavernarios que recorrían el territorio al este de su valle. Pero la primera vez que vio algunos leones descansando a la sombra de unos pinos retorcidos, decidió que había llegado la hora de enterarse de algo más acerca de las criaturas que personificaban su tótem.

Peligrosa pretensión; aunque era cazadora, sería fácil convertirse en presa. No obstante, había observado anteriormente a depredadores y aprendido la manera de pasar inadvertida. Los leones sabían que les estaba observando, pero al cabo de algún tiempo decidieron ignorarla. Eso no eliminaba el peligro; uno de ellos podría volverse contra ella en cualquier momento, sin otra razón que un arrebato de mal humor, pero cuanto más los observaba, más fascinada se sentía.

Pasaban la mayor parte del tiempo descansando o durmiendo, pero cuando cazaban, se convertían en velocidad y furia en acción. Los lobos, cazando en manada, podían matar un gran ciervo; una leona cavernaria era capaz de hacerlo sola y con mayor rapidez. Cazaban únicamente cuando tenían hambre, y podían limitarse a comer sólo una vez en varios días. No necesitaban almacenar alimentos, como ella; cazaban a lo largo de todo el año.

Tendían a ser cazadores nocturnos en verano, cuando hacía calor de día; en invierno, cuando la naturaleza daba mayor densidad a sus mantos, aclarando el matiz hasta el color marfil para facilitarles el mimetismo con el paisaje, los había visto cazar de día. El riguroso frío impedía que la tremenda energía que quemaban al cazar les acalorara exageradamente. De noche, cuando bajaba la temperatura, dormían amontonados en una cueva o un saliente rocoso que les protegía del viento, o en medio de las piedras de un cañón que habían acumulado el calor del lejano sol durante el día y que lo devolvían en la oscuridad.

La joven regresaba a su valle después de un día de observación en que había experimentado un respeto mayor aún por el animal del espíritu de su tótem. Había estado viendo cómo las leonas derribaban a un viejo mamut cuyos colmillos eran tan largos que se curvaban hacia atrás y se cruzaban por delante. Toda la familia se había empapuzado con la presa. ¿Cómo pudo ella salvarse de uno de aquellos animales cuando sólo tenía cinco años de edad, y conservar tan sólo unas cicatrices para atestiguarlo? Cada vez comprendía mejor el pasmo del Clan. «¿Por qué me escogió el León Cavernario?» Durante un instante experimentó un curioso presentimiento; nada específico, pero eso la hizo pensar en Durc.

Al acercarse al valle, una piedra veloz cobró una liebre para Bebé, y de repente se encontró preguntándose si habría sido juicioso llevar al cachorro a su caverna, imaginándoselo como un león cavernario adulto. Sus aprensiones sólo duraron hasta que el leoncito corrió a ella, anhelante y feliz por su regreso, buscando sus dedos para chupárselos y lamiéndole con su áspera lengua.

Más tarde, aquella misma noche, después de despellejar la liebre y cortarla en trozos para Bebé, limpiar el sitio de Whinney y ponerla un poco de heno fresco y preparar su propia cena, estaba sentada bebiendo una infusión caliente, mirando fijamente el fuego y recordando los sucesos del día. El joven león cavernario estaba dormido en el fondo de la caverna, lejos del calor directo del fuego. Ayla se puso a recordar las circunstancias que la habían impelido a adoptar al cachorro, y sólo pudo llegar a la conclusión de que tal había sido el deseo de su tótem. No sabía por qué, pero el Gran León Cavernario había enviado a uno de los suyos para que ella lo criara.

Tocó el amuleto que colgaba de la correa que llevaba al cuello y tentó los objetos que contenía; después, en el lenguaje oficial y silencioso del Clan, se dirigió a su tótem: «Esta mujer agradece que le haya sido mostrado. Esta mujer puede no llegar nunca a saber por qué fue escogida, pero esta mujer está agradecida por el bebé y la yegua». Se detuvo y después agregó: «Algún día, Gran León Cavernario, esta mujer sabrá para qué fue enviado el cachorro... si su tótem decide revelárselo».

La carga de trabajo habitual para Ayla en verano, preparándose para la estación fría que se avecinaba, se complicó por la presencia del león cavernario: era un carnívoro puro y simple, y necesitaba grandes cantidades de carne con que satisfacer las exigencias de su rápido crecimiento. Cazar animales pequeños con la honda le llevaba muchísimo tiempo; tendría que practicar la caza mayor, cobrar presas más grandes, tanto para sí misma como para el león. Pero para eso necesitaría a Whinney.

Bebé supo que Ayla estaba planeando algo especial al verla salir con el arnés y silbar para llamar a la yegua; había que ajustarlo de forma adecuada para que pudiera arrastrar dos palos robustos tras ella. La angarilla había demostrado su utilidad, pero Ayla deseaba encontrar un medio mejor de sujetarla para poder utilizar los canastos. Además, quería que uno de los postes pudiera moverse de modo que la yegua subiera su carga hasta la cueva. También había funcionado bien el procedimiento de secar la carne en el saliente.

No estaba segura de lo que haría Bebé ni de cómo iba a poder cazar llevándoselo, pero tendría que intentarlo. Cuando todo estuvo listo, montó a Whinney y se puso en camino. Bebé siguió detrás como habría seguido a su madre. Era tan fácil pasar al territorio al este del río que, a excepción de unas cuantas excursiones exploratorias, nunca iba al oeste. La muralla escarpada del lado oeste se prolongaba muchos kilómetros antes de que una cuesta empinada y pedregosa abriera finalmente una brecha hacia las planicies en aquella dirección. Puesto que podía llegar mucho más lejos a caballo, se había familiarizado con el lado este, por lo que le resultaba más fácil cazar allí.

Mucho había aprendido acerca de las manadas de aquella estepa, sus costumbres migratorias, sus caminos habituales y los vados de los ríos. Sin embargo, aún tenía que abrir zanjas a lo largo de caminos transitados por animales conocidos, y no era una tarea que pudiera facilitar en absoluto la intromisión de un cachorro de león lleno de vida, convencido de que la joven acababa de inventar un juego maravilloso para que él se divirtiera.

El pequeño león avanzó arrastrándose hasta el agujero rompiendo el borde con sus zarpas, brincó por encima, saltó dentro y salió de otro brinco con igual facilidad. Se revolcó en montones de tierra que Ayla había metido en la vieja tienda de cuero, que seguía usando para cargar la tierra removida. Cuando echó a andar arrastrándola, Bebé decidió que también él tiraría por su lado. Y entonces lo convirtió en el juego de tirar del cuero esparciendo toda la tierra alrededor.

–¡Bebé! ¿Cómo quieres que abra esta zanja? –dijo Ayla, exasperada pero muerta de risa, cosa que le sugirió otra idea–. Ven, voy a buscar algo para que tú lo arrastres –se puso a revolver en los canastos, que había retirado del lomo de Whinney para que ésta pudiera pacer cómodamente, y encontró la gamuza que había llevado consigo para ponerla sobre la tierra si llovía–. Tira de esto, Bebé –señaló, y lo arrastró delante del cachorro: era lo único que éste necesitaba. No podía resistirse a arrastrar una piel; estaba tan contento de sí mismo, arrastrando la piel entre sus patas delanteras, que Ayla no pudo por menos de sonreír.

A pesar de la ayuda de Bebé, Ayla consiguió abrir la zanja y cubrirla con un viejo cuero que había llevado con esa finalidad, además de extender una capa de tierra por encima. Apenas colocado el cuero en su sitio, sujeto con cuatro estaquillas, Bebé tuvo que ir a investigar, cayó en la trampa y luego salió de ella brincando con un aire de indignación escandalizada, pero después se mantuvo alejado.

Una vez preparada la trampa, Ayla silbó a Whinney y dieron un gran rodeo para colocarse detrás de una manada de onagros. No podía volver a cazar caballos, e incluso el onagro le causaba cierta incomodidad. El medio burro se parecía demasiado al caballo, pero la manada estaba tan bien situada para empujarla hacia la trampa, que no podía pasar por alto aquella oportunidad.

Después de las travesuras de Bebé junto a la zanja, Ayla estaba todavía más preocupada ante la idea de que pudiera echar a perder la cacería, pero en cuanto se situaron detrás de la manada, la actitud del cachorro cambió por completo. Se acercó cautelosamente a los onagros, lo mismo que había acechado la cola de Whinney, como si realmente fuera capaz de abatir alguno, pero era demasiado joven aún. Ayla se dio cuenta entonces de que los juegos del cachorro habían sido versiones infantiles de las habilidades de un león adulto a la hora de cazar. Era cazador de nacimiento; su comprensión de la necesidad de cautela era instintivo.

Con gran sorpresa suya, Ayla descubrió que el cachorro la estaba ayudando. Cuando la manada estuvo lo bastante cerca de la trampa hacia la que el olor a humano y león cavernario la desviaba, Ayla apremió a Whinney, gritando y haciendo ruidos para provocar una estampida. El cachorro comprendió que ésa era la señal, y se abalanzó también detrás de los animales. El olor a león cavernario incrementó el pánico de los onagros, que se dirigieron de cabeza a la trampa.

Ayla echó pie a tierra, lanza en mano, corriendo a toda velocidad hacia un onagro que chillaba tratando de salir del agujero, pero Bebé se le adelantó: brincó sobre el lomo del animal –sin saber todavía cómo aferraba el león la garganta de la presa para asfixiarla– y con dientes de leche demasiado pequeños para causar mucho daño, le mordió el cuello. Pero era una experiencia prematura para él.

De haber seguido con su familia, ningún adulto le habría permitido tomar parte en una matanza. Cualquier intento habría sido detenido con un zarpazo mortal. A pesar de su velocidad, los leones sólo corrían distancias cortas, mientras que sus presas naturales eran corredores de largas distancias. Si el león no mataba en el primer impulso de velocidad, lo más probable era que se quedara sin la presa. No podían consentir que un cachorro practicara su pericia cazadora como no fuera jugando, antes de ser casi adulto.

Pero Ayla era humana. No tenía la velocidad de la presa ni la del depredador, y además carecía de colmillos y garras. Su arma era su cerebro; con éste ideaba los medios para superar su falta de dotes naturales para la caza. La trampa –que permitía al ser humano, más lento y débil, poder cazar– daba incluso a un cachorro la oportunidad de intentarlo.

Cuando llegó Ayla, sin aliento, el onagro tenía los ojos desorbitados por el espanto, atrapado como estaba en una zanja con un gatito cavernario aferrado a su lomo y tratando de asestarle el mordisco mortal con unos dientes de leche. La mujer puso fin a la lucha del animal con un lanzazo decisivo. Con el cachorro colgando de su cuerpo –los dientecillos habían desgarrado la piel–

el onagro se desplomó. Bebé no lo soltó hasta que cesó todo movimiento. La sonrisa de Ayla era la sonrisa orgullosa de una madre alentando a su hijo, mientras el leoncito cavernario, plantado sobre un animal mucho más grande que él, lleno de orgullo y convencido de que él lo había matado, intentaba rugir.

Entonces Ayla saltó a la zanja y le hizo a un lado:

–Aparta, Bebé; tengo que atar esta cuerda alrededor de su cuello para que Whinney pueda sacarlo.

El cachorro era un manojo de energía nerviosa mientras la yegua, haciendo fuerza contra la cincha que le cruzaba el pecho, sacaba al onagro de la zanja. Bebé saltó al hoyo y salió de un brinco, y cuando el onagro estuvo finalmente fuera del agujero, el cachorro saltó sobre el animal y volvió a bajarse. No sabía qué hacer consigo mismo; el león que mataba solía ser el primero en comer su parte, pero los cachorros no mataban. Según la costumbre dominante, eran los últimos.

Ayla tendió al onagro en el suelo para hacer el corte abdominal que comenzaba en el ano y terminaba en la garganta. Un león habría abierto al animal de forma similar, arrancando primero la parte blanda del vientre. Con Bebé observándola ávidamente, Ayla cortó la parte inferior, después se volvió y montó a horcajadas sobre el animal para terminar el corte.

Bebé no pudo esperar más. Se sumergió en el abdomen abierto y metió la zarpa en las entrañas sangrientas y abultadas; aferrándolas con los dientes, tiró hacia atrás como hacía cuando jugaba con el cuero.

Ayla terminó de cortar, se dio la vuelta y soltó una carcajada incontenible; se desternilló de risa hasta que se le saltaron las lágrimas. Bebé se había apoderado de un trozo de intestino pero, inesperadamente y mientras retrocedía, no halló resistencia: seguía saliendo; continuó tirando ansiosamente hasta que una madeja de tripas desenrolladas alcanzó varios metros de largo; la mirada de sorpresa del cachorro era tan graciosa que Ayla no podía contenerse. Cayó al suelo sujetándose los costados y tratando de recobrar la compostura.

El cachorro, que no sabía lo que estaba haciendo la mujer tirada en el suelo, soltó aquella manguera y fue a investigar. Sonriendo mientras le veía acercarse a saltos, Ayla le agarró la cabezota y frotó la mejilla contra su pelaje. Luego le rascó detrás de las orejas y alrededor de los belfos manchados de sangre, mientras él le lamía los dedos y trataba de subirse a su regazo. Encontró los dos dedos, y oprimiéndole los muslos alternativamente con cada una de sus zarpas delanteras, chupó, en tanto un ronroneo profundo surgía de su garganta.

«No sé lo que te trajo, Bebé», pensó Ayla, «pero me alegro de que estés aquí».

14

Al llegar el otoño, el león cavernario era más grande que un lobo adulto, y su gordura de cachorro estaba dejando paso a patas larguiruchas y fuerza muscular. Pero a pesar del tamaño, seguía siendo un cachorro, y Ayla llevaba a veces la señal de sus travesuras en forma de moratón o arañazo. Nunca le golpeaba: era un bebé. Sin embargo, le reprendía con la señal de: «¡Ya, Bebé!» y lo empujaba agregando: «Ya basta, eres demasiado rudo», y se alejaba de él.

Eso era suficiente para que un cachorro apenado la siguiera, haciendo gestos sumisos, como hacían los miembros de una familia de leones con los más fuertes. Ella no podía resistirse, y las travesuras que seguían al perdón solían ser más tranquilas. El enfundaba las garras antes de ponerle las zarpas sobre los hombros para empujarla –no para derribarla– y poder rodearla con sus patas delanteras. Ella tenía que abrazarle y aunque él empleaba los dientes al morderle el hombro o el brazo –como lo haría algún día al aparearse con una hembra–, lo hacía con suavidad sin rasgarle la piel.

La joven aceptaba sus caricias y gestos afectuosos y le correspondía, pero en el Clan, mientras no matara su primer animal y llegara a la edad adulta, el hijo obedecía a la madre; Ayla no iba a permitir que fuese de otra manera; el cachorro la aceptaba como madre y, por tanto, era natural para ella mostrarse dominadora.

La mujer y el caballo eran su familia, lo único que tenía. Las pocas veces que había visto otros leones, al ir por la estepa con Ayla, sus insinuaciones amistosas e investigadoras fueron rechazadas groseramente, como lo demostraba la cicatriz que tenía en el hocico. Después de la refriega de la que Bebé salió con la nariz ensangrentada, la mujer evitaba a los leones cuando llevaba consigo al cachorro, pero cuando salía sola, seguía observándolos.

Se dio cuenta de que estaba comparando a los cachorros de las familias salvajes con Bebé. Una de sus primeras observaciones fue que bebé era grande para su edad; a diferencia de las crías de una familia de leones, nunca conoció períodos de hambre con las costillas sobresaliendo como ondulaciones en la arena; y no sufría la amenaza de morir de hambre, ni mucho menos; con Ayla prodigándole cuidados incesantes y sustentándole, podría alcanzar el grado sumo de su potencial físico. Como una mujer del Clan con un bebé saludable y satisfecho, Ayla se enorgullecía de ver a su cachorro crecer lustroso y enorme en comparación con los cachorros salvajes.

Observó que había otro aspecto de su desarrollo en el que su joven león estaba más adelantado que sus contemporáneos: Bebé era un cazador precoz. Después de la primera vez, cuando se deleitó cazando onagros, siempre acompañó a la mujer. En vez de jugar al acecho y la caza con otros cachorros, estaba practicando con presas verdaderas. Una leona le habría impedido por la fuerza participar, pero Ayla le alentaba y, de hecho, agradecía su ayuda. Los métodos instintivos que aplicaba el cachorro para cazar eran tan compatibles con los de ella, que cazaban en equipo.

Sólo una vez inició Bebé la caza prematuramente y dispersó una manada mucho antes de llegar a la zanja. Entonces Ayla se mostró tan indignada con él que Bebé comprendió que había cometido un error grave. La vez siguiente la observó con cuidado y se contuvo hasta que ella se lanzó. Aun cuando no había logrado matar nunca un animal atrapado antes de que Ayla llegara, ella estaba segura de que el pequeño león no tardaría mucho en matar algo.

Bebé descubrió que cazar piezas pequeñas en compañía de Ayla y su honda también resultaba divertido. Si Ayla estaba recogiendo alimentos que a él no le interesaban, cazaba cualquier cosa en movimiento... a menos de que estuviera dormido. Pero cuando la mujer cazaba, aprendió a quedarse inmóvil al mismo tiempo que ésta, al acecho de la presa. Esperaba y observaba mientras ella sacaba la honda y una piedra, y tan pronto como efectuaba el lanzamiento, salía disparado; a menudo se lo encontró arrastrando la caza, pero otras veces le sorprendió con los dientes en el cuello del animal. Se preguntaba si habría sido su piedra o si él habría rematado la tarea, a la manera de los leones, que ahogaban a un animal para darle muerte. Con el tiempo, se acostumbró a mirar cuando él se inmovilizaba, pues olía la presa antes de que ella la viera y, si era un animal pequeño, él atacaba primero.

Bebé había estado jugueteando con un trozo de carne que ella le había dado, sin interesarse en serio, y se había echado a dormir. Despertó con hambre al oír que Ayla subía por el lado abrupto hacia la estepa que se extendía encima de su caverna. Whinney no andaba por allí. Los cachorros abandonados sin compañía en despoblado eran fácil presa de hienas y demás depredadores; Bebé había aprendido la lección temprano y bien. Brincó para seguir a Ayla; apenas llegados arriba, se puso a caminar a su lado. La mujer, sin fijarse en la marmota gigantesca, le vio detenerse, pero ésta los había visto y echó a correr antes de que ella arrojara la piedra. No estaba segura de haber dado en el blanco.

Bebé se había lanzado al instante. Cuando ella llegó adonde él estaba, con las mandíbulas hundidas en las entrañas sangrantes, quiso ver quién de los dos había matado. Le apartó para ver si hallaba una señal del golpe. Bebé sólo se resistió un instante –lo suficiente para que ella le mirara severamente– y entonces cedió sin discutir. Había recibido sobrados alimentos de la mano de ella como para saber que siempre proveía. Incluso después de examinar la marmota, no supo con certeza cómo había muerto, pero se la devolvió al león, alabándole. Haber roto él solo la piel era ya un logro importante.

El primer animal que sin lugar a dudas mató el cachorro fue una liebre. Sucedió una de las pocas veces en que su piedra resbaló. Sabía que había lanzado mal –la piedra cayó a pocos metros de ella–, pero el movimiento había indicado al joven león cavernario que se lanzara en persecución; cuando Ayla llegó, ya estaba Bebé destripando al animal.

–¡Qué maravilloso eres, Bebé! –le halagó generosamente con aquella combinación tan suya de sonidos y ademanes, como se alababa a los muchachos del Clan cuando mataban su primer animal pequeño. El león no comprendió lo que le decía, pero sí se dio cuenta de que estaba complacida. Su sonrisa, su actitud, su postura: todo ello comunicaba sus sentimientos. Aunque era joven para ello, había satisfecho su necesidad instintiva de cazar y obtenido la aprobación del miembro más prominente de su familia; había actuado bien y lo sabía.

Los primeros vientos fríos del invierno provocaron, junto con el descenso de la temperatura, la aparición de hielo quebradizo en el río, además de sentimientos de inquietud en la joven. Había acumulado abundantes existencias de alimentos vegetales y carne para sí, y una buena cantidad de carne seca para Bebé. Aun así, sabía que las provisiones no durarían todo el invierno; disponía de heno y granos para Whinney, pero para la yegua el forraje era un lujo, no una necesidad. Los caballos se pasaban el invierno forrajeando, aunque bien sabía ella que cuando la nieve era profunda pasaban hambre hasta que los vientos la barrían, y no todos sobrevivían a la estación fría.

También los depredadores buscaban su alimento durante el invierno, deshaciéndose de los débiles, dejando más alimento para los fuertes. Las poblaciones de depredadores y presas aumentaban y disminuían por ciclos, pero por lo general mantenían cierto equilibrio entre unas y otras. Durante los años en que había menos herbívoros y rumiantes, morían más carnívoros. El invierno era la estación más dura para todos.

Al llegar el invierno, la preocupación de Ayla aumentó. No podía cazar animales grandes con la tierra congelada y dura como la piedra; su método exigía abrir zanjas. La mayoría de los animales pequeños hibernaban o vivían en nidos, alimentándose de las existencias que tenían almacenadas; y eso dificultaba la posibilidad de encontrarlos, especialmente cuando se carecía de la capacidad de olfatear su presencia. Abrigaba serias dudas acerca de poder cazar los animales necesarios para alimentar a un león cavernario que estaba en plena fase de crecimiento.

Durante la primera parte de la temporada, cuando el frío aumentó lo suficiente para mantener helada la carne, y después, congelada, trató de matar todos los animales grandes que pudo, almacenándolos en escondites debajo de montones de piedras. Pero no estaba tan familiarizada con las costumbres de las manadas en movimiento invernal, y sus esfuerzos no fueron todo lo afortunados que había esperado. A pesar de que sus preocupaciones le quitaban el sueño a veces, nunca lamentó haber recogido al cachorro y tenerlo en casa. Entre el cachorro y la yegua, la joven experimentaba pocas veces la soledad introspectiva que solía provocar un prolongado invierno. Por suerte, la caverna se llenaba frecuentemente de carcajadas.

Siempre que salía y empezaba a destapar un nuevo escondrijo, Bebé estaba junto a ella tratando de llegar al animal muerto, aun antes de que Ayla quitara la primera piedra.

–¡Bebé!, ¡quítate de en medio! –y sonreía al ver al leoncito que intentaba meterse entre las piedras. Arrastraba al animal rígido por el sendero y hasta la caverna. Como si supiera que había sido ocupado anteriormente por leones cavernarios, hizo suyo el pequeño nicho del fondo, y se llevaba allí al animal para que se descongelara. Le gustaba mascar una buena tajada antes que nada, y lo hacía con deleite. Ayla esperaba a que el hielo se derritiera, y entonces cortaba un trozo para ella.

Como la provisión de carne en los escondrijos comenzaba a disminuir, se dedicó a observar el tiempo. Al amanecer de un día claro, vivificante y frío, decidió que había llegado la hora de cazar... o por lo menos, de intentarlo. No tenía preparado ningún plan específico, aunque no era por falta de pensar en ello. Confiaba en que se le ocurriera algo de improviso, o al menos que una buena ojeada del terreno y las condiciones revelara nuevas posibilidades. Tenía que hacer algo, y no iba a esperar hasta que se terminaran las reservas de carne. Bebé supo que iban a salir de caza tan pronto como vio que Ayla echaba mano de las canastas de Whinney, y se puso a entrar y salir corriendo, presa de excitación, gruñendo y caminando impaciente. Whinney, agitando la cabeza y relinchando, estaba igualmente complacida ante la perspectiva. Para cuando llegaron a la soleada y fría estepa, la tensión y la preocupación de Ayla desaparecían ante la esperanza y el placer de la actividad.

La estepa estaba blanca, cubierta de una delgada capa de nieve recién caída que apenas removía un viento ligero. El aire tenía una crepitación estática tan intensa que no parecía que el sol estuviera presente, salvo por la luz que arrojaba. Los tres lanzaban chorros de vapor al respirar, y el hielo que se formaba alrededor del hocico de Whinney se desparramaba en una pulverización de hielo en cuanto resoplaba. Ayla estaba contenta de contar con su capucha de piel de glotón y las pieles adicionales que todas sus cacerías le habían proporcionado.

Echó una mirada al felino flexible que avanzaba con una gracia silenciosa, y de repente se dio cuenta de que Bebé era casi tan largo como Whinney y que pronto alcanzaría la altura de la yegua. El león adolescente mostraba el inicio de una melena rojiza, y Ayla se preguntó cómo no se había percatado de ello antes; súbitamente más alerta de golpe, Bebé comenzaba a adelantarse con la cola muy tiesa tras él.

Ayla no estaba acostumbrada a seguir pistas por la estepa en invierno, pero incluso a caballo se percibían las huellas de lobos en la nieve. Las huellas de patas eran claras y fuertes, no desgastadas por el viento o el sol, y sin duda alguna, eran recientes. Bebé siguió adelantándose: estaban cerca. Ayla incitó a Whinney a galopar y alcanzaron a Bebé justo a tiempo para ver una manada de lobos cerrando el círculo alrededor de un viejo macho que se había quedado rezagado, lejos de un hato poco numeroso de antílopes saiga.

También los vio el joven león; incapaz de dominar su excitación, se lanzó contra ellos dispersando la manada y frustrando el ataque de los lobos. Estos, que se mostraban sorprendidos y descontentos, habrían provocado la risa de Ayla, pero no quería alentar a Bebé; «sería excitarle», pensó, «¡hace tanto tiempo que no cazamos!».

Saltando en brincos potentes provocados por el pánico, los antílopes se lanzaron a través de la planicie. La manada de lobos se reagrupó y siguió, a paso menos rápido pero cubriendo rápidamente el terreno sin cansarse antes de dar nuevamente alcance a la manada. Mientras Ayla se calmaba, echó una mirada severa a Bebé para demostrarle que no aprobaba su conducta. El echó a andar tras ella, pero se había divertido demasiado para mostrarse contrito.

Mientras Ayla, Whinney y Bebé seguían a los lobos, una idea comenzaba a tomar forma en la mente de la mujer. No sabía si podría matar un antílope saiga con la honda, pero le constaba que podía matar un lobo. No le agradaba el sabor de la carne de lobo, pero si Bebé tenía hambre suficiente, se la comería, y había emprendido la cacería por él.

Los lobos habían avivado el paso. El viejo macho saiga había vuelto a rezagarse, demasiado agotado para mantenerse en el grupo. Ayla se inclinó hacia delante, Whinney aumentó su velocidad. Los lobos rodearon al viejo macho, cuidándose de cuernos y pezuñas. Ayla se acercó para apuntar a uno de los lobos. Metiendo la mano en la bolsa de su manto de piel en busca de piedras, escogió un lobo en particular. Mientras Whinney se acercaba a galope, Ayla lanzó la piedra y luego otra en rápida sucesión.

Dio en el blanco; el lobo cayó, y Ayla pensó al principio que la conmoción que siguió se debía al lobo abatido. Pero entonces vio cuál era la razón verdadera: Bebé había considerado su lanzamiento de honda como una señal para la persecución, pero el lobo no le interesaba, ya que tenía a la vista el muchísimo más sabroso antílope. La manada de lobos cedió el terreno al caballo galopante con una mujer encima que manejaba la honda, y a la carga decidida del león.

En cualquier caso, Bebé no era exactamente el cazador que anhelaba ser... todavía no. Su ataque carecía de la fuerza y la sutileza de un león adulto. A Ayla le costó unos segundos captar la situación. «¡No, Bebé! ¡No es ese animal!», pensó. Pero se corrigió muy pronto: «Por supuesto, ha escogido el animal correcto». Bebé luchaba por asestar el golpe mortal, colgándose del macho que huía y al que el propio miedo había infundido nuevas fuerzas.

Ayla alcanzó la lanza que había en el canasto tras ella; Whinney, respondiendo a su urgencia, corrió detrás del viejo saiga. El impulso del viejo macho fue de corta duración, perdía velocidad; el caballo, a galope tendido, cubrió pronto la distancia. Ayla blandió la lanza y, justo al darle alcance, golpeó sin darse cuenta de que estaba exhalando un grito de pura exuberancia primitiva.

Hizo que el caballo diera la vuelta, y éste trotó de regreso para encontrarse con que el joven león cavernario estaba montado en el viejo macho. Entonces, por vez primera, proclamó su hazaña. Aunque todavía carecía del tronar estentóreo del macho adulto, el rugido triunfante de Bebé encerraba la promesa de su potencial. Hasta la propia Whinney retrocedió al oírlo.

Ayla se deslizó del lomo de la yegua y le acarició el cuello para tranquilizarla.

–No pasa nada, Whinney. Sólo es Bebé.

Sin considerar la posibilidad de que el león pudiera resistirse y causarle alguna herida grave, Ayla lo hizo a un lado y se preparó para destripar el antílope antes de llevárselo. El se apartó sin rechistar ante su predominio y ante algo que era exclusivo de Ayla: la confianza en el amor que sentía por él.

Ayla decidió buscar al lobo para despellejarlo. La piel de lobo era caliente. Al volver, se sorprendió al ver a Bebé arrastrando al antílope, y comprendió que pretendía llevárselo él solo hasta la caverna. El antílope era un adulto, y Bebé no lo era. Eso permitió que Ayla apreciara mejor la fuerza de su cachorro... y la potencia que habría de adquirir. Pero si arrastraba el antílope a lo largo de todo el camino, se estropearía la piel. La especie estaba muy extendida; aquellos antílopes vivían en la montaña y en el llano, pero no abundaban. Ayla no había cazado ninguno anteriormente, y además tenían un significado especial para ella: el antílope saiga había sido el tótem de Iza. Ayla quería aquella piel.

Hizo la señal de «¡Ya!» y Bebé vaciló sólo un instante antes de soltar «su» caza; la cuidó todo el camino situándose alternativamente a uno y otro lado de la angarilla hasta que regresaron a la caverna. Contempló con un interés mayor que de costumbre cómo retiraba Ayla la piel y la cornamenta. Cuando le fue entregado el cadáver entero, lo arrastró hasta su nicho del fondo. Después de hartarse, siguió cuidándolo y durmió junto a él.

Eso divertía a Ayla; era evidente que estaba protegiendo su presa. Parecía como si comprendiera que había algo especial en aquel animal. También ella lo creía, aunque por distintas razones. La emoción no la había abandonado del todo; la velocidad, la persecución y la cacería habían sido excitantes... pero lo más importante era que ahora disponía de otro medio para cazar. Con ayuda de Whinney, y ahora de Bebé, podría cazar lo mismo en verano que en invierno. Se sentía poderosa y agradecida. La yegua estaba tendida, perfectamente tranquila a pesar de la presencia de un león cavernario. La mujer acarició a la yegua y, sintiendo la necesidad de tenerla cerca, se acostó a su lado. Whinney lanzó un breve resoplido por los ollares, satisfecha por la proximidad de la mujer.

Cazar en invierno con Whinney y Bebé sin tener que abrir zanjas, era un juego, un deporte. Desde los primeros días en que aprendió a manejar la honda, le había gustado cazar. Cada una de las nuevas técnicas que conseguía dominar –seguir la pista, lanzar las dos piedras seguidas, la zanja y la lanza– le producían siempre una sensación de logro. Pero nada igualaba lo divertido que era cazar con la yegua y el león cavernario. Ambos parecían disfrutar tanto como ella. Mientras Ayla hacía los preparativos, Whinney movía la cabeza y danzaba sobre sus cuatro patas con las orejas erguidas y la cola levantada, y Bebé entraba y salía de la caverna emitiendo suaves gruñidos impacientes. La temperatura no la había preocupado hasta el día en que Whinney la llevó a casa a través de una ventisca cegadora.

Los tres solían salir poco después del alba. Si avistaban pronto alguna presa, a menudo estaban de vuelta en casa antes de mediodía. Su método habitual consistía en seguir algún candidato probable hasta situarse en una buena posición. Entonces Ayla hacía señas con la honda y Bebé, anhelante y dispuesto, brincaba hacia delante. Whinney, consciente de la urgencia de Ayla, galopaba tras él. Con el leoncito cavernario colgado del lomo de un animal espantado –colmillos y garras hacían brotar sangre, aunque no mataban–, no tardaba mucho la yegua en alcanzarlo a galope tendido. En cuanto estaban a su lado, Ayla hundía la lanza.

Al principio, no siempre tuvieron éxito. A veces el animal escogido era demasiado rápido, o Bebé se descolgaba, incapaz de aferrarse sólidamente. En cuanto a Ayla, aprender a manejar la pesada lanza en pleno galope también le costó algo de práctica. Falló muchas veces o bien sólo asestaba un golpe leve, y en ocasiones Whinney no se acercó lo suficiente. Pero incluso cuando fallaban, era un deporte excitante, y siempre podían volver a intentarlo.

Con la práctica, los tres mejoraron. A medida que cada uno comenzó a comprender las necesidades y capacidades del otro, el trío increíble se convirtió en un equipo eficaz de caza: tan eficaz, que cuando Bebé mató su primera pieza sin ayuda, casi pasó inadvertido como parte de los esfuerzos del equipo.

Acercándose a galope tendido, Ayla vio que el ciervo se tambaleaba; se desplomó antes de que llegara hasta ellos. Whinney fue frenando al aproximarse cada vez más, la mujer saltó a tierra y corrió antes de que la yegua se detuviera. Llevaba la lanza en ristre, lista para terminar la faena, pero se encontró con que Bebé ya lo había hecho. Entonces se preparó para llevarse el ciervo a la caverna.

En ese momento se percató de la importancia del hecho: Bebé, a pesar de ser tan joven, ¡era un león cazador! En el Clan, eso le convertiría en adulto. Así como a ella la habían llamado la Mujer que Caza, antes de que fuera mujer, Bebé había llegado a la edad adulta antes de alcanzar la madurez. «Debería tener una ceremonia de virilidad», pensó. «Pero, ¿qué clase de ceremonia tendría significado para él?» Entonces, Ayla sonrió.

Desató al ciervo de la angarilla y puso de nuevo los palos y la estera de hierbas en los canastos. Era su caza, y tenía pleno derecho a ella. Al principio Bebé no comprendía; iba y venía entre el cadáver y Ayla. Luego, al ver que ésta se marchaba, cogió entre los dientes el cadáver del ciervo y, arrastrándolo por debajo de su cuerpo, lo llevó todo el camino hasta la playa, lo subió por el empinado sendero y lo metió en la caverna.

Ella no vio diferencia alguna inmediatamente después de que Bebé matara aquella primera pieza. Seguían cazando juntos. Pero con mucha frecuencia la persecución de Whinney resultó superflua, y la lanza de Ayla, innecesaria. Si ella quería algo de carne, se servía primero; si quería la piel, despellejaba el animal. Aunque en estado salvaje el jefe de la familia leonina siempre se hacía con la porción mejor y más grande, Bebé era todavía joven. No sabía lo que era el hambre, como su volumen creciente lo atestiguaba, y estaba acostumbrado a que ella dominara.

Pero al avecinarse la primavera, Bebé empezó a salir de la caverna con mayor frecuencia, explorando por cuenta propia. Pocas veces se prolongaba su ausencia; sin embargo, sus excursiones se hacían de día en día más frecuentes. Una vez regresó con la oreja bañada en sangre. Ayla comprendió que había tropezado con otros leones. Esto le hizo darse cuenta de que ella ya no le bastaba; buscaba a otros de su especie. Limpió la oreja y Bebé se pasó el día siguiéndola tan de cerca que le tenía todo el tiempo entre los pies. Por la noche, se deslizó en la cama de ella y le buscó los dedos para chupárselos.

«Pronto se marchará», pensó, «necesitará una familia propia, compañeras que cacen para él y cachorros a los que dominar. Necesita a su propia especie». Recordó a Iza. «Eres joven, necesitas un hombre tuyo, uno de tu propia gente. Encuentra a tu compañero». Aquellas fueron sus palabras. «Pronto será primavera», y debería pensar en marcharme, pero todavía no. Bebé iba a ser enorme, incluso para un león cavernario. Ya superaba con creces a los leones de su edad, pero no era adulto; aún no podría sobrevivir. La primavera llegó pisándole los talones a una fuerte nevada. La inundación les tuvo encerrados a todos, a Whinney más que a los otros dos. Ayla podía trepar a la estepa, allí arriba, y Bebé llegaba fácilmente de un brinco, pero las pendientes eran demasiado empinadas para la yegua. Por fin las aguas bajaron y el montón de huesos adquirió nuevos contornos; sólo entonces pudo Whinney bajar el sendero hasta el prado. Pero se mostraba irritable.

Ayla observó algo fuera de lo corriente cuando Bebé lanzó un quejido tras una patada equina. La mujer se sorprendió; Whinney nunca se había mostrado impaciente con el leoncito; tal vez un mordisco de cuando en cuando para que no se saliera de la raya, pero desde luego nunca le había pateado. Pensó que la conducta insólita era consecuencia de su inactividad forzosa, pero Bebé mostraba tendencia a permanecer alejado del lugar de la yegua en la caverna, respetuoso de su territorio, a medida que maduraba, y Ayla se preguntaba qué sería lo que le había hecho acercarse. Fue a ver, y entonces se percató de un olor fuerte que había percibido sin fijarse mucho durante toda la mañana. Whinney estaba en pie con la cabeza colgando, las patas traseras muy apartadas y la cola hacia la izquierda. Tenía el orificio vaginal hinchado y palpitante; la yegua miró a Ayla y se quejó.

La serie de emociones que se sucedieron rápidamente en Ayla la llevaron a extremos opuestos. Lo primero fue alivio; de modo que ése era el problema. Ayla sabía del ciclo del estro en los animales. En algunos, la época del apareamiento se producía con mayor frecuencia, pero tratándose de herbívoros, lo usual era una vez al año. Era la temporada en que los machos solían pelear por el derecho a aparearse, y era el momento en que machos y hembras se mezclaban, incluso los que en tiempo normal cazaban por separado o formaban parte de manadas distintas.

La época del apareamiento era uno de esos aspectos misteriosos del comportamiento animal que intrigaban a Ayla –como el que los ciervos se desprendieran de su cornamenta y echaran una nueva y mayor todos los años–, del tipo de los que hacían quejarse a Creb de que preguntaba demasiado, cuando era pequeña. Tampoco sabía la razón por la que se apareaban los animales, aunque una vez sugirió que era el momento en que los machos mostraban su dominio sobre las hembras, o quizá, como los humanos, los machos tenían que aliviar sus necesidades.

Whinney había estado en celo la primavera anterior, pero entonces, aunque oyó que un garañón relinchaba en la estepa, no le fue posible ir a reunirse con él; pero esta vez parecía que la necesidad de la yegua joven era más apremiante. Ayla no recordaba haberla visto tan hinchada ni que se hubiera quejado tanto. Whinney se dejó acariciar y abrazar por la joven; después, la yegua dejó caer la cabeza y volvió a quejarse.

De repente el estómago de Ayla se le contrajo de ansiedad. Se recostó en la yegua como ésta solía hacerlo contra ella, cuando se sentía inquieta o asustada. ¡Whinney iba a dejarla! Resultaba demasiado inesperado; Ayla no había tenido tiempo de prepararse para la separación aunque debería haberlo hecho. Estuvo pensando en el porvenir de Bebé y en el suyo propio. Y en cambio, lo que había llegado había sido la época del apareamiento para Whinney. La yegua necesitaba un garañón, un compañero.

Con gran desgana, Ayla salió de la caverna haciéndole señas a Whinney de que la siguiera. Cuando llegaron a la playa pedregosa que se extendía abajo, Ayla montó. Bebé se preparaba para seguirlas cuando Ayla hizo señas de: «¡Ya!», no deseaba llevar consigo al león cavernario. No iba de caza, pero Bebé no podía saberlo. Ayla tuvo que detenerle una vez más, firme y decididamente, antes de que se quedara atrás, viendo cómo se alejaban.

Hacía calor, a la vez que un fresco húmedo, en la estepa. El sol, a medio camino hacia mediodía, brillaba en un cielo azul pálido rodeado de un velo; el azul parecía desvaído, blanqueado por la intensidad de la brillantez. La nieve derretida provocaba una niebla fina que no limitaba la visibilidad, sino que suavizaba los ángulos agudos, y la niebla que se pegaba a las sombras frescas alisaba los contornos. La perspectiva se perdía, y toda la vista se presentaba como escorzada, prestando a todo el paisaje un aspecto de proximidad, una sensación de tiempo presente, aquí y ahora, como si no existieran otro tiempo ni otro lugar. Los objetos distantes parecían hallarse a pocos pasos, y sin embargo, se tardaba una eternidad en alcanzarlos.

Ayla no guiaba a la yegua; dejaba que Whinney la llevara, observando inconscientemente la dirección y los puntos de referencia. No le importaba adónde iba, no sabía que sus lágrimas estaban agregando su humedad salada a la humedad ambiente. Estaba sentada como floja, traqueteada, enfrascada en sus pensamientos. Recordó la primera vez que llegó al valle y la manada de caballos que había en la pradera. Pensó en la decisión que había tomado de quedarse, en su necesidad de cazar. Recordó haber llevado a Whinney a la seguridad de su caverna y de su fuego. Debería haber comprendido que no podía durar, que Whinney regresaría con los suyos, al igual que necesitaba hacerlo ella.

Un cambio en el trote de la yegua le llamó la atención. Whinney había encontrado lo que buscaba: allí delante había un pequeño grupo de caballos.

El sol había derretido la nieve que cubría una colina baja, revelando diminutos brotes verdes que emergían de la tierra. Los animales, ávidos de disfrutar de un cambio de la paja seca del invierno pasado, estaban mordisqueando la suculenta hierba nueva. Whinney se detuvo cuando los demás caballos levantaron la cabeza para mirarla. Ayla oyó el relincho de un semental. A un lado, sobre una loma que ella no había visto al llegar, pudo contemplarlo a sus anchas: era de color pardo rojizo y tenía negras las crines, la cola y la parte interior de las patas. Nunca había visto un caballo de color tan oscuro; casi todos tenían matices gris oscuro o beige tostado o, como Whinney, el color amarillo del heno maduro.

El semental relinchó, alzó la cabeza y torció el labio superior. Se encabritó y se puso a galopar hacia ellas, y de repente se detuvo a pocos pasos de distancia, piafando. Tenía el cuello en arco, la cola alzada, y su erección era magnífica.

Whinney relinchó suavemente en respuesta y Ayla se deslizó a tierra; dio un abrazo a la yegua y se hizo atrás. Whinney volvió la cabeza para mirar a la joven que la había cuidado desde que era una potrilla.

–Anda, Whinney, ve con él –dijo–. Has encontrado tu compañero; ve con él.

Whinney sacudió la cabeza y relinchó dulcemente, antes de hacer frente al semental bayo. El la rodeo, con la cabeza baja, mordisqueándole los jarretes, empujándola hacia su grey, como si fuera una prófuga díscola. Ayla la miraba alejarse, sin poder apartarse. Cuando el garañón la montó, Ayla no pudo por menos de recordar a Broud y el horrible dolor. Más adelante sólo fue desagradable, pero siempre odió que Broud la montara, y se sintió agradecida cuando finalmente se cansó de hacerlo.

Pero a pesar de sus gritos y quejas, Whinney no trataba de rechazar a su semental, y mientras Ayla observaba, experimentó extraños movimientos dentro de sí misma, sensaciones inexplicables. No podía apartar la vista del semental bayo, con sus patas delanteras sobre el lomo de Whinney, bombeando, esforzándose y relinchando. Sintió una humedad caliente entre sus piernas, una palpitación rítmica al compás de las pulsaciones del bayo, a la vez que un anhelo incomprensible. Respiraba fuerte, el corazón parecía latirle en las sienes, y sufría nostalgia por algo que era incapaz de describir.

Después, cuando la yegua amarilla siguió voluntariamente al bayo, sin echar una sola mirada hacia atrás, Ayla sintió un vacío tan grande que no creyó poder soportarlo. Comprendió lo frágil que era el mundo que había edificado a su alrededor en el valle, lo efímera que había sido su felicidad, lo precario de su existencia. Se volvió y echó a correr hacia el valle. Corrió hasta que la respiración le desgarró la garganta, hasta que el costado le dolió como si le hubieran asestado una puñalada. Corrió con la esperanza, en cierto modo, de que si corría lo bastante aprisa, podría dejar atrás toda la pena y toda su soledad.

Llegó a trompicones por la pendiente que conducía al prado y rodó cuesta abajo, quedándose quieta donde había caído, tratando de recobrar el aliento. Incluso después de respirar bien, no se movió; no quería moverse. No quería reponerse ni intentarlo, ni vivir. ¿De qué serviría? Estaba maldita. Eso habían dicho.

«¿Entonces por qué no puedo morirme? ¿Cómo se supone que voy a morir? ¿Por qué estoy condenada a perder todo lo que amo?» Sintió un aliento cálido y una lengua áspera que le lamía la sal de su mejilla, y al abrir los ojos vio al enorme león cavernario.

–¡Oh, Bebé! –exclamó llorando, abrazándose a él, que se tendió a su lado y, con las garras escondidas, puso su pata delantera encima de ella. Ayla rodó, abrazó el cuello peludo y hundió el rostro en la melena que crecía más cada día.

Cuando finalmente lloró tanto que no le quedaron lágrimas, y trató de ponerse de pie, se enteró del resultado de su caída: manos arañadas, rodillas y codos despellejados, una cadera y una espinilla golpeadas, y la mejilla derecha dolorida. Volvió a la caverna cojeando. Mientras se cuidaba los raspones y los golpes, tuvo un pensamiento que la hizo reaccionar.

«¿Y si me hubiera roto un hueso? Eso podría ser peor que morir, sin nadie para ayudarme.

»Pero no ha sido así. Si mi tótem quiere mantenerme con vida, tal vez tenga sus razones. Quizá el espíritu del León Cavernario me haya enviado a Bebé porque sabía que Whinney me dejaría.

»También Bebé me dejará. No tardará en desear una compañera. La encontrará, a pesar de que no se ha criado en una familia de leones. Va a ser tan enorme que podrá defender un vasto territorio. Y es buen cazador. No pasará hambre mientras busque una familia, o por lo menos una leona».

Sonrió crispadamente.

«Cualquiera diría que soy una madre del Clan preocupándose porque su hijo se convierta en un cazador experto y valeroso. Al fin y al cabo, no es hijo mío. Sólo es un león ordinario... No, no es un león cavernario ordinario. Es casi tan grande como algunos leones adultos, y es un cazador precoz. Pero me dejará...

»A estas alturas, Durc ya estará grande. También Ura está creciendo. Oda se pondrá triste cuando Ura se vaya para convertirse en la compañera de Durc y vivir en el clan de Brun... no, ahora es el clan de Broud... ¿Cuánto falta para la próxima Reunión del Clan?»

Metió la mano detrás de la cama para sacar el haz de varas marcadas, seguía haciendo una muesca todas las noches. Era un hábito, un ritual. Desató el haz y tendió las varas sobre el suelo, y entonces trató de contar los días desde que encontró su valle. Metió los dedos en las muescas, pero había demasiadas, habían transcurrido demasiados días. Tenía la impresión de que debía existir un medio de reunir y sumar las muescas para saber cuánto tiempo llevaba allí, pero no sabía cuál. Era una frustración demasiado grande. Entonces comprendió que no necesitaba la vara; podía contar los años contando las primaveras. «Durc había nacido en la primavera anterior a la última Reunión del Clan», pensó. Hizo una señal en la tierra. «Después fue su año de caminar»; hizo otra marca. «La primavera siguiente habrá sido el final de su período de lactancia y el comienzo de su año de destete... pero ya estaba destetado». Hizo la tercera marca.

«Eso fue cuando me marché», tragó saliva y parpadeó rápidamente, «y aquel verano encontré el valle y a Whinney. A la primavera siguiente encontré a Bebé». Hizo la cuarta marca. «Y esta primavera»... No quiso pensar en que había perdido a Whinney como una forma de recordar el año, pero era un hecho, y marcó otra vez.

«Eso representa todos los dedos de una mano», levantó la izquierda, «y es la edad que tiene ahora Durc».

Alzó el pulgar y el índice de la mano derecha. «Y falta esto para la siguiente Reunión. Cuando regresen, Ura estará con ellos, para Durc. Por supuesto, no tendrían todavía edad suficiente para unirse. Al mirarla sabrán que es para Durc. ¿Se acordará de mí? ¿Tendrá recuerdos del Clan? ¿Cuánto de él proviene de mí y cuánto de Broud... del Clan?»

Ayla recogió sus varas marcadas y observó cierta regularidad en el número de marcas entre las muescas adicionales que hacía cuando combatía su espíritu, y sangraba. «¿Qué tótem de hombre puede estar batallando con el mío, aquí? Aunque mi tótem fuera un ratón, nunca quedaría embarazada. Hace falta un hombre, y su órgano, para iniciar un bebé. Eso es lo que yo creo.

»¡Whinney! ¿Sería eso lo que estaba haciendo el semental? ¿Estaba iniciando un hijo dentro de ti? Tal vez vuelva a verte alguna vez con esa manada, y entonces sabré. ¡Oh, Whinney, sería maravilloso!»

Al pensar en Whinney y el garañón, se puso a temblar; su respiración se aceleró. Entonces pensó en Broud y las sensaciones agradables se disiparon. «Pero fue su órgano lo que inició a Durc. De haber sabido que me daría un hijo, nunca lo habría hecho. Y Durc tendrá a Ura. Tampoco ella es deforme. Creo que Ura fue iniciada cuando ese hombre de los Otros forzó a Oda. Ura es justo lo que Durc necesita. Es en parte Clan y en parte aquel hombre de los Otros. Un hombre de los Otros»...

Ayla estaba agitada. Bebé se había ido, y ella sentía la necesidad de moverse. Salió y caminó por la línea de arbustos que bordeaban el río. Llegó más lejos que otras veces, aunque había cabalgado mucho más allá con Whinney. Iba a tener que acostumbrarse de nuevo a caminar, y a llevar un canasto a la espalda. En el extremo más distante del valle siguió el río rodeando el ángulo del alto declive en dirección hacia el sur. Justo después del recodo, la corriente se arremolinaba alrededor de rocas que daban la sensación de haber sido colocadas adrede, por lo cómodas que resultaban para cruzar el río al estar situadas a espacios regulares. La alta muralla sólo era una cuesta pronunciada en aquel punto; la subió y contempló desde allí la estepa occidental.

No existía una verdadera diferencia entre este y oeste, salvo que el terreno era algo más áspero, y ella no estaba familiarizada con el lado oeste. Siempre supo que cuando abandonara el valle lo haría por el oeste. Dio media vuelta, cruzó el río y caminó por el largo valle para regresar a casa.

Casi había oscurecido cuando llegó, y Bebé aún no había regresado. El fuego estaba apagado, y la caverna, solitaria y fría. Parecía más vacía ahora que cuando se instaló en ella y la convirtió en su hogar. Encendió una fogata, puso a hervir agua para hacerse una infusión, pero no tenía ganas de cocinar. Cogió un trozo de carne seca y unas cerezas pasas, y se sentó en la cama. Hacía mucho tiempo que no se había quedado sola en su caverna. Fue al lugar donde su viejo canasto estaba arrumbado y revolvió en su interior hasta encontrar el manto de Durc. Haciéndolo un ovillo, se lo pegó al estómago y se quedó mirando las llamas, y cuando se tendió, se envolvió en él.

Durmió con el sueño interrumpido por pesadillas. Soñó con Ura y Durc, adultos y apareados. Soñó con Whinney, en un lugar distinto, con un potro bayo. Despertó sudando de miedo; sólo cuando estuvo bien despejada comprendió que había tenido su pesadilla habitual de tierra que tiembla y terror. ¿Por qué soñaría aquello?

Se puso de pie y atizó el fuego, calentó la tisana y la bebió a sorbitos; Bebé seguía sin regresar. Ayla recogió el manto de Durc y recordó la historia que había contado Oda sobre el hombre de los Otros que la había forzado. «Oda dijo que se parecía a mí. Un hombre como yo... ¿qué cara tendría?»

Ayla trató de imaginar un hombre similar a ella. Trató de recordar sus facciones tal y como las había visto reflejadas en la poza, pero lo único que pudo recordar fue su cabello enmarcándole el rostro. Entonces lo llevaba suelto, no hecho muchas trencitas, para que no la estorbara. Era amarillo, como el pelaje de Whinney, pero de un color más rico, más dorado.

En cualquier caso, cada vez que pensaba en un rostro de hombre, veía a Broud, con una expresión sardónica. No podía imaginar el rostro de un hombre de los Otros. Se le cansaron los ojos y se volvió a acostar. Soñó con Whinney y el semental bayo. Y soñó con un hombre; sus facciones eran vagas, en sombras. Lo único claro era que tenía el pelo amarillo.

15

–Lo estás haciendo bien, Jondalar. Creo que llegaremos a convertirte en hombre del río –dijo Carlono–. En las barcas grandes no importa mucho que te falle un golpe de remo; lo peor que puedes hacer es romper el ritmo, puesto que no eres el único remero. En los botes como éste, el control es importante. Fallar el golpe puede ser peligroso o fatal. Recuerda siempre el río... nunca olvides lo imprevisible que puede ser. Aquí es profundo, de manera que parece tranquilo. Pero sólo tienes que hundir el remo para notar la fuerza de la corriente. Es una corriente difícil de contrariar... tienes que trabajar con ella.

Carlono seguía haciendo comentarios mientras Jondalar y él maniobraban con la pequeña piragua para dos, cerca del muelle Ramudoi. Jondalar sólo escuchaba a medias, concentrándose en manejar convenientemente el remo para que el bote fuera adonde él quería, pero al nivel de sus músculos comprendía el significado de las palabras.

–Tal vez creas que resulta más fácil seguir la corriente, porque así no tienes que luchar contra ella, pero ahí está el problema. Cuando vas contracorriente, tienes que estar pensando todo el tiempo en el río y la embarcación. Sabes que si te abandonas perderás todo lo que hayas ganado. Y puedes ver con tiempo lo que llegue, para evitarlo. Pero si sigues la corriente, es demasiado fácil dejarte llevar, permitir que tu mente vagabundee y que el río se adueñe de ti. Hay rocas en medio del río cuyas raíces son más profundas que él; y la corriente puede arrojarte sobre ellas sin que te des cuenta; o quizás haya un tronco empapado por debajo del nivel del agua y te golpee. «Nunca le des la espalda a la Madre»: es una regla que no debe olvidarse. Está llena de sorpresas. Justo cuando crees que ya sabes a qué atenerte, que la tienes dominada, hará lo inesperado.

El hombre mayor se echó hacia atrás y sacó el remo del agua. Examinó detenidamente a Jondalar, comprobando su concentración. Tenía el cabello rubio echado hacia atrás, atado con una tira de cuero en la nuca, como precaución. Había adoptado la ropa de los Ramudoi, que era una adaptación de la de los Shamudoi, para vivir junto al río.

–¿Por qué no regresas al muelle y me dejas allí, Jondalar? Creo que ya es hora de que lo intentes solo. La cosa es diferente cuando estás a solas con el río.

–¿Crees que ya estoy preparado?

–Para no haber nacido en ello, aprendes rápido.

Jondalar tenía grandes deseos de probar su capacidad a solas en el río. Los muchachos Ramudoi solían tener sus propias piraguas antes de convertirse en hombres. Hacía tiempo que había demostrado sus aptitudes entre los Zelandonii. Cuando no era mucho mayor que Darvo y ni siquiera había aprendido su oficio ni alcanzado su estatura definitiva, mató su primer venado. Ahora era capaz de arrojar una lanza con más fuerza y más lejos que la mayoría de los hombres, pero, aunque podía cazar en el llano, no se sentía totalmente igual allí. Ningún Ramudoi podía considerarse realmente hombre antes de haber pescado con el arpón uno de los grandes esturiones, y otro tanto podía decirse de los Shamudoi de tierra firme, antes de haber cazado su propio gamo en la montaña.

Había decidido que no se uniría a Serenio antes de haberse demostrado a sí mismo que podría ser a la vez un Shamudoi y un Ramudoi. Dolando había intentado convencerle de que no era necesario hacer ninguna de las dos cosas antes de unirse; nadie abrigaba dudas. Si alguien hubiera dudado, la caza del rinoceronte habría bastado. Jondalar se había enterado de que ninguno de ellos había cazado anteriormente un rinoceronte; los llanos no solían ser un terreno habitual de caza.

Jondalar no trataba de explicarse por qué creía tener que ser mejor que todos los demás, a pesar de que nunca se había sentido obligado a superar a nadie en el arte de la caza. Su principal interés, la única habilidad en la que siempre quiso sobresalir, era la talla del pedernal. Y no era un sentimiento competitivo. Obtenía una satisfacción personal con el perfeccionamiento de su técnica. El Shamud habló más adelante a Dolando en privado y le dijo que el alto Zelandonii necesitaba trabajar para ganarse su aceptación.

Llevaban tanto tiempo viviendo juntos Serenio y él, que le parecía que debería convertir su vínculo en algo oficial. Era casi su compañera y casi todos la consideraban como si lo fuera. La trataba con afecto y consideración, y para Darvo era el hombre del hogar. Pero después de la noche en que se quemaron Tholie y Shamio, siempre había una cosa u otra que se interponía, y el humor nunca era exactamente el más apropiado. «¿Importa eso realmente?», se preguntaba Jondalar.

Serenio no apremiaba –seguía sin exigirle nada– y conservaba su distancia defensiva. Pero recientemente la había sorprendido mirándole con una expresión perturbadora que le salía del fondo del alma. El era el que siempre se sentía desconcertado y se apartaba primero. Decidió imponerse la tarea de demostrar que podía ser un hombre Sharamudoi total, y empezó a dejar que se conocieran sus intenciones. Algunos lo tomaron como anuncio de una Promesa, aunque no se celebró ninguna Fiesta de Compromiso.

–Por esta vez no te alejes demasiado –recomendó Carlono, desembarcando–. Concédete la posibilidad de acostumbrarte a manejarlo solo.

–Pero me llevaré el arpón. No me hará ningún daño familiarizarme con él, ya que estoy en esto –dijo Jondalar, tomando el arma que estaba en el muelle. Colocó el largo mango en el fondo de la canoa debajo de los asientos, enrolló la cuerda al lado, colocó la punta de hueso con púas en el soporte fijado al costado y lo sujetó. La parte extrema del arpón, con su punta aguda y sus púas vueltas hacia atrás, no era un dispositivo que pudiera quedar suelto en el bote. En caso de accidente, resultaba tan difícil sacárselo a un ser humano como a un pescado... sin hablar de lo laborioso que era dar forma al hueso con instrumentos de piedra. Los botes que se volcaban no solían hundirse, pero las herramientas sueltas, sí.

Jondalar se instaló en el asiento de atrás mientras Carlono sujetaba el bote. Cuando quedó asegurado el arpón, agarró el remo doble y se apartó de la orilla. Sin el peso de otra persona en la proa, la pequeña embarcación no se hundía tanto en el agua; era más difícil de manejar. Pero después de hacer algunos ajustes iniciales para cambiar la flotación, se apartó ligeramente siguiendo la corriente, empleando el remo como gobernable por un lado junto a la popa. Entonces decidió que remaría de nuevo río arriba. Sería fácil luchar contra la corriente mientras estaba descansado, y dejar que el río le trajera de vuelta más tarde.

Se había deslizado más río abajo de lo que creía. Cuando finalmente volvió a ver el muelle delante, estuvo a punto de atracar, pero lo pensó mejor y siguió remando. Estaba decidido a dominar todas las habilidades que se había impuesto aprender, y nadie podría acusarle de haber aplazado el compromiso cuyo cumplimiento se había impuesto. Sonrió a Carlono, que le hacía señas con la mano, pero no renunció.

Río arriba el curso se ensanchaba, y la fuerza de la corriente era menos fuerte, lo cual facilitaba el manejo de los remos. Vio una orilla en el lado opuesto del río y se dirigió hacia allá. Se acercó mucho, evitando sin dificultad los escollos con aquel bote ligero, relajándose un poco y dejando que la embarcación volviera un poco hacia atrás mientras él timoneaba con el remo. Estaba mirando el agua sin fijarse hasta que su atención fue atraída súbitamente por una forma grande y silenciosa bajo la superficie.

Era pronto para el esturión. Generalmente nadaban río arriba a principios del verano, pero la primavera había sido calurosa y temprana, con muchas crecidas. Se inclinó para mirar más de cerca: algunos de aquellos enormes peces se deslizaban a lo largo del bote. ¡Estaban emigrando! Era su oportunidad. ¡Podría llevarse el primer esturión de la temporada!

Dejó el remo en el bote y tendió la mano hacia los componentes del arpón para ensamblarlos. Sin timonel, el bote empezó a virar, siguiendo la corriente pero ligeramente del través. Para cuando Jondalar pudo atar la cuerda a la proa, el bote formaba ángulo con la corriente, pero seguía firme, y Jondalar, en tensión. Permaneció al acecho del siguiente pez: no quedó desilusionado. Una forma oscura y enorme ondulaba dirigiéndose hacia él... ahora sabía de dónde procedía el pez «Haduma», pero había allí muchos más del mismo tamaño.

Por haber pescado con los Ramudoi, sabía que el agua alteraba la verdadera posición del pez. No estaba donde parecía... era el recurso que tenía la Madre para ocultar a Sus criaturas hasta que se revelara Su secreto. Mientras se acercaba el pez, el hombre ajustó su puntería para compensar la refracción del agua. Se inclinó sobre la borda, esperó, y finalmente lanzó con fuerza el arpón desde la proa.

Y con similar brío, el bote se lanzó en dirección opuesta, siguiendo su curso sesgado, hacia el centro del río. Pero la puntería había sido buena: la punta del arpón estaba profundamente clavada en el gigantesco esturión... con muy poco efecto. El pez no estaba inmovilizado; se dirigió al centro del río buscando aguas profundas y avanzando río arriba. La cuerda se desenrolló con gran rapidez y, con un tirón, se tensó.

El bote se puso a dar bandazos y por poco lanza a Jondalar por la borda; mientras éste trataba de agarrarse, el remo brincó, vaciló y cayó al río; Jondalar se soltó para cogerlo, inclinándose hacia fuera; el bote se ladeó y Jondalar se agarró a la borda. En ese momento el esturión encontró la corriente y se puso a nadar río arriba, enderezando milagrosamente el bote y haciendo que Jondalar volviera a caer dentro. Se incorporó, frotándose la barbilla golpeada, mientras el botecito iba remolcado río arriba más aprisa que nunca.

Jondalar se agarró otra vez a la borda, con los ojos muy abiertos, entre asustados y maravillados, mientras veía pasar a toda velocidad las márgenes del río. Tendió la mano para coger la cuerda tensa en el agua, y después dio un tirón, pensando que de esa forma podría liberar el arpón; en cambio, la proa se sumergió tanto que el bote comenzó a hacer agua. El esturión se sacudía, lanzando el bote adelante y atrás. Jondalar se sujetaba a la cuerda y brincaba de un lado para otro.

No se dio cuenta de que había pasado cerca del calvero donde se construían los barcos y no vio que la gente estaba en la playa con la boca abierta contemplando el bote que subía rápidamente río arriba siguiendo la estela del enorme pez, con Jondalar colgando a un costado, cogido a la cuerda con las dos manos y luchando por desprender el arpón.

–¿Has visto eso? –preguntó Thonolan–. ¡Ese hermano mío tiene un pez fugitivo! Ahora ya creo haberlo visto todo –su sonrisa se convirtió en risotadas–. ¿Le has visto colgado de esa cuerda y tratando de que el pez le soltara? –se golpeaba los muslos, muerto de risa–. ¡No ha atrapado un pez, el pez le ha atrapado a él!

–Thonolan, eso no tiene gracia –dijo Markeno, tratando en vano de mantener su rostro serio–. Tu hermano tiene problemas.

–Ya sé, ya sé. Pero, ¿te has fijado? Remolcado río arriba por un pez... No me digas que no tiene gracia.

Thonolan siguió riendo, pero ayudó a Markeno y Barono a botar una embarcación. Dolando y Carolio también embarcaron. Tras un empujón para alejarse de la orilla, comenzaron a remar río arriba lo más aprisa que podían. Jondalar tenía problemas, podía correr verdadero peligro.

El esturión comenzaba a debilitarse. El arpón le estaba quitando la vida, y remolcar al hombre y al bote aceleraba su pérdida de vigor. La carrera desenfrenada empezaba a perder impulso. Eso sólo le dejó a Jondalar tiempo para pensar... seguía sin poder controlar la dirección que había tomado. Estaba muy lejos río arriba; no creía haber estado nunca tan lejos desde aquella carrera con nevada y vientos aulladores. De repente pensó que debía cortar la cuerda; de nada serviría dejarse arrastrar más arriba.

Soltó la borda y extendió la mano para desenfundar el cuchillo; pero mientras tiraba de la hoja de piedra con mango de cornamenta, el esturión, en un último esfuerzo de su lucha a muerte, trató de liberarse de la dolorosa punta: empezó a agitarse y a tirar con tanta fuerza que la proa se hundía cada vez que el pez se zambullía. Volcado, el bote de madera podía seguir flotando, pero en su posición normal y lleno de agua, podría hundirse hasta el fondo. Jondalar trató de cortar la cuerda mientras el bote brincaba y se agitaba de un lado a otro. No vio el tronco empapado que se dirigía hacia él por debajo de la superficie del agua con la velocidad de la corriente hasta que tropezó con el bote, arrebatándole el cuchillo de la mano.

Se repuso rápidamente y trató de tirar de la cuerda para que se aflojara un poco y no pusiera el bote en peligro. En un último esfuerzo desesperado por liberarse, el esturión se lanzó hacia la orilla y consiguió arrancar de su cuerpo el arpón, pero ya era demasiado tarde. La poca vida que le quedaba escapó por la herida que le desgarraba el flanco. La enorme criatura marina se zambulló hasta el fondo y emergió poco después, panza arriba, flotando en el río con apenas una sacudida como testimonio de la lucha prodigiosa que había librado el pez primitivo.

El río, en su curso largo y sinuoso, formaba un ligero recodo en el lugar que el pez escogió para morir, originando un enloquecido torbellino en la corriente que se deslizaba por la curva, y el último impulso del esturión lo llevó hasta un remolino de agua estancada junto a la orilla. El bote, con la cuerda colgando, oscilaba y giraba, tropezando con el pez y el tronco, que compartían el remanso de la franja imprecisa entre agua estancada y marea.

En ese momento de calma, Jondalar tuvo tiempo para pensar en la suerte que había tenido por no haber cortado la cuerda. Sin remo, no podría controlar el bote en el caso de que regresara río abajo. La orilla estaba cerca: una playa pedregosa y estrecha se encogía al doblar un recodo y unirse a una margen empinada, con árboles que crecían tan cerca del agua que las raíces desnudas sobresalían como garras en busca de apoyo. Tal vez allí podría encontrar algo que le sirviera de remo. Respiró a fondo preparándose para la zambullida en el agua fría y se deslizó por la borda.

La profundidad era mayor de lo que pensaba, el agua le cubría la cabeza. El bote, liberado por el movimiento, encontró un camino hacia el río; el pez fue empujado hacia la orilla. Jondalar se puso a nadar para seguir al bote, tratando de agarrar la cuerda, pero la ligera embarcación, sin rozar apenas la superficie del agua, viró y se alejó danzando mucho más aprisa de lo que él podía nadar.

El agua helada le entumecía. Se volvió hacia la orilla. El esturión estaba golpeándose contra las márgenes; Jondalar fue hacia él, le agarró por la boca abierta y le arrastró tras él. No era cosa de perderlo ahora. Lo arrastró un trecho por la playa, pero pesaba mucho. Esperaba que ya no pudiera escapar. «Ahora, sin bote, no necesito remo, pero tal vez encuentre un poco de leña para hacer fuego», pensó. Estaba empapado y muerto de frío.

Fue a sacar el cuchillo y se encontró con la funda vacía. Había olvidado que se le cayó, y no tenía otro. Solía llevar una hoja de repuesto en la bolsa que llevaba colgada de la cintura, pero eso era cuando vestía el atuendo Zelandonii. Había renunciado a la bolsa al ponerse prendas Ramudoi. Tal vez pudiera encontrar materiales para una plataforma y un taladro para encender fuego. «Pero sin cuchillo no puedes cortar leña, Jondalar, se dijo, ni sacar yesca ni virutas». Se estremeció. «Por lo menos, puedo reunir algo de leña».

Miró a su alrededor y sintió que algo se escurría entre la maleza. El suelo estaba cubierto de leña húmeda y en putrefacción, hojas y musgo. No había un palo seco por ningún lado. «Se puede encontrar leña seca», pensó, buscando con la mirada las ramas bajas y secas de coníferas que había debajo de las ramas que crecían verdes. Pero no se encontraba en un bosque de coníferas parecido a los que había cerca de su lugar de origen. El clima de esta región era menos riguroso; no sufría tanto la influencia del hielo del norte. Era fresco –podía ser absolutamente fresco–, pero húmedo. Era un bosque de clima templado, no boreal. Los árboles eran del tipo con que se hacían los barcos: de madera dura.

En su entorno había un bosque de robles y hayas, algunos sauces y ojaranzos; árboles con troncos gruesos, de corteza oscura, y otros, más esbeltos, de corteza suave y gris, pero no tenían ramitas secas. Era primavera, e incluso las ramitas estaban llenas de savia y cubiertas de yemas. Había aprendido algo sobre la corta de esos árboles de madera dura: no era fácil, ni siquiera con una buena hacha de piedra. Volvió a temblar; le castañeteaban los dientes. Se frotó las palmas de las manos, se golpeó con los brazos, trotó sin cambiar de lugar... tratando de entrar en calor. Oyó más movimiento en la maleza y pensó que estaba molestando a algún animal.

Entonces se percató de la gravedad de su situación. Desde luego, le echarían de menos y saldrían en su busca. Thonolan se daría cuenta de su ausencia, ¿o no? Sus caminos se cruzaban menos de día en día, a medida que él tomaba más parte en la vida de los Ramudoi y que su hermano se volvía más Shamudoi. Ni siquiera sabía dónde estaría Thonolan en ese momento, tal vez cazando gamos.

Bueno, pues entonces, Carlono. ¿No le iría a buscar? «Me vio venir río arriba en el bote». En aquel momento Jondalar sufrió un estremecimiento de otra clase. «¡El bote! Se fue. Si encuentran un bote vacío, pensarán que me he ahogado, se dijo. ¿Por qué iban a venir a buscarme si creyeran que me había ahogado?» El hombre alto volvió a agitarse, brincando, golpeándose los brazos, corriendo sin moverse del sitio, pero no podía dejar de temblar y estaba cansándose. El frío comenzaba a afectar su capacidad de discurrir, pero no podía seguir saltando.

Sin aliento, se dejó caer y se hizo un ovillo, tratando de conservar el calor de su cuerpo, pero le castañeteaban los dientes y temblaba convulsivamente. Oyó de nuevo algo que se deslizaba, más cerca que antes, pero no se tomó la molestia de investigar. Entonces aparecieron ante sus ojos dos pies... dos pies humanos, desnudos y sucios.

Alzó la mirada, sobresaltado, y casi dejó de temblar. Frente a él, a su alcance, había un muchacho de ojos grandes y oscuros que le miraban a la sombra de los prominentes arcos ciliares. «¡Un cabeza chata», pensó de inmediato Jondalar. «Un joven cabeza chata».

Estaba pasmado y casi esperaba que el joven animal se metiera de nuevo en la maleza, ahora que le había visto. El joven no se movió. Allí se quedó y, al cabo de un rato de estar mirándose ambos de hito en hito, hizo unos movimientos indicando que le siguiera. O por lo menos Jondalar tuvo la impresión de que eran movimientos para llamarle, por raros que parecieran. El cabeza chata volvió a hacerlos, y dio un paso hacia atrás.

«¿Qué querrá? ¿Querrá que vaya con él?» Cuando el joven hizo el movimiento de nuevo, Jondalar dio un paso hacia él, seguro de que la criatura echaría a correr. Pero el muchacho se limitó a retroceder otro paso y volvió a hacer la señal. Jondalar le siguió, despacio al principio, después más rápidamente, sin dejar de temblar, pero intrigado.

Instantes después el joven apartaba una especie de biombo de maleza que dejó a la vista un claro. Una fogata pequeña, casi sin humo, ardía en el centro. Una hembra alzó la mirada, sobresaltada, y retrocedió despavorida cuando Jondalar se dirigió al calor parpadeante. Se acuclilló frente al fuego, agradecido. Se daba cuenta, aunque sin mirarles abiertamente, de que el joven y la hembra cabeza chata estaban moviendo las manos y emitiendo sonidos guturales. Tenía la impresión de que se estaban comunicando, pero le preocupaba mucho más entrar en calor, y echaba de menos una capa o una piel.

No se fijó en que la mujer desaparecía detrás de él, y le cogió por sorpresa sentir que una piel caía sobre sus hombros. Vio apenas un destello de ojos oscuros antes de que inclinara la cabeza y desapareciera a todo correr, pero comprendió que le tenía miedo.

Aun mojada, la ropa de gamuza suave que llevaba puesta conservaba su cualidad de tibieza y, entre el fuego y la piel, Jondalar entró en calor y dejó de temblar. Sólo entonces se percató del lugar en que se hallaba: «¡Gran Madre! Es un campamento de cabezas chatas». Había tenido las manos encima del fuego, pero cuando se percató de lo que aquel fuego significaba, las apartó como si se le hubieran quemado.

«¡Fuego! ¿Emplean fuego?» Tendió una mano vacilante hacia la llama como si no pudiera creer lo que veían sus ojos y tuviese que recurrir a otros sentidos para confirmarlo. Entonces se fijó en la piel que tenía puesta; palpó una orilla, frotándola entre el índice y el pulgar. «Lobo, dedujo, y bien curtido. Está suave; la parte de dentro es de una suavidad increíble. Dudo que los Sharamudoi puedan hacerlo mejor». La piel no parecía estar cortada para adoptar forma alguna: era simplemente la piel de un lobo grande.

Por fin, el calor penetró lo suficiente dentro de él para que pudiera ponerse de pie y dar la espalda al fuego. Vio que el joven macho le miraba; no sabía por qué consideraba que se trataba de un macho; con la piel que llevaba alrededor del cuerpo atada con una larga correa, no se podía apreciar a qué sexo pertenecía. Aunque cautelosa, su mirada directa no era temerosa, como lo había sido la de la hembra. Jondalar recordó entonces que los Losadunai habían dicho que las hembras cabeza chata no pelean: ceden, no era un deporte perseguirlas. «¿Por qué iba nadie a querer una hembra cabeza chata?», pensó.

Mientras seguía mirando al macho de cabeza chata, Jondalar decidió que no era tan joven, más bien adolescente que niño. Su baja estatura resultaba engañosa, pero el desarrollo muscular revelaba fuerza; mirando más de cerca, vio un poco de pelusa como una barba incipiente.

El joven macho gruñó y la hembra se deslizó rápidamente hasta un montón de leña y echó unas astillas al fuego. Jondalar no había visto una hembra cabeza chata tan de cerca. Volvió la mirada hacia ella. Era mayor, tal vez la madre del joven; parecía sentirse incómoda, no quería que la mirara. Retrocedió cabizbaja y, al llegar a la orilla del pequeño claro, siguió apartándose de la vista del forastero. Sin darse cuenta, Jondalar tenía la cabeza completamente vuelta hacia atrás. Apartó los ojos un instante, y cuando volvió a mirar, ella se había ocultado tan eficazmente que no pudo verla al principio; de no haber sabido que estaba allí, no habría podido descubrirla.

«Está asustada. Me sorprende que no haya escapado en vez de traer la leña como él le dijo.

»¿Que él le dijo? ¿Cómo iba a decírselo? Los cabezas chatas no hablan... no pudo decirle que trajera madera. El frío ha debido aturdirme. Ya no pienso con claridad».

Por mucho que quisiera negarlo, Jondalar no podía superar la sensación de que el macho joven había dicho a la hembra, realmente, que trajera leña. De alguna manera se lo había comunicado. Volvió nuevamente su atención hacia el macho y percibió una impresión clara de hostilidad. No sabía cuál era la diferencia, pero sabía que al joven no le había gustado que observara a la hembra. Estaba convencido de que se metería en graves problemas si hacía el menor movimiento en dirección a ella. No era juicioso prestar demasiada atención a las hembras cabeza chata, pensó, al menos cuando había un macho cerca, cualquiera que fuese su edad.

La tensión disminuyó cuando Jondalar no hizo el menor movimiento y dejó de mirar a la hembra. Pero de pie, cara a cara frente al cabeza chata, se dio cuenta de que ambos estaban midiéndose, y lo que le causaba verdadera turbación era que lo hacían de hombre a hombre. Sin embargo, aquel hombre no se parecía a ninguno de los que Jondalar conocía. En todos sus viajes, la gente que encontró era claramente humana. Hablaban lenguajes distintos, tenían costumbres diferentes, no vivían en moradas parecidas... pero eran humanos.

Este era distinto, pero ¿sería un animal? Era mucho más bajo y corpulento, pero aquellos pies desnudos no eran diferentes de los de Jondalar. Era algo estevado, pero caminaba tan erecto como un hombre. Algo más peludo de lo normal, especialmente en brazos y hombros –pensó Jondalar–, pero no podía decirse que fuera pelaje. Conocía algunos hombres igualmente peludos. El cabeza chata tenía el torso fuerte, musculoso ya; no daban ganas de pelear con él por joven que fuese. Pero incluso los machos adultos que había visto, a pesar de su tremenda musculatura, estaban constituidos como hombres. El rostro, la cabeza: ahí estaba la diferencia. ¿Pero en qué consistía? «Tiene la arcada ciliar muy grande, la frente no sube recta sino inclinada hacia atrás, pero su cabeza es grande. Cuello corto, nada de mentón, sólo una mandíbula que sobresale un poco, y una nariz con caballete alto. Es un rostro humano; no se parece a los que yo conozco, pero parece humano. Y usan fuego.

»Pero no hablan, y los humanos hablan. ¿De verdad estarían comunicándose? ¡Gran Doni! ¡Incluso se comunicó conmigo! ¿Cómo sabía que necesitaba fuego? ¿Y por qué un cabeza chata había de ayudar a un hombre?» Jondalar estaba desconcertado, pero el joven cabeza chata le había salvado probablemente la vida.

El joven macho pareció tomar una decisión. De repente hizo el mismo movimiento que cuando atrajo a Jondalar hasta el fuego, y echó a andar de vuelta por el camino que habían tomado para venir. Parecía contar con que el hombre le seguiría, y así lo hizo Jondalar, contento por la piel de lobo que llevaba sobre los hombros, al alejarse del fuego con su ropa todavía mojada. Cuando se acercaron al río, el cabeza chata echó a correr, haciendo ruidos fuertes y agitando los brazos. Un animalillo se dio a la fuga, pero se había comido un poco de esturión. Resultaba evidente que, por grande que fuera el pescado, si no lo cuidaban no duraría mucho.

La ira del macho joven ante el destrozo cometido por el animal carroñero le hizo comprender de golpe algo a Jondalar. ¿Sería el pescado la razón de que el cabeza chata le prestara ayuda? ¿Querría algo de pescado?

El cabeza chata metió la mano en un doblez de la piel que llevaba alrededor de su cuerpo, sacó un trozo de pedernal de borde afilado; blandiéndolo sobre el esturión, hizo un amago como si fuera a cortarlo. Entonces hizo señas indicando que un pedazo para él y otro para el hombre alto. Y esperó. Estaba claro. No quedaba la menor duda en la mente de Jondalar: el joven quería una parte del pescado. Y las preguntas se agolparon en su cabeza.

¿De dónde habría sacado el joven aquella herramienta? Quería verla más de cerca, pero sabía que no tenía el refinamiento que él proporcionaba a las suyas: estaba hecha de una hoja gruesa, no era una hoja fina; pero, de todos modos, era un cuchillo afilado y perfectamente utilizable. Alguien lo había elaborado, le había dado una forma intencional. Pero, aparte de la sorpresa que le causaba la herramienta, se hacía preguntas que le perturbaban: el joven no había hablado, pero no cabía duda de que se había comunicado. Jondalar se preguntaba si él mismo habría sido capaz de manifestar sus deseos tan directa y fácilmente.

El muchacho esperaba y Jondalar asintió con la cabeza, sin estar muy seguro de que su movimiento fuera comprendido. Pero sus intenciones se habían transmitido con algo más que el ademán; sin vacilar, el joven cabeza chata se puso a trabajar sobre el pescado.

Mientras el Zelandonii observaba, sus convicciones más profundas se vieron sacudidas por un torbellino interno. ¿Qué era un animal? Un animal podía escurrirse para darle un mordisco a aquel pescado. Un animal más inteligente podría considerar que el hombre era peligroso y esperar a que éste se alejara o muriese. Un animal no percibiría que un hombre que sufría por el frío necesitaba calor; no tendría un fuego encendido y no le conduciría hasta él; no pediría una parte de su alimento. Eso era un comportamiento humano; más aún: era humanitario.

La estructura de las creencias que había mamado y que le habían sido inculcadas, penetrándole hasta la médula, comenzaba a tambalearse. Los cabezas chatas eran animales; todo el mundo decía que eran animales. ¿No era obvio? No sabían hablar. ¿Era eso todo? ¿Ahí estaba la diferencia?

A Jondalar no le habría importado que se llevara el pescado entero, pero sentía curiosidad. ¿Cuánto se llevaría el cabeza chata? De todos modos, habría que cortarlo, era demasiado pesado para transportarlo entero. A cuatro hombres les costaría trabajo sólo levantarlo.

De repente, el cabeza chata perdió toda importancia. Su corazón comenzó a latir atropelladamente: ¿no había oído algo?

–¡Jondalar! ¡Jondalar!

El cabeza chata se sobresaltó, pero Jondalar echó a correr entre los árboles de la ribera para ver de cerca el río.

–¡Aquí! ¡Aquí estoy, Thonolan! –su hermano había venido a buscarle. Divisó una barca cargada de gente en medio del río y volvió a llamar. Le vieron, le hicieron señas en respuesta y remaron hacia él.

Un gruñido de esfuerzo le hizo volver la mirada hacia el cabeza chata. Vio que, en la playa, el esturión había sido partido por el medio, desde el espinazo hasta la panza, y que el joven macho había depositado la mitad del enorme pescado en un cuero grande tendido al lado. Mientras el hombre alto miraba, el joven cabeza chata juntó los extremos del cuero y se echó la carga entera a la espalda. Entonces, con la mitad de la cabeza y de la cola saliendo del envoltorio, se internó en el bosque.

–¡Espera! –gritó Jondalar, corriendo tras él. Le alcanzó al llegar al claro. La hembra, con un gran canasto a la espalda, se deslizó entre las sombras al aparecer él. No existía evidencia alguna de que hubieran acampado en el claro, ni siquiera huellas del fuego. De no haber sentido su calor, habría dudado de que hubiera existido alguna vez.

Se quitó de los hombros la piel de lobo y la tendió. A un gruñido del macho, la hembra la cogió; entonces los dos se dirigieron silenciosamente bosque adentro y desaparecieron.

Jondalar se sentía helado en su ropa mojada al regresar al río. Llegó justo cuando la barca estaba a punto de atracar, y sonrió al ver desembarcar a su hermano. Se dieron un fuerte abrazo de oso en un arrebato de afecto fraternal.

–¡Thonolan! ¡Cómo me alegro de verte! Tenía miedo de que, al encontrar el bote vacío, me diérais por muerto.

–Hermano Mayor: ¿cuántos ríos hemos cruzado juntos? ¿No crees que ya sé cómo nadas? En cuanto descubrimos el bote comprendimos que estabas río arriba y probablemente no muy lejos.

–¿Quién se llevó la mitad de este pescado? –preguntó Dolando.

–Lo regalé.

–¡Lo regalaste! ¿A quién se lo regalaste? –preguntó Markeno.

–A un cabeza chata.

–¿Un cabeza chata? –exclamaron varias voces.

–¿Por qué tenías que darle la mitad de un pescado de ese tamaño a un cabeza chata? –preguntó Dolando.

–Porque me ayudó, y me lo pidió.

–¿Qué clase de majadería es ésta? ¿Cómo podría pedir nada un cabeza chata? –preguntó Dolando; estaba furioso, cosa que sorprendió a Jondalar. Pocas veces demostraba su ira el jefe de los Sharamudoi–. ¿Dónde está?

–Ya se ha ido... por el bosque. Yo estaba empapado y temblaba tanto que no creí volver a entrar en calor nunca jamás. Entonces ese joven cabeza chata apareció y me llevó hasta su fuego...

–¿Fuego? ¿De cuándo acá usan fuego? –preguntó Thonolan.

–Yo he visto cabezas chatas con fuego –intervino Barono.

–Yo los he visto a este lado del río antes de ahora... a distancia –añadió Carolio.

–No sabía que hubieran regresado. ¿Cuántos eran? –preguntó Dolando.

–Sólo el joven y una hembra más vieja; tal vez su madre.

–Si tienen hembras consigo, habrá más –el robusto jefe echó una mirada hacia el bosque–. Tal vez deberíamos organizar una batida de cabezas chatas y acabar con esa peste.

Había en el tono de Dolando una amenaza maligna que provocó una mirada prolongada de Jondalar. Había reconocido señales de ese sentimiento contra los cabezas chatas anteriormente, en comentarios del jefe, pero nunca tan venenosas.

Entre los Sharamudoi la jefatura era cuestión de competencia y persuasión. Dolando era reconocido como jefe tácitamente, no porque fuera el mejor en todo sino porque era competente y tenía la habilidad necesaria para atraerse a la gente y para manejar los problemas que surgían. No daba órdenes; persuadía, mimaba, convencía y aceptaba componendas, y por lo general, suministraba ese aceite que suaviza las fricciones inevitables que se producen cuando mucha gente vive en comunidad. Políticamente, era astuto, eficaz, y sus decisiones solían ser aceptadas, pero no se obligaba a nadie a someterse a ellas. Las discusiones podían resultar clamorosas.

Tenía suficiente confianza en sí mismo para insistir en su propio juicio cuando lo consideraba correcto; sin embargo, no vacilaba en recurrir a alguien que poseyera más conocimientos o experiencia en cierta materia dada, si se presentaba la necesidad. Tendía a apartarse de las riñas personales a menos que se salieran de madre y alguien pidiera su intervención. De carácter generalmente apacible, podían, no obstante, despertar su ira la crueldad, la estupidez o un descuido capaz de amenazar o causar daño a la Caverna en general, o a una persona incapaz de defenderse sola. Y los cabezas chatas. Los odiaba. Para él no sólo eran animales, sino animales peligrosos y malignos que deberían ser eliminados.

–Yo estaba congelándome –objetó Jondalar– y ese joven cabeza chata me ayudó. Me llevó a su fuego, y me dieron una piel para cubrirme. En lo que a mí concierne, podría haberse llevado todo el pescado, pero sólo cogió la mitad. No estoy dispuesto a tomar parte en ninguna cacería contra los cabezas chatas.

–Por lo general no molestan mucho –reconoció Barono–. Pero si los hay por aquí, me alegro de estar enterado. Son listos. No convendría dejar que una manada de ellos le cogiera a uno por sorpresa...

–Son bestias sanguinarias... –dijo Dolando.

–Probablemente has tenido suerte –prosiguió Barono haciendo caso omiso de la interrupción– de que sólo hubiera un joven y una hembra. Las hembras no pelean.

A Thonolan no le agradó el cariz que estaba tomando la conversación.

–¿Y cómo vamos a llevarnos esta magnífica media presa de mi hermano? –recordó la carrera que le había hecho dar el pez a Jondalar y una amplia sonrisa surcó su rostro–. Después del trabajo que te dio, me sorprende que hayas cedido la mitad.

La risa se propagó a todos los acompañantes con un alivio nervioso.

–¿Significa eso que ahora es medio Ramudoi? –preguntó Markeno.

–Tal vez podamos llevárnoslo de cacería para que consiga medio gamo –dijo Thonolan–. Así la otra mitad puede ser Shamudoi.

–¿Cuál será la mitad que prefiera Serenio? –dijo Barono con un guiño.

–La mitad de él es más que muchos enteros –replicó Carolio, y la expresión que tenía no dejaba el menor lugar a dudas en cuanto a que no estaba refiriéndose a la estatura. En la intimidad impuesta por las viviendas de la Caverna, la habilidad de Jondalar entre las pieles no había pasado inadvertida, y el joven se ruborizó, pero la risa procaz alivió definitivamente la tensión provocada tanto por la suerte que él hubiera podido correr como por la reacción de Dolando hacia los cabezas chatas.

Sacaron una red hecha de fibras que aguantaba bien una vez mojada, la tendieron junto a la mitad abierta y sangrante del esturión y, con gruñidos y esfuerzos, la colocaron en la red y después en el agua, antes de amarrarla a la proa de la barca.

Mientras los otros luchaban con el pescado, Carolio se volvió hacia Jondalar y dijo en voz baja:

–El hijo de Roshario fue muerto por cabezas chatas. Era tan sólo un jovencito, sin Compromiso aún, lleno de osadía y muy alegre, el orgullo de Dolando. Nadie sabe cómo sucedió, pero Dolando se llevó a toda la Caverna para darles caza. Mataron a varios... y los demás desaparecieron. Nunca los había tolerado, pero desde entonces...

Jondalar asintió en silencio, comprendiendo.

–¿Y cómo se llevó ese cabeza chata su mitad de pescado? –preguntó Thonolan mientras subían a la barca.

–Lo levantó y se lo llevó a cuestas –dijo Jondalar.

–¿Él? ¿Lo levantó y se lo llevó?

–El solito. Y ni siquiera era adulto.

Thonolan se acercó a la estructura de madera que compartían su hermano, Serenio y Darvo. Estaba hecha de tablas apoyadas en una cumbrera que también se inclinaba hacia el suelo. La morada parecía una tienda hecha de madera, con la pared triangular de la fachada más alta y ancha que la de atrás, lo cual hacía que los lados fueran trapezoidales. Las tablas estaban sujetas unas con otras como las tracas de los lados de las embarcaciones, con el borde más ancho solapando el delgado, y bien sujetas.

Eran estructuras cómodas, robustas, cerradas de forma que sólo en las más viejas podía colarse la luz entre las grietas de la madera seca y combada. Con el saliente de arenisca protegiéndolas de los agentes atmosféricos, las moradas no se recubrían de cal ni se conservaban a la manera de las embarcaciones. Pero dentro estaban alumbradas por el hogar forrado de piedras o por la puerta abierta.

El joven miró para comprobar si su hermano estaba despierto.

–Pasa –dijo Jondalar, sorbiendo; estaba sentado en la plataforma para dormir, cubierta de pieles, y con otras pieles más alrededor; tenía en la mano una taza humeante.

–¿Cómo va tu catarro? –preguntó Thonolan, sentándose en la orilla de la plataforma.

–El catarro está peor; yo, mejor.

–Nadie pensó en tu ropa empapada, y el viento soplaba en serio por el cañón del río mientras regresábamos.

–Me alegro de que me encontraras.

–Y yo de que te sientas mejor –parecía que Thonolan batallaba con las palabras. Se agitó un poco, se levantó y se dirigió a la entrada, volvió sobre sus pasos–. ¿Puedo traerte algo?

Jondalar meneó la cabeza y esperó; algo preocupaba al hermano, y estaba intentando decirlo. Tenía que hacerse el ánimo.

–Jondalar... –dijo Thonolan, y se detuvo–. Llevas mucho tiempo ya viviendo con Serenio y su hijo –Jondalar creyó que iba a referirse a la situación informal de las relaciones, pero se equivocaba–. ¿Qué se siente como hombre del hogar?

–Eres hombre casado, hombre de tu hogar.

–Ya lo sé, pero, ¿existe alguna diferencia si hay un hijo de tu hogar? Jetamio se ha esforzado tanto por tener un bebé, y ahora... ha vuelto a perderlo, Jondalar.

–Lo siento...

–No me importa que nunca llegue a tener un hijo. Lo que no quiero es perderla a ella –dijo Thonolan, con la voz quebrada–. Ojalá dejara de intentarlo.

–No creo que sea cosa de ella. La Madre da...

–Entonces, ¿por qué no le deja la Madre que conserve uno? –gritó Thonolan y salió como una exhalación, pasando junto a Serenio.

–¿Te ha dicho lo de Jetamio...? –preguntó ésta; Jondalar asintió con un gesto–. Retuvo éste más tiempo, pero fue más duro para ella perderlo. Me alegro de que sea feliz con Thonolan; se lo merece.

–¿Se repondrá?

–No es la primera vez que una mujer pierde un bebé, Jondalar. No te preocupes por ella, se recuperará. Veo que has encontrado la tisana. Tiene menta, borrajas y espliego, por si tratas de adivinar. Shamud ha dicho que te aliviará del catarro. ¿Qué tal te sientes? Sólo he venido a ver si estabas despierto.

–Estoy bien –dijo Jondalar; sonrió y trató de parecer sano.

–Entonces creo que volveré para hacerle compañía a Jetamio –cuando salió la mujer, Jondalar dejó la taza y volvió a acostarse. Tenía la nariz tapada y le dolía la cabeza. No podía decir con exactitud de qué se trataba, pero la respuesta de Serenio le preocupaba. No quería seguir pensando en ello... le causaba dolor en la boca del estómago. «Debe de ser este catarro», pensó.

16

La primavera maduró y se convirtió en verano, y los frutos de la tierra hicieron lo mismo. Mientras maduraban, la joven los cosechaba. Era más costumbre que necesidad. Podría haberse ahorrado el esfuerzo. Ya tenía suficiente de todo; quedaba comida del año anterior. Pero Ayla no podía quedarse ociosa; no sabía qué hacer con su tiempo.

Incluso con la actividad suplementaria de la cacería invernal, no había podido trabajar lo suficiente, a pesar de haber curtido la piel de todo lo que cazó, convirtiéndola unas veces en prendas de pelo largo, y otras quitándole los pelos para hacer cuero. Había seguido confeccionando canastos, esteras y tazones tallados y pulidos, y había acumulado suficientes herramientas, útiles y mobiliario doméstico para satisfacer las necesidades de todo un clan. Esperó con impaciencia las actividades veraniegas de recolección de alimentos.

También había deseado el verano para cazar, descubriendo que el método desarrollado con Bebé –adaptándolo para poder prescindir de la yegua– seguía siendo eficaz. La habilidad creciente del león compensaba toda la diferencia. De haber querido, podría haberse mantenido sin cazar; no sólo le quedaba carne seca sino que, cuando Bebé cazaba solo y con suerte –que era casi siempre–, no vacilaba en apropiarse de parte de lo cazado. Era una relación especial la que existía entre la mujer y el león: ella era madre, y por tanto, dominante; era socio de caza, y por consiguiente, su igual, y Bebé era lo único que tenía ella para amar.

Vigilando a los leones salvajes, Ayla pudo hacer ciertas observaciones sagaces acerca de sus hábitos de caza, los cuales fueron confirmados por Bebé. Los leones cavernarios eran cazadores nocturnos durante la temporada de calor, diurnos en invierno. Aunque cambiaba de pelaje en primavera, Bebé tenía un manto muy tupido, y durante los días estivales, hacía demasiado calor para cazar; la energía desplegada durante la caza le daba demasiado calor. Bebé sólo quería dormir, de preferencia en el interior fresco y oscuro de la cueva. En invierno, cuando los vientos aullaban desde el glaciar septentrional, las temperaturas invernales bajaban hasta un punto capaz de matar, a pesar de un nuevo pelaje largo y tupido. Entonces era cuando los leones cavernarios se enroscaban gozosamente en una cueva que los protegía del viento. Eran carnívoros a la par que adaptables. El espesor y la coloración de su pelaje podía adaptarse al clima y sus hábitos de caza a las condiciones ambientales con tal de que hubiera suficientes presas en perspectiva.

Ayla tomó una decisión a la mañana siguiente del día en que Whinney se fue, al despertar y encontrarse con Bebé dormido junto a ella con el resto de un corzo moteado... la cría de un ciervo gigante. Se marcharía, no había la menor duda al respecto, pero no aquel verano. Todavía necesitaba de ella; era demasiado joven para quedarse solo. Ninguna familia de leones salvajes lo aceptaría; el macho de la familia lo mataría. Mientras no fuera lo suficientemente adulto para aparearse e iniciar su propia familia, necesitaría la seguridad de su cueva tanto como ella.

Iza le había dicho que buscara a los suyos, que encontrara a su propio compañero, y algún día Ayla habría de reanudar su búsqueda. Pero la complacía no tener que renunciar todavía a su libertad para ir a buscar la compañía de personas con costumbres desconocidas. Aunque no quería admitirlo, existía una razón más profunda: no quería marcharse hasta tener la seguridad de que Whinney no volvería. Echaba de menos desesperadamente a la yegua. Whinney había estado con ella desde el principio, y Ayla la quería.

–Ven conmigo, holgazán –dijo Ayla–. Vamos a dar un paseo y ver si encontramos algo que cazar. No saliste la noche pasada –aguijoneó al león y salió de la caverna haciéndole señas de que la siguiera. El alzó la cabeza, abrió el hocico en un enorme bostezo que reveló toda su dentadura afilada, y luego se puso en pie y caminó tras ella, de mala gana. Bebé no tenía más hambre que ella y habría preferido quedarse durmiendo.

Ayla había estado recogiendo plantas medicinales el día anterior, tarea con la que disfrutaba y que estaba llena de recuerdos agradables. Durante los años de su niñez, pasados con el Clan, recoger medicinas para Iza le había dado la oportunidad de alejarse de ojos siempre vigilantes que reprobaban rápidamente cualquier acción indebida. Eso le permitía un poco de respiro para obedecer a sus tendencias naturales. Más adelante recogía plantas por el placer de aprender las habilidades de la curandera, y ahora esos conocimientos formaban parte de su naturaleza.

Para ella, las propiedades medicinales estaban tan estrechamente ligadas a cada planta, que las distinguía tanto por el uso como por el aspecto. Los racimos de agrimonia, que colgaban cabeza abajo en la cueva oscura y cálida, servían para hacer una infusión con las flores y con las hojas secas, útil para lesiones y heridas de órganos internos, al igual que altas y esbeltas plantas perennes que, con sus hojas hendidas y sus diminutas flores amarillas, crecían muy altas.

Las hojas de uña de caballo, parecidas a su nombre, tendidas en secadores tejidos, aliviaban el asma cuando se respiraba el humo de las hojas secas quemadas, y eran asimismo un remedio contra la tos mezclada con otros ingredientes, en forma de infusión, además de un agradable condimento para los alimentos. Ayla recordaba la curación de heridas y de huesos rotos cuando veía las grandes hojas peludas de la consuelda junto a las raíces, secándose al sol, y las vivas caléndulas de alegres colores servían para tratar con éxito heridas abiertas, úlceras y llagas de la piel. La manzanilla era buena para la digestión y para lavar las heridas sin irritarlas, y los pétalos de rosa silvestre flotando en un tazón de agua, al sol, eran una loción olorosa y astringente para la piel.

Las había recogido para sustituir por hierbas frescas las que no había utilizado. Aunque no necesitaba gran cosa de la amplia farmacopea que mantenía bien surtida, le gustaba hacerlo, y le permitía no perder el hábito. Pero teniendo hojas, flores, raíces y cortezas en diversas fases de preparación, extendidas por todas partes, de nada serviría recoger más... no tenía dónde guardarlas. En ese momento no tenía nada que hacer y se aburría.

Echó a andar hacia la playa, rodeó la muralla saliente y siguió junto a los arbustos que bordeaban el río, con el enorme león cavernario a su lado. Mientras caminaba, Bebé emitía ese sonido que Ayla había llegado a reconocer como su voz para hablar: *hnga, hnga.* Otros leones hacían sonidos similares, pero cada uno de ellos era distinto, y podía reconocer la voz de Bebé desde muy lejos, así como también podía identificar su rugido. Se iniciaba muy dentro de su pecho con una serie de gruñidos; después se convertía en un trueno sonoro que cubría toda la escala de bajos, que retumbaba en sus oídos si se encontraba demasiado cerca.

Cuando llegó a una roca que era uno de sus lugares habituales para descansar, se detuvo... realmente no tenía interés en cazar, pero no sabía muy bien lo que quería. Bebé se pegó a ella, tratando de atraer su atención. Ella le rascó detrás de las orejas y dentro de la melena. Tenía el pelaje un si es no es más oscuro que en invierno, aunque todavía beige, pero la melena le había crecido con un matiz de óxido que no difería mucho del color ocre rojo. Alzó la cabeza para que Ayla le rascara bajo la barba, produciendo un gruñido bajo y continuo de gusto. Fue a rascarle el otro lado y entonces le miró como si lo viera de repente: el nivel del lomo del león le llegaba justo bajo el hombro de ella. Tenía casi la alzada de Whinney, pero era mucho más macizo. No se había percatado de lo grande que se había hecho.

El león cavernario que recorría la estepa de aquella tierra fría al borde de los glaciares vivía en un ámbito ideal para el estilo de caza que mejor le convenía. Era un continente de praderas en el que abundaba una gran diversidad de presas. Muchos de los animales eran grandes: bisontes y ejemplares cuyo volumen era más del doble que el de sus parientes de épocas más tardías; ciervos gigantescos con más de tres metros; mamuts y rinocerontes lanudos. Las condiciones eran favorables para que una especie de carnívoros, por lo menos, pudiera desarrollarse hasta un tamaño que le permitiera cazar animales tan enormes. El león cavernario ocupó ese vacío y lo llenó admirablemente. Los leones de generaciones ulteriores eran pequeños en comparación: la mitad de su tamaño. El león cavernario fue el mayor felino que haya existido jamás.

Bebé era un ejemplar superior de ese depredador supremo: grande, potente, con un pelaje suave debido a su salud y vigor juveniles, y absolutamente complaciente bajo las manos de la mujer, que le rascaban deliciosamente. Si hubiera querido atacarla, ella no habría tenido la menor oportunidad; no le consideraba peligroso; para ella no representaba mayor amenaza que un gatito muy crecido... y ésa era su defensa.

Ella le controlaba inconscientemente, y así lo aceptaba él. Alzando o volviendo la cabeza para que Ayla viera dónde le apetecía, Bebé se sometía al éxtasis sensual de ser rascado, y a ella le gustaba porque le gustaba a él. Se subió a la roca para alcanzarle el otro lado y se estaba apoyando en el lomo del animal cuando se le ocurrió otra idea. Ni siquiera se detuvo a sopesarla: simplemente pasó su pierna por encima y se montó en el lomo como lo había hecho tantas veces con Whinney.

Fue algo inesperado, pero los brazos sobre su cuello le eran familiares y el peso de la mujer insignificante. Ambos se quedaron un rato inmóviles. Cuando cazaban juntos, Ayla había adoptado el gesto que representaba alzar el brazo para arrojar una piedra con la honda, como señal de partida, al tiempo que pronunciaba la palabra «Ve». De pronto, sin vacilar, hizo la señal y gritó la palabra.

Sintiendo los músculos que se crispaban bajo su cuerpo, Ayla se agarró a la melena cuando el león se abalanzó. Con la gracia vigorosa de su especie, Bebé echó a correr a campo traviesa con la mujer a horcajadas sobre su lomo; ella entrecerraba los ojos al recibir el viento en la cara. Mechones de cabellos que se habían soltado de las trenzas volaban tras ella. No controlaba; no dirigía a Bebé como lo había hecho con Whinney, él la llevaba y ella se dejaba llevar, experimentando una exaltación como jamás la había sentido antes.

El súbito arranque de velocidad fue de corta duración, según el estilo de Bebé incluso al atacar. Se fue deteniendo, hizo un gran círculo y tomó a paso largo el camino de la caverna. Con la mujer siempre montada, trepó por el empinado sendero y se detuvo frente al lugar de ella en la cueva. Ayla se deslizó al suelo y lo abrazó, pues no conocía otra manera de expresar las emociones profundas y sin nombre que había experimentado. Cuando lo soltó, Bebé agitó la cola y se dirigió al fondo de la cueva donde encontró su lugar predilecto, se estiró y se quedó inmediatamente dormido.

Ella le observó, sonriente. «Me has dado mi cabalgada y ahora has concluido tu jornada, ¿eh, Bebé? Bien, después de esto puedes dormir todo lo que quieras».

Hacia finales del verano, las ausencias de Bebé, cuando iba de cacería, se fueron haciendo más prolongadas. La primera vez que se ausentó por más de un día, Ayla estaba fuera de sí por la preocupación, y tan angustiada que no pudo dormir la segunda noche. Estaba tan cansada y derrengada como parecía estarlo él cuando, por fin, apareció a la mañana siguiente. No traía presa ninguna, y cuando Ayla le dio carne seca de las provisiones que tenía almacenadas, se puso a comerla aunque generalmente solía juguetear con las tiras quebradizas. A pesar de lo cansada que estaba, salió con la honda y le trajo dos liebres. Entonces el león despertó de su sueño por agotamiento, corrió a la entrada de la cueva para recibirla y se llevó una de las liebres al fondo. Ella le acercó la segunda y se fue a la cama.

Cuando estuvo ausente tres días no se preocupó tanto, pero a medida que pasaba el tiempo, se le iba apesadumbrando el corazón. Regresó con rasguños y arañazos; Ayla comprendió que había tenido escaramuzas con otros leones. Sospechaba que ya era lo suficiente maduro como para interesarse por las hembras. A diferencia de las yeguas, las leonas no tenían una temporada especial; podían entrar en celo en cualquier momento del año.

Las ausencias del joven león cavernario, cada vez más prolongadas, se hicieron todavía más frecuentes a medida que avanzaba el otoño, y cuando regresaba solía ser para dormir. Ayla estaba segura de que dormía también en otra parte, pero no se sentía tan seguro allí como en la cueva. Nunca sabía cuándo esperarle ni de dónde llegaría. Simplemente se presentaba allí, subiendo por el estrecho sendero desde la playa o de forma más espectacular brincando de repente desde la estepa que se extendía en la parte superior de la caverna hasta el saliente.

Ella se alegraba siempre de verle, y los saludos que él la prodigaba siempre estaban llenos de afecto... a veces, demasiado. Después de que saltara para ponerle las patas delanteras en los hombros, derribándola, Ayla decía inmediatamente: «Ya», si parecía demasiado entusiasmado por el placer de volver a verla. Por lo general se quedaba unos cuantos días; a veces cazaban juntos, y él seguía trayendo alguna presa a la cueva de cuando en cuando. Y entonces se ponía nuevamente inquieto. Ayla estaba segura de que Bebé estaba cazando por su cuenta y defendiendo sus presas contra las hienas, los lobos o las aves rapaces que tratarían sin duda de robárselas. Se acostumbró a su ir y venir así como a sus ausencias. La caverna parecía tan vacía cuando no estaba el león, que Ayla comenzó a tener miedo de la llegada del invierno; temía que fuera demasiado solitario.

El otoño fue insólito: caluroso y seco. Las hojas se volvieron amarillas, después oscuras, y no adoptaron los brillantes matices con que una leve helada los revestiría. Se pegaban a los árboles en racimos blanquecinos y de tonalidad mortecina, que crujían al viento mucho antes de la época en que normalmente habrían cubierto la tierra. El clima peculiar era desconcertante: el otoño debería ser húmedo y fresco, lleno de ráfagas de viento y de chubascos repentinos. Ayla no podía evitar una sensación de temor, como si el verano estuviera reteniendo el cambio de estación hasta ser vencido por el furioso ataque del invierno.

Salía todas las mañanas a la espera de presenciar algún cambio drástico y casi se sentía desilusionada al ver que un sol cálido salía en un cielo notablemente claro. Se pasaba las tardes fuera, en el saliente, observando la caída del sol detrás del confín de la tierra con apenas una niebla de polvo brillando con tonos rojizos, en vez de una gloriosa exhibición de color sobre nubes cargadas de agua. Cuando titilaban las estrellas, llenaban la oscuridad de tal manera que el cielo parecía agrietado y agujereado por su gran número.

Había pasado días enteros sin alejarse del valle, y cuando un día más amaneció caluroso y claro, le pareció una tontería haber desaprovechado tan buen tiempo cuando podía haber estado fuera, disfrutándolo. Ya llegaría muy pronto el invierno para mantenerla confinada en una caverna solitaria.

«Lástima que no esté Bebé», pensó. «Habría sido un buen día para salir de cacería. Quizá pueda arreglármelas sola». Cogió una lanza. «No; a falta de Whinney o Bebé, tendré que buscar otra forma de cazar. Me llevaré sólo la honda. Me pregunto si debería llevar una piel. Hace tanto calor que me haría sudar. Podría llevarla, quizá también la canasta de recolectar. Pero no necesito nada: tengo existencias de sobra. Lo único que necesito es una buena caminata. No necesito llevar canasta para eso, y tampoco me hará falta la piel. Un paseo a buen paso me proporcionará calor suficiente».

Ayla echó a andar sendero abajo, sintiéndose extrañamente descargada. No tenía nada que llevar, ningún animal por el cual preocuparse; su caverna estaba bien abastecida. No tenía que pensar en nadie más que en sí misma, pero ojalá tuviera que ocuparse de alguien. La carencia misma de responsabilidad le producía sentimientos contradictorios: una sensación inusitada de libertad al mismo tiempo que una frustración inexplicable.

Llegó a la pradera y subió la suave pendiente hasta la estepa oriental, y entonces se puso a andar rápidamente. No había pensado en una meta en particular; caminaba por donde se le antojaba. La sequedad de la temporada se acentuaba en la estepa: la hierba estaba tan quemada y reseca que, cuando cogió una ramita en la mano y la apretó, cayó convertida en polvo. El viento la barrió de su palma abierta.

El suelo estaba tan compacto y duro como la roca, agrietado y formando cuadros. Tenía que mirar por dónde pisaba para evitar tropezar con terrones o torcerse un tobillo en hoyos o grietas. Nunca había visto la tierra tan yerma. La atmósfera parecía aspirar la humedad de su aliento. Sólo llevaba consigo un pequeño pellejo lleno de agua, esperando poder llenarlo en algún arroyo o aguaje conocido, pero la mayoría estaban secos. Tenía el pellejo de agua medio vacío antes de media mañana.

Cuando llegó a un río, del que estaba segura tendría agua, sólo encontró lodo y decidió volver sobre sus pasos. Esperando llenar el pellejo, caminó a lo largo del lecho del río un rato y llegó a un charco lodoso, lo único que quedaba de una poza profunda. Al inclinarse para ver a qué sabía, observó huellas recientes de cascos. Era obvio que una manada de caballos había estado allí poco antes. Algo, en una de las huellas, la incitó a mirar más de cerca. Era una experta rastreadora, y aunque nunca se le ocurrió prestar atención al hecho, el caso era que había visto con demasiada frecuencia la huella de las pisadas de Whinney como para no reconocer las más mínimas diferencias del contorno y la presión, que hacían fueran únicas. Cuando miró, estuvo segura de que Whinney había estado allí hacía poco; tenía que estar allí cerca... y el corazón de Ayla palpitó más aprisa.

No fue difícil encontrar el rastro. El borde roto de una grieta donde un casco había resbalado cuando los caballos salieron del lodo, tierra suelta recién asentada, hierba aplastada... todo ello señalaba el camino tomado por los caballos. Ayla lo seguía, aguantando la respiración por la ansiedad; parecía que hasta el aire tranquilo la aguantara, esperando. Hacía tanto tiempo... ¿la recordaría Whinney? Saber que estaba con vida sería suficiente.

Los caballos estaban más lejos de lo que pensó al principio. Algo debió perseguirlos, haciéndoles cruzar la planicie a galope. Oyó gruñidos y revuelo antes de dar con la manada de lobos dedicados a devorar uno de los corceles. Debería haber retrocedido, pero se acercó para comprobar que el animal caído no era Whinney. Al ver un pelaje marrón oscuro sintió alivio, pero era el mismo color, poco corriente, del semental, y tuvo la seguridad de que aquel caballo pertenecía a la misma manada.

Mientras seguía rastreando, pensó en los caballos en las tierras salvajes y en lo vulnerables que eran al ataque. Whinney era joven y fuerte, pero todo podía suceder. Quería llevarse a la yegua con ella.

Era casi mediodía cuando, por fin, vio a los caballos. Seguían nerviosos por la persecución y Ayla estaba contra el viento; tan pronto como les llegó su olor, se pusieron en movimiento. La joven tuvo que dar un amplio rodeo para acercarse con el viento a favor. En cuanto se encontró a una distancia lo bastante corta como para distinguir a los caballos individualmente, identificó a Whinney; el corazón se puso a darle fuertes golpes en el pecho. Tragó saliva varias veces tratando de contener las lágrimas que insistían en brotar de sus ojos.

«Parece saludable», pensó Ayla. «Gorda; no, no está gorda. ¡Creo que está preñada! ¡Oh, Whinney, es maravilloso!» Ayla estaba tan contenta que no pudo dominarse, no aguantó más: tenía que ver si la yegua la recordaba, y silbó.

La cabeza de Whinney se alzó inmediatamente y miró en dirección a Ayla. Esta silbó de nuevo y la yegua avanzó hacia ella. La joven no pudo esperar: echó a correr para reunirse con la yegua color de heno. Súbitamente una yegua beige llegó al galope, se interpuso y, mordiéndole los jarretes, la apartó y se la llevó hacia la manada. Entonces, rodeando a las demás, la yegua guía las alejó a todas de la mujer desconocida y posiblemente peligrosa.

Ayla se sintió destrozada. No pudo remediarlo, se fue detrás de la manada. Estaba ya mucho más lejos de la caverna de lo que había pretendido y los caballos podían correr mucho más que ella. De todos modos, para regresar antes de que oscureciera, tendría que darse prisa. Silbó una vez más, fuerte y prolongadamente, pero comprendió que era demasiado tarde. Dio media vuelta, desalentada, y subiéndose el manto de cuero sobre los hombros, inclinó la cabeza bajo el fuerte viento.

Estaba tan desanimada que no prestaba atención más que a su frustración y su pena. Un gruñido de advertencia la detuvo en seco. Había tropezado con la manada de lobos, los hocicos empapados en sangre, cebándose en el cuerpo del caballo oscuro.

«Será mejor que me fije por dónde ando», pensó, retrocediendo. «Yo tengo la culpa; de no haber sido tan impaciente, quizá esa yegua no hubiera apartado de mí la manada». Volvió a mirar al animal caído, mientras daba un rodeo. «Es un color oscuro para un caballo; se parece al garañón de la manada de Whinney».

Miró más detenidamente. Ciertas características de la cabeza, el color, la forma hicieron que Ayla se estremeciera. ¡Era el garañón bayo! ¿Cómo podía haber sido presa de los lobos un garañón en la plenitud de su fuerza?

La pata delantera izquierda doblada en un ángulo imposible le dio la respuesta: incluso un magnífico semental joven podía romperse una pata al correr por terreno traicionero. Una profunda grieta en la tierra seca había proporcionado a los lobos la posibilidad de saborear un garañón de primera. Ayla meneó la cabeza, pensando: «¡Qué lástima! Aún tenía muchos buenos años por delante». Al alejarse de los lobos, percibió el peligro que ella misma corría.

El cielo, que había amanecido tan lleno de claridad, era ahora una masa cuajada de nubes amenazadoras. La alta presión que había estado conteniendo al invierno había cedido y el frente frío que se mantenía a la espera se había desatado. El viento aplastaba la hierba seca y la lanzaba por el aire. La temperatura bajaba rápidamente. Ayla podía oler la proximidad de la nieve en camino, y se encontraba muy lejos de la cueva. Lanzó una mirada a su alrededor, se orientó y echó a correr. Iba a ser una verdadera carrera para poder llegar antes de que se desatara la tormenta.

No tenía la menor posibilidad. Estaba a más de medio día de distancia del valle, caminando aprisa, y el invierno había sido contenido por demasiado tiempo. Al llegar a las inmediaciones del arroyo seco, enormes copos húmedos de nieve habían comenzado a caer; se convirtieron en agujas penetrantes de hielo cuando volvió a levantarse el viento, y después en una ventisca seca pero feroz. Se estaban formando remolinos sobre la base sólida de nieve mojada. Torbellinos que combatían aún contra corrientes transversales de aire, la azotaban primero por un lado y después por el otro.

Sabía que su única esperanza residía en seguir adelante, pero ya no tenía seguridad de estar siguiendo el camino correcto; la forma de los mojones era irreconocible. Se detuvo, tratando de hacerse una idea del lugar en que se encontraba y de dominar el pánico que estaba apoderándose de ella. Había sido una tonta al salir sin sus pieles. Podría haber metido su tienda en la canasta; por lo menos, así habría tenido abrigo. Se le estaban helando las orejas, tenía los pies entumecidos y le castañeteaban los dientes. Tenía frío. Oía el ulular del viento.

Volvió a escuchar; en realidad no parecía que fuese el viento. Otra vez. Se rodeó la boca con las manos y silbó con todas sus fuerzas; después, escuchó.

El tono agudo del relincho de un caballo parecía más cercano. Volvió a silbar, y cuando la forma de la yegua amarilla se aproximó como un fantasma que saliera de la tormenta, Ayla corrió hacia ella con las lágrimas corriéndole por las mejillas.

–¡Whinney, Whinney, oh, Whinney! –gritó el nombre de la yegua una y otra vez, abrazando el robusto cuello y hundiendo su rostro en el áspero pelaje de invierno. Entonces montó a lomos de la yegua y se inclinó sobre su cuello para recibir todo el calor posible.

La yegua obedeció a su instinto y se dirigió a la caverna; era hacia donde iba. La muerte inesperada del garañón había desbaratado la manada. La yegua guía estaba manteniéndolas juntas, pues sabía que aparecería algún otro garañón. Podría haber conservado también a la yegua amarilla... de no haber sido por el silbido familiar y los recuerdos de la mujer y la seguridad. Para la yegua que no ha sido criada con una manada, la influencia del caballo guía es menor. Cuando estalló la tormenta, Whinney recordó una caverna que era abrigo contra vientos feroces y nieves cegadoras, y el afecto de una mujer.

Ayla temblaba tanto cuando, por fin, llegaron a la caverna, que a duras penas pudo encender un fuego. Cuando lo hizo, no se acurrucó cerca, sino que cogió sus pieles de dormir, las llevó al lado de la caverna reservado para Whinney y se hizo un ovillo junto a la yegua tibia.

Pero apenas pudo disfrutar del retorno de su querida amiga durante los siguientes días. Despertó con fiebres y una tos seca y profunda. Vivió a fuerza de tisanas medicinales, cuando se acordaba de que tenía que levantarse y prepararlas. Whinney le había salvado la vida, pero la yegua nada podía hacer para ayudarla a salvarse de la pulmonía.

Estaba débil y deliró la mayor parte del tiempo, pero la escena del enfrentamiento, cuando Bebé regresó a la cueva, la sacó de su estado. Bebé había brincado desde la estepa superior, pero se detuvo al entrar ante el relincho retador que representaba Whinney: el grito de temor y defensa perforó el estupor en que estaba sumida Ayla. Vio a la yegua furiosa con las orejas echadas hacia atrás y luego, abalanzándose, asustada, corveteando nerviosa, mientras el león cavernario permanecía inmóvil y a punto de brincar enseñando los dientes y un gruñido profundo en la garganta. Ayla saltó de la cama y corrió a interponerse entre la presa y el depredador.

–¡Quieto, Bebé! Asustas a Whinney. Deberías alegrarte de que haya regresado –entonces Ayla se volvió hacia la yegua–: ¡Whinney! Sólo es Bebé. No debes tenerle miedo. Ahora los dos, tranquilos –reprendió. Creía que ya no habría peligro; los dos animales se habían criado juntos en la caverna, aquél era su hogar.

Los olores de la caverna les eran familiares a los dos animales, especialmente el de la mujer. Bebé corrió a saludar a Ayla, frotándose contra ella, y Whinney se acercó para olisquear y recibir parte de sus atenciones. Entonces la yegua emitió un *hin,* no de miedo ni de ira, sino el sonido que había hecho cuando el cachorro estaba a su cuidado; y el león cavernario reconoció a su niñera.

–Ya te decía yo que sólo era Bebé –dijo Ayla a la yegua, y a continuación se puso a toser desesperadamente.

Tras atizar el fuego, Ayla tendió la mano hacia el pellejo de agua y descubrió que estaba vacío. Envolviéndose en su manto de pieles, salió y recogió un tazón de nieve. Trataba de controlar los profundos espasmos que le desgarraban el pecho y la garganta, mientras esperaba que hirviera el agua. Finalmente, con un cocimiento de raíces de helenio y de cortezas de cerezo silvestre, la tos se calmó y Ayla volvió a acostarse. Bebé se había acomodado en su rincón del fondo y Whinney estaba tranquila en su sitio junto a la pared.

Poco a poco, la vitalidad natural de Ayla y su vigor se sobrepusieron a la enfermedad, pero tardó mucho en restablecerse. Se sentía indeciblemente feliz al tener de nuevo consigo a su pequeña familia, aun cuando ya no era igual del todo. Los dos animales habían cambiado. Whinney estaba preñada y había vivido con una manada salvaje que comprendía el peligro que representaban los depredadores; se mostraba más reservada respecto del león con el que había jugado en el pasado, y Bebé no era ya un gatito juguetón. Volvió a abandonar la caverna poco después de que la tormenta llegara a su fin y, a medida que transcurría el invierno, sus visitas se espaciaron.

Los esfuerzos exagerados le provocaron ataques de tos hasta después de transcurrida la mitad del invierno, y Ayla se avino a cuidarse a sí misma; también mimó a la yegua, alimentándola con granos que había recogido y descascarillado para ella, y limitándose a dar cortos paseos a caballo. Pero cuando un día amaneció claro y frío, y se sintió llena de energías al despertar, decidió que un poco de ejercicio podría ser bueno para las dos.

Ató los canastos a la yegua y se llevó lanzas y postes para la angarilla, alimentos de emergencia, más bolsas para el agua y ropa de sobra: todo lo que se le pudo ocurrir en previsión de cualquier percance. No quería ser cogida nuevamente por sorpresa. La única vez que se mostró descuidada, casi resultó fatal. Antes de montar colocó una piel suave sobre el lomo de Whinney, una innovación desde el regreso de la yegua. Hacía tanto que no había cabalgado que los muslos se le escocían y agrietaban y la cubierta mitigaba un poco sus molestias. Disfrutando de la salida y de una sensación de bienestar al no sufrir ya aquella tos terrible, Ayla dejó que la yegua caminara a su aire en cuanto llegaron a la estepa. Iba cabalgando cómodamente, soñando despierta con que pronto terminaría el invierno, cuando sintió que se le crispaban los músculos a Whinney. Algo avanzaba hacia ellas, algo que parecía ser un depredador al acecho. Whinney era más vulnerable ahora: se acercaba la hora del parto. Ayla empuñó su lanza aunque nunca anteriormente había intentado matar a un león cavernario. Mientras el animal se acercaba, Ayla vislumbró una melena rojiza y una cicatriz en el hocico del león que le resultaba conocida. Se deslizó de inmediato del caballo y corrió hacia el enorme depredador.

–¿Dónde has estado, Bebé? ¿No sabes que me preocupo cuando pasas tanto tiempo fuera?

Bebé parecía tan excitado como ella al verla; la saludó con un refrotón tan afectuoso que estuvo a punto de derribarla. La mujer le rodeó el cuello con los brazos y le rascó detrás de las orejas y bajo la barba, como a él le gustaba, mientras él ronroneaba de gusto.

Entonces Ayla oyó muy cerca la voz característica de otro león cavernario. Bebé interrumpió su ronroneo y se puso rígido, adoptando una postura desconocida hasta entonces para ella. Detrás de él, una leona avanzaba cautelosamente; se detuvo al oír un sonido que hizo Bebé.

–¡Has encontrado una compañera! Ya lo sabía... ya sabía yo que tendrías tu propia familia algún día –Ayla miró en busca de otras leonas–. Sólo una por ahora, probablemente también ella es nómada. Tendrás que luchar para tener tu territorio, pero es un principio. Algún día tendrás una familia maravillosamente grande, Bebé.

El león cavernario aflojó algo la tensión y se volvió hacia Ayla dándole golpecitos con la cabezota. Ella le rascó la frente y le dio un último abrazo. Se dio cuenta de que Whinney estaba muy nerviosa: el olor de Bebé podía serle familiar, pero no el de la leona desconocida. Ayla montó y cuando Bebé se acercó nuevamente a ellas, le hizo la señal de «¡Ya!» El león se quedó quieto un momento y después, con un *hnga, hnga,* dio media vuelta y se alejó, seguido por su compañera.

«Ahora se ha ido a vivir con los suyos», pensó durante el camino de regreso. «Podrá venir de visita, pero nunca volverá a mí como Whinney». La mujer se inclinó y acarició con cariño a la yegua.

–¡Qué contenta estoy de que hayas regresado! –Al ver a Bebé con su leona, Ayla recordó su propio futuro incierto.

«Ahora Bebé tiene compañía. También tú la tuviste, Whinney. Quisiera saber si yo llegaré a tenerla algún día.»

17

Jondalar abandonó la protección del saliente de arenisca y miró hacia abajo la terraza cubierta de nieve que terminaba abruptamente en una caída vertical. Las altas murallas laterales enmarcaban los contornos redondos y blancos de las colinas erosionadas del otro lado del río. Darvo, que había estado esperándole, le hizo señas; estaba de pie junto a un tocón pegado a la muralla, a cierta distancia del campo donde Jondalar había decidido trabajar el pedernal. Estaba al aire libre, en un punto donde había buena luz, y fuera del paso, de manera que no sería probable que alguien pusiera el pie en una lámina afilada. Echó a andar hacia el muchacho.

–Jondalar, espera un momento.

–Thonolan –dijo sonriente, y esperó a que su hermano le diera alcance; caminaron juntos por la nieve endurecida–. He prometido a Darvo enseñarle algunas técnicas especiales esta mañana. ¿Cómo está Shamio?

–Está bien; superando el catarro. Nos tenía preocupados: tosía tanto que Jetamio no podía dormir. Estamos hablando de ampliar la vivienda antes del próximo invierno.

Jondalar le miró con cariño, preguntándose si las responsabilidades de una compañera y una familia más amplia no estarían pesando demasiado en su despreocupado hermano. Pero Thonolan tenía un aspecto de hombre tranquilo y contento. De repente esbozó una sonrisa de satisfacción.

–Hermano Mayor, tengo algo que contarte. ¿Has observado que Jetamio estaba engordando un poco? Creí que adquiriría un aspecto de mujer saludable y asentada. Me equivocaba: ha sido bendecida de nuevo.

–¡Es maravilloso! Ya sé cuánto deseaba un hijo.

–Lo sabía desde hace tiempo, pero no quería decírmelo; temía preocuparme. Parece que esta vez lo está conservando, Jondalar.

Shamud dice que no se puede garantizar nada, pero si todo sigue así de bien, dará a luz en primavera. Dice que está segura de que es un hijo de mi espíritu.

–Puede tener razón. Imagínate: mi hermanito vagabundo... hombre de hogar, y su compañera esperando un hijo.

La sonrisa de Thonolan se ensanchó. Su felicidad era tan transparente que también Jondalar tuvo que sonreír. «Está tan contento de sí mismo que uno pensaría que es él quien va a tener el bebé», pensó Jondalar.

–Ahí, a la izquierda –dijo Dolando en voz baja, señalando un relieve en el flanco de la cresta abrupta que se elevaba ante ellos y cerraba todo el paisaje.

Jondalar miró, pero estaba demasiado abrumado para fijar la mirada en algo que no fuera aquella extensión. Se encontraban en el límite de la vegetación arbórea. Tras ellos se extendía el bosque por el que habían subido; robles en las partes más bajas y predominio de hayas en el resto. Más arriba estaban las coníferas que le resultaban más familiares, pinos negrales, abetos y piceas. Desde lejos había visto la costra dura de los levantamientos de la tierra, en picos mucho más imponentes, pero, al dejar atrás los árboles, se quedó sin resuello contemplando la grandiosidad inesperada del paisaje. Por muchas veces que hubiera admirado aquella panorámica, siempre le causaba la misma impresión.

La proximidad de la cumbre que se erguía ante ellos le dejaba a uno pasmado; producía una extraña sensación de inmediatez, como si pudiera tender la mano y tocarla. En una silenciosa admiración reverente, hablaba de levantamientos de los elementos, de una tierra grávida luchando por parir rocas peladas. Desnuda, sin bosques, la osamenta primordial de la Gran Madre yacía expuesta en el paisaje inclinado. Más allá, el cielo era de un azul sobrenatural –liso y profundo–, un telón de fondo sin detalles para el reflejo cegador de la luz del sol fragmentada por cristales de hielo glacial pegado a grietas y lomas por encima de las praderas alpinas barridas por el viento.

–Ya lo veo –gritó Thonolan–. Un poco más a la derecha, Jondalar. ¿Ves? En aquella cresta.

El hombre alto desvió la mirada y vio al gamo, pequeño y gracioso, dominando el precipicio. Su grueso pelaje de invierno todavía llevaba adheridos algunos parches en los flancos, pero el de verano, de un beige gris, se confundía con el color de la roca. Dos pequeños cuernos surgían muy rectos de la frente del antílope, parecido a una cabra, y sólo las puntas se le encorvaban hacia atrás.

–Ahora lo veo –dijo Jondalar.

–Tal vez no sea «él». También las hembras tienen cuernos –observó Dolando.

–Se parecen a los íbices, ¿verdad, Thonolan? Son... tienen los cuernos más pequeños. Pero a cierta distancia...

–Jondalar, ¿cómo cazan al íbice los Zelandonii? –preguntó una joven, con ojos brillantes de curiosidad, excitación y amor.

Tenía tan sólo unos pocos años más que Darvo y se había enamorado, como la adolescente que era, del hombre alto y rubio. Nacida Shamudoi, se había criado en el río cuando su madre se unió por segunda vez a un Ramudoi, y había vuelto arriba cuando las relaciones terminaron tormentosamente. No se había acostumbrado a los riscos montañosos como la mayoría de la juventud Shamudoi, y no había mostrado el deseo de cazar gamos hasta hacía poco, al enterarse de que Jondalar aprobaba sinceramente a las mujeres cazadoras. Con gran sorpresa suya, descubrió que era emocionante.

–No sé mucho de eso, Rakario –respondió Jondalar con una amable sonrisa. Ya anteriormente había advertido esas señales en las muchachas jóvenes, y si bien no podía por menos de corresponder a sus atenciones, no quería alentarlas–. Había íbices en las montañas al sur de donde vivíamos, y más en los montes del este, pero no cazábamos en los montes. Estaban demasiado lejos. En ocasiones, se formaba un grupo en la Reunión de Verano y organizaba una partida de caza. Pero yo sólo me unía para pasar el rato y seguía las indicaciones de los cazadores que sabían cómo actuar. Sigo aprendiendo, Rakario. Dolando es el cazador experto en animales monteses.

El gamo brincó desde lo alto del precipicio a otra roca, y desde su nueva situación ventajosa, examinó el paisaje.

–¿Cómo se puede cazar un animal que brinca de esa manera? –preguntó Rakario con un suspiro, maravillada ante la gracia suave de la criatura de pies firmes–. ¿Cómo pueden sostenerse en un espacio tan reducido?

–Cuando consigamos uno, Rakario, fíjate en las pezuñas –dijo Dolando–. Verás que sólo el extremo exterior es duro. La parte interior es tan flexible como la palma de tu mano. Por eso no resbalan ni pierden pie. La parte suave se pega, la orilla dura sustenta. Para cazarlos, es importantísimo recordar que siempre miran hacia abajo. Siempre miran dónde ponen las patas, y saben lo que hay debajo. Tienen los ojos situados muy atrás en la cabeza, muy a los lados, para poder ver a su alrededor, pero no pueden ver detrás de ellos. Esa es tu ventaja: si los rodeas, puedes atraparlos por detrás. Puedes acercarte lo suficiente para tocarlos, si eres cuidadosa y no pierdes la paciencia.

–¿Y si se marcha antes de que tú llegues? –preguntó la muchacha.

–Mira ahí arriba. ¿Observas la parte verde del pastizal? La hierba de primavera constituye un verdadero deleite para ellos después de la paja del invierno. Ese que está ahí arriba es un vigía. Los demás, machos, hembras y crías, están abajo, entre rocas y arbustos, ocultos a la vista. Si el pasto es bueno, no cambiarán mucho de lugar mientras se sientan a salvo.

–¿Qué hacemos aquí de charla? Vamos –dijo Darvo.

Le fastidiaba ver a Rakario todo el tiempo cerca de Jondalar, y se sentía impaciente por comenzar la cacería. Ya había acompañado otras veces a los cazadores –Jondalar se lo llevaba siempre desde que comenzó a cazar con los Shamudoi– aunque sólo para rastrear, observar y aprender. Esta vez le habían dado permiso para tomar parte activa en la partida. Si lograba abatir algún ejemplar sería el primero de su vida y se le otorgarían atenciones especiales. Pero no se le habían impuesto grandes responsabilidades. No tenía que matar esta vez; podría intentarlo en otras oportunidades. Cazar una presa tan ágil y en un entorno al que estaba adaptada de manera tan específica, era difícil por no decir imposible. Quien se acercara lo suficiente con esas intenciones tendría que hacer alarde del mayor sigilo y habilidad silenciosa. Nadie podría seguir al gamo de saliente en saliente, a través de profundos abismos, cuando se asustaba y echaba a correr.

Dolando se puso en marcha rodeando una formación rocosa cuyas líneas paralelas de estratos formaban un ángulo. Capas más blandas de los depósitos sedimentarios habían sido erosionadas en la cara expuesta, dejando apoyos para los pies a modo de escalones. La escalada empinada para ir por detrás y rodear al rebaño de gamos iba a ser ardua, pero sin peligro. No hacía falta ser un alpinista consumado.

El resto de la partida siguió al jefe. Jondalar se quedó a la espera para cerrar la retaguardia. Casi todos habían echado a andar por la empinada pared rocosa cuando oyó que Serenio le llamaba. Sorprendido, se dio media vuelta. A Serenio no le interesaba la cacería, y pocas veces se alejaba de las cercanías del poblado. No podía imaginar lo que podría hacer tan lejos de casa, pero, al ver su expresión cuando estuvo junto a él, le hizo estremecerse como si una mano de hielo le hubiera recorrido la espalda. La mujer había venido corriendo y tuvo que recobrar el aliento antes de poder hablar.

–Contenta... alcanzarte. Necesito Thonolan... Jetamio... dando a luz... –consiguió expresar poco después.

Jondalar formó una bocina con las manos alrededor de la boca.

–¡Thonolan! ¡Thonolan!

Una de las siluetas que avanzaban se volvió, y Jondalar le hizo señas de que regresara.

Mientras esperaban, el silencio se hizo pesado. El quería preguntar si Jetamio estaba bien, pero algo se lo impidió.

–¿Cuándo comenzó el parto? –preguntó al fin.

–Anoche le dolía la espalda, pero se calló. Thonolan estaba tan ilusionado con la cacería de gamos, que temía que no tomara parte si se lo decía. Dijo que no estaba segura de que fuese ya el alumbramiento, y creo que tenía la intención de darle la sorpresa del bebé cuando regresara –explicó Serenio–. No quería preocuparle ni que esperara, con los nervios desquiciados, mientras ella diera a luz.

«Así era Jetamio, pensó Jondalar. Había querido evitarle sufrimientos. Thonolan estaba perdidamente enamorado de ella». Se le ocurrió un pensamiento atroz: «Si Jetamio deseaba sorprender a Thonolan, ¿por qué había corrido Serenio montañas arriba para buscarle?»

Serenio miró al suelo, cerró los ojos y respiró hondo antes de responder.

–El bebé se presenta de espaldas; ella es demasiado estrecha y no dilata. Shamud cree que es por la parálisis que sufrió, y me ha dicho que venga por Thonolan... Tú también... por él.

–¡Oh, no! ¡Gran Doni, no!

–¡No, no puede ser, no! ¿Por qué? ¿Por qué la bendiciría la Madre con un hijo para llevarse después a los dos?

Thonolan iba y venía, desesperado, dentro de los límites de la vivienda que había compartido con Jetamio, golpeándose una mano con el puño de la otra. Jondalar estaba allí parado, inútil, sin saber qué hacer, incapaz de ayudar, salvo con el consuelo de su presencia. Thonolan, loco de pena, había gritado a todos que se fueran.

–Jondalar, ¿por qué ella? ¿Por qué se la tenía que llevar la Madre? Tenía tan poco, y ha sufrido tanto. ¿Era demasiado pedir? ¿Un hijo?, ¿alguien de su propia carne?

–Yo no lo sé, Thonolan. Ni siquiera un Zelandoni podría responder a eso.

–¿Por qué de esa manera? ¿Por qué con tanto dolor? –y Thonolan se detuvo frente a su hermano en busca de una respuesta–. Casi no se enteró de mi regreso, Jondalar, de tanto como sufría. Pude verlo en sus ojos. ¿Por qué tuvo que morir?

–Nadie sabe por qué la Madre da vida ni por qué la quita.

–¡La Madre! ¡La Madre! No le importa. Jetamio la honraba, yo la honraba. ¿De qué sirvió? El caso es que se llevó a Jetamio. ¡Odio a la Madre! –y echó a andar por el estrecho recinto.

–Jondalar... –llamó Roshario desde la entrada, sin atreverse a entrar.

–¿Qué pasa? –preguntó Jondalar, saliendo.

–Shamud cortó para sacar el bebé después de que ella... –y Roshario parpadeó para apartar una lágrima–. Pensó que tal vez podría salvar al bebé... a veces es posible. Era demasiado tarde, pero era un niño. No sé si querrás decírselo o no.

–Gracias, Roshario.

Podía ver que había estado llorando. Jetamio había sido una hija para ella. Roshario la había criado, la había cuidado durante la enfermedad, la parálisis, y el largo restablecimiento, y había estado con ella desde el principio hasta el desastroso final de su malaventurado parto. De repente, Thonolan pasó empujándolos, cogió la vieja mochila, tratando de ponérsela a la espalda y dirigiéndose al sendero que rodeaba la muralla.

–No creo que sea el momento –dijo Jondalar–. Se lo diré más tarde. ¿Adónde vas? –gritó, dándole alcance.

–Me marcho. No debería haberme quedado. No he llegado al final de mi Viaje.

–No puedes marcharte ahora –dijo Jondalar, sujetándole el brazo con la mano. Thonolan se la sacudió violentamente.

–¿Por qué no? ¿Qué me retiene aquí? –preguntó, sollozando.

Jondalar volvió a detenerle, le hizo dar media vuelta y miró a la cara a su hermano: vio un rostro tan descompuesto por la pena que casi no le reconoció. El dolor era tan profundo que quemaba su propia alma. Hubo momentos en que había envidiado la alegría de Thonolan por el amor que Jetamio le inspiraba, preguntándose qué fallo en su carácter le impedía experimentar un amor semejante. ¿Valía la pena? ¿Merecía el amor tanta angustia?, ¿tan amarga desolación?

–¿Puedes permitir que Jetamio y su hijo sean sepultados sin estar tú presente?

–¿Su hijo? ¿Cómo sabes que fue un hijo?

–Shamud lo sacó. Pensó que por lo menos podría salvar al bebé. Pero era ya demasiado tarde.

–No quiero ver al hijo que la mató.

–Thonolan, Thonolan. Ella pidió ser bendecida. Ella deseó quedar embarazada, y fue dichosa al saber que lo estaba. ¿Le habrías negado esa dicha? ¿Habrías preferido verla llevar una vida de tristeza? Tuvo amor y felicidad, primero al unirse a ti y después al recibir la bendición de la Madre. Fue un tiempo muy corto, pero me dijo que era más feliz de lo que había sido en toda su vida. Dijo que nada le proporcionaba mayor felicidad que tú y el saber que llevaba un hijo en su seno. Tu hijo, decía, Thonolan. El hijo de tu espíritu. Tal vez la Madre sabía que sería una cosa u otra, y quiso proporcionarle esa dicha.

–Jondalar, ni siquiera me reconoció... –y la voz se le quebró.

–Shamud le dio algo al final, Thonolan. No quedaban esperanzas de que diera a luz, pero no sufrió mucho. Sabía que estabas allí.

–La Madre me lo quitó todo al llevarse a Jetamio. Yo estaba tan lleno de amor... y ahora estoy vacío, Jondalar. No me queda nada. ¿Cómo es posible que se haya ido? –Thonolan se tambaleó, Jondalar le sostuvo mientras se desmoronaba y le recostó contra su hombro mientras sollozaba desesperadamente.

–¿Y por qué no regresar a casa, Thonolan? Si nos vamos ahora podemos llegar al glaciar en invierno y estar en casa la próxima primavera. ¿Por qué quieres ir hacia el este? –y la voz de Jondalar estaba matizada de nostalgia.

–Tú vete a casa, Jondalar. Deberías haberte ido hace tiempo. Siempre he dicho que eres un Zelandonii y que siempre lo serás. Yo me voy al este.

–Dijiste que ibas a hacer un Viaje hasta el fin del Río de la Gran Madre. Una vez que llegues el mar de Beran, ¿qué harás?

–¿Quién sabe? Tal vez dé la vuelta al mar. Tal vez me vaya hacia el norte, a cazar mamuts con la gente de Tholie. Dicen los Mamutoi que existe otra cadena montañosa muy lejos al este. Nada tiene que darme lo que ha sido nuestro hogar, Jondalar. Prefiero andar en busca de algo nuevo. Es hora de que cada uno siga su camino, hermano. Tú te vas al oeste, yo al este.

–Si no quieres regresar, ¿por qué no quedarte aquí?

–Sí, ¿por qué no quedarte aquí, Thonolan? –preguntó Dolando, acercándose a ellos–. Y tú también, Jondalar. Con los Shamudoi o los Ramudoi; no importa. Tú eres de los nuestros. Aquí tienes familia y amigos. Lamentaríamos que uno de vosotros se marchara.

–Dolando, bien sabes tú que yo estaba dispuesto a pasar aquí el resto de mi vida. Ahora no puedo. Todo está demasiado lleno de ella. Sigo esperando verla a cada momento. Cada día que paso aquí he de recordar de nuevo que no volveré a verla. Lo siento. Echaré de menos a muchas personas, pero debo irme.

Dolando asintió con la cabeza. No quería presionar para que se quedaran, pero les había hecho saber que eran de la familia.

–¿Cuándo te irás?

–Pronto. Dentro de unos días –respondió Thonolan–. Me gustaría hacer un trato, Dolando. Me lo dejaré todo aquí, excepto las mochilas y la ropa. Pero me gustaría llevarme un bote.

–Estoy seguro de que eso tiene arreglo. Entonces, irás río abajo. ¿Al este? ¿No regresarás con los Zelandonii?

–Me voy al este –dijo Thonolan.

–¿Y tú, Jondalar?

–No lo sé. Ahí están Serenio y Darvo...

Dolando asintió; Jondalar no había formalizado el vínculo, pero sabía que eso no le facilitaría la decisión. El alto Zelandonii tenía razones para irse al oeste, quedarse o marchar hacia el este, y nadie podía dar por seguro el camino que habría de tomar.

–Roshario se ha pasado el día cocinando. Creo que lo hace para estar ocupada y que no le quede tiempo para pensar –dijo Dolando–. Le agradaría que vinierais a comer con nosotros. Jondalar, también le gustaría tener a Serenio y Darvo; y le gustaría más aún que comieras algún bocado, Thonolan. La tienes preocupada.

«También debe ser duro para Dolando», pensó Jondalar. Con la preocupación que le estaba causando Thonolan, no había pensado en la pena de la Caverna. Había sido el hogar de Jetamio. Dolando tuvo que quererla como a cualquier otro hijo de su hogar. Había intimado con muchos. Tholie y Markeno eran su familia, y bien sabía él que Serenio había estado llorando. Darvo estaba entristecido y no quería hablar con él.

–Le preguntaré a Serenio –dijo Jondalar–. Estoy seguro de que a Darvo le agradaría ir; quizá debas contar sólo con él. Yo quisiera hablar con Serenio.

–Mándanoslo –concluyó Dolando, diciéndose a sí mismo que se quedaría con el muchacho por la noche, de manera que su madre y Jondalar tuvieran tiempo para tomar una decisión.

Los tres hombres caminaron de regreso hasta el saliente de arenisca y se quedaron al lado del fuego del hogar central un momento. No hablaron mucho, pero gozaron de su mutua compañía –un placer agridulce– sabedores de que se habían producido cambios que pronto les impedirían estar juntos de nuevo.

Las sombras de las murallas de la terraza habían producido ya un frescor vespertino, aunque desde el extremo del frente todavía podía verse la luz del sol chorreando por el cañón del río. Estaban de pie frente al fuego, casi estaban haciéndose la ilusión de que no había cambiado nada, de que habían olvidado la desoladora tragedia. Permanecieron un buen rato disfrutando del crepúsculo, como para retener el momento, cada cual pensando en sus cosas, aunque, de haber expresado sus pensamientos, habrían resultado notablemente parecidos. Cada uno de ellos estaba recordando los sucesos que habían conducido a los Zelandonii hasta la Caverna de los Sharamudoi, y cada uno se preguntaba si volvería a ver algún día a los otros dos.

–¿Venís o no venís? –preguntó finalmente Roshario, impaciente. Había comprendido que los hombres necesitaban celebrar aquella última comunión silenciosa, y no había querido molestarles. Entonces Shamud y Serenio salieron de una vivienda, Darvo se separó de un grupo de muchachos, otras personas se acercaron al fuego central y se diluyó aquel estado de ánimo de manera definitiva. Roshario empujó a todos hacia su morada, incluyendo a Serenio y Jondalar, pero éstos se marcharon después.

Caminaron en silencio hasta el borde y después rodearon la muralla hasta llegar junto a un tronco caído en el que se acomodaron para contemplar la puesta de sol río arriba. La naturaleza conspiraba para mantenerlos silenciosos ante la extraordinaria belleza del sol poniente. Al descender el globo en fusión, nubes de un gris plomizo se iluminaban con tonos plateados y se extendían después como oro brillante que se esparcía por el río. Un rojo encendido transformaba el oro en cobre reluciente que se iba apagando en matices broncíneos y se fundía de nuevo con plata.

Al convertirse la plata en plomo, y empañarse con tonalidades más oscuras, Jondalar tomó una decisión. Se volvió hacia Serenio; desde luego era bellísima, pensó. No era difícil vivir con ella; le proporcionaba una vida cómoda. Abrió la boca para hablar.

–Volvamos, Jondalar –se adelantó ella.

–Serenio... yo... nosotros hemos vivido... –comenzó. Ella se llevó un dedo a los labios para hacerle guardar silencio.

–No hables ahora. Regresemos.

Esta vez comprendió la urgencia de su tono de voz, vio el deseo en sus ojos. La cogió de la mano, llevó sus dedos a los labios y, dándole vuelta a la mano, la besó la palma. Su boca cálida y ansiosa encontró la muñeca y la siguió hasta el brazo y el codo, levantándole la manga para alcanzarlo.

Ella suspiró, cerró los ojos y echó la cabeza hacia atrás, invitándole. El le sostuvo la nuca para retener la cabeza y besó la pulsación del cuello, halló la oreja y buscó la boca. Ella, hambrienta, esperaba. Entonces la besó lenta y amorosamente, saboreando la suavidad debajo de la lengua, tocando las ondulaciones de su paladar, y metió su lengua en la boca de ella. Cuando se separaron, la mujer respiraba muy fuerte; su mano encontró la respuesta de él, cálida, palpitante.

–Regresemos –dijo Serenio con voz ronca.

–¿Por qué regresar? ¿Por qué no aquí?

–Si nos quedamos aquí se acabará muy pronto. Quiero el calor del fuego y de las pieles para que no tengamos que darnos prisa.

Ultimamente hacían el amor de una manera que, sin ser aburrida, era algo rutinaria. Cada uno sabía lo que le producía satisfacción al otro, y tendían a adoptar un patrón, experimentando y explorando sólo en escasas ocasiones. El sabía que esa noche ella deseaba algo más que rutina, y estaba deseando cumplir. Le cogió la cabeza entre las manos, la besó los ojos, la punta de la nariz, la suavidad de las mejillas, y respiró en su oreja. Mordisqueó el lóbulo de una oreja y volvió a buscar la garganta. Al hallar una vez más la boca, la cogió impetuosamente y pegó a la mujer contra su cuerpo.

–Creo que tenemos que regresar, Serenio –le susurró al oído.

–Es lo que estaba diciendo.

Enlazados, con el brazo del hombre sobre el hombro de la mujer y el de ésta alrededor de la cintura de Jondalar, regresaron por el saliente de la muralla. Por una vez, Jondalar no se detuvo para dejar el paso libre en el borde exterior; ni siquiera se fijó en el precipicio.

Había caído la oscuridad, la negrura profunda de la noche y la sombra sobre el campo abierto. La luz de la luna no podía atravesar las altas murallas laterales, sólo unas cuantas estrellas dispersas se divisaban en el firmamento, entre nubes. Era más tarde de lo que creían cuando llegaron bajo el saliente; no había nadie junto al fuego del hogar central, aunque todavía quedaban troncos ardiendo con largas llamas. Vieron a Rosharío, Dolando y algunos más dentro de su vivienda; al pasar por delante de la entrada, divisaron a Darvo jugando con trozos de hueso labrado con Thonolan; Jondalar sonrió; era un juego al que habían jugado su hermano y él con mucha frecuencia durante las largas noches invernales, un juego que podía necesitar la mitad de una noche para decidir el resultado definitivo y que obligaba a que se concentrara la atención... ayudando a olvidar.

La vivienda que Jondalar compartía con Serenio estaba a oscuras cuando llegaron. El joven amontonó leña en el hogar rodeado de piedras y salió por un carbón encendido del fuego principal, para prenderlo. Cruzó dos tablas delante de la entrada y extendió la cortina de cuero, creando así un mundo cálido y privado.

Se quitó la prenda exterior, y mientras Serenio traía unas tazas, Jondalar fue por el pellejo de jugo fermentado de arándano y lo escanció. Había pasado la urgencia de su ardor y el camino de regreso le había dado tiempo para pensar. «Es la mujer más apasionada y adorable que he conocido», pensó, mientras bebía a sorbitos el líquido generoso. «Hace mucho que debí haber formalizado nuestra unión. Quizá esté dispuesta a regresar conmigo, y también Darvo. Pero ya nos quedemos aquí o regresemos, la quiero por compañera».

La decisión le causó una especie de alivio, ya que representaba un factor menos de indecisión en sus preocupaciones; además, le agradaba sentirse tan satisfecho por haberla tomado. ¿Por qué se habría abstenido hasta entonces?

–Serenio, he tomado una decisión. No creo haberte dicho nunca todo lo que representas para mí...

–Ahora no –dijo ella, dejando la taza. Le rodeó el cuello con sus brazos, unió sus labios a los de él y se estrechó contra su cuerpo. Fue un beso prolongado, que despertó muy pronto la pasión de él. «Tiene razón, pensó. Podemos hablar después».

Al reafirmarse la intensidad de su calor, Jondalar se la llevó hasta la plataforma cubierta de pieles. El fuego, olvidado, ardía muy bajo mientras él exploraba y redescubría el cuerpo de la mujer. Serenio nunca se había mostrado fría, pero esta vez se abrió a él como nunca anteriormente. No se saciaba de él aun cuando quedó satisfecha una y otra vez. Un impulso tras otro se apoderaba de ellos, y cuando Jondalar creyó haber alcanzado sus límites, ella experimentó con su técnica y le alentó lentamente de nuevo. Con un último esfuerzo exaltado, ambos alcanzaron un gozoso alivio y se quedaron tendidos juntos, finalmente saciados.

Durmieron un rato tal como estaban, desnudos, encima de las pieles. Al apagarse el fuego, el frío previo al amanecer les despertó. Serenio encendió una nueva fogata con las últimas brasas mientras él se ponía una túnica y salía para llenar de agua un pellejo. El calor había vuelto al interior de la vivienda cuando él regresó; se había zambullido en la poza fría al ir por agua; se sentía vigorizado, refrescado y tan plenamente satisfecho que estaba dispuesto para lo que fuera. Una vez que Serenio puso piedras a calentar, salió para aliviar sus necesidades y regresó tan mojada como él.

–Estás temblando –dijo Jondalar, envolviéndola en una piel.

–Parecías haber gozado tanto con tu remojón que pensé probar yo también. ¡El agua estaba helada! –y rió.

–La tisana está casi hecha; te traeré una taza. Siéntate aquí –y Jondalar la empujó hacia la plataforma, antes de amontonar sobre ella más pieles hasta que sólo quedó visible su rostro. «Pasarme la vida con una mujer como Serenio no sería tan malo, pensó. Me pregunto si podría convencerla de que regrese a casa conmigo». Un pensamiento amargo le asaltó; «Si lograra convencer a Thonolan de regresar a casa conmigo. No puedo comprender su deseo de ir al este». Llevó a Serenio una taza de infusión caliente de betónica y se sentó al borde de la plataforma.

–Serenio, ¿nunca has pensado en hacer un Viaje?

–¿Quieres decir viajar hasta algún lugar que no haya visto anteriormente, encontrarme con personas desconocidas que hablen un lenguaje que no entienda? No, Jondalar, nunca he sentido el anhelo de hacer un Viaje.

–Pero entiendes el zelandonii, y muy bien. Cuando decidimos aprender nuestros mutuos idiomas con Tholie, me sorprendió la rapidez con que aprendías. No sería como si tuvieras que aprender otra lengua.

–¿Qué tratas de decir, Jondalar?

–Intento persuadirte de que regreses conmigo a mi hogar –dijo Jondalar, sonriendo–, después de que nos unan formalmente. Te agradarán los Zelandonii...

–¿Qué quieres decir con «después de que nos unan»? ¿Qué te hace pensar que vamos a unirnos formalmente?

Jondalar se quedó desconcertado. Por supuesto, debería habérselo pedido antes, en vez de hablar de viajes. A las mujeres les agrada que las rueguen, no que las tengan por seguras. Sonrió con timidez.

–He decidido que ha llegado la hora de que nuestro compromiso sea oficial. Debería haberlo hecho hace tiempo. Eres una mujer bella y afectuosa, Serenio. Y Darvo es un excelente muchacho. Tenerlo como el verdadero hijo de mi hogar me enorgullecería. No obstante, tenía la esperanza de que consideraras la posibilidad de viajar conmigo, hacia mi tierra... de regreso con los Zelandonii. Por supuesto, si tú no...

–Jondalar, tú no puedes decidir que nuestro compromiso sea oficial. No voy a unirme a ti; hace algún tiempo que lo decidí.

Jondalar se puso colorado, realmente confundido. No se le había ocurrido que ella no quisiera unirse oficialmente a él. Sólo había pensado en sí mismo, en cómo sentía, no en que ella pudiera no considerarle merecedor.

–Lo... lo siento, Serenio. Creí que yo te importaba. Ha sido un error mío haberlo dado por sentado. Deberías haberme dicho que me fuera... Podría haber encontrado otro lugar –se puso de pie y comenzó a recoger algunas de sus pertenencias.

–Jondalar, ¿qué estás haciendo?

–Recogiendo mis cosas para mudarme.

–¿Y por qué quieres mudarte?

–Yo no quiero, pero si tú no deseas tenerme aquí...

–Después de esta noche pasada, ¿cómo puedes decir tal cosa? ¿Qué tiene eso que ver con formalizar nuestra unión?

Jondalar volvió sobre sus pasos, se sentó al borde de la plataforma y miró a los enigmáticos ojos de Serenio.

–¿Por qué no quieres emparejarte conmigo? ¿No soy... lo suficientemente hombre para ti?

–No lo suficientemente hombre... –la voz de Serenio se le quebró en la garganta. Cerró los ojos, parpadeó varias veces y respiró hondo–. ¡Oh, Madre, Jondalar!, ¡no lo suficientemente hombre! Si no lo eres tú, no hay hombre en la Tierra que lo sea. Ahí está precisamente el problema. Eres demasiado hombre, demasiado todo. No podría vivir con ello.

–No comprendo. Quiero unirme contigo y tú dices que soy demasiado bueno para ti.

–¿De veras no lo entiendes? Jondalar, me has dado más... más que cualquier otro hombre. Si me emparejara contigo tendría tanto, tendría más que ninguna de las mujeres que conozco. Me envidiarían. Desearían que sus hombres fueran tan generosos, tan atentos, tan buenos como tú. Ya saben que el mero contacto contigo puede hacer que una mujer se sienta más viva, más... Jondalar, tú eres lo que toda mujer desea.

–Si yo soy... todo eso que dices, ¿por qué no quieres unirte conmigo?

–Porque no me amas.

–Serenio... yo... sí...

–A tu manera sí me amas. Te importo. Nunca harías nada que pudiera lastimarme, y serías maravilloso, ¡tan bueno conmigo!

Pero yo lo sabría siempre. Aun cuando me convenciera de que no, siempre lo sabría. Y me preguntaría lo que tengo de malo, lo que me falta, para que no puedas amarme.

Jondalar bajó la mirada.

–Serenio, las personas se emparejan sin quererse de esa manera –la miró con expresión seria–. Si tienen otras cosas, si se interesan el uno por el otro, pueden vivir felices juntos.

–Sí; hay personas así. Puedo volver a emparejarme algún día, y si tenemos esas otras cosas, puede no ser necesario que nos amemos. Pero tú no, Jondalar.

–¿Por qué yo no? –preguntó, y la pena que revelaban sus ojos bastó casi para hacer que ella reconsiderara su decisión.

–Porque yo te amaría. No podría remediarlo. Te amaría y me moriría un poco cada día al saber que tú no me amabas de la misma manera. Ninguna mujer puede evitar amarte, Jondalar. Y cada vez que hiciéramos el amor, como esta noche, me agostaría un poco más por dentro. Deseándote tanto, amándote tanto y sabedora de que por mucho que lo desearas, no podrías pagarme con ese mismo amor. Al cabo de algún tiempo yo me secaría, sería como una cáscara vacía, y hallaría medios para hacer que tu vida fuese tan desdichada como la mía. Tú seguirías siendo cariñoso y generoso, porque sabrías por qué me habría vuelto así. Pero te odiaría por ello. Y todo el mundo se preguntaría cómo podías soportar a una vieja amargada y gruñona. No quiero hacerte eso, Jondalar. Y no quiero hacérmelo a mí.

Jondalar se puso de pie y caminó hasta la entrada: luego dio media vuelta y regresó.

–Serenio, ¿por qué no puedo amar? Otros hombres se enamoran... ¿qué tengo yo de malo? –la miró con una angustia tal que ella se conmovió, le amó más todavía y deseó que hubiera algún medio para hacer que la amara.

–No lo sé, Jondalar. Quizá no hayas encontrado la mujer apropiada. Quizá la Madre tenga algo especial para ti. No hace muchos como tú. Eres realmente más de lo que podrían soportar la mayoría de las mujeres. Si todo tu amor se concentrara en una sola, quizá la abrumaría, de no ser una a quien la Madre hubiese concedido dádivas similares. Incluso en el caso de que me amaras, no estoy segura de que pudiera vivir con ello. Si amaras a una mujer tanto como amas a tu hermano, tendría que ser una mujer muy fuerte.

–No puedo enamorarme, pero si pudiera, ninguna mujer podría aguantarlo –dijo él, con una risa llena de amargura y fría ironía–. Ten cuidado con las dádivas que la Madre da –sus ojos, de un profundo color violeta al resplandor rojo del fuego, se llenaron de aprensión–. ¿Qué quieres decir con eso de que «si amaras a una mujer tanto como amas a tu hermano»? Si no hay mujer capaz de «soportar» mi amor, ¿estás pensando que necesito... un hombre?

Serenio sonrió y luego ahogó la risa.

–No quiero decir que amas a tu hermano como a una mujer. No eres como Shamud, con el cuerpo de un sexo y las tendencias del otro. Tú lo sabrías ya a estas alturas y buscarías lo tuyo y, como Shamud, habrías hallado un amor entre los de tu propia condición. No –dijo Serenio, y sintió una oleada de calor al pensarlo–, amas demasiado el cuerpo de la mujer. Pero amas a tu hermano más de lo que hayas amado nunca a mujer alguna. Por eso te he deseado tanto esta noche. Tú te irás cuando él se vaya, y yo no volveré a verte jamás.

Tan pronto como se lo oyó decir comprendió que era cierto. No importaba lo que creyera haber decidido, cuando llegase la hora se marcharía con Thonolan.

–¿Cómo lo has sabido, Serenio? Yo lo ignoraba. He venido aquí creyendo que nos uniríamos formalmente y que me establecería con los Sharamudoi si no me era posible regresar a casa contigo.

–Creo que todo el mundo sabe que seguirás a tu hermano adonde vaya. Shamud dice que es tu destino.

La curiosidad de Jondalar respecto al Shamud nunca había quedado satisfecha. Obedeciendo a su impulso, preguntó:

–Dime, el Shamud, ¿es hombre o mujer?

Serenio se quedó mirándole largo rato.

–¿Deseas realmente saber la verdad?

Jondalar lo pensó un instante.

–No, supongo que no importa. Shamud no quiso decírmelo... tal vez el misterio sea importante para... Shamud.

En el silencio que siguió, Jondalar contempló a Serenio, deseando recordarla tal como estaba en ese momento. Tenía el cabello mojado aún, y enredado, pero había entrado en calor y se había quitado casi todas las pieles.

–¿Y tú, Serenio? ¿Qué vas a hacer?

–Yo te amo, Jondalar –fue una manifestación clara y simple–. No será fácil superar tu pérdida, pero me has dado algo. Yo tenía miedo de amar. He perdido tantos amores que rechacé todo sentimiento amoroso. Sabía que te perdería, Jondalar, pero te amé de todos modos. Ahora sé que puedo amar nuevamente, y si pierdo mi amor, eso no borra el amor que existió. Tú me has dado eso. Y tal vez algo más –y el misterio de su esencia de mujer apareció en su sonrisa–. Pronto, tal vez, llegará alguien a mi vida, alguien a quien amar. Es un poco pronto para darlo por seguro, pero creo que la Madre me ha bendecido. No creí que fuera posible después del último que perdí... llevo muchos años sin Su Bendición. Puede ser un hijo de tu espíritu. Lo sabré si el niño tiene tus ojos.

Las arrugas habituales surcaron la frente del hombre.

–Serenio, entonces debo quedarme. No tienes hombre en tu hogar para cuidar de ti y del bebé –dijo.

–Jondalar, no tienes que preocuparte. Ninguna madre ni sus hijos carecen nunca de atenciones. Mudo ha dicho que todas a las que Ella bendice deben ser socorridas. Por eso hizo a los hombres, para que lleven a las madres las dádivas de la Gran Madre Tierra. La Caverna proveerá, como Ella provee para todos Sus hijos. Tú debes seguir tu destino, yo seguiré el mío. No te olvidaré, y si tengo un hijo de tu espíritu, pensaré en ti lo mismo que recuerdo al hombre al que amé cuando nació Darvo.

Serenio había cambiado, pero seguía sin exigir nada, sin cargarle de obligaciones. El la rodeó con sus brazos; ella miró a los dominantes ojos azules. Los ojos de ella no ocultaban nada, ni el amor que sentía ni su tristeza al perderle ni su gozo ante la idea del tesoro que esperaba llevar dentro de sí. Por una rendija podían ver la débil luz que anunciaba un nuevo día. El hombre se puso de pie.

–¿Adónde vas, Jondalar?

–Salgo un momento. He bebido demasiada tisana –sonrió hasta con los ojos–. Pero mantén caliente la cama. La noche no ha terminado aún –se agachó para besarla–. Serenio –y tenía la voz ronca de sentimientos–: significas para mí más que cualquier otra mujer que haya conocido.

No era suficiente. Se iría, aunque ella sabía que de habérselo pedido, se habría quedado. Pero no se lo pidió; a cambio él le dio lo más que podía dar. Y eso era más de lo que la mayoría de las mujeres obtendrían jamás.

18

–Madre ha dicho que querías verme.

Jondalar podía reconocer la tensión en los hombros rígidos y en la mirada recelosa de Darvo. Sabía que el muchacho le había estado evitando, y sospechaba la razón de su actitud. El hombre alto sonrió, tratando de parecer tranquilo y sin dar importancia a la situación, pero la vacilación que revelaba en su forma de comportarse, tan distinta de la habitual, empañaba el curso de su cálida amistad y ponía más nervioso aún a Darvo; no quería que se confirmaran sus temores. Jondalar no había previsto sin aprensión el momento de decírselo al muchacho. Sacó una prenda cuidadosamente plegada de un estante y la sacudió.

–Creo que estás casi lo suficientemente alto para ponerte esto, Darvo. Quiero dártelo.

Por un instante la mirada del muchacho se iluminó de placer al ver la camisa zelandonii con sus dibujos intrincados y exóticos, pero enseguida volvió a mostrarse receloso.

–Te vas, ¿no es cierto? –preguntó en tono acusador.

–Thonolan es mi hermano, Darvo...

–Y yo no soy nada.

–Eso no es verdad. Me importas, y mucho. Pero Thonolan está agobiado por el pesar, no razona. Temo por él. No puedo permitir que se marche solo; si yo no cuido de él, ¿quién lo hará? Por favor, trata de comprender; yo no tengo ganas de ir al este.

–¿Regresarás?

Jondalar hizo una pausa.

–No lo sé. No puedo prometer nada. No sé adónde vamos ni cuánto tiempo pasaremos viajando –le entregó la camisa–. Por eso quiero dártela, para que tengas algo que te recuerde al Zelandonii. Darvo, escúchame. Siempre serás el primer hijo de mi hogar.

El muchacho miró la túnica bordada con cuentas; entonces se le llenaron los ojos de lágrimas que amenazaban derramarse.

–Yo no soy el hijo de tu hogar –gritó; dio media vuelta y salió corriendo de la vivienda.

Jondalar habría querido seguirle; sin embargo, se limitó a dejar la camisa en la plataforma donde dormía Darvo y salió lentamente.

Carlono arrugó el ceño al ver las nubes bajas.

–Creo que el tiempo se mantendrá –dijo–; pero si empieza a levantarse el viento, acércate a la orilla, aunque no encontrarás muchos puntos donde desembarcar antes de llegar al paso. La Madre se dividirá en canales cuando ganes la planicie al otro lado del paso. Recuerda: debes mantenerte en la margen izquierda. El río se dirige al norte antes de desembocar en el mar, y después al este. Poco después de la curva se le une un ancho río por la izquierda; es su último afluente importante. A corta distancia, más allá, está el comienzo del delta –la salida al mar– pero todavía queda mucho trecho por recorrer. El delta es enorme y peligroso; marismas y pantanos y bancos de arena. La Madre vuelve a separarse, generalmente en cuatro canales principales, pero a veces son más: unos grandes y otros más pequeños. Sigue por el canal de la izquierda, el del norte. Hay un Campamento Mamutoi en la ribera norte, cerca de la desembocadura.

El experimentado hombre del río ya lo había explicado anteriormente; incluso había trazado un mapa en la tierra para ayudarles a orientarse hasta el final del Río de la Gran Madre. Pero consideraba que a fuerza de repetirlo se les fijaría mejor en la memoria, especialmente si llegaran a tener que tomar decisiones rápidas. No le hacía muy feliz la idea de que los dos jóvenes recorrieran el río desconocido sin un guía experto, pero ellos habían insistido; mejor dicho, Thonolan insistió y Jondalar no quiso dejarle solo. Por lo menos, el hombre alto había adquirido cierta pericia en el manejo de las embarcaciones.

Estaban de pie en el muelle de madera con su equipo embarcado en un botecito, pero su partida carecía de la excitación habitual en tales ocasiones. Thonolan se iba únicamente porque no podía seguir allí, y Jondalar habría preferido ponerse en marcha en dirección contraria.

La chispa que siempre hubo en Thonolan se había apagado. Su carácter extrovertido de antes había sido sustituido por la melancolía. Su ánimo generalmente sombrío experimentaba arrebatos de cólera que le impulsaban a una temeridad mayor y un descuido indiferente. En la primera discusión verdadera surgida entre los dos hermanos, no habían llegado a las manos debido a que Jondalar se había negado a pelear. Thonolan había acusado a su hermano de mimarle como si fuera un niño pequeño, exigiendo el derecho de vivir su vida sin que le siguieran a todas partes.

Cuando Thonolan se enteró de que tal vez Serenio estuviera embarazada, se enfureció ante la idea de que Jondalar fuera capaz de abandonar a una mujer que probablemente llevaba en sus entrañas a un hijo de su espíritu, para seguir a su hermano hacia un destino desconocido. Insistió en que Jondalar se quedara y cuidase de ella como lo haría cualquier hombre decente.

A pesar de la negativa rotunda de Serenio en cuanto a emparejarse, a Jondalar no le quedaba más remedio que reconocer para sus adentros que Thonolan tenía razón. Se le había inculcado desde la niñez que la responsabilidad del hombre, su finalidad única, consistía en proporcionar sostén a madres e hijos, especialmente a la mujer que había sido bendecida con un hijo que, en cierta forma misteriosa, podría haber absorbido su espíritu. Pero Thonolan no quería quedarse, y Jondalar, asustado de que su hermano pudiera cometer alguna acción peligrosa e irracional, insistió en acompañarle. La tensión entre ambos todavía era agobiante.

Jondalar no sabía muy bien cómo despedirse de Serenio; casi temía mirarla. Pero ella sonreía cuando se inclinó para besarla, y aun cuando tenía los ojos algo enrojecidos e hinchados, no permitió que en ellos se trasluciese la menor emoción. Buscó a Darvo con la mirada y se sintió frustrado al no ver al muchacho entre los que habían bajado al muelle. Casi todos los demás estaban allí. Thonolan se encontraba ya en el bote cuando Jondalar embarcó y ocupó el asiento de atrás. Cogió su remo y, mientras Carlono soltaba la amarra, miró por última vez hacia arriba, hacia la elevada terraza: había un muchacho de pie cerca del borde. La camisa que llevaba puesta tardaría unos cuantos años en llenarse, pero el diseño era claramente zelandonii. Jondalar sonrió y saludó con el remo. Darvo saludó también mientras el alto y rubio Zelandonii hundía el remo de dos palas en las aguas del río.

Los dos hermanos llegaron al centro de la corriente y miraron hacia el muelle que se quedaba atrás lleno de gente... de amigos. Mientras se dirigían río abajo, Jondalar se preguntaba si volverían a ver a los Sharamudoi o a algunos de sus conocidos. El Viaje que había comenzado como una aventura había perdido el aliciente de la emoción y, sin embargo, él era arrastrado, casi contra su voluntad, cada vez más lejos de su tierra. ¿Qué podía esperar Thonolan encontrar al este? ¿Y qué podía haber para él en esa dirección?

El gran paso del río era impresionante bajo el cielo gris encapotado. Rocas desnudas profundamente enraizadas surgían de las aguas y se elevaban en fortificaciones imponentes a ambos lados. En la margen izquierda, una serie de fortificaciones de rocas angulares, puntiagudas, se empinaban formando un abrupto relieve hasta los lejanos picos cubiertos de hielo; a la derecha, erosionadas por las intemperies, las cimas redondeadas de los montes producían la ilusión de ser simples colinas, pero su altitud era abrumadora vista desde el bote. Enormes bloques de piedra y salientes partían la corriente en remolinos de agua blanca.

Los dos hombres eran parte del medio por el que viajaban, impulsados por él como los desechos que flotaban en la superficie y el limo que se había depositado en sus silenciosas profundidades. No controlaban la velocidad ni la dirección, sólo timoneaban para evitar los obstáculos. Allí donde el río se ensanchaba más de un kilómetro y las olas elevaban y bajaban la pequeña embarcación, más bien parecía un mar. Cuando las orillas se acercaron, se notó el cambio de energía frente a la resistencia que encontraba el flujo; la corriente se hizo más fuerte cuando un mismo volumen de agua cruzó el paso reducido.

Habían recorrido más de la cuarta parte del camino, tal vez cuarenta kilómetros, cuando la lluvia que amenazaba se desató en una borrasca furiosa, levantando olas que les hicieron temer el naufragio del botecito de madera. Pero no había orilla, sólo la empinada roca mojada.

–Yo puedo timonear si tú achicas, Thonolan –dijo Jondalar. No habían cruzado muchas palabras, pero parte de la tensión que había entre ellos se había disipado mientras remaban acompasadamente para mantener el bote en el rumbo correcto.

Thonolan dejó el remo y, con un utensilio cuadrado, de madera, a modo de cazo, trató de vaciar la pequeña nave.

–Se llena con la misma rapidez con que trato de achicar –gritó por encima de su hombro.

–No creo que esto vaya a durar. Si puedes mantener el ritmo, es posible que lo logremos –respondió Jondalar, luchando con el agua agitada.

El tiempo mejoró, y a pesar de que seguía habiendo nubes amenazadoras, los dos hermanos pudieron seguir su camino por todo el paso sin más percances.

Al igual que el alivio que se produce al desatar un cinturón muy ajustado, el río hinchado y lodoso se extendió al llegar a la planicie. Los canales se enroscaban alrededor de islas de sauces y carrizos, terrenos donde anidaban grullas y garzas, gansos y patos migratorios así como un número infinito de otras aves.

Acamparon la primera noche en la pradera herbosa y llana de la margen izquierda. Los contrafuertes de los picos alpinos se alejaban de la orilla del río, pero los montes redondeados de la margen derecha imponían a la Gran Madre su rumbo hacia el este.

Jondalar y Thonolan cayeron en una rutina de viaje tan rápidamente, que se diría que nunca la habían interrumpido para vivir unos años con los Sharamudoi. Sin embargo, ya no era igual. Se había disipado la sensación despreocupada de la aventura, cuando buscaban lo que había en torno suyo sólo por el placer de descubrirlo. En cambio, el impulso de Thonolan por seguir adelante revelaba desesperación.

Jondalar había intentado hablar con su hermano una vez más para persuadirle de que regresara, pero sólo consiguió enzarzarse en una agria discusión. No volvió a mencionarlo. Hablaban más que nada para intercambiar informaciones necesarias. Jondalar sólo podía esperar que el tiempo mitigara el dolor de Thonolan, y que algún día quisiese regresar a casa y reanudar su vida. Hasta entonces, estaba decidido a seguir con él.

Los dos hermanos viajaron mucho más aprisa por el río en el bote que si hubieran recorrido la orilla a pie. Impulsados por la corriente, avanzaban velozmente y sin dificultad. Como había previsto Carlono, el río giraba hacia el norte al alcanzar una barrera compuesta por las plataformas de antiguos montes, mucho más antiguos que las montañas que rodeaban el gran río. Aunque reducidas por su edad venerable, se interponían entre el río y el mar interior que aquél trataba de alcanzar.

Impasible, el río buscó otro camino. Su estrategia en dirección norte funcionó, pero no antes de que, al hacer su último giro hacia el este, un río importante brindara su contribución de agua y limo al Gran Madre, al río tremendamente caudaloso. Con el camino abierto al fin, no pudo limitarse a un solo canal; aunque le quedaban muchos kilómetros por recorrer, se dividió una vez más en numerosos canales creando un delta en forma de abanico.

El delta era un cenagal de arenas movedizas, marismas e isletas inseguras. Algunas de las isletas de limo permanecían varios años, lo suficiente para que pequeños árboles echaran raíces delgadas, sólo para verse barridos por las vicisitudes de las crecidas de temporada o de filtraciones erosionantes. Cuatro canales principales –según la temporada y las circunstancias– se abrían paso hasta el mar, pero su curso era inconstante. Sin razón aparente, el agua se alejaba de un lecho profundamente abierto y pasaba a un nuevo sendero, arrancando los arbustos y dejando una zanja de arena blanda y mojada.

El río llamado de la Gran Madre –cerca 3.000 km y dos cadenas de montañas cubiertas de glaciares que le suministraban agua– había llegado casi al final de su curso. Pero el delta, con sus más de 2.000 kilómetros cuadrados de lodo, limo, arena y agua, representaba la sección más peligrosa de todo el río.

Siguiendo el más profundo de los canales de la izquierda, el río no había resultado difícil de navegar. La corriente había llevado el botecito a tomar la dirección norte, e incluso el gran afluente final sólo lo había impulsado hasta el centro de la corriente. De cualquier modo, los hermanos no habían previsto que se dividiría tan pronto en canales. Antes de saber lo que estaba pasando, se encontraron arrastrados por un canal del centro.

Jondalar se había vuelto extremadamente hábil en el manejo del bote, y Thonolan podía arreglárselas, pero distaban mucho de ser tan capaces como los barqueros expertos de los Ramudoi. Trataron de virar el bote, de volver contra la corriente y de penetrar en el canal conveniente. Habría sido mejor que invirtieran la dirección que seguían –la forma de la popa no difería mucho de la de la proa–, pero no se les ocurrió.

Estaban recibiendo la corriente de través; Jondalar le gritaba instrucciones a Thonolan para que intentara poner la proa al frente, pero Thonolan se impacientaba. Un enorme tronco con un complicado sistema de raíces –pesado, empapado y flotando semisumergido– bajaba por el río y sus raíces extendidas lo rastrillaban todo al pasar. Los dos hombres lo vieron... demasiado tarde.

Con un crujido de madera que se astillaba, el extremo dentado del enorme tronco, más quebradizo y negro donde el rayo lo había partido, embistió por el centro al ligero bote. El agua penetró a borbotones por el orificio y hundió rápidamente la pequeña embarcación. Mientras el tronco se abalanzaba sobre ellos, una larga rama de raíz que se hallaba justo bajo el nivel de agua, se hundió entre las costillas de Jondalar y le dejó sin resuello. Otra no le dio a Thonolan en un ojo de puro milagro, pero le dejó un largo arañazo en la mejilla.

Sumergidos de golpe en el agua fría, Jondalar y Thonolan se abrazaron al tronco y vieron con desaliento unas cuantas burbujas que salían a la superficie mientras su botecito, con todas sus pertenencias firmemente sujetas, se hundía hasta el fondo.

Thonolan había oído el gemido de dolor de su hermano.

–¿Estás bien, Jondalar?

–Una raíz me ha golpeado las costillas. Duele un poco, pero no creo que sea grave.

Con Jondalar siguiéndole lentamente, Thonolan comenzó a abrirse paso alrededor del tronco, pero la fuerza de la corriente que los empujaba seguía apretándolos contra el árbol a la deriva, junto con los demás desechos. De repente el tronco quedó atrapado por un banco de arena bajo el agua. El río, fluyendo en torno y por entre una red de raíces, empujaba objetos que se habían mantenido hundidos por la fuerza de la corriente, y un cadáver hinchado de reno salió a la superficie delante de Jondalar, quien trató de apartarse con esfuerzo, pues el dolor que sentía en las costillas era muy fuerte.

Libres del tronco, nadaron hasta una angosta isla que había en el centro del canal, dando vida a unos cuantos sauces jóvenes, pero no era estable y no tardaría en verse barrida por las aguas. Los árboles que se encontraban cerca de la orilla ya estaban medio sumergidos, ahogados, sin yemas que prometieran hojas verdes en primavera y con las raíces que estaban desprendiéndose de la arena; algunos se inclinaban sobre el caudal acelerado. El suelo era un pantano esponjoso.

–Creo que deberíamos seguir adelante hasta encontrar un lugar más seco –dijo Jondalar.

–Estás sufriendo mucho, no me digas que no.

Jondalar admitió que no se sentía muy bien.

–Pero no podemos seguir aquí –agregó.

Se deslizaron en el agua fría a través del bajío de la estrecha isla. La corriente era más rápida de lo que pensaban, y fueron impulsados mucho más allá, río abajo, antes de poder llegar a tierra seca. Estaban cansados, helados y frustrados cuando descubrieron que se encontraban en otra isleta. Era más ancha, más larga y algo más elevada que el nivel del río, pero saturada de humedad y sin madera seca con que hacer fuego.

–No podemos encender fuego aquí –dijo Thonolan–. Tendremos que continuar. ¿Dónde nos explicó Carlono que estaba el Campamento Mamutoi?

–En el extremo norte del delta, cerca del mar –respondió Jondalar, y miró con nostalgia en aquella dirección mientras hablaba. El dolor de su costado se había vuelto más intenso y no estaba seguro de poder atravesar a nado un canal más. Lo único que veía era agua agitada, remolinos de desechos y unos cuantos árboles señalando alguna que otra isleta–. Imposible saber a qué distancia está...

Chapotearon por el fango hacia el lado norte de la estrecha franja de tierra y se metieron en el agua fría. Jondalar observó un grupo de árboles río abajo y se fue hacia allá. Se tambalearon por una playa de arena gris en el lado más alejado del canal, respirando con dificultad. Chorros de agua les corrían por el cabello y empapaban su ropa de cuero.

El sol del atardecer brilló por un resquicio del cielo encapotado con un destello resplandeciente, pero poco cálido. Una ráfaga súbita del norte trajo consigo un frío que pronto atravesó la ropa mojada. Habían tenido suficiente calor mientras estuvieron activos, pero el esfuerzo había consumido sus reservas. Se pusieron a temblar bajo el viento, y entonces se dirigieron pesadamente hacia el refugio insignificante de unos alisos.

–Acamparemos aquí –dijo Jondalar.

–Todavía hay bastante luz. Yo preferiría seguir –repuso Thonolan.

–Estará oscuro cuando nos detengamos y tratemos de encender una fogata.

–Si seguimos adelante, probablemente encontraremos el Campamento Mamutoi antes de que sea de noche.

–Thonolan, no creo que yo pueda.

–¿Tan mal estás? –preguntó éste. Jondalar alzó su túnica. Una herida en su costilla se estaba poniendo negra alrededor de un desgarro que sin duda habría sangrado pero que se había cerrado por la hinchazón causada por el agua en los tejidos. Vio el orificio abierto en el cuero y se preguntó si tendría rota la costilla.

–A mí no me parecería mal descansar junto al fuego.

Miraron a su alrededor y vieron la salvaje extensión de agua lodosa y que formaba remolinos, los bancos de arena que se movían y una profusión desordenada de vegetación. Ramas de árbol enmarañadas, sujetas a troncos secos, eran empujadas por la corriente, de mala gana, hacia el mar, agarrándose a lo que podían en el fondo movedizo. A lo lejos, unos cuantos grupos de árboles y arbustos verdeantes se anclaban en las islas más estables.

Carrizos y hierbas de la ciénaga se aferraban allí donde podían echar raíces. Cerca, matas de juncia de un metro de alto, cuyos racimos de amplias hojas herbosas parecían más robustos de lo que eran, rivalizaban en altura con las hojas rectas en forma de espada del ácoro, creciendo entre esteras de juncos espigados que apenas tenían medio centímetro de alto. En el marjal próximo a la orilla del agua, colas de caballo de casi tres metros de alto, espadañas y eneas hacían que los hombres parecieran bajos. Dominándolo todo, cañas de hojas rígidas con penachos púrpura, alcanzaban los cuatro metros.

Los hombres sólo tenían la ropa que llevaban puesta. Lo habían perdido todo cuando se hundió su bote, incluso las mochilas con las que iniciaron el Viaje. Thonolan había adoptado la vestimenta de los Shamudoi, y Jondalar llevaba la ropa ramudoi, pero después de su remojón en el río, cuando se encontró con los cabezas chatas, había conservado una bolsa con herramientas colgadas del cinturón. Ahora se alegraba de haberlo hecho.

–Voy a ver si hay algunos tallos viejos de esas espadañas, que estén lo suficientemente secos para hacer un taladro de prender fuego –dijo Jondalar, tratando de ignorar el dolor intenso de su costado–. A ver si encuentras por ahí un poco de leña seca.

Las espadañas proporcionaron algo más que un viejo tallo seco para ayudar a encender fuego. Las largas hojas tejidas alrededor de un marco de alisos formaron un cobertizo que ayudó a conservar el calor del fuego. Las puntas verdes y las raíces nuevas, asadas en el carbón junto con los rizomas dulces del ácoro y la base submarina de las eneas, brindaron el principio de la cena. Un joven aliso, delgado, afilado en punta y lanzado con la buena puntería que da el hambre, colaboró también a llevar hasta el fuego un par de patos. Los hombres hicieron esteras flexibles con las eneas amplias y de tallo suave, las emplearon para ampliar su refugio y para envolverse en ellas mientras su ropa se secaba. Más tarde, se echaron a dormir sobre las esteras.

Jondalar no pudo dormir bien. Su costado estaba herido y le dolía, y sabía que tenía algo malo dentro, pero no podían pensar en detenerse ahora. Antes que nada necesitaban encontrar la forma de llegar a tierra firme.

Por la mañana pescaron en el río con canastas hechas con hojas de espadaña, ramas de aliso y cuerdas fabricadas con corteza fibrosa. Enrollaron los materiales para hacer fuego y las canastas flexibles en las esteras donde habían dormido, lo ataron todo con la cuerda y se lo echaron a la espalda. Cogieron sus lanzas y se pusieron en camino. Las lanzas no eran más que palos afilados, pero les habían proporcionado una comida... y las canastas flexibles para pescar, otra. La supervivencia no dependía tanto del equipo como de los conocimientos.

Los dos hermanos tuvieron una pequeña diferencia de opinión acerca de la dirección que deberían tomar. Thonolan pensaba que estaban ya al otro lado del delta y que deberían ir hacia el este y el mar. Jondalar deseaba ir hacia el norte, seguro de que todavía quedaba un canal más por atravesar. Llegaron a un acuerdo y tomaron la dirección noreste. Resultó que Jondalar tenía razón, aunque él habría preferido estar equivocado. Era casi mediodía cuando llegaron al canal más septentrional del gran río.

–Llegó la hora de echarse otra vez a nadar –dijo Thonolan–. ¿Podrás?

–¿Me queda otro remedio?

Entonces se dirigieron al agua; de repente, Thonolan se detuvo.

–¿Por qué no atamos la ropa a un tronco, como solíamos hacer? Así no tendríamos que volver a secarla.

–Yo no sé –dijo Jondalar vacilante. La ropa, aunque estuviera mojada, les permitiría estar más calientes, pero Thonolan había tratado de mostrarse razonable aunque su voz revelaba frustración y exasperación–. Pero si quieres... –Jondalar se encogió de hombros en señal de asentimiento.

Hacía frío, desnudos como estaban, en pie y a merced del aire frío y húmedo. Jondalar sintió la tentación de atar nuevamente su bolsa de herramientas alrededor de su cintura desnuda, pero ya la había envuelto Thonolan con su túnica y lo estaba atando todo a un tronco que había encontrado. Sobre la piel desnuda el agua parecía más fría aún de lo que recordaba, y tuvo que apretar las mandíbulas para no gritar al zambullirse y tratar de nadar; sin embargo, el agua adormeció algo el dolor de su herida. Al nadar trató de no cargar mucho el esfuerzo sobre su costado y siguió a la zaga de su hermano, aunque Thonolan era el que empujaba el tronco.

Cuando salieron del agua y se encontraron en un banco de arena, su meta original –el final del Río de la Gran Madre– estaba a la vista. Podían ver el agua del mar interior. Pero se había perdido la excitación de la hazaña. El Viaje había perdido su finalidad, y el final del río había dejado de ser su meta. Tampoco se encontraban en tierra firme. No habían terminado de atravesar el delta. Allí estaban los bancos de arena, en el mismo lugar que antes, en medio del canal, pero el canal se había desviado. Quedaba todavía por cruzar un lecho de río sin agua.

Una alta ribera arbolada, con raíces expuestas colgando de una orilla donde una corriente rápida había pasado anteriormente, parecía llamarles desde el otro lado del canal vacío. No llevaba mucho tiempo abandonado. Seguía habiendo charcos en medio, y la vegetación apenas había echado raíces. Pero los insectos habían descubierto ya el agua estancada y un enjambre de mosquitos había reparado en los dos hombres.

Thonolan desató la ropa del tronco.

–Todavía tenemos que atravesar esos charcos allá abajo, y la ribera parece lodosa. Esperemos hasta haber cruzado para ponernos la ropa.

Jondalar asintió con la cabeza; se sentía demasiado mal para discutir. Creía haberse dislocado algo mientras nadaba y le costaba mantenerse derecho.

Thonolan mató un insecto de un manotazo, mientras echaba a andar por la cuesta suave que fue en otros tiempos la pendiente que conducía al canal del río.

Se lo habían dicho muchas veces: Nunca des la espalda al río; nunca subestimes al Gran Madre. Aunque lo había abandonado desde algún tiempo atrás, el canal seguía siendo suyo, e incluso cuando Ella no estaba, había dejado un par de sorpresas por allí. Millones de toneladas de cieno eran arrastradas hacia el mar y se repartían por los dos mil kilómetros cuadrados o más de su delta, año tras año. El canal aparentemente desocupado, sometido a la marea, era una marisma empapada con poco desagüe. La hierba y los juncos verdes habían echado sus raíces en una arcilla cenagosa y mojada.

Los dos hombres resbalaron y bajaron deslizándose por la cuesta de lodo fino y pegajoso, y cuando llegaron a nivel del fondo, se les pegó a los pies. Thonolan tomó la delantera, a toda prisa, olvidando que Jondalar no podía caminar a grandes zancadas como solía; podía caminar, pero la bajada resbaladiza le había hecho daño. Estaba avanzando con cuidado, mirando dónde ponía los pies, y se sentía como un tonto vagabundeando por la marisma en cueros, brindando su piel suave a los insectos voraces.

Thonolan se había adelantado tanto que Jondalar estuvo a punto de llamarle. Alzó la mirada al oír el grito de su hermano pidiendo ayuda justo para verle caer. Olvidando su dolor, Jondalar corrió hacia él; el miedo le atenazó al darse cuenta de que Thonolan se hundía en arenas movedizas.

–¡Thonolan! ¡Gran Madre! –gritó Jondalar precipitándose hacia él.

–¡Quédate ahí! ¡También te atraparán! –Thonolan, luchando por liberarse del cenagal, se hundía más y más.

Jondalar miró a su alrededor, desesperadamente, en busca de algo que pudiera ayudarle a sacar a Thonolan. «¡La camisa! Podría arrojarle un extremo», pensó, y entonces recordó que era imposible. El bulto de las prendas había desaparecido. Meneó la cabeza, vio un tocón de árbol medio enterrado en el lodo y corrió para ver si podría arrancar una de las raíces, pero todas las raíces que hubieran podido desprenderse ya habían sido arrancadas durante el violento recorrido río abajo.

–¿Dónde está el fardo de ropa? Necesito algo para sacarte.

La desesperación en la voz de Jondalar tuvo un efecto no deseado. Se filtró a través del pánico de Thonolan para recordarle su pena. Una aceptación tranquila se apoderó de él.

–Jondalar, si la Madre quiere llevarme, deja que me lleve.

–¡No! ¡Thonolan, no! No puedes renunciar. No puedes morir, sin más ni más. ¡Oh Madre, Gran Madre, no dejes que muera así! –Jondalar cayó de rodillas y, estirándose cuan largo era, tendió la mano–. Coge mi mano, Thonolan, por favor, coge mi mano –suplicó.

Thonolan se sorprendió ante el dolor que había en el rostro de su hermano; y también algo más que había visto anteriormente pero sólo en miradas fugaces y poco frecuentes. En ese momento comprendió. Su hermano le amaba, le amaba tanto como él había amado a Jetamio. No era lo mismo, pero sí igual de fuerte. Se lo dijo su instinto, su intuición, y al tender la mano hacia la que se le tendía a él, supo que, aunque no pudiera salir del cenagal, tendría que estrechar la mano de su hermano.

Thonolan no lo sabía, pero en cuanto dejó de luchar no se hundió con la misma rapidez. Al estirarse para alcanzar la mano de su hermano, adoptó una posición más horizontal, desplazando su peso sobre la arena llena de agua, suelta y cenagosa, casi como si flotara en el agua. Llegaron a tocarse los dedos, y Jondalar avanzó un poco hasta agarrar firmemente la mano de Thonolan.

–¡Así se hace! ¡No le sueltes! ¡Ya vamos! –dijo una voz que hablaba en Mamutoi.

La respiración de Jondalar fue un estallido, con la presión súbitamente aliviada. Descubrió que temblaba de pies a cabeza, pero sostenía la mano de su hermano. En pocos momentos una cuerda llegó hasta Jondalar, quien la ató rodeando las manos de Thonolan.

–Y ahora, con calma –indicaron a Thonolan–, estírate como si estuvieras nadando. ¿Sabes nadar?

–Sí.

–Muy bien. Muy bien. Ahora cálmate, nosotros tiraremos.

Unas manos se llevaron a Jondalar lejos del borde de la arena movediza y pronto recuperaron también a Thonolan. Entonces todos siguieron a una mujer que golpeaba el suelo con un largo palo para evitar otros pozos traicioneros. Sólo después de haber ganado tierra firme, alguien pareció darse cuenta de que los dos hombres estaban totalmente desnudos.

La mujer que había dirigido el rescate se detuvo y los examinó. Era una mujerona, no excesivamente alta ni gruesa sino corpulenta, y su porte inspiraba respeto.

–¿Por qué no lleváis nada encima? –acabó por preguntar–. ¿Por qué viajan dos hombres totalmente desnudos?

Jondalar y Thonolan bajaron la mirada hacia sus cuerpos desnudos y cubiertos de lodo.

–Nos equivocamos de canal, entonces un tronco golpeó nuestro bote –comenzó a explicar Jondalar. Se estaba sintiendo incómodo, no podía mantenerse erguido.

–Después tuvimos que secar la ropa –continuó su hermano–. Pensé que sería mejor quitárnosla mientras cruzábamos el canal y después para pasar entre el lodo. Yo la llevaba delante porque Jondalar estaba herido y...

–¿Herido? ¿Uno de vosotros está herido? –preguntó la mujer.

–Mi hermano –dijo Thonolan. Al oírlo, Jondalar cobró una conciencia mucho más clara del dolor palpitante.

La mujer le vio palidecer.

–Mamut le cuidará –dijo a uno de los otros–. No sois Mamutoi. ¿Dónde aprendísteis a hablar nuestra lengua?

–Con una mujer Mamutoi que vive con los Sharamudoi, mis parientes –explicó Thonolan.

–¿Tholie?

–Sí. ¿La conoces?

–Es parienta mía también. Hija de un primo. Si eres pariente suyo eres pariente mío –dijo la mujer–. Soy Brecie, de los Mamutoi, jefe del Campamento del Sauce. Ambos sois bienvenidos.

–Yo soy Thonolan, de los Sharamudoi. El es mi hermano, Jondalar, de los Zelandonii.

–¿Ze-lan-don-ii? –y Brecie repitió la palabra desconocida–. No he oído hablar de ellos. Si sois hermanos, ¿por qué eres tú Sharamudoi y él...Zelandonii? No tiene buen aspecto –dijo, renunciando de momento a toda explicación. Entonces ordenó a uno de los hombres–: Ayúdale. No creo que pueda caminar.

–Creo que puedo caminar –dijo Jondalar, súbitamente mareado por el dolor– si no es demasiado lejos.

No obstante, se sintió agradecido cuando uno de los Mamutoi le cogió de un brazo mientras Thonolan le sostenía por el otro.

–Jondalar, me habría marchado hace tiempo si no me hubieras hecho prometer que esperaría hasta que estuvieses lo suficientemente bien para viajar. Me marcho. Creo que deberías volver a casa, pero no voy a discutir contigo.

–¿Por qué quieres seguir hacia el este, Thonolan? Ya has llegado al final del río, el mar de Beran está ahí. ¿Por qué no volver a casa ya?

–No voy hacia el este. Voy hacia el norte, más o menos. Brecie ha dicho que pronto irán todos hacia el norte para cazar mamuts. Yo me adelanto hasta otro campamento Mamutoi. No vuelvo a casa, Jondalar. Seguiré viajando hasta que la Madre me lleve.

–¡No hables así! Parece que quisieras morir –gritó Jondalar, lamentando sus palabras en el mismo momento en que las pronunciaba, por miedo a que la mera sugerencia las convirtiera en realidad.

–¿Y si así fuera? –le gritó Thonolan en respuesta–. ¿Qué razón tengo para vivir... sin Jetamio? –y se le quebró la voz al pronunciar el nombre en un sollozo suave.

–¿Y qué razón tenías para vivir antes de encontrarla? Eres joven, Thonolan. Tienes una larga vida por delante. Nuevos lugares adonde ir, nuevas cosas que ver. Date a ti mismo la oportunidad de conocer a otra mujer como Jetamio –suplicó Jondalar.

–No comprendes. Nunca has estado enamorado. No existe otra mujer como Jetamio.

–De manera que vas a seguirla al mundo de los espíritus y arrastrarme allí contigo –no le agradó decirlo, pero si la única manera de mantener con vida a su hermano era hacer que se sintiera culpable, no vacilaría en utilizar aquel recurso.

–¡Nadie te ha pedido que me sigas! ¿Por qué no vuelves a casa y me dejas en paz?

–Thonolan, todo el mundo sufre al perder a un ser querido, pero no se va al otro mundo para seguirle.

–Algún día te pasará a ti, Jondalar. Algún día amarás tanto a una mujer, que preferirás seguirla al mundo de los espíritus antes que vivir sin ella.

–Y si eso me hubiera sucedido ahora a mí, ¿me abandonarías?, ¿me dejarías en paz? Si hubiera perdido yo a una persona a quien amara tanto que preferiría morirme, ¿me dejarías seguir mi camino? Dime que lo harías, hermano. Dime que regresarías a casa si yo estuviera enfermo de muerte por tanta pena.

Thonolan bajó la mirada y la alzó nuevamente para fijarla en los ojos azules y turbados de su hermano.

–No, supongo que no te dejaría solo si supiera que estás enfermo de muerte con tanta pena. Pero ya sabes, Hermano Mayor –y su sonrisa sólo era una mueca en el rostro descompuesto por el dolor–, si decido seguir viajando el resto de mis días, no tienes que seguirme hasta el final. Estás harto de viajar. Algún día tendrás que volver a casa. Dime, si yo quisiera volver a casa y tú no, preferirías que me marchase, ¿verdad?

–Sí, preferiría que te fueras. Ahora mismo quisiera que lo hicieses. No porque tú quieras, ni siquiera porque yo lo desee. Necesitas a tu propia Caverna, tu familia, gente que has conocido toda tu vida y que te quiere.

–No comprendes. Es una de las diferencias que hay entre nosotros. La Novena Caverna de los Zelandonii es tu hogar y siempre lo será. Mi hogar está allí donde yo quiera fundarlo. Soy tan Sharamudoi como fui Zelandonii. Dejé hace poco mi Caverna y gente a la que quiero tanto como a mi familia Zelandonii. Eso no significa que no me pregunte si Joharran tiene ya algún hijo en su hogar, ni si Folara se habrá hecho tan bella como sé que habrá de ser. Quisiera contarle a Willomar de nuestro Viaje y enterarme de adónde proyecta dirigirse después. Todavía recuerdo cuánto me excitaba verle regresar de un Viaje; escuchaba sus historias y soñaba con viajes. ¿Recuerdas que siempre traía algo para todos? Para mí y para Folara y también para ti. Y siempre algo bello para Madre. Cuando regreses, Jondalar, llévale algo bello.

Al oír nombres familiares, Jondalar se sintió presa de recuerdos conmovedores.

–¿Por qué no le llevas tú algo bello, Thonolan? ¿No crees que Madre desea volverte a ver?

–Madre sabía que yo no regresaría. Dijo «buen viaje» cuando nos marchamos, no dijo «hasta tu regreso». Tú eres quien sin duda la perturbó, tal vez todavía más que a Marona.

–¿Por qué habría de preocuparse más por mí que por ti?

–Soy hijo del hogar de Willomar. Creo que ella ya sabía que yo sería viajero. Tal vez no le gustaba, pero lo comprendía. Comprende a todos sus hijos... por eso hizo de Joharran jefe después de ella. Sabe que Jondalar es un Zelandonii. Si hubieras hecho el Viaje solo, ella habría sabido que regresarías... pero te fuiste conmigo, y yo no habría de volver. No lo sabía yo al marchar, pero creo que ella sí lo sabía. Ella quería que regresases; eres el hijo del hogar de Dalanar.

–¿Y eso?, ¿dónde está la diferencia? Hace mucho que cortaron el nudo. Son amigos cuando se encuentran en las Reuniones de Verano.

–Tal vez ahora sólo sean amigos, pero la gente habla todavía de Marona y Dalanar. Su amor tuvo que ser algo muy especial para que lo recuerden aún al cabo de tanto tiempo; y tú eres lo único que tiene para recordárselo, el hijo nacido en el hogar de él. También su espíritu. Todos lo saben; ¡eres tan parecido a él!

Tienes que regresar; allí están los tuyos. Ella lo sabía, y tú también lo sabes. Prométeme que regresarás algún día, hermano.

Jondalar se sentía incómodo ante la idea de prometer. Ya siguiera viajando con su hermano o decidiese regresar sin él, estaría dando más de lo que deseaba perder. Mientras no se comprometiera en uno u otro sentido, seguiría creyendo que podía tener ambas cosas. La promesa de regresar implicaba que su hermano no le acompañaría.

–Prométemelo, Jondalar.

–Lo prometo –accedió, ya que no se le ocurría ninguna objeción razonable–. Regresaré a casa... algún día.

–Al fin y al cabo, Hermano Mayor –dijo Thonolan sonriente– alguien tiene que contarles que llegamos hasta el final del Río de la Gran Madre. Yo no estaré, de manera que tendrás que hacerlo tú.

–¿Por qué no estarás? Podrías volver conmigo.

–Creo que en el río la Madre me habría llevado... de no haberle rogado tú. Sé que no puedo lograr que comprenda, pero estoy seguro de que Ella vendrá pronto por mí, y quiero ir.

–Vas a tratar de que te maten, ¿verdad?

–No, Hermano Mayor –y Thonolan volvió a sonreír–. No hace falta que lo intente. Sólo sé que la Madre vendrá. Quiero que sepas que estoy preparado.

Jondalar sintió que se le hacía un nudo en su interior. Desde el accidente de las arenas movedizas, Thonolan abrigaba la certidumbre fatalista de que iba a morir pronto. Sonreía, pero no era su antigua sonrisa llena de picardía. Jondalar prefería verle furioso antes que con aquel aire de tranquila resignación. No le quedaban ganas de luchar, ningún deseo de vivir...

–¿No crees que les debemos algo a Brecie y al Campamento del Sauce? Nos han dado alimentos, ropa, armas: todo. ¿Quieres llevártelo todo y no darles nada a cambio? –Jondalar quería que su hermano se enojara, saber que le quedaba algo dentro. Le parecía haber sido forzado a hacer una promesa que liberaba a su hermano de su obligación final–. ¿Tan seguro estás de que la Madre tiene algún designio para ti que has dejado de pensar en nadie más que en ti mismo? ¿Sólo Thonolan, es eso? Ya nadie importa para ti.

Thonolan sonrió; comprendía el enojo de Jondalar y no se lo podía reprochar. ¿Cómo se habría sentido si Jetamio hubiera sabido que iba a morir y se lo hubiese dicho a él?

–Jondalar, quiero decirte una cosa. Siempre hemos estado muy compenetrados...

–¿No lo estamos ya?

–Por supuesto, porque tú puedes estar tranquilo junto a mí. No tienes que ser perfecto todo el tiempo. Siempre tan considerado...

–Sí; soy tan bueno que Serenio no quiso emparejarse conmigo siquiera –dijo Jondalar con amargura sarcástica.

–Ella sabía que ibas a marcharte y no quería sufrir más aún. Si se lo hubieras pedido antes, se habría emparejado contigo. Si hubieras insistido un poco más cuando se lo pediste, lo habría hecho... aun a sabiendas de que no estabas enamorado de ella. Tú no la querías, Jondalar.

–Entonces, ¿cómo puedes decir que soy tan perfecto? ¡Gran Doni! Thonolan, yo quería amarla.

–Ya lo sé. Me enteré de algo por Jetamio, y quiero que lo sepas. Si quieres enamorarte, no puedes tenerlo todo guardado dentro de ti. Tienes que abrirte, aceptar ese riesgo. A veces saldrás lastimado, pero de no ser así, nunca serás feliz. La que encuentres puede no ser la clase de mujer de quien esperabas enamorarte, pero no importa, la amarás por lo que ella sea exactamente.

–Me preguntaba dónde os habríais metido –dijo Brecie, acercándose a los dos hermanos–. He preparado un pequeño banquete de despedida, ya que habéis decidido marcharos.

–Me siento obligado, Brecie –dijo Jondalar–. Me has cuidado, nos lo has dado todo. No creo que sea correcto marchar sin tratar de compensaros de alguna forma.

–Tu hermano ha hecho más que suficiente. Ha cazado todos los días mientras tú te restablecías. Se arriesga un poco demasiado, pero es un cazador afortunado. Os vais sin dejar ninguna deuda.

Jondalar miró a su hermano, que le sonreía.

19

En el valle, la primavera fue un estallido vistoso de colores dominados por el verde vernal, pero un estallido más temprano había sido espantoso, reduciendo el entusiasmo que Ayla sentía habitualmente por la nueva estación. Después de su tardío comienzo, el invierno fue duro, con unas nevadas bastante más fuertes de lo habitual. Las crecidas prematuras provocaron la fusión con una violencia furiosa

Apareciendo a través del estrecho cañón río arriba, el torrente se estrelló contra la muralla saliente con tal fuerza que la caverna se estremeció. El nivel del agua casi alcanzó el de la terraza de la caverna. Ayla estaba preocupada por Whinney. Ella podía trepar a la estepa si era necesario, pero se trataba de un ascenso demasiado empinado para la yegua, especialmente con un embarazo tan avanzado. La joven pasó varios días llena de ansiedad observando cómo el río desbordado subía más de día en día al dar contra la muralla, y retrocedía para formar torbellinos al estrellarse contra la otra orilla. Río abajo, la mitad del valle se encontraba bajo las aguas, y la maleza a lo largo de la margen habitual del río estaba totalmente inundada.

Durante los peores momentos de la inundación turbulenta, Ayla despertó sobresaltada, en medio de la noche, a causa de un crujido apagado, como un trueno, debajo de ella. Se quedó petrificada; no supo cuál había sido la causa hasta que el nivel de las aguas descendió. El choque de un bloque enorme de roca contra la muralla había producido oleadas a través de la piedra de la caverna. Un trozo de la barrera rocosa se había roto bajo el impacto, y una voluminosa sección de la muralla yacía en medio del río.

Obligado a buscar un nuevo camino para rodear el obstáculo, el río cambió su curso. La rotura de la pared constituyó un desvío conveniente, pero la playa quedó más angosta. Una parte importante de la acumulación de huesos, madera flotante y guijarros de la playa, había sido barrida. El propio bloque, que parecía de la misma clase de roca que el cañón, se había alojado en las inmediaciones de la muralla.

Sin embargo, a pesar de la redistribución de las rocas y el desarraigo de árboles y arbustos, sólo los más débiles habían sucumbido. La mayor parte de la maleza perenne verdeó, apoyada en sus raíces bien asentadas, y nuevas plantas llenaron cada una de las grietas vacantes. La vegetación cubrió rápidamente las recientes cicatrices de roca y suelo, dándoles la ilusión de permanencia. Pronto pareció como si el paisaje cambiado hubiera sido siempre el mismo.

Ayla se adaptó a los cambios. Encontró sustituto para cada bloque de piedra o trozo de madera empleados para fines determinados. Pero el acontecimiento dejó su marca en ella; su caverna y el valle dejaron de parecerle seguros. Cada primavera pasaba por un período de indecisión; porque si iba a dejar el valle y dedicarse a la búsqueda de los Otros, tendría que ser en primavera. Necesitaba disponer del tiempo necesario para el viaje, y para encontrar otro lugar donde poder establecerse para el invierno si no encontraba a nadie.

Aquella primavera la decisión resultaba más difícil que nunca. Después de su enfermedad, tenía miedo de verse atrapada a mediados de otoño o a principios de invierno, pero su caverna no le parecía ya tan segura como antes. Su enfermedad no sólo había afinado sus percepciones en cuanto al peligro de vivir sola, sino que le había hecho parar mientes en su falta de compañía humana. Incluso después de que sus amigos animales hubiesen vuelto, no habían llenado el vacío de la misma forma. Eran cálidos y sensibles, pero no podía comunicarse con ellos en términos simples. No podía compartir ideas ni relatar una experiencia; no podía narrar un cuento ni expresar asombro ante un nuevo descubrimiento ni recibir como respuesta una mirada de reconocimiento. No tenía a quien confiar sus temores ni quien la consolara de sus penas, pero, ¿cuánto de su independencia y libertad estaría dispuesta a perder a cambio de seguridad y compañía?

No se había percatado del todo de lo encerrada que había vivido hasta que probó la libertad. Le gustaba tomar sus propias decisiones, y no sabía nada de la gente de quien había nacido, nada de su existencia anterior a la época en que el Clan la había adoptado. No sabía cuánto exigirían los Otros; sólo sabía que a ciertas cosas no estaba dispuesta a renunciar. Whinney era una de ellas. No iba a renunciar de nuevo a la yegua; tampoco sabía si estaría dispuesta a renunciar a la caza, pero, ¿y si no la dejaban reír?

Había una pregunta más importante: aunque trataba de no reconocerlo, hacía que todas las demás fueran insignificantes. ¿Y si encontraba a algunos de los Otros y no la aceptaban? Cabía en lo posible que un clan de Otros no quisiera admitir a una mujer que insistía en tener una yegua por compañera, o que se empeñaba en cazar o reír, pero, ¿y si la rechazaban aunque estuviera dispuesta a ceder en todo? Mientras no los encontrase podía conservar las esperanzas. Pero, ¿y si tuviera que pasarse la vida entera sin nadie más?

Estos pensamientos acosaban su mente desde el instante en que las nieves comenzaron a fundirse, y se sintió aliviada al ver que las circunstancias aplazaban el tener que tomar una decisión. No se llevaría a Whinney del valle familiar antes del parto. Sabía que las yeguas solían parir en primavera. La curandera que había en ella, la que había ayudado en suficientes alumbramientos humanos para saber que podría producirse en cualquier momento, vigilaba atentamente a la yegua. No intentó salir de caza, pero a menudo cabalgaba a modo de ejercicio.

–Thonolan, creo que hemos perdido el camino del Campamento Mamutoi. Me parece que estamos demasiado al este –dijo Jondalar. Iban siguiendo la pista de una manada de ciervos gigantes para reponer las provisiones, que se estaban acabando.

–Yo no... ¡Mira! –de repente se habían encontrado con un macho de astas palmeadas, que medía tres metros y medio. Thonolan señaló al inquieto animal, preguntándose si sentiría el peligro. Jondalar esperaba oír un bramido de alarma cuando, antes de que el macho pudiera avisar, una cierva se apartó y echó a correr directamente hacia ellos. Thonolan arrojó la lanza con punta de pedernal a la manera que habían aprendido de los Mamutoi, de modo que la hoja ancha y plana se deslizaba entre las costillas; su puntería fue buena, la cierva se desplomó casi a sus pies.

Pero antes de que pudiera ir en busca de su presa, descubrieron el porqué de la inquietud del macho y la causa de que la cierva se hubiera poco menos que precipitado hacia la lanza: puestos en guardia, observaron a una leona cavernaria que se aproximaba a ellos a grandes saltos. La depredadora pareció confusa al ver caída a la cierva, pero fue sólo un instante; no estaba acostumbrada a que sus presas cayeran muertas antes del ataque; pero no vaciló: olfateando para asegurarse de que la cierva estaba bien muerta, la leona aferró sólidamente el pescuezo entre los dientes y, arrastrando la cierva entre sus patas delanteras, bajo su cuerpo, se la llevó.

Thonolan estaba indignado.

–Esa leona nos ha robado nuestra presa.

–Esa leona estaba acechando a los ciervos, y si cree que es su presa, no voy a discutir con ella.

–Pues yo sí.

–No seas ridículo –rezongó Jondalar–. No vas a arrebatarle una cierva a una leona cavernaria.

–No se la voy a dejar sin haberlo intentado.

–Déjasela, Thonolan. Podemos encontrar más ciervos –dijo Jondalar siguiendo a su hermano, que había echado a correr detrás de la leona.

–Sólo quiero ver adónde se la lleva. No creo que sea una leona de familia... las demás estarían ya a estas horas dando buena cuenta de la cierva. Creo que es nómada y que se la lleva para esconderla de los otros leones. Podemos ver adónde se la lleva. La soltará en cualquier momento, y entonces podremos conseguir algo de carne fresca.

–No quiero carne fresca de la presa de un león cavernario.

–No es su presa, es la mía. Esa cierva tiene todavía mi lanza en su cuerpo.

De nada servía discutir. Siguieron a la leona hasta un cañón ciego, cubierto de piedras caídas de las murallas. Esperaron, observando, y como Thonolan lo había previsto, la leona se fue poco después. El echó a andar hacia el cañón.

–¡Thonolan, no te metas ahí! No sabes cuándo regresará esa leona.

–Sólo quiero recuperar mi lanza, y coger quizá un poco de carne –Thonolan echó a andar por el borde y bajó entre piedras sueltas hasta el cañón. Jondalar le siguió de mala gana.

Ayla se había familiarizado tanto con el territorio al este del valle, que llegó a aburrirse, sobre todo desde que no cazaba. Los días habían sido grises y lluviosos, de modo que cuando un cálido sol expulsó las nubes matutinas y ella estaba preparada para cabalgar, no pudo soportar la idea de volver a recorrer el mismo terreno.

Después de sujetar las canastas de viaje y los palos de la angarilla, condujo a la yegua por el empinado sendero y rodearon la muralla más corta. Decidió seguir valle abajo en vez de pasar a la estepa. Al final, allí donde el río tomaba la dirección sur, divisó la pendiente empinada y pedregosa que había escalado anteriormente para mirar hacia el oeste, pero pensó que las patas de la yegua no pisaban con seguridad. Eso la incitó, sin embargo, a cabalgar más allá para ver si encontraba una salida más asequible hacia el oeste. Mientras seguía el camino hacia el sur, buscaba con curiosidad anhelante: se encontraba en un nuevo territorio y se preguntaba por qué no lo habría visitado hasta entonces. La alta muralla descendía en una pendiente más suave. Al ver un cruce más fácil, hizo girar a Whinney y se metió por allí.

El paisaje era del mismo estilo de pradera abierta. Sólo los detalles resultaban diferentes, pero eso lo hacía más interesante.

Cabalgó hasta encontrarse en una zona algo más quebrada, con cañones abruptos y mesetas recortadas. Había llegado más lejos de lo que pensaba, y al acercarse a un cañón, pensó en dar media vuelta. Entonces oyó algo que le heló la sangre en las venas e hizo que su corazón palpitara con fuerza: el rugido atronador de un león cavernario... y un alarido humano.

Ayla se detuvo, oyendo cómo le golpeaba la sangre en los oídos. Hacía mucho tiempo que no escuchaba un sonido humano, pero sabía que era humano y algo más. Sabía que quien acababa de lanzarlo era alguien de su misma especie. Se quedó tan estupefacta que no podía pensar. El alarido la atraía... era una llamada, una petición de ayuda. Pero no podía enfrentarse a un león cavernario... ni exponer a Whinney.

La yegua sintió su angustia y se volvió hacia el cañón aunque la señal que había hecho Ayla con su cuerpo había sido mínima. Ayla se acercó lentamente al cañón, desmontó y miró. Era ciego, sólo había una muralla pedregosa al fondo. Oyó el gruñido del león cavernario y vio su melena rojiza. Entonces comprendió la causa por la que Whinney no se había mostrado nerviosa.

–¡Es Bebé! ¡Whinney, es Bebé!

Corrió cañón adentro, olvidándose de que pudiera haber otros leones cavernarios y sin considerar que Bebé había dejado de ser su joven compañero para convertirse en un león adulto. Era Bebé... y sólo eso importaba. No temía a su león cavernario. Trepó por unas rocas dentadas para acercarse a él. Bebé se volvió enseñándole los dientes y gruñendo.

–¡Ya, Bebé! –le ordenó con señal y sonido. Él se detuvo sólo un instante, pero para entonces ya estaba ella a su lado empujándole para poder ver su presa. La mujer era demasiado familiar y su actitud demasiado segura para que él se resistiera. Se apartó como lo había hecho siempre que se acercaba a él y su presa, porque quería quedarse con la piel o con un trozo de carne para comer ella. Y Bebé no tenía hambre. Se había alimentado con el ciervo gigante que le proporcionó su leona. Sólo había atacado en defensa de su territorio... y después vaciló. Los humanos no eran presa suya; el olor que despedían se parecía demasiado al de la mujer que le había criado, un olor que era a la vez de madre y de compañera de caza.

Ayla vio que eran dos. Se arrodilló para examinarlos. Su preocupación principal era de curandera, pero sentía asombro y curiosidad al mismo tiempo. Sabía que eran hombres, aunque eran los primeros hombres que veía de los Otros. No había podido imaginar un hombre, pero tan pronto como vio a aquellos dos, comprendió por qué Oda había dicho que los hombres de los Otros se parecían a ella.

Supo inmediatamente que no había nada que hacer con el hombre de cabello negro. Estaba tendido en posición antinatural, con el cuello roto; las señales de dientes en su garganta lo explicaban. Aunque jamás le había visto antes, su muerte la entristeció. Los ojos se le llenaron de lágrimas de pesar; sentía haber perdido algo valioso antes de haber tenido la oportunidad de apreciarlo. Estaba desolada porque la primera vez que veía a uno de los suyos estaba muerto.

Habría querido reconocer su condición humana, honrarla con una sepultura, pero al ver de cerca al otro hombre, comprendió que sería imposible. El hombre de cabello amarillo seguía respirando, pero la vida se le escapaba a borbotones por un corte que tenía en la pierna. Su única esperanza residía en llevárselo a la caverna cuanto antes para poder curarle. No había tiempo para un entierro.

Bebé olfateó al hombre de cabello oscuro, mientras ella se esforzaba por cortar la hemorragia de la pierna del otro hombre con un torniquete improvisado con su honda y una piedra para hacer presión. Apartó al león del cadáver. «Sé que está muerto, Bebé, pero no es para ti», pensó. El león cavernario saltó desde el saliente y fue a asegurarse de que su ciervo seguía en la hendidura de la roca donde lo había dejado. Unos gruñidos familiares indicaron a Ayla que se disponía a comer.

Cuando la hemorragia se convirtió en un goteo, Ayla silbó para que se acercara Whinney y se puso a preparar la angarilla. Ahora Whinney estaba más nerviosa y Ayla recordó que Bebé tenía compañera. Acarició y abrazó a la yegua para tranquilizarla. Examinó la estera sólida entre los dos palos y decidió que sostendría al hombre de cabello amarillo, pero no sabía qué hacer con el otro. No quería dejárselo a los leones.

Cuando volvió a trepar, vio que la piedra suelta del cañón ciego parecía inestable; muchas piedras habían caído amontonándose tras un bloque que tampoco parecía muy estable. De repente recordó el entierro de Iza. La vieja curandera había sido tendida en una depresión poco profunda del suelo de la caverna; acto seguido se depositaron encima de ella montones de piedras y bloques enteros; eso le dio una idea. Arrastró el cadáver hasta la parte de atrás del cañón ciego, cerca de donde estaban los deslizamientos de piedras sueltas.

Bebé regresó para ver lo que estaba haciendo, con el hocico ensangrentado por la carne de ciervo. La siguió hasta el otro hombre y le olfateó mientras Ayla le arrastraba; allá abajo esperaba la yegua, inquieta con la angarilla.

–Ahora quítate del camino, Bebé.

Al tratar de llevarse al hombre hasta la angarilla, los ojos de éste parpadearon, y se quejó; después cerró de nuevo los ojos; Ayla prefería que estuviera inconsciente porque era pesado, y los esfuerzos para llevárselo tendrían que resultarle dolorosos. Cuando por fin lo tuvo envuelto y bien sujeto en la angarilla, volvió al saliente de piedra con una larga y fuerte lanza, y pasó por detrás. Miró al muerto y lamentó su muerte. Entonces apoyó la lanza contra la roca, y con los movimientos silenciosos y formales del Clan, se dirigió al mundo de los espíritus.

Había observado a Creb, el viejo Mog-ur, cuando enviaba el espíritu de Iza al otro mundo, con sus elocuentes movimientos fluidos. Había repetido esos mismos movimientos al encontrar el cadáver de Creb en la caverna después del terremoto, si bien nunca había sabido con exactitud todo el significado de los ademanes sagrados. Eso no importaba... sabía cuál era la intención. Los recuerdos acudieron en tropel a su mente y los ojos se le llenaron de lágrimas durante el bello y silencioso ritual por el extraño desconocido, y lo encaminó hacia el mundo de los espíritus.

Entonces, utilizando la lanza como una palanca, igual que lo habría hecho con un palo para darle la vuelta a un tronco o arrancar una raíz, aflojó la enorme roca y brincó hacia atrás mientras una cascada de piedras sueltas cubrían el cadáver.

Antes de que se hubiera asentado el polvo, ya había sacado a Whinney del cañón. Ayla volvió a montar y comenzó el largo viaje de regreso a la caverna. Se detuvo unas cuantas veces para atender al hombre, y en una ocasión para arrancar raíces frescas de consuelda, aunque estaba indecisa entre el deseo de correr para poder atenderle y no abusar de las fuerzas de Whinney. Respiró más tranquila cuando tuvo al hombre al otro lado del río, más allá del recodo, y cuando vio la muralla saliente desde lejos. Pero sólo cuando se detuvo para cambiar la posición de los palos de la angarilla, justo antes de subir el angosto sendero, se permitió creer que había llegado a la cueva con el hombre vivo aún.

Llevó a Whinney hasta la caverna con la angarilla, después preparó un fuego para calentar agua antes de desatar al hombre inconsciente y llevarle como pudo hasta su lecho. Quitó los arreos de la yegua, la abrazó con gratitud, y se puso a examinar sus hierbas medicinales para coger las que necesitaba. Antes de iniciar los preparativos, respiró hondo y tocó su amuleto.

No podía aclarar aún sus pensamientos lo suficiente como para dirigir a su tótem una petición particular –estaba demasiado llena de inexplicable ansiedad y desesperanzas confusas–, pero necesitaba ayuda. Quería conseguir que la fuerza de su poderoso tótem apoyara sus esfuerzos para curar a aquel hombre. Tenía que salvarle. No estaba muy segura de por qué, pero nada había sido nunca tan importante para ella. Costara lo que costara, aquel hombre no debía morir.

Echó más leña y comprobó la temperatura del agua en la olla de cuero que estaba colgada justo encima del fuego. Cuando vio que salía vapor, agregó unos pétalos de caléndula. Sólo entonces se volvió hacia el hombre inconsciente. Por los arañazos del cuero que llevaba puesto, comprendió que tendría otros rasguños además de la herida de su muslo derecho. Tendría que quitarle la ropa, pero él no llevaba como ella un manto atado con correas.

Al mirar de cerca para saber cómo podría desnudarle, vio que cuero y piel habían sido cortados, dándole forma, en piezas unidas después mediante cuerdas para envolver sus brazos, piernas y cuerpo. Examinó atentamente las uniones. Le había cortado el pantalón para cuidarle la pierna, y decidió que aquél era el sistema conveniente. Se sorprendió aún más cuando, después de cortar la prenda exterior, encontró otra distinta de toda indumentaria conocida por ella. Trozos de concha, hueso, dientes de animal y plumas de ave de colores habían sido fijados con cierto orden. Se preguntó si sería una especie de amuleto. No le seducía tener que cortarla, pero no había otra manera de quitársela. Lo hizo con mucho esmero, tratando de seguir el diseño para no estropearlo demasiado.

Bajo la prenda adornada había otra que cubría la parte inferior del cuerpo. Envolvía por separado cada una de las piernas y estaba unida por una cuerda, después se juntaba y se ataba alrededor de la cintura como una bolsa, recubriéndolo por delante. Cortó también ésta, y de paso vio que, definitivamente, era un varón. Quitó el torniquete y retiró suavemente el cuero tieso y empapado en sangre de la pierna herida. En el camino de regreso había aflojado varias veces el torniquete, aplicando presión con la mano para controlar la hemorragia y permitir la circulación en la pierna. El uso de un torniquete podía significar la pérdida del miembro si no se conocían y aplicaban las medidas pertinentes.

Se detuvo de nuevo al llegar al calzado, que también tenía la forma del pie y estaba unido de manera conveniente; entonces cortó las correas que lo sujetaban y le descalzó. La herida de la pierna había vuelto a gotear, pero no con violencia, y Ayla examinó al hombre con detenimiento para comprobar la gravedad de sus heridas. Las demás laceraciones eran superficiales, pero existía el peligro de infección. Los cortes propinados por las garras de león tenían una maligna tendencia a enconarse; incluso los pequeños arañazos que le había inferido a ella Bebé solían hacerlo. Pero la infección no la preocupaba de momento; la pierna, sí. Y casi pasó por alto otra herida, un bulto enorme a un lado de la cabeza, probablemente causado por la caída cuando fue atacado. Ignoraba si sería grave, pero no podía perder tiempo investigando. La sangre estaba chorreando de nuevo por la herida.

Aplicó presión a la ingle mientras lavaba la herida con la piel curtida de un conejo, estirada y rascada hasta dejarla suave y absorbente, mojada en una infusión de pétalos de caléndula. El líquido era astringente a la vez que antiséptico, y lo utilizaría después para limpiar también la sangre que brotaba de heridas más leves. Limpió con mucho cuidado, por dentro y por fuera, empapando la herida con el líquido. Bajo el profundo corte exterior, una parte del músculo del muslo estaba desgarrada. Ayla lo espolvoreó generosamente con raíz molida de geranio y comprobó inmediatamente el efecto coagulante.

Sosteniendo con una mano el punto de presión, Ayla metió raíz de consuelda en el agua para enjuagarla. Después la masticó hasta reducirla a pulpa y la escupió en la solución caliente de pétalos de caléndula para utilizarla como cataplasma húmeda directamente sobre la herida abierta. Mantuvo la herida cerrada y colocó en su sitio el músculo desgarrado, pero en cuanto quitó las manos, la herida se abrió otra vez y el músculo se separó.

Volvió a sujetarlo, pero se separaba tan pronto como quitaba la mano. No creía que vendarlo fuerte sirviese para mantener el músculo en su sitio, y no quería que la pierna del hombre sanara incorrectamente y le provocase una debilidad permanente. «Si pudiera quedarse inmovilizado mientras cicatriza la herida», pensó, sintiéndose inútil y deseando tener a Iza consigo. Estaba segura de que la vieja curandera habría sabido lo que tenía que hacer, aunque Ayla no podía recordar ningún tipo de instrucciones respecto a cómo tratar un caso como aquél.

Entonces recordó algo más, algo que Iza le había dicho de sí misma al preguntarle Ayla cómo convertirse en una curandera del linaje de Iza. «Yo no soy tu verdadera hija», le había dicho. «Yo no tengo tu memoria. No sé realmente qué es tu memoria».

Iza le había explicado entonces que su linaje tenía la posición más elevada porque ellos eran los mejores; cada madre había transmitido a su hija lo que sabía y había aprendido, y ella había sido adiestrada por Iza. Esta le había transmitido todos los conocimientos que pudo, tal vez no todo lo que sabía, pero sí lo suficiente, porque Ayla tenía algo más. Un don, dijo Iza. «Niña, tú no tienes la memoria, pero posees un modo de pensar, un modo de comprender... y un modo de saber cómo ayudar».

«Si se me ocurriera una forma de ayudar ahora a este hombre», pensó Ayla. Entonces se fijó en el montón de ropa que había cortado del cuerpo del herido y, de pronto, se le ocurrió una solución. Soltó la pierna y recogió la prenda de la parte inferior del cuerpo. Se habían cortado piezas que fueron unidas después con cuerda fina, una cuerda hecha de fibra. Examinó de qué manera estaban unidas, separándolas: la cuerda pasaba por un orificio que había en uno de los lados y por otro orificio en el lado opuesto, y se juntaban.

Ella había hecho algo parecido para dar forma a platos de corteza de abedul, abriendo agujeros y atando los extremos con un nudo. ¿No podría hacer algo parecido para cerrar la pierna del hombre? ¿Para sujetar el músculo hasta que la herida cicatrizara?

Se levantó rápidamente y regresó con lo que parecía ser un palito oscuro. Era una sección larga de tendón de ciervo, seco y duro. Con una piedra redonda y pulida, Ayla golpeó el tendón seco, partiéndolo en largas hebras de fibras blancas de colágeno. Lo deshebró y escogió una fina hebra del fuerte tejido conjuntivo y la sumergió en el líquido de caléndula. Al igual que el cuero, el tendón era flexible una vez húmedo, y si no era tratado, se endurecía al secarse. Cuando tuvo preparadas varias hebras, miró atentamente sus cuchillos y taladros tratando de encontrar los utensilios más apropiados para abrir orificios pequeños en la carne del hombre. Entonces recordó el manojo de astillas que había sacado del árbol partido por el rayo. Iza había utilizado astillas como aquéllas para abrir ampollas y tumefacciones que tenían que vaciarse. Servirían para sus fines.

Lavó la sangre que seguía saliendo, pero no sabía muy bien por dónde empezar. Cuando hizo un agujero con una de las astillas, el hombre se movió, quejándose. Iba a tener que hacerlo muy aprisa. Atravesó con el tendón duro el orificio abierto con la astilla, luego el orificio opuesto y unió ambas partes cuidadosamente antes de hacer un nudo.

Decidió no hacer demasiados nudos, puesto que no estaba muy segura de cómo podría soltarlos más adelante. Hizo cuatro nudos a lo largo de la herida, y dos más para mantener unida la parte del muslo desgarrado. Cuando terminó, sonrió ante los nudos de fibra que sostenían unida la carne y el músculo; pero la idea había funcionado. La herida ya no estaba abierta y el músculo se mantenía en su lugar. Si la herida sanaba limpiamente, sin infección, podría hacer buen uso de su pierna. Por lo menos, habían aumentado las probabilidades de que fuera así.

Hizo una cataplasma con la raíz de consuelda y envolvió la pierna en piel suave. A continuación lavó cuidadosamente los demás arañazos, sobre todo en el hombro derecho y en la correspondiente parte del tórax. El bulto de la cabeza la tenía preocupada, pero la piel no estaba rota, sólo hinchada. Con agua dulce hizo una infusión de flores de árnica y puso una compresa sobre la hinchazón, atándola con una correa delgada.

Sólo entonces se sentó sobre los talones. Cuando despertara, le podría administrar medicamentos, pero, por el momento, había atendido a lo más necesario. Estiró una arruga minúscula de los vendajes de la pierna y entonces, por vez primera, Ayla le miró realmente.

No era tan robusto como los hombres del Clan, pero sí musculoso, y tenía las piernas increíblemente largas. El vello dorado que cubría de rizos su pecho se convertía en un halo aterciopelado en sus brazos. Tenía el cutis pálido. El vello de su cuerpo era más claro y fino que el de los hombres que ella había conocido; era más alto y más esbelto, pero no muy diferente. Su virilidad fláccida reposaba sobre rizos suaves y dorados. Tendió la mano para comprobar la textura, pero la retiró. Vio que tenía una cicatriz reciente y no totalmente desaparecida en las costillas. Sin duda hacía poco que se había restablecido de una herida anterior.

¿Quién le habría atendido? ¿Y de dónde vendría?

Se acercó más para verle el rostro. Era plano en comparación con los rostros de los hombres del Clan. Su boca, en calma, era de labios gruesos, pero sus mandíbulas no sobresalían tanto. Tenía una barbilla fuerte, con un hoyo. Ella tocó el suyo y recordó que también su hijo lo tenía, pero ningún otro miembro del Clan. La forma de la nariz de aquel hombre no era muy diferente de las narices del Clan: de caballete alto, angosto; pero era más pequeña. Sus ojos cerrados estaban muy separados y parecían saltones; entonces se dio cuenta de que no tenía las cejas tan salientes. Su frente, surcada por ligeras arrugas de preocupación, era recta y alta. Para ella, acostumbrada a ver sólo gente del Clan, la frente era protuberante. Puso la mano en la frente de él y después palpó la suya: eran iguales. Desde luego tuvo que parecerles una criatura muy rara a los del Clan.

Tenía el cabello largo y lacio; en parte estaba sujeto en la nuca por una correa, pero, en conjunto, constituía una masa enmarañada... y amarilla. Era como el de ella, pero más claro. En cierto modo, familiar. Entonces, sobresaltada al reconocerlo, recordó: ¡su sueño! Su sueño sobre el hombre de los Otros. No podía verle el rostro, ¡pero tenía el cabello amarillo!

Tapó al hombre y acto seguido se dirigió rápidamente hacia fuera, a la terraza, quedándose sorprendida al ver que aún era de día; según el sol, el principio de la tarde. Habían ocurrido tantas cosas, y había gastado tanta energía mental, física y emocional, y con tal intensidad, que parecía que debiera ser mucho más tarde. Trató de poner en orden sus pensamientos, pero éstos se entremezclaban en una confusión total.

¿Por qué habría decidido cabalgar ese día hacia el oeste? ¿Por qué tuvo que encontrarse allí precisamente cuando él gritó? Y entre todos los leones cavernarios de la estepa, ¿por qué fue precisamente a Bebé a quien encontró en el cañón? Sin duda su tótem la condujo hasta aquel sitio. ¿Y su sueño con el hombre de cabello amarillo? ¿Sería éste el hombre? ¿Por qué fue llevado hasta allí? No estaba segura de la importancia que llegaría a tener en su vida, pero sabía que ya nunca sería lo mismo. Había visto el rostro de los Otros.

Se dio cuenta de que Whinney le tocaba la mano con el hocico y se volvió. La yegua puso la cabeza sobre el hombro de la mujer, y Ayla tendió los brazos, rodeó con ellos el cuello de Whinney y después apoyó su cabeza. Allí se quedó, pegada al animal, como si quisiera aferrarse a su modo de vida familiar y cómoda, algo temerosa respecto al futuro. Entonces acarició a la yegua, dándole golpecitos, y notó el movimiento de la cría que llevaba dentro.

–Ya no falta mucho, Whinney. Me alegro de que me hayas ayudado a traerle; sola no me habría sido posible.

«Será mejor que vuelva a ver si está bien», pensó, nerviosa de que pudiera ocurrirle algo si lo dejaba solo un instante. No había cambiado de postura, pero se quedó a su lado, observando cómo respiraba, incapaz de apartar de él la mirada. Entonces, se fijó en una anomalía: no tenía barba. Todos los hombres del Clan tenían barba, barba morena y tupida. ¿Los hombres de los Otros no tendrían barba?

Le tocó la mandíbula y sintió el rastrojo: tenía algo de barba, ¡pero tan corta! Movió la cabeza, perpleja; parecía muy joven. Aunque era alto y musculoso, de repente pareció más un muchacho que un hombre.

El hombre volvió la cabeza, gimió y murmuró algo. Sus palabras eran incomprensibles, pero había en ellas cierta cualidad que le hizo sentir que debería comprender. Le puso la mano en la frente y en la mejilla y sintió que subía el calor de la fiebre. «Será mejor que trate de darle algo de corteza de sauce», pensó, volviendo a levantarse.

Miró entre su provisión de hierbas medicinales en busca de la corteza de sauce. Nunca se había parado a pensar por qué mantenía toda una farmacopea, siendo así que no tenía que cuidar a nadie más que a sí misma; sólo lo había hecho por costumbre. Ahora se alegraba. Había muchas plantas que no encontró en el valle ni en la estepa y que abundaban, en cambio, alrededor de la caverna, pero con lo que tenía bastaba, y además estaba agregando algunas que eran desconocidas más al sur. Iza le había enseñado a probar la vegetación desconocida consigo misma, para alimento y medicina, pero todavía no estaba del todo satisfecha con las novedades, en todo caso no lo suficiente para probarlas con el hombre.

Además de la corteza de sauce, cogió una planta cuyos usos conocía. El tallo peludo, en vez de tener hojas, parecía salir del centro de anchas hojas de dos puntas. Cuando la cogió vio racimos de flores blancas que ahora tenían un color marrón apagado. Era tan parecida a la agrimonia, que creyó sería una variedad de esa planta, a la que las otras curanderas de la Reunión del Clan habían llamado eupatorio y que empleaban para los huesos. Ayla la utilizaba para bajar la calentura, pero había que cocerla hasta que formara un jarabe espeso, y eso llevaba tiempo. Producía mucha transpiración, pero era fuerte y ella no quería dársela al hombre –debilitado por la hemorragia–, salvo que no le quedara otro remedio Sin embargo, más valía estar prevenida.

Se acordó de las hojas de alfalfa; las hojas frescas maceradas en agua caliente ayudaban a la coagulación; prepararía un buen caldo de carne para darle fuerzas. La curandera que había en ella estaba pensando de nuevo, haciéndole olvidar la confusión que la embargaba hacía rato. Desde el principio se había aferrado a un solo pensamiento que estaba fortaleciéndose cada vez más: «este hombre debe vivir».

Consiguió hacerle tomar un poco de infusión de corteza de sauce, sosteniéndole la cabeza en su regazo. El parpadeó y murmuró algo, pero sin recobrar el conocimiento. Sus arañazos y heridas se habían puesto calientes y encarnados, y la pierna se hinchaba por momentos. Ayla cambió la cataplasma y preparó otra compresa para la herida de la cabeza. Esta, por lo menos, estaba deshinchándose. A medida que avanzaba la tarde aumentaba su preocupación; le habría gustado que Creb estuviera allí para conjurar a los espíritus y ayudarla, como solía hacer para Iza.

Para cuando oscureció, el hombre se estaba revolviendo y se agitaba, llamando. Había una palabra que repetía una y otra vez, mezclada con sonidos que encerraban la urgencia de un aviso. Pensó que podría ser un nombre, tal vez el nombre de su compañero. Con un hueso de costilla que había tallado en hueco para hacer una depresión, le dio la concentración de agrimonia en pequeñas dosis a eso de medianoche. Mientras luchaba contra el sabor amargo, abrió los ojos, pero sin que sus oscuras profundidades revelaran que reconocía algo. Fue más fácil administrarle después una infusión de datura... era como si quisiese limpiarse la boca del otro sabor amargo. Ayla se alegró de haber encontrado cerca del valle la datura que aliviaba el dolor y fomentaba el sueño.

Pasó toda la noche en vela, esperando que remitiera la fiebre, pero casi amanecía cuando llegó al máximo. Después de lavar el cuerpo empapado en sudor con agua fresca y cambiarle vendas y ropa de cama, vio que el hombre dormía más tranquilo. Entonces se quedó adormecida, tendida en unas pieles junto a él.

De repente se encontró mirando la brillante luz del sol que penetraba por la abertura de la cueva, preguntándose por qué estaría totalmente despierta. Rodó sobre sí misma, vio al hombre y todo lo sucedido el día anterior volvió a su memoria. El hombre parecía calmado y dormía con normalidad. Ayla se quedó quieta, escuchando, y entonces oyó la fuerte respiración de Whinney. Se levantó rápidamente y acudió al otro lado de la caverna.

–Whinney –le dijo, muy excitada– ¿ha llegado el momento?

La yegua no tuvo que contestar. Ayla había ayudado anteriormente a traer niños al mundo, había dado a luz, pero resultaba una experiencia nueva ayudar a la yegua. Whinney sabía lo que había que hacer, pero pareció agradecer la presencia consoladora de Ayla. Sólo hacia el final, con el potro a medio nacer, Ayla ayudó a sacarlo del todo. Sonrió complacida al ver que Whinney empezaba a lamer el pelaje sedoso y moreno de su recién nacido.

–Es la primera vez que veo a una yegua dando a luz con ayuda de partera –dijo Jondalar.

Ayla se volvió rápida al oírle y miró al hombre que, apoyado en el codo, la observaba.

20

Ayla se quedó mirando al hombre. No podía remediarlo, aunque sabía que era incorrecto. Una cosa era observarle mientras estaba inconsciente, pero contemplarle cuando estaba totalmente despierto era algo completamente diferente. ¡Tenía los ojos azules!

Sabía que ella también tenía los ojos azules; era una de las diferencias que le habían recordado con mucha frecuencia, y los había visto reflejados en el agua de la poza. Los ojos de la gente del Clan eran oscuros. Nunca había visto a nadie con los ojos azules, sobre todo de un azul tan vivo que casi no podía creer que fuera real.

Se sentía prisionera de esos ojos azules, incapaz de moverse, hasta que se dio cuenta de que estaba temblando. Entonces comprendió que había estado mirando al hombre a los ojos, y sintió que la sangre se le subía a la cara al apartar la mirada, llena de vergüenza. No sólo era descortés mirar con fijeza, sino que se suponía que una mujer nunca debía mirar directamente a un hombre, peor aún, a un extraño.

Ayla bajó la mirada al suelo, luchando por recobrar la compostura. «¿Qué estará pensando de mí?» Pero hacía tanto tiempo que no había tenido cerca a persona alguna, y además era la primera vez que recordaba haber visto a uno de los Otros. Quería mirarle. Quería llenarse los ojos, beberse la visión de otro ser humano, y de un ser humano tan insólito. Pero también era importante que él tuviera buena opinión de ella. No quería empezar mal debido a sus acciones inconvenientes provocadas por la curiosidad.

–Lo siento. No quería avergonzarte –dijo, preguntándose si la habría ofendido o si sólo era tímida. Cuando vio que ella no contestaba nada, sonrió levemente y comprendió que había hablado en Zelandonii. Pasó al Mamutoi y, al ver que no lo entendía, al Sharamudoi.

Ella le había estado observando con miradas furtivas, como hacían las mujeres que esperaban la señal del hombre para acercarse. Mas él no hacía gestos, por lo menos ninguno que ella pudiera entender. Sólo decía palabras. Pero ninguna de las palabras se parecían a los sonidos que hacían los del Clan. Se trataba de sílabas guturales y claras; fluían juntas. Ni siquiera podía darse cuenta de dónde terminaba una y comenzaba la otra. La voz tenía un tono agradable, profundo y sonoro. En cierto nivel fundamental, Ayla comprendía que debería entenderlo, pero no lo entendía.

Siguió esperando una señal de él, hasta que la espera se hizo embarazosa. Entonces recordó, de sus primeros tiempos con el Clan, que Creb había tenido que enseñarle a hablar convenientemente. Le había dicho que sólo ella sabía producir sonidos, y se había preguntado si los Otros sólo se comunicarían de ese modo. Tal vez lo que ocurría era que aquel hombre no sabía hacer señas. Finalmente, cuando comprendió que no las haría, pensó que debería encontrar otra manera de comunicarse con él, aun cuando sólo fuera para asegurarse de que tomase la medicina que le tenía preparada.

Jondalar no sabía qué hacer. Nada de lo que decía despertaba en ella la menor respuesta. Se preguntó si estaría sorda, pero recordó lo rápidamente que se había vuelto a mirarle la primera vez que habló. «¡Qué mujer tan extraña!» pensó, sintiéndose incómodo. «Me pregunto dónde estará su gente». Echó una mirada por la cueva, vio la yegua color del heno y su potro bayo y le llamó la atención otro detalle: «¿Qué estaría haciendo una yegua en la caverna? ¿Y cómo permitía que una mujer la ayudara a dar a luz?» Nunca había visto parir a una yegua, ni siquiera en la planicie. ¿Tendría esa mujer alguna clase de poderes especiales?

Todo aquello comenzaba a tener la calidad irreal de un sueño, pero no le parecía estar dormido. «Tal vez sea peor. Quizá sea una donii que ha venido por ti, Jondalar», pensó, estremeciéndose, nada seguro de que se tratara de un espíritu benévolo... si es que era un espíritu. Se sintió más tranquilo al ver que se movía, aunque vacilando un poco, dirigiéndose al fuego.

Sus modales eran inseguros. Se movía como si no quisiera que él la viese; le recordaba... algo. También llevaba una ropa rara. No parecía más que una pieza de cuero envolviéndole el cuerpo y sujeta con una correa. ¿Dónde había visto algo así? No podía recordarlo.

Había hecho algo interesante con sus cabellos. Los llevaba separados en secciones regulares por toda la cabeza, y trenzados. Había visto trenzas de cabello anteriormente, aunque nunca en un estilo como el de ella. No carecía de atractivos, pero era poco común. La primera vez que la miró la encontró guapa. Parecía joven –había inocencia en sus ojos– pero, por lo que podía vislumbrar a través de un manto tan informe, tenía cuerpo de mujer madura. Parecía evitar su mirada interrogante. «¿Por qué?», se preguntaba. Comenzaba a estar intrigado... aquella mujer resultaba un extraño enigma.

No se dio cuenta del hambre que tenía hasta que olió el rico caldo que le llevaba. Intentó sentarse y el dolor agudo de su pierna derecha le hizo comprender que tenía más heridas; le dolía todo el cuerpo. Entonces se preguntó, por vez primera, dónde estaría y cómo habría llegado allí. De repente recordó a Thonolan penetrando en el cañón... el rugido... y el león cavernario más gigantesco que había visto en su vida.

–¡Thonolan! –gritó, mirando a su alrededor, presa de pánico–. ¿Dónde está Thonolan? –en la cueva no había nadie más que la mujer; el estómago se le contrajo. Lo sabía, pero no quería creerlo. Tal vez Thonolan estuviera en otra cueva allí cerca. Quizá alguien le estaría cuidando–. ¿Dónde está Thonolan? ¿Dónde está mi hermano?

Aquella palabra le resultaba familiar a Ayla. Era la que había repetido tantas veces cuando gritaba alarmado desde la profundidad de sus sueños. Adivinó que estaba preguntando por su compañero, y agachó la cabeza para mostrar respeto por el joven que había muerto.

–¿Dónde está mi hermano, mujer? –gritó Jondalar, cogiéndole de los brazos y sacudiéndola–. ¿Dónde está Thonolan?

La explosión sobresaltó a Ayla. La fuerza de su voz, la ira, la frustración, las emociones fuera de control que se traslucían en su tono y se revelaban en sus acciones, todo ello la perturbaba. Los hombres del Clan jamás habrían expuesto sus emociones tan abiertamente. Podían sentir con la misma intensidad, pero la virilidad se medía por el control de sí mismo.

De cualquier modo, en los ojos del hombre había dolor, y Ayla podía leer, en la tensión de los hombros y en la crispación de su mandíbula, que estaba luchando contra la verdad que sabía pero no quería aceptar. El pueblo en que se había criado se comunicaba con algo más que simples gestos y señales de las manos. La postura, la actitud, la expresión: todo ello trasmitía matices de significado que formaban parte del vocabulario. La flexión de un músculo podía revelar un matiz. Ayla estaba acostumbrada a leer el lenguaje corporal y la pérdida de un ser querido provocaba una aflicción universal.

También los ojos de ella transmitían sus sentimientos, decían su pesar, su conmiseración; meneó la cabeza y volvió a inclinarla. El no pudo seguir negándose a lo que había adivinado. La soltó, y sus hombros cayeron, aceptándolo.

–Thonolan... Thonolan... ¿por qué tuviste que seguir adelante? ¡Oh, Doni!, ¿por qué? ¿Por qué te llevaste a mi hermano?

–gritó, con voz tensa y abatida. Trató de resistir el embate de la desolación, cediendo a su pena, pero nunca había conocido una desesperación tan profunda–. ¿Por qué tenías que llevártelo dejándome sin nadie más? Sabías que era la única persona a la que amaba. Gran Madre... ¿Por qué? Era mi hermano... Thonolan... Thonolan...

Ayla sabía lo que era la aflicción. No se le habían escatimado sus estragos, y le compadecía, habría querido consolarle. Sin saber cómo, se encontró abrazando al hombre, meciéndole mientras él gritaba el nombre, repitiéndolo una y otra vez lleno de angustia. El no conocía a la mujer, pero era humana y compasiva. Ella vio que la necesitaba y respondió a esa necesidad.

Cogido a ella, Jondalar experimentó una fuerza abrumadora que surgía muy dentro de él, como las fuerzas encerradas en un volcán, que una vez desatadas, no pueden ser contenidas. Con un tremendo sollozo, su cuerpo se puso a temblar convulsivamente. Brotaron de su garganta gritos fuertes y profundos, y cada vez que respiraba lo hacía con un esfuerzo desgarrador.

Nunca, desde niño, se había abandonado tan completamente. No era natural en él revelar sus sentimientos más recónditos. Eran éstos demasiado irresistibles, y desde muy joven había aprendido a dominarlos... pero el desbordamiento provocado por la muerte de Thonolan había puesto al descubierto las aristas desnudas de recuerdos profundamente enterrados.

Había tenido razón Serenio al decir que su amor era demasiado para que la mayoría de la gente pudiera sobrellevarlo. Su ira, una vez provocada, tampoco podía contenerse antes de haber recorrido todo su curso. Siendo adolescente había causado verdaderos estragos a causa de su ira justiciera, y alguien había sufrido daños graves. Todas sus emociones eran demasiado potentes. Incluso su madre se había visto obligada a poner cierta distancia entre ellos, y había observado con simpatía silenciosa cuando los amigos retrocedían porque se apegaba demasiado fuerte a ellos, amaba demasiado, exigía demasiado de ellos. Su madre había visto características similares en el hombre con el que estuvo emparejada en otros tiempos, y en cuyo hogar había nacido Jondalar. Sólo su hermano menor parecía capaz de vérselas con su amor, de aceptar con facilidad y desviar con risas las tensiones que causaba.

Cuando resultó excesivamente difícil para ella poder manejarle, y la Caverna entera estuvo alborotada, su madre le había mandado a vivir con Dalanar. Fue una hábil maniobra. Cuando regresó Jondalar, no sólo había aprendido un oficio sino también a controlar sus emociones, y se había convertido en un hombre alto, musculoso y notablemente guapo, con ojos extraordinarios y un carisma inconsciente que era el reflejo de lo más profundo de su corazón. En particular las mujeres percibían que había en él algo más de lo que quería mostrar. Se convirtió en un reto irresistible, pero ninguna fue capaz de conquistarle. Por muy lejos que llegaran, nunca pudieron alcanzar sus sentimientos más recónditos. Por mucho que estuvieran dispuestas a tomar, él tenía todavía más que dar. Aprendió rápidamente hasta dónde podía llegar con cada una de ellas, pero para él las relaciones eran superficiales e insatisfactorias. La única mujer en su vida que habría sido capaz de tratar con él en sus mismos términos, se había comprometido con otro. De todos modos, también habría sido una unión dispareja.

Su pena era tan intensa como el resto de su naturaleza, pero la joven que le tenía en sus brazos había conocido penas igualmente grandes. Lo había perdido todo... y más de una vez; había sentido el frío aliento del mundo de los espíritus... más de una vez, y, sin embargo, siguió adelante. Sentía que el desbordamiento apasionado que presenciaba era algo más que un dolor común y corriente, y por la pena que ella misma experimentaba, le dejaba desahogarse.

Cuando aquellos terribles sollozos fueron calmándose, Ayla descubrió que estaba cantando a media voz mientras le sostenía. Había calmado a Uba, la hija de Iza, hasta dejarla dormida, a fuerza de cantarle suavemente; había visto cómo su hijito cerraba los ojos con el mismo canturreo adormecedor sin melodía. Era el apropiado. Finalmente, vacío y exhausto, Jondalar la soltó. Se quedó tendido con la cabeza de lado, mirando sin ver las paredes de la caverna. Cuando Ayla le volvió el rostro para limpiarle las lágrimas con agua fría, el joven cerró los ojos. No quería –o no podía– mirarla. Pronto su cuerpo se aflojó, y Ayla comprendió que se había quedado dormido.

Se fue a ver qué tal le iba a Whinney con su cría, y después salió. También ella se sentía vacía, pero aliviada. Desde el extremo más alejado del saliente, miró hacia el valle y recordó su angustiosa cabalgada con el hombre en la angarilla, su ferviente esperanza de que no muriera. La idea la puso nerviosa; más que nunca sentía que el hombre debería vivir. Volvió rápidamente a la cueva y se tranquilizó al comprobar que seguía respirando. Acercó nuevamente la sopa fría al fuego –él habría necesitado otro tipo de alimento–, se aseguró de que los medicamentos estaban dispuestos para cuando despertara, y se sentó tranquilamente sobre las pieles, a su lado.

No se cansaba de mirarle, y estudió su rostro como si estuviera tratando de satisfacer de golpe todos sus años de anhelo por ver a otro ser humano. Ahora que parte de la extrañeza estaba disipándose, vio mejor su rostro en conjunto, no las facciones una por una. Habría querido tocarle, pasarle el dedo por la mandíbula y el mentón, sentir la suavidad de sus cejas claras. Entonces se dio cuenta.

¡Sus ojos habían chorreado agua! Ella había quitado la humedad de su rostro; tenía aún el hombro mojado. «No soy la única», pensó. «Creb no pudo explicarse nunca por qué mis ojos echaban agua cuando estaba triste... y los de nadie más. Pensaba que mis ojos eran débiles. Pero los ojos del hombre echaron agua cuando se lamentaba. Sin duda los ojos de todos los Otros echan agua».

Finalmente, la noche que había pasado Ayla en vela y sus intensas reacciones emocionales pudieron más que ella. Quedóse dormida sobre las pieles al lado de él, aunque no anochecía aún. Jondalar despertó cuando comenzaba el crepúsculo. Tenía sed y buscó algo de beber, pero sin querer despertar a la mujer. Oyó los ruidos que hacían la yegua y su potrillo, pero sólo pudo distinguir el pelaje amarillo de la madre, que estaba tendida cerca de la pared al otro lado de la entrada de la cueva.

Luego miró a la mujer. Estaba de espaldas; sólo podía ver la línea de su cuello y su mandíbula, y la forma de la nariz. Rememoró su estallido emocional y se sintió triste y recordó entonces cuál había sido la causa. Su pena apartó todas las demás sensaciones; notó que se le llenaban los ojos de lágrimas, y los cerró apretadamente. Trató de no pensar en Thonolan; trató de no pensar en nada. No tardó en conseguirlo y no volvió a despertar hasta media noche, y entonces sus gemidos despertaron también a Ayla.

Todo estaba oscuro; el fuego se había apagado. Ayla fue a tientas hasta el hogar, consiguió yesca y astillas en el lugar donde guardaba su provisión, y pedernal y pirita.

La fiebre de Jondalar estaba subiendo de nuevo, pero estaba despierto. No obstante, creía haberse dormido. No podía creer que la mujer hubiera prendido fuego tan prontamente. Ni siquiera había visto el resplandor de los carbones al despertar.

Ayla llevó al herido una infusión de corteza de sauce que había preparado con anterioridad. Se enderezó sobre un codo para coger la taza y, aunque era amargo, bebió, porque tenía sed. Reconoció el sabor –todo el mundo parecía conocer el uso de la corteza de sauce–, pero habría preferido un trago de agua pura. Experimentaba asimismo la necesidad de orinar, pero no sabía cómo expresar ninguna de las dos necesidades. Cogió la taza vacía, la volcó para demostrar que no tenía nada y se la llevó a los labios.

Ella comprendió inmediatamente y acercó un pellejo lleno de agua, dejándolo junto a él. El agua le calmó la sed pero incrementó el otro problema, y el hombre empezó a agitarse incómodo. Sus movimientos hicieron que la mujer comprendiera lo que le pasaba. Sacó del fuego un palo encendido para que sirviera como antorcha y pasó a la sección de la caverna que le servía de bodega. Buscó algún recipiente, pero una vez allí encontró otros artículos útiles.

Había hecho lámparas de piedra, abriendo una depresión en la piedra, para depositar grasa derretida y una mecha de musgo, aunque no las había utilizado con frecuencia; por lo general, el fuego le proporcionaba suficiente iluminación. Cogió una lámpara, encontró las mechas de musgo y buscó las vejigas de grasa congelada. Al ver una vejiga vacía, también se la llevó.

Puso la que estaba llena cerca del fuego para ablandarla y le llevó a Jondalar la vacía... pero no supo explicarle para qué era. Desplegó la abertura, le mostró el orificio, pero él no comprendía. No quedaba más remedio: Ayla levantó las mantas, metió la mano para ponerle la vejiga entre los muslos, pero para entonces él ya había entendido y se la quitó de la mano.

Se sentía ridículo tendido de espaldas en vez de estar de pie y dejar que la orina saliera. Ayla pudo comprobar su incomodidad y se acercó al fuego para llenar la lámpara, sonriendo para sí. «Nunca ha estado herido, al menos no tan gravemente como ahora», pensó, «que no puede caminar». Él sonrió algo apocado cuando la mujer le quitó la vejiga y salió para vaciarla. Se la devolvió para que la utilizara cuando fuera necesario, y terminó de echar aceite en la lámpara antes de encender la mechita. La llevó entonces hasta la cama y descubrió el muslo herido.

Jondalar quiso sentarse para mirar, aunque le dolía. Ella le sostuvo. Cuando el herido vio cómo tenía el pecho y los brazos, comprendió por qué le dolía más el lado derecho, pero el profundo dolor de su pierna era lo que más preocupado le tenía. Se preguntaba si la mujer sería lo suficientemente experta; administrar infusión de sauce no la convertía en curandera.

Cuando retiró Ayla la cataplasma roja de sangre, se preocupó más aún el hombre; la lámpara no iluminaba como la luz del sol, pero, aun así, pudo apreciar la gravedad de la herida. Tenía la pierna hinchada, magullada y en carne viva. Miró más de cerca y le pareció que había nudos sujetando su carne. No era versado en las artes curativas; hasta hacía poco no se había interesado por ellas más que la mayoría de los hombres jóvenes y saludables, pero, ¿habría intentado un Zelandonii alguna vez unir y anudar a alguien?

Observó con atención mientras Ayla preparaba otra cataplasma, esta vez de hojas. Quiso preguntar qué hojas eran, tratar de evaluar sus habilidades. Pero ella no sabía ninguno de los lenguajes que él hablaba. Ahora que lo pensaba, no la había oído decir nada aún. ¿Cómo podría ser curandera si no hablaba? Pero parecía saber lo que estaba haciendo y, desde luego, lo que le puso en la pierna alivió el dolor.

Se recostó de nuevo –¿qué más podía hacer?– y la observó mientras le lavaba el pecho y los brazos con algún calmante. Sólo cuando desató la correa de cuero suave que sostenía la compresa se enteró de que también su cabeza estaba lastimada. Se tocó y sintió la hinchazón y una parte dolorida, antes de que le pusiera Ayla la nueva compresa.

La mujer volvió junto al fuego para calentar el caldo. El la observaba, intentando todo el tiempo descubrir quién era.

–Eso huele bien –dijo, cuando el aroma sustancioso llegó hasta él.

El sonido de su voz parecía fuera de lugar. No estaba seguro de por qué, pero era algo más que el saber que no le comprendería. Cuando se había encontrado por vez primera con los Sharamudoi, ninguno de ellos sabía una palabra del idioma del otro, y, sin embargo, hablaron –de manera inmediata y con versatilidad– mientras se esforzaban por intercambiar palabras que iniciaran el proceso de comunicación. Aquella mujer no hacía el menor intento de iniciar un intercambio de palabras, y respondía a sus esfuerzos exclusivamente con una expresión interrogante. No sólo parecía carecer del conocimiento de los idiomas que él sabía, sino también del deseo de comunicarse.

«No», pensó. «No es del todo cierto». En efecto, se habían comunicado. Ella le había dado agua cuando él la necesitaba, y también un recipiente para aliviar su vejiga, aunque no estaba seguro de la manera en que lo había intuido. No elaboró un pensamiento específico en cuanto a la comunicación que compartieron cuando él dio rienda suelta a su dolor –la pena era demasiado reciente–, pero la había experimentado y la incluyó en las preguntas que se hacía respecto a ella.

–Ya sé que no puedes entenderme –manifestó a modo de tanteo. No sabía exactamente qué decirle, pero sentía la necesidad de decir algo. Una vez que comenzó, las palabras salieron con mayor facilidad–. ¿Quién eres? ¿Dónde están los tuyos? –no podía ver mucho más allá del círculo de luz que producían el fuego y la lámpara, pero no había visto a nadie más ni evidencias de que hubiera más gente–. ¿Por qué no quieres hablar? –ella le miró pero no dijo nada.

Una idea extraña comenzó a insinuarse en la mente de Jondalar. Recordó estar sentado junto a una fogata, en la oscuridad, cerca de un curandero, y que Shamud habló de ciertas pruebas a las que debían someterse Los Que Servían a la Madre. ¿No dijo algo respecto a pasar algún tiempo en soledad?, ¿de un período de silencio durante el cual no podían hablar con nadie?, ¿de períodos de abstinencia y continencia?

–Vives aquí sola, ¿verdad?

Ayla volvió a mirarle, sorprendida al descubrir una expresión de asombro en su rostro, como si la estuviera viendo por vez primera. Por alguna razón, el hombre le hizo cobrar nuevamente conciencia de su descortesía, y bajó rápidamente la mirada hacia el caldo; pero él no parecía darse cuenta de su indiscreción; miraba alrededor de la cueva y hacía sonidos con la boca. Ayla llenó una taza y se sentó frente a él con la taza en la mano, tratando de darle ocasión de tocarle el hombro y reconocer su presencia. No recibió golpecito alguno y, al levantar la vista, él la estaba mirando interrogante y emitiendo aquellos sonidos.

«¡No sabe! ¡No ve lo que estoy preguntando! No creo que conozca ninguna de las señas». Con un discernimiento súbito, se le ocurrió un pensamiento. «¿Cómo vamos a comunicarnos si no ve mis señas y yo no conozco sus palabras?»

La sacudió el recuerdo de cuando Creb trataba de enseñarle a hablar, pero ella no sabía que hablaba con sus manos. Ignoraba que la gente podía hablar con las manos; sólo había hablado mediante sonidos. Llevaba tanto tiempo hablando el lenguaje del Clan que no podía recordar el significado de las palabras.

«Pero ya no soy mujer del Clan. Estoy muerta; fui maldita. Nunca podré regresar. Debo vivir ahora con los Otros, y debo hablar como ellos. Debo aprender de nuevo a comprender las palabras y debo aprender a decirlas, porque, si no, nunca me comprenderán. Aunque hubiera encontrado un clan de Otros, no habría podido hablarles y ellos no habrían sabido lo que les decía. ¿Será por eso por lo que mi tótem me hizo permanecer aquí? ¿Hasta que me trajeran a este hombre? ¿Para que volviera a enseñarme a hablar?» Se estremeció, presa de un frío súbito, pero no había soplado viento alguno.

Jondalar había estado desvariando, haciendo preguntas a las que no esperaba obtener respuestas, sólo por oírse hablar. No había recibido respuesta de la mujer y creyó comprender el motivo. Estaba convencido de que se encontraba preparándose para entrar, o que ya lo estaba, al servicio de la Madre. Eso respondía a muchas preguntas: su habilidad para curar, su domino del caballo, por qué vivía sola y no quería hablarle, tal vez, incluso, por qué le había encontrado y llevado a aquella caverna. Se preguntaba dónde estaba, pero, por el momento, eso carecía de importancia. Tenía suerte de seguir con vida. Pero le inquietaba algo más que había dicho el Shamud.

Ahora se percataba de que, si hubiera prestado atención al curandero de cabello blanco, habría sabido que Thonolan iba a morir..., pero también se le había dicho que siguiera a su hermano porque Thonolan le conduciría adonde no iría él solo. ¿Por qué había sido conducido hasta allí?

Ayla había estado cavilando sobre la manera de empezar a aprender sus palabras, y de repente recordó cómo había comenzado Creb: con los sonidos del nombre. Dándose ánimos, miró directamente a los ojos del hombre, se golpeó el pecho y dijo: «Ayla».

Los ojos de Jondalar se abrieron mucho.

–De modo que, por fin te has decidido a hablar. ¿Cómo te llamas? –y la señaló–. Dilo otra vez.

–Ayla.

Tenía un acento curioso. Las dos partes de la palabra estaban unidas, la parte interior pronunciada desde la garganta como si se la tragara. El había oído muchas lenguas, pero ninguna con la calidad tonal que ella daba a su voz. No podía decirlo exactamente igual; sin embargo, trató de hacerlo lo más parecido posible: «Aaay-lah».

La mujer casi no pudo reconocer los sonidos de él al pronunciar su nombre. Algunas personas del Clan tropezaban con dificultades, pero ninguna lo había dicho así: juntaba los sonidos, alteraba el acento de tal manera que la primera sílaba subía y la segunda bajaba. Ni siquiera podía recordar haberlo oído nunca así..., y no obstante, sonaba muy bien. Le señaló a él y se inclinó hacia delante, a la expectativa.

–Jondalar –dijo el hombre–. Mi nombre es Jondalar de los Zelandonii.

Fue demasiado: no pudo captarlo todo; sacudió la cabeza y volvió a señalarle; Jondalar se dio cuenta de que estaba confusa.

–Jondalar –dijo, y luego, más despacio–: Jondalar.

Ayla se esforzó por lograr que su boca funcionara como la de él:

–Duh-da –fue lo más que pudo articular.

Jondalar podía darse cuenta de que tropezaba con dificultades para emitir los sonidos correctos, pero era indudable que se esforzaba lo más que podía. Se preguntó si padecería alguna deformidad en la boca que le impedía hablar. ¿Por eso no hablaría? ¿porque no podía? Repitió su nombre despacio, pronunciando cada sonido con la mayor claridad que pudo, como si hablara a un niño o a alguien que careciese de inteligencia: «Jon-da-lar..., Jonn-dah- larrr».

–Don-da-lah –fue el siguiente intento.

–¡Mucho mejor! –dijo, asintiendo con aire de aprobación, sonriente. Había realizado un verdadero esfuerzo esta vez. No estaba seguro de que al considerarla como alguien que estudiaba para Servir a la Madre estuviera en lo cierto. No parecía muy brillante. Siguió sonriendo y moviendo la cabeza de arriba abajo.

¡Estaba poniendo cara de felicidad! Ninguno del Clan había sonreído así, a excepción de Durc. Y ella siempre lo había hecho con toda naturalidad... y ahora él hacía otro tanto.

Su expresión de sorpresa fue tan cómica que Jondalar tuvo que reprimir una risita, pero su sonrisa se amplió y sus ojos chispearon divertidos. El sentimiento era contagioso. Los labios de Ayla se arquearon y cuando la sonrisa de él, en respuesta, le dio alientos, correspondió con una sonrisa plena, amplia, encantadora.

–Oh, mujer –dijo Jondalar–, no hablas mucho, pero cuando sonríes estás preciosa –su virilidad comenzó a verla como mujer, y como una mujer muy atractiva, y la miró de otra manera.

Algo había cambiado. La sonrisa seguía ahí, pero los ojos... Ayla se percató de que los ojos, a la luz del fuego, eran de un violeta intenso, y que encerraban algo más que alegría. No sabía cuál era el significado de aquella mirada, pero su cuerpo sí: reconoció la invitación y respondió con las mismas sensaciones de atracción y hormigueo que la asaltaron al observar a Whinney con el garañón bayo. Eran unos ojos tan imperiosos que tuvo que arrancarse a su mirada volviendo bruscamente la cabeza. Se afanó estirándole las pieles que le cubrían, recogió la taza y se puso en pie, rehuyendo su mirada.

–Creo que eres tímida –dijo Jondalar, suavizando la intensidad con que la contemplaba. Le recordaba una muchacha joven antes de sus Primeros Ritos. Sentía el deseo, amable pero urgente, que siempre experimentaba por una mujer joven durante la ceremonia, y la incitación de sus ijares. Y luego el dolor del muslo derecho–. Es mejor así –dijo con sonrisa torcida–. De todos modos, no estoy en forma.

Se tendió de nuevo cómodamente en la cama, retirando las pieles en que ella le había recostado la espalda, sintiéndose agotado. Le dolía el cuerpo, y al recordar la razón, le dolió más. No quería recordar ni pensar. Quería cerrar los ojos y olvidar, sumirse en el olvido que pusiera fin a todas sus penas. Sintió que le tocaban el brazo y abrió los ojos: Ayla sostenía una taza de líquido. Lo bebió, y poco después sintió que se aliviaba el dolor y que se apoderaba de él la somnolencia. Le había dado algo para lograr ese efecto y lo agradeció, pero se preguntó cómo sabría lo que necesitaba sin que él hubiera dicho una sola palabra.

Ayla había visto su mueca de dolor y conocía la gravedad de sus heridas. Era una curandera experta y experimentada. Había preparado la infusión de datura antes de que despertara. Al ver que las arrugas de su frente se borraban y que su cuerpo se relajaba, apagó la lámpara y cubrió el fuego. Colocó bien su manta de pieles junto al hombre, pero no tenía nada de sueño.

Guiándose por el resplandor del carbón cubierto, caminó hacia la entrada de la cueva y, al oír que Whinney lanzaba su suave *hin,* se acercó a ella. Le alegró ver tumbada a la yegua. El olor desconocido del hombre que había en la cueva la había inquietado después de parir. Si se sentía lo suficientemente tranquila para estar acostada, era que aceptaba la presencia del hombre. Ayla se sentó junto al cuello de Whinney y frente a su pecho, para poder acariciarle el hocico y rascarla detrás de las orejas. El potrillo, que había estado tendido junto a la ubre de su madre, se volvió, curioso: metió el hocico entre ambas. Ayla le acarició y le rascó también a él, y le tendió los dedos. Sintió la succión, pero el potrillo los dejó al ver que no había nada para él; su necesidad de chupar se satisfacía con su madre.

«Es un bebé maravilloso, Whinney, y crecerá fuerte y saludable, como tú. Ahora tienes a alguien como tú, y también yo. Es difícil de creer. Al cabo de tanto tiempo, ya no estoy sola». Lágrimas inesperadas aparecieron en sus ojos. «¡Cuántas, cuántas lunas han pasado desde que me maldijeron, desde que no he vuelto a ver a nadie! Y ahora hay alguien aquí: un hombre, Whinney, un hombre de los Otros. Y creo que va a vivir». Se secó las lágrimas con el dorso de la mano. «Sus ojos también echan agua igual que los míos, y me ha sonreído. Y yo le he sonreído.

»Soy una de los Otros, como dijo Creb. Iza me aconsejó que buscara a los míos, que encontrara mi compañero. ¡Whinney!, ¿será él mi compañero? ¿Habrá sido conducido hasta aquí para mí? ¿Lo habrá traído mi tótem?

»¡Bebé! ¡Bebé me lo dio! Ha sido lo mismo que fui escogida yo. Probado y marcado por Bebé, por el cachorro de león cavernario que mi tótem me dio. Y ahora su tótem es el León Cavernario también. Eso significa que puede ser mi compañero. Un hombre con un León Cavernario por tótem sería suficientemente poderoso para una mujer con un León Cavernario por tótem. Incluso podría tener más hijos».

Ayla frunció el ceño. «Pero los niños no están hechos realmente por totems. Yo sé que Broud inició a Durc al meterme su órgano. Son los hombres, no los totems los que inician los bebés. Don-da-lah es un hombre..».

De repente Ayla recordó su órgano, rígido por su necesidad de orinar, y recordó también los desconcertantes ojos azules. Sintió una extraña palpitación dentro de sí, que la agitaba. ¿Por qué tenía esas extrañas sensaciones? Habían comenzado al observar a Whinney con el caballo marrón oscuro...

«¡Un caballo marrón oscuro! Y ahora tiene un potrillo marrón oscuro. Ese garañón inició un hijo dentro de ella. Don-da-lah podría iniciar un bebé dentro de mí. Podría ser mi compañero...

»¿Y si no me quiere? Iza dijo que los hombres le hacen eso a una mujer cuando les gusta. La mayoría de los hombres. A Broud yo no le gustaba. No me disgustaría que Don-da-lah..». De repente se ruborizó. «Soy tan alta y fea. ¿Por qué iba a pretender hacerme eso? ¿Por qué habría de quererme por compañera? Tal vez tenga ya compañera. ¿Y si se empeña en marcharse?

»No puede marcharse. Tiene que enseñarme de nuevo a construir palabras. ¿Se quedaría si yo comprendiera sus palabras?

»Las aprenderé. Aprenderé todas sus palabras. Entonces tal vez se quede a pesar de que soy grande y fea. No puede marcharse ahora. He pasado demasiado tiempo sola».

Ayla dio un brinco, casi aterrada, y salió de la cueva. La negrura adquiría matices de un terciopelo azul profundo; la noche había llegado casi a su fin. Vio formas de árboles y señales conocidas que comenzaban a perfilarse. Habría querido volver a mirar al hombre, pero contuvo su ansia. Entonces pensó en conseguirle algo fresco para desayunar y se fue a buscar la honda.

«¿Y si no le agrada que cace? He decidido ya que no permitiré que nadie me detenga», recordó, pero no fue por la honda. Bajó a la playa, se quitó el manto y se dio un baño, nadando en el río. Lo encontró especialmente agradable y pareció que barría todo su torbellino interior. Su sitio de pesca predilecto había desaparecido después de las inundaciones primaverales, pero había encontrado otro río abajo, cerca, y tomó esa dirección.

Jondalar despertó al olor de alimentos que se guisaban, y así fue como se dio cuenta de que estaba muerto de hambre. Aprovechó la vejiga para desahogar su necesidad de orinar y consiguió recostar la espalda para echar una ojeada en torno. La mujer no estaba, como tampoco la yegua y su potro, pero el lugar que había ocupado era el único de la cueva que se parecía remotamente a un lugar para dormir, y sólo había un fuego. La mujer vivía allí sola, excepto los caballos, y éstos no podían considerarse como sus semejantes.

Pero entonces, ¿dónde estaba su gente? ¿Habría otras cuevas en las inmediaciones? ¿Estaría haciendo un viaje prolongado para cazar? En la zona de almacenamiento había muebles de caverna, pieles de pelo largo y cueros, plantas colgadas de tendederos, carnes y alimentos conservados en cantidad suficiente para una Caverna numerosa. ¿Sería sólo para ella? Si vivía sola, ¿para qué necesitaba tanto? ¿Y quién le había llevado hasta allí? Tal vez su gente le dejó allí para que ella le guardara.

«¡Eso tuvo que ser! Es una Zelandoni, y me trajeron con ella para que me cuidara. Es joven para eso; al menos parece joven, pero competente, no cabe la menor duda. Probablemente haya venido aquí para ser puesta a prueba, para desarrollar alguna habilidad especial, tal vez con animales, y su gente me encontró, y no había nadie más, de manera que me dejaron con ella. Debe de ser una Zelandoni muy poderosa para ejercer semejante dominio sobre los animales».

Ayla entró en la cueva; traía un plato de pelvis secada y blanqueada, que contenía una enorme trucha fresca recién asada. Le sonrió, sorprendida de encontrarle despierto. Depositó el pescado junto a él, arregló las pieles y los cojines de cuero rellenos de paja para que pudiera mantenerse sentado. Le dio una taza de infusión de sauce para empezar, de modo que siguiera bajando la fiebre y mitigara los dolores, le puso el plato sobre el regazo y salió para volver con un tazón de grano cocido, tallos recién pelados de cardo fresco y perejil, y las primeras fresas silvestres de la temporada.

Jondalar tenía hambre suficiente para comer cualquier cosa; no obstante, después de los primeros bocados, comenzó a masticar más despacio para saborear mejor. Ayla había aprendido las virtudes de las hierbas con Iza, no sólo como medicamentos sino también como condimentos. Tanto la trucha como el grano estaban sazonados por su mano experta. Los tallos frescos estaban crujientes en el punto exacto de madurez, y aunque no había muchas fresas silvestres, su grado de dulzor no debía nada a nadie más que al sol. Jondalar quedó impresionado. Su madre era conocida como buena cocinera, y aunque los sabores eran distintos, comprendía las sutilezas de los alimentos bien preparados.

Ayla se sintió satisfecha al verle comer despacio para saborear la comida. Cuando hubo terminado, le llevó una taza de infusión de yerbabuena y se dispuso a cambiarle las curas. Le quitó la compresa de la cabeza; había bajado mucho la hinchazón y sólo quedaba un poco de sensibilidad. Los rasguños de brazos y pecho estaban sanando. Podría conservar algunas cicatrices, pero nada serio. Lo peor era la pierna. ¿Sanaría convenientemente? ¿Recuperaría el uso de la extremidad? ¿Podría caminar o quedaría tullido?

Retiró la cataplasma, tranquilizada al ver que las hojas de col silvestre habían reducido la supuración, como esperaba. Desde luego, había una mejora evidente, pero aún no se podía saber cómo le iría. Parecía que el haber atado los labios de la herida con hebras de tendón daba resultado. Considerando la extensión de los destrozos, la pierna se parecía a su forma original, aunque quedaría una gran cicatriz y tal vez alguna deformación. Ayla estaba satisfecha.

Era la primera vez que Jondalar podía ver claramente su pierna, y no quedó complacido. Parecía mucho más afectada de lo que él había creído. Palideció al verlo y tragó saliva varias veces seguidas. Podía ver el intento de la curandera con los nudos; tal vez ahí estuviera la diferencia, pero se preguntó si volvería a caminar.

Le habló, preguntándole dónde había aprendido a curar, sin esperar respuesta. Ella reconocía su nombre, pero nada más. Quería pedirle que le enseñara el significado de sus palabras, pero no sabía cómo. Salió a buscar leña para el fuego de la cueva, sintiéndose frustrada. Ansiaba aprender a hablar, pero, ¿cómo empezar?

Jondalar pensaba en lo que acababa de comer. Quienquiera que fuese el proveedor, la mujer estaba bien abastecida; era evidente que sabía cómo cuidarse. Las bayas, los tallos y la trucha eran frescos. Pero los granos tuvieron que ser cosechados el otoño anterior, lo cual significaba excedentes de las provisiones invernales. Eso revelaba previsión; nada de hambre a fines del invierno ni principios de la primavera. También indicaba un buen conocimiento de la zona y, por tanto, que el asentamiento no era muy reciente. Había algunos indicios más de que la caverna llevaba habitada algún tiempo: el hollín alrededor de la chimenea y el piso bien apisonado, en particular.

A pesar de que Ayla estaba bien surtida de muebles y enseres de caverna, un examen más detenido revelaba que carecía por completo de tallas o decoración, y que todo era bastante primitivo. Miró la taza de madera en la que había bebido la infusión. Pero no era tosca; en realidad estaba muy bien hecha. La taza se había tallado en algún nudo, a juzgar por la textura de la madera. Mientras Jondalar la examinaba de cerca, le pareció que la taza había sido hecha aprovechando una forma sugerida por la textura. No sería difícil imaginar la cara de un animalito entre los nudos y curvas. ¿Lo habría hecho a propósito? Le gustaba más que muchos utensilios que había visto adornados con tallas más vistosas.

La taza misma era honda, y el borde sobresalía; era simétrica y su acabado tenía una suavidad muy delicada. Incluso en el interior, no aparecían irregularidades. Un trozo de madera nudosa era difícil de trabajar; esa taza representaba sin duda numerosos días de trabajo. Cuanto más miraba más se percataba de que la taza era, indiscutiblemente, una buena muestra de artesanía, engañosa en su sencillez. «A Marthona le agradaría», pensó, recordando la maña de su madre para ordenar los instrumentos más útiles y los recipientes de provisiones de la manera más agradable; tenía la capacidad de hallar belleza en los objetos simples.

Alzó la mirada al entrar Ayla con una carga de leña, y meneó la cabeza al ver su primitivo manto de cuero. Entonces vio también el cojín sobre el que se recostaba; como el manto de ella, era sólo de cuero, no estaba cortado sino que envolvía un puñado de heno fresco y encajaba en una zanja de escasa profundidad. Tiró de un extremo y lo miró de cerca: la orilla exterior estaba algo tiesa y aún tenía unos pelos de reno, pero era muy flexible y de una suavidad aterciopelada. Tanto la textura interior como la exterior, más dura, habían sido raspadas y el pelo eliminado, lo cual contribuía a explicar la suavidad. Pero sus pieles le impresionaron más. Una cosa era estirar y tensar una piel sin pelo, para hacerla flexible. Mucho más difícil resultaba hacerlo con las pieles de pelo largo puesto que sólo el interior había sido retirado. Por lo general, las pieles tendían a estar más tiesas, pero las que había sobre la cama eran tan flexibles como gamuza.

Al tocarlas sintió algo familiar pero no pudo explicar qué era.

Ni tallas ni adornos en los utensilios, pensaba, pero sí la más fina artesanía. Pieles y cueros curtidos con gran habilidad y esmero..., pero ninguna prenda estaba cortada ni conformada para ajustarse al cuerpo, tampoco cosida o unida, y ningún artículo tenía aplicaciones de abalorios ni plumas, ni estaba teñido ni adornado en forma alguna. Y, sin embargo, había unido y cosido su pierna. Existían incongruencias, y aquella mujer representaba un misterio.

Jondalar había estado mirando a Ayla, que se preparaba para encender un fuego, pero en realidad no se había fijado. Había visto encender un fuego muchas veces. Había pensado fugazmente que debería haberse llevado un carbón del fuego que utilizaba para hacer la comida, y supuso que estaría apagado. Vio sin prestar atención que la mujer reunía yesca, recogía un par de piedras, las golpeaba una contra otra, y soplaba para atizar una llama. Fue un proceso tan rápido que el fuego estaba ardiendo antes de que se diera cuenta de cómo había ocurrido.

–¡Madre Grande! ¿Cómo has podido encender ese fuego? –preguntó inclinándose hacia delante–. ¡Oh, Doni! No comprende una palabra de lo que digo –alzó las manos en señal de desesperación–. ¿Sabes lo que has hecho? Ven acá, Ayla –le dijo, haciéndole señas de que se acercara.

Fue hacia él inmediatamente; era la primera vez que le veía hacer con la mano una señal que tuviera sentido. Estaba preocupado por algo, y ella arrugó el ceño, concentrándose en sus palabras deseando poder entender.

–¿Cómo has encendido ese fuego? –volvió a preguntar él, pronunciando las palabras con lentitud y cuidado, como si en cierta forma eso la ayudara a comprender... y señaló el fuego con el brazo.

–¿Fue...? –Ayla hizo el intento vacilante de repetir su última palabra. Pasaba algo importante. Temblaba de concentración, tratando de obligarse a entenderle.

–¡Fuego! ¡Fuego! ¡Sí, fuego! –gritó Jondalar, gesticulando en dirección a las llamas–. ¿Tienes idea de lo que representa encender tan aprisa el fuego?

–Fueg...

–Sí, como ése de ahí –dijo, perforando el aire con el dedo índice y apuntando al fuego–. ¿Cómo lo hiciste?

Ayla se levantó, se dirigió al fuego y lo señaló:

–¿Fueg? –dijo.

Jondalar lanzó un profundo suspiro y volvió a recostarse sobre las pieles, comprendiendo de repente que había estado tratando de obligarla a comprender palabras que ignoraba.

–Lo siento, Ayla. Ha sido una estupidez por mi parte. ¿Cómo puedes decirme lo que has hecho cuando no sabes lo que te pregunto?

Se había apaciguado la tensión; Jondalar cerró los ojos, sintiéndose vacío y frustrado, pero Ayla estaba excitada. Tenía una palabra; solo una, pero era un comienzo. Ahora, ¿cómo podría seguir con eso? ¿Cómo podría pedirle que le enseñara más, decirle que tenía que aprender más?

–¿Don-da-lah...? –el hombre abrió los ojos. Ella volvió a señalar el hogar–. ¿Fueg?

–Fuego, sí eso es fuego –contestó, asintiendo con la cabeza. Entonces volvió a cerrar los ojos, sintiéndose cansado, un poco bobo por haberse excitado tanto y dolorido, física y emocionalmente.

No lograba despertar su interés. ¿Qué podría hacer ella para que la comprendiera? Se sentía tan contrariada, tan enojada que no se le ocurría ninguna forma de comunicarle sus deseos. Aun así lo intentó una vez más.

–Don-da-lah –esperó hasta que el hombre volvió a abrir los ojos–. ¿Fuego...? –pronunció con una mirada esperanzadora en sus ojos suplicantes

«Y ahora, ¿qué quieres?», pensó Jondalar, sintiendo curiosidad.

–¿Qué pasa con ese fuego, Ayla?

Ella comprendió que le estaba haciendo una pregunta, lo comprendió por la postura de sus hombros y la expresión de su rostro. Le estaba prestando atención, miró a su alrededor, tratando de pensar en alguna forma de decírselo, y vio la leña junto al fuego. Cogió un palito, se lo mostró y le miró a los ojos con expresión esperanzada.

La frente de Jondalar se arrugó de perplejidad y se fue alisando a medida que empezaba a comprender.

–¿Quieres la palabra para eso? –preguntó, sorprendiéndose ante el repentino afán por aprender su lenguaje, cuando no había parecido tener el menor interés anteriormente. ¡Hablar! No estaba intercambiando palabras con él: ¡estaba tratando de hablar! ¿Por eso se mostraría tan silenciosa? ¿porque no sabía hablar?

Tocó el palito que Ayla tenía en la mano:

–Madera –dijo.

La mujer soltó de golpe el aire que tenía retenido: no advirtió que se había quedado sin respirar tanto rato.

–Mad... –intentó repetir.

–Madera –dijo Jondalar muy despacio, exagerando el gesto de la boca para pronunciar con mayor claridad.

–Madé... –dijo ella, tratando de imitar los movimientos de la boca masculina.

–Ya está mejor –aprobó Jondalar.

El corazón de Ayla palpitaba alocado. ¿Habría comprendido? Volvió a buscar con desesperación algo para que la cosa continuara. Su mirada cayó sobre la taza; la cogió y la tendió.

–¿Estás tratando de que te enseñe a hablar?

Ella no comprendió, meneó la cabeza y volvió a tender la taza.

–¿Quién eres, Ayla? ¿De dónde vienes? ¿Cómo es posible que hagas... todo lo que haces, y que no sepas hablar? Eres un enigma; pero si quiero llegar a saber algo de ti, creo que no me quedará más remedio que enseñarte a hablar.

Ella estaba sentada en las pieles junto a él, esperando ansiosa, sin dejar de sostener la taza. Tenía miedo de que con todas las palabras que estaba pronunciando se olvidara de la que ella le pedía. Volvió a tender la taza.

–¿Qué quieres, «beber» o «taza»? Supongo que no importa –tocó el recipiente que la joven sostenía y dijo–: Taza.

–Taz –respondió ella, y sonrió, aliviada.

Jondolar prosiguió con la idea. Tendió la mano, tomó la vejiga de agua pura que ella le había dejado cerca, y vertió algo en la taza.

–Agua –dijo.

–Aua.

–Prueba otra vez: agua –repitió Jondolar, alentándola.

–Ahua.

Jondalar asintió, se llevó la taza a los labios y tomó un sorbo.

–Beber –dijo–. Beber agua.

–Beberr –respondió con claridad, pero pronunciando exageradamente la r y tragándose un poco la palabra–. Beberr ahua.

21

–Ayla, no aguanto más esta caverna. Mira el sol que hace. Creo que ya estoy lo bastante repuesto para moverme un poco, al menos fuera de la caverna.

Ayla no entendía todo lo que decía Jondalar, pero sabía lo suficiente para comprender su lamento... y simpatizar con él.

–Nudos –dijo, tocando una de las puntadas–. Cortar nudos. Mañana ver pierna.

Jondalar sonrió como si hubiera logrado una victoria.

–Vas a quitarme los nudos y entonces, mañana por la mañana, podré salir de la caverna.

Con más o menos problemas para hablar, Ayla no iba a dejarse comprometer más de lo debido.

–Ver –dijo enfáticamente–. Ayla mira –se encogió de hombros para expresarse dentro de su capacidad limitada–. Pierna no... cura, Don-da-lah no fuera.

Jondalar sonrió de nuevo. Sabía que había exagerado el significado de lo que ella expresaba, con la esperanza de que le siguiera la corriente, pero se sintió algo complacido al ver que no se dejaría manejar por él y que insistía en hacerse entender claramente. Tal vez no saliera mañana de la caverna, pero eso significaba que por lo menos ella estaba aprendiendo más aprisa.

Enseñarle a hablar se había convertido en un reto, y sus progresos le alegraban aunque fueran desiguales. Estaba intrigado por su manera de aprender. La abundancia de su vocabulario resultaba ya pasmosa; parecía capaz de memorizar las palabras con la misma rapidez con que él se las enseñaba. Había pasado la mayor parte de una tarde diciéndole los nombres de todo lo que ella y él podían pensar, y una vez terminaron, Ayla le había repetido cada palabra con su asociación correcta. En cambio, tenía dificultades para pronunciar, había ciertos sonidos que no podía emitir correctamente por mucho que se esforzara, y se esforzaba mucho.

Pero a él le gustaba su manera de hablar. Su voz era algo grave y agradable, y su extraño acento le daba un matiz exótico. Decidió que no se preocuparía aún de corregir la manera en que unía las palabras. Ya aprendería más adelante a expresarse correctamente. La lucha real de Ayla se evidenció en cuanto progresaron más allá de las palabras que indicaban cosas y acciones específicas. Los conceptos abstractos más simples resultaban un problema: quería una palabra distinta para cada matiz de color, y le costaba entender que el verde intenso del pino y el verde pálido del sauce se describieran ambos con el término general de *verde.* Cuando captaba una abstracción, parecía ser para ella como una especie de revelación o un recuerdo olvidado desde hacía mucho tiempo.

En cierta ocasión Jondalar hizo un comentario favorable en relación a su memoria extraordinaria, pero ella no podía comprenderle o creerle.

–No, Don-da-lah, Ayla no recordar bien. Ayla trata, niña pequeña. Ayla quiere buena... memoria. No buena. Trata, siempre trata.

Jondalar movió la cabeza, deseando tener una memoria tan buena como la de ella o un deseo de aprender tan fuerte y perseverante. Veía cómo progresaba día a día; aunque Ayla nunca se mostraba satisfecha. Pero a medida que aumentaba su capacidad de comunicación, el misterio que la envolvía se hacía más profundo. Cuanto más sabía de ella, más preguntas surgían en espera de respuestas. Era increíblemente hábil y entendida en ciertos aspectos, y totalmente ingenua e ignorante en otros..., y él nunca estaba seguro de cúal ni cuándo. Algunas de sus habilidades –como encender fuego– estaban mucho más desarrolladas que las de otras personas, y otras, en cambio, eran increíblemente más primitivas.

De una cosa estaba bien seguro: hubiera o no gente de los suyos cerca, ella era perfectamente capaz de cuidar de sí misma. Y de él, pensó, mientras Ayla apartaba las mantas para mirarle la pierna herida.

Ayla tenía preparada una solución antiséptica, pero estaba nerviosa mientras se disponía a quitar los nudos que mantenían junta la carne del hombre. No pensaba que la herida se abriría –parecía estar sanando–, pero nunca anteriormente había empleado esa técnica y no podía estar segura del resultado. Llevaba varios días considerando el momento de quitar los nudos, pero hizo falta que Jondalar se quejase para que tomara la decisión.

La joven se inclinó sobre la pierna para examinar los nudos de cerca. Cuidadosamente, tiró de uno de los tendones de ciervo anudados: la piel se le había pegado y salía adherida a él. Se preguntó si no habría tardado demasiado, pero ya era inútil lamentarse. Sostuvo el nudo entre los dedos y con su cuchillo más afilado, que no había usado aún, cortó un lado lo más cerca del nudo que pudo. Unos tironcitos demostraron que no saldría con facilidad. Finalmente, cogió el nudo entre los dientes y, de un fuerte tirón, lo sacó.

Jondalar dio un respingo. A Ayla le dio pena que le doliera, pero no se había abierto la herida; un hilillo de sangre corría desde donde se había rasgado la piel, pero los músculos y la carne se habían curado. Las molestias que ahora tuviera el hombre que padecer no suponían pagar un precio demasiado alto. Fue quitando los nudos lo más rápidamente que pudo para acabar pronto, mientras Jondalar apretaba los dientes y cerraba los puños para no gritar cada vez que sentía el tirón. Ambos se inclinaron para ver el resultado.

Ayla decidió que, de no haber deterioro, le dejaría apoyarse en la pierna y le permitiría salir de la cueva. Recogió el cuchillo y la taza con la solución y se disponía a ponerse de pie cuando Jondalar la detuvo.

–Déjame ver el cuchillo –le pidió, señalándolo. Ella se lo entregó y se quedó mirando mientras lo examinaba.

–¡Está hecho de una pieza! Ni siquiera es una hoja. Se ha trabajado con cierta habilidad, pero es una técnica muy primitiva. Ni siquiera tiene mango... está retocado en uno de los bordes para no lastimar. ¿Dónde has conseguido esto, Ayla? ¿Quién lo hizo?

–Ayla hace.

Sabía que él estaba comentando la calidad y la artesanía, y le habría querido explicar que no era tan diestra como Droog, pues había aprendido que era el que mejor hacía los utensilios en el Clan. Jondalar estudió el cuchillo a fondo y, al parecer, algo sorprendido. Ella habría querido discutir los méritos de la herramienta, la calidad del pedernal, pero no podía. No disponía del vocabulario, de los términos exactos o de la manera en que podría expresar los conceptos. Se sentía frustrada.

Anhelaba hablarle de todo. Hacía largo tiempo que no había tenido con quien comunicarse, pero no supo cuánto lo había echado de menos hasta la llegada de Jondalar. Le parecía como si hubieran puesto ante sus ojos un banquete del que ella, muerta de hambre, sólo podía probar unos bocados.

Jondalar le devolvió el cuchillo, mientras movía la cabeza, intrigado. Era afilado, desde luego adecuado, pero hacía que su curiosidad aumentara. La mujer estaba tan bien adiestrada como cualquier Zelandonii y aplicaba técnicas avanzadas –como las puntadas– pero ¡un cuchillo tan primitivo! «Si pudiera preguntarle y hacerle comprender; si ella me pudiera decir. ¿Y por qué no podía hablar? Ahora ya está aprendiendo rápidamente. ¿Por qué no sabría antes?» Que Ayla aprendiera a hablar se había convertido en una ambición que les impulsaba a ambos.

Jondalar despertó temprano. La caverna estaba todavía sumida en sombras, pero la entrada y el orificio que había encima y servía de chimenea dejaba vislumbrar el profundo azul que antecede al alba. Fue aclarándose mientras miraba, destacando la forma de cada relieve y cada depresión de las paredes de piedra. Podía verlos igualmente con los ojos cerrados; los tenía grabados en su mente. Necesitaba salir y ver otra cosa. Sentía una excitación creciente, seguro de que aquél era el día. Apenas podía esperar y se disponía a sacudir a la mujer que yacía cerca de él para despertarla. Se detuvo antes de tocarla y de repente cambió de idea.

Ayla dormía tendida de lado, acurrucada entre las pieles que la rodeaban. El ocupaba su cama habitual, bien lo sabía. Las pieles de Ayla estaban sobre una estera tendida junto a él, no en una zanja poco profunda cubierta con un cojín relleno de paja; dormía con el manto puesto, preparada para saltar a la menor indicación. Rodó sobre su espalda y Jondalar la estudió detenidamente, tratando de descubrir algún rasgo característico que fuera indicio de su origen.

Su estructura ósea, la forma de su rostro y de sus pómulos resultaban diferentes de las mujeres Zelandonii, pero no había nada fuera de lo común en ella, salvo que era extraordinariamente guapa. Era algo más que simplemente guapa, decidió, ahora que la estaba mirando con calma: en sus facciones había una cualidad que se reconocería en cualquier parte como belleza.

El estilo de su cabello, atado siguiendo una hilera regular de trenzas, colgando a los lados y por detrás, recogidas en la frente, no era habitual, pero él había visto cabellos peinados de maneras muchísimo más insólitas. Algunos mechones largos se habían escapado de sus trenzas, colgándole desordenadamente por detrás de las orejas, y tenía un tizne de carbón en la mejilla. Se dio cuenta entonces de que no se había apartado de su lado más de un instante desde que recobró el conocimiento, y antes probablemente ni siquiera eso. Nadie podría tacharla de ser descuidada.

El rumbo de sus pensamientos se vio interrumpido cuando Ayla abrió los ojos y lanzó un grito de sorpresa.

No estaba acostumbrada a abrir los ojos frente a un rostro, menos todavía uno con aquellos ojos de un azul brillante y una barba enmarañada y rubia. Se sentó tan rápidamente que se le fue un poco la cabeza, pero pronto recobró la compostura y se puso de pie para atizar el fuego. Estaba apagado; había vuelto a olvidar que debía cubrirlo. Recogió los materiales para encender otro.

–¿Quieres enseñarme a encender el fuego, Ayla? –pidió Jondalar al ver que recogía sus piedras. Esta vez, ella entendió.

–No difícil –dijo, y acercó a la cama las piedras de fuego y los materiales combustibles–. Ayla muestra –demostró cómo golpeaba una piedra contra otra, amontonó fibra de corteza deshebrada y vellón de chamico y le entregó el pedernal y la pirita de hierro.

Reconoció inmediatamente el pedernal... y recordó haber visto piedras como la otra, pero nunca se le habría ocurrido utilizarlas juntas para nada, y menos aún para encender fuego. Las golpeó como lo había visto hacer a ella. Fue un golpe sesgado pero creyó ver una diminuta chispa. Volvió a golpear, sin creer aún que podría sacar fuego de piedras, a pesar de habérselo visto hacer a Ayla. Un destello saltó entre las piedras frías; Jondalar se sorprendió, pero después se sintió presa de excitación. Al cabo de varios intentos más y con un poco de ayuda de Ayla, consiguió un pequeño fuego que ardía junto a la cama. Se quedó mirando atentamente las dos piedras.

–¿Quién te enseñó a encender fuego de esta manera?

Ayla sabía lo que estaba preguntándole; lo que no sabía era cómo explicárselo.

–Ayla hace –dijo.

–Sí, ya sé que tú lo haces, pero, ¿quién te enseñó?

–Ayla... enseñó –¿cómo iba a explicarle lo del día en que se le apagó el fuego, se le rompió el hacha de mano y descubrió la pirita? Se cogió la cabeza entre las manos un momento, tratando de hallar la manera; entonces alzó la cabeza, le miró y, sacudiéndola negativamente, dijo–: Ayla no hablar bueno.

Jondalar comprendió que se sentía derrotada.

–Ya lo harás, Ayla. Entonces podrás decírmelo. No tardarás mucho... eres una mujer sorprendente –y sonrió–. Hoy podré salir, ¿verdad?

–Ayla ver... –retiró las mantas y miró la pierna. Los lugares en que habían estado los nudos tenían pequeñas costras, y la piel mostraba una curación casi total. Ya era hora de que se levantara, se apoyase en la pierna y tratara de calibrar el deterioro–. Sí; Don-da-lah va fuera.

La sonrisa más amplia que le había visto hasta entonces le iluminó la cara. Se sentía como un muchacho que acude a la Reunión de Verano después de un prolongado invierno.

Entonces, vamos, mujer –y empujó las pieles, ansioso por ponerse en pie y salir.

Su entusiasmo infantil era contagioso. Ayla le sonrió pero conminándole a tener prudencia:

–Don-da-lah come alimento.

No tardó mucho en preparar un desayuno con alimentos cocinados la noche anterior y una infusión. Llevó grano a Whinney y pasó unos momentos acariciándola con un cardo y rascando con él también al potrillo. Jondalar la observaba; la había observado anteriormente, pero era la primera vez que se daba cuenta de que emitía un sonido casi igual al suave relincho de un caballo, así como algunas sílabas abreviadas, guturales. Sus movimientos y señales con la mano no significaban nada para él –no las veía, no sabía que formaban parte integrante del lenguaje que utilizaba para hablarle al caballo– pero sabía que, de cierta manera incomprensible, estaba hablándole a la yegua. Y tenía la impresión, por no decir el convencimiento, de que el animal la comprendía.

Mientras ella acariciaba a la yegua y al potrillo, Jondalar se preguntaba qué magia habría empleado para cautivar a los animales. El mismo se sentía algo cautivado, pero se sorprendió, encantado, al ver que se acercaba con la yegua y el potro. Nunca anteriormente había tocado un caballo viviente ni se había acercado tanto a un potro recién nacido y cubierto de vellón, y se sentía ligeramente sobrecogido ante la falta de miedo que ambos demostraban. El potrillo pareció sentirse especialmente atraído por el hombre después de unas cuantas caricias prudentes que se convirtieron en caricias a todo lo largo y cosquillas que sin vacilación llegaron a los lugares indicados.

Recordó que no le había enseñado el nombre del animal, y señalando a Whinney, dijo: «Caballo».

Pero Whinney tenía nombre, un nombre hecho de sonidos al igual que los nombres de ellos. Ayla meneó negativamente la cabeza.

–No –dijo–. Whinney.

Para él, el nombre que dijo no era un nombre: era la perfecta imitación de un relincho suave, de un *hin.* Se sorprendió. No sabía expresarse en lenguas humanas», pero era capaz de hablar como un caballo. ¿Hablarle a un caballo? Estaba pasmado; era una magia poderosa.

Ella interpretó su expresión de asombro como falta de comprensión. Se tocó el pecho y dijo su nombre, tocó el pecho de él y dijo «Jondalar» y, finalmente, señaló a la yegua y volvió a relinchar suavemente.

–¿Es el nombre de la yegua? Ayla, yo no puedo producir ese sonido. No sé cómo hablarles a los caballos.

Después de una segunda explicación más paciente, lo intentó de nuevo, pero era más bien una palabra que semejaba un sonido. Ayla pareció conformarse con eso y llevó a los caballos de vuelta a su lugar de la caverna. «Whinney, él me está enseñando palabras. Voy a aprender todas sus palabras, pero tenía que decirle tu nombre. Hemos de pensar en un nombre para tu pequeño... Me pregunto si te gustaría que él le ponga nombre a tu hijo».

Jondalar había oído hablar de ciertos Zelandoni de quienes se decía que eran capaces de atraer a los animales hacia los cazadores. Algunos cazadores podían incluso hacer una buena imitación del grito de ciertos animales, lo cual les permitía acercarse más a ellos. Pero nunca había oído hablar de alguien que conversara con un animal o que hubiera educado a un animal para la convivencia. Gracias a ella, una yegua salvaje había parido delante de él e incluso le había permitido tocar a su hijo. De repente se le representó, con admiración y algo de miedo, lo que había hecho la mujer. ¿Quién era? ¿Y qué clase de magia era la suya? Pero cuando avanzó hacia él con una sonrisa gozosa en el rostro, no parecía más que una mujer común y corriente. Justo una mujer común y corriente, capaz de hablar con los animales pero no con los seres humanos.

–¿Don-da-lah fuera?

Casi se le había olvidado. El rostro se le iluminó de deseo y antes de que ella se acercara, trató de ponerse en pie. Su entusiasmo se vino abajo; estaba débil y le dolía al moverse. Estuvo a punto de sentir náuseas, de perder el conocimiento, pero se repuso. Ayla veía cómo cambiaba su expresión de una sonrisa anhelante a una mueca de dolor, y de repente vio cómo palidecía.

–Tal vez necesito algo de ayuda –dijo, con una sonrisa débil pero animosa.

–Ayla ayuda –dijo ella, ofreciéndole el hombro para que se apoyara y la mano para que se la cogiese. Al principio no quiso apoyarse mucho en ella, pero al ver que aguantaba su peso, que tenía fuerza y que sabía cómo llevarle, aceptó la ayuda.

Cuando, finalmente, se puso de pie sobre su pierna buena, sujetándose en uno de los postes del tendedero, y Ayla alzó la mirada hacia él, la joven se quedó boquiabierta y con los ojos casi fuera de las órbitas: la parte superior de su cabeza apenas alcanzaba a la barbilla del hombre. Ya sabía que tenía el cuerpo más largo que el de los hombres del Clan, pero no había sido capaz de imaginar lo elevada que era su estatura, no se había figurado cómo sería de pie. Nunca había visto a nadie tan alto.

No recordaba, desde su infancia, haber tenido que levantar la cabeza para mirar a alguien. Aun antes de convertirse en mujer era ya más alta que todos los del Clan, incluidos los hombres. Siempre había sido alta y fea; demasiado alta, demasiado pálida, con una cara demasiado plana. Ningún hombre la quiso ni siquiera después de que su poderoso tótem fue derrotado y todos se empeñaron en creer que el tótem de ellos había superado a su León Cavernario dejándola embarazada; ni siquiera cuando supieron que si no estaba apareada antes de dar a luz, su hijo tendría mala suerte. Y Durc tuvo mala suerte. No le dejarían vivir. Dijeron que era deforme, pero, de todos modos, Brun le aceptó. Su hijo había superado la mala suerte; superaría también la pérdida de madre. Y sería alto –ella lo sabía ya antes de marcharse–, pero no tanto como Jondalar.

Aquel hombre la hacía sentirse realmente pequeña. La primera impresión que le causó fue de juventud, y joven significaba bajo. También le había parecido más joven. Alzó la cabeza para mirarle desde su nueva perspectiva y notó que le había crecido la barba. No comprendía por qué no tenía barba cuando le vio por vez primera, pero al ver el recio pelo rubio que le salía en el mentón, comprendió que no era un muchacho. Era un hombre..., un hombre alto, potente y plenamente maduro.

La mirada de asombro de Ayla le hizo sonreír aunque no sabía a qué se debía. Ella era también más alta de lo que él creía. La manera de moverse y su porte daban la sensación de que su estatura era mucho menor. En realidad era alta, y a él le gustaban las mujeres altas; siempre eran las que le llamaban primero la atención, aunque aquélla llamaría la atención de cualquiera, pensó.

–Ya que estamos aquí, salgamos –dijo.

Ayla estaba cobrando conciencia de su cercanía y de su desnudez.

–Don-da-lah necesita... manto –dijo, empleando la palabra que usaba para su vestimenta, aun cuando quería decir: para hombre–. Necesita cubrir... –y señaló las partes genitales; él tampoco le había enseñado la palabra. Entonces, por alguna razón inexplicable, Ayla se ruborizó.

No era por pudor. Había visto a muchos hombres desnudos, y también mujeres... no importaba nada. Pensó que él necesitaba protección, no contra los elementos sino contra espíritus malignos. Si bien las mujeres no estaban incluidas en sus rituales, ella sabía que a los hombres del Clan no les gustaba dejar expuestos sus órganos cuando salían. No supo por qué se ruborizaba ni por qué tenía la cara caliente ni tampoco el motivo por el que aquella situación provocaba en ella una sensación tensa, palpitante.

Jondalar bajó la mirada. También él tenía ciertas supersticiones relacionadas con sus órganos, pero nada tenían que ver con la protección contra espíritus malignos. Si enemigos perversos hubieran inducido a un zelandoni a causarle daño o si una mujer tuviera razones para lanzarle una maldición, haría falta mucho más que una prenda de vestir para protegerle.

Pero había aprendido que, si bien cuando un forastero cometía un disparate, se le perdonaba, era prudente al viajar prestar atención a indicaciones sutiles para no ofender en lo posible. Había visto la señal de ella... y su rubor. Consideró que sin duda quería decir que no debía salir con las partes genitales al aire. Y de todos modos, sentarse en cueros vivos en una piedra desnuda resultaría incómodo, sin contar con que no iba a poder moverse mucho.

Entonces pensó en sí mismo, parado allí sobre una piedra, cogiéndose de un poste, tan deseoso de salir que ni siquiera se había fijado en que estaba totalmente desnudo. Se dio cuenta de repente de lo cómico de la situación y soltó una ruidosa carcajada.

Jondalar no podía comprender el efecto que su risa iba a tener sobre Ayla. Para él, reír era tan natural como respirar. Ayla se había criado entre gente que no reía y que consideraba su risa con tanta suspicacia que tuvo que aprender a dominarla para no resultar tan extraña. Eso era parte del precio que pagaba por la supervivencia. Sólo después de haber nacido su hijo descubrió nuevamente el gozo de la risa. Sabía que alentarlo sería mal visto, pero cuando estaban solos, no podía resistirse a hacerle cosquillas cuando él respondía con risas de felicidad.

Para ella, la risa estaba cargada de un significado mayor que una simple respuesta espontánea. Representaba el único vínculo que la ataba a su hijo, la parte de sí misma que podía ver en él, y era una expresión de su propia identidad. La risa inspirada por el cachorro de león cavernario al que amaba, había fortalecido esa expresión, y no renunciaría a ella. No sólo habría significado renunciar a sensaciones que le recordaban a su hijo sino a su propio sentido del desarrollo de sí misma.

Pero no había pensado que alguien más pudiera reír. Excepto ella y Durc, y no recordaba haber oído reír a nadie anteriormente. La calidad especial de la risa de Jondalar –la libertad jubilosa y sincera que expresaba– invitaba a la respuesta. Había un deleite sin límites en su voz mientras se reía de sí mismo, y desde el momento en que Ayla la oyó, le gustó. A diferencia de la reprobación del varón adulto del Clan, la risa de Jondalar demostraba aprobación sólo con el sonido. No sólo era bueno reír, sino que había que participar; era imposible resistir.

Y Ayla no resistió. Su primera sorpresa escandalizada se convirtió en sonrisa y después en risa. No sabía dónde estaba la gracia, pero se reía porque reía Jondalar.

–Don-da-lah, ¿cuál es la palabra –preguntó Ayla cuando se apagaron las carcajadas– para ja-ja-ja?

–¿Risa? ¿Reír?

–¿Cuál es... palabra correcta?

–Las dos son correctas. Cuando lo hacemos, dices: nos reímos. Cuando hablas de ello dices: la risa –explicó. Ayla reflexionó un momento. Había más en lo que él decía que la simple manera de emplear la palabra; en hablar había algo más que palabras. Ya conocía muchas, pero se decepcionaba una y otra vez al tratar de expresar sus pensamientos. Existía una forma de reunirlas y un significado que no podía captar del todo. Aunque comprendía la mayor parte de lo que decía Jondalar, las palabras sólo servían de indicio. Ella comprendía otro tanto por su aptitud perceptiva para leer su lenguaje corporal inconsciente. Pero sentía la falta de precisión y profundidad de su conversación. Peor aún era la sensación de que ella sabía, pero no podía recordar, y la tensión insoportable que sentía cuando estaba a punto de recordar, una especie de nudo doloroso que luchaba por desatarse.

–¿Don-da-lah reír?
–Sí; es cierto.
–Ayla reír. Ayla gusta reír.
–En este momento Jondalar ir fuera. ¿Dónde está mi ropa?
Ayla trajo el montón de prendas de que le había despojado cuando tuvo que desnudarle. Estaban hechas jirones por las zarpas del león y manchadas con sangre seca. Las cuentas y demás elementos del diseño estaban desprendiéndose de la camisa adornada.
Cuando vio su ropa, Jondalar se puso serio.
–Tuve que estar muy herido –dijo, mirando el pantalón tieso con su sangre seca–. No me lo puedo poner.
Ayla estaba pensando lo mismo; fue al lugar donde almacenaba cosas y extrajo una piel sin estrenar y largas tiras de cuero; se puso a sujetárselas alrededor de la cintura, a la manera de los hombres del Clan.
–Ya lo haré yo, Ayla –dijo Jondalar, pasándose la piel suave entre las piernas y tirando de ella por delante y por detrás, a modo de taparrabo.
–Pero no me vendrá mal un poco de ayuda –agregó, esforzándose por atar la correa alrededor de la cintura para sujetarlo.
Ella le ayudó a atárselo y a continuación, ofreciéndole el hombro, indicó que debería apoyarse un poco en la pierna. El, obediente, puso el pie en el suelo con firmeza y se inclinó hacia delante con precaución. Dolía más de lo que esperaba y comenzó a dudar de si podría andar. Pero afirmándose en su decisión, se apoyó pesadamente en Ayla y dio un paso hacia delante, medio brincando, y después otro. Cuando llegaron a la entrada de la cueva, Jondalar le sonrió ampliamente y miró hacia fuera el saliente en forma de terraza y los altos pinos que crecían cerca de la muralla opuesta.
Allí le dejó ella, apoyándose contra la roca firme de la caverna, mientras iba en busca de una estera de hierba trenzada y unas pieles, que colocó cerca del extremo más alejado desde donde podía dominar mejor el valle. Entonces regresó para ayudarle a llegar hasta allí. Jondalar estaba cansado, sufría dolores, pero se sintió contento de sí mismo cuando finalmente se sentó en las pieles y echó su primera mirada en derredor.
Whinney y su potro estaban en el campo; se habían ido poco después de que Ayla se los hubiese presentado a Jondalar. El valle era un paraíso verde exuberante incrustado en las áridas estepas. Jamás habría imaginado que existiera semejante lugar. Se volvió hacia el estrecho paso río arriba y la parte de la playa pedregosa que no estaba tapada por la terraza, pero enseguida dedicó su atención de nuevo al valle verde que se extendía río abajo hasta el lejano recodo.

La primera conclusión a la que llegó fue que Ayla vivía sola. No había el menor indicio de otra habitación humana. Se quedó un rato con él y después regresó a la cueva, de donde salió con un puñado de semillas. Frunció los labios, emitió un trino melódico, un gorjeo, y lanzó las semillas sobre el saliente, cerca de ellos. Jondalar se quedó intrigado hasta que un pajarillo aterrizó y comenzó a picotear las semillas. Pronto una legión de aves de distintos tamaños y colores estaba aleteando alrededor de ella y con movimientos rápidos y graciosos picoteaban las semillas.

Sus cantos –trinos, gorjeos y graznidos– llenaban el aire mientras disputaban su posición con gran ostentación de plumas desplegadas. Jondalar tuvo que mirar dos veces al descubrir que muchos de los trinos que oía provenían de la garganta de la mujer. Podía imitar toda la gama de sonidos, y cuando emitía una voz en particular, cierto pajarito se plantaba en su dedo y se quedaba allí mientras lo alzaba, y entre los dos gorjeaban un dúo. En algunas ocasiones acercó uno lo suficiente para que Jondalar pudiera tocarlo antes de que se alejara revoloteando.

Cuando se acabaron las semillas, la mayor parte de las aves se fueron, pero un mirlo se quedó para intercambiar una canción con Ayla. Ella imitaba perfectamente la variada cantata del pájaro.

Jondalar respiró hondo cuando se fue volando. Había estado aguantando la respiración para no estropear el espectáculo de pájaros que le ofrecía Ayla.

–¿Dónde aprendiste eso, Ayla? Ha sido verdaderamente extraordinario. Nunca antes de ahora había tenido tal cantidad de pajarillos tan cerca de mí.

Ella le sonrió, sin saber con seguridad lo que la estaba diciendo, pero consciente de que le había impresionado. Gorjeó otro canto de pájaro con la esperanza de que le dijera el nombre del ave, pero el hombre se limitó a sonreír apreciando su pericia. La joven probó un canto tras otro antes de renunciar. El no comprendía lo que ella deseaba, pero otro pensamiento le hizo arrugar el entrecejo: ¡era capaz de imitar el canto de las aves con la boca mejor que el Shamud con el caramillo! ¿Estaría tal vez comunicándose con espíritus de la Madre que tenían forma de aves? Un pajarillo descendió planeando y aterrizó a sus pies; Jondalar lo miró con cautela.

La aprensión fugaz desapareció pronto dominada por el gozo de hallarse al aire libre bañándose en la luz del sol, sintiendo la brisa y contemplando el valle. También Ayla estaba radiante por su compañía. Era tan difícil convencerse de que estaba sentado en su terraza, que no quería ni parpadear. Si cerraba los ojos, tal vez habría desaparecido al abrirlos de nuevo. Cuando finalmente se convenció de la realidad de su presencia, cerró los ojos para comprobar cuánto tiempo podría privarse... sólo por el placer de encontrarle allí todavía al abrirlos. El sonido profundo y sonoro de su voz, cuando hablaba mientras ella tenía los ojos cerrados, le producía un deleite incomparable.

Mientras el sol ascendía y dejaba sentir su cálida presencia, el río brillante atrajo la atención de Ayla. No había tomado su baño de la mañana para no dejar solo a Jondalar, por miedo a que surgiera algún imprevisto. Pero ahora estaba mucho mejor, y podría llamarla si la necesitaba.

–Ayla ir agua –anunció, haciendo gestos como si nadara.

–Nadar –dijo él, haciendo gestos similares–. La palabra es «nadar» y ojalá pudiera acompañarte.

–Nazar –repitió Ayla lentamente.

–Nadar –corrigió Jondalar.

–Na-dar –dijo ella otra vez, y al ver que asentía, bajó a la playa. «Pasará algún tiempo antes de que pueda recorrer este sendero. Le subiré algo de agua. Pero la pierna se está curando bien. Creo que podrá servirse de ella. Quizá cojee un poco, pero espero que no tanto como para obligarle a andar despacio».

Cuando llegó a la playa y desató la correa de su manto, decidió lavarse también el cabello. Fue río abajo en busca de saponaria. Alzó la mirada, vio a Jondalar y le hizo señas; luego regresó a la playa, fuera de su vista. Se sentó en la orilla de un enorme bloque de roca que hasta la primavera pasada había formado parte de la muralla, y comenzó a soltarse las trenzas. Una nueva poza, que no estaba allí antes de que las rocas cambiaran de sitio, desde entonces se había convertido en su tina de baño predilecta. Era más profunda, y en la roca próxima había una depresión en forma de cubeta que le servía para sacar a golpes la rica saponina de las raíces de saponaria.

Jondalar volvió a verla después de que se quitara el jabón y se fuera nadando río arriba, y admiró sus firmes y correctas brazadas. Ayla se dejó llevar de regreso manoteando perezosamente hasta llegar a la roca, y sentándose en ella, permitió que el sol la secara mientras desenredaba su cabello con una ramita y lo cepillaba después con un cardo. Para cuando tuvo seca su espesa cabellera, ya tenía calor, y a pesar de que Jondalar no la había llamado, comenzó a preocuparse por él. «Debe de estar cansado ya», pensó. Al mirar su manto se le ocurrió que debería ponerse otro limpio; lo recogió y subió con él en la mano por el sendero.

Jondalar estaba sintiendo el sol mucho más que Ayla. Thonolan y él reanudaron el Viaje en primavera, y el pigmento protector que había adquirido después de que abandonaran el Campamento Mamutoi lo perdió mientras permaneció en el interior de la cueva de Ayla; conservaba su palidez invernal, al menos así fue hasta que salió a sentarse en la terraza saliente. Ayla se había ido cuando comenzó a sentirse incómodo a causa de la fuerza del sol. Trató de ignorarlo, pues no quería molestar a la mujer que estaba disfrutando unos momentos de recreo después de haber estado cuidándole sin cesar. Empezó a preguntarse por qué tardaría tanto, a desear que se apresurara, mirando si llegaba por el sendero, después río arriba y río abajo, pensando que tal vez había decidido nadar otro poco.

En el instante mismo en que miraba hacia el otro lado, Ayla llegó a lo alto de la muralla; al descubrir la espalda quemada de Jondalar sintió vergüenza. «¡Va a coger una insolación! ¿Qué clase de curandera soy, dejándole tanto rato ahí fuera?», y corrió hacia él.

La oyó y se dio media vuelta, agradecido de que, por fin, llegara y algo molesto porque no hubiese vuelto antes. Pero, al verla, ya no sintió sus quemaduras; se quedó con la boca abierta, maravillado al ver a la mujer desnuda que se acercaba a él bajo la brillante luz del sol.

Tenía la piel de un color tostado dorado, fluyendo y ondulando sobre músculos fuertes por el uso constante. Sus piernas estaban perfectamente modeladas, sólo estropeadas por cuatro cicatrices paralelas en el muslo izquierdo. Desde aquel ángulo podía ver unas nalgas firmes y redondas, y por encima del vello rubio del pubis, la curva de un vientre marcado por las señales leves del embarazo. ¿Embarazo? Tenía los senos grandes pero formados como los de una muchacha e igual de erguidos, con aréolas de un color rosado oscuro y pezones tiesos. Sus brazos eran largos y graciosos y delataban inconscientemente su fuerza.

Ayla se había criado entre gente –hombres y mujeres– que eran intrínsecamente fuertes. Para realizar las tareas exigidas a las mujeres del Clan –levantar, transportar, curtir pieles, cortar leña– su cuerpo tuvo que desarrollar la fuerza muscular necesaria. La cacería le había proporcionado su resistencia nervuda, y el hecho de vivir sola le había impuesto esforzarse vigorosamente para sobrevivir.

Jondalar pensó: «probablemente es la mujer más fuerte que he conocido»; no era sorprendente que pudiera ayudarle a levantarse y sostenerle después. Sabía, sin el menor lugar a dudas, que nunca había visto una mujer con un cuerpo tan bellamente esculpido, pero había algo más que el cuerpo. Desde el principio le había parecido bastante guapa, pero nunca la había visto a plena luz del día.

Tenía el cuello largo con una pequeña cicatriz en la garganta, una línea graciosa desde la mandíbula a la barbilla, una boca llena, una nariz fina y recta, los pómulos altos, y ojos de un gris azulado muy separados. Sus facciones finamente cinceladas se combinaban en una elegante armonía; tanto sus largas pestañas como sus cejas arqueadas eran marrón claro, un tono más oscuro que el de las ondas de la dorada cabellera que caían suavemente sobre sus hombros y brillaban al sol.

–¡Madre Grande y Generosa! –exclamó.

Se esforzaba por encontrar palabras para describirla; el efecto total era deslumbrante. Era bella, asombrosa, magnífica. Nunca había visto una mujer tan bella. ¿Por qué escondería aquel cuerpo espectacular bajo un manto informe y aquel cabello glorioso sujeto en trenzas? Y él la había creído simplemente guapa. ¿Cómo no se habría dado cuenta?

Sólo cuando se acercó por la terraza acortando distancias empezó a sentirse excitado, pero la excitación le acometió con una exigencia insistente y palpitante. La deseaba con una urgencia que nunca anteriormente había experimentado. Las manos le ardían por el ansia de acariciar aquel cuerpo perfecto, de descubrir sus lugares secretos; anhelaba explorarlo, saborearlo, proporcionarle placeres. Cuando Ayla se inclinó y olió su piel caliente, estuvo a punto de hacerla suya sin siquiera pedírselo, de haber podido... pero intuía que no era mujer a la que se pudiera tomar fácilmente.

–Don-da-lah... espalda... fuego –dijo Ayla, buscando la palabra para describir la quemadura del sol. Entonces vaciló, prendida del magnetismo animal de su mirada. Le miró a los ojos de un azul intenso y se sintió atraída más profundamente. Le latía el corazón, sentía que se le doblaban las piernas y una oleada de calor subió a su rostro. Le temblaba el cuerpo, produciéndole una humedad repentina entre las piernas.

No sabía lo que le estaba sucediendo y, volviendo la cabeza, se arrancó a la mirada del hombre; sus ojos se fijaron entonces en su virilidad que el taparrabo delineaba y que estaba palpitando, y experimentó el ansia avasalladora de tocar, de tender la mano. Cerró los ojos, respirando fuerte, y trató de no seguir temblando. Al abrir los ojos, rehuyó la mirada de Jondalar.

–Ayla ayuda Don-da-lah ir cueva –dijo.

Las quemaduras de sol eran dolorosas y el rato que había pasado fuera le dejó agotado, pero al apoyarse en ella durante la breve y difícil caminata, el cuerpo desnudo de la mujer estaba tan próximo que el terrible deseo siguió despierto. Ayla le instaló sobre la cama, fue a mirar a toda prisa sus reservas medicinales y de pronto echó a correr.

Jondalar se preguntaba adónde iría, y lo comprendió al verla regresar con las manos llenas de grandes hojas velludas, de un verde grisáceo: hojas de bardana que arrancó de la veta central, dura, hizo tiras en un tazón, agregó agua fría y golpeó con una piedra hasta hacerlas puré.

Jondalar había estado sufriendo a causa de las quemaduras, y cuando sintió la fresca papilla sobre la espalda, agradeció de nuevo que Ayla fuera una curandera.

–¡Aaah! Ya está mucho mejor –exclamó.

Entonces, al sentir que las manos de ella alisaban suavemente las hojas frescas, se dio cuenta de que la mujer no se había entretenido en cubrirse. Arrodillada junto a él, Jondalar podía sentir su proximidad como una emanación palpable. El olor a piel caliente y otros olores femeninos misteriosos le incitaban a extender la mano: la acarició desde la rodilla hasta la nalga.

Ayla se quedó tiesa bajo el contacto, y dejó de alisar las hojas frescas, cobrando una conciencia aguda de la mano que la tocaba. Se mantuvo rígida, sin saber lo que estaba haciendo o lo que se suponía que debía de hacer ella. Lo único seguro era que no deseaba que cesara la caricia; pero cuando Jondalar subió la mano y tocó un pezón, Ayla se quedó sin aliento por el impacto inesperado que recibió.

Jondalar se sorprendió ante aquella mirada escandalizada. ¿No era perfectamente natural que un hombre quisiera acariciar a una mujer bella? Sobre todo cuando se encontraba tan cerca que, en realidad, casi se tocaban. Apartó la mano sin saber qué pensar. «Actúa como si nunca anteriormente la hubieran tocado». Pero era una mujer, no una niña, y, a juzgar por las estrías de su vientre, ya había dado a luz aun cuando él no viera la menor evidencia de hijos. Claro está que, tampoco habría sido la primera mujer que perdiera un hijo, pero tuvo que tener Primeros Ritos para prepararla y que pudiera recibir la Bendición de la Madre.

Ayla podía sentir todavía la secuela palpitante de su caricia. No sabía por qué se había detenido y, confusa, se puso en pie y se alejó.

«Tal vez yo no le guste», se dijo Jondalar. «Pero entonces, ¿por qué se ha acercado tanto, especialmente cuando mi deseo era tan evidente? Desde luego, no lo ha provocado adrede; ha estado cuidándome las quemaduras. Y en su actitud no hubo incitación alguna». De hecho, parecía no advertir el efecto que causaba en él. ¿Estaría acostumbrada a que su belleza produjera tanta conmoción? No se portaba con el menosprecio impertinente de una mujer experimentada, y sin embargo, ¿cómo era posible que una mujer tan extraordinaria no supiera el efecto que causaba en los hombres?

Jondalar cogió un trozo aplastado de hoja mojada que se le había caído de la espalda. El curandero Sharamudoi había empleado también hojas de bardana contra las quemaduras. «Es hábil. ¡Está claro! Jondalar, ¡qué estúpido eres!», se dijo. «El Shamud te habló de las pruebas a las que se someten Los Que Sirven a la

Madre. Ella debe estar renunciando también a los Placeres. No es extraño que se envuelva en ese manto informe para ocultar su belleza. No se habría acercado a ti de no ser por la insolación, y luego tú te precipitas como un adolescente».

La pierna palpitaba y aunque la medicina había servido, la insolación seguía siendo incómoda. Se tendió de lado para aliviarse un poco y cerró los ojos. Tenía sed pero no quería volverse del otro lado para coger la vejiga de agua, justo ahora que había encontrado una postura casi soportable. Se sentía desdichado, no sólo por sus dolores sino porque temía haber cometido una grave imprudencia, y lo lamentaba.

Hacía mucho tiempo, desde su adolescencia, que no había experimentado la humillación de haber dado un paso en falso. Había practicado el control de sí mismo hasta un grado tal que lo convertía en arte; había vuelto a ir demasiado lejos y le habían rechazado. Esa bella mujer, esa mujer a la que había deseado más que a ninguna, le había rechazado. Ahora sabía lo que iba a pasar: ella actuaría como si nada pero le evitaría siempre que pudiera. Cuando no le fuera posible alejarse, mantendría cierta distancia entre ellos. Se mostraría fría y distante. Su boca tal vez sonriera, pero sus ojos dirían la verdad; no habría calor entre ellos o, peor aún, sólo lástima.

Ayla se había puesto un manto limpio y estaba trenzando su cabellera, sintiéndose avergonzada por haber dejado que Jondalar se quemara con el sol. Era culpa de ella; él no podía quitarse del sol por sus propios medios. Y ella había estado disfrutando, nadando y lavándose el cabello cuando debería haber estado atendiéndole. «Y se supone que soy una curandera, una curandera del linaje de Iza. Su ascendencia es la más honorable del Clan... ¿qué pensaría Iza de semejante descuido, de esa falta de atención de un paciente?» Ayla se sentía mortificada. Había sido herido muy gravemente, todavía sufría dolores, y ella le había proporcionado un dolor más.

Pero en su desconcierto había algo más: él la había tocado. Aún podía sentir el calor de su mano sobre su muslo. Sabía con exactitud dónde había tocado y dónde no, como si la hubiera quemado con una suave caricia. ¿Por qué la habría tocado el pezón? Había tenido su virilidad en erección y ella sabía lo que eso significaba. Cuántas veces había visto que un hombre hacía señales a una mujer cuando sentía la necesidad de aliviarse. Broud se las había hecho a ella –se estremeció– y desde entonces había odiado ver su miembro viril en erección.

Ahora no se sentía así; incluso le agradaría que Jondalar le hiciera la señal...

«No seas ridícula. No podría, con esa pierna así. Apenas está lo suficientemente bien para apoyarse en ella».

Pero ya tenía la virilidad plena cuando ella regresó de darse el baño, y sus ojos... Se estremeció pensando en sus ojos. «Son tan azules, reflejan tan plenamente su necesidad y tan...»

No podía explicárselo, pero dejó de peinarse, cerró los ojos y recordó la atracción que aquel hombre ejercía sobre ella. El la había tocado.

Después se detuvo. Ayla se sentó muy erguida. ¿Le habría hecho una señal? ¿Se habría detenido porque ella no dio su consentimiento? Se suponía que la mujer estaba siempre disponible para un hombre con necesidad. Cada una de las mujeres del Clan era aleccionada para eso desde la primera vez que su espíritu batallaba y ella sangraba. Así como le enseñaban los sutiles ademanes y posturas que podrían incitar a un hombre a desear satisfacer su necesidad con ella. Nunca había comprendido la razón de que una mujer tuviera que utilizarlos, hasta ahora. De repente se dio cuenta de que ahora lo comprendía.

Deseaba que aquel hombre aliviara sus necesidades con ella, pero no conocía su señal. «Si yo no conozco su señal, tampoco él conocerá las mías. Y si me negué sin saberlo, tal vez nunca más vuelva a intentarlo. Pero, ¿me desea realmente? Soy tan alta y tan fea...»

Ayla terminó de enrollar su última trenza y fue a atizar el fuego para preparar un medicamento contra los dolores, destinado a Jondalar. Cuando se lo trajo, éste descansaba de costado. Como se trataba de una pócima contra los dolores para que pudiera descansar, no quiso molestarle puesto que, al parecer, ya había encontrado un poco de alivio. Se sentó con las piernas cruzadas junto al lugar donde dormía y se quedó esperando a que abriera los ojos. El no se movía, pero Ayla sabía que no estaba durmiendo: su respiración carecía de la regularidad característica y su frente reflejaba incomodidad, lo que no habría sido así en el caso de que durmiera.

Jondalar la había oído acercarse y cerró los ojos para fingir que estaba dormido. Esperó, con los músculos tensos, combatiendo las ganas de abrir los ojos para comprobar si estaba allí. ¿Por qué tan silenciosa? ¿Por qué no se marchaba? El brazo en el que estaba recostado empezó a hormiguearle por falta de circulación; si no se movía pronto, se le iba a dormir. La pierna le latía; habría querido cambiar de postura para aflojar la tensión causada por haber pasado tanto rato en una misma postura. La cara le picaba debido a la barba sin afeitar; la espalda le ardía. Tal vez ya no estaba allí; tal vez se había ido sin que él la oyera marcharse. ¿Estaría allí sentada mirándole?

Ella había estado observándole con atención. Había mirado directamente a aquel hombre más que a hombre alguno. No era correcto que las mujeres del Clan miraran a los hombres, pero ella había cometido muchas indiscreciones. Había olvidado los modales que Iza le enseñó, así como el cuidado debido a un paciente. Se miró las manos que sostenían la taza de datura sobre su regazo. Esa era la manera correcta para que una mujer abordara a un hombre, sentada en el suelo con la cabeza gacha, esperando que él reconociera su presencia con un golpecito en el hombro. Tal vez fuera hora de recordar su educación.

Jondalar abrió ligeramente los ojos para ver si estaba allí, pero sin dejarle saber que estaba despierto. Vio un pie y volvió a cerrar rápidamente los ojos. Allí estaba. ¿Por qué estaría allí sentada? ¿Qué estaría esperando? ¿Por qué no se alejaba y le dejaba en paz con su aflicción, con su humillación? Volvió a acechar entre sus párpados: el pie no se había movido; estaba sentada con las piernas cruzadas; tenía una taza con líquido. ¡Oh Donii!, ¡qué sed tenía! ¿Sería para él? ¿Había estado allí esperando que despertara para darle algún medicamento? Podía haberle sacudido; no tenía por qué esperar.

Abrió los ojos. Ayla estaba sentada con la cabeza baja, mirando al suelo. Llevaba puesto uno de esos mantos informes y tenía el cabello atado en múltiples trenzas; su aspecto era de pulcritud. Ya no tenía un tizne en la mejilla, su manto estaba limpio, era una piel nueva. Tenía un aspecto muy inocente, sentada con la cabeza inclinada. No había artificio ni amaneramiento alguno en ella, ni miradas sugestivas por el rabillo del ojo.

Sus trenzas apretadas contribuían a dar esa impresión, así como el manto que, con sus pliegues y bultos, la disimulaba tan bien. Ahí estaba el truco, el disimulo artificial de su cuerpo de mujer y de su bella cabellera brillante. No podía ocultar el rostro, pero el hábito de bajar la mirada o de mirar de soslayo, tendía a distraer la atención. ¿Por qué se escondía? Sería tal vez a causa de la prueba a la que se estaba sometiendo. La mayoría de las mujeres que conocía habrían exhibido aquel cuerpo magnífico, aquella gloria dorada en su propio beneficio, habrían dado lo que fuera por poseer un rostro tan bello.

La observó sin moverse, olvidando su incomodidad. ¿Por qué estaba tan quieta? Tal vez no quería mirarle, pensó, sintiéndose otra vez mortificado y, por si fuera poco, con dolores. No podía aguantar más, tenía que cambiar de postura.

Ayla levantó la mirada cuando él movió el brazo. No podía tocarle el hombro para reconocer su presencia por muy buenos modales de que quisiera hacer gala. No sabía la señal. Jondalar se pasmó al ver su rostro contrito y la expresión de abierta súplica de sus ojos. No había condena, ni rechazo, ni lástima. Más bien parecía estar apenada. Pero, ¿por qué?

Le dio la taza. El bebió un sorbo, hizo una mueca por lo amargo de la medicina y se la bebió toda, estirando la mano hacia la vejiga de agua para quitarse el mal sabor. Entonces volvió a tenderse sin conseguir sentirse cómodo. Ella le hizo señas de que se sentara, entonces sacudió, alisó y volvió a ordenar las pieles y los cueros. Jondalar tardó un poco en acostarse de nuevo.

–Ayla, hay tantas cosas que ignoro de ti y que desearía saber... No sé dónde aprendiste a curar... ni siquiera sé cómo llegué hasta aquí. Sólo sé que te estoy agradecido. Me has salvado la vida y, lo que es más importante aún, me has salvado la pierna. Nunca podría regresar a casa sin mi pierna, aunque hubiera conservado la vida.

»Lamento haberme puesto en ridículo, pero eres tan bella, Ayla. Yo no lo sabía... Lo ocultas tan bien. No sé por qué quieres hacerlo, pero tendrás tus razones. Aprendes con rapidez. Quizá cuando sepas hablar mejor puedas decírmelo, si te está permitido. Si no, lo aceptaré. Ya sé que no comprendes todo lo que digo, pero quiero decirlo. No volveré a molestarte, Ayla, lo prometo».

22

–Dímelo bien... Don-da-lah.

–Dices bien mi nombre.

–No. Ayla dice mal –y sacudió la cabeza con vehemencia–. Dime bien.

–Jondalar. Jon-da-lar.

–Zzzon...

–J... –y le enseñó, articulando con cuidado, Jondalar.

–Zz... dzh... –luchaba con el sonido desconocido–. Dzhon-dalarr –dijo finalmente, con una r muy marcada.

–¡Está bien! Está muy bien –aprobó el hombre.

Ayla sonrió ante su éxito; luego su sonrisa se volvió astuta.

–Dzhon-da-lar d`los Zel-ann-do-nyi.

Jondalar había dicho el nombre de su gente con mayor frecuencia que el suyo propio, y Ayla había estado ensayándolo a escondidas.

–¡Muy bien! –Jondalar estaba realmente sorprendido. No lo había pronunciado perfectamente, pero sólo un Zelandonii habría reconocido la diferencia. Su aprobación complacida hizo que los esfuerzos tuvieran su recompensa, y la sonrisa de Ayla era muy bella.

–¿Qué significa Zelandonii?

–Significa mi pueblo. Hijos de la Madre que viven en el suroeste. Doni significa la Gran Madre Tierra. Los Hijos de la Tierra: creo que es lo más fácil de decir. Pero todos los pueblos se llaman a sí mismos Hijos de la Tierra, cada uno en su idioma. Tan sólo significa gente.

Estaban el uno frente al otro, recostados en un tronco de abedul dividido desde la voluminosa base. Aunque empleaba un bastón y todavía cojeaba mucho al andar, Jondalar agradecía estar en el prado verde del valle. Desde sus primeros pasos vacilantes, día a día había caminado un poco más. Su primera excursión por el sendero empinado había sido terrible... pero un verdadero triunfo. La subida resultó más fácil que la bajada.

Aún no sabía cómo habría podido Ayla llevarle a la cueva al principio, sin ayuda. Porque si la habían ayudado, ¿dónde estaban los demás? Era una pregunta que había querido hacerle desde hacía mucho, pero, al principio, no le habría entendido, y después, parecía impropio interrogarla sólo para satisfacer su curiosidad. No obstante, había estado esperando el momento oportuno, y parecía que había llegado ya.

–¿Quién es tu pueblo, Ayla? ¿Dónde está?

La sonrisa se borró del rostro de la mujer y Jondalar casi se arrepintió de haber hecho la pregunta. Al cabo de un prolongado silencio, comenzó a creer que le había comprendido.

–No pueblo, Ayla de ningún pueblo –respondió por fin apartándose del árbol y saliendo de su sombra. Jondalar cogió su bastón y echó a andar cojeando tras ella.

–Pero has tenido que tener un pueblo. Has nacido de una madre. ¿Quién te cuidó? ¿Quién te enseñó el arte de curar? ¿Dónde está ahora esa gente, Ayla? ¿Por qué estás sola?

Ayla siguió adelante mirando hacia abajo. No trataba de eludir la respuesta... tenía que contestarle. Ninguna mujer del Clan podía negarse a contestar una pregunta directa de un hombre. De hecho, todos los miembros del Clan, hombres y mujeres, respondían a las preguntas directas. Era, sencillamente, que las mujeres no hacían preguntas personales a los hombres, y los hombres tampoco se las hacían unos a otros. Generalmente se interrogaba a las mujeres. Las preguntas de Jondalar despertaban muchos recuerdos, pero no sabía responder a algunas y no sabía cuál era la respuesta para otras.

–Si no me quieres decir...

–No –dijo, mirándole y sacudiendo la cabeza–. Ayla dice –su mirada revelaba su turbación–. No sabe palabras.

Jondalar volvió a preguntarse si debería haberse abstenido de plantear la cuestión, pero sentía curiosidad y parecía que ella estaba dispuesta a satisfacerla. Se detuvieron de nuevo al lado de un voluminoso bloque de piedra, que había derribado parte de la muralla antes de quedarse en el valle. Jondalar se sentó en uno de los bordes donde la piedra se había partido y formaba un asiento a altura conveniente, con un respaldo inclinado.

–¿Cómo se llaman los de tu pueblo? –preguntó.

Ayla lo pensó un momento.

–El pueblo. Hombre..., mujer..., bebé –volvió a menear la cabeza, sin saber cómo explicarse–. El Clan –hizo el gesto para representar el concepto mientras pronunciaba.

–¿Cómo familia? Una familia es un hombre, una mujer y sus hijos, y viven en un mismo hogar... Generalmente.

Ella asintió.

–Familia... más.

–¿Un pequeño grupo? Varias familias que viven juntas forman una Caverna –dijo– aunque no vivan en una.

–Sí –dijo Ayla–, Clan pequeño. Y más. Clan significa toda la gente.

No le había oído pronunciar la palabra la primera vez, y no percibió el gesto que la acompañaba. La palabra era pesada, gutural, y había en ella esa tendencia que sólo podía explicar como si se tragara la parte interior de las palabras. No habría creído que fuera una palabra. Ella no había dicho más palabras que las aprendidas de él, y se sintió interesado.

–¿Glon? –dijo, tratando de imitarla.

No era exactamente así, pero algo parecido.

–Ayla no dice palabras Jondalar bien, Jondalar no dice palabra Ayla bien. Jondalar dice bien.

–Yo ignoraba que tú sabías palabras, Ayla. Nunca te he oído hablar en tu lengua.

–No sabe muchas palabras. Clan no habla palabras.

Jondalar no comprendía.

–Si no hablan palabras, ¿qué hablan?

–Hablan... manos –dijo, sabedora de que no era exacto.

Se dio cuenta de que había estado haciedo los gestos instintivamente, en un esfuerzo por hacerse entender. Cuando vio la mirada intrigada de Jondalar, le cogió las manos y las movió con los ademanes correctos mientras repetía lo que acababa de decir.

–Clan no habla muchas palabras. Clan habla... manos.

Poco a poco, el entrecejo que se le había fruncido al no comprender se le fue relajando a medida que captaba.

–¿Me estás diciendo que tu pueblo habla con las manos? Muéstrame. Di algo en tu idioma.

Ayla reflexionó un instante y comenzó:

–Quiero decirte muchas cosas, pero debo aprender a decírtelas en tu idioma. Tu manera es la única que me queda ahora. ¿Cómo puedo decirte quién es mi gente? Ya no soy mujer del Clan. ¿Cómo explicar que estoy muerta? No tengo pueblo. Para el Clan, camino por el otro mundo, como el hombre con quien viajabas. Tu hermano, me figuro.

»Quiero que sepas que hice las señales sobre su tumba para ayudarle a encontrar su camino, para que la pena de tu corazón sea más llevadera. Y también que sufrí por él, aunque no le había visto nunca hasta entonces.

»No conozco el pueblo en el que nací. He debido tener una madre y una familia, parientes parecidos a mí... y a ti. Pero sólo los conozco por el nombre de «Otros». Iza es la única madre que recuerdo. Me enseñó la magia curativa, hizo de mí una curandera, pero ahora está muerta, y también Creb.

»Jondalar, me muero por hablarte de Iza, de Creb y de Durc»... –tuvo que interrumpirse y respirar hondo–. Mi hijo también ha sido alejado de mí, pero vive. Es lo único que tengo. Y ahora el León Cavernario te ha traído a mí. Tenía miedo de que los hombres de los Otros fueran como Broud, pero tú eres más parecido a Creb, gentil y paciente. Quiero creer que serás mi compañero. Cuando llegaste pensé que para eso habías sido traído hasta aquí. Creo que deseaba creerlo porque estaba muy ansiosa por tener compañía, y tú eres el primer hombre de los Otros que veo... que puedo recordar. Entonces no importaba quién eras. Te quería por compañero sólo por tener compañero.

»Ahora ya no es lo mismo. Cada día que pasas aquí, mis sentimientos hacia ti se vuelven más fuertes. Yo sé que los Otros no están muy lejos, y que habrá otros hombres entre quienes podría encontrar un compañero. Pero no quiero a ningún otro, y tengo miedo de que no te quieras quedar aquí conmigo cuando estés sano. Tengo miedo de perderte, a tí también. Ojalá pudiera decirte, estoy tan... tan agradecida de que estés aquí, que a veces no puedo soportarlo».

Se detuvo. No podía continuar, pero en cierto modo creía que no había terminado.

Sus pensamientos no habían sido del todo incomprensibles para el hombre que la observaba. Sus movimientos –no sólo de las manos, sino de sus facciones, de todo su cuerpo– eran tan expresivos que se sintió profundamente conmovido. Ella le recordaba una bailarina silenciosa, excepto por los sonidos roncos que, extrañamente, concordaban con los movimientos graciosos. El sólo percibía con sus emociones, y no podía creer del todo que lo que él sentía era lo que ella le había comunicado. También sabía que su lenguaje de gestos y movimientos no era, como lo había supuesto, una simple extensión de los ademanes que él empleaba en ocasiones para dar mayor énfasis a sus palabras. Más bien parecía que los sonidos que ella emitía servían para dar énfasis a sus movimientos.

Cuando Ayla calló, se quedó un instante quieta, reflexionando, y después se dejó caer graciosamente en el suelo a sus pies, y agachó la cabeza. El esperó, y al ver que no se movía, comenzó a sentirse incómodo. Parecía que le estaba esperando, y él sentía como si le estuviera rindiendo pleitesía. Semejante deferencia ante la Gran Madre Tierra estaba bien, pero todo el mundo sabía que Ella era celosa y que no solía ver con buenos ojos que uno de Sus hijos recibiera la veneración que se le debía a Ella.

Finalmente se inclinó y le tocó el brazo.

–Levántate, Ayla. ¿Qué estás haciendo?

Un toque en el brazo no era exactamente un golpecito en el hombro, pero era lo más parecido a lo que ella consideraba la señal del Clan para que tomara la palabra.
–La mujer del Clan, sentada, quiere hablar. Ayla quiere hablar, Jondalar.
–No tienes que sentarte en el suelo para hablarme –tendió la mano y trató de hacer que se levantara–. Si quieres hablar, habla.
Ella insistió en quedarse donde estaba.
–Es manera de Clan –sus ojos le suplicaban que comprendiera–. Ayla quiere decir... –empezaron a brotarle lágrimas de frustración. Volvió a intentarlo–. Ayla no habla bien. Ayla quiere decir, Jondalar da Ayla *habla*, quiere decir...
–¿Estás tratando de darme las gracias?
–¿Qué significa las gracias?
Se detuvo Jondalar un instante, y luego dijo:
–Ayla, tú salvaste mi vida. Me has cuidado, has atendido mis heridas, me has dado alimento. Por eso yo diría gracias. Diría más que gracias.
Ayla frunció el ceño.
–No igual. Hombre herido, Ayla cuida. Ayla cuida todo hombre. Jondalar da habla a Ayla. Ayla habla. Es más. Es más gracias.
Y le miró gravemente, tratando de que la comprendiera.
–Tal vez «no hables bueno» pero te comunicas muy bien, Ayla. Levántate o tendré que sentarme a tu lado. Comprendo que eres una curandera, y que es tu vocación cuidar a todo el que necesita ayuda. Tal vez creas que salvarme la vida no era nada especial, pero eso no quita para que yo me sienta agradecido. Para mí, es poca cosa enseñarte mi idioma, enseñarte a hablar, pero empiezo a comprender que para ti es muy importante, y estás agradecida. Siempre es difícil expresar gratitud en el idioma que sea. Mi manera consiste en decir gracias. Creo que tu modo es más bello. Ahora, por favor, levántate.
Ayla sintió que compredía. Su sonrisa encerraba más gratitud de lo que ella creía. Había sido un concepto difícil, pero importante, para poder comunicarlo, y se puso de pie gozosa por haberlo logrado. Trató de expresar su exuberancia en acción, y al ver a Whinney y al potrillo silbó, alto y agudo. La yegua enderezó las orejas y se dirigió a ella al galope, y cuando estuvo cerca, Ayla corrió un poco, dio un brinco y aterrizó ágilmente sobre el lomo del animal.
Hicieron un amplio recorrido por el prado, con el potro siguiéndolas de cerca. Ayla había estado tan pendiente de Jondalar que no había vuelto a cabalgar hasta mucho después de haberle encontrado, y cabalgar le producía ahora una sensación embriagadora de libertad. Cuando regresaron a la roca, Jondalar estaba de pie, esperándolas. Ya no tenía la boca abierta, aunque

se le abrió cuando Ayla se alejaba. Por un instante sintió un escalofrío a lo largo del espinazo, y se preguntó si la mujer sería un ser sobrenatural, quizá una donii. Recordó vagamente un sueño, un espíritu madre en forma de mujer joven que hacía alejarse a un león.

Entonces recordó la frustración, sobradamente humana, de Ayla ante su incapacidad para comunicarse. Desde luego, ninguna forma espiritual de la Gran Madre Tierra habría tropezado con semejante problema. Aun así, tenía un don poco común para entenderse con los animales. Los pajarillos acudían a su voz, y una yegua que amamantaba le permitía cabalgar sobre su lomo. ¿Y aquella gente que hablaba no con palabras sino por señas? Ayla le había dado mucho en qué pensar para ese día, se dijo, rascando al potrillo. Cuanto más pensaba en ella, más profundo le resultaba su misterio.

Podía comprender que no hablara, si su gente no lo hacía. Pero ¿qué gente era aquélla? ¿Dónde estaba ahora? Dijo que no tenía pueblo y que vivía sola en el valle, pero, ¿quién le había enseñado a curar o la magia que empleaba con los animales? ¿De dónde había sacado la pirita? Era demasiado joven para ser una Zelandoni tan bien dotada. Por lo general hacían falta años para adquirir tanta capacidad, frecuentemente en retiros especiales...

¿Serían de aquella clase los que formaban su pueblo? Había oído hablar de grupos especiales de los que Sirven a la Madre, que se dedicaban a conseguir hondas percepciones en misterios profundos. Esos grupos eran altamente estimados; Zelandoni había pasado varios años con uno de ellos. El Shamud había hablado de pruebas que se autoimponían, para desarrollar los poderes de percepción. ¿Habría vivido Ayla con uno de esos grupos que no hablaba más que por señas? ¿Y estaría viviendo ahora sola, para perfeccionar sus habilidades?

«¡Y tú estabas pensando en tener Placeres con ella, Jondalar! No es extraño que reaccionara como lo hizo. Pero, ¡qué vergüenza! Renuciar a los Placeres, siendo tan bella. No obstante, tú respetarás sus deseos, Jondalar, bella o no».

El potro oscuro estaba golpeando al hombre con la cabeza, exigiendo más caricias de las manos sensibles que siempre se las arreglaban para hallar los puntos exactos donde sentía comezón en el proceso de cambio de pelaje. Jondalar estaba encantado cuando el potro iba a buscarle. Anteriormente los caballos sólo habían representado sustento para él, y nunca se le habría ocurrido que pudieran responder con afecto y gustar de sus caricias.

Ayla sonrió, complacida al ver el afecto que se estaba creando entre el hombre y el potro de Whinney. Recordó una idea que había tenido y la expresó espontáneamente.

–¿Jondalar da nombre a potro?

–¿Nombre al potro? ¿Quieres que le ponga nombre al potro? –se sentía inseguro y perplejo y halagado a un tiempo–. Yo no sé, Ayla, nunca se me ha ocurrido ponerle nombre a nada, y menos a un caballo. ¿Cómo se le pone nombre a un caballo?

Ayla comprendió su desconcierto. No había sido una idea que ella aceptara de buenas a primeras. Los nombres estaban cargados de significado, proporcionaban reconocimiento. Reconocer a Whinney como individuo único, aparte del concepto de caballo, implicaba ciertas consecuencias. Dejaba de ser un animal de las manadas que recorrían la estepa. Se asociaba con seres humanos, obtenía de ellos su seguridad y les daba su confianza. Era única entre su especie; tenía un nombre.

Desde luego esto le imponía obligaciones a la mujer. La comodidad y el bienestar del animal exigían un esfuerzo y un interés considerables. El caballo nunca podía estar muy lejos de su mente; sus vidas se habían encontrado ligadas de un modo que resultaba inexplicable.

Ayla había comenzado a reconocer la relación, especialmente después del regreso de Whinney. Aunque no lo había planeado ni calculado, existía un elemento de ese reconocimiento en su deseo de que Jondalar pusiera nombre al potro. Quería que se quedara con ella. Si se encariñaba con el caballito, habría una razón mas para que se quedara donde permaneciese el potro –al menos algún tiempo–, es decir, en el valle, con Whinney y con ella.

Pero no era necesario apremiar al hombre. Durante algún tiempo no podría ir a ninguna parte; no, antes de que se le curara la pierna.

Ayla se despertó, sobresaltada. La cueva estaba oscura. Se tendió de espaldas mirando la negrura densa e intangible, y trató de volver a dormirse. Como no lo lograba, salió de la cama silenciosamente –había cavado una zanja poco profunda en el piso de tierra al lado de la cama que ocupaba ahora Jondalar– y se fue a tientas hasta la entrada de la cueva. Oyó que Whinney resoplaba reconociendo su presencia al pasar junto a ella.

«He vuelto a dejar que el fuego se apague», pensó, caminando hacia la orilla a lo largo de la muralla. «Jondalar no está tan familiarizado con la cueva como yo. Si necesita levantarse en mitad de la noche, debería tener un poco de luz»

Se quedó un rato fuera. Un cuarto de luna, poniéndose al oeste, se acercaba al borde de la muralla, en la parte del río opuesta al saliente, y pronto desaparecería detrás. La mañana estaba más cercana que la noche. Allá abajo la oscuridad lo envolvía todo con la única excepción del brillo de las estrellas reflejándose en el río susurrante.

El cielo nocturno estaba pasando imperceptiblemente de la negrura a un azul profundo que sólo se percibía en un nivel inconsciente. Sin saber por qué, Ayla decidió no volver a acostarse. Vio cómo se oscurecía el color de la luna antes de que se la tragara la orilla negra de la muralla de enfrente. Sintió un estremecimiento ominoso cuando desapareció el último atisbo de luz.

Poco a poco fue aclarándose el cielo y las estrellas se fundieron en el luminoso azul. En el extremo más lejano del valle, el cielo era de color púrpura. Ayla observó el arco claramente definido de un sol rojo sangre que asomaba por el horizonte y proyectaba un haz de luz tenue sobre el valle.

–Debe de haber un incendio en la pradera al este –dijo Jondalar.

Ayla se volvió rápidamente; el hombre estaba bañado por el resplandor lívido del globo flamígero, que daba a sus ojos un matiz color lavanda que nunca aparecía a la luz del fuego.

–Sí, gran fuego, mucho humo. Yo no sé tú te levantas.

–Llevaba un rato despierto esperando que regresaras. Al ver que no volvías, pensé que podía levantarme. Se apagó el fuego.

–Ya sé. Yo descuidada. No dejé bien para arder la noche.

–Cubrirlo, no cubriste para que no se apagara.

–Cubrir –repitió–. Voy a encender.

La siguió adentro, agachando la cabeza al entrar; era más aprensión que necesidad. La entrada de la cueva era suficientemente alta para él, aunque por escasos centímetros. Ayla sacó la pirita ferrosa y el pedernal y reunió yesca y astillitas.

–¿No dijiste que habías encontrado esa pirita en la playa? ¿Hay más?

–Sí. No mucho. Agua viene, lleva.

–¿Una inundación? El río creció y se llevó piritas. Tal vez podamos ir a recoger todas las que encontremos.

Ayla asintió, distraída. Tenía otros planes para ese día, pero necesitaba la ayuda de Jondalar y no sabía cómo explicarlo. Se estaba terminando la reserva de carne, y no sabía si tendría algo en contra de que ella fuera de cacería. En ocasiones había salido con la honda, y él no había preguntado de dónde venían las marmotas, las liebres y los jerbos. Pero hasta los propios hombres del Clan le habían permitido cazar animales pequeños con la honda. Ella necesitaba cazar animales más grandes, y eso significaba que tendría que salir con Whinney y cavar una zanja para armar la trampa.

No le gustaba la idea. Habría preferido cazar con Bebé, pero ya no estaba. La ausencia de su socio de cacerías era, sin embargo, la menor de sus preocupaciones; Jondalar la preocupaba más. Sabía que si él ponía objeciones, no podría detenerla. No era como si ella formara parte de su clan: ésta era su caverna, y él no estaba restablecido del todo. Pero parecía gozar en el valle, con Whinney y el potrillo; hasta parecía que ella le agradaba. No quería que aquello cambiara. Su experiencia le había demostrado que los hombres no gustaban de mujeres que cazaran, pero no le quedaba más remedio.

Y deseaba algo más que su aceptación: necesitaba su apoyo, su ayuda. No quería llevarse al potro de cacería. Tenía miedo de que quedara atrapado en la estampida y resultara lastimado. Se quedaría en la cueva cuando ella se marchara con Whinney si Jondalar le hacía compañía, no le cabía la menor duda. No estaría mucho tiempo ausente. Podría acechar una manada, abrir una zanja y regresar; y volver a cazar al día siguiente. Pero ¿cómo pedirle al hombre que cuidara de un potro mientras ella iba de caza a pesar de que él no podía cazar aún?

Cuando hizo un caldo para el desayuno, un examen concienzudo de su menguante provisión de carne seca la convenció de que debería hacer algo, y pronto. Decidió que la manera de comenzar sería haciéndole una demostración de su habilidad con la honda, su arma predilecta. La reacción que experimentara Jondalar al verla cazar con honda le daría cierta idea de si podría solicitar su ayuda o no.

Habían adquirido la costumbre de caminar juntos por la mañana siguiendo la maleza que bordeaba el río. Era un buen ejercicio para él, y ella disfrutaba compartiéndolo. Aquella mañana deslizó al salir la honda en la correa del cinturón. Lo único que necesitaría era la cooperación de alguna criatura que se pusiera a tiro.

Sus esperanzas se vieron más que satisfechas cuando su paseo por el campo, más allá del río, levantó un par de urogallos. Al verlos, Ayla cogió la honda y piedras; al derribar al primero, el segundo se echó a volar, pero la segunda piedra lo derribó también. Antes de ir a buscarlos, miró a Jondalar: vio asombro, pero, más importante aún, vio una sonrisa.

–Eso ha sido formidable, mujer. ¿Así es como has atrapado los animales? Yo creí que pondrías trampas. ¿Qué arma es ésa?

Le pasó la tira de cuero con una bolsa en medio y se fue por las aves.

–Creo que esto se llama honda –dijo, al verla volver–. Willomar me había hablado de un arma así. No podía comprender muy bien de lo que hablaba, pero tenía que ser esto. Y la usas muy bien, Ayla. Tiene que hacer falta muchísima práctica, incluso si se posee cierta habilidad natural.

–¿Te gusta yo cazar?

–Si no cazaras tú, ¿quién lo haría?

–Hombre del Clan no gusta mujer cazar.

Jondalar la estudió: parecía ansiosa, preocupada. Tal vez a los hombres no les agradaba que las mujeres cazaran, pero eso no le había impedido a ella aprender. ¿Por qué habría escogido ese día para demostrar su habilidad? ¿Por qué tenía la impresión de que estaba deseando que él la aprobara?

–La mayoría de las mujeres Zelandonii cazan, por lo menos cuando son jóvenes. Mi madre era famosa por su habilidad de rastreadora. No veo por qué razón no deberían cazar las mujeres, si así lo desean. A mí me gusta que las mujeres cacen, Ayla.

Pudo comprobar que la tensión desaparecía; obviamente, había dicho lo que ella quería oír, y era verdad. Pero se preguntaba por qué sería tan importante para ella

–Necesito ir cazar –dijo–. Necesito ayuda.

–Me gustaría, pero no creo que pueda todavía.

–No ayuda caza. Yo llevo a Whinney, ¿tú guardar potro?

–¿De modo que eso era? –dijo–. ¿Quieres que yo cuide al potro mientras te vas de cacería con la yegua? –le dio risa–. Eso representa un cambio: por lo general, después de tener uno o dos hijos, la mujer se queda en el hogar para cuidarlos; al hombre le corresponde la responsabilidad de cazar para ellos. Sí, me quedaré con el potro. Alguien tiene que cazar, y no quiero que el pequeño sea lastimado.

La sonrisa de Ayla reveló el alivio que experimentaba: no le importaba, era cierto, no parecía importarle nada.

–Podrías investigar ese incendio en el este antes de pensar en tu cacería. Uno tan grande podría cazar para ti.

–¿Fuego caza? –preguntó.

–Manadas enteras han muerto a veces por el humo solamente. A veces encuentras la carne asada. Los que cuentan historias tienen una muy graciosa del hombre que encontró carne asada después de un incendio en la pradera, y los problemas que tuvo al tratar de convencer al resto de su Caverna de que probara carne que él quemó a propósito. Es una vieja historia.

Una sonrisa de comprensión pasó por el rostro de Ayla: un incendio rápidamente propagado podía atrapar una manada entera. Tal vez no fuera necesario cavar una zanja.

Cuando Ayla sacó la angarilla con su complemento de postes y canastos, Jondalar se quedó perplejo, sin poder comprender el propósito de un equipo tan complicado.

–Whinney trae carne a cueva –explicó, mostrándole la angarilla mientras ajustaba las correas a la yegua–. Whinney te trae a ti a cueva –agregó.

–Entonces, ¡así fue como llegué aquí! Me he estado preguntando todo el tiempo... No creía que hubieras podido tú sola. Pensé que otras gentes me habrían encontrado y me dejarían aquí contigo.

–No... otra gente. Yo encuentro... tú... otro hombre.

La expresión de Jondalar se volvió tensa y sombría. La referencia a Thonolan le cogió por sorpresa, y el dolor de la pérdida se apoderó de él.

–¿Tenías que dejarle allí? ¿No podías haberle traído también? –preguntó en tono agrio.

–Hombre muerto, Jondalar. Tú, herido. Mucho herido –dijo, sintiéndose profundamente frustrada. Habría querido decirle que sepultó al hombre, que lamentó su muerte, pero no podía comunicárselo. Podía intercambiar información pero no era capaz de exponer ideas. Le habría querido hablar de pensamientos que ni siquiera sabía si podrían expresarse por medio de palabras, pero no se atrevió. El había pasado su pena con ella aquel primer día, y ahora ni siquiera podía compartir su tristeza.

Ansiaba tener la misma facilidad que él con las palabras, su capacidad para decirlas espontáneamente en el orden correcto, su libertad de expresión. Pero había una barrera indefinida que no podía cruzar, una carencia que a menudo le parecía que iba a poder superar, y que otras veces resultaba poco menos que insuperable. La intuición le decía que debería saber... que el conocimiento estaba encerrado en ella, pero que debería hallar la clave.

–Lo siento, Ayla. No debería haberte gritado así, pero Thonolan era mi hermano... –la palabra fue casi un sollozo.

–Hermano. Tú y otro hombre..., ¿tener misma madre?

–Sí. Teníamos la misma madre.

Ayla asintió con la cabeza y se volvió hacia la yegua, deseando poder decirle que comprendía lo cerca que estaban dos hermanos y el vínculo especial que podía existir entre dos hombres nacidos de una misma madre. Creb y Brun habían sido hermanos.

Terminó de cargar sus canastos, cogió sus lanzas para llevarlas afuera y cargarlas una vez que salieron de la cueva. Mientras Jondalar la veía hacer sus últimos preparativos, comenzó a darse cuenta de que la yegua era algo más que una extraña compañera de la mujer. El animal le proporcionaba una clara ventaja. No se había percatado de lo útil que podía ser un caballo. Pero se sentía intrigado por otra serie de contradicciones que la mujer le planteaba: utilizaba un caballo para ayudarla en su cacería y traer la carne a casa –progreso que nunca había oído mencionar anteriormente–, y no obstante, utilizaba la lanza más primitiva que había visto en su vida.

Había cazado con muchas personas; cada grupo tenía su variante particular de la lanza de caza, pero ninguna de ellas era tan radicalmente distinta como la de Ayla. Y, sin embargo, presentaba un aspecto familiar. Su punta era aguda y estaba endurecida al fuego, y el asta era recta y suave, pero incómoda. No cabía la menor duda de que no se trataba de una lanza para arrojarla; era más grande que la que empleaba él para cazar rinocerontes. ¿Cómo cazaría con eso? ¿Cómo podía acercarse lo suficiente para manejarla? Cuando Ayla regresara le preguntaría; ahora llevaría demasiado tiempo. Ayla estaba aprendiendo el idioma, pero todavía le resultaba difícil expresarse.

Jondalar se llevó el potro a la cueva antes de que se marcharan Ayla y Whinney. Rascó, acarició y habló al caballito hasta que estuvo seguro de que Ayla y la yegua estaban ya lejos. Le resultaba raro quedarse solo en la cueva, sabiendo que la mujer estaría ausente la mayor parte del día. Se apoyó en el bastón para ponerse en pie y luego, cediendo a la curiosidad, buscó una lámpara y la encendió. Dejando atrás el bastón –no lo necesitaba en el interior– sostuvo la lámpara de piedra ahuecada para ver la cueva, sus dimensiones y adónde conducía. No se sorprendió por las dimensiones, era más o menos del tamaño que él había calculado y, exceptuando un nicho, no había corredores. Pero el nicho le reservaba una sorpresa: todos los indicios de haber sido ocupado recientemente por algún león cavernario, incluida la enorme huella de una pata.

Después de examinar el resto de la cueva, se convenció de que Ayla llevaba años allí. Tenía que estar equivocado en cuanto a la huella de león cavernario, pero cuando regresó para examinar más detenidamente el nicho, se convenció de que un león cavernario había habitado ese rincón durante algún tiempo el año anterior.

¡Otro misterio! ¿Lograría obtener respuesta a todas aquellas preguntas tan indescifrables?

Levantó uno de los canastos de Ayla –sin estrenar, por lo visto– y decidió buscar piritas ferrosas en la playa. Podía hacer algo útil, ya que estaba allí. El potrillo se le adelantó dando brincos, y Jondalar bajó por el empinado sendero ayudándose con el bastón, y después lo dejó junto al montón de huesos. ¡Qué alegría el día en que no lo necesitara más!

Se detuvo para rascar y acariciar al potro que buscaba su mano con el hocico, y soltó la carcajada al ver que el caballito se revolcaba con un aparatoso deleite en la depresión húmeda que usaban su madre y él. Dando chillidos de intenso placer, el potro, con las patas al aire, se revolvía en la tierra suelta. Se puso en pie y lanzó tierra por todos lados, después vio su lugar predilecto a la sombra de un sauce y se tendió a descansar.

Jondalar caminaba lentamente por la playa pedregosa, inclinándose para examinar las piedras.

–¡He encontrado una! –gritó excitado, sobresaltando al potro. Se sintió un poco tonto–. ¡Ahí hay otra! –volvió a gritar, y sonrió con un poco de vergüenza. Pero, al agacharse para recoger la piedra gris de brillo metálico, se detuvo al ver otra piedra, mucho más grande–. ¡Hay pedernal en esta playa! –exclamó.

»Aquí es donde consigue el pedernal para sus herramientas. Si pudiera hacer una cabeza de martillo, y un punzón y... ¡Puedes hacer algunas herramientas, Jondalar! Buenas hojas afiladas, y buriles»... Se incorporó y examinó con mirada experta el montón de huesos y desechos que el río había arrojado contra la muralla. «Parece que también hay buenos huesos por aquí, y cornamentas. Incluso podrías hacer una lanza decente.

»Tal vez ella no quiera una lanza «decente», Jondalar. Puede tener alguna razón para usar la que tiene. Pero eso no significa que no puedas hacer una para ti. Sería mejor que estar sentado el día entero. Hasta podrías hacer algunas tallas. No tallabas tan mal antes de dejarlo».

Revolvió entre el montón de huesos y madera del río apilado contra la muralla; luego pasó al otro lado del basurero, donde, entre la maleza que había crecido allí, encontró huesos desarticulados, calaveras y cornamentas. Descubrió varios puñados de piritas ferrosas, mientras seguía hurgando en busca de una buena piedra para hacer un martillo. Cuando rompió la corteza del primer nódulo de pedernal, se sonrió. No se había dado cuenta antes de la falta que le hacía practicar su oficio.

Pensó en todo lo que podría hacer, ahora que disponía de pedernal. Quería un buen cuchillo y un hacha, con sus respectivos mangos. Quería hacer lanzas, y además, ahora podría arreglar su ropa con buenas leznas. Y quizá le gustara a Ayla la clase de herramientas que él hacía; por lo menos se las podría enseñar.

El día no se había hecho tan largo como temía. Cuando ya se iniciaba el crepúsculo todavía no había acabado de recoger cuidadosamente sus nuevos utensilios para trabajar el pedernal y las nuevas herramientas que había hecho con ellos, envolviéndolo todo en la piel que había tomado prestada entre las de Ayla. Cuando regresó a la cueva, el potro comenzó a darle golpecitos con el hocico solicitando su atención, y supuso que el animalito tendría hambre. Ayla había dejado grano cocido en unas gachas ligeras que el potro había rechazado al principio y que se comió después. Pero eso fue hacia el mediodía. ¿Dónde andaría... la joven?

Al caer la noche, Jondalar estaba muy preocupado. El potro necesitaba a Whinney, y Ayla debería estar de vuelta. Se quedó de pie en el extremo del saliente, vigilando; entonces decidió encender una fogata pensando que podría verla de lejos si se había extraviado. «No se extraviará», se dijo, pero, de todos modos, encendió la hoguera.

Era tarde cuando, por fin, llegó. Jondalar oyó a Whinney y bajó el sendero para ir a su encuentro, pero el potro llegó antes que él. Ayla puso pie a tierra en la playa, quitó un cadáver de animal de la angarilla, ajustó los palos para que pudieran pasar por el estrecho sendero y condujo a la yegua cuesta arriba mientras Jondalar llegaba abajo y se hacía a un lado. Ayla regresó con un leño ardiendo para alumbrarse. Jondalar se lo quitó de la mano mientras Ayla cargaba otro cadáver en la angarilla; el hombre llegó cojeando para ayudar, pero la mujer ya lo había cargado. Verla manejar el peso muerto del ciervo le dio una idea de la fuerza que tenía y le fue fácil comprender cómo la había adquirido. La yegua y la angarilla resultaban útiles, tal vez indispensables, pero de todas maneras ella era una sola persona.

El potro buscaba afanosamente la ubre de su madre, pero Ayla lo apartó hasta que llegaron a la cueva.

–Tú razón, Jondalar –dijo, al llegar al saliente–. Grande, grande incendio. No ver antes fuego tan grande. Lejos. Muchos, muchos animales.

Había algo en su voz que le hizo mirarla más de cerca. Estaba agotada; la carnicería que había presenciado había dejado su huella en las pronunciadas ojeras de sus ojos hundidos. Tenía las manos negras, su rostro y su manto estaban manchados de sangre y hollín. Desató el arnés y la angarilla, rodeó el cuello de Whinney con el brazo y apoyó la cabeza en la yegua; ésta tenía las patas delanteras separadas mientras su potro vaciaba la plenitud de sus ubres, y gacha la cabeza; sin duda estaba igualmente fatigada.

–Ese incendio tiene que estar muy lejos. Es tarde. ¿Has cabalgado el día entero? –preguntó Jondalar.

Ayla levantó la cabeza y le miró; se había olvidado por un instante de su presencia.

–Sí, el día entero –dijo, y respiró profundamente. Todavía no podía abandonarse a su fatiga, tenía demasiado que hacer–. Muchos animales morir. Muchos vienen buscar carne. Lobo. Hiena. León. Otro que no veo antes. Dientes grandes –y para ilustrar sus palabras abrió la boca y aplicó a ésta sus dos dedos índices a guisa de largos colmillos.

–¡Has visto un tigre dientes de sable! ¡No sabía que fueran reales! Un viejo solía contar historias a los muchachos durante las Reuniones de Verano, y decía haber visto uno de joven, pero no todos le creían. ¿Viste realmente uno? –deseaba haber ido con ella.

Ayla asintió y se estremeció, crispando los hombros y cerrando los ojos.

–Hace Whinney asustada. Acecha. Honda hace ir. Whinney, yo, correr.

Los ojos de Jondalar casi se desorbitaron mientras escuchaba el relato sincopado del incidente.

–¿Rechazaste a un tigre dientes de sable con la honda? ¡Buena Madre!... ¡Ayla!

–Mucha carne. Tigre... no necesita Whinney. Honda hace ir –habría querido decir más, describir lo sucedido, expresar su temor, compartirlo con él, pero no podía hacerlo. Estaba demasiado cansada para recordar los movimientos y pensar cómo encajar las palabras.

«No es de extrañar que esté agotada», pensó Jondalar. «Tal vez no debería haberle sugerido que fuera al foco del incendio, pero ha conseguido dos ciervos. Pero vaya si tiene valor: hacerle frente a un tigre dientes de sable. Es toda una mujer».

Ayla se miró las manos y echó a andar camino abajo hasta la playa. Cogió la antorcha que había dejado Jondalar clavada en la tierra, se la llevó hasta el río y la sostuvo en alto para mirar a su alrededor. Arrancando un tallo de quenopodio blanco, aplastó hojas y raíces entre sus manos, las humedeció y agregó algo de arena. Con esta mezcla frotó sus manos, limpió de su rostro la suciedad acumulada durante el viaje y subió de nuevo.

Jondalar había comenzado a calentar piedras de cocer, y Ayla se lo agradeció: una taza de infusión era precisamente lo que más falta le hacía. Había dejado alimentos en casa para él, y esperaba que no contara con verla preparar la cena. Ahora no podía pensar en comidas. Tenía que desollar dos ciervos y cortarlos en trocitos para ponerlos a secar.

Había buscado animales que no estuvieran chamuscados, puesto que necesitaba las pieles. Pero cuando comenzó a trabajar recordó que había pensado en hacer unos cuchillos afilados. Los cuchillos se ponían romos por el uso... chispitas que se desprendían del filo. Por lo general resultaba más fácil hacerlos nuevos y dejar los viejos para otros fines, por ejemplo para rascar.

El cuchillo romo acabó con su paciencia: se puso a machacar la piel mientras lágrimas de cansancio y desaliento le llenaban los ojos y le corrían por la cara.

–¿Ayla, pasa algo malo? –preguntó Jondalar.

Ella se limitó a golpear con mayor violencia al ciervo; no podía explicar. Jondalar le quitó el cuchillo romo de las manos y la puso en pie.

–Estás cansada. ¿Por qué no te acuestas y descansas un rato?

Meneó negativamente la cabeza, aunque deseaba hacerlo con desesperación.

–Desollar ciervo, secar carne. No esperar, hiena viene.

El no quiso molestarla con la sugerencia de que metieran el ciervo; en aquellos momentos la joven era incapaz de pensar con claridad.

–Yo vigilaré –dijo el hombre–. Necesitas algo de descanso. Entra y acuéstate, Ayla.

Se sintió llena de gratitud. ¡El vigilaría! No se le había ocurrido pedírselo; no estaba acostumbrada a contar con la ayuda de nadie. Entró con pie inseguro en la cueva, temblando de alivio, y se dejó caer entre sus pieles. Quería decirle a Jondalar lo agradecida que estaba, y sintió que se le llenaban nuevamente los ojos de lágrimas, pues bien sabía que su intento estaba condenado al fracaso. ¡No podía hablar!

Jondalar entró en la cueva y volvió a salir varias veces durante la noche, quedándose a veces quieto para mirar a la mujer dormida, y la preocupación le hacía arrugar la frente. Ayla estaba agitada, movía los brazos de un lado a otro y murmuraba cosas incomprensibles entre sueños.

Ayla caminaba entre la niebla pidiendo ayuda a gritos. Una mujer alta, envuelta en bruma, cuyo rostro no podía distinguir, le tendió los brazos. «Dije que tendría cuidado, Madre, pero, ¿dónde has estado?», murmuraba Ayla. «Por qué no viniste cuando te llamaba? ¡Llamé y llamé y no viniste! ¿Madre? ¡Madre! ¡No te vayas de nuevo! ¡Quédate aquí! ¡Madre, espérame! ¡No me dejes!»

La visión de la mujer alta se esfumó, y se aclaró la niebla. En su lugar había otra mujer, robusta y baja. Sus piernas fuertes y musculosas eran ligeramente estevadas, pero caminaba erguida. Tenía la nariz ancha, aguileña, un caballete alto y prominente y su mandíbula, muy pronunciada, no tenía barbilla. Su frente era baja e inclinada hacia atrás, pero tenía la cabeza grande, un cuello corto y grueso. Cejas pobladas y un arco ciliar pesado protegían unos ojos oscuros, grandes e inteligentes, llenos de amor y de pena.

Le hizo señas: «Iza», le gritó Ayla. «Iza, ayúdame. ¡Por favor, ayúdame!» Pero Iza sólo la miraba con curiosidad. «Iza, ¿no me oyes? ¿Por qué no me puedes entender?»

«Nadie te puede entender si no hablas debidamente», dijo otra voz. Vio un hombre que caminaba con un bastón. Era viejo y estaba tullido. Le habían amputado un brazo desde el codo. La parte izquierda de su rostro estaba horriblemente cubierta de cicatrices y le faltaba el ojo izquierdo, pero su ojo bueno encerraba fuerza, sabiduría y compasión. «Debes aprender a hablar, Ayla», decía Creb con sus gestos de una sola mano, pero ella podía oírle: tenía la voz de Jondalar.

«¿Cómo puedo hablar? ¡No puedo recordar! ¡Ayúdame, Creb!»

«Ayla, tu tótem es el León Cavernario», dijo entonces el viejo Mog-ur.

Con un destello rojizo, el felino brincó hacia el bisonte y derribó la vaca salvaje y pelirroja, que mugía de terror. Ayla abrió la boca y el tigre dientes de sable la amenazó, con colmillos y dientes chorreando sangre; se dirigió hacia ella y sus largos colmillos agudos crecían y se afilaban. Ella se encontraba en una diminuta cueva tratando de hundirse en la roca sólida que tenía contra la espalda. Un león cavernario rugió.

«¡No! ¡No!», gritó.

Una zarpa gigantesca con las garras extendidas entró y la arañó el muslo izquierdo dejándole cuatro heridas paralelas.

«¡No! ¡No!», gritó Ayla. «¡No puedo! ¡No puedo!» La niebla la envolvía. «¡No puedo recordar!».

La mujer alta le abrió los brazos: «Yo te ayudaré»... Por un instante la niebla se disipó y Ayla vio un rostro no muy diferente del suyo. Una náusea dolorosa la sacudió y un hedor repulsivo a humedad y podredumbre surgió de una grieta que se abría en la tierra.

«¡Madre! ¡Madre!»

–¡Ayla! ¡Ayla! ¿Qué pasa? –y Jondalar la sacudió. Estaba fuera, en el saliente cuando la oyó gritar y hablar un idioma desconocido. Llegó cojeando más aprisa de lo que creía posible.

Ayla se sentó y él la cogió en sus brazos.

–¡Oh, Jondalar!, ¡fue mi sueño, mi pesadilla! –sollozó.

–Está bien, Ayla. Ya está bien todo.

–Fue un terremoto. Eso fue lo que sucedió. Murió en un terremoto.

–¿Quién murió en un terremoto?

–Mi madre. Y también Creb, mucho después. ¡Oh, Jondalar!, odio los terremotos –y se estremeció entre sus brazos.

Jondalar la cogió por los hombros y la echó un poco hacia atrás... para poder mirarle a la cara.

–Cuéntame tu sueño, Ayla –rogó.

–Tengo esos sueños desde que recuerdo algo... siempre vuelven. En uno me encuentro en una caverna pequeña, y una garra me araña. Creo que fue así como me marcó mi tótem. El otro nunca puedo recordarlo, pero despierto temblando y enferma. Pero no esta vez. Ahora la he visto, Jondalar. ¡He visto a mi madre!

–Ayla, ¿oyes lo que dices?

–¿Qué quieres decir?

–Estás hablando, Ayla. ¡Estás hablando!

Ayla había sabido hablar en otros tiempos, y aunque el idioma era diferente, había aprendido el tono, el ritmo y el sentido del lenguaje hablado. Se le había olvidado hablar porque su supervivencia dependía de otro modo de comunicación, y porque quería olvidar la tragedia que la había dejado sola. Si bien no se trataba de un esfuerzo consciente, había estado oyendo y memorizando bastante más que el vocabulario del lenguaje que hablaba Jondalar. La sintaxis, la gramática, el acento: todo ello formaba parte de los sonidos que ella oía cuando hablaba él.

Como el niño que empieza a aprender a hablar, había nacido con la aptitud y el deseo, y sólo necesitaba oírlo constantemente. Pero su motivación era más fuerte que la del niño, y su memoria estaba más desarrollada. Aun cuando no podía reproducir algunos de los tonos e inflexiones de él con exactitud, se había convertido en una hablante natural de su lenguaje.

–¡Me oigo, Jondalar! ¡Puedo!, ¡puedo pensar con palabras!

Ambos se dieron cuenta de que la tenía cogida, y ambos se sintieron intimidados al notarlo. Jondalar apartó sus brazos.

–¿Es ya por la mañana? –dijo Ayla, observando la luz que penetraba a raudales por la entrada de la cueva y por el agujero de la chimenea. Apartó las mantas–. No creí que dormiría tanto. ¡Madre Grande! Tengo que poner la carne a secar –también había captado las exclamaciones del hombre, que sonrió. Era algo pasmoso oírla hablar súbitamente, pero oír sus propias frases salir de la boca de ella, expresadas con su acento peculiar, resultaba divertido.

Ayla corrió a la entrada y se detuvo en seco al mirar: se frotó los ojos y miró de nuevo. Hileras de carne cortada en trozos regulares como lenguas, estaban colgadas desde un extremo a otro de la terraza, con varias hogueras pequeñas en medio. ¿No estaría soñando aún? ¿Habrían aparecido de repente todas las mujeres del Clan para ayudarla?

–Hay un poco de carne de un anca que he puesto en el asador, si tienes hambre –dijo Jondalar con fingida indiferencia y una enorme sonrisa que revelaba lo contento que estaba de sí mismo.

–¿Tú? ¿Tú has hecho esto?

–Sí. Yo lo hice –su sonrisa se amplió todavía más. La reacción de la mujer ante la sorpresa que le había preparado era mejor aún de lo que esperaba. Tal vez no estaba todavía en condiciones de cazar, pero por lo menos podía desollar los animales que ella trajera y empezar a secar la carne, especialmente ahora que tenía cuchillos nuevos.

–Pero... ¡eres un hombre! –exclamó, asombrada.

La sorpresa que le había proporcionado Jondalar era mucho más asombrosa de lo que él podía suponer. Sólo echando mano de sus recuerdos adquirían los miembros del Clan los conocimientos y habilidades necesarios para sobrevivir. Para ellos, el instinto había evolucionado de tal manera que podían recordar las habilidades de sus antepasados y transmitírselas a su progenie, almacenadas en su subconsciente. Las tareas que realizaban hombres y mujeres habían estado diferenciadas desde tantas generaciones atrás, que los miembros del Clan tenían su memoria diferenciada según el sexo. Un sexo era incapaz de realizar las funciones del otro: carecía de la memoria necesaria para ello.

Un hombre del Clan habría cazado o encontrado un ciervo, y lo habría traído a la caverna. Incluso podría haberlo desollado aunque no tan bien como una mujer. Si le apremiaban, hasta podría haber sacado algunos trozos de carne a hachazos. Pero nunca habría considerado la posibilidad de cortar la carne para ponerla a secar, y en el caso de que se le hubiera ocurrido, no habría sabido por dónde empezar. Desde luego, jamás habría sido capaz de hacer trozos bien cortados y perfectamente formados que se secarían de manera uniforme, como los que tenía Ayla ante sus ojos.

–¿No se le permite a un hombre cortar un poquito de carne? –preguntó Jondalar. Sabía que diferentes pueblos tenían distintas costumbres en relación con el trabajo de la mujer y el trabajo del hombre, pero él sólo había querido ayudar. No creía que eso la ofendiera.

–En el Clan la mujer no puede cazar y el hombre no puede... hacer comida –intentó explicar.

–Pero tú cazas.

Esa declaración produjo en Ayla un sobresalto inesperado. Se le había olvidado que compartía con él las diferencias entre el Clan y los Otros.

–Yo... yo no soy mujer del Clan –dijo, desconcertada–. Yo... –no sabía cómo explicarlo–. Yo soy como tú, Jondalar. Una de los Otros.

23

Ayla se detuvo, se bajó de Whinney y entregó la vejiga chorreando agua a Jondalar, quien la cogió y bebió largos tragos para aplacar su sed. Se encontraban valle adentro, casi en la estepa, y bastante alejados del río.

La hierba dorada ondulaba al viento en torno de ellos. Habían estado recogiendo granos de mijo, sorgo y centeno silvestre en un grupo mixto que también abarcaba las semillas agitadas de cebada verde, carraón y trigo escandia. La tarea tediosa consistente en pasar la mano a lo largo del tallo para arrancar las duras semillas, era un trabajo duro; el mijo, pequeño y redondo, que se metía en uno de los dos compartimentos del canasto que colgaba de una cuerda pasada alrededor del cuello, para dejar libres las manos, se soltaba fácilmente, pero tendría que pasar nuevamente por el proceso de aventamiento. El centeno que se ponía en el otro compartimento se trillaba solo.

Ayla se pasó la cuerda del canasto por el cuello y se puso a trabajar. Jondalar no tardó en alcanzarla. Fueron recogiendo granos uno al lado del otro un buen rato, hasta que, de pronto, Jondalar se volvió hacia ella.

–¿Qué se siente al montar a caballo, Ayla, me lo podrías explicar? –preguntó.

–Es difícil de expresar –contestó ella, deteniéndose a pensar–. Cuando avanzas a todo galope es excitante. Pero también lo es si cabalgas despacio. Es una sensación agradable montar a Whinney –volvió a su tarea, pero se paró de repente–. ¿Te gustaría probar?

–¿Probar qué?

–Montar a Whinney.

La miró, tratando de adivinar lo que realmente pensaba al respecto. Había deseado montar a caballo desde hacía algún tiempo, pero la joven parecía tener una relación tan personal con el animal, que no había sabido cómo pedírselo con delicadeza.

–Sí, me encantaría. ¿Pero me dejará Whinney?
–No lo sé –Ayla lanzó una ojeada al sol para comprobar si era tarde, y se echó la canasta a la espalda–. Vamos a ver.
–¿Ahora? –preguntó Jondalar, y Ayla asintió con la cabeza, mientras tomaba el camino de regreso–. Creí que ibas a buscar agua para que pudiéramos recoger más grano.
–Así era. Se me olvidaba que la recolección va más aprisa con dos manos. Sólo miraba mi canasto... no estoy acostumbrada a que me ayuden.
La serie de habilidades que poseía aquel hombre era una fuente constante de asombro para Ayla. No sólo estaba deseoso de hacer lo que pudiera, sino que sabía lo mismo que ella o podía aprenderlo. Era curioso y se interesaba por todo, y le gustaba en particular probar todo lo que fuera nuevo. Ella podía verse en él. Eso le permitió apreciar mejor lo insólita que debió parecerles a los del Clan. Y, sin embargo, la habían adoptado y tratado de insertarla en su forma de vida.
Jondalar se echó a la espalda su canasta y se puso a caminar junto a ella.
–Estoy más que dispuesto a renunciar a esto por hoy. Ya tienes mucho grano. Ayla, el trigo y la cebada ni siquiera están maduros. No comprendo para qué quieres más.
–Es por Whinney y su potrillo. También necesitarán hierba. Whinney come fuera en invierno, pero cuando la nieve es profunda, muchos caballos mueren.
La explicación bastaba para eliminar cualquier objeción por parte del hombre. Caminaron de regreso entre las hierbas altas, gozando del sol sobre la piel desnuda... ahora que ya no estaban trabajando. Jondalar sólo llevaba el taparrabos, y tenía la piel tan tostada como la de ella. Ayla se había puesto su manto corto de verano, que la cubría desde la cintura hasta el muslo, pero, lo que era más importante, tenía bolsas y pliegues para llevar herramientas, honda y demás objetos. Aparte de esta prenda, sólo llevaba la bolsita de cuero colgada del cuello. Jondalar había admirado su cuerpo firme y flexible más de una vez, pero sin hacer ademanes visibles, y ella no provocaba ninguno.
Estaba pensando en cabalgar, preguntándose lo que haría Whinney. Podría apartarse rápidamente, en caso de necesidad. Fuera de una leve cojera, su pierna marchaba muy bien, y estaba convencido de que la cojera desaparecería con el tiempo. Ayla había hecho un trabajo milagroso al curarle la herida; tenía mucho que agradecerle. Había empezado a pensar en marcharse –ya no había razón para que permaneciera allí–, pero ella no parecía tener prisa de que se fuera, y él lo aplazaba constantemente. Deseaba ayudarla a prepararse para el próximo invierno; era lo menos que podía hacer.

Y ella tenía que ocuparse, además, de los caballos. A él no se le había ocurrido.

–Hace falta trabajar mucho para reunir las provisiones con que alimentar a los caballos, ¿verdad?

–No tanto.

–Se me ocurre una cosa; has dicho que también necesitan hierba. ¿No podrías cortar los tallos y llevártelos a la cueva? Entonces, en vez de recolectar el grano de éstos –y señaló los canastos– podrías sacar las semillas sacudiéndolas en una canasta. Y así tendrías hierba para ellos.

Ayla se detuvo, con la frente arrugada, sopesando la idea.

–Tal vez... si se dejan secar los tallos después de cortarlos, las semillas se soltarán sacudiéndolas. Algunas mejor que otras. Todavía hay trigo y cebada... vale la pena probar –una amplia sonrisa apareció en su rostro–. Jondalar, creo que puede resultar.

Estaba tan sinceramente entusiasmada que también él tuvo que sonreír. Se sentía atraído por ella, estaba encantado con ella, resultaba evidente en sus ojos maravillosamente seductores. La respuesta de ella fue abierta y espontánea:

–Jondalar, me gusta tanto cuando sonríes... a mí, con tu boca, y con tus ojos.

Jondalar rió... era una carcajada espontánea, inesperada, exuberantemente jovial. «Es tan honrada», pensó, «no creo que haya dejado nunca de ser absolutamente sincera. ¡Qué mujer tan excepcional!»

Ayla se sintió contagiada por la carcajada: su sonrisa cedió al contagio de su contento, se convirtió en risa ahogada y creció hasta una expresión de deleite sin inhibiciones.

Ambos se habían quedado sin aliento cuando terminaron de reír, recayendo en nuevos espasmos, respirando a fondo y enjugándose los ojos. Ninguno de los dos podía decir qué les había resultado tan tremendamente divertido; su risa se había alimentado sola. Pero era tanto un relajamiento de las tensiones que se habían estado acumulando, como una consecuencia de lo divertido de la situación.

Cuando comenzaron a andar nuevamente, Jondalar le pasó el brazo por la cintura; era un reflejo afectuoso de la risa compartida. Notó entonces que se ponía rígida y apartó inmediatamente el brazo. Se había prometido, y a ella también, aunque Ayla no lo entendiera entonces, que no la obligaría a aceptarle contra su voluntad. Si ella había pronunciado votos para apartarse de los Placeres, él no se iba a colocar en una situación en que se viera obligada a rechazarle. Había tenido buen cuidado de respetarla.

Sin embargo, había aspirado la esencia femenina de su piel caliente, sentido la plenitud turgente de su seno en su costado. Recordó súbitamente cuánto tiempo hacía que no había estado con una mujer, y el taparrabos no hizo nada para disimular la evidencia de sus pensamientos. Se dio la vuelta para tratar de ocultar su tan evidente hinchazón, pero era lo único que podía hacer para evitar arrebatarle el manto. Alargó el paso hasta casi correr delante de ella.

–¡Doni! ¡Cuánto deseo a esta mujer! –murmuró mientras corría.

Las lágrimas se le saltaron a Ayla al ver que se alejaba a todo correr. «¿En qué me he equivocado? ¿Por qué se aparta de mí? ¿Por qué no me hace su señal? Puedo ver su necesidad, ¿por qué no quiere aliviarla conmigo? ¿Tan fea soy?» Se estremeció al recordar la sensación de su brazo alrededor de ella; tenía los poros de la nariz llenos de su olor masculino. Arrastró los pies, reacia a la idea de enfrentársele de nuevo, y se sentía como cuando era pequeña y sabía que había hecho algo que estaba mal... sólo que esta vez no sabía lo que era.

Jondalar había llegado a la franja arbórea cerca del río. Su urgencia era tan grande que no pudo dominarse. Tan pronto como se encontró oculto por una cortina de denso follaje, espasmos de un blanco viscoso chorrearon sobre la tierra y, sosteniéndoselo aún, apoyó la cabeza en el tronco, temblando. Era un alivio y nada más, pero, por lo menos, podía enfrentarse a la mujer sin tratar de derribarla y poseerla.

Encontró una vara para remover la tierra y cubrir la esencia de sus placeres con la tierra de la Madre. Zelandoni le había dicho que derramarlo era un derroche de la Dádiva de la Madre, pero si no quedaba más remedio, había que devolvérselo a Ella, regarlo por el suelo y cubrirlo. «Zelandoni tenía razón», pensó. Era un derroche y no le había producido placer.

Caminó a lo largo del río, molesto por la idea de que podía haber sido descubierto. La vio que esperaba junto al bloque de roca con el brazo rodeando al potro y la frente apoyada en el cuello de Whinney. ¡Parecía tan vulnerable, aferrándose a los animales en busca de apoyo y consuelo! Pensó que debería recostarse en él en busca de apoyo, debería ser él quien la reconfortara. Estaba seguro de haberle causado angustia y se avergonzó como si hubiera cometido un acto reprensible. Salió remiso del bosquecillo.

–A veces, un hombre no puede esperar para hacer aguas –mintió, con débil sonrisa.

Eso sorprendió a Ayla. ¿Por qué pronunciar palabras que no respondían a la verdad? Ella sabía lo que había hecho él: se había aliviado solo.

Un hombre del Clan habría sido capaz de solicitar a la compañera del jefe antes que aliviarse solo. Si no podía controlar su necesidad, incluso ella, con lo fea que era, podía haber recibido la señal, ya que no había otra mujer. Ningún varón adulto se aliviaría solo; si acaso los adolescentes, que habían alcanzado la madurez física pero aún no habían matado el primer animal. Pero Jondalar había preferido aliviarse solo en vez de hacerle la señal; Ayla estaba más allá de la ofensa; se sentía humillada.

Ignoró sus palabras y evitó la mirada directa.

–Si quieres montar a Whinney, la sujetaré mientras te subes a la roca y le pones la pierna encima. Le diré a Whinney que quieres cabalgar. Tal vez te lo permita.

Recordó que aquélla era la razón por la que habían dejado de recoger grano. ¿Qué había pasado con su entusiasmo? ¿Cómo podía cambiar tanto en su recorrido de un extremo al otro del campo? Tratando de crear la impresión de que todo era normal, trepó a la hendidura que parecía un asiento en la roca, mientras Ayla le acercaba la yegua, pero también él rehuyó la mirada.

–¿Cómo consigues que vaya adonde quieres? –preguntó.

Ayla lo pensó un poco antes de responder.

–Yo no consigo: ella quiere ir donde quiero ir yo.

–Pero, ¿cómo sabe ella adónde quiere ir?

–No lo sé... –era cierto; no había reflexionado nunca acerca de ello.

Jondalar decidió que no importaba. Estaba dispuesto a ir adonde quisiera la yegua, si estaba dispuesta a llevarle. Le puso una mano encima para afirmarse y montó prudentemente a horcajadas.

Whinney echó las orejas hacia atrás: sabía que no era Ayla, y la carga era más pesada y carecía de la sensación inmediata de dirección, de la tensión muscular de las piernas y los muslos de Ayla. Pero ésta estaba cerca, sujetándole la cabeza, y el hombre no era un desconocido para ella. La yegua corveteó, indecisa, pero se calmó poco después.

–Y ahora, ¿qué hago? –preguntó Jondalar sentado en la yegua con sus largas piernas colgando a ambos lados... sin saber exactamente lo que debía hacer con las manos.

Ayla acarició a la yegua, tranquilizándola, y se dirigió entonces a ella, en parte con palabras gestuadas del Clan y en parte en zelandonii.

–Jondalar quiere que le des un paseo, Whinney.

Su voz tenía el tono que incitaba a avanzar, y su mano ejercía una suave presión; era una indicación suficiente para el animal, tan habituado a las directrices de la mujer. Whinney se puso en marcha.

–Si tienes que agarrarte, rodéale el cuello con los brazos –aconsejó Ayla.

Whinney estaba acostumbrada a llevar a cuestas a una persona. No brincó ni se encabritó, pero sin dirección, avanzaba vacilante. Jondalar se inclinó para acariciarle el cuello, tanto para tranquilizarse a sí mismo como al caballo, pero el movimiento era semejante a la indicación de Ayla para avanzar más aprisa. El brinco inesperado de la yegua obligó a Jondalar a seguir el consejo de Ayla: se abrazó al cuello de la yegua, inclinándose hacia adelante. Para Whinney, aquélla era la señal para aumentar la velocidad.

La yegua se lanzó a galope tendido, a campo traviesa, con Jondalar agarrado a su cuello con todas sus fuerzas y su larga cabellera flotando tras él. El viento le azotaba el rostro, y cuando por fin se atrevió a entreabrir los ojos, que instintivamente había cerrado, vio que la tierra corría a velocidad alarmante en sentido contrario. Era espantoso... ¡y magnífico! Comprendía que Ayla no hubiera podido describir la sensación. Era como deslizarse por una colina helada en invierno, o cuando le arrastró por el río el gran esturión, pero todavía más excitante. Un movimiento borroso a la izquierda le llamó la atención: el potro bayo corría junto a su madre, al mismo paso.

Oyó un silbido lejano, agudo y penetrante, y de repente la yegua dio media vuelta cerrada y regresó a galope.

–¡Siéntate! –le gritó Ayla a Jondalar mientras se acercaban. Cuando la yegua fue reduciendo el paso al acercarse a la mujer, Jondalar obedeció, irguiéndose: Whinney se detuvo junto a la roca.

Temblaba un poco al bajar del caballo, pero los ojos le relucían de excitación. Ayla acarició los flancos sudorosos de la yegua y la siguió más despacio cuando Whinney se fue al trote hacia la playa al pie de la cueva.

–¿Sabes que el potro se ha mantenido a su lado todo el tiempo? ¡Qué caballo de carreras!

Por la manera de decirlo, Ayla intuyó que la palabra encerraba algo más de lo que significaba.

–¿Cómo?, ¿«caballo de carreras»?

–En las Reuniones de Verano hay concursos de todo tipo, pero los más excitantes son las carreras, en las que compiten los que corren –explicó–. A éstos se les llama corredores, y la palabra sirve para designar a cualquiera que se esfuerza por ganar o intenta alcanzar alguna meta. Es una palabra de aprobación y de ánimo... de halago.

–El potro es un corredor; le gusta correr.

Siguieron avanzando en silencio, un silencio cada vez más pesado.

–¿Por qué gritaste que me sentara? –preguntó finalmente Jondalar, tratando de romperlo–. Creí que me habías dicho que no sabías cómo le indicabas a Whinney lo que querías. Se detuvo en cuanto me enderecé.

–Nunca lo había pensado anteriormente, pero al verte llegar, pensé de repente: «Siéntate». No supe decírtelo al principio, pero cuando tenías que detenerte, me di cuenta.

–Entonces le das señales al caballo. Cierto tipo de señales. Me pregunto si el potro podría aprender señales –dijo en tono meditativo.

Llegaron a la muralla que se extendía hacia el agua y la rodearon para encontrarse con el espectáculo de Whinney revolcándose en el lodo del río para refrescarse, gruñendo de placer. Y junto a ella estaba el potro con las patas al aire. Jondalar, sonriendo, se detuvo para mirarlos, pero Ayla siguió adelante, cabizbaja. La alcanzó cuando empezaba a subir el sendero.

–Ayla... –la joven se volvió, y entonces no supo qué decirle–. Yo... yo, bueno... quiero darte las gracias.

Seguía siendo una palabra que le costaba entender. No había nada similar en el Clan. Los miembros de cada pequeño clan dependían tanto unos de otros para la supervivencia, que la asistencia mutua era un modo de vida. No se daban las gracias como tampoco un bebé agradecería los cuidados de su madre ni una madre lo esperaría. Los favores o dádivas especiales imponían la obligación de devolverlos de la misma manera, y no siempre se recibían con agrado.

Lo que más se aproximaba en el Clan a dar las gracias era una forma de agradecimiento de alguien de posición inferior hacia alguien de rango más elevado, generalmente de la mujer hacia el hombre, por una concesión. Le pareció que Jondalar estaba tratando de decirle que le agradecía haberle permitido cabalgar a Whinney.

–Jondalar, Whinney te permitió montar sobre su lomo. ¿Por qué me das las gracias a mí?

–Me ayudaste a montarla, Ayla. Y además, tengo muchas otras cosas que agradecerte. ¡Has hecho tanto por mí, me has cuidado!

–¿Dará el potro las gracias a Whinney porque lo cuida? Tú estabas herido, yo te cuidé. ¿Por qué... «gracias»?

–Pero me salvaste la vida.

–Soy una mujer que cura, Jondalar –trató de pensar cómo podría explicar que cuando alguien le salvaba la vida a otra persona, una parte del espíritu de vida le correspondía y, por lo tanto, la obligación de proteger a esa persona a cambio; el resultado era que ambos se volvían más parientes que si fueran hermanos. Pero ella era curandera, y parte del espíritu de cada uno del Clan le había sido entregado con el trozo de bióxido de manganeso negro que llevaba en su amuleto. Nadie estaba obligado a darle más–. No es necesario decir gracias –afirmó.

–Ya sé que no es necesario. Sé que eres una Mujer que Cura, pero para mí es importante que sepas cómo me siento. La gente se da las gracias por haber recibido ayuda. Es cortesía, una costumbre.

Subían por el sendero en fila india. Ella no le contestó, pero ese comentario le hizo recordar cuando Creb le explicaba que es descortés mirar, más allá de las piedras que limitaban los hogares, al hogar de otro hombre. Le costó más aprender las costumbres del Clan que su lenguaje. Jondalar estaba diciendo que entre su gente era normal expresar gratitud, era una cortesía, pero eso la confundió más aún.

¿Por qué iba a querer expresar agradecimiento cuando acababa de avergonzarla? Si un hombre del Clan le hubiese demostrado tanto desprecio, ella dejaría de existir para él. También sus costumbres iban a ser difíciles de aprender, pero eso no reducía la humillación que experimentaba.

El trató de superar la barrera que se había levantado entre ambos, y la detuvo antes de que entrara en la cueva.

–Ayla, lamento haberte ofendido sin pretenderlo.

–¿Ofendido? No entiendo esa palabra.

–Creo que te he hecho enojar, que te sientes mal.

–No enojar, pero sí me has hecho sentirme mal.

Que lo admitiera le sobresaltó.

–Lo siento –dijo.

–Lo siento. Eso es cortesía, ¿verdad?, ¿costumbre? Jondalar, ¿de qué sirven palabras como *lo siento*? Eso no cambia nada, no me hace sentir mejor.

El se pasó la mano por el cabello. Tenía razón. Lo que hubiera hecho –y creía saber qué era– no se arreglaba con sentirlo. Tampoco servía de nada que hubiera rehuido la cuestión, sin enfrentarla directamente, por miedo a que eso le causara mayor embarazo.

Ayla entró en la cueva, se quitó el canasto y atizó el fuego para preparar la cena. El la siguió, puso su canasto al lado del de ella y llevó una estera junto al fuego para sentarse y observarla.

Ella estaba empleando algunas de las herramientas que él le había dado después de cortar la carne del ciervo; le agradaban, pero para ciertas tareas todavía prefería utilizar el cuchillo de mano al que estaba acostumbrada. El consideraba que Ayla manejaba el tosco cuchillo, hecho con un trozo de pedernal y mucho más pesado que los que él hacía, con tanta habilidad como cualquiera de las personas que él conocía manejaba los cuchillos más pequeños, finos y con mango. Su mente de elaborador de herramientas de pedernal estaba juzgando, calibrando, comparando los méritos de cada tipo. «No es tanto que uno sea más fácil de usar que el otro», pensó. «Cualquier cuchillo afilado cortará, pero qué cantidad de pedernal habría que gastar para hacer herramientas para todos. Sólo transportar la piedra sería un problema».

Ayla se ponía nerviosa al tenerle allí sentado, observándola tan de cerca. Finalmente se levantó en busca de algo de manzanilla para hacer una infusión, con la esperanza de que él dejara de contemplarla y calmarse. Su actitud sirvió para que Jondalar comprendiera lo absurdo de empeñarse en eludir el problema. Hizo acopio de fortaleza y decidió afrontar la cuestión sin ambages.

–Tienes razón, Ayla. Decir que lo siento no significa gran cosa, pero no sé qué otra cosa decir. No sé lo que he podido hacer para ofenderte. Por favor, dímelo: ¿por qué te sientes mal?

«Debe de estar diciendo otra vez palabras que no son verdad», pensó Ayla. «¿Cómo no va a saberlo?» Pero parecía confuso. Bajó la mirada, deseando que no hubiera preguntado. Ya era bastante malo tener que sufrir semejante humillación para, encima, tener que comentarla. Pero él había preguntado.

–Me siento mal porque... porque no soy aceptable –lo dijo con las manos en el regazo, sosteniendo su taza.

–¿Qué quieres decir con eso de que no eres aceptable? No comprendo.

¿Por qué hacía aquellas preguntas? ¿Acaso trataba de que se sintiera peor? Ayla levantó la mirada hacia él: estaba inclinada hacia adelante, y en su postura y sus ojos se leía sinceridad y ansiedad.

–Ningún hombre del Clan aliviaría su necesidad si hubiera una mujer aceptable cerca –y se ruborizó al citar el fallo cometido y se miró las manos–. Estabas lleno de necesidad, pero te apartaste de mí corriendo. ¿No debo sentirme mal si no soy aceptable para ti?

–¿Estás diciendo que te sientes ofendida porque yo no...? –se echó hacia atrás y elevó los ojos al cielo–. «¡Oh, Doni! ¿Cómo puedes ser tan estúpido, Jondalar?» –preguntó a la cueva en general.

Ella alzó de nuevo la mirada, sobresaltada.

–Yo creí que no querías que te molestara, Ayla. Me esforzaba por respctar tus deseos. Te deseaba tanto que no podía aguantarlo, pero en cuanto te tocaba te ponías muy rígida. ¿Cómo puedes pensar siquiera que un hombre podría no considerarte aceptable?

Una oleada de comprensión la inundó, eliminando la punzante angustia de su corazón. ¡La deseaba! ¡Él creía que ella no le deseaba! Otra vez las costumbres, costumbres diferentes.

–Jondalar, sólo tenías que hacer la señal. ¿Qué importa si yo quería o no?

–Claro que importa lo que tú quieres. ¿No...? –y de repente se ruborizó–. ¿No me deseas? –había indecisión en sus ojos, y el temor a verse rechazado. Ella conocía ese sentimiento. La sorprendió verlo en un hombre, pero eso acabó con cualquier resto de duda que pudiera haber albergado, y le produjo calor y ternura.

–Yo te deseo, Jondalar, te deseé la primera vez que te vi. Cuando estabas tan herido que no sabía si sobrevivirías, te miraba y sentía... Dentro de mí crecía ese sentimiento. Pero nunca me hiciste la señal... –volvió a bajar la mirada. Había dicho más de lo que hubiera querido. Las mujeres del Clan eran más sutiles en sus gestos incitantes.

–Y todo el tiempo yo estaba pensando... ¿Qué es esa señal de la que hablas?

–En el Clan, cuando un hombre desea una mujer, hace la señal.

–¿Cuál es?

Ayla hizo el gesto y se ruborizó; las mujeres no solían hacer ese gesto.

–¿Eso es todo? ¿Hago solamente eso? Y entonces, ¿tú qué haces? –estaba algo asombrado al ver que ella se levantaba, se arrodillaba y se le ofrecía.

–¿Quieres decir que un hombre hace eso y la mujer lo otro, y ya está? ¿Están dispuestos?

–Un hombre no hace la señal si no está dispuesto. ¿No estabas tú dispuesto, esta tarde?

Ahora le tocó ruborizarse a él. Se le había olvidado lo dispuesto que estaba, lo que hizo para no arrojarse sobre ella y poseerla. Habría dado cualquier cosa entonces por saber hacer la señal.

–¿Y si una mujer no lo desea? ¿O si no está dispuesta?

–Si un hombre hace la señal, la mujer debe ponerse en posición –pensó en Broud y su rostro se nubló al recordar el dolor y la degradación.

–¿En cualquier momento, Ayla? –vio el sufrimiento y se preguntó cuál sería el motivo–. ¿Incluso la primera vez? –Ayla asintió con la cabeza–. ¿Así te ocurrió a ti? ¿Algún hombre te hizo la señal sin más ni más? –Ayla cerró los ojos, tragó saliva y asintió.

Jondalar estaba horrorizado, indignado.

–¿Quieres decir que no hubo Primeros Ritos? ¿Nadie que observara para asegurarse de que no te hiciesen demasiado daño? ¿Qué clase de gente es ésa? ¿No les importa la primera vez de una joven? ¿Simplemente dejan que un hombre en celo la tome, un hombre cualquiera? ¿Que la obligue, ya esté dispuesta o no? ¿Ya le duela o no? –se había puesto en pie y caminaba de un lado para otro, furioso. ¡Es cruel! ¡Es inhumano! ¿Cómo es posible que permitan semejante cosa? ¿No tienen compasión? ¿Es que no les importa?

Su estallido fue tan inesperado que Ayla se quedó mirándole con los ojos muy abiertos, mientras él se abandonaba a un desahogo de ira justiciera. Pero a medida que sus palabras se iban volviendo más ofensivas, comenzó a menear la cabeza, negando sus afirmaciones.

–No –dijo finalmente, expresando su desacuerdo con él–. No es cierto, Jondalar. ¡Les importa! Iza me encontró... me cuidó. Me adoptaron y me hicieron formar parte del Clan, aunque había nacido de los Otros. No tenían por qué recogerme.

»Creb no comprendía que Broud me lastimaba, porque nunca tuvo compañera. No conocía ese aspecto de las mujeres, y Broud estaba en su derecho. Y cuando quedé embarazada, Iza me cuidó; cayó enferma buscándome medicinas para que no perdiera a mi hijo. Sin ella, me habría muerto al nacer Durc. Y Brun le aceptó, aun cuando todos creían que era deforme. Pero no lo era. Es fuerte y saludable...» –Ayla se interrumpió al ver que Jondalar la miraba fijamente.

–¿Tienes un hijo? ¿Dónde está?

Ayla no había hablado de su hijo. Incluso al cabo de tanto tiempo era doloroso hablar de él. Sabía que al mencionarlo, provocaría preguntas, aunque de todos modos habría tenido que decirlo algún día.

–Sí; tengo un hijo. Sigue en el Clan. Se lo di a Uba cuando Broud me obligó a marcharme.

–¿Te obligó a marcharte? –volvió a sentarse. De modo que tenía un hijo. No se había equivocado al sospechar que había estado embarazada–. ¿Cómo es posible obligar a una mujer a abandonar a su hijo? ¿Quién es ese... Broud?

¿Cómo explicárselo? Cerró los ojos un instante.

–Es el jefe. El jefe era Brun cuando me encontraron. El permitió que Creb me hiciera del Clan, pero estaba envejeciendo, de manera que hizo jefe a Broud. Broud me ha odiado siempre, hasta cuando era una niña pequeña.

–Es el que te lastimó, ¿verdad?

–Iza me habló de la señal cuando me hice mujer, pero decía que los hombres aliviaban su necesidad con mujeres que les gustaban. Broud lo hizo porque le encantaba saber que podía hacerme algo que yo odiara. Pero creo que fue mi tótem quien le incitó a hacerlo. El espíritu del León Cavernario sabía cuánto deseaba yo un hijo.

–¿Qué tiene que ver ese Broud con tu bebé? La Gran Madre Tierra bendice cuando escoge. ¿Era tu hijo de su espíritu?

–Creb decía que los espíritus hacen niños. Decía que una mujer tragaba el espíritu del tótem de un hombre. Si era lo suficientemente fuerte, dominaría al espíritu del tótem de ella, le quitaría su fuerza vital, iniciando una nueva vida que crecería dentro de ella.

–Curiosa manera de ver las cosas. Es la Madre quien escoge el espíritu del hombre para mezclarlo con el de la mujer cuando bendice a esa mujer.

–Yo no creo que los espíritus hagan hijos. No espíritus de totems ni espíritus mezclados por tu Gran Madre. Creo que la vida comienza cuando el órgano de un hombre está lleno y lo introduce en una mujer. Creo que por eso tienen los hombres necesidades tan fuertes, y por eso las mujeres desean tanto a los hombres.

–Eso no puede ser, Ayla. ¿No sabes cuántas veces puede meter el hombre su virilidad en una mujer? Una mujer no podría tener tantos hijos. Un hombre hace a la mujer con la Dádiva del Placer que otorga la Madre; la abre para que los espíritus puedan entrar. Pero la Dádiva más sagrada de la Madre, la Dádiva de Vida, sólo se otorga a las mujeres. Ellas reciben los espíritus y crean vida y se convierten en madres como Ella. Si un hombre La honra, aprecia Sus Dádivas y se compromete a cuidar de una mujer y sus hijos. Doni puede escoger su espíritu para los hijos de su hogar.

–¿Qué es la Dádiva del Placer?

–¡Es cierto! No has sabido nunca lo que son los Placeres, ¿verdad? –preguntó, más pasmado cuanto más consideraba la idea–. No me extraña que no supieras cuando yo... Eres una mujer que ha tenido la bendición de un hijo sin haber tenido siquiera los Primeros Ritos. Tu Clan debe de ser muy insólito. Toda la gente que conocí durante mi viaje sabía de la Madre y Sus Dádivas. La Dádiva del Placer es cuando un hombre y una mujer sienten que se desean y se entregan el uno al otro.

–Es cuando un hombre está lleno y tiene que aliviar sus necesidades con una mujer, ¿verdad? –dijo Ayla–. Es cuando pone su órgano en el lugar por donde salen los bebés. ¿Eso es la Dádiva del Placer?

–Es eso, pero es muchísimo más.

–Tal vez, pero a mí me dijeron todos que nunca tendría un hijo porque mi tótem era demasiado fuerte. Todos se sorprendieron. Y no era deforme. Sólo se parecía un poco a mí y un poco a ellos. Pero sólo quedé embarazada después de que Broud me hiciera la señal una y otra vez. Nadie más me quiso... soy demasiado alta y fea. Incluso en la Reunión del Clan, no hubo un solo hombre que quisiera tomarme, aunque yo adquirí la categoría de Iza cuando me aceptaron como hija suya.

Algo en aquella historia comenzó a molestar a Jondalar, algo que no conseguía captar plenamente pero que sentía.

–Has dicho que la curandera te encontró. ¿Cómo se llamaba? ¿Iza? ¿Dónde te encontró? ¿De dónde venías?

–No lo sé. Iza dijo que yo había nacido de los Otros, otras personas como yo. Como tú, Jondalar. No recuerdo nada antes de vivir con el Clan... ni siquiera recordaba el rostro de mi madre. Tú eres el único hombre que he visto parecido a mí.

Jondalar comenzaba a sentir algo raro en la boca del estómago mientras escuchaba.

–Supe de un hombre de los Otros; me lo contó una mujer en la Reunión del Clan. Me hizo temerlos hasta que te encontré a ti. Ella tenía un bebé, una niña que se parecía tanto a Durc que podría haber sido hija mía. Oda quería arreglar un apareamiento entre su hija y mi hijo. Decían que también su bebé era deforme, pero creo que aquel hombre de los Otros inició su bebé al forzarla a aliviar sus necesidades.

–¿El hombre la forzó?

–Y también mató a su primogénita. Oda estaba con otras dos mujeres, y llegaron muchos de los Otros, pero no hicieron la señal. Cuando uno de ellos la agarró, la hijita de Oda cayó de cabeza sobre una roca.

De repente Jondalar recordó la pandilla de jóvenes de una Caverna muy al oeste. Quiso rechazar las conclusiones que comenzaba a sacar. Sin embargo, si lo hacía una pandilla de jóvenes, ¿por qué no habrían de actuar igual otros jóvenes?

–Ayla, sigues diciendo que no eres como los del Clan. ¿En qué son ellos diferentes?

–Son más bajos... por eso me sorprendí tanto al verte de pie. Yo he sido siempre más alta que todos, incluso que los hombres. Por eso no me querían, soy demasiado alta y demasiado fea.

–¿Y qué más? –no quería preguntar, pero su ansiedad por saber era más fuerte que él.

–El color de sus ojos es oscuro. Iza creía a veces que mis ojos tenían algo malo porque eran del color del cielo. Durc tiene los ojos como ellos y el... no sé cómo decirlo: fuertes cejas, pero su frente es como la mía. Ellos tienen la cabeza más plana...

–¡Cabezas chatas! –retorció los labios de asco–. ¡Buena Madre! ¡Ayla! ¡Has estado viviendo con esos animales! Has dejado que uno de sus machos... –se estremeció–. Has dado a luz... una abominación de espíritus mezclados, medio humana y medio animal –y como si hubiera tocado algo sucio, Jondalar retrocedió y se incorporó de un salto. Era una reacción causada por rígidos prejuicios irracionales, suposiciones que nunca habían sido puestas en tela de juicio por nadie que él conociera.

Ayla no comprendió al principio y se quedó mirándole intrigada. Pero la expresión de él estaba cargada de repugnancia, tanto como la de ella cuando pensaba en las hienas. Entonces las palabras de él adquirieron significado.

¡Animales! ¡Estaba llamando animales a las personas que ella amaba! ¿El dulce y afectuoso Creb, que, a pesar de todo, era el hombre santo más temido y poderoso del Clan... Creb era un animal? Iza, que la había atendido y criado como una madre, que le enseñó medicina... ¿Iza era una apestosa hiena? ¡Y Durc! ¡Su hijo!

–¿Qué quieres decir con eso de animales? –gritó Ayla, en pie y haciéndole frente. Nunca había alzado la voz con ira hasta entonces, y su volumen la sorprendió–. ¿Mi hijo, medio humano? Las gentes del Clan no son ninguna especie de horribles y apestosas hienas.

»¿Recogerían los animales a una niña herida? ¿La aceptarían entre ellos? ¿La cuidarían? ¿La criarían? ¿Dónde crees tú que he aprendido a buscar alimentos?, ¿o a guisarlos? ¿Dónde crees que he aprendido el arte de curar? De no ser por esos animales no estaría yo con vida en este momento, ¡y tampoco tú, Jondalar!

»¿Dices que los del Clan son animales y los Otros son humanos? Pues bien, recuerda esto: el Clan salvó a una hija de los Otros, y los Otros mataron a una de los suyos. Si tuviera que escoger entre humano y animal, ¡yo escogería las apestosas hienas!»

Y salió de la caverna, bajó el sendero como una exhalación y llamó a Whinney con un silbido.

24

Jondalar se había quedado atónito. Salió detrás de ella y la miró desde el saliente. Ayla montó a caballo de un brinco bien calculado y se fue al galope valle abajo. Se había mostrado siempre tan complaciente, sin manifestar nunca enojo, que el contraste destacaba con mayor violencia aún en aquel arranque de ira.

El hombre siempre se había considerado justo y de ideas amplias respecto a los cabezas chatas. Consideraba que había que dejarles en paz, no molestarles ni provocarles, y no habría matado intencionadamente a ninguno de ellos. Pero su sensibilidad se había sentido profundamente ofendida ante la idea de que un hombre usara a una hembra cabeza chata para los Placeres. Que uno de sus machos hubiese utilizado una humana con los mismos fines, le hirió en lo más vivo; la mujer había sido profanada.

Y por si fuera poco, él la había deseado con todas sus fuerzas. Pensó en las historias vulgares que relataban muchachos y jóvenes de mente sucia, y sintió que los ijares se le retorcían como si estuviera ya contaminado y su miembro se encogiera y pudriese. Gracias a la Gran Madre Tierra, se había salvado.

Lo peor de todo era que la mujer había traído al mundo una abominación, un cachorro de espíritus malignos de los que ni siquiera se podía hablar entre personas decentes. La existencia misma de semejante progenie era acaloradamente negada por algunos; sin embargo, se había seguido hablando de ella.

Desde luego, Ayla no lo había negado. Lo admitió abiertamente, allí de pie, defendiendo a la criatura... con la misma vehemencia que cualquier otra madre cuyo hijo hubiera sido calumniado. Se sintió ofendida de que hubiese hablado de ellos en términos despectivos. ¿Habría sido realmente criada por una manada de cabezas chatas?

Había visto algunos cabezas chatas en su Viaje. Hasta se había preguntado si serían verdaderamente animales. Recordaba el incidente con el macho joven y la hembra mayor. Pensándolo bien, ¿no había utilizado el joven un cuchillo hecho con una gruesa laja para cortar el pescado en dos, exactamente como el que utilizaba Ayla? Y su madre se envolvía en un manto igual que el de Ayla. Y ésta había practicado los mismos amaneramientos, especialmente al principio; esa tendencia a mirar al suelo, a pasar inadvertida.

Revisó las pieles de su cama; tenían la misma textura suave que la piel de lobo que le habían prestado. ¡Y la lanza! Esa lanza primitiva, pesada... ¿no era como las lanzas que llevaba aquella manada de cabezas chatas que Thonolan y él habían encontrado al bajar del glaciar?

La había tenido allí delante todo el tiempo, pero no se había fijado. ¿Por qué habría imaginado aquella historia de que era Una que Sirve a la Madre sometiéndose a una prueba para perfeccionar sus habilidades? Era tan diestra como cualquier curandera, tal vez más. ¿Habría aprendido realmente Ayla el arte de curar de una cabeza chata?

La observaba, cabalgando a lo lejos. Se había mostrado magnífica en su ira; conocía mujeres que alzaban la voz a la menor provocación. Marona podía ser una bruja gritona, discutidora y de mal genio, recordó, pensando en la mujer con la que estuvo prometido. Pero había cierta fuerza, en alguien tan exigente, que le había atraído; le agradaban las mujeres fuertes. Representaban un desafío, y no cedían terreno ni eran tan fácilmente dominadas por la pasión de él, las pocas veces que ésta se expresaba. Había sospechado que existía una faceta dura en Ayla, a pesar de su compostura. «Mírala montada a caballo», pensó. «Es una mujer bella, notable».

De repente, como si le hubiese caído encima un chorro de agua helada, se dio cuenta de lo que acababa de hacer, palideció. Ella le había salvado la vida, ¡y él se había apartado de ella como si fuera basura! Le había colmado de cuidados y atenciones, y él la había recompensado con una vil repugnancia. Había dicho que su hijo era una abominación, un hijo al que obviamente amaba. Se sintió mortificado por su propia insensibilidad.

Regresó corriendo a la caverna y se arrojó sobre la cama; la cama de ella. Había estado durmiendo en la cama de la mujer de quien acababa de alejarse despreciativamente.

–¡Oh, Doni! –gritó–. ¿Cómo me has permitido hacerlo? ¿Por qué no me ayudaste? ¿Por qué no me hiciste callar?

Hundió la cabeza entre las pieles. No se había sentido tan miserable desde que era pequeño. Pensaba estar ya por encima de todo aquello. Y también entonces había actuado sin pensar. ¿Nunca aprendería? ¿Por qué no se había mostrado más discreto? Pronto se marcharía; tenía curada la pierna. ¿Por qué no pudo controlarse hasta su partida?

Y de hecho, ¿por qué estaba todavía allí? ¿Por qué no había dado las gracias y tomado el camino de regreso? Nada le retenía. ¿Por qué se había quedado, haciéndole responder a preguntas que no eran de su incumbencia? Entonces podría haberla recordado como una mujer bella y misteriosa que vivía sola en un valle, y que hechizaba a los animales y le había salvado la vida.

«Porque no podías apartarte de una mujer bella y misteriosa, Jondalar, ¡y tú lo sabes!», se dijo.

«¿Por qué te preocupa tanto? ¿Qué diferencia supone... que haya vivido con animales?

»Porque la deseabas. Y entonces has pensado que no era lo suficientemente buena para ti porque había... había dejado...

»¡Idiota! No escuchaste. Ella no le *dejó,* ¡él la forzó! Sin Primeros Ritos. ¡Y tú le echas la culpa! Te lo estaba diciendo, sincerándose y aliviando su dolor, ¿y qué hiciste?

»Eres todavía peor que él, Jondalar. Por lo menos, ella sabía lo que él sentía. La odiaba, deseaba lastimarla. ¡Pero tú! Confiaba en ti. Te declaró sus sentimientos hacia ti. Tú la deseabas tanto, Jondalar, y podías haberla poseído en cualquier momento. Pero tenías miedo de lastimar tu orgullo.

»Si le hubieras prestado atención en vez de preocuparte tanto por ti mismo, podrías haber comprobado que no se estaba portando como una mujer con experiencia. Estaba actuando como una muchachita asustada. ¿No has conocido las suficientes mujeres como para reconocer la diferencia?

»Pero no parece una muchachita asustada. No, sólo es la mujer más bella que has visto en tu vida. Tan bella, y tan inteligente y tan segura de sí misma, que te asustó. Te asustó la idea de que pudiera rechazarte. ¡Tú, el gran Jondalar! El hombre al que todas las mujeres desean. ¡Puedes estar seguro de que ya no te desea más!

»Tú sólo creías que estaba segura de sí misma... y ni siquiera sabe lo bella que es. En realidad cree que es alta y fea. ¿Cómo podría nadie creer que es fea?

»Recuerda que creció entre cabezas chatas. ¿Cómo era posible que ellos entendieran la diferencia? Aunque, por otra parte, ¿quién habría imaginado que fueran capaces de recoger a una niñita? ¿Recogeríamos nosotros a una de las suyas? Me pregunto qué edad tendría. No puede haber tenido muchos años: esas cicatrices de garras son viejas. Debió ser horroroso, perdida y sola, arañada por un león cavernario.

»¡Y curada por una cabeza chata! ¿Cómo es posible que una cabeza chata supiera curar? Pero aprendió de ellos, y lo hace bien. Lo suficientemente bien para hacerte creer que era Una de las que Sirven a la Madre. ¡Deberías abandonar la confección de herramientas y convertirte en narrador de cuentos! No querías ver la verdad. Y ahora que la conoces, ¿dónde está la diferencia? ¿Estás menos vivo porque haya aprendido a curar con los cabezas chatas? ¿Es menos bella porque... porque haya dado a luz una abominación? ¿Y por qué su hijo es una abominación?

»Sigues deseándola, Jondalar.

«Es demasiado tarde. Nunca volverá a creer en ti, a confiar en ti». Una nueva oleada de vergüenza le acometió. Cerró los puños y golpeó las pieles. «¡Tú, idiota! ¡Tú, estúpido, estúpido idiota! ¡Lo has echado todo a perder! ¿Por qué no te marchas?

»No puedes. Tienes que dar la cara, Jondalar. No tienes ropa, no tienes armas, no tienes alimentos; no puedes viajar sin nada.

»¿Dónde vas a encontrar provisiones? ¿En qué otra parte? Este es el lugar de Ayla... tienes que obtenerlas de ella. Tienes que pedírselas, por lo menos algo de pedernal. Con herramientas puedes hacer lanzas. Entonces puedes cazar para obtener alimentos, y pieles para hacer ropa, y un saco para dormir y una mochila. Necesitarás mucho tiempo para prepararte, y un año o más para el regreso. Te sentirás solo sin Thonolan».

Jondalar se hundió más aún entre las pieles.

«¿Por qué tuvo que morir Thonolan? ¿Por qué no me mató a mí el león?» Las lágrimas le corrieron por las mejillas. «Thonolan no habría hecho nada tan estúpido. Ojalá supiera yo dónde está ese cañón, hermanito. Ojalá un Zelandoni te hubiera ayudado a hallar tu camino en el otro mundo. Odio la idea de que algún animal depredador haya esparcido tus huesos».

Oyó ruidos de cascos por el sendero rocoso que subía desde la playa y pensó que Ayla estaba de vuelta; pero era el potro. Se levantó, fue hasta el saliente y escudriñó el valle con la mirada: no se veía a Ayla por ninguna parte.

–¿Qué pasa, compañerito? ¿Te dejaron atrás? Es culpa mía, pero ya volverán... aunque sólo sea por ti. Además, Ayla vive aquí... sola. Me pregunto cuánto tiempo lleva aquí. Sola. Me pregunto si yo habría sido capaz...

«Aquí estás, llorando tu torpeza, y mira por todo lo que ella ha tenido que pasar. Y no está llorando. ¡Es una mujer tan notable! Bella. Magnífica. Y tú has perdido todo eso, Jondalar ¡idiota! ¡Oh, Doni! Ojalá pudiera reparar todo esto».

Jondalar se equivocaba; Ayla estaba llorando, llorando como nunca había llorado en su vida. Eso no la hacía menos fuerte, sólo la ayudaba a soportar su pena. Espoleó a Whinney hasta que dejaron el valle muy atrás, y entonces se detuvo en un meandro que formaba un recodo; era un afluente del río que corría junto a la cueva. El terreno comprendido en el recodo se inundaba con frecuencia, enriquecido con limo de acarreo que proporcionaba una base fértil a una vegetación exuberante. Era un lugar donde había cazado urogallos de los sauces y perdices blancas, así como toda una variedad de animales, desde la marmota hasta el ciervo gigante que encontraban en aquel paraje seductor un verdor al que no podían resirtirse.

Levantando la pierna, se deslizó del lomo de Whinney, bebió un poco de agua y se lavó la cara sucia y con chorretes de lágrimas. Le parecía haber tenido una pesadilla. Todo el día había sido una serie vertiginosa de exaltaciones emocionales y depresiones abrumadoras, y cada cambio producía altibajos más acentuados. No creía poder soportar un solo cambio más, ni hacia arriba ni hacia abajo.

La mañana prometía; Jondalar había insistido en ayudarla a recoger grano, y la había asombrado ver la rapidez con que aprendía. Ella estaba segura de que cosechar grano no era algo que él supiera antes, pero en cuanto le enseñó, lo captó rápidamente. Era algo más que un par de manos adicional para ayudar; era la compañía. Hablaran o no, tener otra persona cerca le hizo comprender cuánto había echado de menos la compañía.

Luego surgió un leve desacuerdo; nada grave. Ella quería seguir recogiendo y él deseaba terminar en cuanto se acabó el agua. Pero, cuando regresó con la vejiga de agua y comprendió que él querría probar a montar a caballo, pensó que podía ser un medio para retenerle. Le gustaba el potro, y si también le gustaba cabalgar, podría quedarse hasta que el animal creciera. Tan pronto como ella se lo ofreció, aprovechó la oportunidad.

Eso les había puesto a ambos de buen humor. Así fue como comenzaron a reírse. Ella no había vuelto a reír a gusto desde que Bebé se fue. Le agradaba la risa de Jondalar... sólo con oírla se animaba.

«Entonces fue cuando me tocó», pensó. «Ninguno del Clan toca de esa manera, por lo menos no fuera de las piedras-límite. Quién sabe lo que un hombre y su compañera harán por la noche, bajo las pieles. Tal vez se toquen como ellos se tocan. ¿Se tocarán todos los Otros de esa manera, fuera del hogar? Me gustó cuando me tocó. ¿Por qué echó a correr?»

Ayla hubiera querido morirse de vergüenza, segura de que era la mujer más fea del mundo, cuando él fue a aliviarse. Entonces, en la caverna, cuando le dijo que la deseaba, que no creía que ella le aceptara, estuvo a punto de llorar de gozo. Por la manera que tenía de mirarla, casi podía sentir el calor por dentro, el deseo, la sensación de atracción. Se puso tan furioso cuando le habló de Broud, que ella quedó convencida de que la quería. Tal vez la próxima vez que estuviera dispuesto...

Pero nunca olvidaría cómo la miró, igual que si se tratara de un trozo asqueroso de carne podrida. Incluso se estremeció.

«¡Iza y Creb no son animales! Son personas. Personas que me recogieron y me amaron. ¿Por qué los odia? Esto fue primero tierra de ellos. La especie de Jondalar vino después... mi especie. ¿Así son los de mi especie?

»Me alegro de haber dejado a Durc con el Clan. Ellos podrán pensar que es deforme, Broud podrá odiarle porque es hijo mío, pero mi bebé no será un animal... una abominación. Es la palabra que dijo; no necesita explicarla». Otra vez se echó a llorar. «Mi bebé, mi hijito... No es deforme... es saludable y fuerte. Y no es un animal, no es... una abominación.

»¿Cómo pudo cambiar tan deprisa? Me estaba mirando con sus ojos azules, me estaba mirando... Y de repente se apartó como si fuera a quemarle, como si fuera yo un espíritu maligno cuyo nombre sólo conocen los mo-gur. Fue peor que una maldición de muerte. Ellos sólo me volvieron la espalda y dejaron de verme; yo estaba muerta y pertenecía al otro mundo. No me miraron como si fuera una... abominación».

El sol poniente dejó paso al fresco de la tarde. Incluso durante la época más calurosa del verano, la estepa era fría de noche. Ayla se estremeció dentro de su manto de verano. «Si se me hubiera ocurrido traer una piel y la tienda... No, Whinney se preocuparía por el potro, y él necesita mamar».

Cuando Ayla se puso en pie a la orilla del río, Whinney alzó la cabeza entre las abundantes hierbas, fue hacia ella trotando y espantó un par de perdices blancas. La reacción de Ayla fue casi instintiva: sacó la honda de la cintura y se agachó para recoger guijarros en un solo movimiento. Las aves habían alzado apenas el vuelo cuando una, y después la otra, cayeron a plomo. Ayla las fue a recoger, buscó el nido y se detuvo.

«¿Para qué voy a buscar los huevos? ¿Voy a cocinar el plato favorito de Creb para Jondalar? ¿Y por qué tengo que prepararle nada, y menos aún el plato predilecto de Creb?» Pero, al ver el nido, poco más que una ligera depresión arañada en el suelo duro, el cual contenía una nidada de siete huevos, se encogió de hombros y los cogió con cuidado.

Dejó los huevos cerca del río, al lado de las aves, y entonces arrancó largos carrizos que crecían junto a la ribera. Sólo tardó unos instantes en trenzar una canasta medio improvisada; la utilizaría únicamente para transportar los huevos, y la desecharía después. Utilizó más carrizos para atar juntas las patas emplumadas del par de perdices; ya les estaban creciendo las abundantes plumas de invierno para andar por la nieve.

Invierno. Ayla se estremeció. No quería pensar en el invierno, frío y yermo. Pero el invierno nunca estaba totalmente alejado de su mente; el verano sólo era el momento de prepararse para el invierno.

Jondalar se marcharía; estaba segura. Era una tontería creer que iba a quedarse con ella allí, en el valle. ¿Por qué habría de quedarse? Y ella, ¿se quedaría si tuviera a su gente? Iba a ser peor cuando él se marchara... aun cuando la hubiese mirado como lo hizo.

–¿Por qué tenía que venir?

El sonido de su propia voz la sobresaltó. No era su costumbre hablar en voz alta cuando estaba sola. «Pero puedo hablar. Eso se lo debo a Jondalar. Por lo menos, si llego a ver gente, ahora puedo hablar. Y sé que hay gente que vive al oeste. Iza tenía razón: tiene que haber mucha gente, muchos Otros».

Colocó las perdices sobre el lomo de la yegua, colgando a ambos lados, y sostuvo el canastillo de huevos entre las piernas. «Yo nací de los Otros. Busca un compañero, me dijo Iza. Creí que mi tótem me había enviado a Jondalar, pero si me lo hubiera enviado mi tótem, ¿me miraría de esa manera?»

–¿Cómo pudo mirarme de esa manera? –gritó, en un sollozo convulsivo–. ¡Oh, León Cavernario, no quiero volver a estar sola! –Ayla se dejó caer de nuevo, abandonándose al llanto. Whinney observó la falta de dirección, pero no importaba: sabía el camino. Al cabo de un rato, Ayla se enderezó–. Nadie me obliga a quedarme aquí. Hace tiempo que debí haberme puesto a buscar. Ahora puedo hablar...

»...y puedo decirles que Whinney no es un caballo que se pueda cazar –prosiguió en voz alta después de recordárselo–. Lo tendré todo preparado y me marcharé la primavera que viene. Ya sabía que no lo volvería a aplazar.

»Jondalar no se marchará en seguida. Necesitará ropa y armas. Tal vez mi León Cavernario le haya enviado para que me enseñe. Entonces, tendré que aprender lo más posible antes de que se marche. Le observaré y le haré preguntas, no importa cómo me mire. Broud me odió durante todos los años que pasé con el Clan. Puedo aguantar si Jondalar... si él... me odia». Y cerró los ojos para rechazar las lágrimas.

Tocó su amuleto, recordando lo que le había dicho Creb mucho tiempo atrás: «Cuando encuentres una señal que tu tótem haya dejado para ti, guárdala en tu amuleto. Eso te traerá suerte». Ayla lo había puesto en su amuleto. «León Cavernario, llevo mucho tiempo sola; pon suerte en mi amuleto».

El sol se había puesto detrás de la muralla del cañón río arriba cuando Ayla cabalgó en dirección a la corriente. La oscuridad siempre caía rápidamente. Jondalar la vio llegar y bajó corriendo a la playa. Ayla había puesto a Whinney al galope, y cuando daba vuelta a la muralla saliente, casi tropezó con el hombre. El caballo se encabritó, y poco faltó para que derribara a la mujer.

Jondalar tendió la mano para retenerla, pero al sentir carne desnuda, apartó la mano, seguro de que le despreciaría.

«Me odia», pensó Ayla. «¡No soporta siquiera tocarme!» Ahogó un sollozo y mandó a Whinney camino arriba. La yegua atravesó la playa pedregosa y subió ruidosamente por el camino con Ayla a cuestas. Esta echó pie a tierra a la entrada de la caverna y entró rápidamente, deseando tener otro lugar donde ir; quería esconderse. Dejó caer la canasta de los huevos junto al hogar, cogió una brazada de pieles y se las llevó al área de almacenamiento. Las tiró al suelo al otro lado del tendedero, en medio de canastas nuevas, esteras y tazones, se arrojó encima y se cubrió la cabeza con ellas.

Ayla oyó los cascos de Whinney momentos después, y enseguida los del potro. Estaba temblando, luchando contra las lágrimas, claramente consciente de los movimientos del hombre en la cueva. Deseaba que saliera para poder llorar.

No oyó los pies descalzos sobre el piso de tierra cuando él se acercó, pero supo que estaba allí y trató de dominar su temblor.

–¿Ayla? –ella no respondió–. Ayla, no tienes que quedarte ahí atrás. Yo me mudaré. Iré al otro lado del fuego.

«¡Me odia! No puede soportar estar cerca de mí», pensó, ahogando un sollozo. «Ojalá se vaya, ojalá se vaya sin más».

–Ya sé que no sirve de nada, pero tengo que decirlo. Lo siento, Ayla. Lo siento más de lo que puedo expresar. No merecías lo que hice. No tienes por qué contestar, pero yo tengo que hablarte. Siempre has sido sincera conmigo... es hora de que yo lo sea contigo.

»He estado pensando desde que te marchaste a caballo. No sé por qué hice... lo que hice, pero quiero tratar de explicarme. Después de que el león me atacara desperté aquí, no sabía dónde estaba, y no podía comprender por qué no hablabas. Eras un misterio. ¿Por qué estabas aquí, tú sola? Empecé a inventarme una historia respecto a ti, que eras una Zelandoni poniéndote a prueba, una mujer santa respondiendo a una vocación para Servir a la Madre. Al ver que no correspondías a mis intentos de compartir contigo los Placeres, pensé que estabas evitándolos como parte de tu prueba. Imaginé que el Clan sería un extraño grupo de Zelandonii con quienes vivías.

Ayla había dejado de temblar y escuchaba, pero sin moverse.

–Sólo estaba pensando en mí, Ayla –se agachó–. No estoy muy seguro de que me creas, pero yo, bueno... me han considerado como un... hombre atractivo. La mayoría de las mujeres me han... asediado; sólo he tenido que escoger. Pensé que me estabas rechazando. No estoy acostumbrado a eso, no quise admitirlo. Creo que por eso inventé esa historia con respecto a ti, para poderme explicar que no parecieras desearme.

»Si hubiera prestado atención, me habría dado cuenta de que no eras una mujer experimentada que me rechazaba, sino más bien una joven antes de sus Primeros Ritos: insegura y un poco asustada, deseosa de complacer. Si alguien hubiera tenido que comprenderlo, yo debería... bueno... no importa. Eso no importa».

Ayla había dejado que cayeran las mantas, escuchando con tanta intensidad que podía oír cómo su corazón le palpitaba en los oídos.

–Lo único que podía ver era a Ayla, la mujer. Y créeme, no pareces una muchacha. Creí que estabas bromeando cuando decías que eras alta y fea. No bromeabas, ¿verdad? De veras es así como te ves. Quizá para los cab... la gente que te crió fueras demasiado alta y diferente, pero Ayla, tienes que saberlo: no eres alta y fea. Eres bella. Eres la mujer más bella que he visto en mi vida.

Ella se había vuelto y se estaba sentando.

–¿Bella? ¿Yo? –se asombró. Y con una punzada de incredulidad, volvió a escurrirse entre las pieles por miedo a ser lastimada de nuevo–. Te estás burlando de mí.

Jondalar tendió la mano hacia ella, vaciló y la retiró.

–No puedo reprocharte que no me creas, después de lo de hoy. Quizá debería enfrentarme a eso y tratar de explicarme.

»Es difícil imaginar todo por lo que has pasado, huérfana y criada por... gente tan diferente. Tener un hijo y que te lo quiten. Obligarte a abandonar el único hogar que conocías para enfrentarte a un mundo extraño, y vivir aquí, sola. Eres más dura de lo que cualquier mujer santa pensaría poder ser. Muy pocas habrían sobrevivido. Tú no eres solamente bella, Ayla, eres fuerte. Eres fuerte por dentro. Pero es probable que tengas que ser más fuerte aún.

»Tienes que saber los sentimientos de la gente respecto a los que tú llamas Clan. Yo pensaba igual... la gente cree que son animales»...

–¡No son animales!

–Pero yo no lo sabía, Ayla. Hay personas que odian a tu Clan. Yo no sé por qué. Cuando pienso en ello, me doy cuenta de que los animales, los verdaderos animales a los que se da caza, no son odiados. Es posible que resulten temibles o tal vez amenazadores, las personas saben que los cabezas chatas, así los llaman también, Ayla, son humanos, pero son tan diferentes que resultan temibles o al menos están considerados como una amenaza. Sin embargo, algunos hombres obligan a mujeres cabeza chata a ... no puedo decir compartir Placeres, no es ni mucho menos la frase que corresponde; tal vez sea más acertada la expresión que tú utilizas, «aliviar sus necesidades». No puedo comprender por qué, ya que hablan de ellas como si fueran animales. No sé si son animales, si los espíritus pueden mezclarse y nacer hijos...

–¿Estás seguro de que son espíritus? –preguntó Ayla. Lo decía con tanta seguridad que se preguntó si no tendría razón.

–Sea como sea, tú no eres la única, Ayla, que tiene una mezcla de humano y cabeza chata por hijo, aunque la gente no habla...

–Son Clan y son humanos –interrumpió.

–Ayla, vas a oír mucho esa palabra. Es justo decírtelo. También debes saber que cuando un hombre toma por la fuerza a una mujer del Clan no es aprobado, pero se pasa por alto. Pero que una mujer «comparta Placeres» con un macho cabeza chata es... imperdonable ante los ojos de muchas personas.

–¿Una abominación?

Jondalar palideció pero siguió adelante.

–Sí, Ayla, abominación.

–Yo no soy abominación –gritó Ayla–. ¡Y Durc no es abominación! No me gustaba lo que me hacía Broud, pero no era una abominación. De haber sido cualquier otro hombre que lo hiciera sólo por aliviar su necesidad y no con odio, yo le habría aceptado como cualquier otra mujer del Clan. No es vergonzoso ser mujer del Clan. Yo me habría quedado con ellos, incluso como segunda esposa de Broud, de haber podido. Sólo por estar cerca de mi hijo. ¡No me importa que haya gente que no lo apruebe!

No podía por menos que admirarla; no iba a ser fácil para ella.

–Ayla: no te digo que debas avergonzarte. Sólo te estoy diciendo lo que debes esperar. Quizá podrías decir que vienes de otra gente.

–Jondalar, ¿por qué quieres que diga palabras que no son ciertas? No sabría cómo. En el Clan, nadie dice falsedades... se sabría, se vería. Aun cuando se abstenga de decir algo, se sabe. A veces se tolera por... por cortesía, pero se sabe. Yo puedo ver cuándo tú dices palabras que no son verdad. Tu rostro me lo dice, y tus hombros y tus manos.

Jondalar se ruborizó. ¿Eran tan visibles sus mentiras? Se alegraba de haber decidido mostrarse tan escrupulosamente sincero con ella. Quizá pudiera aprender algo de la joven. Su honradez y su sinceridad eran parte de su fortaleza interior.

–Ayla, no tienes que aprender a mentir, pero pensé que debería decirte estas cosas antes de marcharme.

Ayla sintió que se le hacía un nudo en el estómago y se le obstruyó la garganta. «Va a marcharse». Habría querido hundirse de nuevo entre las pieles y taparse la cabeza.

–Pensé que te irías –dijo–. Pero no tienes nada para el viaje. ¿Qué necesitas?

–Si pudieras darme algo de pedernal, haría herramientas y algunas lanzas. Y si me dices dónde está la ropa que llevaba puesta, quisiera remendarla. La mochila debería estar también más o menos entera, si la trajiste del cañón.

–¿Qué es una mochila?
–Es algo como una bolsa grande que se lleva a la espalda. No hay palabra exacta en Zelandonii; la usan los Mamutoi. La ropa que vestía es Mamutoi...
–¿Por qué es una palabra diferente? –preguntó Ayla, sacudiendo la cabeza.
–El Mamutoi es una lengua diferente.
–¿Una lengua diferente? ¿Qué lengua me has enseñado?
Jondalar tuvo la sensación de que todo se le venía abajo.
–Te enseñé mi lengua... zelandonii. No se me ocurrió...
–Zelandonii..., ¿viven al oeste? –Ayla se sentía molesta.
–Bueno, sí, muy lejos al oeste. Los Mamutoi viven cerca.
–Jondalar, me has enseñado una lengua que hablan personas que viven muy lejos, no una que hable gente de aquí cerca. ¿Por qué?
–Yo... no lo pensé. Sólo te enseñé mi lengua –dijo, sintiéndose de pronto muy mal: no había hecho nada correctamente.
–¿Y eres el único que sabe hablarla?
Jondalar asintió con la cabeza; tenía el estómago revuelto. Ella creía que él le había sido enviado para enseñarle a hablar, pero sólo podía hablar con él.
–Jondalar, ¿por qué no me has enseñado la lengua que todos hablan?
–No hay una lengua que todos hablen.
–Quiero decir la que usas para hablarles a tus espíritus o tal vez a tu Gran Madre.
–No tenemos una lengua exclusiva para hablarle.
–¿Y cómo hablas con la gente que no conoce tu lengua?
–Aprendemos unos la de los otros. Yo sé tres lenguas y algunas palabras de otras pocas.
Ayla estaba temblando otra vez. Pensaba que habría podido irse del valle y hablar con la gente que encontrase. Y ahora, ¿qué iba a hacer? Se puso en pie, y él la imitó.
–Yo quería saber todas tus palabras, Jondalar. Tengo que saber hablar. Tienes que enseñarme. Tienes que...
–Ayla, no puedo enseñarte dos lenguas más ahora. Lleva tiempo. Ni siquiera las conozco a la perfección... es algo más que palabras...
–Podemos empezar con las palabras. Tendremos que empezar desde el principio. ¿Cuál es la palabra para fuego en mamutoi?
Se la dijo y no parecía dispuesto a continuar, pero ella siguió, palabra tras palabra, en el orden en que las había aprendido en la lengua zelandonii. Después de recorrer una larga lista, Jondalar la detuvo nuevamente.
–Ayla, ¿de qué sirve decir un montón de palabras? No las puedes recordar así sin más.

–Ya sé que mi memoria podría ser mejor. Dime qué palabras están equivocadas.

A partir de «fuego» repitió todas las palabras, una por una, en ambas lenguas. Cuando terminó, él la contemplaba dominado por una admiración reverente. Recordaba que no fueron las palabras las que le resultaron difíciles al aprender Zelandonii, sino la estructura y el concepto del lenguaje.

–¿Cómo lo has hecho?

–¿Falta alguna?

–No, ¡ni una sola!

Ayla sonrió, tranquilizada.

–Cuando era niña resultaba mucho más difícil. Tenía que repetirlo todo muchas veces. No sé cómo Iza y Creb tuvieron tanta paciencia conmigo. Ya sé que algunas personas pensaban que no era muy inteligente. He mejorado, pero he tenido que practicar mucho, y sin embargo, todos los del Clan recuerdan todo mejor que yo.

–¿Todos los del Clan pueden recordar mejor que la demostración que acabas de hacerme?

–No olvidan nada, aunque han nacido sabiendo casi todo lo que les hace falta saber, de modo que no tienen que aprender mucho. Sólo necesitan recordar. Tienen... memorias... no sé de qué otra manera se podría expresar. Cuando un niño está creciendo, sólo hay que recordarle... decírselo una vez. Los adultos no tienen necesidad de que se les recuerde, saben cómo recordar. Yo no tenía memorias del Clan. Por eso tenía que repetirlo todo Iza hasta que yo pudiera recordar sin equivocarme.

Jondalar estaba asombrado por su habilidad mnemónica, y le costaba trabajo captar el concepto de «memorias» del Clan.

–Algunas personas pensaban que no podría ser una curandera sin las memorias de Iza, pero ella decía que podría ser buena a pesar de que no pudiera recordar tan bien. Decía que yo tenía otras cualidades que ella no comprendía del todo, por ejemplo la manera de saber lo que estaba mal y de encontrar el tratamiento más adecuado. Me enseñó a probar las medicinas nuevas, para que descubriera el medio de aprovecharlas sin la memoria de las plantas.

»También tienen un lenguaje antiguo. No comprende sonidos, sólo gestos. Todo el mundo conoce el Lenguaje Antiguo, lo emplean en ceremonias y para dirigirse a los espíritus y asimismo cuando no entienden el lenguaje cotidiano de otra gente. También lo aprendí.

»Como tenía que aprenderlo todo, me obligué a prestar atención y concentrarme, para recordar después con sólo un «recordatorio», para no impacientar a la gente.

–¿Te he entendido bien? Esa... gente del Clan, conocen todos su propio lenguaje y alguna especie de lenguaje antiguo que se comprende de un modo general. ¿Todo el mundo puede hablar... comunicarse con los demás?

–En la Reunión del Clan, todos podían hacerlo.

–¿Estamos hablando de la misma gente? ¿Cabezas chatas?

–Si es así como llamas al Clan. Ya te describí su aspecto –dijo Ayla y agachó la cabeza–. Fue cuando dijiste que yo era una abominación.

Ayla recordaba la mirada helada que había borrado todo calor de sus ojos, el estremecimiento cuando se apartó... el desprecio. Eso había ocurrido precisamente cuando le hablaba del Clan, cuando creyó que se estaban comprendiendo los dos. Parecía costarle trabajo aceptar lo que ella decía. De repente se sintió incómoda; había hablado demasiado. Se acercó rápida al fuego, vio las perdices donde las había dejado Jondalar junto a los huevos, y se puso a desplumarlas para hacer algo.

Jondalar se dio cuenta en el acto de que la suspicacia había vuelto a apoderarse de Ayla; la había lastimado demasiado y nunca recuperaría su confianza, aunque por un instante había creído que sería posible. El desprecio que ahora sentía iba dirigido contra sí mismo. Levantó las pieles de Ayla y las llevó a la cama; recogió las que había estado usando él y las trasladó a un lugar al otro lado del fuego.

Ayla dejó las aves: no tenía ganas de desplumar; corrió a su cama. No quería que le viera los ojos llenos de agua.

Jondalar trató de acomodar las pieles a su alrededor lo mejor que pudo. Memorias, había dicho. Los cabezas chatas tienen cierta clase de memorias. Y un lenguaje por señas que todos comprenden. ¿Sería posible? Era difícil de creer si no fuese por un detalle: la joven nunca decía cosas falsas.

Ayla se había acostumbrado al silencio y la soledad durante los últimos años. La mera presencia de otra persona, aun cuando la disfrutara, exigía ciertos ajustes, pero los trastornos emocionales de la jornada la habían dejado vacía y agotada. No quería sentir, ni pensar ni reaccionar con respecto al hombre que compartía su caverna. Sólo quería descansar.

Pero no podía dormir. Su capacidad de hablar le había proporcionado confianza hasta el punto de dedicar todos sus esfuerzos y su concentración al estudio del lenguaje, y se sentía frustrada. ¿Por qué le enseñó el idioma de su infancia? Se iba a marchar. Ella no volvería a verle nunca más. Tendría que abandonar el valle en primavera y encontrar gente que viviera más cerca, y quizá algún otro hombre.

Lo cierto es que no quería a ningún otro hombre; quería a Jondalar, con sus ojos y su contacto. Recordaba cómo se había sentido al principio. El fue el primer hombre de su especie al que había visto y los representaba a todos en general. No era sólo un individuo. No sabía cuándo había dejado de ser un ejemplo para convertirse en Jondalar, el único. Lo único que sabía era que echaba de menos el sonido de su respiración y su calor junto a ella. El vacío del lugar que él ocupó era casi tan grande como el vacío doloroso que sentía en su interior.

Jondalar tampoco podía dormir. No encontraba la posición adecuada. El sitio que había ocupado al lado de ella se había quedado frío, y un sentimiento de culpabilidad le embargaba. No podía recordar haber vivido un día peor, y ni siquiera le había enseñado el lenguaje correcto. ¿Cuándo iba a tener la oportunidad de hablar zelandonii? Su gente vivía a un año de viaje del valle, y eso a condición de no detenerse mucho tiempo en ninguna parte.

Pensó en el Viaje que había realizado con su hermano. Todo parecía tan inútil. ¿Cuánto tiempo hacía que se fue? ¿Tres años? Eso significaba por lo menos cuatro años antes de que estuviera de vuelta. Y todo para nada. Su hermano muerto. Jetamio muerta y también el hijo del espíritu de Thonolan. ¿Qué le quedaba?

Jondalar había luchado por dominar sus emociones desde muy joven, pero también él tuvo que secarse el rostro con las pieles. Sus lágrimas no eran sólo por su hermano, también por sí mismo: por su pérdida y su pena, y por aquella oportunidad desaprovechada que podría haber sido maravillosa.

25

Jondalar abrió los ojos. El sueño que había tenido de su hogar fue tan vivo, que las paredes desiguales de la caverna le parecieron desconocidas como si el sueño hubiera sido realidad y la caverna de Ayla una ficción onírica. La niebla del sueño comenzó a disiparse y las paredes parecían desplazadas. Despertó y se dio cuenta de que había estado mirando desde una perspectiva distinta, desde el lado más alejado del fuego.

Ayla no estaba. Junto al hogar había dos perdices desplumadas y la canasta en la que guardaba las plumas estaba tapada; hacía rato que se había ido. La taza que solía usar –la que estaba elaborada de tal manera que semejaba un animal pequeño por la textura de la madera– estaba allí cerca, al lado había una canasta apretadamente tejida en la que ella le preparaba la infusión de la mañana y una ramita recién descortezada. Ella sabía que le gustaba mascar el extremo de una ramita hasta convertirlo en fibra erizada para limpiarse los dientes del sarro acumulado durante la noche y tenía por costumbre llevarle una todas las mañanas.

Se puso en pie, se desperezó; se sentía rígido por la dureza inusitada de su lecho. Ya había dormido en el suelo en otras ocasiones, pero un relleno de paja representaba una gran diferencia en cuanto a comodidad y olía a limpio y dulce. Ayla cambiaba la paja con bastante regularidad para que no se acumularan los malos olores.

La infusión del canastotetera estaba caliente... no podía haberse ido hacía mucho. Se sirvió un poco y olfateó el aroma cálido con sabor a menta. A él le gustaba tratar de identificar las hierbas que Ayla utilizaba cada día. La menta era una de las que él prefería y, por lo general, siempre estaba presente. Bebió unos sorbos y creyó reconocer el sabor a hoja de frambuesa y quizá alfalfa. Salió llevandose la taza y la ramita.

De pie en la orilla del saliente frente al valle, mascaba la ramita y veía el chorro de orina caer mojando la muralla del risco. No estaba totalmente despierto. Sus acciones eran movimientos mecánicos producidos por el hábito. Cuando terminó, se limpió los dientes con el palito mascado y se enjuagó la boca con la infusión. Era un ritual que siempre le reanimaba, y, por lo general, le impulsaba a trazar planes para la jornada.

Sólo cuando terminó de beber la infusión sintió que enrojecía, y dejó de estar contento consigo mismo. Este día no era como cualquier otro. Sus acciones del día anterior lo impedían. Iba a arrojar la ramita, pero se fijó en ella y la sostuvo ante sus ojos, haciéndola girar entre el índice y el pulgar mientras pensaba en todo lo que representaba.

Había sido fácil acostumbrarse a que ella le cuidara; lo hacía con una gracia sumamente sutil. Nunca tenía él que pedir nada, ella se adelantaba a sus deseos. La ramita era un buen ejemplo. Era obvio que Ayla se había levantado antes que él, había bajado a buscarla, la había pelado y se la había dejado allí. ¿Cuándo había comenzado a hacerlo? Recordó que cuando pudo bajar solo por primera vez, había encontrado una por la mañana. A la mañana siguiente, al ver una ramita junto a su taza, se había sentido agradecido; por entonces, todavía le costaba trabajo bajar y subir la empinada senda.

Y la infusión caliente. No importaba cuándo se despertara, la bebida caliente estaba dispuesta. ¿Cómo sabía ella cuándo prepararla? La primera vez que le llevó una taza por la mañana, se lo había agradecido efusivamente. ¿Cuándo fue la última vez que le dio las gracias? ¿Cuántas otras atenciones había tenido ella para con él, y siempre con la mayor discreción? Nunca les da importancia. «Así es Marthona», pensó. «Tan llena de tacto con sus dádivas y su tiempo, que nunca se siente nadie obligado con ella.» Siempre que se brindaba a ayudarla, Ayla se mostraba sorprendida ¡y tan agradecida...! como si realmente no esperara nada a cambio de todo lo que había hecho por él.

–Le he dado a ella menos que nada –dijo en voz alta–. E incluso después de lo de ayer... –sostuvo en alto la ramita, la hizo girar y la lanzó por encima del borde.

Vio que Whinney estaba en el campo con el potro, corriendo ambos en un amplio círculo, llenos de vitalidad, y experimentó una punzada de excitación al ver correr a los caballos.

–¡Cómo corre el pequeño! ¡Apuesto a que si compitieran, ganaría a su madre!

–En una competición, los garañones jóvenes suelen ganar, pero no en carreras largas –dijo Ayla, apareciendo por el sendero. Jondalar se dio media vuelta, con los ojos brillantes y la sonrisa llena de orgullo por el potro. Su entusiasmo era irresistible y Ayla tuvo que sonreír a pesar de sus recelos. Había esperado que el hombre se encariñara con el potro... pero ahora ya no importa.

–Me preguntaba dónde estarías –dijo él; se sentía torpe en su presencia, y se le borró la sonrisa.

–Prepararé un fuego temprano en la zanja de asar, para hacer las perdices. He salido a ver si estaba a punto.

«No parece muy contento de verme», pensó, volviéndose para entrar en la cueva. También la sonrisa de ella se borró.

–Ayla –llamó Jondalar, corriendo tras ella. Cuando la joven se volvió, ya no supo qué decirle–. Yo... ejem... me preguntaba... ejem... quisiera hacer algunas herramientas. Si no te importa, claro. No quiero dejarte sin pedernal.

–No importa. Todos los años la crecida se lleva algo y trae más.

–Debe de arrancarlo de algún depósito gredoso río arriba. Si supiera que no está lejos, iría a buscarlo. Es mucho mejor cuando acaba de ser arrancado. Dalanar saca el suyo de un depósito que hay cerca de su Caverna, y todo el mundo sabe de qué calidad es el sílex Lanzadonii.

El entusiasmo volvió a sus ojos, como sucedía siempre que hablaba de su oficio. «Así era Droog», pensó Ayla. «Le gustaba hacer herramientas y todo lo que se relacionaba con ellas». Sonrió para sí recordando el día en que Droog descubrió al hijo pequeño de Aga, el que nació después de que se unieran, golpeando una piedra contra otra. «Droog se sintió tan orgulloso que le dio un martillo de piedra. Le gustaba enseñar el oficio; incluso no le importó enseñarme a mí, aunque era niña».

Jondalar se dio cuenta de que pensaba en algo, y percibió la sombra de una sonrisa en el rostro femenino.

–¿En qué estás pensando, Ayla?

–En Droog. Hacía herramientas. Solía permitir que yo le observara si me estaba calladita y no turbaba su concentración.

–Puedes mirarme a mí, si quieres –dijo Jondalar–. En realidad esperaba que me enseñaras tu técnica.

–Yo no soy experta. Puedo hacer las herramientas que necesito, pero las de Droog son mucho mejores que las mías.

–Tus herramientas son muy prácticas. Lo que quisiera ver es la técnica que empleas.

Ayla asintió con la cabeza y entró en la cueva. Jondalar se quedó esperando y, al ver que no salía inmediatamente, se preguntó si habría querido decir ahora o más tarde. Se fue en su busca justo en el momento en que salía la joven; saltó hacia atrás tan de prisa que estuvo a punto de caerse. No quería ofenderla con un contacto involuntario.

Ayla respiró hondo, cuadró los hombros y alzó la barbilla. Tal vez no soportaba estar cerca de ella, pero no iba a dejar que viera cuánto la ofendía. Pronto se iría. Echó a andar por el sendero llevando las dos perdices, el canasto con los huevos y un bulto grande, envuelto en un pedazo de cuero y sujeto con una cuerda.

–Deja que te ayude a llevar algo –dijo Jondolar, corriendo tras ella. Ayla se detuvo lo sufiente para entregarle el canasto de huevos.

–Primero tengo que preparar las perdices –explicó, dejando el bulto en el suelo de la playa. Era una afirmación, pero Jondalar tuvo la impresión de que ella esperaba su consentimiento o por lo menos su asentimiento. No andaba muy descaminado. A pesar de sus años de independencia, los modales del Clan seguían rigiendo muchas de sus acciones. No estaba acostumbrada a hacer otra cosa cuando un hombre había ordenado o solicitado que hiciera algo por él.

–Claro que sí, adelante. Tengo que buscar mis utensilios antes de poder trabajar el pedernal.

Ayla se llevó las gordas aves hacia el otro lado de la muralla, hasta el hoyo que había cavado antes y forrado de piedras. El fuego se había apagado en el fondo del hoyo pero las piedras chisporrotearon cuando les echó unas gotas de agua. Había buscado en diversos puntos del valle la combinación exacta de verduras y hierbas, y las había llevado hasta el horno de piedras. Recogió uña de caballo por su sabor ligeramente salado, ortigas amaranto y vistosas acederas y salvia, para dar sabor. El humo aportaría también su aroma, y la ceniza de madera, sabor a sal.

Rellenó las perdices con sus huevos envueltos en verduras: tres huevos en una de las aves y cuatro en la otra. Siempre había envuelto las perdices en hojas de parra antes de meterlas en el hoyo, pero no crecían vides en el valle. Recordó que a veces se cocinaba el pescado envuelto en heno fresco, y decidió que también podría hacerse con las aves. En cuanto tuvo las aves colocadas en la parte inferior del hoyo, amontonó más hierba encima, después piedras, y lo cubrió todo de tierra.

Jondalar tenía un surtido de herramientas de asta, hueso y piedra para tallar instrumentos alineados ante sí, algunos de los cuales Ayla reconoció. Sin embargo, otros le eran totalmente desconocidos. Ella abrió el bulto y puso sus utensilios al alcance de la mano, después se sentó y extendió el trozo de cuero sobre su regazo; era una buena protección: el pedernal podía desmenuzarse en lajas finas y cortantes. Echó una mirada a Jondalar, que estaba mirando con mucho interés los trozos de hueso y piedra que ella había sacado.

El dejó cerca varios nódulos de pedernal. Ella vio que había dos junto a su mano... y recordó a Droog. La calidad de un buen artesano de herramientas comenzaba con la selección, recordó. Quería una piedra de grano fino; las miró, escogió la más pequeña. Jondalar asentía con la cabeza, aprobando inconscientemente.

Ayla recordó al pequeño, que había mostrado su afición por la elaboración de herramientas cuando apenas gateaba.

–¿Supiste siempre que trabajarías la piedra? –preguntó.

–Por algún tiempo pensé hacerme tallista, incluso tal vez Servir a la Madre o trabajar con Los que la Sirven –una punzada de pena y nostalgia nubló su semblante–. Entonces me mandaron a vivir con Dalanar y aprendí a tallar piedra. Fue una buena decisión... me gusta y soy bastante hábil. Nunca habría llegado a ser un buen tallista.

–¿Qué es un tallista, Jondalar?

–¡Eso es! ¡Lo que faltaba! –su exclamación hizo dar un respingo de consternación a la joven–. No hay tallas ni pinturas ni cuentas ni decoración. Ni siquiera colores.

–No comprendo...

–Lo siento, Ayla. ¿Cómo puedes saber de lo que estoy hablando? Un tallista es alguien que hace animales de piedra.

Ayla arrugó el entrecejo.

–¿Cómo se puede hacer un animal de piedra? Un animal es carne y sangre; vive y respira.

–No quiero decir un animal de verdad. Quiero decir una imagen, una representación. Un tallista reproduce la semejanza de un animal por la forma... hace que la piedra parezca un animal. Algunos tallistas hacen imágenes de la Gran Madre Tierra, si tienen alguna visión de Ella.

–¿Una semejanza?, ¿de piedra?

–De otras materias también: marfil de mamut, hueso, madera, asta. He oído decir que algunos hacen imágenes de barro. Por lo demás, he visto muy buenos parecidos logrados con nieve.

Ayla había estado moviendo la cabeza, tratando de comprender, hasta que Jondalar dijo nieve; entonces recordó un día de invierno en que estuvo apilando tazones de nieve contra la pared, junto a la cueva. ¿No había imaginado por un instante que los rasgos de Brun aparecían en aquel montón de nieve?

–¿La semejanza con nieve? Sí –asintió–; creo que comprendo.

Jondalar no estaba seguro de que comprendiera, pero no se le ocurría mejor manera de explicárselo sin una talla que mostrarle. «¡Qué monótona ha tenido que ser su vida», pensó, «criándose con cabezas chatas. Incluso su ropa es simplemente útil. ¿Sólo cazarían y dormirían? Ni siquiera apreciaban las Dádivas de la Madre. Ni belleza, ni misterio, ni imaginación. Me gustaría saber si puede comprender lo que se ha perdido.»

Ayla levantó el bloquecito de pedernal, tratando de decidir por dónde empezar. No haría un hacha de mano... incluso a Droog le parecía una herramienta bastante sencilla, aunque muy útil.

Pero no creyó que fuera ésa la técnica que Jondalar deseaba ver. Tendió la mano hacia un instrumento que faltaba en la serie de herramientas del hombre: el hueso de la pata de un mamut... ese hueso resistente que soportaría el pedernal mientras ella lo trabajaba para que la piedra no se astillase. Le dio vueltas hasta situarlo cómodamente entre sus piernas.

Entonces cogió su martillo de piedra: no había diferencia entre el suyo y el de él, salvo que el de ella era más pequeño para que pudiera encajar en su mano. Sosteniendo firmemente el pedernal sobre el yunque de hueso de mamut, Ayla golpeó con fuerza. Un trozo de la corteza, el recubrimiento exterior, cayó, dejando al descubierto el material gris del interior. La pieza que había desprendido tenía un bulto grueso donde el martillo había golpeado –el bulbo de percusión– y se ahusaba formando un filo delgado en el otro extremo. Podría utilizarse como utensilio de corte, y los primeros cuchillos que ella elaboró eran exactamente esas lascas de arista afilada, pero los instrumentos que deseaba hacer Ayla exigían una técnica mucho más avanzada y compleja.

Estudió la profunda cicatriz dejada en el núcleo, la impresión negativa de la lasca. El color era exacto; la consistencia suave, casi cerosa; no había quedado material externo incorporado. Se podrían hacer buenas herramientas con esa piedra; golpeó otro pedazo de corteza.

Mientras seguía tallando, Jondalar pudo ver que estaba dándole forma a la piedra retirando el recubrimiento calcáreo. Cuando ya no quedó nada, siguió golpeando un poco acá, otro poco allá, un bulto en otra parte, hasta que el núcleo de pedernal tuvo la forma de un huevo algo aplastado. Entonces dejó el martillo y cogió un hueso largo y robusto. Poniendo el núcleo de costado y trabajando desde el borde hacia el centro, desprendió algunas esquirlas de la parte superior con el martillo de hueso. El hueso era más elástico; los trozos de pedernal más largos y delgados, con un bulbo de percusión más plano. Cuando terminó, el gran huevo de piedra tenía una parte superior ovalada más bien plana, como si le hubieran rebanado ese extremo.

Entonces se detuvo y, tocándose el amuleto que le colgaba del cuello, cerró los ojos y envió un pensamiento silencioso al espíritu del León Cavernario. Droog había solicitado siempre la ayuda de su tótem para ejecutar el siguiente paso. Hacía falta tanta suerte como habilidad, y Ayla se sentía nerviosa porque Jondalar la observaba muy de cerca. Quería hacerlo bien, pues comprendía instintivamente que tenía mayor importancia la fabricación de los utensilios que las piezas mismas. Si echaba a perder la piedra, sembraría una duda sobre la capacidad de Drog y de todo el Clan, por mucho que explicara que ella no era realmente una experta.

Jondalar había observado anteriormente el amuleto, pero al ver que lo sostenía entre ambas manos, con los ojos cerrados, se preguntó qué importancia tendría. Ella parecía manejarlo con respeto, casi como él trataría a una donii. Pero una donii era una figura de mujer, esculpida con gran esmero, con toda su abundancia maternal, un símbolo de la Gran Madre Tierra y del maravilloso misterio de la creación. Desde luego, una bolsa de cuero llena de bultos no podía encerrar el mismo significado.

Ayla volvió a coger el martillo de hueso. Para separar del núcleo una hoja que tuviera la misma dimensión que la parte superior plana y ovalada, pero con ángulos rectos y cortantes, había que dar un importante paso preliminar: una plataforma de golpeo. Tendría que desprender una pequeña esquirla que dejara una hendidura en la orilla de la cara plana, con la superficie perpendicular a la lasca que deseaba finalmente obtener.

Agarrando el núcleo de pedernal con firmeza para mantenerlo inmóvil, la mujer apuntó cuidadosamente. Tenía que calcular la fuerza además del punto: si era poca, la pequeña laja saldría en ángulo incorrecto, si, por el contrario, era excesiva, astillaría el borde cuidadosamente formado. Aspiró profundamente y sostuvo en el aire el martillo de hueso antes de asestar un golpe limpio. El primero era siempre importante. Si todo salía bien, vaticinaba buena suerte; por fin respiró al ver la mella que se había producido.

Cambiando el ángulo en que tenía el núcleo, volvió a golpear, con más fuerza esta vez. El martillo de hueso aterrizó limpiamente en la mella y una lasca se desprendió del núcleo prefabricado. Tenía la forma de un óvalo alargado. Un lado era la superficie plana que había hecho ella; el reverso configuraba la cara bulbosa interior, que era suave, más gruesa en el extremo golpeado y que se estrechaba hasta quedar convertida en un filo de navaja todo alrededor.

Jondalar lo cogió para examinarlo.

–Es una técnica difícil de dominar. Necesitas fuerza y precisión a la vez. ¡Mira este filo! No es una herramienta tosca.

Ayla dejó escapar un tremendo suspiro de alivio y sintió la cálida satisfacción del logro... y algo más. No había desacreditado al Clan. En verdad, lo representaba mejor porque no había nacido en él. Aunque aquel hombre, tan hábil en su oficio, hubiera estado observando a un hombre del Clan realizando el mismo trabajo, por mucho que se lo propusiese, sus prejuicios con respecto al ejecutante le habrían impedido juzgar objetivamente la obra.

Ayla le miraba: estaba dando vueltas a la piedra en su mano; de repente, la joven experimentó un cambio interior peculiar. Se sintió acometida por un frío interno sobrenatural y le pareció como si ella estuviera fuera de su propio cuerpo y le contemplara a él y a sí misma desde lejos.

Acudió a su mente el recuerdo vívido de otra oportunidad en la que había experimentado una desorientación similar. Iba siguiendo lámparas de piedra hacia el interior de una cueva y se veía agarrándose a la piedra húmeda mientras se sentía inexplicablemente atraída hacia un espacio pequeño e iluminado, oculto por gruesas columnas de estalactitas en el corazón de la montaña.

Los mog-ures estaban sentados en círculo alrededor de una fogata, pero el Mog-ur –el propio Creb–, cuya mente poderosa, ampliada y sostenida por la bebida que Iza le había enseñado a hacer para los magos, descubrió su presencia. Ella también había consumido la potente sustancia, sin querer, y su mente vagaba sin control. El Mog-ur la sacó del profundo abismo que había en ella y se la llevó consigo por el viaje espantoso y fascinante de la mente hasta los comienzos primordiales.

En el proceso, el más grande hombre santo del Clan, cuyo cerebro no tenía igual ni siquiera entre los suyos, forjó nuevas sendas en el cerebro de ella, allí donde sólo hubo tendencias rudimentarias. Pero aun pareciéndose al de él, el cerebro de ella no era igual. Podía regresar con él y sus memorias hasta su comienzo común y a través de cada fase del desarrollo, pero él no pudo llegar tan lejos cuando ella volvió y avanzó un paso más.

Ayla no comprendía lo que había herido tan profundamente a Creb, sólo sabía que eso les había cambiado, tanto a él como a la relación entre ambos. Tampoco comprendía los cambios que él había previsto, pero, por un instante, supo con una certeza absoluta que había sido enviada al valle con una finalidad que incluía al hombre alto y rubio.

Mientras se veía a sí misma con Jondalar en la playa pedregosa del remoto valle, corrientes aberrantes de luz y movimiento, formándose en un espesamiento sobrenatural del aire y desapareciendo en el vacío, les rodearon, uniéndolos. Ella sintió una vaga noción de su propio destino como nexo axial de muchos cabos que vinculaban pasado, presente y futuro por medio de una transición crucial. Un frío profundo se apoderó de ella; bostezó y, con un respingo, se encontró mirando unas cejas hirsutas y una expresión de alarma. Se sacudió para disipar una sensación fantástica de irrealidad.

–¿Te encuentras bien, Ayla?

–Sí, sí; estoy bien.

Un frío inexplicable había puesto la carne de gallina a Jondalar y tenía erizado el vello de la nuca. Sintió un fuerte impulso de protegerla pero sin saber contra qué amenaza. Sólo duró un instante y trató de sacudirse aquella impresión, pero la inquietud subsistía.

–Creo que va a cambiar el tiempo –dijo–. He notado un viento frío –ambos levantaron la vista hacia el cielo azul y límpido, sin una sola nube.

–Es la temporada de las tormentas. Pueden ser repentinas.

Jondalar asintió y entonces, para aferrarse a algo material, llevó la conversación al terreno de los prosaicos materiales de la fabricación de herramientas.

–¿Y cuál es tu siguiente paso, Ayla?

La mujer se enfrascó de nuevo en la tarea. Con gran concentración, talló cinco óvalos más de pedernal de filo cortante; después de un examen final del resto de la piedra para ver si podría desprenderle alguna otra lasca aprovechable, lo descartó.

Entonces se volvió hacia los seis copos de pedernal gris y cogió el más fino de todos. Con una piedra suave, redonda y aplastada, retocó el largo filo, poniéndolo romo en la parte por donde se agarraba y afilándolo en punta en la parte opuesta al bulbo de percusión. Cuando quedó satisfecha, se lo tendió a Jondalar en la palma de la mano.

El hombre lo cogió y lo examinó detenidamente. Su sección transversal era gruesa, pero se afilaba a lo largo formando una arista fina y cortante. Era lo suficientemente grande para cogerlo con la mano, y el lomo lo bastante romo para no lastimar al usuario. En ciertos aspectos se parecía a la punta de lanza mamutoi, pero no estaba hecho para ponerle mango ni vara. Era un cuchillo de mano, y como la había visto manejar uno similar, sabía que era sorprendentemente eficaz.

Jondalar lo dejó en el suelo, asintió con la cabeza y la invitó a continuar. Ayla recogió otra laja gruesa de piedra y, con ayuda de un diente canino de animal, se puso a astillar el extremo del óvalo. El proceso sólo lo dejó ligeramente más romo, lo suficiente para fortalecer el borde de manera que el extremo agudo y redondeado no se rompiera al usarlo para rascar pelo y carne de las pieles. Ayla lo dejó y cogió otra pieza.

Puso una piedra grande y suave de las de la playa sobre el yunque de pata de mamut. Entonces, aplicando presión con el retocador de colmillo afilado sobre la piedra, hizo una muesca en forma de V en medio de un borde largo y afilado, lo suficientemente grande para afilar el extremo de un palo de lanza en forma de punta. Sobre una laja ovalada más grande, y aplicando una técnica similar, hizo una herramienta que podría utilizarse para hacer agujeros en cuero o madera, asta o hueso.

Ayla no sabía qué otras herramientas podría necesitar, de manera que decidió dejar las dos últimas lascas de pedernal disponibles para más adelante. Apartando la pata de mamut, recogió las puntas del cuero y lo llevó hasta el basurero al otro lado de la muralla para sacudirlo; las aristas de pedernal eran lo suficientemente agudas para cortar el pie descalzo más duro. Nada había dicho Jondalar de las herramientas recién hechas, pero Ayla observó que las estaba mirando por todos los lados, sosteniéndolas en la mano como para probarlas.

–Quisiera utilizar tu protector de cuero –dijo.

Ayla se lo entregó, contenta de haber terminado con su demostración y esperando con fruición ver la suya. Jondalar extendió el cuero sobre sus rodillas, cerró entonces los ojos y pensó en la piedra y en lo que haría con ella. A continuación cogió uno de los nódulos de pedernal que había llevado y lo examinó.

El duro mineral silíceo había sido desprendido de depósitos calcáreos asentados durante el período cretáceo. Todavía llevaba huellas de sus orígenes en el recubrimiento exterior, aunque había sido arrancado por la corriente violenta y golpeado en el angosto cañón río arriba, antes de ser lanzado a la playa pedregosa. El pedernal era el material más eficaz que se presentaba en forma natural para hacer herramientas. Era duro y, sin embargo, gracias a su estructura cristalina tan fina, podría trabajarse; el aspecto que pudiera adquirir dependía tan sólo de la habilidad del trabajador.

Jondalar estaba buscando las características distintivas del pedernal de calcedonia, el más puro y más claro. Cualquier piedra que tuviera rajas o esquirlas la descartaba, así como las que, al ser golpeadas con otra piedra, indicaban, por su sonido, que tenían fallas o material extraño. Finalmente escogió una.

Sosteniéndola sobre el muslo, la sujetó con la mano izquierda y, con la derecha, cogió el martillo y lo tanteó para sopesarlo bien; era nuevo y todavía no estaba familiarizado con él; cada martillo tenía su individualidad propia. Cuando lo logró, sostuvo firmemente el pedernal y golpeó. Se desprendió un trozo grande de la corteza de un blanco grisáceo. Por dentro, el pedernal tenía un matiz de gris más claro que el que había empleado Ayla, con un reflejo azulado. Textura fina; una buena piedra; buena señal.

Volvió a golpear, una y otra vez. Ayla estaba lo bastante familiarizada con el proceso para reconocer de inmediato su pericia. Superaba con mucho la habilidad que ella pudiera tener. Al único que había visto trabajar la piedra con una confianza tan certera había sido a Droog. Pero la forma que estaba dando Jondalar a su piedra no se parecía a ninguna de las que hiciera el especialista del Clan. Se inclinó más para observar.

El núcleo de Jondalar, en vez de tomar forma ovoide, se estaba volviendo más cilíndrico aunque no exactamente circular. Al desprender lascas a ambos lados, estaba creando un borde que seguía el cilindro a lo largo. El borde era todavía tosco y desigual cuando se desprendió la corteza, y Jondalar dejó el martillo para coger un buen trozo de cornamenta que había sido cortado por debajo de la primera bifurcación para eliminar las ramas.

Con el martillo de asta desprendió trozos más pequeños a fin de que el borde quedara recto. También él preparaba su núcleo, pero no se proponía quitar gruesas lasca según una forma previamente determinada... eso le resultaba obvio a Ayla. Cuando se sintió finalmente satisfecho con el borde, cogió otro instrumento, uno que había despertado la curiosidad de la mujer. También estaba hecho con una sección de cornamenta, más larga que la primera y que, en vez de estar cortada por debajo de la bifurcación, tenía dos ramificaciones que salían del asta central, cuya base había sido tallada hasta lograr una punta fina.

Jondalar se incorporó y sostuvo con el pie el núcleo de pedernal. Acto seguido colocó la punta del asta ramificada justo por encima del borde que había formado con tanto esmero. Sostuvo la rama superior saliente de manera que la más baja estuviera de frente y sobresaliera. Entonces, con un hueso largo y pesado, golpeó la rama saliente.

Cayó una hoja delgada. Era tan larga como el cilindro de piedra, pero su grosor sería la sexta parte de su longitud. La sostuvo frente al sol y se la mostró a Ayla: una luz se filtraba al través. El borde que había preparado con tanto esmero corría desde el centro de la cara exterior todo a lo largo y tenía dos aristas afiladas y cortantes.

Con la punta del punzón de asta colocada directamente sobre el pedernal, no había tenido que apuntar tan cuidadosamente ni calcular tan exactamente la distancia. La fuerza de la percusión iba dirigida con exactitud hacia donde él quería, con la fuerza del golpe repartida entre los objetos resistentes intermedios –el martillo de hueso y el punzón de asta–; casi no había bulbo de percusión. La hoja era larga y estrecha y de una delgadez uniforme. Sin tener que calibrar tan cuidadosamente la fuerza del golpe, Jondalar controlaba mucho mejor los resultados.

La técnica de Jondalar para trabajar la piedra representaba un progreso revolucionario, pero tan importante como la hoja que producía era la cicatriz que dejaba en el núcleo. El borde preparado había desaparecido; en su lugar había una larga depresión con dos bordes a cada lado. Tal había sido la finalidad del cuidadoso trabajo previo.

Apartó la punta del punzón para ponerla encima de uno de los dos bordes y volvió a golpear con el martillo de hueso. Cayó otra hoja delgada y larga, dejando otros dos bordes detrás. Jondalar movió de nuevo el punzón sobre otro de los bordes, desprendió otra hoja y formó más aristas.

Cuando acabó con todo el material aprovechable, no tenía seis, sino veinticinco hojas alineadas... más de cuatro veces el filo cortante útil de la misma cantidad de piedra, más de cuatro veces el número de piezas. Largas y delgadas, con filos tan agudos como los de un escalpelo, las hojas podrían aprovecharse para cortar tal como estaban, pero no constituían el producto terminado. Más adelante serían elaboradas para multitud de usos, especialmente para hacer herramientas. Según el filo y la calidad del nódulo de pedernal, se podría sacar, no cuatro, sino de seis a siete veces el número utilizable de piezas para hacer herramientas, con piedras de un mismo tamaño, aplicando la técnica más avanzada. El nuevo método no sólo proporcionaba un mayor control al operario, sino que suponía una ventaja sin igual para su gente.

Jondalar cogió una de las hojas y se la entregó a Ayla. Esta comprobó ligeramente lo cortante del filo con su dedo pulgar, ejerció un poco de presión para reconocer su fuerza y la volvió sobre su mano. Se curvaba en los extremos; eso era debido a la naturaleza del material, pero más visible en la hoja larga y delgada. Sin embargo, la forma no limitaba sus funciones.

–Jondalar, esto es... no sé la palabra. Es maravilloso... importante. Has sacado tantas... No has terminado con éstas, ¿verdad?

–No, todavía no –contestó Jondalar, sonriendo.

–Son tan delgadas y tan finas... son bellas. Pueden romperse más fácilmente, pero creo que si se retocan los extremos, pueden ser unos rascadores fuertes –su espíritu práctico estaba ya convirtiendo en herramientas las piedras sin forma definida.

–Sí, y como los tuyos, buenos cuchillos... aunque quiero hacerles una espiga para ponerles mango.

–Yo no sé lo que es «espiga».

Jondalar cogió una hoja para explicárselo.

–Puedo matar el lomo y afilar un extremo en forma de punta, y tendré un cuchillo. Si quito unas cuantas lascas de la cara interior, podré incluso enderezar algo la curva. Ahora bien, si presiono a medio camino de la hoja, para romper el borde y formar un saliente, habré hecho una «espiga».

Cogió un pequeño fragmento de asta.

–Si encajo la espiga en un trozo de hueso, madera o asta como éste, el cuchillo tendrá mango. Es más fácil de usar con mango. Si pones a cocer el asta durante un rato, se hinchará y se ablandará, y entonces podrás meterle la espiga en el centro, donde está más blando. Una vez seco el trozo de asta, se encoge y aprieta la espiga. A menudo se sostiene, sin tener que amarrarlo ni pegarlo, durante mucho tiempo.

Ayla estaba muy excitada con el nuevo método y deseaba ponerlo en práctica, como siempre había hecho después de observar a Droog, pero ignoraba si con ello violaría las costumbres o tradiciones de Jondalar. Cuanto más sabía de las costumbres de su gente, menos las entendía. No pareció importarle que ella cazara, pero tal vez no quisiera que ella hiciera la misma clase de herramientas que él.

–Me gustaría probar... ¿No hay... inconveniente en que las mujeres hagan herramientas?

La pregunta agradó al joven. Se necesitaba habilidad para fabricar la clase de herramientas que ella hacía; estaba seguro de que incluso el mejor especialista obtenía a veces resultados absurdos, aun cuando también el peor podría sin duda producir accidentalmente algunas piezas aprovechables. En cualquier caso, habría entendido que Ayla tratara de justificar su propio método. En cambio, parecía reconocer su técnica como lo que era –un gran progreso– y deseaba probarla. Se preguntó cómo se sentiría él si alguien le mostrara un progreso tan radical.

«Querría aprenderlo», se dijo con una mueca irónica.

–Las mujeres pueden tallar bien el pedernal. Mi prima Joplaya es una de las mejores. Pero es una terrible provocadora... nunca se lo diría; no me permitiría olvidarlo nunca jamás –y sonrió al recordar.

–En el Clan, las mujeres hacen herramientas, pero no armas.

–Las mujeres hacen armas. Después de tener hijos, las mujeres Zelandonii pocas veces cazan, pero si aprendieron de jóvenes, conocen la manera de usar las armas. Durante una cacería se pierden muchas herramientas y armas. El hombre cuya esposa sabe hacerlas, siempre tiene un buen surtido. Y las mujeres están más cerca de la Madre. Algunos hombres creen que las armas hechas por mujeres tienen más suerte. Pero si un hombre tiene mala suerte, o carece de habilidad, siempre echará la culpa a quien hizo las armas, especialmente si es una mujer.

–¿Podría yo aprender?

–Cualquiera que sea capaz de hacer herramientas como las que haces tú, aprenderá fácilmente a hacerlas de esta manera.

El había contestado a su pregunta en un sentido algo distinto del que ella quería. Sabía que era capaz de aprender... lo que pretendía averiguar era si estaba permitido. Pero su respuesta la hizo pararse a pensar.

–No; no creo que sea posible.

–Claro que puedes aprender.

–Ya sé que puedo aprender, Jondalar, pero no es fácil que cualquiera que haga herramientas a la manera del Clan pueda aprender a hacerlas a tu manera. Algunos podrían, creo que Droog podría, pero todo lo que sea nuevo les resulta difícil. Aprenden de sus memorias.

Al principio Jondalar creía que estaba bromeando, pero hablaba en serio. «¿Podría tener razón? Si tuvieran la oportunidad, los cab... los especialistas del Clan, ¿serían realmente incapaces de aprender, aunque no por falta de voluntad?»

Entonces se le ocurrió que él nunca habría creído que fueran capaces siquiera de hacer herramientas, y de eso hacía poco tiempo. Sin embargo, hacían herramientas, se comunicaban y recogieron a una niña ajena. Había aprendido más cosas de los cabezas chatas en los últimos días que ninguna otra persona, exceptuando a Ayla. Tal vez fuera útil enterarse de algo más acerca de ellos, tal vez. Parecía haber en ellos mucho más de lo que la gente pensaba.

Al pensar en los cabezas chatas recordó de pronto lo sucedido el día anterior y un repentino rubor encendió su rostro. Debido a su concentración en hacer herramientas, se le había olvidado. Había estado mirando a la mujer, pero sin ver realmente sus trenzas doradas brillando bajo el sol, ofreciendo un contraste muy fuerte con el color tostado oscuro de su piel; o sus ojos, de un gris azulado, claros como el color traslúcido del pedernal fino.

«¡Oh, Madre!, ¡cuán bella es!» Cobró conciencia aguda de ella, sentada junto a él, tan cerca que sintió un movimiento intempestivo en sus ijares. No podría haber dejado de notar su repentino cambio de actitud aunque lo hubiera intentado; y definitivamente, no lo intentó.

Ayla, en efecto, se dio cuenta de aquel cambio; la inundó, la pilló por sorpresa. ¿Cómo era posible que unos ojos fueran tan azules? Ni el cielo ni las gencianas que crecían en los prados de la montaña junto a la caverna del Clan eran tan azules, de un matiz tan profundo y vibrante. Podía sentir que... aquella sensación volvía. Su cuerpo se estremecía, anhelaba que él la tocara. Se inclinaba hacia delante, atraída hacia él, y sólo con un supremo esfuerzo de voluntad pudo cerrar los ojos y apartarse.

«¿Por qué me mira así cuando soy... una abominación?, ¿cuando no puede tocarme sin apartarse como si le quemara?» El corazón le latía con fuerza; jadeaba como si hubiera estado corriendo, y trató de calmar su respiración.

Le oyó ponerse en pie, antes de abrir los ojos. El cuero protector había sido retirado violentamente y las hojas tan cuidadosamente talladas estaban esparcidas por el suelo. Ayla vio cómo se alejaba con movimientos rígidos, con los hombros echados hacia delante, hasta que pasó detrás de la muralla. Parecía desdichado, tan desdichado como ella.

Una vez cruzada la muralla, Jondalar echó a correr. Corrió a campo traviesa hasta que las piernas le dolieron y los sollozos entrecortaron su respiración; entonces aminoró la marcha y trotó antes de detenerse, jadeante.

«Tonto estúpido, ¿qué necesitas para convencerte? El que sea tan complaciente que te permite recoger junto a ella unas provisiones, no significa que quiera nada contigo... y menos eso. Ayer se sintió lastimada y ofendida porque tú no... Eso fue antes de que lo echaras todo a perder.»

No le gustaba recordarlo. Sabía cómo se había sentido, y lo que ella había visto en él: la repugnancia, el asco. Entonces, ¿qué es lo que ha cambiado? Ella vivió con cabezas chatas, ¿recuerdas? Durante años. Se convirtió en uno de ellos. Y uno de sus machos...

Estaba intentando recordar, a propósito, todo lo que, según los cánones de su forma de vida, era aborrecible, impuro y sucio. ¡Ayla era el compendio de todo ello! Cuando era un muchachito que se escondía en la maleza con otros de su edad, intercambiando las frases más sucias que sabían, una de ellas era «hembra cabeza chata». Cuando fue mayor, no mucho, pero sí lo suficiente para saber lo que significaba «hacer mujeres», esos mismos muchachos se reunían en rincones oscuros de la caverna para hablar en voz baja de las muchachas y divertirse lúbricamente planeando hacerse con una hembra cabeza chata y se asustaban unos a otros con las posibles consecuencias.

Incluso entonces, el concepto que relacionaba un macho cabeza chata y una mujer resultaba inimaginable. Sólo cuando fue un adulto se habló del asunto, pero fuera del alcance de los mayores. Cuando los jóvenes querían ser de nuevo chiquillos que reían tontamente y se contaban las historias más groseras y sucias que podían imaginar, éstas trataban de machos cabeza chata y mujeres y de lo que le pasaría después al hombre que compartiera Placeres con una mujer de aquéllas, aun sin saberlo, especialmente sin saberlo. Ahí estaba la gracia.

Pero no bromeaban acerca de abominaciones... o de las mujeres que las engendraban. Eran mezclas impuras de espíritus, un mal suelto sobre la Tierra, que hasta la Madre, creadora de toda vida, aborrecía. Y las mujeres que los parían eran intocables.

¿Podría Ayla ser eso? ¿Podría estar profanada? ¿Sucia? ¿Mala? ¿La honrada y sincera Ayla? ¿Con su Don de Curar? Tan juiciosa, temeraria, gentil y bella. ¿Podría una persona tan bella estar mancillada?

«No creo que entendiese siquiera el significado. Pero, ¿qué pensaría alguien que no la conociera? ¿Y si la encuentran y ella les dice quiénes la criaron? ¿Si les hablara del... hijo? ¿Qué pensarían Zelandoni o Marthona? Y ella se lo diría, además; les hablaría de su hijo y les haría frente. Creo que Ayla podría enfrentarse a cualquiera, incluso a Zelandoni. Casi podría ser una Zelandoni, con su habilidad para curar y su manera de atraer a los animales.

»Pero si Ayla no es algo malo, entonces todo lo que se dice de los cabezas chatas es mentira. Nadie se lo podrá creer.»

Jondalar no había prestado la menor atención al lugar hacia el que se dirigía y se sobresaltó al sentir un hocico suave en su mano. No había visto a los caballos. Se detuvo para rascar y acariciar al potrillo. Whinney se encaminó poco a poco hacia la caverna, paciendo mientras avanzaba. El potro brincó, adelantándose a su madre, cuando el hombre le dio un golpecito final. Jondalar no tenía prisa por encontrarse de nuevo ante Ayla.

Pero Ayla no estaba en la caverna; había seguido a Jondalar al otro lado de la muralla y le vio correr a lo largo del valle. A veces a ella le entraban ganas de correr, pero se preguntó por qué habría emprendido tan veloz carrera de repente. ¿Sería por ella? Tocó con la mano la tierra caliente sobre el hoyo de asar, y después se dirigió hacia el bloque de roca. Jondalar, abstraído de nuevo en sus pensamientos, se sorprendió al ver a los dos animales junto a ella.

–Lo... lo siento, Ayla; no debería correr así.

–A veces yo necesito correr. Ayer Whinney corrió por mí. Ella llega más lejos.

–También lo siento mucho.

Ella asintió. Otra vez la cortesía. ¿Qué habría querido decir en realidad? En silencio se recostó contra Whinney, mientras la yegua dejaba caer la cabeza sobre el hombro de la mujer. Jondalar las había visto adoptar esa postura anteriormente, cuando Ayla estaba disgustada. Parecían sentirse mutuamente reconfortadas. A él también le producía satisfacción acariciar al potro.

Pero el caballito era demasiado impaciente para mantenerse tanto rato inactivo, a pesar de lo mucho que le agradaban los mimos. Alzó la cabeza, enderezó la cola y se alejó brincando. Entonces, con otro brinco de cabrito, se dio media vuelta, regresó y dio un topetazo al hombre como pidiéndole que fuera a jugar con él. Ayla y Jondalar soltaron la carcajada, y la tensión se disipó.

–Ibas a ponerle nombre –dijo Ayla. Era una afirmación y no encerraba por su parte el menor propósito de imposición. Si él no le daba nombre al caballo, sin duda lo haría ella.

–No sé qué nombre ponerle. Nunca he tenido que pensar en un nombre antes de ahora.

–Tampoco yo, hasta Whinney.

–¿Y a tu hijo?, ¿tú le pusiste nombre?

–Creb se lo puso. Durc era el nombre de un joven de una leyenda. Era mi predilecta entre todos los cuentos y leyendas. Creb lo sabía. Creo que escogió ese nombre para complacerme.

–No sabía que tu Clan tuviera leyendas. ¿Cómo se cuenta una historia sin palabras?

–Lo mismo que la cuentas con palabras, pero en algunos aspectos es más fácil contar algo por medio de gestos y ademanes.

–Supongo que es así –dijo Jondalar, preguntándose qué clase de historias contarían con semejante sistema. No se podía imaginar que los cabezas chatas fueran capaces de inventar historias.

Ambos estaban mirando al potro que, con la cola al viento y la cabeza hacia delante, disfrutaba de una buena carrera.«¡Qué semental va a ser!», pensaba Jondalar. «¡Qué corredor!»

–¡Corredor! –exclamó–. ¿Qué te parece si le ponemos Corredor? –había empleado la palabra tantas veces refiriéndose al potro que a éste le sentaba como anillo al dedo.

–Me gusta. Es un buen nombre. Pero para que sea suyo, hay que ponérselo oficialmente.

–¿Cómo se pone un nombre oficialmente?

–No estoy segura de que sea una ceremonia apropiada para un caballo, pero yo le puse nombre a Whinney del mismo modo que se pone nombre a los niños del Clan. Te enseñaré cómo hacerlo.

Seguidos por los caballos, Ayla le dirigió a un arroyo de la estepa que había sido lecho de un río, pero que llevaba seco tanto tiempo que estaba en parte relleno. Un lado había sido erosionado y mostraba las capas horizontales de los estratos. Ante el asombro de Jondalar, Ayla aflojó una capa de ocre rojo con un palito y recogió con ambas manos la tierra de un rojo oscuro. De vuelta al río, mezcló la tierra roja con agua hasta formar una pasta lodosa.

–Creb mezclaba el color rojo con grasa de oso cavernario, pero yo no tengo, y de todos modos creo que un lodo simple será mejor para un caballo: se seca y se le cae. Lo que cuenta es ponerle nombre; tendrás que sujetarle la cabeza.

Jondalar hizo unas señas; el potro tenía ganas de retozar, pero comprendió el gesto. Se quedó quieto mientras el hombre le pasaba un brazo alrededor del cuello y se lo rascaba. Ayla ejecutó varios movimientos en el Antiguo Idioma solicitando el favor de los espíritus. No quería que la ceremonia fuera demasiado seria. Todavía no estaba segura de que los espíritus no se ofendieran porque ponía nombre a un caballo, aunque el ponérselo a Whinney no había tenido malas consecuencias. Entonces tomó un puñado de lodo rojo.

–El nombre de este caballo macho es Corredor –dijo, haciendo los gestos mientras hablaba. A continuación untó de tierra roja y mojada la cara del animal, desde el mechón blanco de la frente hasta el extremo de su largo hocico.

Fue todo muy rápido, antes de que el potro pudiera zafarse del abrazo de Jondalar. En cuanto éste lo soltó se alejó dando pasos cortos, sacudiendo la cabeza y tratando de liberarse de aquella humedad desacostumbrada; después le dio un topetazo a Jondalar y le dejó una raya roja sobre su pecho desnudo.

–Creo que acaba de ponerme nombre a mí –dijo el hombre, sonriente. Luego, haciendo honor a su nombre, Corredor echó a correr por el campo. Jondalar se quitó la mancha rojiza del pecho–. ¿Por qué has empleado esto?, ¿la tierra roja?

–Es especial... santo... para espíritus –explicó Ayla.

–¿Sagrado? Nosotros decimos sagrado. La sangre de la Madre.

–La sangre, sí. Creb... el Mog-ur, frotó con un ungüento de tierra roja y grasa de oso cavernario el cuerpo de Iza, después de que su espíritu se fuera. Decía que era la sangre del nacimiento, para que Iza pudiera nacer en el otro mundo –recordarlo todavía le causaba pena.

Jondalar abrió mucho los ojos.

–Los cabezas chatas... quiero decir, tu Clan, ¿utiliza la tierra sagrada para enviar un espíritu al otro mundo? ¿Estás segura?

–Nadie queda debidamente enterrado de no ser así.

–Ayla, nosotros utilizamos la tierra roja. Es la sangre de la Madre. Se pone en el cuerpo y la tumba para que se lleve de regreso el espíritu a Su seno a fin de nacer de nuevo –una expresión de dolor cruzó por su rostro–. Thonolan no tuvo tierra roja.

–No tenía para él, Jondalar, y no contaba con el tiempo necesario para conseguirla. Tenía que traerte aquí, pues de lo contrario habría hecho falta una segunda tumba. Les pedí a mi tótem y al espíritu de Ursus, el Gran Oso Cavernario, que le ayudaran a encontrar su camino.

–¿Le enterraste? ¿Su cuerpo no quedó para los depredadores?

–Puse su cadáver junto a la muralla y desprendí una roca para que la grava y las piedras lo cubrieran. Pero no tenía tierra roja.

Para Jondalar, lo más difícil era la idea de los entierros de los cabezas chatas. Los animales no enterraban a sus muertos. Sólo los humanos se preocupaban en pensar de dónde procedían y adónde irían después de morir. ¿Podrían los espíritus del Clan guiar a Thonolan en su camino?

–Es más de lo que habría tenido mi hermano de no haber estado tú aquí, Ayla. Y yo tengo muchísimo más: tengo mi vida.

26

–Ayla, no recuerdo haber comido nunca nada tan sabroso. ¿Dónde aprendiste a guisar tan bien? –dijo Jondalar, sirviéndose al mismo tiempo otro trozo de la deliciosa y bien condimentada perdiz blanca.

–Iza me enseñó –¿dónde podría haber aprendido? Era el plato predilecto de Creb. Ayla no sabía por qué, pero la pregunta la irritó un poco. ¿Por qué no iba a saber cocinar?–. Una curandera sabe de hierbas, Jondalar: las que curan y las que dan sabor.

El captó el tono de fastidio en la voz de la joven y se preguntó cuál sería la causa. Sólo había querido felicitarla. La comida estaba buena; excelente, en realidad. Pensándolo bien, todo lo que ella preparaba era delicioso. Muchos de los alimentos resultaban desconocidos para él, pero una de las razones para viajar consistía en vivir nuevas experiencias, y aunque desconocida, la calidad era evidente.

«Y ella lo hace todo. Empezando por la infusión caliente de la mañana, lo hace con tal naturalidad que uno se olvida de todo lo que hace. Cazó, cosechó y cocinó esta comida. Lo proporcionó todo. Lo único que haces es comértelo, Jondalar. No has aportado nada. Lo has recibido todo y no has dado nada a cambio... menos que nada.

»Y ahora la felicitas... palabras. ¿Puedes reprocharle que se sienta fastidiada? Se alegrará cuando te vayas, sólo sirves para darle más trabajo.

»Podrías cazar un poco, por lo menos devolverle algo de la carne que has comido. De todos modos, eso sería muy poco, ¡después de todo lo que ha hecho por ti! ¿No se te ocurre nada más... duradero? Ya caza bastante bien ella sola. ¿De qué serviría un poco más de caza?

»Pero, ¿cómo lo consigue con esa lanza tan rudimentaria? Me pregunto..., ¿le parecería que estoy insultando a su Clan si yo... le ofreciera...?»

–Ayla... yo, ejem... me gustaría decirte algo, pero no quisiera ofenderte.

–¿Por qué te preocupa ahora ofenderme? Si tienes algo que decir, dilo –su irritación era patente, y él sintió tanta pena que en poco estuvo que se quedara callado.

–Tienes razón. Es un poco tarde. Pero me preguntaba... ejem... ¿Cómo cazas con esa lanza?

La pregunta la intrigó.

–Abro una zanja y corro; no: provoco una estampida en una manada, hacia la zanja. Pero el invierno pasado...

–¡Una trampa! Por supuesto, entonces puedes acercarte lo suficiente para usar esa lanza. Ayla, has hecho tanto por mí que quisiera hacer algo por ti antes de marcharme, algo que valga la pena. Pero no quiero que mi sugerencia te ofenda. Si no te gusta, lo olvidas y ya está. ¿De acuerdo?

Ella asintió con la cabeza, algo aprensiva pero curiosa.

–Tú eres... eres una buena cazadora, especialmente considerando tu arma, pero creo que puedo enseñarte la manera de hacerlo más fácil, con una mejor arma de caza, si me lo permites.

El fastidio de Ayla se evaporó.

–¿Quieres eseñarme a usar un arma mejor para cazar?

–Y una manera más fácil de cazar... a menos que no quieras. Hará falta algo de práctica...

Ayla meneó la cabeza, incrédula.

–Las mujeres del Clan no cazan, y ningún hombre quería que yo cazara... ni siquiera con la honda. Brun y Creb sólo lo permitieron para apaciguar mi tótem. El León Cavernario es un poderoso tótem masculino, y les hizo saber que él quería que yo cazara. No se atrevieron a desafiarlo –de repente recordó una escena, viva aún en su memoria–. Hicieron una ceremonia especial –se tocó la pequeña cicatriz que tenía en la garganta–. Creb sacó sangre de mi cuello como sacrificio a los antiguos, para convertirme en la Mujer que Caza.

»Cuando encontré este valle, la única arma que conocía era mi honda. Pero una honda no basta, de modo que hice lanzas como las que utilizaban los hombres, y aprendí a cazar con ellas, lo mejor que pude. Nunca creía que un hombre me quisiera enseñar una manera mejor de hacerlo –se detuvo y se miró el regazo, súbitamente abrumada–. Te lo agradecería muchísimo, Jondalar. No puedo decirte cuánto».

Las líneas de tensión que surcaban la frente del hombre se borraron. Creyó ver que brillaba una lágrima. ¿Significaría eso tanto para ella? ¡Y él que pensó que no lo tomaría a bien! ¿Llegaría a comprenderla algún día? Cuanto más la conocía, menos sabía de ella. ¿Aprendería sola?

–Necesitaré hacer algunas herramientas especiales y algunos huesos; los de pata de ciervo que encontré servirán, pero hará falta remojarlos. ¿Tienes algún recipiente que pueda servir para remojar huesos?

–¿De qué tamaño lo quieres? Tengo muchos recipientes –dijo, levantándose.

–Puedo esperar a que termines de comer, Ayla.

Ya no tenía ganas de comer: estaba demasiado excitada. Pero él no había terminado. Ayla se volvió a sentar y se puso a picotear la comida hasta que él se dio cuenta de que no comía.

–¿Quieres que busquemos ahora entre los recipientes? –preguntó.

Ayla se puso de pie de un salto, se fue al área de almacenamiento y regresó a buscar una lámpara de piedra; estaba oscuro el fondo de la cueva. Entregó la lámpara a Jondalar mientras ella descubría canastos, tazones y recipientes de corteza de abedul que estaban recogidos y metidos unos dentro de otros. El alzaba la lámpara para alumbrar mejor, y echó una mirada a su alrededor. Había allí mucho más de lo que ella pudiera necesitar.

–¿Tú has hecho todo eso?

–Sí –contestó, buscando entre los montones.

–Te habrá llevado días... lunas... estaciones. ¿Cuánto tiempo empleaste?

Ayla trató de hallar el modo de contestar.

–Estaciones, muchas estaciones. La mayor parte las hice durante la estación fría. No tenía otra cosa que hacer. ¿Alguno de éstos es del tamaño conveniente?

Jondalar miró los recipientes que ella había sacado y eligió varios, más por examinar la artesanía que por escoger. Resultaba difícil de creer. Por muy hábil que fuera o muy rápida con sus manos, habría tardado mucho en hacer las canastas finamente trenzadas y los tazones de fino acabado. ¿Cuánto tiempo llevaría allí sola?

–Este estaría bien –dijo, escogiendo un tazón grande en forma de artesa con los laterales altos. Ayla recogió todo lo demás ordenadamente y lo volvió a guardar mientras Jondalar sostenía la lámpara.

«Tenía que ser poco más que una niña cuando llegó», pensaba Jondalar. «No es mayor, ¿o sí?» Era difícil de apreciar. Tenía una presencia sin edad, cierta ingenuidad que casaba mal con su cuerpo pleno y maduro de mujer. Había dado a luz; era una mujer de pies a cabeza. «Me pregunto qué edad tendrá.»

Bajaron por el sendero; Jondalar llenó de agua el tazón y examinó los huesos de pata que había encontrado en el depósito de desechos.

–Este tiene una raja que no había visto –dijo, mostrándole el hueso antes de descartarlo. Los demás los metió en el agua. Mientras regresaban a la cueva, trató de calcular la edad de Ayla. «No puede ser demasiado joven... es una curandera demasiado experta. Pero, ¿será de mi misma edad?»

–Ayla, ¿cuánto tiempo hace que llegaste aquí? –preguntó mientras entraban en la cueva, sin poder dominar más su curiosidad.

Ella se detuvo sin saber qué contestar ni cómo podría hacerle comprender. Recordó sus varas de contar, pero aun cuando Creb le había enseñado cómo hacer las marcas, se suponía que ella no debía saberlo. Jondalar tal vez no lo aprobara. «Pero ya se va a marchar», pensó.

Sacó un haz de las varas que había marcado diariamente, lo desató y las extendió.

–¿Qué es eso? –preguntó Jondalar.

–Me has preguntado cuánto tiempo hace que llegué. No sé cómo decírtelo, pero desde que encontré este valle, he hecho una muesca en una vara cada noche. He estado aquí tantas noches como marcas hay en mis varas.

–¿Sabes cuántas marcas hay?

Ayla recordó lo frustrada que se había sentido cuando trató de sacar algo en limpio de sus varas marcadas.

–Tantas como las que hay –contestó.

Jondalar cogió una de las varas, intrigado. Ayla no sabía las palabras para contar, pero tenía cierta intuición. Ni siquiera todos los de su Caverna las captaban plenamente. La magia poderosa de su significado no les era concedida a todos. Zelandoni le había explicado algunas. El no conocía toda la magia que encerraban, pero sabía más que muchos que no habían tenido la vocación. ¿Dónde habría aprendido Ayla a marcar las varas? ¿Cómo una persona criada por cabezas chatas podría tener alguna noción de las palabras para contar?

–¿Cómo aprendiste a hacer esto?

–Me enseñó Creb; hace mucho. Cuando era una niña pequeña.

–Creb..., ¿el hombre en cuyo hogar vivías? ¿El sabía lo que significaban? ¿No estaba haciendo señales y nada más?

–Creb era... Mog-ur... hombre santo. El Clan volvía los ojos hacia él para saber cuál era el momento conveniente para ciertas ceremonias, como los días de imponer nombres o las Reuniones del Clan. Así era como sabía. No creo que pensara que yo pudiera comprender... es difícil incluso para los mog-ures. Me enseñó para que no estuviera haciéndole preguntas todo el tiempo. Después me dijo que no hablara más de ello. Una vez, cuando era ya mayor, me sorprendió marcando los días del ciclo de la luna y se enojó mucho.

–Ese... Mog-ur –a Jondalar le resultaba difícil la pronunciación–. ¿Era un santo, alguien sagrado, como un Zelandoni?

–Yo no sé. Tú dices Zelandoni cuando hablas de curar. Mog-ur no era curandero. Iza conocía las plantas y las hierbas... era curandera. Mog-ur conocía los espíritus. El la ayudaba hablándoles.

–Un Zelandoni puede ser curandero o puede tener otras facultades. Un Zelandoni es alguien que ha recibido la llamada para Servir a la Madre. Algunos no tienen facultades especiales, sólo el deseo de servir. Pueden hablar a la Madre.

–Creb tenía otras facultades. Era el más alto, el más poderoso. Podía... hacía... no sé cómo explicarlo.

Jondalar asintió; no siempre era fácil explicar las facultades de un zelandoni, pero también eran guardianes de un conocimiento especial. Volvió la mirada hacia las varas.

–Y eso –dijo, señalando las marcas especiales—, ¿qué significa?

–Es... es mi... –dijo Ayla, ruborizándose–, es mi feminidad –explicó, tratando de encontrar la expresión correcta.

Se suponía que las mujeres del Clan evitaban a los hombres durante la menstruación, y los hombres las ignoraban por completo. Las mujeres sufrían el ostracismo parcial, la maldición femenina, porque temían la fuerza vital misteriosa que capacitaba a la mujer para dar vida. Impregnaba el espíritu de su tótem con una fortaleza extraordinaria que combatía las esencias de los totems de los hombres. Cuando una mujer sangraba, significaba que su tótem había vencido y herido la esencia del tótem masculino, que lo había expulsado. Ningún hombre deseaba que el espíritu de su tótem se viera arrastrado a batallar en esos momentos.

Pero Ayla se había visto ante un dilema poco después de llevar al hombre a la caverna. No podía mantenerse en un aislamiento estricto cuando se inició la hemorragia, ya que él apenas tenía un soplo de vida y necesitaba ser atendido constantemente. Tuvo que ignorar el mandato. Más adelante trató de que su contacto con él, durante esos momentos, fuera lo más breve posible, pero no podía evitarlo del todo puesto que ambos compartían la cueva. Y tampoco podía limitarse exclusivamente a las tareas femeninas, como era la práctica del Clan. No había otras mujeres para sustituirla. Ella tenía que cazar para el hombre, guisar para el hombre, y éste quería que ella compartiera sus comidas.

Lo único que pudo hacer para conservar cierta apariencia de decoro femenino fue evitar cualquier referencia al asunto y cuidarse en privado, para mantener el hecho lo más oculto posible. Entonces, ¿cómo iba a poder contestar a la pregunta?

Pero él aceptó su manifestación sin el menor asomo de reparos ni recelos. No pudo descubrir la menor señal de que se sintiera molesto o turbado.

–La mayoría de las mujeres llevan una especie de recordatorio. ¿Quién te enseñó a hacerlo, Creb o Iza?

Ayla agachó la cabeza para disimular su confusión.

–No, yo lo hice para saber. No quería encontrarme lejos de la caverna sin estar preparada.

El gesto de asentimiento del hombre la sorprendió.

–Las mujeres cuentan una historia sobre las palabras para contar –prosiguió–. Dicen que Lumi, la Luna, es amante de la Gran Madre Tierra. Los días que Doni sangra, no quiere compartir los placeres con él. Eso le enoja y lastima su orgullo; se aparta de Ella y esconde su luz. Pero no puede permanecer lejos mucho tiempo; se siente solitario, echa de menos su cuerpo lleno y cálido, y entonces acecha para verla. Sin embargo, Doni está disgustada y no quiere mirarle. Pero cuando él vuelve y brilla para Ella en todo su esplendor, no puede resistírsele. Se abre a él una vez más y ambos son felices. A eso se debe que muchos de sus festivales se celebren cuando hay luna llena. Las mujeres dicen que sus fases van con las de la Madre... cuando sangran dicen que es tiempo de Luna, y saben cuándo esperarlo vigilando a Lumi. Afirman que Doni les enseñó las palabras de contar para que pudieran saber incluso cuándo la luna está oculta tras las nubes, pero ahora se utilizan para cosas más importantes.

Si bien la desconcertaba oír a un hombre hablar con tanta naturalidad de asuntos íntimamente femeninos, Ayla quedó fascinada por la historia.

–A veces observo la luna –dijo–, pero también marco la vara. ¿Qué son las palabras para contar?

–Son... nombres para las marcas de tus varas, para empezar, y para otras cosas también. Se emplean para decir el número de... todo. Pueden decir cuántos ciervos ha visto un explorador o a cuántos días de distancia se encuentran. Si es una manada numerosa, por ejemplo el bisonte en otoño, entonces un Zelandoni debe ir a observar la manada; desde luego ha de ser uno que conozca la manera especial de utilizar las palabras para contar.

Una corriente interior de anticipación recorrió a la mujer; casi podía comprender lo que le estaba diciendo Jondalar. Sentía que estaba al borde de resolver preguntas cuyas respuestas se le habían escapado hasta aquel momento.

El hombre alto y rubio examinó el montón de piedras redondas para cocer y las cogió con ambas manos.

–Deja que te enseñe –dijo. Las puso en fila y, señalándolas de una en una, comenzó a contar–: Uno, dos, tres, cuatro, cinco, seis, siete...

Ayla le observaba con una excitación que iba en aumento.

Cuando terminó, miró a su alrededor para hallar algo más que contar y cogió unas cuantas de las varas marcadas por Ayla y volvió a contar.

–Una –dijo, dejando la primera en el suelo–, dos –y puso la siguiente a su lado–, tres, cuatro, cinco...

Ayla recordó claramente cuando Creb le dijo: «Año del nacimiento, año de caminar, año de destete...», señalando cada uno de los dedos.

–Uno, dos, tres, cuatro, cinco.

–¡Eso es! ¡Estaba seguro de que andabas cerca, al ver tus varas!

La sonrisa de Ayla era triunfante, gloriosa. Cogió una de las varas y se puso a contar las marcas. Jondalar prosiguió con las palabras que ella no sabía aún, pero incluso así, tuvo que detenerse poco después de la segunda marca especial. Arrugó el entrecejo, concentrándose.

–¿Esto es el tiempo que llevas aquí? –preguntó, indicando las varas que había sacado.

–No –contestó Ayla, y fue a buscar las demás. Desatando los haces, extendió todas las varas.

Jondalar se acercó para mirar y palideció. Se le revolvió el estómago: ¡años!, ¡esas marcas representan años! Las alineó para poder ver todas las marcas y las estudió un rato. Aun cuando Zelandoni le había explicado algunas maneras de calcular números más altos, tenía que pensar.

Entonces sonrió. En vez de tratar de contar los días, contaría las señales especiales, las que representaban un ciclo completo de las fases de la luna así como el principio de su tiempo lunar. Señalando cada marca, hizo una señal en la tierra al decir en voz alta la palabra contar. Al cabo de trece señales, comenzó otra hilera pero saltándose la primera señal como se lo había explicado Zelandoni, y sólo hizo doce señales. Los ciclos lunares no se ajustaban a las estaciones o los años. Llegó al final de sus señales al terminar la tercera hilera, y miró a Ayla lleno de pasmo.

–¡Tres años! ¡Llevas tres años aquí! Es el tiempo que yo llevo de Viaje. ¿Has estado sola todo ese tiempo?

–He tenido a Whinney, y hasta...

–Pero, ¿no has visto gente?

–No; no desde que dejé el Clan.

Ella pensaba en los años a la manera en que los había calculado. Al principio, cuando dejó el Clan, encontró el valle y adoptó la potrilla: lo llamó el año de Whinney. La primavera siguiente, al inicio del ciclo del renacer de la naturaleza, encontró al cachorro de león, y pensó en ese año como el de Bebé. Del año de Whinney al de Bebé, estaba el de Jondalar, es decir, un año después fue el año del garañón: dos. Y tres fue el año de Jondalar y el potro. Ella recordaba mejor los años a su manera, pero le gustaban las palabras para contar. El hombre había logrado que las señales le indicaran cuánto tiempo llevaba en el valle, y ella deseaba aprender a hacerlo igual que él.

–¿Sabes la edad que tienes, Ayla? ¿Cuántos años has vivido? –preguntó repentinamente Jondalar.

–Déjame que lo piense –contestó. Alzó una mano con los dedos extendidos–. Creb decía que Iza calculó que yo tendría éstos... cinco años... cuando me encontraron –Jondalar hizo cinco rayas en el suelo–. Durc nació la primavera del año que fuimos a la Reunión del Clan. Me lo llevé. Creb dijo que hay estos años entre las Reuniones del Clan –y agregó dos dedos más a los cinco de la otra mano.

–Son siete –dijo Jondalar.

–Hubo una Reunión del Clan el verano antes de que me encontraran.

–Es uno menos. Déjame pensar –dijo, haciendo más rayas en el suelo. Entonces meneó la cabeza–. ¿Estás segura? Eso significa que tu hijo nació cuando tenías once años.

–Estoy segura, Jondalar.

–He oído de algunas mujeres que daban a luz tan jóvenes, pero no muchas. Trece o catorce es más común, y hay quien cree que es una edad demasiado temprana. Tú misma eras poco más que una niña.

–No. No era una niña. Para entonces no era una niña desde hacía varios años. Era demasiado alta para ser una niña, más alta que los demás, incluyendo a los hombres. Y era ya más vieja que la mayoría de las niñas cuando se convierten en mujeres –su boca se torció en una sonrisa crispada–. No creo que pudiera haber esperado más. Algunos creían que nunca sería mujer porque tengo un tótem masculino tan fuerte. Iza se puso tan contenta cuando... cuando comenzaron los tiempos de la luna. Y también yo hasta que... –se borró la sonrisa–. Fue el año de Broud. El siguiente fue el año de Durc.

–El año antes de que naciera tu hijo... ¡diez! ¡Tenías diez años cuando te forzó! ¿Cómo pudo hacerlo?

–Yo era una mujer, más alta que la mayoría de las mujeres. Más alta que él.

–Pero no más fuerte que él. ¡He visto algunos de esos cabezas chatas! Tal vez no sean altos pero son poderosos. No quisiera tener que pelear con uno de ellos cuerpo a cuerpo.

–Son hombres, Jondalar –corrigió Ayla con dulzura–. No son cabezas chatas... son hombres del Clan.

Eso le cortó en seco. Por muy bajo que hablara, tenía la mandíbula tensa.

–Después de lo ocurrido, ¿insistes en que no era un animal?

–Puedes decir que Broud es un animal porque me forzó, pero entonces, ¿cómo llamas a los hombres que fuerzan a las mujeres del Clan?

El no lo había considerado exactamente de esa manera.

–Jondalar, no todos los hombres eran como Broud. La mayoría no lo eran. Creb no lo era: era gentil y bondadoso a pesar de ser un poderoso Mog-ur. Brun no lo era, aunque era el jefe; tenía una voluntad fuerte, pero era justo. Me aceptó en su Clan. Tenía que hacer ciertas cosas, era la costumbre del Clan, pero me honró con su gratitud. Los hombres del Clan no suelen mostrar agradecimiento a las mujeres en público. El me permitió cazar, aceptó a Durc. Cuando me marché, prometió protegerle.

–¿Cuándo te marchaste?

Ayla se detuvo a pensar. El año de nacer, el año de caminar, el año del destete.

–Durc tenía tres años cuando me marché.

Jondalar agregó tres rayas más.

–¿Tenías catorce años?, ¿sólo catorce? ¿Y desde entonces has vivido aquí sola? ¿Durante tres años? –contó todas las rayas–. Ayla, tienes diecisiete años. Y en tus diecisiete años has vivido toda una vida.

Ayla se quedó sentada en silencio un rato, pensativa; entonces dijo:

–Ahora Durc tiene seis años. Los hombres le estarán llevando al campo de prácticas. Grod le hará una buena lanza, para su tamaño, y Brun le enseñará a usarla. Y si vive aún Zoug le enseñará a usar la honda. Durc practicará la caza de animales pequeños con su amigo Grev. Durc es más joven pero más alto que Grev. Siempre fue alto para su edad... lo heredó de mí. Puede correr aprisa; ninguno puede correr tanto como él. Y maneja bien la honda. Y Uba le quiere. Le quiere tanto como yo.

Ayla no se dio cuenta de que se le caían las lágrimas hasta que respiró hondo y se le escapó un sollozo, y sin saber cómo, se encontró en los brazos de Jondalar con la cabeza sobre el hombro de él.

–Todo está bien, Ayla –dijo el hombre, dándole golpecitos suaves. Madre a los once años, arrancada de su hijo a los catorce. Sin poder verle crecer, sin ni siquiera estar segura de que sigue con vida. «Está convencida de que alguien le quiere y le cuida y le enseña a cazar... como a cualquier otro niño.»

Ayla se sentía deshecha cuando finalmente alzó la cabeza del hombro de Jondalar, pero también se sentía más ligera, como si su pensamiento pesara menos sobre ella. Era la primera vez, desde que dejó el Clan, que compartía su pérdida con otra alma humana. Le sonrió, agradecida.

El le sonrió también con ternura y compasión, y algo más que surgía de la fuente inconsciente de su yo interior y se mostraba en las profundidades azules de sus ojos; algo que encontró en la mujer, una fibra sensible, correspondiéndole. Pasaron un buen rato prendidos en el abrazo íntimo de ojos silenciosos pero sinceros, declarando en silencio lo que no dirían en voz alta.

La intensidad del momento fue excesiva para Ayla; todavía no estaba acostumbrada a la mirada directa. Logró arrancarse a la contemplación y se puso a recoger las varas marcadas. Jondalar tardó un poco en reponerse y ayudarla a atar las varas en haces. Trabajar junto a ella le daba más conciencia aún de su plenitud cálida y de su agradable olor a mujer que cuando la estaba consolando entre sus brazos. Y Ayla experimentó una sensación retroactiva de los puntos en que se habían unido sus cuerpos, donde sus manos suaves la habían tocado, y el sabor a sal del cutis del hombre mezclado con sus lágrimas.

Ambos se percataron de que se habían tocado sin que ninguno de los dos se hubiera ofendido, pero evitaron cuidadosamente mirarse directamente o rozarse, temerosos de que pudiera estropearse su momento espontáneo de ternura.

Ayla recogió sus varas y se volvió hacia el hombre.

–¿Cuántos años tienes tú, Jondalar?

–Tenía dieciocho al iniciar mi viaje. Thonolan tenía quince... y dieciocho al morir. ¡Tan joven! –su expresión delató su dolor; después prosiguió–. Ahora tengo veintiún años. Soy viejo para estar soltero. La mayoría de los hombres han encontrado una mujer y formado un hogar a una edad mucho menor. Incluso Thonolan. Tenía dieciséis en su Matrimonial.

–Sólo encontré dos hombres... ¿dónde está su compañera?

–Falleció al dar a luz. También su hijo murió –los ojos de Ayla se llenaron de compasión–. Por eso reanudamos el Viaje; no podía quedarse allí. Desde el principio éste fue más su Viaje que el mío. Siempre andaba en busca de la aventura, siempre inquieto. Se atrevía a todo, pero todos le querían. Yo me limitaba a viajar con él. Thonolan era mi hermano, y el mejor amigo que he tenido. Cuando murió Jetamio, traté de persuadirle para que regresara conmigo a nuestra tierra, pero no quería. Estaba tan abrumado por el dolor que deseaba seguirla al otro mundo.

Ayla recordó la inmensa desolación de Jondalar cuando se enteró de que había muerto su hermano, y se dio cuenta de que el dolor seguía siendo igual de profundo.

–Quizá sea más feliz, si era eso lo que deseaba. Es difícil seguir viviendo cuando se pierde a alguien tan amado –dijo con dulzura.

Jondalar recordó la pena inconsolable de su hermano y la comprendió mejor ahora. Tal vez Ayla tuviera razón. Ella tenía que saberlo, había sufrido suficientes penalidades y dolores; pero había decidido vivir. Thonolan tenía valor, era impetuoso y arrojado; el valor de Ayla consistía en sobrevivir.

Ayla no durmió bien, y las vueltas y movimientos que advertía al otro lado del fuego le hacían preguntarse si también Jondalar estaría despierto. Habría querido levantarse y acudir a su lado, pero el clima de ternura compasiva que había surgido al calor de penas compartidas parecía tan frágil, que temía echarlo a perder pidiendo más de lo que él estuviera dispuesto a dar.

A la luz tenue del fuego cubierto, podía ver la forma del cuerpo del hombre envuelto en pieles con un brazo moreno por el sol y una pantorrilla musculosa, con el talón en el suelo. Lo veía más claramente si cerraba los ojos que cuando los abría hacia el bulto que respiraba al otro lado. Su cabello lacio y amarillo atado con un trozo de correa, su barba, más oscura y rizada; sus sorprendentes ojos que decían más que sus palabras, y sus manos grandes, sensibles, de dedos largos, eran algo más profundo que una visión interior. El sabía siempre qué hacer con las manos, ya fuera al sostener un trozo de pedernal o al encontrar el lugar exacto para rascar al potro. Corredor; era un buen nombre. El hombre se lo había puesto.

¿Cómo podía ser tan amable un hombre tan alto y tan fuerte? Ella había sentido sus músculos duros, los había sentido moviéndose cuando la consolaba. No tenía... vergüenza en mostrar atenciones, en manifestar dolor. Los hombres del Clan era más distantes, más reservados. Hasta el propio Creb: bien sabía ella cuánto la quería, y sin embargo, no había mostrado tan abiertamente sus sentimientos ni siquiera entre los límites de las piedras de su hogar.

¿Qué iba a hacer cuando se quedara sola? No quería pensar en eso. Pero tenía que afrontarlo: Jondalar iba a marcharse. Dijo que deseaba dejarle algo antes de irse... dijo que se iba.

Ayla se pasó la noche dando vueltas y agitándose, mirando de cuando en cuando su bronceado torso desnudo, la nuca y los anchos hombros; y alguna que otra vez, su muslo derecho con una cicatriz en zigzag, pero curada. ¿Por qué habría sido enviado? Ella estaba aprendiendo nuevas palabras..., ¿sería para enseñarla a hablar? Además, a fin de que pudiera cazar con más facilidad, iba a adiestrarla en un sistema nuevo. ¿Quién habría imaginado que un hombre estuviera dispuesto a enseñarle una nueva habilidad para la caza? Jondalar también era distinto de los hombres del Clan en ese aspecto. «Quizá pueda hacer algo especial para él, de manera que me recuerde», pensó.

Ayla se adormeció pensando en las ganas que tenía de que él la abrazara de nuevo, de sentir su calor, su piel contra la de ella. Despertó justo antes del alba soñando que Jondalar caminaba por la estepa en invierno, y entonces supo lo que quería hacer. Quería hacer algo que siempre estuviera contra su piel, algo que le diera calor.

Se levantó sigilosamente, buscó la ropa que le había cortado del cuerpo aquella primera noche, y la llevó junto al fuego. Todavía estaba tiesa por la sangre seca, pero si la dejaba en remojo podría ver cómo estaba hecha. La camisa, con aquel diseño fascinante, podría arreglarse, pensó, con sólo sustituir las piezas para los brazos. El pantalón debería ser reconstruido con material nuevo, pero podría salvar parte de la parka. Las abarcas estaban intactas, sólo habría que ponerles correas nuevas.

Se inclinó hacia los carbones rojos para examinar las costuras: había unos orificios perforados en las pieles, junto a los bordes; después habían sido unidos con tiras de tendón y de cuero fino. Ya lo había visto antes, la noche en que le desnudó; no estaba segura de poder reproducir las prendas, pero podía intentarlo.

Jondalar se agitó, y Ayla aguantó la respiración. No quería que la sorprendiera con sus ropas en las manos; no quería que supiera nada antes de que estuviera terminado. El hombre se tranquilizó de nuevo, y su respiración adquirió el ritmo de un sueño profundo. Ayla hizo un bulto con la ropa y la escondió bajo las pieles de su cama. Más tarde podría rebuscar entre sus montones de pieles curtidas para escoger las que iba a utilizar.

Una luz pálida comenzó a filtrarse por las aberturas de la caverna; un ligero cambio en su respiración y sus movimientos indicó a la mujer que Jondalar se despertaría pronto. Echó leña al fuego junto con piedras para calentar, y preparó la canasta-olla. La bolsa de agua estaba casi vacía, y la infusión sabía mejor con agua fresca. Whinney y su potro estaban en pie al otro lado de la cueva, y Ayla se detuvo al oír resoplar suavemente a la yegua.

–Tengo una idea maravillosa –dijo a la yegua en el silencioso lenguaje de señales, sonriendo–. Voy a hacerle a Jondalar algo de ropa, su tipo de ropa. ¿Crees que le gustará? –entonces dejó de sonreír; pasó un brazo por el cuello de Whinney, y el otro alrededor de Corredor, e inclinó la cabeza contra la yegua. «Entonces me dejará», pensó. No podía obligarle a quedarse; sólo podía ayudarle a marcharse.

Bajó el sendero con la primera luz del amanecer, tratando de olvidar su triste futuro sin Jondalar y de consolarse con la idea de que la ropa que le haría estaría pegada a su cuerpo. Se quitó el manto para darse un baño matutino de corta duración; después halló una ramita del tamaño deseado y llenó la bolsa de agua.

«Esta mañana probaré algo distinto», pensó; «hierba dulce y manzanilla». Peló la ramita, la colocó junto a la taza y puso a remojo las hierbas. «Las grosellas están maduras, creo que recogeré algunas.»

Puso la infusión caliente para Jondalar, cogió una canasta y salió de nuevo. Corredor y la yegua la siguieron y se pusieron a pacer la hierba junto a las grosellas. También extrajo zanahorias silvestres, pequeñas y de un amarillo pálido, y chufas blancas y feculentas, que estaban buenas crudas, aunque las prefería cocidas.

Cuando regresó, Jondalar estaba fuera, en el saliente soleado. Le hizo señas mientras lavaba las raíces, después las subió y las agregó a un caldo que había empezado a hacer con carne seca. Lo probó, espolvoreó algunos condimentos secos y dividió las grosellas en dos raciones, antes de servirse una taza de infusión fría.

–Manzanilla –dijo Jondalar– y no sé qué más.

–No sé cómo lo llamas, es algo así como hierba con sabor dulce. Ya te enseñaré la planta –vio que los útiles para hacer herramientas estaban fuera, además de varias de las hojas que había tallado la vez anterior.

–Creo que comenzaré temprano –dijo, al verla interesada–. Antes que nada tengo que hacer algunas herramientas.

–Ya es hora de ir de cacería. ¡La carne seca es tan magra! Los animales tendrán algo de grasa, ahora que la estación está avanzada. Tengo ganas de comer un asado de carne fresca con chorretes de grasa.

Jondalar sonrió.

–Sólo de oírtelo decir ya parece delicioso. Lo digo en serio. Ayla, eres una cocinera notablemente buena.

Ayla se ruborizó y agachó la cabeza. Era agradable saber que lo pensaba, pero curioso que se fijara en algo tan natural.

–No quería causarte embarazo alguno.

–Iza solía decir que las felicitaciones hacen que los espíritus sientan celos. Hacer bien una tarea debería ser suficiente.

–Creo que Marthona e Iza se habrían llevado bien. Tampoco le agradan los cumplidos. Solía decir: «El mejor cumplido es una tarea bien hecha.» Sin duda, todas las madres son iguales.

–¿Marthona es tu madre?

–Sí. ¿No te lo había dicho?

–Quizá sí, pero no estaba segura. ¿Tienes hermanos? ¿Además del que perdiste?

–Tengo un hermano mayor, Joharran. Es ahora el jefe de la Novena Caverna. Nació en el hogar de Joconan. Cuando éste murió, mi madre se unió a Dalanar. Yo nací en su hogar. Entonces Marthona y Dalanar cortaron el nudo, y ella se casó con Willomar. Thonolan nació en su hogar, y también Folara, mi hemana menor.

–Tu viviste con Dalanar, ¿verdad?

–Sí, tres años. Me enseñó mi oficio... aprendí con el mejor. Yo tenía doce años cuando fui a vivir con él, y era un hombre desde hacía casi un año. Mi virilidad me llegó muy pronto, y también era corpulento para mi edad –una expresión extraña, enigmática, pasó por su rostro–. Lo mejor era que me marchara –entonces sonrió–. Fue entonces cuando conocí a Joplaya, mi prima. Es hija de Jerika y ha nacido en el hogar de Dalanar después de que se casaran. Tiene dos años menos. Dalanar nos enseñó a trabajar el pedernal a los dos juntos. Era una auténtica competencia; por eso nunca le voy a decir lo bien que lo hace. Pero lo sabe. Tiene buen ojo y mano firme... algún día será tan buena como Dalanar.

Ayla guardó silencio un momento.

–Hay algo que todavía no comprendo del todo, Jondalar. Folara tiene la misma madre que tú, de modo que es tu hermana, ¿no es cierto?

–Sí.

–Tu naciste en el hogar de Danalar, y Joplaya nació en el hogar de Dalanar, y es tu prima. ¿Qué diferencia hay entre hermana y prima?

–Hermanos y hermanas vienen de la misma madre. Los primos no son tan próximos. Yo nací en el hogar de Dalanar... probablemente soy de su espíritu. La gente dice que nos parecemos. Creo que también Joplaya es de su espíritu; su madre es bajita pero ella es alta, como Dalanar. No tan alta, pero sí un poco más alta que tú, Ayla. Nadie sabe con seguridad de quién es el espíritu que la Gran Madre escoge para mezclarlo con el de una mujer, de modo que Joplaya y yo podemos ser del espíritu de Dalanar, pero, ¿quién sabe? Por eso somos primos.

Ayla asintió con la cabeza.

–Quizá Uba sea prima, pero para mí fue hermana.

–¿Hermana?

–No éramos verdaderamente hermanas. Uba era hija de Iza, nació después de que me recogieran. Iza decía que ambas éramos sus hijas –los pensamientos de Ayla se volvieron hacia dentro–. Uba se emparejó, pero no con el hombre que ella hubiera escogido. Pero entonces, el otro hombre sólo habría podido emparejarse con su hermana, y en el Clan los hermanos no pueden emparejarse.

–Nosotros no casamos hermanos con hermanas –dijo Jondalar–. Por lo general no nos casamos entre primos tampoco, aunque no está totalmente prohibido; no está bien visto. Hay ciertas clases de primos más aceptables que otras.

–¿Qué clase de primos hay?

–Muchas clases, unos más próximos que otros. Los hijos de las hermanas de tu madre son tus primos, los hijos de la compañera del hermano de tu madre; los hijos de...

–¡Es demasiado complicado! ¿Cómo sabes quién es primo y quién no? Casi todo el mundo podría ser primo... ¿Con quién puede uno emparejarse entonces en tu Caverna?

–No suele uno casarse con alguien de su misma Caverna. Por lo general es con alguien que se conoce en la Reunión de Verano. Yo creo que a veces está permitido casarse con primos porque tal vez se ignore que la persona con quien va uno a hacerlo está relacionada hasta que se investigan los lazos... las relaciones. Por lo general, la gente conoce a sus primos más cercanos, aunque vivan en otra Caverna.

–¿Como Joplaya?

Jondalar asintió con la cabeza, porque tenía la boca llena de grosellas.

–Jondalar, ¿y si no fueran los espíritus los que hacen hijos? ¿Y si fuera el hombre? ¿No significaría eso que los hijos son tanto del hombre como de la mujer?

–El bebé crece dentro de la mujer, Ayla. Proviene de ella.

–Entonces, ¿por qué se unen el hombre y la mujer?

–¿Por qué nos dio la Madre la Dádiva del Placer? Tendrás que preguntarle eso a Zelandoni.

–¿Por qué dices siempre «la Dádiva del Placer»? Hay muchas cosas que hacen feliz a la gente y le proporcionan placer. ¿Le causa tanto placer a un hombre meter su órgano dentro de una mujer?

–No sólo al hombre, también a la mujer... pero tú no sabes, ¿verdad? No tuviste Primeros Ritos. Un hombre te abrió, te hizo mujer, pero no es lo mismo. ¡Fue vergonzoso! No sé cómo pudieron permitir que eso pasara.

–No comprendían, sólo veían lo que él hacía. Lo que él hacía no era vergonzoso, sólo la manera en que lo hizo. No lo hizo por Placeres... Broud lo hizo con odio. Yo sentí dolor, ira, pero vergüenza, no. Y tampoco placer. No sé si Broud inició mi bebé, Jondalar, o si me hizo mujer para que pudiera tener uno, pero mi hijo me hizo feliz. Durc fue mi placer.

–La Dádiva de la Vida que nos hace la Madre es una dicha, pero hay algo más en la unión de un hombre y una mujer. Eso también es una Dádiva, y debe hacerse con gozo en Su honor.

«Tal vez haya cosas que tú también ignoras», pensó Ayla. «Pero parece tan seguro. ¿Tendrá razón?» Ayla no le creía del todo, pero se interrogaba sobre el particular.

Después de la comida, Jondalar pasó a la parte ancha y plana del saliente donde estaban preparados sus utensilios. Ayla le siguió y se sentó cerca de él. Jondalar extendió las hojas que había hecho, para poder compararlas. Diferencias ínfimas hacían algunas más apropiadas para ciertas herramientas que otras. Escogió una hoja, la sostuvo frente al sol y se la mostró.

La hoja tenía más de diez centímetros de largo y menos de tres de ancho. La estría en medio de su cara exterior era recta, y se ahusaba regularmente desde el borde hasta alcanzar unas aristas tan finas que la luz las atravesaba. Formaba una curva hacia arriba, hacia su suave cara bulbosa interior. Sólo cuando se sostenía frente al sol podían verse las líneas de fractura que irradiaban desde un bulbo de percusión muy plano. Los dos bordes cortantes eran rectos y agudos. Jondalar se arrancó un pelo de la barba para probar el filo. Lo cortó sin resistencia. Era lo más parecido a una hoja perfecta que se podía lograr.

–Me quedaré con ésta para afeitarme –dijo.

Ayla no entendió lo que quería decir, pero había aprendido, a fuerza de observar a Droog, a aceptar cualesquiera comentarios y explicaciones que se dieran sin hacer preguntas que pudieran interrumpir la concentración. Jondalar apartó la hoja y cogió otra. Los dos filos de ésta se combaban sin encontrarse para constituir un extremo más estrecho. Tomó un guijarro redondo de la playa, de un tamaño más o menos el doble de su puño, y apoyó en él el extremo más angosto. Entonces, con la punta roma de un asta, cortó el extremo en forma de punta triangular. Apretando los lados del triángulo contra el yunque de piedra, desprendió briznas que dejaron la hoja con una punta estrecha y afilada.

Tendió un extremo del protector de cuero y le hizo un agujerito.

–Esto es una lezna –dijo, mostrándosela a Ayla–. Con ella se hacen agujeritos para meter hebras de tendón y coser la ropa.

¿La habría visto examinar su ropa?, se preguntó Ayla de repente. Parecía saber lo que había estado planeando.

–También voy a hacer un taladro. Es como éste pero mayor y más robusto, para hacer orificios en madera, hueso o asta.

Ayla se tranquilizó: sólo estaba hablando de herramientas.

–Yo he utilizado una... lezna para hacer agujeros para bolsas, pero ninguna tan fina como ésta.

–¿La quieres? –preguntó, sonriendo–. Puedo hacerme otra.

Ayla la cogió e inclinó la cabeza, tratando de expresar agradecimiento a la manera del Clan; entonces recordó.

–Gracias –dijo.

Jondalar le sonrió ampliamente, contento. Entonces cogió otra hoja y la sostuvo contra la piedra. Con el martillo romo de asta cortó en ángulos rectos el extremo de la hoja, sesgándola un poco. Entonces, sosteniendo el extremo cuadrado para que quedara en sentido perpendicular para recibir el golpe, dio fuertemente contra un filo. Se desprendió un trozo largo –la arista del buril– dejando la hoja con una punta fuerte, aguda, de cincel.

–¿Estás familiarizada con esta herramienta? –preguntó.

Ayla la examinó, movió la cabeza y la devolvió.

–Es un buril –dijo Jondalar–. Lo utilizan los tallistas y los escultores, aunque el de éstos es algo distinto. Voy a utilizar éste para el arma de que te hablé.

–Buril, buril –repitió Ayla, acostumbrándose a la palabra.

Después de confeccionar unas cuantas herramientas más, parecidas a las que ya había hecho, Jondalar sacudió el protector de cuero por encima del borde del saliente y acercó el recipiente en forma de artesa. Sacó un hueso largo y lo limpió, después hizo girar la pata delantera entre sus manos, buscando por dónde empezar. Se sentó, sujetó el hueso contra su pie y con el buril trazó una línea larga; después rayó otra línea que se unió en un punto con la anterior. Otra raya corta constituyó la base de un triángulo muy largo.

Volvió a apoyar el buril en la primera línea y sacó una larga viruta de hueso, y siguió profundizando las rayas con la punta del cincel, hundiéndola cada vez más en el hueso. Siguió con la misma operación hasta llegar al centro hueco, y pasando una vez más para asegurarse de que no había quedado nada sin cortar, oprimió la base: la larga punta del triángulo saltó y Jondalar extrajo toda la pieza. La dejó a un lado, volvió al hueso y grabó otra línea larga que formaba un pico con uno de los lados recientemente cortados.

Ayla no le quitaba la vista de encima por miedo a perderse algo. Pero al cabo de unas cuantas veces aquello se convirtió en una repetición, y sus pensamientos regresaron a la conversación del desayuno. La actitud de Jondalar había cambiado, no cabía duda. No se trataba de un comentario específico que pudiera haber hecho sino más bien de una modificación en el tono de sus comentarios.

Recordó cómo dijo: «Marthona e Iza se habrían llevado bien», y algo acerca de que todas las madres eran iguales. ¿Le habría gustado una cabeza chata a su madre? ¿Eran iguales? Y más tarde, aunque estaba enojado, se había referido a Broud como a un hombre... un hombre que le había abierto el camino para que tuviera un hijo. Y dijo que no comprendía cómo aquella «gente» lo había permitido. No se había dado cuenta, y eso la agradó más. Estaba pensando en el Clan como gente. No animales, no cabezas chatas, no abominaciones: ¡gente!

Su atención volvió al hombre en cuanto éste cambió de actividad. Había cogido uno de los triángulos de hueso y un rascador de pedernal, fuerte y afilado, y estaba suavizando los bordes agudos del hueso, sacando largas virutas. No tardó en obtener una sección redondeada de hueso que terminaba en una afilada punta.

–Jondalar, ¿estás haciendo una... lanza?

–El hueso puede afilarse en punta como la madera –dijo el hombre, sonriendo–, pero es más fuerte y no se astilla, y el hueso pesa poco.

–¿No es una lanza muy corta? –preguntó Ayla.

Jondalar lanzó una carcajada fuerte y sonora.

–Lo sería si esto fuera todo. Ahora sólo estoy haciendo puntas. Hay quien hace lanzas de pedernal. Los Mamutoi las hacen, sobre todo para cazar mamuts. El pedernal es quebradizo, claro, pero con filos agudos como cuchillos, una lanza de pedernal puede perforar el fuerte cuero de un mamut con mayor facilidad. Sin embargo, para cazar cualquier otra cosa, el hueso constituye una punta mejor. Los mangos serán de madera.

–¿Y cómo los juntas?

–Mira –dijo, haciendo girar la punta para que viera la base–. Puedo astillar este extremo con un buril y un cuchillo, y a continuación darle forma al extremo del mango de madera para que encaje en el corte –lo demostró sosteniendo el índice de una mano entre el índice y el pulgar de la otra–. Después puedo agregar algo de pegamento o de alquitrán y atarlo bien fuerte con cuerda de cuero o de tendón. Cuando se seque y se encoja, las dos partes quedarán unidas.

–Esa punta es tan pequeña... el asta será una rama.

–Será más que una rama, pero no tan pesada como tu lanza. No debe serlo para que se pueda arrojar.

–¡Arrojarla! ¡Arrojar una lanza!

–Tú arrojas piedras con tu honda, ¿no? Puedes hacer eso mismo con una lanza. No tendrás que abrir zanjas e incluso puedes matar en movimiento, una vez que adquieras habilidad. Con la puntería que tienes lanzando con honda, creo que aprenderás pronto.

–¡Jondalar! ¿Sabes cuántas veces he deseado poder cazar ciervos y bisontes con la honda? Nunca se me ocurrió arrojar una lanza –arrugó la frente–. ¿Puedes lanzar con fuerza suficiente? Yo lanzo mucho más fuerte y lejos con la honda que con la mano.

–No tendrás la misma fuerza pero sí la ventaja de la distancia. Sin embargo, tienes razón. Es malo que no se pueda arrojar la lanza con honda, pero... –se detuvo sin terminar la frase–. Me pregunto... –la frente se le contrajo ante un pensamiento tan sorprendente que exigió atención inmediata–. No, no lo creo... ¿Dónde podemos encontrar algunas astas?

–Junto al río, Jondalar. ¿Hay alguna razón por la que yo no pueda ayudar a hacer esas lanzas? Aprendería más aprisa si estuvieras aquí y me advirtieras lo que estuviera haciendo mal.

–Claro que sí –contestó, pero sintió un peso de plomo al bajar por el sendero. Se le había olvidado que iba a marcharse y lamentaba que ella se lo recordara.

27

Ayla se agazapaba y miraba tras una cortina de hierba alta y dorada, inclinada por el peso de sus espigas maduras, concentrándose en los contornos del animal. Tenía una lanza en la mano derecha, balanceándola para arrojarla, y otra preparada en la izquierda. Un mechón de largos cabellos rubios, fugitivo de una trenza apretada, la cruzaba la cara. Cambió ligeramente la posición de la larga lanza, buscando el punto de equilibrio, y entonces, entornando los ojos, la aferró y afinó la puntería. Brincando hacia delante, arrojó la lanza.

–¡Oh, Jondalar! ¡Nunca lograré tener puntería con esta lanza! –dijo Ayla, exasperada. Se fue hasta un árbol acolchado con una piel rellena de hierba, y recobró la lanza que todavía oscilaba en la grupa de un bisonte que Jondalar había dibujado con un trozo de carbón.

–Te exiges demasiado, Ayla –dijo Jondalar, sonriendo con orgullo–. Lo haces mucho mejor de lo que crees. Estás aprendiendo muy aprisa pero, a decir verdad, nunca he visto tanta determinación. Practicas en cuanto tienes un momento libre. Creo que éste debe ser tu problema en este momento: te esfuerzas demasiado. Necesitas relajarte.

–De esa manera fue como aprendí a tirar con la honda: practicando.

–Pero seguro que no conseguiste dominar esa técnica de la noche a la mañana, ¿verdad?

–No. Tardé varios años. Pero no quiero que pasen años antes de poder cazar con esta lanza.

–No te preocupes. Probablemente podrías cazar y conseguir algo. No tienes el impulso ni la rapidez a que estás acostumbrada, Ayla, pero nunca los tendrás. Tienes que descubrir tu nuevo alcance. Si quieres seguir practicando, ¿por qué no pasas un rato con la honda?

–Con la honda no necesito practicar.

–Pero necesitas descansar, y creo que te ayudará a aflojar la tensión. Anda, prueba.

Al sentir el contacto familiar de la tira de cuero entre las manos, vio que se disipaba su tensión con el ritmo y el movimiento de la honda. Disfrutaba la cálida satisfacción de una hábil pericia, aunque había tenido que luchar para aprender. Podía darle a cualquier cosa que se propusiera, sobre todo los blancos de entrenamiento que no se movían. La admiración visible del hombre la incitó a hacer una demostración para presumir de su habilidad.

Cogió un puñado de guijarros de la orilla del río y se fue al extremo del campo para dejar constancia de su verdadero alcance. Demostró su técnica del lanzamiento rápido de dos piedras, y asimismo con qué rapidez podía seguir con otras dos.

Jondalar se acercó y se puso a prepararle blancos para probar su puntería. Colocó cuatro piedras en hilera sobre un tronco caído; las derribó con cuatro lanzamientos rápidos. Lanzó dos piedras al aire, una tras otra; Ayla las alcanzó a medio camino. Después hizo algo que la sorprendió. Se colocó en medio del campo, con una piedra sobre cada hombro, y la miró, sonriendo. Sabía que ella lanzaba la piedra con la honda con tal fuerza que, por lo menos, podría ser doloroso... fatal si daba en un punto vulnerable. Esa prueba demostraba la confianza que tenía en ella, y más aún, ponía a prueba la confianza de Ayla en su propia habilidad.

Jondalar oyó el silbido del viento y el rudo chasquear de piedra contra piedra cuando, primero la una y después la otra piedra, fueron derribadas. No se salvó de una marca como precio de su peligroso juego: una diminuta arista se desprendió de una piedra y se le hincó en el cuello. No se inmutó, pero un chorrito de sangre que brotó en cuanto se sacó la arista, lo denunció.

–¡Jondalar!, ¡estás lastimado! –exclamó Ayla.

–Sólo una astilla, no es nada. Pero, ¡qué manera de manejar la honda, mujer! Nunca he visto a nadie manejar así un arma.

Ayla nunca había visto a nadie mirarla así. Los ojos del hombre brillaban, llenos de respeto y admiración; su voz estaba transida de cálido encomio. Ayla se ruborizó, invadida de tal oleada de emoción que se le llenaron los ojos de lágrimas a falta de otro desahogo.

–Si pudieras arrojar la lanza de esa manera... –calló y cerró los ojos, esforzándose por imaginar algo–. Ayla, ¿me permites la honda?

–¿Quieres aprender a manejar la honda? –preguntó, entregándosela.

–No exactamente.

Levantó una de las lanzas que yacían en el suelo y trató de encajar el extremo de madera en la bolsa de la honda, moldeada según la forma de los cantos rodados que solía contener. Pero no estaba suficientemente familiarizado con la técnica del manejo de la honda; después de varios torpes intentos, se la devolvió junto con la lanza.

–¿Crees que podrías arrojar esa lanza con tu honda?

Ella vio lo que él había tratado de hacer y ensayó una maniobra comprometida: colocó el extremo de la lanza fuera de la funda de la honda al mismo tiempo que cogía las extremidades de ésta y la punta de la lanza. No pudo lograr un buen equilibrio: tenía poca fuerza y menos control sobre el largo proyectil en cuanto éste dejó su mano, pero consiguió lanzarlo.

–Tendría que ser más larga, o más corta la lanza –dijo Jondalar, tratando de imaginar algo que no había visto nunca–. Y la honda es demasiado flexible. La lanza necesita más apoyo. Algo en que apoyarse... tal vez madera o hueso... con un tope posterior para que no resbale. ¡Ayla!, no estoy seguro, pero creo que podría funcionar. Creo que me sería posible hacer un... ¡lanzavenablos!

Ayla observaba a Jondalar mientras éste construía y experimentaba, tan fascinada por lo que significaba hacer algo a partir de una idea como por el proceso de elaboración. La cultura en que ella se había criado no era propensa a tales innovaciones, y no se percataba de que ella había inventado métodos de caza y una angarilla partiendo de un impulso similar de creatividad.

Jondalar utilizaba materiales de acuerdo con sus necesidades y adaptaba herramientas para nuevos usos. Le pedía consejo, aprovechando los años de experiencia que tenía ella con su arma arrojadiza, pero pronto quedó claro que el artefacto que estaba fabricando, si bien inspirado en la honda, era un dispositivo nuevo y único.

Una vez que tuvo elaborados los principios básicos, dedicó tiempo a las modificaciones para mejorar el comportamiento de la lanza. Ayla no estaba más familiarizada con las peculiaridades del lanzamiento de una lanza que él con el manejo de una honda. Jondalar la informó, con un destello de deleite, que tan pronto como tuviera unos buenos prototipos que funcionaran, ambos necesitarían practicar.

Ayla decidió dejar que utilizara las herramientas que mejor conocía, para acabar los dos modelos. Ella quería experimentar con otra de sus herramientas. No había adelantado mucho su confección de prendas para él. Pasaban tanto tiempo juntos, que sólo disponía de un rato, al amanecer o en mitad de la noche, mientras él dormía.

Mientras él refinaba y perfeccionaba, ella sacó las prendas viejas y sus nuevos materiales al saliente. A la luz del día pudo ver cómo estaban cosidas las piezas originales. Tan interesante le pareció el procedimiento y tan extrañas las prendas, que se le ocurrió hacer una adaptación para sí misma. No trató de imitar el complicado diseño con cuentas y plumas de la camisa, pero lo estudió muy detenidamente, pensando que podría ser un buen reto para el próximo invierno silencioso.

Desde su ventajoso punto de observación podía ver a Jondalar en la playa y en el campo y le daba tiempo para esconder su labor antes de que él volviera. Pero el día en que subió a todo correr por el sendero, mostrando orgullosamente dos lanzavenablos acabados, apenas tuvo tiempo Ayla de arrebujar la prenda en que estaba trabajando como si fuera un montón de pieles. El estaba demasiado entusiasmado con su logro para fijarse en nada más.

–¿Qué te parece, Ayla? ¿Funcionará?

Ella cogió una en la mano. Era un dispositivo sencillo pero ingenioso: una plataforma plana y angosta de madera de una longitud más o menos igual a la mitad de la lanza, con un surco en medio en donde ésta se apoyaba y un tope labrado en forma de gancho. Llevaba dos bucles de correa para los dedos sujetos a sendos lados, cerca de la parte delantera del lanzavenablos.

El tiralanzas se sostenía primero en posición horizontal, con dos dedos metidos en los bucles de cuero que sujetaban la lanza y el dispositivo; la lanza reposaba en el surco, con el extremo de madera contra el tope. Al lanzarla, sosteniendo el extremo delantero por los bucles, el extremo posterior saltaba, incrementando el largo del brazo que lanzaba. El apalancamiento adicional aumentaba la velocidad y la fuerza con que la lanza se soltaba de la mano.

–Jondalar, creo que ha llegado la hora de comenzar las prácticas.

Las prácticas les tenían ocupados durante todo el día. El cuero relleno alrededor del árbol que les servía de blanco se cayó a pedazos a causa de tantos pinchazos; Jondalar puso otro, pero esta vez dibujó la silueta de un ciervo. A medida que ambos iban adquiriendo experiencia, fueron imponiendo adaptaciones secundarias. Cada uno de ellos aprovechaba la técnica del arma con la que más familiarizado estaba. Los fuertes lanzamientos de Jondalar solían tener más altura; los de ella, más sesgados, trazaban una trayectoria más plana. Y cada uno hacía los oportunos ajustes al tiralanzas para acomodarlo a su estilo individual.

Una competencia amistosa se estableció entre ellos. Ayla se esforzaba, pero no podía igualar los poderosos impulsos que daban mayor alcance a la lanza de Jondalar; éste, en cambio, no podía igualar la puntería mortal de Ayla. Ambos estaban asombrados ante la ventaja incalculable que representaba la nueva arma. Con ella, Jondalar podía arrojar una lanza con mayor fuerza y un control perfecto a más del doble de distancia, una vez alcanzado cierto grado de habilidad. Pero un aspecto de las sesiones de prácticas con Jondalar tuvo un efecto mayor sobre Ayla que el arma misma.

Siempre había practicado y cazado sola. Primero jugando en secreto, temerosa de que la descubrieran. Después practicando en serio, pero no menos en secreto. Cuando se le permitió cazar, fue de mala gana. Nadie cazó nunca con ella. Nadie la alentó cuando erraba ni compartió su triunfo cuando tenía buena puntería. Nadie estudió con ella la mejor manera de usar un arma, la aconsejó respeto a soluciones alternativas, ni escuchó con interés o respeto una sugerencia suya. Y nunca habían reído ni bromeado con ella. Ayla nunca había gozado del compañerismo, la amistad, la diversión de un compañero.

No obstante, al aliviarse las tensiones que la práctica acarreaba, siempre se establecía entre ellos cierto distanciamiento que no parecían poder superar. Cuando hablaban de temas tan inocuos como la caza o las armas, sus conversaciones eran animadas; pero la introducción de cualquier elemento personal provocaba silencios incómodos y evasiones corteses y vacilantes. Un contacto accidental era como un choque perturbador del que ambos se apartaban de un salto, siempre seguido de un ceremonial rígido y de frases carentes de espontaneidad.

–¡Mañana! –dijo Jondalar, arrancando una lanza que vibraba. Parte del relleno de heno se salió a través de un orificio muy amplio y desgarrado del cuero.

–Mañana, ¿qué? –preguntó Ayla.

–Mañana nos vamos de cacería. Ya hemos jugado bastante. No aprendemos nada más embotando puntas de lanza contra un árbol. Ha llegado la hora de hacerlo en serio.

–Mañana entonces –convino Ayla.

Recogieron varias lanzas y tomaron el camino de regreso.

–Ayla, tú conoces mejor esta región. ¿Adónde deberíamos ir?

–Yo conozco mejor la estepa al este, pero quizá debería explorar antes. Podría ir con Whinney –alzó la mirada para comprobar la posición del sol–. Todavía es temprano.

–Buena idea. El caballo y tú valéis más que un puñado de exploradores a pie.

–¿Quieres retener a Corredor? Me sentiré mejor si sé que no nos sigue.

–¿Y mañana, cuando salgamos a cazar?

–Tendremos que llevárnoslo. Necesitamos a Whinney para traer la carne. Whinney se siente siempre molesta cuando hay matanza, pero se ha acostumbrado. Se quedará donde yo quiera que se quede, pero si el potro se excita y corre, o tal vez es arrollado por una estampida... No sé.

–No te preocupes por eso ahora. Ya trataré de pensar en algo.

El agudo silbido de Ayla atrajo a la yegua y al potro. Mientras Jondalar rodeaba con un brazo el cuello de Corredor, rascándole allí donde tenía comezón, y le hablaba, Ayla montó a Whinney y la lanzó al galope. El pequeño estaba a gusto con el hombre. Cuando la mujer y la yegua estuvieron lejos, Jondalar recogió la brazada de lanzas y los dos lanzavenablos.

–Bueno, Corredor, ¿nos vamos a la cueva a esperarlas?

Dejó las lanzas a la entrada, junto al pequeño paso de la muralla del cañón y siguió adelante. Estaba inquieto y no sabía qué hacer consigo mismo. Atizó el fuego, reunió los carbones, agregó un poco de leña y salió a la parte delantera del saliente para mirar el valle. El hocico del potro buscó su mano, y Jondalar acarició distraídamente al peludo caballito. Mientras metía los dedos entre el pelaje ya más espeso del potro, pensó en el invierno.

Quiso pensar en otra cosa. Los días cálidos del verano tenían una duración interminable, tan parecidos el uno al otro que diríase que el tiempo estaba suspendido. Las decisiones se aplazaban fácilmente. Mañana podría pensar en el frío que iba a venir... pensar en marcharse. Se fijó en el sencillo taparrabos que llevaba puesto.

–A mí no me sale un pelaje de invierno como a ti, compañerito. Debería hacerme pronto algo más abrigado. Le di la lezna a Ayla y no he vuelto a hacer otra. Quizá sea eso lo que debería ponerme a hacer... más herramientas. Y tengo que pensar en la manera de evitar que seas lastimado.

Volvió a entrar en la cueva, pasó por encima de las pieles de su lecho y echó una mirada nostálgica hacia el lado del fuego donde Ayla dormía. Revolvió en el área de almacenamiento en busca de una cuerda fuerte o alguna correa y encontró varias pieles enrolladas y apartadas. «Desde luego, esta mujer sí que sabe preparar pieles», pensó, tocando la textura aterciopelada. «Quizá me permita usar algunas de éstas. Pero no me gustaría pedírselo.

»Si funcionan esos lanzavenablos, podría conseguir suficientes pieles para hacer algo con que cubrirme. Tal vez pueda tallar algún símbolo mágico en ellos, para que tengamos suerte. No puede hacer daño. Aquí hay un rollo de correas. Quizá pueda hacer algo para Corredor con esto. ¡Qué bien corre! Espera a que se convierta en semental. ¿Permitirá un semental que alguien monte sobre su lomo? ¿Podría hacerle ir adonde yo quiera?

»Nunca lo sabrás. No estarás aquí cuando se convierta en semental. Te vas a marchar».

Jondalar cogió el rollo de correas, se detuvo a recoger el bulto de sus herramientas para tallar pedernal y bajó por el sendero hasta la playa. El río invitaba, y él tenía calor y estaba sudoroso. Se quitó el taparrabos, entró en el agua y después se puso a nadar río arriba, contracorriente. Por lo general regresaba siempre al llegar al angosto paso; esta vez decidió explorar más lejos. Llegó más allá de los primeros rápidos y del último recodo, y vio una muralla rugiente de agua blanca; entonces dio media vuelta.

El ejercicio le había devuelto su vigor, y la sensación de haber hecho un descubrimiento le alentó a efectuar un cambio. Se echó el cabello hacia atrás, lo retorció y después retorció su barba. «La has tenido todo el verano, Jondalar, y el verano está terminándose. ¿No crees que ya es hora?

»Primero me afeitaré, después idearé algo para mantener a Corredor fuera del paso. No quiero ponerle una soga al cuello. Luego haré una lezna y uno o dos buriles, para poder tallar un encantamiento en los lanzavenablos. Y creo que prepararé la cena. Estando cerca de Ayla se me va a olvidar. Claro que no alcanzo su perfección, pero creo que todavía soy capaz de preparar una cena; la Madre sabe que lo hice con mucha frecuencia durante el Viaje.

»¿Qué podría tallar en los lanzavenablos? Una donii traería la mejor de las suertes, pero le di la mía a Noria. Me pregunto si habrá tenido un bebé de ojos azules. Desde luego es una idea rara la de Ayla: según ella es un hombre el que inicia el bebé. ¿Quién habría pensado que esa era la idea que tenía la vieja Haduma? Los Primeros Ritos. Nunca tuvo Ayla Primeros Ritos. Ha sufrido tanto y es maravillosa con esa honda. Y nada mala tampoco con el lanzavenablos. Creo que pondré un bisonte en el lanzavenablos de ella. ¿Servirá realmente? Ojalá tuviera una donii. Tal vez podría hacer una...»

A medida que el cielo se oscurecía, Jondalar comenzó a mirar a lo lejos por si veía a Ayla. Cuando el valle se convirtió en un pozo sin fondo, hizo una fogata en el saliente para que pudiera encontrar el camino, y todo el tiempo creía oírla subir por el sendero. Finalmente hizo una antorcha y bajó. Siguió la orilla del río rodeando la muralla saledizia, y habría seguido adelante de no haber oído el ruido de cascos que se aproximaban.

–¡Ayla! ¿Por qué has tardado tanto?

El tono perentorio la cogió por sorpresa.

–He ido a explorar en busca de manadas. Ya lo sabías.

–Pero ya es de noche.

–Lo sé. Casi había oscurecido cuando emprendí el regreso. Creo haber encontrado el lugar, una manada de bisontes al sureste...

–¡Era casi de noche y tú andabas tras los bisontes! ¡No se puede ver un bisonte en la oscuridad!

Ayla no podía comprender por qué estaba tan excitado ni por qué le hacía tantas preguntas.

–No estaba buscando bisontes en la oscuridad, ¿y por qué quieres quedarte aquí hablando?

Con un relincho agudo, el potro apareció en el círculo de luz de la antorcha y dio un topetazo a su madre. Whinney respondió y, antes de que pudiera desmontar Ayla, ya estaba el potro metiendo el hocico bajo las patas traseras de la yegua. Jondalar se dio cuenta de que había estado actuando como si tuviera derecho a interrogar a Ayla, y se apartó de la luz de la antorcha, agradeciendo que la oscuridad disimulara que se le había puesto la cara colorada. Siguió, cerrando la marcha, mientras Ayla subía pesadamente por el sendero; estaba tan apenado que no se dio cuenta de que la mujer estaba totalmente agotada.

Al llegar a la cueva, Ayla cogió una de las pieles de su cama, y envolviéndose en ella, se acuclilló junto al fuego.

–Se me olvidó el frío que hace de noche –dijo–. Debería haber llevado un manto abrigado, pero no creí que estaría tanto tiempo fuera.

Jondalar la vio temblando y se sintió más apenado aún.

–Tienes frío. Te voy a dar algo caliente de beber –le sirvió una taza de caldo.

Ayla no le había prestado mucha atención tampoco... lo que más deseaba era acercarse al fuego, pero, al alzar la mirada para tomar la taza, por poco la suelta.

–¿Qué le ha pasado a tu cara? –preguntó entre preocupada y sobresaltada.

–¿Qué quieres decir? –preguntó Jondalar, molesto.

–Tu barba... se fue.

La expresión sobresaltada de su rostro, parecida a la de Ayla, dejó paso a una sonrisa.

–Me la afeité.

–¿Afeité?

–La corté; junto a la piel. Por lo general lo hago en verano. Me da comezón cuando tengo calor y sudo.

Ayla no pudo resistir: tendió la mano hasta el rostro de él para sentir la suavidad de su mejilla, y luego, al frotar el cutis, notó una aspereza incipiente, rasposa como la lengua de un león. Recordó que no llevaba barba cuando le encontró, pero después de que le creciera no volvió a prestarle atención. Parecía tan joven sin barba, conmovedor a la manera de los niños, no como un hombre. No estaba acostumbrada a hombres adultos sin barba. Le pasó el dedo por la fuerte mandíbula y la ligera hendidura de su firme mentón.

El contacto de ella le inmovilizó. No podía apartarse. Sentía con cada uno de sus nervios el recorrido que le hacía con las yemas de los dedos. Aun cuando ella no había tenido intenciones eróticas, sino tan sólo una curiosidad gentil, la respuesta de él provenía de un punto más profundo. La palpitación insistente y tensa de sus ijares fue tan inmediata y potente que le cogió por sorpresa.

La forma en que la mirada produjo en ella una oleada de deseo por conocerle como hombre, a pesar de su aspecto casi demasiado juvenil. El se acercó para cogerle la mano, para sujetarla contra su rostro, pero haciendo un esfuerzo la retiró, cogió la taza y bebió sin saborear. Era algo más que sentirse cohibida por haberle tocado. Recordó vivamente la última vez que habían estado sentados frente a frente cerca del fuego, y lo que sus ojos expresaban. Y esta vez le había estado tocando. Tenía miedo de mirarle, miedo de ver otra vez aquella mirada horrible, despectiva. Pero las yemas de sus dedos recordaban su rostro suave y áspero, y se estremecían.

Jondalar se sintió angustiado ante su reacción instantánea, casi violenta, al contacto suave de la mano. No podía apartar los ojos de ella, que evitaba encontrarse con los suyos. Mirándola así desde arriba parecía tan tímida, tan frágil, y, sin embargo, sabía la fuerza que encerraba. Pensaba en ella como en una bella hoja de pedernal, perfecta al desprenderse de la piedra, pero tan dura y aguda que podría cortar el cuero más duro de un tajo.

«¡Oh, Madre!, ¡es tan bella!», pensó. «Oh, Doni, Gran Madre Tierra, quiero a esa mujer, la quiero tanto...»

De repente dio un brinco. No podía quedarse mirándola. Entonces recordó que había preparado la cena. «Ahí está, cansada y muerta de frío, y yo aquí sentado». Entonces se fue a buscar el plato de hueso de mamut que solía usar ella.

Ayla oyó que se levantaba. Se había puesto en pie tan de repente que la había convencido de que volvió a inspirarle repugnancia. Empezó a temblar y apretó las mandíbulas para tratar de detenerse. No podía volver a enfrentarse con aquella situación. Quería decirle que se fuera para no tener que verle ni ver sus ojos que la llamaban... abominación. A pesar de tener los ojos cerrados, sintió que estaba de nuevo delante de ella y contuvo la respiración.

–¿Ayla? –podía ver que temblaba, a pesar del fuego y de la piel–. Pensé que tal vez fuera tarde cuando volvieras, de modo que me adelanté y preparé algo de cenar: ¿Quieres un poco? ¿No estás demasiado cansada?

¿Habría oído bien? Abrió los ojos despacio: Jondalar sostenía un plato. Lo dejó frente a ella, acercó una estera y se sentó a su lado. Había una liebre asada, algunas raíces cocidas en un caldo de carne seca que ya le había servido, e incluso algunas moras.

–¿Tú... has guisado esto... para mí?

–Ya sé que no es tan rico como lo que haces tú, pero espero que se pueda comer. Pensé que traería mala suerte utilizar ya el lanzavenablos, de modo que sólo empleé la lanza. La técnica para arrojarla es diferente y no estaba seguro de si, por falta de práctica, habría perdido puntería, pero supongo que eso es algo que no se olvida. Anda, come.

Los hombres del Clan no guisaban... no tenían recuerdos para ello. Sabía que Jondalar era más versátil en cuanto a habilidades, pero nunca se le ocurrió que pudiera guisar; por lo menos habiendo cerca una mujer. Más sorprendente aún que el que fuera capaz de hacerlo, era que se le hubiera ocurrido. En el Clan, incluso después de que se le permitiera cazar, se esperaba que llevara a cabo las tareas habituales. Resultaba tan inesperado... tan considerado. Sus temores eran infundados y no sabía qué decir. Cogió una pata que Jondalar había cortado y le dio un mordisco.

–¿Está bueno? –preguntó, algo preocupado.

–Maravilloso –respondió, con la boca llena.

Estaba bueno, pero no hubiera importado aunque estuviese quemado: le habría sabido delicioso. Tenía la sensación de que iba a echarse a llorar. Jondalar sacó con un cucharón largas raíces delgadas. La joven cogió una y la mordió.

–¿Es raíz de trébol? Sabe bien.

–Sí –contestó él, muy satisfecho de sí mismo–. Son más ricas con algo de grasa para bañarlas. Es uno de esos alimentos que suelen condimentar las mujeres para los hombres en los festines especiales, porque es de los predilectos. Vi el trébol río arriba y pensé que te gustaría –había sido una buena idea preparar la cena, pensó, gozando de su sorpresa.

–Cuesta mucho arrancarlas. No hay gran cosa que comer en cada una, pero no sabía que fueran tan ricas. Yo sólo uso las raíces como medicamento, como parte de un tónico en primavera. Por lo general las comemos en primavera. Es una de las primeras verduras del año.

Oyeron ruido de cascos en el saliente de piedra y se volvieron mientras Whinney y Corredor entraban. Al cabo de un rato, Ayla se levantó y los instaló para la noche. Era un ritual nocturno que consistía en saludos, afecto compartido, heno fresco, grano, agua y, sobre todo después de una larga cabalgada, una fricción con cuero absorbente y una pasada con un cardo para desenredar las crines. Ayla se dio cuenta de que había heno fresco, grano y agua.

–También pensaste en los caballos –dijo, al sentarse para terminar sus moras. Aun cuando no hubiera tenido hambre, se las habría comido todas.

–No tenía mucho que hacer –contestó Jondalar, sonriente–. ¡Ah! Tengo algo que enseñarte –se levantó y volvió con los dos lanzavenablos–. Espero que no te importe, es para tener buena suerte.

–¡Jondalar! –casi le daba miedo tocar el suyo–. ¿Tú lo has hecho? –su voz encerraba un tono reverente. Se había sorprendido al verle dibujar la silueta de un animal en el blanco, pero esto era mucho más–. Es... como si tomaras el tótem, el espíritu del bisonte, y lo pusieras ahí.

El hombre sonreía, contento. Ayla poseía la peculiaridad de convertir las sorpresas en algo grande. El lanzavenablos de Jondalar tenía un enorme ciervo con una cornamenta palmeada imponente, y Ayla también se maravilló al verlo.

–Se supone que captura el espíritu del animal para que sea atraído hacia el arma. No soy muy buen tallista, deberías ver los trabajos que hacen algunos, y los de escultores, y grabadores y los de otros artistas que pintan las paredes sagradas.

–Estoy segura de que has puesto una potente magia en éstos. No he visto ciervos, pero una manada de bisontes se encuentra al sureste. Creo que comienzan a emigrar. ¿Crees que un bisonte será atraído por un arma que tenga grabado un ciervo? Puedo salir de nuevo mañana en busca de una manada de ciervos.

–Servirá también con el bisonte. El tuyo tendrá más suerte; de todos modos, me alegro de haber puesto un bisonte en el tuyo.

Ayla no sabía qué decir. A pesar de ser un hombre, le había dado a ella más suerte para cazar que a sí mismo... y se alegraba.

–También iba a hacer una donii para tener suerte, pero me faltó tiempo.

–Jondalar, estoy confusa. ¿Qué es donii? ¿Es tu Madre Tierra?

–La Gran Madre Tierra es Doni, pero adopta otras formas y todas ellas son donii. Una donii suele ser Su forma espiritual, cuando cabalga el viento o se introduce en los sueños... los hombres suelen soñar con Ella como una hermosa mujer. Una donii también es la figura esculpida de una mujer, por lo general una madre prolífica, porque es a las mujeres a quienes Ella bendice. Las hizo a Su imagen y semejanza, para que creen vida como Ella creó toda vida. Se identifica más fácilmente en la imagen de una madre. Por lo general se envía una donii para guiar al hombre por el mundo de los espíritus... algunos dicen que las mujeres no necesitan guía, que ya saben el camino. Y algunas mujeres pretenden que pueden convertirse en donii cuando quieren... y no siempre para bien del hombre. Los Sharamudoi que viven al oeste de aquí dicen que la Madre puede adoptar la forma de un ave.

Ayla asintió.

–En el Clan, sólo los Antiguos son espíritus hembra.

–¿Y qué hay de los totems? –preguntó Jondalar.

–Los espíritus totémicos protectores son todos masculinos, tanto para hombres como para mujeres, pero los totems de las mujeres suelen ser animales más pequeños. Ursus, el Gran Oso Cavernario, es el gran protector de todo el Clan: el tótem de cada uno. Ursus era el tótem personal de Creb. Fue escogido del mismo modo que el León Cavernario me escogió a mí. Puedes verme la marca –y le mostró las cuatro cicatrices paralelas en su muslo izquierdo, donde la había arañado un león cavernario a los cinco años de edad.

–Yo no tenía idea de que los cab... de que los de tu Clan comprendieran el mundo de los espíritus, Ayla. Resulta difícil de creer... a ti te creo, pero me resulta difícil aceptar que la gente de la que hablas sea la misma en quien he pensado siempre como cabezas chatas.

Ayla bajó la cabeza y después alzó la mirada. Tenía los ojos llenos de seriedad y preocupación.

–Creo que el León Cavernario te ha elegido a ti, Jondalar. Creo que ahora es tu tótem. Creb me dijo que no es fácil vivir con un tótem poderoso. El perdió un ojo al ser sometido a prueba, pero obtuvo un poderío muy grande. Después de Ursus, el León Cavernario es el tótem más poderoso, y no ha sido fácil. Me ha hecho pasar por pruebas muy difíciles, pero una vez que comprendí el porqué, no volví a preocuparme. Creo que deberías saberlo, por si es también tu tótem ahora –bajó la mirada, esperando no haberse ido de la lengua–. Los de tu Clan significan mucho para ti, ¿verdad?

Jondalar no estaba muy seguro de lo que quería decir aquello, pero un escalofrío le puso la carne de gallina cuando se lo oyó decir. Ayla respiró muy hondo antes de continuar.

–No recuerdo a la mujer de quien nací ni mi vida antes del Clan. Intenté recordarlo, pero no podía imaginar un hombre de los Otros, un hombre como yo. Ahora, cuando intento imaginar a los Otros, sólo puedo verte a ti. Eres el primero de mi especie que he visto, Jondalar. No importa lo que suceda: nunca te olvidaré –Ayla se detuvo. Consideraba que había dicho demasiado. Se puso de pie–. Si queremos cazar por la mañana tendremos que dormir un poco.

Jondalar sabía que la habían criado los cabezas chatas y que había vivido sola en el valle desde que los dejó, pero antes de oírselo decir, no había comprendido del todo que él era el primero. Le preocupó pensar que representaba a todo su pueblo, y no estaba muy ufano de la manera en que lo había hecho. Sin embargo, sabía la opinión que todos tenían de los cabezas chatas. Si se lo hubiera dicho sin más, ¿habría causado la misma impresión? ¿Habría sabido realmente lo que debía esperar?

Se fue a acostar con sentimientos encontrados, ambivalentes. Una vez tendido en su cama, se quedó mirando fijamente al fuego, pensando. De repente experimentó una sensación deformante, algo semejante a un vértigo, pero sin llegar a marearse. Vio una mujer como si estuviera reflejada en una poza en la que hubiera caído una piedra; una imagen flotante de la que se formaban círculos ondulantes cada vez más grandes. No quería que la mujer le olvidara... que le recordara era muy importante.

Sintió una especie de divergencia, como una bifurcación del camino, una elección sin nadie que le guiara. Una corriente de aire caliente le puso de punta el pelo de la nuca. Sabía que Ella le estaba abandonando. Nunca había sentido conscientemente Su presencia, pero supo cuándo se marchó, y el vacío que dejaba tras Ella le dolía. Era el principio de un final: el final del hielo, el final de una era, el final del tiempo en que Su alimento proveía. La Madre Tierra estaba dejando que sus hijos encontraran solos el camino, que labraran sus vidas, que pagaran las consecuencias de sus acciones: que llegaran a la mayoría de edad. No mientras él viviera, no durante muchas generaciones por venir, pero el primer paso inexorable se había dado. Ella había transmitido Su Dádiva de despedida, Su Dádiva del Conocimiento.

Jondalar oyó un gemido fantasmagórico, penetrante, y supo que era el llanto de la Madre.

Como una correa tensa y súbitamente suelta, la realidad volvió a su lugar. Pero se había tensado demasiado y no podía encajar en su dimensión original. Se percató de que algo estaba fuera de lugar. Miró a Ayla, acostada al otro lado del fuego, y vio que las lágrimas le corrían por la cara.

–¿Qué pasa, Ayla?

–No lo sé.

–¿Estás segura de que podrá llevarnos a los dos?

–No, no estoy segura –dijo Ayla, conduciendo a Whinney, cargada con los canastos. Corredor iba detrás, con una soga atada a una especie de cabestro hecho de correas. Eso le daba libertad para pacer y mover la cabeza, y no se apretaría alrededor de su cuello, ahogándolo. El cabestro había molestado al potro al principio, pero se estaba acostumbrando–. Si podemos cabalgar ambos, el viaje será más rápido. Si no le gusta, ya me lo hará saber. Entonces podremos cabalgar por turno o caminar.

Cuando llegaron al bloque de roca que había en el prado, Ayla montó a caballo, se movió un poco y sujetó a la yegua mientras Jondalar montaba. Whinney echó las orejas hacia atrás. Sintió el peso adicional y no estaba acostumbrada, pero era una yegua robusta y resistente, y echó a andar en cuanto Ayla le hizo la señal. La mujer la mantuvo a paso regular y sentía cuándo la yegua necesitaba descansar por el cambio de paso; entonces era el momento de detenerse.

La segunda vez que se pusieron en marcha, Jondalar estaba más relajado y habría preferido estar más nervioso. Sin la preocupación, tenía demasiada conciencia de la mujer que cabalgaba delante. Podía sentir la espalda de ella contra él, sus muslos contra los suyos, y Ayla se volvió sensible a algo más que la yegua. Una presión dura y caliente se había alzado tras ella, sobre la cual Jondalar no disponía de control alguno, y cada movimiento de la yegua los hacía juntarse. Ayla deseaba que desapareciera... y no lo deseaba.

Jondalar comenzaba a sentir un dolor que nunca anteriormente había experimentado. Nunca se había visto obligado a aguantar su deseo por tanto tiempo. Desde los primeros días de su hombría, siempre encontró algún medio de aliviarse, pero aquí no había más mujer que Ayla. El se negaba a aliviarse solo y trataba denodadamente de soportarlo.

–Ayla –y su voz sonaba tensa–. Creo... que ya es hora de descansar –consiguió decir.

Ella detuvo a la yegua y se apeó lo más pronto que pudo.

–No es lejos –dijo–. Podemos llegar a pie.

–Sí, de ese modo Whinney descansará un poco.

Ayla no discutió aunque sabía que no iba a pie por eso. Avanzaban los tres de frente, con la yegua en medio, hablando por encima de su lomo. Incluso entonces, le costaba trabajo a Ayla fijarse en puntos de referencia y orientación, y Jondalar caminaba con dolor en los ijares, agradecido porque la yegua lo ocultara.

Cuando llegaron a la vista de una manada de bisontes, la excitación ante la idea de cazar de verdad con el lanzavenablos comenzó a aliviar algo su ardor contenido, aunque ambos tenían buen cuidado de no acercarse demasiado el uno al otro, y preferían tener uno de los caballos en medio.

Los bisontes transitaban cerca de un riachuelo. La manada era más numerosa que cuando la vio Ayla el día anterior. Varios grupos más se le habían sumado y después llegarían más. Finalmente, decenas de miles de animales de un marrón oscuro, de pelo áspero, todos muy juntos, recorrían kilómetros y más kilómetros de colinas ondulantes y valles fluviales, que se extendían como una alfombra mugiente, viviente y atronadora. Dentro de aquella muchedumbre, cualquier animal tenía poca importancia individualmente; la estrategia de la supervivencia dependía del número.

Hasta el grupo más reducido, agrupado cerca del riachuelo, había renunciado a su áspera individualidad ante el instinto de la manada. Más adelante, la supervivencia exigiría que se separaran de nuevo en pequeñas manadas familiares, para buscar alimentos durante las temporadas de escasez.

Ayla se llevó a Whinney cerca del río, junto a un pino tenaz, retorcido y deformado por el viento. En la lengua de señales del Clan, dijo a la yegua que permaneciera allí, y al ver cómo hacía que el potro se acercase a ella, Ayla comprendió que no debería haberse preocupado por Corredor. Whinney era muy capaz de alejar a su hijo de cualquier peligro. Pero Jondalar se había tomado la molestia de encontrar la solución a un problema que ella había previsto, y sentía curiosidad por ver cómo resultaba.

La mujer y el hombre cogieron un lanzavenablos cada uno y un lanzavenablos con largas lanzas, y se dirigieron a pie hacia la manada. Duras pezuñas habían quebrado la corteza seca de la estepa y producido una niebla de polvo que volvía a caer como una capa fina sobre su pelo oscuro y desgreñado. Aquel polvo asfixiante indicaba el movimiento de la manada, del mismo modo que el humo de un incendio que comenzara a apagarse en la pradera indicaría el rumbo de las llamas... y en su estela quedaba una desolación similar.

Ayla y Jondalar dieron un rodeo para quedar a favor del viento detrás de la manada que se movía despacio, entrecerrando los ojos para escoger animales aislados mientras el viento, cargado del olor rancio y caliente de los bisontes, les arrojaba fina arena a la cara. Algunas novillas lloriqueantes seguían a las madres, y los añojos daban topetazos poniendo a prueba la paciencia de los machos de lomo jorobado.

Un bisonte viejo, caído en un hondón polvoriento, se esforzaba por ponerse en pie; tenía su enorme cabeza colgando muy abajo como si los enormes cuernos negros pesaran demasiado. El metro noventa y cinco de Jondalar superaba algo la joroba del animal, pero la diferencia no era grande. Los cuartos delanteros del animal, potentes y forrados de gruesa piel peluda, se ahusaban hacia las patas traseras, cortas y flacas. El enorme y viejo animal, probablemente lejos ya de su mejor época, era demasiado duro y correoso para lo que ellos necesitaban, pero, cuando les miró con suspicacia, se dieron perfecta cuenta de que podría ser formidable. Ambos se quedaron inmóviles hasta que se alejó.

Mientras se acercaban, el ruido retumbante que producía la manada fue en aumento, desintegrándose en varios tonos distintos de mugidos y balidos. Jondalar señaló una hembra joven; era casi adulta, a punto de parir; estaba además gordita merced a los pastos del verano. Ayla asintió con un gesto. Encajaron las lanzas en sus lanzavenablos y Jondalar indicó por señas que iba a pasar al otro lado del animal.

Debido a algún instinto desconocido o tal vez porque había visto al hombre en movimiento, el animal notó que había sido escogido como presa. Nerviosa, se acercó más al grueso de la manada. Otros animales se estaban moviendo a su alrededor, lo que distrajo la atención de Jondalar. Ayla estaba segura de que se quedarían sin ella. Jondalar estaba de espaldas, no podía hacerle señas, y la novilla se ponía fuera de alcance. No podía gritar, porque aunque la oyera, eso espantaría al bisonte.

Tomó su decisión y apuntó; Jondalar miró hacia atrás justo cuando ella iba a lanzar, se hizo cargo de la situación y preparó su lanzavenablos. La novilla se movía rápidamente, incomodando a los otros animales. El hombre y la mujer habían creído que la nube de polvo bastaría para ocultarlos, pero los bisontes estaban acostumbrados; la novilla casi había alcanzado la seguridad de la multitud mientras otros se unían al grupo.

Jondalar corrió hacia ella y balanceó su lanza. La de Ayla siguió un instante después, hallando su blanco en el cuello peludo del bisonte, después de que la lanza de él le desgarrara la parte suave de la panza. El impulso del animal lo empujó hacia delante, después se fue deteniendo; vaciló, trastabilló y cayó de rodillas rompiendo la lanza de Jondolar al derrumbarse encima. La manada olió sangre; algunos olfatearon a la novilla caída, mugiendo con inquietud; otros percibieron la presencia de la muerte, empujando y arremolinándose; el aire rezumaba tensión.

Ayla y Jondalar corrieron hacia su presa caída desde direcciones opuestas. De repente, él se puso a gritar y hacer señas con los brazos; Ayla movió la cabeza, sin entender sus indicaciones.

Un novillo, que había estado dando topetazos, obtuvo por fin una respuesta del viejo patriarca y se apartó, corriendo y tropezando con una hembra nerviosa. El macho joven retrocedió, indeciso y agitado, pero su acción evasiva fue interrumpida por el toro viejo. No sabía hacia dónde volverse hasta que captó su atención una silueta bípeda en movimiento; agachó la cabeza y se dirigió hacia ella.

–¡Ayla! ¡Cuidado! –gritaba Jondalar, corriendo hacia ella. Tenía una lanza en la mano y la apuntaba.

Ayla se volvió y divisó al novillo que iba a embestirla. Su instinto le recordó la honda; era una reacción natural, pero la descartó instantáneamente y, de golpe, colocó una lanza en su dispositivo.

Jondalar arrojó su lanza con la mano un instante antes que ella, pero el tiralanzas imprimió una velocidad mayor. El lanzavenablos de Jondalar dio en un flanco, haciendo girar momentáneamente al bisonte. Al mirar, vio que la lanza de Ayla, vibrante aún, estaba clavada en un ojo del novillo; el animal estaba muerto antes de derrumbarse.

Las carreras, los gritos y una nueva fuente de olor a sangre orientó a los animales, que circulaban sin rumbo, en una dirección instintiva: lejos de aquel revuelo perturbador. Los últimos rezagados pasaron al lado de sus congéneres abatidos para unirse con la manada en una estampida que hacía temblar la tierra. Aún podía oírse el retumbar después de que volviera a depositarse el polvo.

El hombre y la mujer estaban algo ensordecidos mientras miraban a los dos bisontes muertos en la planicie vacía.

–Se acabó –dijo Ayla–. Ya está.

–¿Por qué no corriste? –gritó Jondalar, abandonándose al susto ahora que ya había pasado todo. Fue a grandes trancos hacia ella–. ¡Podía haberte matado!

–No podía dar la espalda a un toro que embestía –respondió Ayla–. Entonces sí que de seguro me corneaba –volvió a mirar al bisonte–. No; creo que tu lanza lo habría detenido... pero yo no lo sabía. Nunca anteriormente había cazado con alguien. Siempre tuve que cuidarme sola. De no ser así, nadie lo habría podido hacer por mí.

Las palabras de Ayla colocaron la última pieza del rompecabezas, y súbitamente Jondalar reconstruyó el cuadro de lo que tuvo que haber sido su vida. «Esta mujer», pensó, «esta mujer dulce, atenta y amante, ha sobrevivido más de lo que nadie podría creer. No, no podía correr, no huiría de nada, ni siquiera de ti. Siempre que perdías el control, Jondalar, y te abandonabas a tu carácter, la gente retrocedía. Pero en tus peores momentos, ella no ha cedido terreno».

–Ayla, bella mujer, salvaje y maravillosa, ¡mira qué estupenda cazadora eres! –sonrió–. ¡Mira lo que hemos hecho! Tenemos dos. ¿Cómo vamos a poder llevarlos a casa?

Al darse cuenta plenamente de lo que habían logrado, Ayla sonrió con satisfacción, triunfo y gozo. Eso hizo comprender a Jondalar que no había visto con mucha frecuencia semejante sonrisa. Era bella, pero cuando sonreía de esa manera, brillaba como si tuviera encendido un fuego por dentro. Una carcajada brotó inesperadamente de sus labios... deslumbrante y contagiosa. Ella le hizo coro; no podía remediarlo. Era el grito de victoria de ambos, el grito del éxito.

–¡Mira qué magnífico cazador eres, Jondalar! –exclamó Ayla.

–Son los lanzavenablos... esa fue la diferencia. Nos metimos en ese rebaño, y antes de que se dieran cuenta... ¡dos! ¡Piensa lo que eso puede significar!

Ella sabía lo que significaba para ella. Con el arma nueva podría cazar siempre para sí; en verano, en invierno. No habría que cavar zanjas. Podría viajar y cazar. El lanzavenablos tenía las mismas ventajas que la honda, y muchas más.

–Yo sé lo que significa. Dijiste que me enseñarías una mejor manera de cazar... más sencilla... más fácil. Lo has hecho, y esto es más de lo que pude imaginar, Jondalar. No sé cómo decírtelo... me siento tan...

Sólo podía expresar su gratitud de una forma: en la forma que aprendió en el Clan. Se sentó a los pies de él y agachó la cabeza. Tal vez él no le diera un golpecito en el hombro para permitirle dirigirse a él, como convenía, pero tenía que intentarlo.

–¿Qué estás haciendo? –preguntó Jondalar agachándose para hacer que se pusiera de pie–. No te sientes así, Ayla.

–Cuando una mujer del Clan quiere decirle algo importante a un hombre, es así como solicita su atención –le dijo, alzando la vista–. Es importante para mí decirte cuánto significa esto, lo agradecida que te estoy por el arma. Y por enseñarme tus palabras, por todo.

–Por favor, Ayla, levántate –dijo, poniéndola de pie–. No te di esa arma, tú me la diste a mí. Si no te hubiera visto usar la honda, no se me habría ocurrido. Yo te estoy agradecido a ti, y por mucho más que esta arma.

Le tenía sujetos los brazos, con el cuerpo junto al suyo. Ella le miraba a los ojos, sin poder ni desear apartar la mirada. Jondalar se inclinó y puso su boca sobre la de ella.

Los ojos de Ayla se dilataron por la sorpresa: era tan inesperado. No sólo la acción de él sino la reacción de ella, el sobresalto que la había recorrido toda al sentir sus labios. No sabía cómo responder.

Y, finalmente, Jondalar comprendió. No la llevaría más allá de aquel beso suave... todavía no.

–¿Qué es ese boca a boca?

–Es un beso, Ayla. Es tu primer beso, ¿verdad? Siempre se me olvida, pero es muy difícil mirarte y... Ayla, a veces soy un hombre muy estúpido.

–¿Por qué dices eso? ¡Tú no eres estúpido!

–Soy estúpido. No puedo convencerme de lo estúpido que he sido –la soltó–. Pero en este momento creo que será mejor encontrar la manera de llevarnos esos bisontes a la cueva, porque si me quedo aquí mirándote así, nunca podré hacerlo bien para ti. De la manera que debe hacerse para tu primera vez.

–¿De la manera que debe hacerse? –preguntó Ayla, sin el menor deseo de que se alejara.

–Los Primeros Ritos, Ayla. Si me lo permites.

28

–No creo que Whinney hubiera podido arrastrarlos a ambos hasta aquí de no haber dejado atrás las cabezas –dijo Ayla–. Fue una buena idea –con ayuda de Jondalar, arrastró el cadáver del bisonte fuera de la angarilla para depositarlo sobre el saliente–. ¡Hay tanta carne! Vamos a tardar mucho cortándola. Deberíamos empezar ahora mismo.

–Esperarán un rato, Ayla –su sonrisa y su mirada la llenaron de calor–. Creo que tus Primeros Ritos son más importantes. Te ayudaré a quitarle el arnés a Whinney... y me iré a dar un baño. Estoy sudoroso y cubierto de sangre.

–Jondalar... –y Ayla vaciló. Se sentía excitada y tímida al mismo tiempo–. ¿Es una ceremonia, esos Primeros Ritos?

–Sí, es una ceremonia.

–Iza me enseñó a prepararme para las ceremonias. ¿Hay algún... preparativo para esta ceremonia?

–Por lo general, las viejas ayudan a las jóvenes a prepararse. No sé lo que dicen ni lo que hacen. Creo que deberías hacer lo que te parezca apropiado.

–Entonces iré por saponaria y me purificaré, como me enseñó Iza. Esperaré a que termines de bañarte. Tendré que estar sola mientras me preparo –se ruborizó y bajó la mirada.

«Parece tan joven y tan tímida», pensó Jondalar. «Como la mayoría de las jóvenes en sus Primeros Ritos». Y sintió la oleada acostumbrada de ternura y excitación: incluso sus preparativos eran correctos.

–También a mí me gustaría un poco de saponaria.

–Voy a buscártela –dijo Ayla.

El sonreía mientras seguía la orilla del río detrás de Ayla; después de arrancar la raíz y haberla llevado a la caverna, se zambulló en el agua, salpicó abundantemente y se sintió mejor consigo mismo de lo que se había sentido en mucho tiempo. Sacó a golpes la espuma jabonosa de las raíces, se la extendió por todo el cuerpo, se quitó la correa del cabello y se enjabonó la cabeza; por lo general bastaba con arena, pero la raíz de saponaria era mucho mejor. Se zambulló de nuevo en el agua y nadó río arriba casi hasta las cataratas. Cuando regresó a la playa, se puso el taparrabos y corrió a la cueva. Había carne asándose y su olor era delicioso... Estaba tan relajado y feliz que no podía ni creerlo.

–Me alegro de que hayas vuelto –dijo Ayla–. Me llevará un buen rato purificarme como es debido, y no quiero que se haga tarde –cogió un tazón de líquido humeante lleno de helechos de cola de caballo para su cabello, y una piel curtida sin estrenar, para su manto.

–Tómate todo el tiempo que quieras –dijo Jondalar, dándole un beso ligero.

Ella echó a andar, pero se volvió.

–Me gusta ese boca a boca, Jondalar. El beso.

–Espero que te guste también lo demás —dijo él, cuando ella se iba alejando.

Jondalar anduvo por la caverna mirándolo todo con ojos nuevos. Vigiló el trozo de bisonte que estaba asándose, vio que Ayla había envuelto en hojas algunas raíces y las acercó al carbón encendido, encontró la infusión caliente que le había preparado. «Habrá arrancado las raíces mientras yo nadaba», se dijo.

Vio sus mantas de piel al otro lado del fuego, arrugó la frente y con gran deleite las recogió para depositarlas junto al lugar vacío, al lado de las de Ayla. Después de estirarlas, fue por el paquete donde guardaba sus herramientas y recordó la donii que había comenzado a tallar. Se sentó en la estera sobre la que habían estado sus mantas de pieles y abrió el envoltorio de gamuza.

Examinó el trozo de marfil de colmillo de mamut que había comenzado a convertir en figura femenina y decidió terminarla. No sería el mejor tallista, pero no le parecía bien celebrar una de las más importantes ceremonias de la Madre sin una donii. Tomó unos cuantos buriles y se llevó fuera el marfil.

Se sentó en el borde, labrando, dando forma, esculpiendo, pero se dio cuenta de que el marfil no iba a resultar generoso y maternal. Estaba tomando la forma de una mujer joven. El cabello, que había comenzado a hacer al estilo de la antigua donii que había regalado –una forma encrespada que cubría el rostro, así como la espalda– sugería trenzas, trenzas apretadas alrededor de la cabeza excepto el rostro. Este no tenía nada. Nunca se tallaba rostro a una donii, ¿quién podría mirar a la cara de la Madre? ¿Quién podría conocerla? Era todas las mujeres y ninguna.

Dejó de labrar y miró río arriba y abajo, con la esperanza de verla, aunque había dicho que quería estar sola. ¿Podría darle Placer?, se preguntó. Nunca había dudado de sí cuando acudían a él para los Primeros Ritos en las Reuniones de Verano, pero aquellas jóvenes conocían las costumbres y sabían lo que podían esperar. Había mujeres mayores que se lo explicaban.

«¿Debería tratar de explicárselo? No, no sabrías qué decir, Jondalar. Enséñale y nada más. Ella te hará saber si algo no le agrada. Es una de sus cualidades más atrayentes: su sinceridad. Nada de melindres. Es alentador.

»¿Cómo será iniciar en la Dádiva del Placer de la Madre a una mujer que no sabe de fingimientos?, ¿que nunca disimulará ni fingirá deleite?

»¿Por qué tendría que ser diferente de las demás mujeres en los Primeros Ritos? Porque no es como ninguna otra mujer en los Primeros Ritos. Ha sido abierta y con dolor. ¿Y si no puedes superar ese terrible inicio? ¿Y si no puede disfrutar los Placeres, y si no eres capaz de hacérselos sentir? Ojalá hubiera un medio para que olvidase. ¡Si pudiera atraerla a mí, superar su resistencia y capturar su espíritu!

»¿Capturar su espíritu?»

Miró la figurilla que tenía en la mano y de repente su mente se puso a funcionar velozmente. ¿Por qué grababan la imagen de un animal en un arma o en las Paredes Sagradas? Para aproximarse a su espíritu madre, para superar su resistencia y cautivar su esencia.

«No seas ridículo, Jondalar. No puedes cautivar así el espíritu de Ayla. No estaría bien, nadie pone un rostro en una donii. Los humanos nunca han sido descritos... una semejanza podría cautivar la esencia de un espíritu. Pero... ¿por quién sería cautivada?

»Nadie debería cautivar a otro. ¡Darle la donii! Entonces, su espíritu le sería devuelto, ¿verdad? Si te quedas con él sólo un rato y se lo entregas... después.

»Si le pones su rostro, ¿se convertirá ella en una donii? Uno está dispuesto a creer que sí lo es, con su arte médico y su magia con los animales. Si es una donii, puede decidir cautivar tu espíritu. ¿Sería acaso tan malo?

»Quieres que algo se quede contigo, Jondalar. La parte del espíritu que siempre queda en manos del tallador. Quieres esa parte de ella, ¿no es cierto?

»Oh, Madre Grande: dime, ¿sería algo terrible si lo hiciera? ¿Ponerle rostro a una donii?»

Se quedó mirando la figurilla de marfil que había tallado. Entonces, comenzó a trazar con un buril la forma de un rostro, un rostro familiar.

Cuando terminó, sostuvo en el aire la figurilla de marfil y la hizo girar lentamente. Un tallista auténtico podría haberlo hecho mejor, pero no estaba mal. Se parecía a Ayla, pero más en su esencia que por una verdadera semejanza: como la sentía él.

Volvió a entrar en la caverna y trató de pensar dónde podría ponerla. La donii debería estar cerca, pero no quería que Ayla la viera aún. Vio un bulto de cuero cerca de la pared, junto a la cama de ella, y metió la figurilla de marfil entre unos plieges.

Salió de nuevo y miró desde el extremo más alejado. ¿Por qué tardaría tanto? Miró a los dos bisontes tendidos uno al lado del otro. Esperarían. Las lanzas y los lanzavenablos estaban apoyados en la muralla de piedra cerca de la entrada. Lo recogió todo y se lo llevó adentro, y entonces oyó pasos sobre la grava. Se volvió.

Ayla se ajustó el cinturón de su manto nuevo, se puso el amuleto y echó su cabellera hacia atrás, cepillada con un cardo pero sin secar del todo, apartándola de la cara. Recogió el manto sucio y echó a andar por el sendero. Estaba nerviosa y excitada.

Tenía una vaga idea de lo que Jondalar quería decir con Primeros Ritos, pero la conmovía el deseo evidente de hacer la ceremonia para ella y compartirla con ella. No pensaba que la ceremonia fuera muy mala... incluso Broud había dejado de lastimarla después de las primeras veces. Si los hombres hacían la señal a las mujeres que les gustaban, ¿significaría que Jondalar había comenzado a fijarse en ella?

Al acercarse a lo alto del sendero, Ayla se sobresaltó al observar un movimiento rápido de color tostado.

–¡Quédate ahí! –gritó Jondalar–. ¡Quédate ahí, Ayla! ¡Es un león cavernario!

El estaba delante de la entrada de la caverna, lanza en ristre y se preparaba a arrojarla hacia un enorme felino agazapado, a punto de brincar, con un gruñido retumbándole en la garganta.

–¡No, Jondalar! –gritó Ayla, interponiéndose entre ambos a todo correr–. ¡No!

–¡Quítate, Ayla! ¡Oh, Madre, detenla! –gritó el hombre cuando saltó frente a él, en la trayectoria del león que se abalanzaba.

La mujer hizo una señal rápida, imperiosa, y en el lenguaje gutural del Clan gritó: «¡Ya!»

El enorme león cavernario de melena rojiza, con un retorcimiento del cuerpo, cortó en seco el brinco y cayó a los pies de la mujer. Entonces frotó su enorme cabeza contra la pierna de ella; Jondalar se quedó estupefacto.

–¡Bebé, oh, Bebé! Has vuelto –decía Ayla con gestos, y sin vacilar, sin ningún temor, abrazó el enorme cuello del león.

Bebé la derribó con toda la suavidad de que era capaz, y Jondalar los contemplaba, boquiabierto, mientras el león cavernario más grande que viera en toda su vida enlazaba a la mujer entre sus patas delanteras en lo más parecido a un abrazo que, según él, pudiera dar un león. El felino lamió lágrimas saladas del rostro de la mujer con una lengua que lo raspaba hasta dejarlo en carne viva.

–Basta, Bebé –dijo Ayla, sentándose–, no me va a quedar cara.

Encontró los puntos clave detrás de las orejas y alrededor de la melena donde le gustaba que lo rascaran. Bebé se puso panza arriba para que su barbilla gozara de las caricias, con un retumbante gruñido de satisfacción.

–No creí que volvería a verte, Bebé –dijo cuando se cansó, y el felino se volvió. Estaba más grande de lo que ella recordaba, y aunque algo delgado, parecía saludable. Tenía cicatrices que ella no le conocía, y pensó que tal vez estuviera luchando por un territorio, y ganando. Eso la llenó de orgullo. Entonces Bebé volvió a fijarse en Jondalar y gruñó amenazadoramente–. ¡No le mires así! Es el hombre que me trajiste. Tú tienes una compañera... supongo que ya tendrás varias –el león se puso en pie, dio la espalda al hombre y se dirigió a los bisontes–. ¿Te parece bien si le damos uno? –preguntó a Jondalar–. La verdad es que tenemos de sobra.

El seguía con la lanza en ristre, en pie a la entrada de la cueva, atónito. Trató de contestar, pero sólo le salió un graznido. Entonces recobró el habla.

–¿Que si está bien? ¿Me preguntas que si está bien? Dale los dos. ¡Dale todo lo que quiera!

–Bebé no necesita los dos –y Ayla empleó la palabra del nombre en la lengua que Jondalar ignoraba, pero adivinó que era un nombre–. ¡No, Bebé! No te lleves la ternera –dijo entre sonidos y gestos que el hombre no percibía aún como una lengua, pero que provocó su estupefacción cuando Ayla apartó el bisonte y empujó al león hacia el otro. El enorme felino clavó los dientes en el cuello cortado del toro joven y lo arrastró desde la orilla; entonces, sujetándolo mejor, echó a andar por el sendero abajo–. Enseguida regreso, Jondalar –dijo–. Tal vez estén Whinney y el potro ahí abajo, y no quiero que Bebé asuste al potro.

Jondalar observó a la mujer que seguía al león hasta que se perdieron de vista. Aparecieron de nuevo en el valle, junto a la pared, y Ayla caminaba tranquilamente al lado del león que arrastraba el bisonte bajo su cuerpo y entre sus patas.

Cuando llegaron al bloque de roca, Ayla se detuvo y abrazó de nuevo al león. Bebé soltó el bisonte y Jondalar meneó incrédulamente la cabeza cuando vio que la mujer montaba sobre el lomo del feroz depredador. Alzó un brazo y lo dirigió hacia el frente, agarrándose a la melena rojiza mientras el descomunal felino saltaba hacia delante. Corrió con su tremenda velocidad, Ayla se asía fuertemente con la larga cabellera flotando tras ella. Al poco rato el león fue perdiendo velocidad y regresó a la roca.

Volvió a coger al joven bisonte y lo arrastró por el valle. Ayla se quedó junto a la roca, viéndolo alejarse. Muy lejos ya, el león volvió a soltar el bisonte; comenzó a dar una serie de gruñidos, su habitual *bnga, bnga,* que terminó por convertirse en un rugido tan fuerte que estremeció a Jondalar hasta los huesos.

Cuando desapareció el león cavernario, Jondalar respiró hondo y se recostó contra la muralla, sintiéndose débil. Estaba pasmado y un poco temeroso. «¿Qué es esta mujer?», pensó. «¿Cuál es su tipo de magia? Las aves, pase. Incluso los caballos. Pero, ¿un león cavernario?, ¿el más grande que he visto en toda mi vida?

»¿Será una... donii? ¿Quién sino la Madre podría obligar a los animales a someterse a su voluntad? ¿Y sus poderes curativos? ¿O su capacidad fenomenal para hablar tan bien en tan poco tiempo?». A pesar de su acento algo insólito, había aprendido la mayor parte de su mamutoi y palabras de sharamudoi. ¿Sería una manifestación de la Madre?

La oyó acercarse por el sendero y experimentó un estremecimiento de temor. Casi esperaba oírla declarar que era la Gran Madre Tierra en persona, y se lo habría creído. En cambio, vio una mujer con la cabellera en desorden y lágrimas corriéndole por el rostro.

–¿Qué ocurre? –le preguntó, al sobreponerse la ternura a sus temores imaginarios.

–¿Por qué pierdo a mis bebés? –preguntó entre sollozos.

Jondalar palideció: sus bebés. Aquel león, ¿era su bebé? Con un sobresalto se imaginó a la Madre llorando, la Madre de todos.

–¿Tus bebés?

–Primero Durc, y ahora Bebé.

–¿Es el nombre del león?

–¿Bebé? Significa pequeñito, nene –contestó, tratando de traducir.

–¡Pequeñito! –resopló Jondalar–. Es el león cavernario más grande que he visto en mi vida.

–Ya sé –una sonrisa de orgullo maternal brilló entre las lágrimas de Ayla–. Siempre me aseguré de que tuviera comida suficiente, no como los cachorros de las familias de leones. Pero cuando lo encontré era pequeñito. Lo llamé Bebé y nunca pude ponerle otro nombre.

–¿Lo encontraste? –preguntó Jondalar, vacilante aún.

–Lo habían dejado por muerto. Creo que un ciervo lo pisoteó. Yo estaba acosando a los ciervos hacia mi zanja. Brun solía permitirme que llevara animalitos a la caverna, a veces, si estaban lastimados y necesitaban cuidados. Pero nunca carnívoros. No iba a recoger al cachorro de león cavernario, pero las hienas fueron por él. Las espanté con la honda y lo traje.

Los ojos de Ayla adquirieron una mirada lejana y su boca se torció en una sonrisa sesgada.

–Bebé era tan gracioso de pequeño, siempre me hacía reír. Pero pasé mucho tiempo cazando para él hasta el segundo invierno, cuando aprendimos a cazar juntos. Los tres: también Whinney. No había vuelto a ver a Bebé desde... –de repente recordó cuándo–. Oh, Jondalar, ¡cuánto lo siento! Bebé es el león que mató a tu hermano. De haber sido otro león, no habría podido arrebatarte de sus garras.

–¡Eres una donii! –exclamó Jondalar–. Te vi en mi sueño. Creí que una donii había venido para llevarme al otro mundo, pero en cambio obligó al león a alejarse.

–Sin duda recobraste el conocimiento un instante, Jondalar. Entonces, cuando te cambié de postura, probablemente te desvaneciste por el dolor. Tenía que apartarte de allí a toda prisa. Sabía que Bebé no me haría daño; a veces es un poco rudo, pero sin querer. No lo puede remediar. Pero yo no sabía cuándo regresaría la leona.

El hombre movía la cabeza, incrédulo y maravillado.

–¿Realmente cazaste con ese león?

–No había otro medio para alimentarlo. Al principio, antes de que pudiera matar, derribaba un animal y yo corría montada en Whinney y lo remataba con la lanza. Entonces yo no sabía que se arrojaban las lanzas. Cuando Bebé fue suficientemente grande para matar, a veces yo cogía un trozo de carne antes de que se pusiera a masticar, o quería aprovechar la piel...

–De manera que lo empujabas, como con ese bisonte. ¿No sabes lo peligroso que es quitarle la carne a un león? He visto a uno que mató a su propio cachorro por eso.

–También yo. Pero Bebé es diferente, Jondalar. No fue criado en una familia de leones. Creció aquí, con Whinney y conmigo; cazamos juntos... está acostumbrado a compartir conmigo. Pero me alegro de que encontrara una leona, así podrá vivir como un león. Whinney se fue algún tiempo con una manada, pero no fue feliz y regresó... –Ayla sacudió la cabeza y bajó la mirada–. No es cierto. Quiero creerlo. Creo que fue feliz con su manada y su semental. Yo no era feliz sin ella. Me alegró mucho que aceptara regresar conmigo después de que murió su semental.

Ayla recogió el manto sucio y se metió en la caverna. Jondalar, dándose cuenta de que seguía sosteniendo la lanza, la apoyó contra la muralla y entró también. Ayla estaba pensativa. El retorno de Bebé había despertado en ella infinidad de recuerdos. Miró el trozo de bisonte que estaba asándose, dio vuelta al espetón y atizó el fuego. Entonces, del vasto estómago de onagro que colgaba de un poste, echó agua en un canasto-olla, y puso al fuego unas cuantas piedras para que se calentaran.

Jondalar se limitaba a obsevarla, pasmado aún por la visita del león cavernario. Ya había sido suficiente sobresalto ver al león brincar sobre el saliente, pero la manera en que Ayla se había puesto delante, deteniendo al impresionante depredador...nadie se lo creería.

Mientras la miraba, tuvo la sensación de que había algo diferente en ella. Recordó la primera vez que la había visto con el cabello suelto, dorado y brillando al sol. Había subido desde la playa y él la había visto, toda ella, por vez primera, con el cabello suelto y aquel cuerpo magnífico.

–Me ha alegrado ver de nuevo a Bebé. Esos bisontes estaban quizá en su territorio. Olió la sangre y nos siguió la pista. Se sorprendió al verte. No sé si te recordaría. ¿Cómo quedaste atrapado en ese cañón ciego?

–¿Có...? Lo siento: no te escuchaba.

–Me preguntaba cómo tu hermano y tú os dejasteis atrapar en ese cañón con Bebé –repitió, levantando la vista. Unos luminosos ojos color de violeta la estaban mirando y le hicieron subir el calor a la cara.

Jondalar hizo un esfuerzo para pensar en la pregunta.

–Estábamos acechando un ciervo; Thonolan lo mató, pero una leona había estado persiguiéndolo y se lo llevó arrastrando. Pero Thonolan fue tras ella. Le dije que se lo dejara, y no quiso escuchar. Vimos que la leona entraba en la cueva y después se marchaba. Thonolan pensó que podría recuperar la lanza y algo de carne antes de que volviera. El león tenía otras ideas –Jondalar cerró los ojos un momento–. No se lo puedo reprochar. Fue una tontería seguir a la leona, pero no pude detenerle. Siempre fue temerario, pero después de la muerte de Jetamio, fue algo más que temerario: quería morir. Supongo que tampoco yo debí haberle seguido.

Ayla sabía que seguía sufriendo por la pérdida de su hermano, y cambió de tema.

–No he visto a Whinney. Debe de andar por la estepa con Corredor. Ultimamente anda mucho por ahí. La forma en que pusiste las correas en la cabeza de Corredor funcionó bien, pero no sé si era necesario tenerlo atado a Whinney.

–La cuerda era demasiado larga. No pensé que se pudiera trabar en un arbusto. Pero quedaron sujetos los dos. Habría que tenerlo presente, para cuando quieras que se queden quietos en alguna parte. Por lo menos Corredor. ¿Hace siempre Whinney lo que quieres tú?

–Supongo que sí, pero es más bien lo que ella quiere. Sabe lo que yo quiero y lo hace. Bebé sólo me lleva adonde él quiere, pero va tan aprisa... –sus ojos echaron chispas al recordar su reciente cabalgada. Siempre resultaba emocionante montar al león.

Jondalar recordó cómo se asía al lomo del león cavernario, sus cabellos, más dorados que la melena rojiza, flotando al viento. Al verla había tenido miedo por ella, pero era excitante... como ella misma. Tan salvaje y libre, tan bella...

–Eres una mujer excitante, Ayla –dijo; y su mirada confirmaba su convencimiento.

–¿Excitante? Excitante es... el lanzavenablos o cabalgar velozmente montando a Whinney... o Bebé, ¿no es cierto? –estaba confundida.

–Cierto. Y también lo es Ayla, para mí... y bella.

–Jondalar, estás bromeando. Una flor es bella o también el cielo cuando el sol se pone en el horizonte. Yo no soy bella.

–¿No puede ser bella una mujer?

Ella se apartó de la intensidad de su mirada.

–Yo... yo no sé. Pero yo no soy bella. Soy grande y fea.

Jondalar se puso de pie, la cogió de la mano y la hizo incorporarse.

–Veamos, ¿quién es más alto?

Era irresistible, allí tan cerca de ella. Vio que se había vuelto a afeitar. Los pelitos de la barba sólo se veían de cerca. Sintió deseos de tocar su rostro suave y áspero a la vez, y los ojos que la miraban le hacían sentir como si pudieran penetrar dentro de ella.

–Tú –dijo dulcemente.

–Entonces no eres demasiado alta, ¿verdad? Y no eres fea, Ayla –sonrió, pero ella sólo vio la sonrisa en sus ojos–. Es gracioso, pero la mujer más bella que he visto en mi vida cree que es fea.

Ayla oía, pero estaba demasiado hundida en los ojos que la retenían, demasiado conmovida por la respuesta de su cuerpo, para fijarse en las palabras. Lo vio acercarse más, inclinándose, poner sus labios sobre los de ella, rodearla con sus brazos y pegarla a su cuerpo.

–Jondalar –suspiró–, me gusta ese boca a boca.

–Beso –dijo él–. Creo que ya es hora, Ayla –la cogió de la mano y se la llevó hacia la cama cubierta de pieles.

–¿Ahora?

–Los Primeros Ritos –explicó.

Se sentaron en las pieles.

–¿Qué clase de ceremonia es?

–Es la cermonia que hace a la mujer. No puedo decírtelo todo al respecto. Las mujeres más viejas le explican a la muchacha lo que debe esperar y que puede doler, pero que es necesario para abrir el paso que la convierta en mujer. Escogen al hombre que lo hará. Los hombres desean ser escogidos, pero tienen miedo.

–¿Por qué tienen miedo?

–Tienen miedo de lastimar a la mujer, miedo de ser torpes, miedo de que no se levante su hacedor de mujeres.

–¿Eso significa el órgano del hombre? ¡Tiene tantos nombres!

Jondalar recordó todos los nombres, muchos de ellos vulgares o humorísticos.

–Sí, tiene muchos nombres.

–¿Y cómo se llama realmente?

–Supongo que virilidad –dijo, después de pensarlo un instante–, lo mismo que para un hombre, pero «hacedor de mujeres» es otro.

–¿Y qué ocurre si no se levanta la virilidad?

–Hay que acudir a otro hombre... es muy embarazoso. Pero la mayoría de los hombres desean ser escogidos para la primera vez de una mujer.

–¿Te gusta ser escogido?

–Sí.

–¿Te escogen con frecuencia?

–Sí.

–¿Por qué?

Jondalar sonrió y se preguntó si tantas preguntas serían el resultado de la curiosidad o del nerviosismo.

–Creo que porque me gusta. La primera vez de una mujer es especial para mí.

–Jondalar, ¿cómo podemos tener una ceremonia de los Primeros Ritos? Ya no es mi primera vez; estoy abierta.

–Ya lo sé; pero en los Primeros Ritos se encierra algo más que abrir el paso.

–No entiendo. ¿Qué más puede haber?

Sonrió nuevamente, entonces se inclinó más y la besó. Ella se recostó en él, pero se sobresaltó al sentir que se abría la boca del hombre y que su lengua intentaba entrar en su boca. Se echó hacia atrás.

–¿Qué estás haciendo? –preguntó.

–¿No te agrada? –y su frente se crispó por efecto de la sorpresa.

–No lo sé.

–¿Quieres volver a probar y comprobar? –«Despacio», pensó, «no la apremies», y añadió en voz alta–: ¿Por qué no te tiendes y te relajas?

La empujó con suavidad, después se tendió a su lado, descansando sobre el codo. La miró, volvió a besarla. Esperó hasta sentir que ya no estaba tensa y acarició ligeramente sus labios con la lengua. Se levantó un poco y vio que su boca sonreía, pero que tenía los ojos cerrados. Cuando los abrió, se inclinó para volver a besarla. Ella se tendió para acercarse a él. La besó presionando más y abriendo. Cuando su lengua intentó entrar, Ayla abrió la boca para dejarle.

–Sí –dijo–, creo que me gusta.

Jondalar sonrió. Estaba interrogando, probando, saboreando, y le complacía que no lo encontrara insatisfactorio.

¿Y ahora qué? –preguntó Ayla.
–¿Más de lo mismo?
–Está bien.
Volvió a besarla, explorando suavemente los labios, el cielo de la boca y bajo la lengua. Entonces siguió con los labios la línea de la mandíbula. Encontró la orejita, sopló su aliento en ella, le mordisqueó el lóbulo y cubrió la garganta de besos y de caricias con la lengua. A continuación regresó a la boca.
–¿Por qué me hace sentir como si tuviera calentura... y escalofríos? –preguntó Ayla–. No como enfermedad, escalofríos agradables.
–Ahora no tienes que ser curandera, no es una enfermedad –dijo Jondalar, quien casi enseguida añadió–: Si tienes calor, ¿por qué no abres el manto, Ayla?
–Está bien. No tengo tanto calor.
–¿Te importa si lo abro yo?
–¿Por qué?
–Porque lo deseo –la besó de nuevo, tratando de deshacer el nudo de la correa que mantenía cerrado el manto. No lo consiguió y pensó que seguiría intentándolo.
–Yo lo abriré –susurró Ayla, cuando le liberó la boca. Hábilmente soltó la correa y se tendió para desenrollarla. El manto de piel cayó y Jondalar jadeó.
–¡Oh, mujer! –dijo, con voz de deseo, y los ijares se le crisparon–. ¡Ayla! ¡Oh, Doni, qué mujer! –la besó apasionadamente en la boca, hundió el rostro en el cuello de ella y aspiró calor. Respirando fuerte, se apartó y vio la marca roja que le había hecho. Aspiró muy hondo para tratar de dominarse.
–¿Pasa algo malo? –preguntó Ayla, frunciendo el ceño con preocupación.
–Sólo que te deseo demasiado. Quiero que todo esté bien para ti, pero no sé si podré. Eres... ¡tan bella, tan mujer!
–Todo lo que tú hagas estará bien, Jondalar —sonreía, y la frente arrugada se alisó.
La besó de nuevo, más suavemente, deseando más que nunca proporcionarle Placer. Acarició su costado sintiendo la plenitud de su seno, la depresión de su cintura, la suave curva de la cadera, el músculo tenso del muslo. Ella se estremecía bajo su mano, que acarició los rizos dorados del pubis y subió por el vientre, hasta llegar a la hinchazón turgente de su seno; sintió cómo se endurecía el pezón bajo su caricia.
Besó la diminuta cicatriz en la base del cuello; entonces buscó el otro seno y succionó el pezón con la boca.
–No se siente igual que un bebé –dijo Ayla.
Eso disipó la tensión; Jondalar se sentó, riendo.
–Se supone que no estás analizando, Ayla.

–Bueno, pues no se siente igual que cuando mama un bebé, y no sé por qué. No sé por qué un hombre va a querer mamar como un bebé –declaró, a la defensiva.

–¿No quieres que lo haga? No lo haré si es que no te gusta –dijo apesadumbrado.

–No dije que no me gustara. Me siento bien cuando mama un bebé. No lo siento igual cuando lo haces tú, pero me siento bien. Lo siento hasta abajo dentro de mí. Un bebé no hace sentir lo mismo.

–Por eso lo hace el hombre, para que la mujer sienta así y para sentirlo así también él. Por eso tengo ganas de tocarte, de darte Placer y de experimentarlo yo también. Es la Dádiva del Placer de la Madre a Sus hijos. Nos crió para conocer este Placer y la honramos a Ella cuando aceptamos su dádiva. ¿Quieres que te dé Placer, Ayla?

La estaba mirando: el cabello dorado, revuelto sobre la piel, le enmarcaba el rostro. Sus ojos dilatados, profundos y dulces, brillaban con un fuego oculto y parecían llenos como si fueran a derramarse. La boca le tembló cuando quiso contestar; entonces asintió con la cabeza.

Jondalar besó un ojo cerrado y después el otro, y sintió una lágrima. Saboreó la gota salada con la punta de la lengua. Ella abrió los ojos y sonrió. Jondalar le besó la punta de la nariz, la boca y cada pezón. Entonces se levantó.

Ayla vio que se dirigía al fuego y apartaba el asado que había en el espetón y que quitaba de los carbones las raíces envueltas en hojas. Esperó sin pensar, saboreando por anticipado no sabía qué. Le había hecho sentir más de lo que hubiera creído que su cuerpo fuera capaz de sentir, y sin embargo, había despertado en ella un anhelo inefable.

Jondalar llenó de agua una taza y se la llevó.

–No quiero que nada nos interrumpa –dijo–, y pensé que tal vez querrías un poco de agua.

Ayla movió la cabeza; él tomó un sorbo y dejó la taza; después desató la correa de su taparrabos y se quedó mirándola, con su prodigiosa virilidad enhiesta. Los ojos de ella sólo reflejaban confianza y deseo, nada de ese temor que a menudo provocaba en las mujeres jóvenes, y no tan jóvenes, cuando lo veían por vez primera.

Se tendió junto a la joven, llenándose los ojos de ella. Su cabello suave, espléndido, sus ojos, rebosantes y llenos de expectación, su cuerpo magnífico; toda aquella bella mujer esperando que la tocara, esperando que despertara en ella las sensaciones que él sabía estaban allí. Quería que durara esa toma de conciencia por parte de ella. Se sentía más excitado que nunca anteriormente en los Primeros Ritos de una novata. Ayla no sabía qué esperar, nadie se lo había descrito con detalles claros y extensos. Sólo habían abusado de ella.

«¡Oh, Doni, ayúdame a hacerlo bien!», pensó, sintiendo que en ese momento estaba asumiendo una tremenda responsabilidad y no un placer deleitable.

Ayla estaba quieta, sin mover un músculo pero estremecida. Sentía como si estuviera esperando desde siempre algo que no podía nombrar pero que él podía darle. Con sólo sus ojos podía tocarla hasta dentro; ella no podía explicar la palpitación, los efectos deliciosos de sus manos, su boca, su lengua, pero ansiaba más. Se sentía incompleta, sin terminar. Hasta que él le había dado a probar el sabor, no sabía cuánta hambre tenía, pero una vez provocada ésta, tenía que saciarla.

Cuando sus ojos quedaron satisfechos, los cerró y la besó una vez más. Ella tenía la boca abierta, esperando; atrajo su lengua y experimentó con la suya, tanteando. El se apartó y le sonrió para animarla. Cogió una guedeja dorada y brillante de cabello y se la llevó a los labios, y después se frotó el rostro contra la suave abundancia dorada de su corona. Le besó la frente, los ojos, las mejillas, deseando conocerla toda ella.

Encontró la oreja y su aliento cálido mandó estremecimientos deliciosos por el cuerpo de ella una vez más; le mordisqueó la oreja y le lamió el lóbulo. Encontró los nervios tiernos del cuello y la garganta, que despertaron largos espasmos deliciosos por lugares secretos e intactos. Sus manos grandes, expresivas y sensibles la exploraron, sintieron la textura sedosa de su cabello, rodearon mejilla y mandíbula, recorrieron el contorno de su hombro y su brazo. Cuando llegó a la mano, se la llevó a la boca, besó la palma, acarició los dedos uno por uno y siguió la curva interior del brazo.

Ayla tenía los ojos cerrados, cediendo a la sensación con impulsos rítmicos. La boca cálida encontró la cicatriz en el hueco de su cuello, siguió el camino entre los senos y rodeó la curva de uno. Hizo círculos cada vez más pequeños con la lengua y sintió el cambio de textura de la piel al llegar a la aréola; Ayla jadeó al sentir que le tomaba el pezón en la boca, y él sintió que un ardor nuevo palpitaba en sus ijares.

Con su mano siguió el movimiento circular de la lengua en el otro seno, y sus dedos hallaron el pezón duro y erguido. Al principio succionó suavemente, pero cuando ella se tendió hacia él, aumentó la fuerza de succión. Ayla respiraba fuerte, gemía suavemente. La respiración del hombre iba a la par con el deseo de ella; no estaba seguro de poder esperar más. Entonces se detuvo para volver a mirarla: tenía los ojos cerrados y la boca abierta.

La deseaba toda y todo al mismo tiempo. Buscó su boca y atrajo su lengua hacia la suya. Cuando la soltó, ella atrajo la de él, siguiendo su ejemplo, y sintió el calor dentro de la suya. Jondalar volvió a encontrar su garganta y trazó círculos húmedos alrededor del otro seno turgente hasta llegar al pezón. Ella se alzó para salir a su encuentro, en aras de su deseo, y se estremeció cuando él respondió atrayéndola.

Con la mano le acariciaba el vientre, la cadera, la pierna; entonces tocó la parte interior del muslo. Los músculos de Ayla ondularon, mientras se tensaba, y después abrió las piernas. Puso la mano sobre el pubis cubierto de rizos de un rubio oscuro y sintió súbitamente una humedad caliente. El sobresalto que dio su ingle en respuesta le pilló por sorpresa. Se quedó tal como estaba, luchando por dominarse, y casi se rindió cuando sintió otra oleada de humedad en la mano.

Su boca dejó el pezón y formó círculos en el estómago y el ombligo de la joven. Al llegar al pubis, la miró: estaba respirando de forma espasmódica, con la espalda curva y tensa, esperando. Estaba preparada. Le besó el pubis, el vello crujiente, y siguió bajando. Ella temblaba, y cuando la lengua de él alcanzó la parte superior de su hendidura, brincó dando un grito y volvió a caer de espaldas, gimiendo.

Su virilidad palpitaba anhelante, impaciente, mientras cambiaba de postura para deslizarse entre las piernas de ella. Entonces abrió los repliegues y los saboreó lenta y amorosamente. Ella no podía oír los ruidos que hacía al sumirse en el estallido de sensaciones exquisitas que la recorrían mientras la lengua de él exploraba cada repliegue, cada borde.

Se concentró en ella para dominar su necesidad apremiante, encontró el nódulo que era el centro pequeño pero erguido del deleite en ella, y lo acarició firme y rápidamente. Temía haber llegado al límite de su resistencia cuando ella se retorció sollozando en un éxtasis que nunca anteriormente había experimentado. Con dos largos dedos penetró en su húmeda cavidad y aplicó presión hacia arriba, desde fuera.

De repente Ayla se arqueó y gritó, y él saboreó una nueva humedad. Apretando y aflojanco los puños convulsivamente, hacía gestos de llamada inconsciente al ritmo de su respiración espasmódica.

–Jondalar –le gritó–. ¡Oh, Jondalar! Necesito... te necesito... necesito algo...

El estaba de rodillas, apretando los dientes en un esfuerzo por contenerse, tratando de penetrar con delicadeza en ella.

–Estoy tratando de hacerlo con suavidad –dijo, casi dolorosamente.

–No... no me hará daño, Jondalar.

¡Era cierto! No era realmente la primera vez. Mientras ella se arqueaba para recibirlo, se abandonó y entró: no había bloqueo.

Fue más allá, esperando hallar la barrera, pero se sintió atraído hacia dentro, sintió sus profundidades cálidas y húmedas bien abiertas, que le abrazaban y le envolvían hasta que, maravillado, sintió que lo recibía todo. Se retiró un poco y volvió a introducirse profundamente en ella. Ayla le rodeó con las piernas para atraerle más. Volvió a retirarse y, al penetrar una vez más, sintió que su maravilloso paso palpitante le acariciaba cuan largo era. Fue más de lo que podía aguantar, volvió a empujar una y otra vez con un abandono sin restricción, cediendo por una vez a su necesidad en forma total.

–¡Ayla!... ¡Ayla!... ¡Ayla!... –gritó.

La tensión estaba alcanzando la cima; él sentía cómo se acumulaba en sus ijares. Se retiró una vez más; Ayla se tendió hacia él con todos sus nervios y sus músculos. El penetró en ella con el placer sensual absoluto de enterrar toda su joven virilidad en el calor anhelante. Se movieron juntos. Ayla gritó su nombre y, dándole todo lo que le quedaba, Jondalar la llenó.

Durante un instante eterno, los gritos más profundos de él se mezclaron en armonía con los sollozos de ella, repitiendo su nombre, mientras ambos se estremecían convulsos, en el paroxismo de un placer inefable. Entonces, con un alivio exquisito, cayó encima de ella.

Durante un buen rato sólo se pudo oír la respiración de ambos. No podían moverse. Se habían entregado totalmente el uno al otro, se habían transmitido cada fibra de su experiencia compartida. Aunque había transcurrido ya un rato no querían moverse, no querían que terminara aunque sabían que había concluido. Había sido el despertar de Ayla: nunca había conocido los Placeres que podía proporcionarle un hombre. Jondalar sabía que su Placer consistía en despertarla, pero ella le había dado una sorpresa inesperada incrementando inmensamente su propia excitación.

Sólo unas cuantas mujeres tenían la profundidad suficiente para darle cabida a todo él; había aprendido a limitar su penetración para tenerlo en cuenta, y lo hacía con sensibilidad y pericia. Nunca volvería a ser lo mismo... pero gozar el deleite de los Primeros Ritos y el alivio glorioso y poco frecuente de una penetración completa al mismo tiempo, resultaba increíble.

Siempre se esforzaba más para los Primeros Ritos, había algo en la ceremonia que le hacía dar lo mejor de sí mismo. Sus atenciones y su preocupación eran genuinas. Sus esfuerzos tendían a complacer a la mujer, y su satisfacción procedía tanto del deleite de ella como del suyo propio. Pero Ayla le había complacido, le había satisfecho más allá de su imaginación más desbocada. Por su instante, pareció que ambos sólo formaban uno.

–Debo resultarte pesado –dijo, retirándose un poco para sostenerse en parte con el codo.

–No –dijo ella con voz dulce–. No pesas. No creo que vaya a querer levantarme nunca más.

Se inclinó para acariciarle la oreja con la boca y besarle el cuello.

–Tampoco yo tengo ganas de levantarme, pero creo que debo hacerlo –se desprendió lentamente y se tendió junto a ella, pasándole un brazo por debajo de manera que la cabeza de ella reposara en el hueco de su axila.

Ayla estaba satisfecha, lángida, totalmente relajada y muy sensible a la presencia de Jondalar. Sentía el brazo que la rodeaba, los dedos que la acariciaban ligeramente, el juego de los músculos pectorales bajo su mejilla, podía oír el latido de su corazón –o tal vez el de ella– en su oído, olía el olor almizclado y cálido de su piel y de sus Placeres. Y nunca la habían mimado ni atendido tanto.

–Jondalar –dijo al cabo de un rato–, ¿cómo sabes lo que hay que hacer? Yo ignoraba que existían esas sensaciones en mí. ¿Cómo?

–Alguien me aleccionó, me enseñó, me ayudó a saber lo que necesita una mujer.

–¿Quién?

Ayla sintió que se le tensaban los músculos, reconoció un cambio en su tono de voz.

–Es costumbre que mujeres mayores y con más experiencia enseñen a los hombres jóvenes.

–¿Quieres decir como en los Primeros Ritos?

–No exactamente; es menos oficial. Cuando los jóvenes comienzan a tener erecciones, las mujeres lo saben. Una, o más, que advierte que el joven está nervioso e inseguro, se pone a su disposición, y le ayuda. Pero no es una ceremonia.

–En el Clan, cuando un mozo mata por vez primera, en una cacería en serio, no animalitos pequeños, entonces es hombre y tiene una ceremonia de virilidad. Que esté en celo no importa. Lo que hace de él un hombre es cazar. Es cuando debe asumir responsabilidades de adulto.

–Cazar es importante, pero algunos hombres no cazan nunca. Tienen otras habilidades. Supongo que yo no tendría que cazar si no quisiera. Podría hacer herramientas y cambiarlas por alimentos o pieles o lo que necesitara. Pero la mayoría de los hombres cazan, y la primera vez que un muchacho mata es muy especial.

La voz de Jondalar adoptó los matices cálidos del recuerdo.

–No hay una verdadera ceremonia, pero el animal que él mata se reparte entre todos los de la Caverna: él mismo no prueba esa carne. Cuando se produce ese hecho, todos comentan entre ellos, para que el joven lo oiga, lo grande y maravilloso que era el animal, y cuán tierna y deliciosa su carne. Los hombres le invitan a participar en sus juegos o sus conversaciones. Las mujeres le tratan como a un hombre, no como a un muchacho, y le gastan bromas amistosas. Casi todas se pondrán a su disposicón, si es lo suficientemente mayor y lo desea. El primer animal que uno mata le hace sentirse muy hombre.

–¿Pero sin ceremonia de virilidad?

–Cada vez que un hombre hace una mujer, que la abre, que deja fluir dentro de ella la fuerza vital, reafirma su virilidad. Por eso su órgano, su virilidad, se llama «hacedor de mujeres».

–Podría hacer algo más que hacer mujer, podría iniciar un hijo.

–Ayla, la Gran Madre Tierra bendice a una mujer con hijos. Los trae al mundo y al hogar de un hombre. Doni creó a los hombres para ayudarla, para protegerla cuando está embarazada o amamantando y cuidando de un bebé. Y para hacerla mujer. No lo puedo explicar mejor. Quizá Zelandoni pueda.

«Quizá tenga razón», pensó Ayla, acurrucándose contra él. «Pero si no la tiene, tal vez esté creciendo un hijo dentro de mí». Sonrió. «Un bebé como Durc, para amamantarle, mimarle y cuidarle, un bebé que sería en parte Jondalar.

»Pero, y cuando él se vaya, ¿quién me ayudará?», pensó con una punzada de angustia. Recordó su anterior embarazo, tan difícil, su lucha con la muerte durante el parto. «Si no hubiera sido por Iza, no habría sobrevivido. Y aunque me las arreglara para tener un bebé aquí sola, ¿cómo iba a poder cazar y cuidar de un bebé? ¿Y si me hirieran o muriese? ¿Quién cuidaría de mi bebé? Se moriría, solo.

»¡Ahora no puedo tener otro hijo!». Se incorporó. «¿Y si ya se ha iniciado uno? ¿Qué tendré que hacer? ¡La medicina de Iza! Ruda o muérdago... no, muérdago no: sólo crece en el roble y por aquí no hay. Pero hay varias plantas que resultarán... tendré que pensarlo. Podría ser peligroso, pero es mejor perder ahora el bebé que dejárselo a una hiena después de nacido».

–¿Pasa algo malo, Ayla? –preguntó Jondalar, acariciando un seno firme con la mano, porque sabía que podía y porque eso le hacía desearlo.

Ayla se inclinó sobre su mano, recordando su contacto.

–No; no pasa nada malo.

Sonrió, recordó su profunda satisfacción y experimentó nuevos estremecimientos. «Pronto», se dijo. «¡Creo que tiene el toque de Haduma!»

Ayla vio calor y deseo en sus ojos azules. «Tal vez quiera hacer otra vez Placeres conmigo», pensó Ayla, devolviéndole la sonrisa. Pero la sonrisa se borró. «Si no ha comenzado un bebé y hacemos otra vez Placeres, podría comenzar uno. Quizá deba tomarme la medicina secreta de Iza, la que dijo que no debía decírselo a nadie».

Recordó cuando Iza le habló de las plantas –hilo de oro y raíz de salvia de antílope– con una magia tan potente que podían agregar fuerza al tótem de una mujer para luchar contra las esencias fertilizantes del hombre e impedir que se iniciara la vida. Iza no le había hablado anteriormente de la medicina: nadie creyó nunca que llegaría a tener un niño, y por tanto, no se mencionó el asunto en su adiestramiento. «Tótem fuerte o no, tuve un hijo y podría volver a tener otro. Yo no sé si es el espíritu del hombre, pero la medicina le sirvió a Iza y creo que haré bien si la tomo, pues quizá tendría que tomar otra para perderlo.

»Ojalá no tuviera que hacerlo, ojalá pudiera quedarme con él. Me gustaría tener un bebé de Jondalar». Dibujó una sonrisa tan tierna y prometedora que el hombre se acercó y la atrajo encima de él; el amuleto que colgaba del cuello le golpeó la nariz.

–¡Oh, Jondalar!, ¿te ha hecho daño?

–¿Qué tienes dentro de esa cosa? ¡Debe de estar llena de piedras! –dijo, sentándose y frotándose la nariz–. ¿Qué es?

–Es... para el espíritu de mi tótem, para que pueda encontrarme. Conserva la parte de mi espíritu que él reconoce. Cuando me ha dado señales, también las guardo ahí. Todos los del Clan tienen uno. Creb dijo que si lo perdiera, moriría.

–Es un hechizo o un amuleto –dijo Jondalar–. Tu Clan comprende los misterios del mundo de los espíritus. Cuantas mas cosas sé de ellos, más parecen personas, aunque distintas de todas las que conozco –su mirada se cargó de arrepentimiento–. Ayla , mi ignorancia fue lo que me hizo portarme como lo hice cuando comprendí lo que entendías por Clan. Fue vergonzoso y lo lamento.

–Sí; fue vergonzoso, pero no estoy enojada ni lastimada, ya no. Me has hecho sentir... quiero hacer una cortesía, también yo. Por hoy, por los Primeros Ritos, quiero decir... gracias.

–No creo que nadie me haya dado las gracias anteriormente –respondió Jondalar con sonrisa pícara, que fue transformándose en una simple sonrisa aunque sus ojos estaban serios–. Si alguien debiera darlas, sería yo. Gracias, Ayla. No sabes la experiencia que me has proporcionado. No había tenido una satisfacción tan grande desde que... –se detuvo, y Ayla reconoció una expresión de pena...– desde Zolena.

–¿Quién es Zolena?

–Ya no hay Zolena. Era una mujer que conocí de joven –se tendió de espaldas y miró el techo de la cueva tanto rato que Ayla no creyó que diría nada más. Entonces comenzó a hablar, más para sí que para ella:

–Era bella entonces. Todos los hombres hablaban de ella, y todos los muchachos pensaban en ella, pero ninguno más que yo, incluso antes de que la donii se me apareciera en sueños. La noche que vino mi donii, vino como Zolena, y cuando desperté, las pieles en que dormía estaban llenas de mi esencia y mi cabeza llena de Zolena.

»Recuerdo haberla seguido, o haber hallado un lugar para esperar hasta verla. Rogaba a la Madre que me la diera. Pero no podía creerlo cuando vino a mí. Podría haber sido cualquiera de las mujeres, pero la única que yo deseaba era Zolena. ¡Oh, cómo la deseaba!, y vino a mí.

»Primero me limité a gozar con ella. Incluso entonces, ya era grande para mi edad... en muchos aspectos. Ella me enseñó a dominarme, a usar mi cuerpo, y me mostró lo que una mujer necesita. Aprendí que podía obtener placer de una mujer, aun cuando no fuera lo suficientemente profunda, si me contenía lo más posible y la preparaba. Entonces no necesitaría tanta profundidad, y ella recibiría más.

»Con Zolena no tenía que preocuparme. Sin embargo, podía hacer felices a hombres más pequeños... también ella podía dominarse. No había hombre que no la deseara... y me escogió a mí. Al cabo de algún tiempo me escogía siempre a mí, aunque era apenas poco más que un muchacho.

»Pero había un hombre que andaba siempre tras ella, aunque sabía que ella no le quería. Eso me enfureció. Cuando nos vio juntos le dijo que, para cambiar, se buscara un hombre; era más joven que Zolena, pero más viejo que yo; aunque yo era más grande.» Jondalar cerró los ojos y continuó:

–¡Fui tan estúpido! No debería haberlo hecho, sólo conseguí que la gente se fijara en nosotros, pero aquel tipo no quería dejarla en paz. Me sacaba de quicio. Un día le golpeé y ya no pude detenerme.

»Dicen que no es bueno que un hombre joven ande demasiado con una sola mujer. Si frecuenta más mujeres, hay menos posibilidad de que se encariñen. Se supone que un hombre joven debe casarse con una mujer joven, se supone que las mujeres mayores son para enseñarle. Siempre les echan la culpa cuando un hombre joven se siente demasiado apegado a una de ellas. Pero no debieron echarle la culpa a ella. Yo no quería a ninguna de las otras mujeres, yo sólo quería a Zolena.

»Aquellas mujeres me parecían muy toscas entonces, tan insensibles, bromeando, burlándose todo el tiempo de los hombres, en especial de los hombres jóvenes. Tal vez fuera insensible, yo también, al apartarlas de mí, al insultarlas.

»Hay algunas que escogen a los hombres para los Primeros Ritos. Todos los hombres desean ser elegidos... siempre hablan de ello. Es un honor, también resulta excitante, pero se preocupan por si serán demasiado rudos o apresurados o algo peor. ¿Qué tiene de bueno un hombre que no sea capaz siquiera de abrir a una mujer? Cada vez que un hombre pasa cerca de un grupo de mujeres, le provocan.»

Y cambiando la voz para imitarlas dijo con timbre atiplado:

–«Ahí va uno guapo. ¿Quieres que te enseñe un par de cosas?» O también: «No he podido enseñarle nada a éste, ¿quiere probar alguna otra?»

Y luego, dijo con su propia voz:

–«El hombre al que golpeé perdió varios dientes. Es triste para un hombre tan joven perder dientes: no puede masticar, y las mujeres no le quieren. Desde entonces no he dejado de lamentarlo. ¡Fue una estupidez! Mi madre dio una compensación de mi parte y él se fue a otra Caverna. Pero asiste a las Reuniones de Verano, y me crispo cada vez que le veo.

»Zolena había estado hablando de servir a la Madre. Yo pensaba hacerme grabador y servirla de ese modo. Entonces fue cuando Marthona decidió que yo podría tener vocación para el trabajo de la piedra, y mandó un mensaje a Dalanar. Poco después, Zolena se retiró para recibir un adiestramiento especial y Willomar me llevó a vivir con los Lanzadonii. Tenía razón Marthona: era lo mejor. Cuando regresé al cabo de tres años, ya no estaba Zolena».

–¿Qué fue de ella? –preguntó Ayla, casi con miedo.

–Los que Sirven a la Madre renuncian a su propia identidad y adoptan la de las personas por quienes interceden. A cambio, la Madre les otorga dádivas desconocidas por sus hijos comunes y corrientes: dádivas de magia, habilidad, conocimiento... y poder. Muchos de los que van a servir nunca pasan de ser meros acólitos. Entre los que reciben Su Llamada, sólo unos pocos tienen verdadero talento, pero ascienden muy rápidamente entre las filas de Los que Sirven.

»Justo antes de que me marchara, Zolena fue convertida en Alta Sacerdotisa Zelandoni, la Primera entre Los que Sirven a la Madre.»

De repente Jondalar dio un brinco y vio el cielo occidental escarlata y dorado por las aberturas de la cueva.

–Todavía no anochece y tengo ganas de nadar –dijo, saliendo rápidamente. Ayla recogió su manto y su larga correa y le siguió. Cuando ella llegó a la playa él estaba ya en el agua; se quitó su amuleto, avanzó río adentro y poco después se puso a nadar. Jondalar iba río arriba; ella se reunió con él cuando volvía.

–¿Hasta dónde has ido? –preguntó Ayla.

–Hasta las cataratas –dijo–. Ayla, nunca le he contado a nadie eso acerca de Zolena.

–¿Has vuelto a verla alguna vez?

La carcajada explosiva de Jondalar estaba llena de un sentimiento de amargura.

–Zolena no, Zelandoni. Sí, la he visto, somos buenos amigos. Incluso he compartido Placeres con Zelandoni –dijo–. Pero ya no me escoge –y se puso a nadar río abajo, fuerte y rápidamente.

Ayla arrugó el ceño, movió la cabeza y siguió tras él hasta la playa. Se puso el amuleto y ajustó su manto mientras le seguía por el sendero. Cuando entró en la cueva, Jondalar estaba de pie mirando las brasas. Ayla terminó de ajustarse el manto, recogió algo de leña y la echó al fuego. El seguía mojado; al ver que se estremecía, fue a buscarle una piel.

–La estación está cambiando –le dijo–. Las tardes son frescas. Toma, póntela, no sea que te resfríes.

Jondalar se sujetó la piel sobre los hombros, torpemente. «No está bien para él... un manto de piel. Y si se va a marchar, tendrá que irse antes de que la temporada cambie». Ayla fue al lugar donde dormía y cogió un bulto que había junto a la pared.

–¿Jondalar...?

El hombre sacudió la cabeza para regresar al presente y sonrió, pero sólo con la boca. Cuando Ayla comenzó a desatar el paquete, algo cayó al suelo; ella lo recogió.

–¿Qué es esto? –preguntó con un tono que encerraba a la vez admiración y temor–. ¿Cómo llegó aquí?

–Es una donii –dijo Jondalar al ver la pieza de marfil tallado.

–¿Una donii?

–La hice para ti, para tus Primeros Ritos. Siempre tiene que estar presente una donii en los Primeros Ritos.

A Ayla se le saltaron las lágrimas e inclinó la cabeza para ocultarlas.

–No sé qué decir, nunca he visto nada igual. Es bella. Parece real, como una persona; casi como yo.

–Yo quise que se pareciera a ti, Ayla –dijo Jondalar cogiéndola de la barbilla–. Un verdadero tallista la habría hecho mejor... no. Un verdadero tallista no habría hecho una donii como ésta. No estoy seguro de que yo debería haberla hecho. Por lo general, una donii no tiene rostro... el rostro de la Madre es inescrutable. Al poner tu rostro en esa donii tal vez tu espíritu haya quedado atrapado en ella. Por eso es tuya, para que la tengas en tu poder, mi obsequio para ti.

–Me pregunto por qué la pusiste ahí –Ayla terminó de desatar el paquete–. Hice esto para ti.

Jondalar sacudió el cuero, vio las prendas, y se le iluminaron los ojos.

–¡Ayla! Yo no sabía que pudieras coser ni bordar —dijo, examinando las ropas.

–Yo no hice el bordado. Sólo hice partes para la camisa que traías puesta. Separé las otras para saber de qué tamaño y forma hacer las piezas, y examiné cómo estaban unidas, para poder imitarlo. Utilicé la lezna que me habías dado... no sé si lo hice bien, pero lo logré.

–Está perfecto –dijo Jondalar, poniéndose la camisa por delante. Se probó el pantalón, después la camisa–. Había estado pensando en hacerme ropa más apropiada para viajar. Un taparrabos está bien aquí, pero...

Lo había dicho, y en voz alta. Como los malos espíritus de que hablaba Creb, cuyo poder dimanaba del reconocimiento de su existencia cuando se decían sus nombres en voz alta, la partida de Jondalar se había convertido en un hecho. Ya no era un pensamiento vago que algún día habría de hacerse realidad: ahora tenía sustancia. Y adquirió mayor peso cuando los pensamientos de ambos se concentraron en ella, hasta que una presencia física opresiva pareció haber entrado en la cueva y no quería irse.

Jondalar se quitó rápidamente la ropa y la dobló cuidadosamente.

–Gracias, Ayla. No puedo decirte lo que esto representa para mí. Cuando haga más frío, será perfecto, pero todavía no lo necesito –dijo, y se puso nuevamente el taparrabos.

Ayla asintió con la cabeza; no se fiaba de sí misma para hablar. Sentía una presión sobre sus ojos y la figurilla de marfil la veía borrosa; se la llevó al pecho; la amaba. Estaba hecha con sus manos. El se decía hacedor de herramientas, pero podía hacer muchísimo más; tenía manos lo suficientemente hábiles para hacer una imagen que le produjera la misma sensación de ternura que había sentido cuando él le reveló lo que era el hecho de ser mujer.

–Gracias –dijo, recordando la cortesía.

–No la pierdas nunca –advirtió seriamente–. Con tu rostro o quizá tu espíritu, podría ser peligroso que alguien la encontrara.

–Mi amuleto guarda parte de mi espíritu y del espíritu de mi tótem. Ahora esta donii tiene parte de mi espíritu y del espíritu de tu Madre Tierra. ¿Es también mi amuleto?

El no había pensado en eso. ¿Sería ella ahora parte de la Madre? ¿Una de las Hijas de la Tierra? Tal vez no debería haberse metido con fuerzas que quedaban mucho más allá de su alcance. ¿O habría actuado como agente de ellas?

–No lo sé, Ayla –confesó–. Pero no la pierdas.

–Jondalar, si crees que podría ser peligroso, ¿por qué pusiste mi rostro en esta donii?

El le cogió las manos que sostenían la figura.

–Porque quería capturar tu espíritu, Ayla. No para siempre, pensaba devolverlo. Quería darte Placer y no sabía si podría. No sabía si tú comprenderías; no has sido criada para conocerla. Pensé por un momento que si ponía tu rostro en esto, serviría para atraerte hacia mí.

–Para eso no necesitabas poner mi rostro en una donii. Me habría sentido feliz con sólo que hubieras deseado satisfacer tus necesidades conmigo, antes de saber lo que eran los Placeres.

La cogió en sus brazos, incluyendo la donii.

–No, Ayla, puedes haber estado dispuesta, pero yo tenía que comprender que era tu primera vez, de lo contrario no habría estado bien.

Ayla estaba volviendo a perderse en sus ojos. Los brazos de él la apretaron y ella se entregó hasta no saber más que de sus brazos que la estrechaban, su boca hambrienta sobre su propia boca, el cuerpo de él contra el suyo y una necesidad exigente, que mareaba. No supo cuándo la alzó y la apartó del fuego.

Su cama de pieles la aceptó; sintió que Jondalar no podía soltar la correa, que renunciaba y le levantaba el manto. Se abrió, anhelante, sintió la búsqueda de su virilidad enhiesta y su penetración feroz, casi desesperada. Jondalar introdujo profundamente su miembro, como si tratara de convencerse de que ella estaba allí para él, que no tenía que dominarse. Ella se irguió para ir a su encuentro, recibiéndolo, deseándole tanto como él a ella.

Jondalar se retiró y volvió a penetrarla, sintiendo cómo aumentaba la tensión. Apremiado por la excitación de su envolvimiento total y por el deleite temerario de ceder por completo a la fuerza de su pasión, cabalgó el impulso ascendente con un goce furioso. Ella se reunía con él en cada cresta, respondiéndole a cada embate, arqueándose para guiar la presión de sus movimientos.

Pero las sensaciones que ella experimentaba iban más allá del impulso y la retirada dentro de su orificio. Cada vez que la llenaba, sólo tenía conciencia de él; su cuerpo –nervios, músculos y tendones– sólo estaba llena de él. Él sentía que la tensión de sus ijares se fortalecía, subía, desbordaba... y después un crescendo insoportable cuando la presión se quebró en una erupción estremecida al abalanzarse para llenarla por última vez. Ella fue al encuentro de su impulso final y la explosión se difundió por su cuerpo en un alivio voluptuoso.

29

Ayla se volvió en la cama, sin despertarse aún del todo, pero sintiendo cierta incomodidad. El bulto que tenía debajo no se quitó hasta que despertó y lo retiró; alzó el objeto y bajo el rojo resplandor de un fuego casi apagado, vio la silueta de la donii. Reconociéndolo todo de golpe, el día anterior le volvió a la mente vívidamente, y se dio cuenta de que el calor que sentía junto a ella, en su cama, era Jondalar.

«Seguro que nos quedamos dormidos después de hacer Placeres», pensó. Recordando gozosamente, se pegó a él y cerró los ojos. Pero el sueño no quiso volver. Fragmentos de escenas formaban cuadros que ella seleccionaba con su sentido interno. La cacería, el retorno de Bebé, los Primeros Ritos, y, por encima de todo: Jondalar. Sus sentimientos hacia él estaban más allá de cualesquiera palabras que ella supiera, pero la llenaban de una dicha indescriptible. Pensaba en él, tendida a su lado, hasta que fue demasiado, no pudo contenerse: entonces se deslizó fuera de la cama llevándose la estatuilla de marfil.

Fue hasta la entrada de la cueva y vio a Whinney y Corredor en pie, muy juntos. La yegua lanzó un *hin* suave para saludarla, y la mujer se acercó a ellos.

–¿Fue lo mismo para ti, Whinney? –preguntó en voz baja–. ¿Te dio Placeres tu semental? ¡Oh, Whinney, yo no creí que fuera posible! ¿Cómo pudo ser tan terrible con Broud y tan maravilloso con Jondalar?

El caballito la tocó con el hocico, esperando que le prestaran su parte de atención: Ayla lo rascó, lo acarició y lo abrazó.

–No importa lo que diga Jondalar, Whinney, yo creo que tu semental te dio a Corredor. Es igual que él, y no hay muchos caballos oscuros. Admito que pudo ser su espíritu, pero no lo creo.

»Ojalá pudiera yo tener un hijo, el hijo de Jondalar. No puedo; ¿qué haría cuando él se marche?» Palideció con un sentimiento parecido al pánico. «¡Se marcha! ¡Oh, Whinney, Jondalar va a marcharse!»

Se precipitó fuera de la cueva y bajó el empinado sendero, más a tientas que viendo: las lágrimas la cegaban. Corrió a través de la playa pedregosa hasta que la pared salediza la detuvo; entonces se acurrucó allí, sollozando. «Jondalar va a marcharse. ¿Qué haré? ¿Cómo podré sobrellevarlo? ¿Qué puedo hacer para que se quede? ¡Nada!»

Se abrazó a sí misma y, agachada, se pegó a la muralla rocosa como para tratar de protegerse contra un golpe inminente. Se quedaría sola cuando él se fuera. Peor que sola: sin Jondalar. «¿Qué haré aquí sin él? Quizá también yo debería marcharme, encontrar Otros y quedarme con ellos. No; no lo puedo hacer. Me preguntarán que de dónde vengo, y los Otros odian al Clan. Seré abominación para ellos a menos que les diga palabras que no sean veraces.

»No puedo. No puedo avergonzar a Iza y Creb. Me amaron, me cuidaron. Uba es mi hermana. Está cuidando de mi hijo. El Clan es mi familia. Cuando no tenía a nadie, el Clan se ocupó de mí, y ahora los Otros no me quieren.

»Y Jondalar se marcha. Tendré que vivir aquí sola, toda mi vida. Sería mejor estar muerta. Broud me maldijo; a fin de cuentas, ha ganado. ¿Cómo podría vivir sin Jondalar?»

Ayla lloró hasta que no le quedaron más lágrimas. Se secó los ojos con el dorso de la mano y se fijó en que todavía sujetaba la donii. Le dio vueltas, maravillándose tanto ante el concepto de convertir un trozo de marfil en una pequeña mujer como ante la figurilla misma. Al claro de luna, todavía se le parecía más: el cabello trenzado, los ojos en la sombra, la nariz y la forma de las mejillas la recordaban su propio reflejo en una poza llena de agua.

¿Por qué habría puesto Jondalar su rostro en ese símbolo de la Madre Tierra que reverenciaban los Otros? Creb había dicho que su espíritu estaba ligado al León Cavernario por su amuleto y por Ursus, el Gran Oso Cavernario, el tótem del Clan. Ella había recibido parte del espíritu de cada uno de los miembros del Clan al convertirse en curandera, y no se lo habían quitado después de la maldición de muerte.

El Clan y los Otros, los totems y la Madre, todos ellos tenían algún derecho sobre esa parte invisible de ella llamada espíritu. «Creo que mi espíritu debe de estar confuso», pensó. «La realidad es que yo lo estoy».

Una ráfaga helada la hizo regresar a la cueva. Apartando el asado frío, encendió un fuego, tratando de no despertar a Jondalar, y puso agua a calentar para hacer una infusión que la ayudara a calmarse. No podía acostarse aún. Miraba las llamas mientras esperaba, y pensó en cuántas veces habría contemplado las llamas para ver una semejanza de vida. Las lenguas de luz caliente danzaban a lo largo de la leña, lamiéndola, hasta apoderarse de ella y devorarla.

–¡Doni!, ¡eres tú!, ¡eres tú! –gritó Jondalar en sueños. Ayla dio un brinco y corrió hacia él, que se agitaba y se revolvía, sin duda soñando. Se preguntó si debería despertarle. De repente abrió los ojos con expresión de sobresalto.

–¿Estás bien, Jondalar?

–Ayla, Ayla, ¿eres tú?

–Sí, soy yo.

Cerró nuevamente los ojos y murmuró algo incomprensible. Ayla se dio cuenta de que no había despertado; había sido parte del sueño, pero estaba más tranquilo. Le estuvo mirando hasta que le pareció calmado. Entonces volvió junto al fuego. Dejó que murieran las llamas mientras bebía su infusión a sorbitos. Al sentir que el sueño se apoderaba otra vez de ella, se quitó el manto y se metió entre las pieles junto a Jondalar. El calor del hombre dormido le hizo pensar cuánto frío tendría sin él... y de su amplio depósito de vacío brotaron nuevas lágrimas. Lloró hasta quedarse dormida.

Jondalar corrió, tratando de alcanzar la entrada de la cueva que había allá. Alzó la mirada y vio al león cavernario. ¡No, no, Thonolan! El león cavernario iba tras él, agazapado, y dio un brinco. De repente se apareció la Madre y, con una orden imperiosa, alejó al león de él.

¡Doni! ¡Eres tú, eres tú!

La Madre se volvió, y le vio el rostro: el rostro era la donii tallada con un parecido a Ayla. La llamó.

–¡Ayla, Ayla! ¿Eres tú?

–Sí, soy yo.

La Ayla-donii creció y cambió de forma, se convirtió en la donii antigua que había regalado, la que llevaba tantas generaciones en su familia. Era generosa y maternal y siguió ampliándose hasta adquirir el tamaño de una montaña. Entonces comenzó a dar a luz. Todas las criaturas del mar fluían de Su profunda caverna en una cascada de aguas amnióticas, después los insectos y las aves del aire volaron en enjambre. Luego los animales de la tierra –conejos, ciervos, bisontes, mamuts y leones cavernarios– y, a lo lejos, vio a través de una niebla las formas vagas de personas.

Se fueron acercando a medida que se desvanecía la niebla, y de repente pudo verlas: ¡eran cabezas chatas! Le vieron y huyeron corriendo. El les llamó, y una mujer se volvió: tenía el rostro de Ayla. Corrió hacia ella, pero la niebla se volvió espesa y le envolvió.

Tendiendo las manos entre una bruma roja, oyó un rugido lejano, como una catarata; aumentó el ruido, que le abrumó; se vio acorralado por una muchedumbre que emergía de la amplia matriz de la Madre Tierra, una Madre Tierra como una montaña, pero con el rostro de Ayla.

Se abrió camino entre el gentío, luchando por llegar a Ella, y finalmente llegó a la vasta caverna, a Su profunda entrada. Penetró en Ella y su virilidad tanteó entre Sus cálidos pliegues hasta que lo encerraron en sus profundidades satisfactorias. El bombeaba furiosamente con una dicha sin restricciones; entonces vio Su rostro, bañado en llanto. Su cuerpo se estremecía por efecto de los sollozos. El quiso consolarla, decirle que no llorara, pero no podía hablar. Le apartaron.

Estaba en medio de una gran multitud que salía de Su matriz, y todos llevaban camisas bordadas con cuentas. Quiso luchar para volver, pero la presión de la gente le llevaba como un tronco sobre un río caudaloso de agua anmiótica, tronco arrastrado por el Río de la Gran Madre con una camisa ensangrentada encima.

Volvió la cabeza para mirar y vio a Ayla de pie a la entrada de la caverna; sus sollozos repercutían en sus oídos. Entonces, con un retumbar de trueno, la caverna se derrumbó en medio de un chaparrón de rocas. Y se quedó solo, llorando.

Jondalar abrió los ojos y vio oscuridad. El fuego que encendió Ayla había consumido toda la leña; en la negrura total, no estaba seguro de haber despertado. La muralla de la cueva no estaba definida, no se veía ningún punto familiar por el que poder orientarse. Por lo que tenía ante sus ojos, bien pudiera estar suspendido en un vacío misterioso. Las formas vívidas de sus sueños tenían más sustancia; le pasaban por la mente en fragmentos que recordaba, fortaleciendo sus dimensiones en sus ideas conscientes.

Cuando la noche se desvaneció lo suficiente como para delinear la roca viva y las aberturas de la caverna, Jondalar había comenzado ya a encontrarles sentido a las imágenes de sus sueños. No recordaba sus sueños con mucha frecuencia, pero éste había sido tan fuerte, tan tangible, que tenía que ser un mensaje de la Madre. ¿Qué estaba tratando de decirle? Anhelaba la presencia de un Zelandoni que le ayudara a interpretar su sueño.

Al comenzar la luz a penetrar en la cueva, vio una cascada de cabellos rubios enmarcando el rostro dormido de Ayla, y notó el calor de su cuerpo. La observó en silencio mientras las sombras se aclaraban. Tenía un deseo avasallador de besarla, pero no quería despertarla. Acercó a sus labios una larga trenza dorada. Entonces, silenciosamente, se levantó. Encontró la infusión tibia, se sirvió una taza y salió a la terraza de la cueva.

Sentía frío, con sólo el taparrabos, pero no hizo caso de la temperatura aunque le asaltó un pensamiento al recordar la ropa de abrigo que le había hecho Ayla. Vio cómo se iluminaba el cielo al este mientras se destacaban los detalles del valle, y rastreó nuevamente el sueño que había tenido, tratando de seguir sus enmarañadas pistas para descubrir el misterio que entrañaba.

¿Por qué le mostraría Doni que toda vida procedía de Ella... si ya lo sabía? Era uno de los hechos aceptados de su existencia. ¿Por qué tuvo que presentársele en sueños dando nacimiento a todos los peces, las aves, los mamíferos y...?

¡Los cabezas chatas! ¡Por supuesto! Le estaba diciendo que la gente del Clan también eran Hijos Suyos. ¿Por qué no lo había aclarado nunca anteriormente? Jamás había puesto nadie en tela de juicio que toda vida proviniera de Ella; entonces, ¿por qué denostar así a esa gente? Los llamaban animales como si los animales fueran malos... ¿Qué hacía malos a los cabezas chatas?

Porque no eran animales. Eran humanos, ¡una especie diferente de humanos! Eso es lo que le estuvo diciendo Ayla todo el tiempo. ¿Sería por eso por lo que uno de ellos tenía el rostro de Ayla?

Podía comprender por qué su rostro estaba en la donii que había tallado, en la que había detenido al león en sus sueños... nadie creería realmente lo que había hecho Ayla, era todavía más increíble que el sueño. Pero, ¿por qué estaba su rostro en la antigua donii? ¿Por qué la misma gran Madre Tierra había de tener el rostro de Ayla?

Sabía que nunca llegaría a comprender su sueño entero, pero le parecía que todavía se le escapaba una parte importante. Volvió a repasarlo todo, y cuando recordó a Ayla parada delante de la entrada de la caverna que estaba a punto de derrumbarse, casi le gritó que se apartara.

Contemplaba el horizonte con los pensamientos vueltos hacia dentro, sintiendo la misma desolación y soledad que en su sueño cuando estaba solo, sin ella. El llanto le mojó el rostro. ¿Por qué sentía una desesperación tan absoluta? ¿Qué era lo que no veía?

Recordó la gente con camisas bordadas, abandonando la caverna. Ayla había recompuesto la camisa bordada. Había hecho prendas de vestir para él, y eso que nunca anteriormente aprendió a coser. Ropas de viaje que se pondría cuando se fuera.

¿Viajar? ¿Dejar a Ayla? La luz ardiente rebasó el borde de la arista. Cerró los ojos y vio un resplandor dorado y cálido.

«¡Madre Grande! ¡Qué tonto estúpido eres, Jondalar! ¿Dejar a Ayla? ¿Cómo podrías dejarla? ¡La amas! ¿Por qué has estado tan ciego? ¿Por qué ha hecho falta un sueño de la Madre para decirte algo tan evidente que un niño habría podido verlo?»

La sensación de que acababa de quitarse un gran peso de encima le hizo experimentar una libertad gozosa, una ligereza repentina. «¡La amo! ¡Por fin me ha sucedido! ¡La amo! ¡No creí que fuera posible, pero amo a Ayla!»

Se sintió lleno de exaltación, a punto de gritárselo al mundo, preparado para correr a decírselo. «Nunca le he dicho a una mujer que la amo», pensó. Entró corriendo en la cueva, pero Ayla seguía dormida.

Observó cómo respiraba, dando vueltas: le gustaba su cabello así, largo y suelto. Tenía ganas de despertarla. «No, debe de estar cansada. Ya ha amanecido y sigue durmiendo».

Bajó a la playa, encontró una ramita para limpiarse los dientes, se dio un baño y nadó en el río. Muerto de hambre, lleno de energía y fresco. Al fin, no habían cenado. Sonrió para sí, recordando el porqué; al rememorarlo, sintió que se excitaba.

Soltó una carcajada. «Lo has tenido castigado todo el verano, Jondalar. No puedes reprocharle a tu hacedor de mujeres que esté tan ansioso, ahora que sabe todo lo que se perdió. Pero no hay que atosigarla. Tal vez necesite descanso; no está acostumbrada». Corrió sendero arriba y entró en la cueva silenciosamente. Los caballos habían salido a pastar; tal vez se fueron mientras él estaba nadando, y Ayla seguía sin despertarse. «¿Estará bien? Tal vez debería despertarla». Rodó Ayla en la cama al mismo tiempo que se le descubría un seno, lo que vino a avivar los pensamientos anteriores de Jondalar.

Dominó su ansia, se acercó al fuego para sevirse más infusión y esperó. Observó una diferencia en los movimientos de la mujer y vio que tendía la mano hacia algo.

–¡Jondalar! ¡Jondalar! ¿dónde estás? –gritó, incorporándose de golpe.

–Aquí estoy –dijo, corriendo hacia ella.

–¡Oh, Jondalar! –gritó, aferrándose a él–. Creí que te habías marchado.

–Estoy aquí, Ayla. Estoy contigo –y la tuvo abrazada hasta que se calmó–. ¿Estás bien ahora? Deja que te traiga algo de beber.

Sirvió la infusión y le llevó una taza. Ayla tomó un sorbo y después un trago largo.

–¿Quién ha hecho esto? –preguntó.

–Yo lo hice. Quise sorprenderte dándote una infusión caliente, pero ya no está tan caliente.

–¿Tú lo hiciste?, ¿para mí?

–Sí, para ti, Ayla. Nunca le he dicho algo así a ninguna mujer: te amo.

–¿Amo? –preguntó. Quería estar segura de que significaba lo que apenas se atrevía a esperar que significara–. ¿Qué significa «amo»?

–¿Que qué...? «Jondalar: eres un tonto lleno de ínfulas», se puso de pie. «Tú, el gran Jondalar, al que todas las mujeres desean. Hasta tú te lo tenías creído. Reservándote tan cuidadosamente la única palabra que creías que todas deseaban oír. Y tan orgulloso de no habérselo dicho nunca a mujer alguna. Finalmente te enamoras... y ni siquiera eres capaz de reconocerlo ante ti mismo. ¡Te lo tuvo que decir Doni en sueños! Por fin Jondalar va a decirlo, va a admitir que ama a una mujer. Casi esperabas que se desmayara de sorpresa... ¡y ni siquiera sabe el significado de la palabra!»

Ayla le miraba, consternada: iba y venía desvariando y hablando de amor. Tenía que aprender esa palabra.

–Jondalar, ¿que significa «amo»? –hablaba seriamente y parecía algo molesta.

Se arrodilló delante de ella.

–Es una plabra que debí explicarte mucho antes. El amor es el sentimiento que tienes por alguien a quien quieres. Es lo que una madre siente por sus hijos o un hombre por su hermano. Entre un hombre y una mujer, significa que se quieren tanto que desean compartir su vida, no separarse nunca.

Ayla cerró los ojos, sintió que le temblaba la boca al oír sus palabras. ¿Habría oído bien? ¿Comprendía realmente lo que era?

–Jondalar –dijo–. No conocía esa palabra, pero sabía su significado. He sabido el significado de esa palabra desde que llegaste, y cuanto más tiempo pasabas aquí, mejor lo sabía. ¡He deseado tantas veces saber la palabra que tuviera ese significado! –cerró los ojos, pero no podía contener las lágrimas de alivio y de dicha–. Jondalar... yo también... amo.

El hombre se puso en pie levantándola también a ella y la besó tiernamente, sujetándola como un tesoro recién hallado que no quisiera perder ni romper. Ella le rodeó el cuerpo con los brazos y le sujetó como si fuera un sueño que podría disiparse si lo soltaba. El le besó la boca y el rostro salado de lágrimas, y cuando ella reposó la cabeza contra él, hundió el rostro en el cabello dorado y revuelto para secarse también los ojos.

No podía hablar; sólo podía tenerla abrazada y maravillarse por la increíble suerte que tuvo al encontrarla. Había tenido que viajar hasta los confines de la Tierra para hallar una mujer a la que pudiera amar, y ahora nada le obligaría a dejarla.

–¿Y por qué no quedarnos aquí? ¡Este valle tiene tanto de todo! Y siendo dos, todo será mucho más fácil. Tenemos los lanzavenablos, y Whinney ayuda. También Corredor ayudará –dijo Ayla.

Iban caminando por el campo sin más finalidad que hablar. Habían recogido todas las semillas que ella deseaba; habían cazado y secado carne suficiente para todo el invierno; recogido y almacenado la fruta que maduraba, y las raíces y demás plantas para alimentarse y como medicina; y habían reunido gran cantidad de materiales para sus proyectos invernales. Ayla quería empezar a decorar la ropa, y Jondalar pensaba tallar algunas piezas de juego y enseñar a Ayla a jugar. Pero la dicha verdadera para Ayla era que Jondalar la amaba... y que no estaría sola.

–Es un valle precioso –dijo Jondalar. «Por qué no quedarme aquí con ella? Thonolan estaba dispuesto a quedarse con Jetamio», pensó. Pero no se trataba sólo de los dos. ¿Cuánto tiempo aguantaría él sin nadie más? Ayla había vivido allí tres años. Sin embargo, no tenían por fuerza que estar solos. Por ejemplo, Dalanar inició una nueva Caverna, pero al principio sólo tenía a Jerika y al compañero de la madre de ésta, Hochaman. Más adelante se les unieron otras personas, y nacieron hijos. Ya estaban proyectando una segunda Caverna de Lanzadonii. «¿Por qué no puedes fundar una nueva Caverna, como Dalanar? Tal vez puedas, Jondalar, pero hagas lo que hagas, no será sin Ayla». –Tienes que conocer a otra gente, Ayla –añadió en voz alta–; y quiero llevarte a casa conmigo. Sé que será un largo Viaje, pero podremos realizarlo en un año. Te agradará mi madre, y sé que Marthona te querrá. Y también mi hermano Joharran, y mi hermana Folara... a estas alturas, ya será una mujer. Y Dalanar.

Ayla inclinó la cabeza y volvió a levantarla.

–¿Cuánto me querrán cuando se enteren de que mi gente fue la del Clan? ¿Me recibirán con los brazos abiertos cuando sepan que tengo un hijo que nació cuando vivía con ellos, y que para ellos es una abominación?

–No puedes esconderte de la gente durante el resto de tus días. ¿No te dijo esa mujer, Iza, que buscaras a tu gente? Tenía razón, ¿sabes? No será fácil, no quiero engañarte. Pero tú me has hecho comprender, y hay otros que se interrogan, te querrán. Y yo estaré contigo.

–No sé. ¿No podemos pensarlo?

–¡Claro que sí! –dijo. Estaba meditando: «No podremos iniciar un largo Viaje antes de la primavera. Podríamos llegar hasta donde los Sharamudoi antes de que sea pleno invierno, pero podemos pasarlo aquí también. Eso le daría tiempo para acostumbrarse a la idea».

Ayla sonrió, realmente tranquilizada, y aceleró la marcha. Había estado arrastrando los pies física y mentalmente. Sabía que él echaba de menos a su familia y a su gente, y si decidía marcharse, ella le acompañaría adonde fuera. Pero confiaba en que después de acomodarse para el invierno quizá se decidiría a quedarse e instalar su hogar en el valle con ella.

Estaban lejos del río, casi en la pendiente de la estepa, cuando Ayla se agachó para recoger un objeto conocido.

–¡Es mi cuerno de uro! –dijo a Jondalar, quitándole el polvo y viendo lo chamuscado del interior–. Solía llevarlo con mi fuego dentro. Lo encontré mientras viajaba, después de dejar el Clan –los recuerdos acudieron en tropel–. Y llevaba un carbón dentro para prender las antorchas que me sirvieron para espantar a los caballos hacia mi primera trampa. Fue la madre de Whinney la que cayó, y cuando las hienas fueron tras su potro, las espanté y me lo traje a casa. ¡Han pasado tantas cosas desde entonces!

–Mucha gente lleva fuego cuando se va de Viaje, pero con las piedras de fuego no tenemos que preocuparnos por eso –de repente se le arrugó el entrecejo y Ayla supo que estaba reflexionando–. Estamos bien surtidos, ¿verdad? No necesitamos nada más.

–No, ya no. Tenemos de todo.

–Entonces, ¿por qué no hacer un Viaje? Un Viaje corto –agregó, al ver que ella se turbaba–. No has explorado la región al oeste. ¿Por qué no coger alimentos y tiendas y pieles para dormir, y echar un vistazo? No es preciso alejarnos mucho.

–¿Y qué hacemos con Whinney y Corredor?

–Nos los llevamos. Incluso Whinney puede llevarnos a cuestas parte del tiempo, y quizá la comida y el equipo. Sería divertido, Ayla, nosotros dos solos –agregó.

Viajar por diversión era algo nuevo para ella y difícil de aceptar, pero no se le ocurrió ninguna objeción.

–Supongo que podríamos –dijo–. Nosotros dos solos... ¿por qué no? «Tal vez no sea mala idea explorar el país al oeste», pensó.

–Aquí la tierra no es tan profunda –dijo Ayla– pero es el mejor lugar para esconder reservas y podemos aprovechar algunas de las rocas caídas.

Jondalar elevó más la antorcha para que la luz parpadeante alumbrara más allá.

–Varios escondrijos, ¿no te parece?

–Entonces, si un animal descubre alguno, no se quedará con todo. Buena idea.

Jondalar cambió la luz de lugar para escudriñar dentro de algunas de las grietas, entre las rocas caídas en el rincón más profundo de la caverna.

–Miré aquí una vez. Me pareció ver señales de un león cavernario.

–Era el sitio de Bebé. También yo descubrí huellas de leones cavernarios antes de quedarme a vivir aquí. Mucho más antiguas. Pensé que era una señal de mi tótem para que dejara de viajar y me instalase para pasar el invierno. No pensé quedarme tanto tiempo. Ahora creo que se suponía que debía esperarte aquí. Creo que el espíritu del León Cavernario te condujo hasta aquí, y que entonces te escogió para que tu tótem fuera suficientemente fuerte para el mío.

–Siempre he pensado que Doni era mi espíritu-guía.

–Tal vez te guió, pero creo que fue el León Cavernario.

–Quizá tengas razón. Los espíritus de todas las criaturas pertenecen a Doni, también el león cavernario es Suyo. Los caminos de la Madre son misteriosos.

–El León Cavernario es un tótem con el que resulta difícil vivir, Jondalar. Sus pruebas han sido difíciles... no siempre estuve segura de sobrevivir; pero sus dádivas valieron la pena de que lo sobrellevara. Y creo que su dádiva más grande has sido tú –concluyó con voz dulce.

Jondalar clavó la antorcha en una grieta y cogió en sus brazos a la mujer a la que amaba. Era tan sincera, tan honrada, y cuando la besaba respondió con tanto anhelo que casi cedió al deseo.

–Tenemos que poner fin a esto –dijo, cogiéndola por los hombros para alejarse un poco– porque si no, nunca estaremos preparados para marchar. Creo que tienes el toque de Haduma.

–¿Qué es el toque de Haduma?

–Haduma es una anciana que conocimos, la madre de seis generaciones, muy reverenciada por sus descendientes. Tenía muchos de los poderes de la Madre. Los hombres creían que si ella tocaba su virilidad, podría hacer que se alzara con tanta frecuencia como quisieran, que les permitiría satisfacer a cualquier mujer o a muchas mujeres. Casi todos los hombres tienen ese deseo; algunas mujeres saben cómo alentar a los hombres. Lo único que tienes que hacer es acercarte a mí, Ayla. Esta mañana, anoche. ¿Cuántas veces ayer? ¿Y antes de ayer? Nunca he podido ni deseado tanto. Pero si interrumpimos ahora la tarea, será imposible que dejemos las reservas escondidas esta mañana.

Apartaron basura, nivelaron algunas rocas grandes y decidieron dónde esconderían sus provisiones. A medida que avanzaba el día, Jondalar pensó que Ayla se mostraba inusitadamente silenciosa y retraída, y se preguntó si sería por algo que él hubiera dicho o hecho. Tal vez no debería mostrarse tan ansioso; era difícil creer que estuviera debidamente preparada cada vez que él la deseaba.

Sabía que había mujeres que retrocedían y obligaban al hombre a esforzarse para obtener sus Placeres, aunque les gustaran también a ellas. Para él eso no había constituido un problema casi nunca pero había aprendido a no mostrarse demasiado ansioso; para la mujer representaba un reto mayor si el hombre se mostraba algo remiso.

Cuando comenzaron a transportar los alimentos almacenados a la parte trasera de la cueva, Ayla parecía más reservada aún, inclinando a menudo la cabeza y arrodillándose en un descanso silencioso antes de recoger un paquete de carne seca envuelta en cuero o una canasta de raíces. Para cuando comenzaron a hacer viajes hasta la playa para subir más piedras con las cuales proteger el escondrijo de sus provisiones para el invierno, Ayla estaba visiblemente perturbada. Jondalar estaba seguro de tener la culpa, pero no sabía qué era lo que había hecho. Había atardecido cuando la vio tratar de levantar con aire enojado una roca demasiado pesada para ella.

–No necesitamos esa piedra, Ayla. Creo que deberíamos descansar; hace calor y hemos estado trabajando el día entero. Vamos a nadar un poco.

Ayla dejó de luchar con la roca, se quitó el cabello de la cara, soltó el nudo de su correa y se quitó el amuleto mientras caía su manto. Jondalar experimentó una agitación conocida en sus ijares; sucedía tan pronto como veía su cuerpo desnudo. «Tiene movimientos de león», pensó, admirando su gracia vigorosa y elegante. Se quitó el taparrabos y echó a correr tras ella.

Estaba nadando río arriba con tanta fuerza que Jondalar decidió esperar a que regresara, y le permitió que desgastara algo de su irritación con el esfuerzo. La mujer flotaba fácilmente sobre la corriente cuando le dio alcance; parecía algo más calmada. Al volverse para nadar, sintió la mano de él a lo largo de la curva de su espalda, desde el hombro a la cintura y las nalgas redondas y suaves.

Ella volvió a nadar a toda prisa alejándose de él. Estaba fuera del agua y con el amuleto puesto, a punto de ponerse el manto, cuando él salió.

–Ayla, ¿qué estoy haciendo mal? –le preguntó, parado frente a ella y chorreando agua.

–No eres tú. Soy yo la que lo está haciendo mal.

–No estás haciendo nada mal.

–Sí. He estado todo el día intentando que te animes, pero no comprendes los gestos del Clan.

Cuando Ayla se hizo mujer, Iza le había explicado cómo cuidarse cuando sangrara, pero también cómo limpiarse después de haber estado con un hombre, y los gestos y las posturas que incitarían a un hombre a hacerle la señal, aunque Iza puso en duda que necesitara aquella información. No era probable que los hombres del Clan la encontraran atractiva, por muchos gestos que hiciese.

–Yo sé que cuando tú me tocas de cierta manera o pones tu boca sobre la mía, es tu señal, pero no sé cómo alentarte a ti –explicó.

–¡Ayla! Lo único que tienes que hacer es estar aquí, para alentarme.

–No es eso lo que quiero decir –prosiguió–. No sé cómo decirte cuándo quiero que hagas Placeres conmigo. No sé las formas... Tú dijiste que algunas mujeres siempre saben cómo alentar a un hombre.

–¡Oh, Ayla! ¿Eso es lo que te preocupa? ¿Quieres aprender a darme ánimos?

Ayla asintió con la cabeza y bajó la mirada, llena de confusión: las mujeres del Clan no eran tan directas. Mostraban su deseo al hombre con una modestia excesiva, como si apenas pudieran soportar la visión de un macho tan abrumadoramente masculino... y sin embargo, con miradas tímidas y posturas inocentes parecidas a la posición conveniente que debería adoptar la mujer, le hacían saber que era irresistible.

–Mira qué ánimos me has infundido, mujer –dijo, sabiendo que se le había producido una erección mientras hablaba con ella. No podía remediarlo ni disimularlo. Al verle tan obviamente animado, Ayla sonrió; no lo pudo remediar–. Ayla –dijo Jondalar, y la cogió en sus brazos, levantándola– ¿no sabes que me infundes alientos sólo con estar viva?

Llevándola en brazos, echó a andar por la playa, dirigiéndose al sendero.

–¿Sabes cómo me alienta el solo mirarte? La primera vez que te vi, te deseé –y siguió caminando con una Ayla muy sorprendida–. Eres tan mujer que no necesitas alentar: no tienes nada que aprender. Todo lo que haces me hace desearte más –llegaron a la entrada de la cueva–. Si me quieres, lo único que tienes que hacer es decirlo, o mejor aún: esto –y la besó.

La llevó a la cueva y la depositó sobre la cama cubierta de pieles. Entonces volvió a besarla con la boca abierta y la lengua que exploraba suavemente. Ella sintió su virilidad, dura y caliente, entre ambos. Entonces él se sentó y esbozó una sonrisa provocativa.

–Dices que lo estuviste intentando todo el día. ¿Qué te hace pensar que no me estabas alentando? –dijo. Y entonces hizo un gesto totalmente inesperado.

Ayla abrió mucho los ojos llenos de asombro.

–Jondalar, eso es... es la señal.

–Si me vas a hacer tus señales del Clan, creo que será justo que yo te responda en la misma forma.

–Pero... Yo... –no sabía qué decir, sólo actuar. Se puso de pie, se dio vuelta y cayó de rodillas, apartándolas, y se presentó.

El había hecho la señal en broma, no esperaba verse estimulado tan rápidamente. Pero al ver sus nalgas firmes y redondas y su orificio femenino expuesto, de un rosado oscuro y prometedor, no pudo resistir. Antes de pensarlo, ya estaba de rodillas detrás de ella, penetrando en sus profundidades calientes y palpitantes.

Desde el momento en que adoptó la postura, el recuerdo de Broud se apoderó de sus pensamientos; por vez primera estuvo a punto de negarse a Jondalar... pero no pudo. Por fuertes que fueran las asociaciones repulsivas, su condicionamiento de obedecer a la señal fue más fuerte aún.

Jondalar montó y penetró. Ella sintió que la llenaba, y gritó con un placer indecible. La postura le hizo sentir presiones en puntos nuevos, y cuando él se retiraba, la fricción excitaba de otras maneras nuevas. Retrocedió para ir a su encuentro cuando volvió a penetrarla. Mientras se cernía sobre ella, bombeando y esforzándose, recordó a Whinney y su semental bayo. El recuerdo provocó un estremecimiento de calor delicioso y una tirantez cosquilleante, palpitante. Retrocedió y se pegó a él, ajustándose a su ritmo, gimiendo y gritando.

La presión ascendía rápidamente; las acciones de ella y la necesidad de él imprimieron mayor rapidez a sus embates.

–¡Ayla! ¡Oh, mujer! –gritó–. ¡Mujer bella, salvaje! –suspiraba al embestirla una y otra vez. La sujetaba por las caderas, la atraía hacia él, y cuando la llenó, Ayla retrocedió para pegarse a su cuerpo mientras él se hundía en ella en un escalofriante deleite.

Se quedaron así un momento, temblando. Ayla con la cabeza colgando; entonces, abrazándola, la hizo rodar consigo de costado y allí se quedaron, inmóviles. La espalda de ella estaba pegada a él, y con su virilidad aún dentro, él la envolvió y extendió la mano para ponérsela sobre un seno.

–Debo admitir –confesó al cabo de un rato– que la señal ésa no está tan mal –recorrió con su boca el cuello de Ayla y llegó a la oreja.

–Al principio no estaba muy segura, pero contigo, Jondalar, todo está bien. Todo es Placer –dijo, pegándose todavía más contra su cuerpo.

Jondalar, ¿qué buscas? –preguntó Ayla desde la terraza.

–Más piedras de fuego.

–Si apenas he marcado la primera que utilicé. Durará mucho... no necesitamos más.

–Ya lo sé, pero vi una y he querido comprobar si podría encontrar más. ¿Ya estamos listos?

–No se me ocurre que podamos necesitar nada más. No podremos ausentarnos por mucho tiempo... el cambio de temperatura se produce muy rápidamente en esta época del año. Por la mañana hará calor y de noche tendremos tal vez una ventisca –dijo, bajando por el sendero.

Jondalar metió las piedras nuevas en su bolsa, echó una mirada más a su alrededor y levantó la vista hacia la mujer. Entonces, volvió a mirarla.

–¡Ayla! ¿Qué llevas puesto?

–¿No te gusta?

–¡Me gusta! ¿Dónde lo has conseguido?

–Lo confeccioné mientras hacía la ropa para ti. Copié la tuya pero a mi tamaño; no estaba muy segura de si debería ponérmela. Pensaba que tal vez fuera algo que sólo los hombres pueden usar. Y no sabía bordar una camisa. ¿Está bien?

–Creo que sí. No recuerdo que la ropa de mujer sea muy distinta. La camisa era un poco más larga tal vez, y los adornos, diferentes. Es ropa Mamutoi. Perdí la mía cuando llegamos al final del Río de la Gran Madre. A ti te sienta de maravilla, y creo que te gustará más. Cuando haga frío, te darás cuenta de lo abrigada y cómoda que es.

–Me alegro de que te guste. Quería vestirme... a tu manera.

–Mi manera... Me pregunto si todavía sé cuál es mi manera. ¡Míranos! ¡Un hombre y una mujer y dos caballos! Uno de ellos cargado con nuestra tienda, nuestros alimentos y ropas de recambio. Resulta curioso salir de Viaje sin llevar nada más que las lanzas... ¡y un lanzavenablos! Y mi bolsa llena de piedras de fuego. Creo que sorprenderíamos a todo el que nos viera. Pero más me sorprendo aún a mí mismo. No soy el mismo hombre que cuando me encontraste. Me has cambiado, mujer, y te amo por ello.

–Yo también he cambiado, Jondalar. Te amo.

–Bueno, ¿qué camino tomaremos?

Ayla experimentó una inquietante sensación de pérdida al recorrer el valle en toda su longitud, seguida por la yegua y su potro. Cuando llegó al recodo en el extremo más alejado, volvió la mirada atrás.

–¡Mira, Jondalar! Los caballos han regresado al valle. No había vuelto a ver caballos desde la primera vez. Desaparecieron cuando los perseguí y maté a la madre de Whinney. Me alegro de verlos de vuelta. Siempre pensé que éste era su valle.

–¿Es la misma manada?

–No lo sé. El semental era amarillo, como Whinney. Sólo veo la yegua que va a la cabeza. Ha transcurrido mucho tiempo.

También Whinney había visto los caballos, y lanzó un fuerte relincho. Le devolvieron el saludo, y las orejas de Corredor se volvieron hacia ellos, mostrando su interés. Después la yegua siguió a la mujer y su potro fue tras ella, trotando.

Ayla siguió el río hacia el sur y lo cruzó al ver la pendiente de la estepa al otro lado. Se detuvo arriba, y entonces Jondalar y ella montaron a caballo. La mujer halló sus puntos de referencia y se dirigió al suroeste. El terreno se hizo más escabroso y quebrado, con cañones rocosos y pendientes empinadas que conducían a altiplanos. Cuando se aproximaron a una abertura entre murallas rocosas y dentadas, Ayla desmontó y examinó el suelo. No mostraba ninguna huella reciente. Abrió la marcha hacia un cañón ciego y trepó sobre una roca que se había desprendido de la muralla. Cuando siguió hasta un deslizamiento de rocas que había detrás, Jondalar la siguió

–Este es el sitio, Jondalar –dijo, y sacando una bolsa de su túnica, se la entregó.

Jondalar conocía el lugar.

–¿Qué es esto? –preguntó, sosteniendo la bolsita de cuero.

–Tierra roja, Jondalar. Para su tumba.

El hombre asintió, incapaz de pronunciar palabra. Sintió que se le saltaban las lágrimas y no hizo nada para contenerlas. Vertió el ocre rojo en su mano y lo arrojó sobre rocas y grava, y luego otro puñado. Ayla esperaba mientras él contemplaba la cuesta rocosa con ojos húmedos, y cuando él se volvía para marchar, la mujer hizo un ademán sobre la tumba de Thonolan.

Cabalgaron un buen rato antes de que Jondalar tomara la palabra.

–Fue uno de los predilectos de la Madre. Quiso que volviera a Ella.

Avanzaron otro poco, y entonces él preguntó:

–¿Qué era ese gesto que has hecho?

–Estaba pidiéndole al Gran Oso Cavernario que le protegiera en su viaje, deseándole suerte. Eso significa «que vayas con Ursus».

–Ayla, no lo supe apreciar cuando me lo dijiste. Ahora sí. Te agradezco que le hayas enterrado y que hayas pedido a los tótems del Clan que le ayuden. Pienso que gracias a ti encontrará su camino en el mundo de los espíritus.

–Dijiste que era valiente. No creo que los valientes necesiten ayuda para encontrar su camino. Sería una aventura excitante para los temerarios.

–Era valiente y amaba la aventura. Estaba tan lleno de vida... como si estuviera tratando de vivirla toda de golpe. Yo no habría hecho el Viaje de no ser por él –tenía rodeada a Ayla con sus brazos ya que cabalgaban juntos. La apretó más, acercándola a sí–. Y no te habría encontrado. Eso fue lo que quiso decir el Shamud cuando declaró que era mi destino. «Te lleva a donde no irías solo», fueron sus palabras... Thonolan me condujo hasta ti, y luego siguió a su amor al otro mundo. Yo no quería que fuera, pero ahora puedo comprenderlo.

Mientras seguían avanzando hacia el este, el terreno quebrado fue cediendo nuevamente el paso a estepas llanas y desnudas, atravesadas por ríos y arroyos de nieves derretidas procedentes del gran glaciar septentrional. Las corrientes de agua se abrían paso de cuando en cuando por cañones de altas murallas y formaban suaves meandros al bajar por valles poco inclinados. Los escasos árboles diseminados por las estepas estaban atrofiados porque tenían que luchar para sobrevivir, incluso a lo largo de ríos que bañaban sus raíces, y ofrecían siluetas torturadas, como si hubieran sido congeladas al inclinarse bajo los efectos de una fuerte ráfaga.

Seguían por los valles cuando podían, para protegerse del viento y para conseguir leña. Sólo allí, protegidos, crecían en abundancia abedules, sauces, pinos y alerces. No podía decirse lo mismo de los animales. La estepa era una reserva inagotable de vida silvestre. Con su nueva arma, la pareja cazaba a voluntad, siempre que deseaban carne fresca, y a menudo dejaban los restos de sus presas para otros depredadores y rapaces.

Llevaban viajando casi medio ciclo de fases lunares cuando un día amaneció caluroso e inusitadamente tranquilo. Habían avanzado durante la mayor parte de la mañana y montaron a caballo al ver una colina a lo lejos con un atisbo de verdor. Jondalar, incitado por el calor y la proximidad de Ayla, había metido la mano bajo la túnica de la mujer para acariciarla. Llegaron a lo alto de la colina y divisaron al otro lado un bonito valle regado por un ancho río. Llegaron junto al agua cuando el sol estaba en su cenit.

–¿Iremos hacia el norte o hacia el sur, Jondalar?

–Ni una cosa ni otra –contestó Jondalar–. Acampemos.

La mujer iba a discutir, sólo porque no tenía costumbre de detenerse tan temprano sin razón. Entonces, cuando Jondalar le mordisqueó el cuello y apretó suavemente su pezón, decidió que no tenía razón alguna para seguir adelante y sí en cambio para quedarse allí.

–Bueno, pues acampemos –alzó una pierna y se deslizó; él desmontó y la ayudó a liberar a Whinney de los canastos de viaje, para que la yegua pudiera descansar y pacer. Después la cogió en brazos, la besó y volvió a meter la mano debajo de su túnica.

–¿Por qué no dejas que me la quite? –preguntó Ayla.

El hombre sonrió mientras ella se quitaba la túnica por la cabeza y soltaba la atadura de la prenda inferior antes de salirse de ella. Jondalar se quitó a su vez la túnica y la oyó reír. Al levantar la vista, no la encontró; Ayla rió de nuevo y se tiró al río.

–He decidido nadar un poco –anunció.

Jondalar sonrió, se quitó los pantalones y la siguió. El río era frío y profundo y la corriente, rápida, pero ella nadaba río arriba con tanta fuerza que le costó darle alcance. La cogió y, mientras vadeaba, la besó. Ella se escapó de entre sus brazos y corrió hacia la orilla, riendo.

Corrió tras ella, pero, cuando llegó a la orilla, la joven se deslizaba veloz por el valle. La siguió y, cuando iba a atraparla, lo esquivó nuevamente. Siguió persiguiéndola, esforzándose, y por fin logró rodearle la cintura.

–Esta vez no te escaparás, mujer –la apretó contra su cuerpo–. Me vas a cansar de perseguirte... y entonces no podré darte Placeres –dijo, encantado de verla tan juguetona.

–No quiero que me des Placeres –repuso ella.

Jondalar se quedó boquiabierto y profundas arrugas le surcaron la frente.

–No quieres que yo... –y la soltó.

–Quiero darte Placeres a ti.

El corazón de Jondalar reanudó su movimiento normal.

–Tú me das Placeres, Ayla –dijo, cogiéndola entre sus brazos.

–Yo sé que te gusta darme Placeres... no es lo que quiero decir –había seriedad en su mirada–. Quiero aprender a darte Placer, Jondalar.

No podía resistírsele. Su virilidad estaba dura entre ambos, mientras la tenía apretada, y la besó como si no pudiera poseerla suficientemente. Ella le besó también, siguiendo su ejemplo. Hicieron durar el beso, tocándose, probando, explorándose.

–Te mostraré cómo complacerme, Ayla –dijo y, cogiéndola de la mano, encontró un lugar cubierto de hierba verde junto al agua. Cuando se sentaron volvió a besarla, después buscó su oreja y le besó el cuello, empujándola hacia atrás. Tenía la mano sobre su seno y estaba empezando a recorrerlo con la lengua cuando ella se incorporó.

–Yo quiero darte Placer a ti –insistió.

–Ayla, me entusiasma darte Placeres... no sé cómo podría gustarme más si tú me dieras Placer.

–¿Te gustaría menos? –preguntó.

Jondalar echó la cabeza hacia atrás, rió y la cogió en sus brazos. Ella sonrió pero sin estar muy segura de qué era lo que le encantaba tanto.

–No creo que nada que puedas hacer tú me guste menos –y entonces, mirándola con sus vibrantes ojos azules–: Te amo, mujer.

–Te amo, Jondalar. Siento amor cuando sonríes así, con esos ojos, y muchísimo más cuando ríes. Nadie reía en el Clan y no les gustaba que yo riera. No quiero vivir nunca con gente que no me permita sonreír o reír.

–Deberías reír, Ayla, y sonreír. Tienes una bella sonrisa –ella no pudo evitar sonreír al oírle–. ¡Ayla, oh Ayla! –exclamó, hundiendo el rostro en el cuello de ella y acariciándola.

–Jondalar, me gusta que me toques y que me beses en el cuello, pero quiero saber lo que te gusta a ti.

Jondalar sonrió con una sonrisa sesgada.

–No me queda más remedio... me «alientas» demasiado. ¿Qué te gusta, Ayla? Hazme lo que a ti te guste.

–¿Te gustará?

–Prueba a ver.

Ella le empujó hasta dejarlo tendido, y entonces, inclinada sobre él, abriendo la boca y moviendo la lengua, se puso a besarle. El respondió, pero controlándose. Entonces le besó el cuello y se lo acarició ligeramente con la lengua; sintió que el hombre se estremecía un poco y le miró, pidiendo confirmación.

–¿Te gusta?

–Sí, Ayla, me gusta.

Así era. Dominarse ante las caricias tentadoras que le daba, le excitaba más de lo que habría imaginado. Los besos ligeros le recorrían por entero. Ella se sentía insegura, tan inexperta como una muchacha púber que no ha tenido sus Primeros Ritos... y no hay ninguna más deseable. Aquellos besos tiernos tenían un poder de excitación mayor que las caricias más ardientes y sensuales de mujeres con mucha más experiencia... porque estaban prohibidos.

La mayoría de las mujeres estaban disponibles hasta cierto punto; ella era intocable. La mujer joven e inmaculada podía llevar a los hombres, jóvenes y viejos, hasta un frenesí con caricias secretas en rincones oscuros de la caverna. El mayor temor de una madre era que su hija llegara a ser mujer después de la Reunión de Verano, con un largo invierno por delante, antes de la siguiente Reunión. La mayoría de las muchachas había adquirido cierta experiencia antes de los Primeros Ritos, con besos y caricias, y Jondalar había sabido que no era la primera vez para algunas de ellas, aun cuando no iba a desacreditarlas contándolo.

Sabía el atractivo de aquellas jóvenes —era parte de su disfrute en los Primeros Ritos— y era ese atractivo el que Ayla estaba ejerciendo sobre él. Le besó el cuello; él se estremeció y, cerrando los ojos, se abandonó al placer.

Ayla fue más abajo y le hizo círculos húmedos, cosquilleantes en el cuerpo, sintiendo que ella también se excitaba cada vez más. Era casi una tortura para él, una tortura exquisita, en parte cosquilleo y en parte estímulo ardiente. Cuando alcanzó el ombligo, no pudo detenerse; le cogió la cabeza entre las manos y la fue empujando hacia abajo hasta sentir que su virilidad caliente estaba contra la mejilla de ella. Ayla respiraba fuerte, y unas sensaciones contradictorias le llegaban muy adentro. Su lengua titilante era más de lo que él podía aguantar: le guió la cabeza hasta su órgano rígido y relajado. Ella alzó la mirada.

–Jondalar, quieres que...

–Sólo si tú quieres, Ayla.

–¿Te dará placer?

–Me dará placer.

–Sí quiero.

El sintió que un calor húmedo envolvía el extremo de su miembro oscilante, y después, más que el extremo. Gimió. La lengua de ella exploraba la cabeza redonda y suave, tanteaba por la pequeña fisura, descubría la textura de la piel. Como sus primeras acciones provocaron breves expresiones de placer, se volvió más confiada. Estaba disfrutando de sus exploraciones y se sentía palpitar por dentro. Dio vueltas a la forma del hombre con la lengua. El gritó su nombre, y ella movió la lengua más y más aprisa y sintió humedad entre sus propias piernas.

El sintió la succión y un calor húmedo que subía y bajaba.

–¡Oh, Doni! ¡Oh, mujer! ¡Ayla, Ayla! ¡Cómo has aprendido a hacer esto!

Ella trató de descubrir cuánto podría abarcar y lo atrajo hasta casi asfixiarse. Los gritos y gemidos del hombre la alentaban para probar una y otra vez, hasta que él se enderezó para acercársele.

Entonces, sintiendo que necesitaba sus profundidades –también su propia necesidad– se enderezó, pasó la pierna por encima para montarle y se empaló sobre su miembro tenso e hinchado, introduciéndolo en su interior. Arqueó la espalda y sintió su Placer mientras él penetraba a fondo.

El levantó la vista hacia ella y sintió la gloria: el sol, detrás de su cabeza, convertía su cabello en un nimbo dorado. Tenía los ojos cerrados, la boca abierta y el rostro inmerso en éxtasis. Al echarse hacia atrás, sus bien torneados senos saltaron hacia delante con los pezones, ligeramente más oscuros, enhiestos; su cuerpo sinuoso brillaba al sol. Su propia virilidad, hundida en ella, estaba a punto de reventar de éxtasis.

Ella se deslizó a lo largo del miembro y se dejó caer mientras él ascendía; Jondalar se quedó sin resuello; sintió una oleada que no podría haber dominado aunque hubiera querido. Gritó cuando ella se alzó de nuevo; Ayla descendió sobre él, sintiendo una descarga de humedad al tiempo que él se estremecía al aliviarse.

Tendió el brazo y la atrajo hacia sí; su boca buscaba el pezón. Al cabo de un rato de plena saciedad, Ayla rodó sobre sí misma. Jondalar se enderezó, se inclinó para besarla y tendió las manos hacia los senos para hundir el rostro entre ellos; chupó uno, después el otro, y volvió a besarla. Entonces se tendió junto a ella y le recostó la cabeza en su brazo doblado.

–Me gusta darte Placeres, Jondalar.

–Nadie me ha dado mayor Placer nunca, Ayla.

–Pero prefieres cuando me das Placer a mí.

–No es que lo prefiera, pero... ¿cómo me conoces tan bien?

–Es lo que aprendiste a hacer. Es tu habilidad, como cuando tallas herramientas –sonrió y luego dio rienda suelta a su buen humor–: Jondalar tiene dos oficios; es hacedor de herramientas y hacedor de mujeres –dijo, y parecía muy satisfecha de sí misma.

Jondalar rió.

–Acabas de hacer un chiste, Ayla –dijo, sonriéndole. Estaba muy próxima a la verdad, y aquel chiste se lo habían hecho ya anteriormente–. Pero tienes razón. Me gusta darte Placeres, me gusta tu cuerpo, te amo toda entera.

–También a mí me gusta cuando me das Placeres. Hace que el amor me inunde. Puedes darme todos los Placeres que quieras, pero de cuando en cuando también quiero dártelos a ti.

–De acuerdo –dijo Jondalar, riendo de nuevo–. Y puesto que tanto deseas aprender, te podré enseñar más. Podemos darnos Placer el uno al otro, como sabes. Ojalá me corresponda hacer que «el amor te inunde». Pero lo has hecho tan bien que no creo que ni siquiera el toque de Haduma podría levantármelo.

Ayla se quedó callada un instante.

–No importa, Jondalar.

–¿Qué... no importa?

–Aunque tu virilidad nunca volviera a levantarse... tú seguirías haciendo que «el amor me inundara».

–¡No lo digas ni en broma! –dijo, sonriendo, pero tuvo un escalofrío.

–Tu virilidad volverá a levantarse –dijo Ayla solemnemente, y después volvió a sus risitas.

–¿Cómo puedes estar tan llena de picardía, mujer? Hay cosas con las que no se debe bromear –dijo fingiéndose ofendido, y rió. Le sorprendía agradablemente ver que tenía sentido del humor.

–Me gusta hacerte reír. Reír contigo es casi tan sabroso como amarte. Quiero que siempre rías conmigo. Entonces, creo que nunca dejarás de amarme.

–¿Dejar de amarte? –dijo, sentándose a medias y mirándola–. Ayla, te he estado buscando toda mi vida y no sabía qué era lo que buscaba. Eras todo lo que he deseado siempre en la mujer, y más. Eres un enigma fascinador, una paradoja. Eres absolutamente sincera, abierta; no ocultas nada, y sin embargo, eres la mujer más misteriosa que he conocido.

»Eres fuerte, segura de ti misma, perfectamente capaz de cuidarte y de cuidarme; y sin embargo, eres también capaz de sentarte a mis pies –si te lo permitiera– sin avergonzarte, sin resentimiento, como yo honraría a Doni. Eres temeraria, valerosa; salvaste mi vida, me cuidaste hasta restablecer mi salud, cazaste para alimentarme, aseguraste mi bienestar. No me necesitas. No obstante, me inspiras el deseo de protegerte, de asegurarme que no te pase nada malo.

»Podría pasar mi vida entera contigo y no llegar a conocerte nunca; hay en ti profundidades que tardaría varias vidas en explorar. Eres sabia y antigua como la Madre y tan fresca y joven como una mujer en sus Primeros Ritos. Y eres la mujer más bella que he visto. No logro creer en mi suerte a pesar de haber conseguido tanto. No creí que sería capaz de amar, Ayla, y te amo más que a la vida misma.»

Los ojos de Ayla estaban llenos de lágrimas. Jondalar le besó los párpados, estrechándola contra su pecho como si tuviera miedo de perderla.

Cuando despertaron a la mañana siguiente, había una ligera capa de nieve sobre la tierra. Cerraron de nuevo la abertura de la tienda y se arrebujaron en las pieles, pero ambos se sentían algo tristes.

–Ya es hora de regresar, Jondalar.

–Supongo que tienes razón –dijo, viendo que su aliento producía una nubecilla de vapor–. Todavía no está muy avanzada la temporada. No creo que tropecemos con tormentas fuertes.

–Nunca se sabe; el clima podría sorprenderte.

Finalmente salieron de la tienda y comenzaron a levantar el campamento. La honda de Ayla cobró un grueso jerbo que salía de su guarida subterránea dando saltos sobre dos patas. Ella lo agarró por una cola que era casi el doble de larga que el cuerpo, y se lo echó al hombro colgado de sus zarpas traseras parecidas a pezuñas. En el campamento lo desolló rápidamente y lo puso a asar en el espetón.

–Me da pena tener que regresar –dijo Ayla mientras Jondalar encendía el fuego–. Ha sido... divertido. El simple hecho de viajar, deteniéndonos cuando queríamos. Sin preocuparnos de llevar nada a casa. Acampar a mediodía sólo porque queríamos nadar o tener Placeres. Me alegro de que se te ocurriera.

–También a mí me da pena que haya concluido, Ayla. Ha sido una hermosa excursión.

Se puso en pie para ir por más leña, caminando hacia el río. Ayla le ayudó; dieron la vuelta a un recodo y encontraron un montón de leña podrida. De repente Ayla oyó un ruido. Alzó la vista y se agarró a Jondalar.

–¡Heyooo! –gritó una voz.

Un reducido grupo de personas se dirigía hacia ellos, haciendo gestos con los brazos. Ayla se pegó a Jondalar que, con su brazo alrededor de ella, la tranquilizaba, la protegía.

–Todo está bien, Ayla. Son Mamutoi. ¿No te dije que se llaman a sí mismos cazadores de mamuts? Creen que también nosotros somos Mamutoi –dijo Jondalar.

A medida que se acercaba el grupo, Ayla se volvió hacia Jondalar, con el rostro asombrado, maravillado:

–Esa gente, Jondalar, está sonriendo –dijo–. Todos me sonríen.

Agradecimientos

Además de las personas a las que ya mencioné en *El Clan del Oso Cavernario,* cuya ayuda he seguido aprovechando para este nuevo libro de la serie *Los Hijos de la Tierra* y que siguen inspirando mi más sincero agradecimiento, también estoy en deuda con:

El director, Dr. Denzel Ferguson, y el personal de la Malheur Field Station, en las altas estepas del desierto central de Oregón, especialmente Jim Riggs. Entre otras cosas, él me enseñó cómo se enciende un fuego, cómo se utiliza un tiralanzas, cómo hacer con juncos una estera para dormir, cómo fabricar herramientas de piedra y cómo hacer una pasta con los sesos del venado. ¿Quién podría imaginar que con ella la piel de un venado se convierte en una suave piel aterciopelada?

Doreen Gandy, por su cuidadosa lectura y valiosos comentarios que me ayudaron a convencerme de que este libro tenía consistencia por sí mismo.

Ray Auel, por su apoyo, su aliento, su colaboración, y también por fregar los platos.